集美大學文學院行健學術叢書
第二輯

宋代帖子詞輯釋

張曉紅 著

中國社會科學出版社

圖書在版編目（CIP）數據

宋代帖子詞輯釋／張曉紅著．—北京：中國社會科學出版社，2015.10
ISBN 978-7-5161-4760-3

Ⅰ．①宋⋯　Ⅱ．①張⋯　Ⅲ．①宋詩－詩歌研究　Ⅳ．①I207.22

中國版本圖書館 CIP 數據核字（2014）第 206546 號

出 版 人	趙劍英
責任編輯	任　明
特約編輯	李曉麗
責任校對	孫洪春
責任印製	何　艷

出　　版	中國社會科學出版社
社　　址	北京鼓樓西大街甲 158 號
郵　　編	100720
網　　址	http://www.csspw.cn
發 行 部	010-84083685
門 市 部	010-84029450
經　　銷	新華書店及其他書店

印刷裝訂	北京市興懷印刷廠
版　　次	2015 年 10 月第 1 版
印　　次	2015 年 10 月第 1 次印刷

開　　本	710×1000　1/16
印　　張	44
插　　頁	2
字　　數	695 千字
定　　價	120.00 元

凡購買中國社會科學出版社圖書，如有質量問題請與本社營銷中心聯繫調換
電話：010-84083683
版權所有　侵權必究

總序：在遙遠的海濱

蘇　涵

　　展現在您面前的這套叢書，是由一個居住在遙遠海濱的學術群體——集美大學文學院的教師致力於各自學科的研究，近期所推出的部分學術成果。這套叢書的內容涉及中國古代文學、中國現當代文學、語言學、文藝學、比較文學與世界文學等若干學科方向，分界交融，見仁見智，各立一說，從不同角度體現着這個學術群體所作的勤勞而智慧的工作。

　　這套叢書之所以能以這樣的形式出版，并且冠以"集美大學文學院行健學術叢書"之名，又是由於一個必須銘記的事實：它是由呂行健先生捐資設立的集美大學文學院行健學術基金資助出版的。呂行健先生是集美大學文學院的校友，畢業後曾經留校工作，後來求學京都，馳騁商海，再將自己所獲得的財富回報於母校，支持母校的學術事業，其行其意都令人感佩。

　　當然，不論是這個學術群體所作出的努力，也不論是呂行健先生對母校學術研究的支持，都與集美大學源遠流長的精神傳統與學術傳統有着密切的關係。

　　遠在1918年，著名的愛國華僑領袖陳嘉庚先生就在他的家鄉——集美創建了集美師範學校，1926年又在集美師範學校設立了國學專門部，我們將此視為集美大學的前身。雖然，那個時候，這"前身"僅僅是師範學校的格局，而非陳嘉庚先生期望的"大學之規模"，但是，却有着卓越的教育理念與學術思想。這些，都絕非我們今天所認識的同等學校可比擬的，甚至值得我們今天具有"大學之規模"的諸多學校管理者借鑒與思考。

　　在當時的集美學校，校主陳嘉庚先生不僅傾盡自己在海外經營獲得的財富，在内憂外患的年代裏，傾力支撐集美學校的發展，而且倡導以最優厚的待遇聘任優秀教師，支持他們的學術研究。先後聘任過諸如國學家錢穆、文學家王魯彥和汪靜之、教育學家朱智賢和羅廷光、哲學家王伯祥和楊筠如、生物學家伍獻文、經濟學家陳燦、地理學家盛叙功等到校任教。這些或盛名於當時，或享譽於後來的學問大家，在這裏教書，在這裏做學問，培養了一批批傑出的人才。翻開至今保存完好的當年出版的《集美週刊》，幾乎每一期上都刊登當時師生的學術論文、文學作品，以及大量的學術活動與教學活動的報導，可以感受到一種撲面而來的學術氣息，感受到樸實而充滿靈性的學術研究品格。

　　20世紀50年代之後，陳嘉庚先生創建並維持了近半個世紀之久的集美學村里門類眾多、規模巨大的所有學校，逐漸歸屬於國家所有，並以"大學之規模"迅速發展，才有了今天作為福建省重點建設高校之一的集美大學，也才有了今天正在蒸蒸日上的集美大學文學院。

　　正是在這樣的地方，我們的教師融洽相處，切磋砥礪，致力學問，銳意進取，不斷提升着自己的學術境界，也不斷擴大着自己的學術影響。到目前為止，我們學院已經擁有中國語言文學一級學科碩士學位授予權，擁有一大批頗具影響或嶄露頭角的優秀學者。他們在中國古代小說、中國戲曲文學、古代文藝理論與批評、西方小說史、英美當代文學、現當代文學批評、現當代紀實文學與鄉土文學、應用語言學、文字學、方言學、文藝學基本理論、民間文藝學等研究方向上都取得了優异的成績。尤其值得一提的是，這個學術群體有着非常明晰的學術發展理念，那就是：以中國語言文學的基礎研究為主體、為根基，做扎實的學問；以現實文化問題研究為輔翼、為延伸，增強學術研究對社會現實的介入可能。在這一學術理念的引導下，我們近年不僅獲得了一大批國家社科基金、教育部社科基金、省社科基金項目，而且獲得了來自社會的有力支持，正在開展着大方向一致而又豐富多彩的各種系列研究。

　　也正是因為這樣，我們才決定組織出版全由我們教師自己研究而推出的"集美大學文學院行健學術叢書"。我們計劃，這套叢書，每年一輯，每輯可以根據情況編排不同的數量。而每一輯的叢書，既可能是不同作者在不同方向上的撰著，也可能是圍遶相同或相近方向，不同作者的各抒己見。但不論如何，我們都希望它成為一個見証，從一個角度見证我們學院教師的學術努力，見证我們不斷向更高境界前行的足迹。

我們不可能停留在學術研究的某一個層面上，維持現狀，我們期待的是在這個前行的過程中，不斷地向自己挑戰。因為只有這樣，才有學術上的真正創造和持續發展。

雖然我們遙居海之一隅，但是，這裏不僅有着由陳嘉庚先生親手創建並在後來日益擴大、愈臻優美的校園，而且有着陳嘉庚用一生的言行所體現的偉大精神為我們注入持而不竭的精神動力，我們一定能夠不斷地達到我們追求的一個個目標。

從集美大學文學院的樓頂望去：近處，紅頂高樓林立於藍天之下，湖泊花園散佈於校舍之間，白鷺翔集，群鳥争鳴，正乃自然與人文交融為一的景象；遠處，藍色大海潮涌於鷺島之外，連通着廣闊的臺灣海峽，交匯汹涌的太平洋洋流——有時暖氣北上，幻變成風雨晴陰，有時颱風遙臨，呼喚出萬千氣象，恰是天地造化之壯觀。置身於斯，不生江湖之遠的感慨，反令人常常想起李白的名句："陽春招我以烟景，大塊假我以文章"。

是為序。

2012 年 6 月 29 日

於集美大學文學院

序

尹占華

所謂帖子詞，當起於宋代。徐師曾《文體明辨序說·帖子詞》說："按貼子詞者，宮中黏貼之詞也。古無此體，不知起於何時。第見宋時每遇令節，則命詞臣撰詞以進，而黏諸閣中之戶壁，以迎吉祥。觀其詞乃五七言絕句詩，而各宮多寡不同，蓋視其宮之廣狹而為之，抑亦以多寡為等差也。然此乃時俗鄙事，似不足以煩詞臣，而宋人尚之，豈所謂聲容過盛之一端歟？"徐氏已將帖子詞的製作與功用講得十分清楚。因帖子詞用於節日之宮中，故其內容不外頌聖、祝壽、歌祥瑞、贊喜氣，故祥、瑞、祺、喜、鴻慶、吉辰、佳氣、無疆、垂衣等字眼充塞於其中，觸目皆是。鄙俗者不免一味歌功頌德，流於阿諛奉承，然高明者也可追求氣象，有賞心悅目之感。如晏殊分別為御閣、內廷所作的立春帖子詞："彩幡雙燕祝春宜，獻壽迎祥重此時。臘雪未消宮樹碧，早鶯聲在萬年枝。""雙金縷勝延嘉節，五綵為幡奉紫廷。春色漸濃人未覺，玉階楊柳半青青。"就是比較典型的也是高明的作品。《古今事文類聚》前集卷九引《歲時雜記》論端午帖子詞說："先是諸公所撰，但宮詞而已，故王岐公（珪）《皇后閣子帖》云：'禁幕無風日正亭，侍臣初賜玉壺冰。不知翠輦遊何處，應在瑤台第一層。'及歐陽修學士始伸規諫，《皇帝閣》曰：'佳辰共喜沐蘭湯，毒冷何須采艾禳。但得皋陶調鼎鼐，自然災沴變休祥。'又曰：'楚國因讒逐屈原，終身無復入君門。願因角黍詢遺俗，可鑒前王惑巧言。'後人率皆效之，春日亦然。"洪邁曾說："唐世五月五日揚州于江心鑄鏡以進，故國朝翰苑撰端午貼子詞多用其事，唯東坡不然，曰：'講餘交翟轉回廊，始覺深宮夏日長。揚子江心空百鍊，只將無逸監興亡。'其輝光氣焰，可畏而仰也。"（見《容齋五筆》卷九）仇遠跋蘇軾《春帖子詞》也說："殿閣位次春帖，自歐公、涑水（司馬光）之後，惟有坡老，因頌寓規，不但求工樂府而已。"（見《石渠寶笈》卷五）他們看出歐陽修、蘇軾所作的帖子詞寓意規諷，因而高出他人一頭地。其實，歐、蘇的某些帖子詞即使微有諷意，也極其含蓄婉轉，令人體味而已。所以，社會的真實情況不可能在這些帖子詞中得到反映，即使歐陽修、蘇軾，也不在帖子詞中論諫時事，因為這樣做明顯地"不入時宜"，誰會去觸犯忌諱、自討苦吃呢？正如趙翼《陔餘叢考》卷二四論帖子詞說："潤色太平，翰林本職，歐陽、司馬，何害其為名臣，亦何損于朝政乎？"

　　作為一種文學體式，帖子詞的缺點也是不言而喻的。一是形式單調，全是五言或七言絕句；二是內容狹窄，不離祝頌之言，像歐陽、蘇那樣寓意規諷的作品究屬鳳毛麟角；三是風格單一，以典雅綺麗為其特定風格，這是為功用所限，毋須也很難寫出其他風格。雖然如此，古代的帖子詞也不能說絲毫沒有價值。比如，通過這些帖子詞，可以瞭解古代的風俗文化，這是它們的認知價值；通過這些帖子詞，可以欣賞作者的辭藝，體會他們是如何在格律的束縛中以妙筆烘托景象，渲染氣氛，以求愉悅諧和的效果。故認為，即使在物質生活高度發展的今天，人們閒暇無事，欣賞欣賞古代的帖子詞，也可以化解愁煩，心悅神怡，從而達到一種心靈的淨化與精神的享受。

　　張曉紅當年在我的指導下攻讀博士研究生，記得到了該確定學位論文題目的時候，我給她提了幾個題目供她參考，她大概都不甚滿意，於是自己提出想研究一下宋代的帖子詞。一開始我不太以為然，後來一想：這是一個大多數研究者未曾涉足的領域，雖然可供參考的研究成果少之又少，一般人都認為帖子詞粉飾太平因而不屑一顧，卻正可以開拓思路，以自己的觀點寫出自己的見解。帖子詞不僅是文學作品，同時又是古代節日習俗的見證。研究宋代帖子詞，聯繫帖子詞的功用以及宋代的風俗文化，再從文學的角度給出合理的評價，正是一個大有可為的研究課題，於是認同她的想法。曉紅仔細搜集了所有有關宋代帖子詞的文獻資料，對它們作了全面的研讀，其中許多文獻資料，也是我於此之前從未留意過的。她的這項研究，也大大開闊了我的眼界。我記得在論文答辯結束後，請來主持答辯的一位學者對我說：張曉紅的論文是這次論文答辯幾個同學中質量最好的。這當然是我最大的欣慰。

張曉紅不滿足于已有的成果，於是又將宋代帖子詞輯錄在一起，加以校勘和注釋，就是這部《宋代帖子詞輯釋》。可以看出，她在這方面下了很大的功夫，一個異字，每個詞語，她都不肯放過，顯現出深厚的文學和文獻功底。為她這部書的出版我深感高興，也為她孜孜不倦的進取精神而由衷地喜悅，於是拉雜寫了以上的話，是為序。

2013 年 11 月於西北師大寓所

凡　　例

　　一　本書彙集宋代宮中帖子詞，完篇殘句，盡行輯錄，旨在保存這一詩體資料的完整性。此集與《全宋詩》相較，刪除了其所重收之詩，如趙湘名下所錄韓維帖子詞；訂正了其所誤收之詩，如王曾《皇帝閤立春帖子》乃王珪所作，孫覿帖子乃孫抃所作，梁君貺帖子乃梁燾所作，李士美帖子乃李邦彥所作等；補錄其漏收之作品，如夏竦一首，洪括十一首，劉克莊四十二首，元絳帖子詩一、斷句十六、傅墨卿端午帖子斷句一等，共錄四十六人帖子詞一千六十首，斷章三十三句。然因筆者個人所見，爬梳恐難罄盡。

　　二　關於排列順序，大體以作品寫作時間為序。因有的作者多次寫作，作時不一，為保持同一作者作品的完整性，以其最早所作帖子詞時間為序排列，同一作者作品不再割裂。故表面看來，似以作者為序而排列。關於作品的寫作時間，均在每組詩的第一首作品注釋中加以說明。因大多帖子詞並無明確時間，故有所考證，或詳或略，據以編年。對創作時間無法確定者，暫付闕如。

　　三　所錄帖子詞，依據版本各不相同，皆擇優以為底本，他本、他書為校本、參校本。在該作者第一首詩後出校記詳加說明。同一組作品出處相同者，後詩不再重出校記。版本名稱用全稱，個別簡稱在校記中有所交代。凡校記中簡稱"四庫本"，皆為影印文淵閣《四庫全書》本。

　　四　關於校勘，為避免煩瑣，如底本無誤，他書無歧義之異字一般不出校。如底本有誤或不佳者，據他本、他書改正。他本異文可資參考者，一一出校。底本有誤而無他本、他書可校者，據理徑改，出校。底本注語、校語、案語，皆冠以"原注"、"原校"、"原案"字樣。異體字皆遵循原本，不出校。

五　關於注釋，一律句後標注。如句意不甚明了，則先釋句，再釋詞。注釋重點在詮釋風俗、掌故、名物、典章制度、詞語出處、相關時事等。注釋或詳或略，略則寥寥數語，詳則引文繁多。為省略篇幅，同一詞條重複，如釋文略長，首次出現詳加注釋，後文出現則簡釋其義，注"見某詩注某"；如釋文簡短，則直接隨文注釋，以方便讀者。詩中個別詞句，因注者學識所限，難以索解，則注明未詳，不做強解。

前　　言

一

什麽是帖子詞？我們通常所言乃狹義之帖子詞，即宮廷帖子詞。明人徐師曾《文體明辨序說》言："按貼子詞者，宮中黏貼之詞也。古無此體，不知起於何時。第見宋時每遇令節，則命詞臣撰詞以進，而黏諸閣中之戶壁，以迎吉祥。觀其詞乃五七言絕句詩，而各宮多寡不同，蓋視其宮之廣狹而為之，抑亦以多寡為等差也。然此乃時俗鄙事，似不足以煩詞臣，而宋人尚之，豈所謂聲容過盛之一端歟？"[①] 此說對帖子詞用法、產生時間、體裁、特徵等進行了概括，但"每遇令節"之說有誤。古之風俗制度，今人比較陌生，故此不避繁瑣，對其詳加論說，以申明其體制特色。

一　帖子的制作和使用：帖子词为门帖子用词

"帖子詞"之名源於"帖子"。什麽是帖子呢？《說文》曰："帖，帛書署也。"段玉裁注云："《木部》曰：'檢，書署也。'木為之謂之檢；帛為之則謂之帖。皆謂標題，今人所謂籤也。"[②] 可見是一種書寫有文辭的帛質籤條。宋人有關帖子製作和使用的記載主要有三個：一是司馬光《司馬文正公日錄》"翰林書待詔請春詞，以立春日剪貼於禁中門帳"[③]；二是呂希哲《歲時雜記》"學士院立春前一月撰皇帝、皇后、

[①] 徐師曾：《文體明辨序說》，人民文學出版社1962年版，第168頁。
[②] 許慎撰，段玉裁注：《說文解字註》，上海古籍出版社1988年版，第359頁。
[③] 胡仔：《苕溪漁隱叢話》，人民文學出版社1962年版，第158頁。

夫人閣門帖子，送後苑作院，用羅帛縷造，及期進入"①；三是周密《武林舊事》"學士院撰進春帖子。帝、后、貴妃、夫人諸閣各有定式，絳羅金縷，華粲可觀"②。這些文獻大致道出了帖子的使用時間與方式、撰寫機構、製作部門、製作方式以及所用材料等問題，但由於記載較略，作者所處時代也不同，故還需稍作梳理。

很顯然，宋代宮中帖子是一種用羅帛金縷製作的上有吉祥文辭的宮廷節日用物。其製作由幾個部門合作完成：翰林學士負責撰寫帖子所需的吉祥文辭——帖子詞，翰林書待詔或後苑作院負責書寫和製作。翰林書待詔，即翰林御書院書寫待詔，其職務為"掌行書寫，三元八節奉獻祖宗神御表詞並大禮畢奏謝諸宮觀寺院表詞……題寫諸王字頭、春貼子、端貼子"③。這一職務隸屬於翰林御書院。御書院建於太平興國七年（982），元豐改制後稱書藝局，南宋初復舊稱，建炎三年（1129）罷，紹興十六年（1146）復置，三十年又罷，職歸翰林院。院中設官有御書待詔、翰林書藝、翰林待詔等，另有裝界匠、雕字匠等（南宋稱各種祇應人，如雕字、鏃作、剪字等）④。後苑作院全稱是"後苑作、製造御前生活所"，隸入內侍省，建於咸平三年（1000），專掌製造宮廷生活所需及皇族婚娶名物，有八十一作，如金作、鏃鏤作、繡作、糊粘作等⑤。司馬光春帖作於神宗熙寧間，從"翰林書待詔請春詞"可知，在元豐改制前，帖子詞由翰林御書院書寫並"剪貼於禁中門帳"。呂希哲雖身歷仁、英、神、哲、徽五朝，但其所言"送後苑作院，用羅帛縷造，及期進入"當為元豐改制後的做法，學士撰好帖子詞後應交由書藝局御書待詔書寫，再交付後苑作院製作，或徑由學士院交付後苑作院製作。南宋翰林御書院罷，帖子詞由學士院直接交付後苑製作，周密所記"絳羅金縷，華粲可觀"的帖子應為後苑所製。

關於帖子的裝裱製作，從"羅帛縷造"、"絳羅金縷"來看，是以羅帛（南宋專用絳羅——一種深紅色的"質地輕軟、經緯組織顯椒眼紋

---

① 陳元靚：《歲時廣記》，叢書集成初編本，第83頁。
② 周密：《武林舊事》，浙江人民出版社1984年版，第29頁。
③ 徐松輯：《宋會要輯稿》職官三六之九六，中華書局1957年版。
④ 《宋會要輯稿》職官三六之九五。
⑤ 《宋會要輯稿》職官三六之七三。

的絲織品"①）做底襯，四周再以彩線作裝飾，整體顯得"華粲可觀"，富有喜慶色彩。宋徽宗《宮詞》"巧簇羅牌翰苑詞"②中的"羅牌"即羅質底襯。帖子詞文字或用金箔剪出後粘貼在羅牌上，或以金絲彩線繡出，或用金粉題寫。大致以前兩種為主。剪貼金箔為人勝在唐代就有了，日本正倉院保藏的一枚唐肅宗時期的人勝即"系於淺碧羅之上，粘有金箔剪成十六字"③。刺繡也很常見，蘇頌《皇帝閤春帖子》"每歲惟呈簇金帖"、岳珂《宮詞》"端辰帖子縷黃金"④中"簇"、"縷"即用金線刺繡。繡作最費工，帖子詞須提前多日供到。當然，後苑作院也可提前做好"羅牌"，等帖子詞到後直接剪貼，張公庠《宮詞》"北斗回杓欲建寅，宮嬪排備立春時。鏤花貼子留題處，只待金鑾學士詩"⑤可證；也不排除直接用金粉題寫於羅牌之上的可能，衛涇《壽成惠聖慈祐太皇太后閤端午帖子》其六"學士大書金字帖，宮中巧篆絳綃繒"⑥所言似為此。

製作好的帖子在節日期間被粘貼在門、帳等處。司馬光明言"剪貼於禁中門帳"。宋徽宗《宮詞》"巧簇羅牌翰苑詞，宜春相向貼門楣"⑦則言貼於門楣處。帖子沒有軸，材質較軟，應以方形為主，所以粘貼較為方便，且以貼於門楣為常。歐陽修之子記其父帖子事云："先公在翰林，嘗草春帖子詞。一日，仁宗因間行，舉首見御閤帖子，讀而愛之。問何人作，左右以公對。"⑧從"舉首"判斷，貼於門楣處的可能性最大。至於貼的方式，一是整塊粘貼，一是只粘連上面一道，令其自然下垂，如同今人貼門箋。

那麼，哪些節日使用帖子呢？徐師曾言"第見宋時每遇令節，則命詞臣撰詞以進"，清人趙翼《陔餘叢考》亦云："宋時八節內宴，翰苑

---

① 《辭源》，商務印書館1988年版，第2486頁。
② 傅璇琮等編：《全宋詩》，北京大學出版社1991—1998年版，第17053頁。
③ 傅芸子：《正倉院考古記》，遼寧教育出版社2000年版，第39頁。
④ 《全宋詩》，第35403頁。
⑤ 《全宋詩》，第6257頁。
⑥ 《全宋詩》，第32808頁。
⑦ 《全宋詩》，第17053頁。
⑧ 歐陽修：《歐陽修全集》，中華書局2001年版，第2636頁。

皆撰帖子詞。"①《辭海》因言帖子詞為"古代臣子於節日獻給宮中的詩"②。然而"每遇令節"或"八節"撰帖子詞，皆係推測，無實據。宋人用帖子只限於立春、端午二節，僅晏殊《元日詞》屬例外，蓋真宗時期係初創，尚未定型；仁宗時即固定。帖子係從民間節日門戶飾物發展而來，原以元日、人日、立春、端午四節為盛，前三者因時間接近而逐漸合一，而宋朝國運為火德，重端午，故只用於立春、端午。

概言之，帖子詞是宋代宮中春、端帖子所用之祓除、祝頌詞語。因剪貼於羅帛之上，粘貼於宮中門帳等處，故稱帖子、春帖、端帖、春端帖子、詩帖子、門帖、門帖子等。以詩體而言，慣稱"某詞"，如"宮中春詞"、"春詞"、"立春日詞"、"端午詞"、"翰苑詞"、"帖子詞"、"春端帖子詞"等，以"春帖子詞"、"端午帖子詞"最為常見；亦偶有稱"帖子詩"者。"帖子詞"又作"貼子詞"，大致因帖子粘貼於門，而"帖""貼"二字均有粘貼之義，故混用之，應以"帖"為是。任競澤《簡論帖子詞》有詳細辨析，此不贅述。

二 帖子詞的形式特征：詩題明確，閣類有別，數量有定的五、七言絕句組詩

從外部形態上看，帖子詞詩題明確，閣類有別，數量有定，為近體絕句組詩。

（一）帖子詞的詩題非常明確，直接題以"帖子（詞）"字樣。其題包括組詩總題和閣類分題兩種。多數先總題"春/端午帖子（詞）"，再以使用者身份列閣類名。如宋祁《春帖子詞》，下有《皇帝閣》、《皇后閣》、《夫人閣》；有些則無總名，直接在閣類後加帖子（詞），如夏竦的《御閣春帖子》；有的特加修飾限定語，如王珪《立春內中帖子詞》、蘇轍《學士院端午帖子》；有的標有年份，如崔敦詩《淳熙二年春帖子詞》、真德秀《嘉定六年春帖子詞》、洪咨夔《端平二年端午帖子詞》等；有的附加尊號，如崔敦詩《淳熙二年春帖子詞》有《光堯壽聖憲天體道太上皇帝閣》、《壽聖明慈太上皇后閣六首》，《淳熙七年

---

① 趙翼：《陔餘叢考》，中華書局1963年版，第483頁。
② 《辭海》，上海辭書出版社1999年版，第2205頁。

春帖子》有《光堯壽聖憲天體道性仁誠德經武緯文太上皇帝閣》、《壽聖齊明廣慈太上皇后閣》等。極少數稱"××詞",如晏殊《立春日詞》、《端午詞》等。

帖子詞是門帖用詩,標題無須寫在門帖之上,因此總題的有無並不重要,但是閣類名不可或缺,因為使用對象不同,內容、數量有別,不能張冠李戴。今存完整的帖子詞都有閣類小題正在於此。帖子詞被收入作者詩文集時經過了本人或後人的編輯,有的加了總題,如春帖子、端午帖子、春端帖子等;有的分體編排,如周南、許及之的帖子詞皆五、七言分編。

(二)帖子詞閣類穩定、數量固定,為絕句聯章組詩形態。一組完整的帖子詞通常包括皇帝、皇后、夫人三閣類,具體則根據當年宮中重要人物而增減。如神宗初司馬光、王珪另有太皇太后閣、皇太后閣;哲宗初蘇軾、蘇轍、蘇頌另有太皇太后閣、皇太后閣、皇太妃閣,而無皇后閣帖子;南宋孝宗時周必大、崔敦詩有太上皇帝閣和太上皇后閣,而無夫人閣;理宗時洪咨夔、許應龍有貴妃閣,劉克莊有東宮閣及公主閣。以制度而論,夫人閣為眾妃所共用,單獨享有者為特例。《墨莊漫錄》卷四載:"泰陵時,蔡元長為學士。故事,供貼子,皇太后、皇帝、皇后閣各有詞,諸妃閣同,用四首而已。時昭懷劉太后充貴妃,元長特撰四首以供之,有'三十六宮人第一,玉樓深處夢熊羆'。"① 按,"泰陵"為哲宗;"昭懷劉太后"即哲宗皇后劉清菁,徽宗即位後尊為太后,謚號昭懷;"貴妃"當為賢妃。據《宋史》本傳,劉氏"初為御侍,明艷冠後庭,且多才藝。由美人、婕妤進賢妃。生一子二女。有盛寵,能順意奉兩宮。時孟后位中宮,后不循列妾禮……孟后既廢,后竟代焉"②。孟后紹聖三年(1096)九月被廢,劉氏四年九月由婉儀進為賢妃③,元符二年(1099)九月册封為皇后④。此詩當作於元符元年或二年,時蔡京為翰林學士承旨。由此可見,帖子雖小,卻是勢位的標誌。在此之前,真宗楊淑妃、仁宗

---

① 張邦基:《墨莊漫錄》,中華書局2002年版,第128頁。
② 脫脫等:《宋史》,中華書局1977年版,第8638頁。
③ 《宋史》,第348頁。
④ 李燾:《續資治通鑑長編》,中華書局1993年版,第12238頁。

張貴妃皆已有專帖。更甚者，張貴妃死後，仁宗還令詞臣撰帖。惠洪《冷齋夜話》即載："歐公、王禹玉俱在翰苑，立春日當進詩貼子。會溫成皇后薨，閣虛不進，有旨亦令進。"① 至南宋，高宗吳貴妃、理宗賈貴妃亦有專帖，故而《武林舊事》言"帝、后、貴妃、夫人諸閣，各有定式"，以貴妃閣為常。劉克莊還為理宗愛女周漢國公主作有《公主閣》春、端帖子。足見帖子詞作為應制詩，其閣類與當時宮廷人物的地位、權勢、受寵幸度直接相關。

帖子詞為絕句聯章組詩形態，除個別全閣為七絕外②，通常每一閣類包括五、七言兩類，七絕偏多，今存帖子五絕四百四十餘首，七絕六百一十餘首可證。之所以用絕句，一是方便張貼使用，二是便於創作。

一組帖子詞的數量取決於閣類的數量。從保存完整的宋庠、宋祁、歐陽修、司馬光、蘇軾、周必大、崔敦詩、真德秀等人的帖子來看，每閣的數目與使用者的身份地位相關，數量有等差，北宋時有六首、五首和四首三個級別，南宋時只有六首和五首兩個級別。具體而言，皇帝、太皇太后、皇太后、太上皇帝等閣均為六首，皇后、皇太妃閣五首，南宋時貴妃、東宮、公主等閣亦為五首，北宋時貴妃閣為四首，夫人閣四或五首。

三　帖子詞的撰寫機構及作者身份：學士院當直學士

帖子詞由專掌朝廷制誥詔敕的中央秘書機構——學士院負責寫作，文獻多有記載。除前引《歲時雜記》、《武林舊事》等外，《建炎以來系年要錄》卷一四八、《宋史全文》卷二一、《玉海》卷九〇等都有"（紹興十三年正月）辛丑，立春節，學士院始進貼子詞"的記載；《錦繡萬花谷》"著撰文名"所列學士院二十餘種文辭中即有春帖子。帖子詞由學士院寫作，今人會有小題大作之感，但這是由宋代學士院的職能決定的。學士院設於唐玄宗開元二十六年（738），係從翰林院分離而

---

① 釋惠洪：《冷齋夜話》，中華書局1988年版，第21頁。
② 僅夏竦、晏殊帖子、胡宿《皇帝閣春帖子》、歐陽修《春帖子詞·溫成皇后閣》全閣為七絕。曹勛帖子亦為七絕，但非完篇，係五絕散佚所致。

出①，宋代沿置，成為正式官司名，與翰林院分屬不同機構，職掌完全分開。翰林院隸屬於內侍省，"總天文、書藝、圖畫、醫局四局"②；學士院則直接隸屬於皇帝，"掌制、誥、赦、敕、國書及宮禁所用之文詞"③。帖子詞屬于宮禁所用文辭，故而职属學士院。

那麼，帖子詞作者是否皆為翰林學士呢？否。宋代學士院設官有翰林學士承旨、翰林學士、直院、權直院、兼直院等。翰林學士承旨通常以資格最老者任，學士院缺人，則設直院、權直院代行文書。"承旨，不常置，以學士久次者為之。凡他官入院未除學士，謂之直院；學士俱闕，他官暫行院中文書，謂之權直"④。權直、直院在學士缺員的情況下實際行使的是學士職責，《夢溪筆談》卷二云："國朝學士、舍人皆置直院，熙寧中復置直舍人、學士院，但以資淺者為之，其實正官也。熙寧六年，舍人皆遷罷，閣下無人，乃以章子平權直制誥，而不除直院者，以其暫攝也。古之兼官，多是暫時攝領；有長兼者，即同正官。"⑤元豐改官制，學士院機構並無變化，"自國初至元豐官制行，百司事失其實，多所釐正，獨學士院承唐舊典，不改"⑥。但學士院的設官和人員數並不恒定。宋初"學士院：翰林學士承旨、翰林學士、翰林侍讀侍講學士。承旨不常置，以院中久次者一人充。學士六員"，然又云"承旨唐置，以學士第一人充，今不常置。學士無定員"⑦；元豐改官後，"（學士院）官：學士二人"，又言"舊無常員，及元豐中始裁定，間選久次者為承旨"⑧。楊果認為，"宋翰林學士的員額限制，經歷了從不定員到定員二人的變化，元豐改制前，翰林學士不定員，習慣上以六人為限；改制以後定員為二人。但實際情況與制度規定相差甚遠，院中學士少時僅一人，多時達六七人。"⑨北宋時學士院多為翰林學士，元豐改

---

① 歐陽修等：《新唐書·百官志》，中華書局1975年版，第1183頁。
② 《宋史》，第3941頁。
③ 《宋會要輯稿》職官六之五〇。
④ 《宋史》，第3812頁。
⑤ 沈括：《夢溪筆談》，遼寧教育出版社1997年版，第8頁。
⑥ 《宋史》，第3812頁。
⑦ 《宋會要輯稿》職官六之四六。
⑧ 《宋會要輯稿》職官六之五一。
⑨ 楊果：《中國翰林制度研究》，武漢大學出版社1996年版，第175頁。

制後人數減為二員，仍為翰林學士；南宋時人數未變，但真除翰林學士者少，多為兼直、權直。因此，帖子詞的作者身份在北南宋也有所不同。從今存帖子詞作者來看，北宋時有夏竦、晏殊、宋庠、宋祁、胡宿、歐陽修、王珪、司馬光、元絳、呂惠卿、韓維、李清臣、鄧潤甫、蘇軾、許將、蘇頌、蘇轍、趙彥若、梁燾、蔣之奇、蔡京、王安中、李邦彥、趙野、孫抃、周邦彥、傅墨卿及佚名等二十八人，僅夏竦、晏殊、周邦彥未曾入院。夏竦、晏殊作於真宗大中祥符間，其時初創而體制未備，尚不由翰林學士寫作①；仁宗之後帖子詞寫作常規化，作者皆為翰林學士；周邦彥係代某學士所作。南宋時有李清照、劉才邵、周麟之、洪适、曹勛、陸升之、汪應辰、周必大、崔敦詩、洪邁、許及之、周南、衛涇、真德秀、洪咨夔、許應龍、劉克莊、羅公升等十八人，其中，李清照、曹勛、陸升之、周南、羅公升皆未入院，陸升之為代直院劉珙所作，李清照因"親聯為內夫人"而進，曹、周、羅三人寫作原因不明，餘人寫作時皆在院，多為直院、權直院、兼直院。孝宗時崔敦詩入學士院，因資歷淺而新創翰林權直以稱，淳熙五年再入院，因"議者以翰林乃應奉之所，非專掌制誥之地，更為學士院權直"②，其作淳熙元年、二年帖子時即為翰林權直。當然，有人多年寫作帖子詞，時間不同，身份也不一。如周必大，自乾道七年至淳熙八年多次寫作，其身份也經歷了從權直院、直院、翰林學士到翰林學士承旨的變化。由此可見，帖子詞的作者身份在北宋為翰林學士，在南宋則較為複雜，可泛稱之為"學士"。

四　帖子詞的寫作方式：從獨作到合作

　　帖子詞的寫作經歷了由獨作到二人合作的變化。北宋時一組帖子詞由一人完成，宋庠、宋祁、胡宿、歐陽修、王珪、韓維、司馬光、蘇軾、蘇轍、蘇頌等帖可證；南宋孝宗之後則多由兩人合作，故今存帖子整組少。下面以乾道七年至淳熙八年（1171—1181）間帖子詞的寫作情況來略作說明（見下頁表）。

---

　　① 張曉紅：《宋代帖子詞的始作及作者身份考論》，《重慶師範大學學報》（社會科學版）2010年第1期。

　　② 《宋史》，第3812頁。

前言 9

使用時間	在院學士（①學士承旨、②翰林學士、③直院、④兼直院、⑤兼權直院、⑥翰林權直）	帖子類型	各閣類作者			
			太上皇帝閣	太上皇后閣	皇帝閣	皇后閣
乾道七年	周必大⑤、鄭聞④	立春	周必大	周必大	？	／
	周必大⑤、王曮②	端午	周必大	周必大	周必大	／
乾道八年	周必大⑤、王曮②	立春	？	？	周必大	／
	王曮①	端午	？	？	？	？
乾道九年	王曮①	立春	？	？	？	？
	王淪⑤、王淮⑤	端午	？	？	？	？
淳熙元年	崔敦詩⑥、王淮④	立春	？	？	？	？
	崔敦詩⑥、王淮②	端午	？	？	崔敦詩	？
淳熙二年	崔敦詩⑥、王淮②	立春	崔敦詩	崔敦詩	？	？
	胡元質③、王淮②	端午	？	？	？	？
淳熙三年	周必大③、程叔達⑤	立春	周必大	？	？	／
	周必大③、程叔達⑤	端午	？	？	周必大	／
淳熙四年	周必大③、程叔達⑤	立春	周必大	周必大	？	？
	周必大③、程叔達⑤	端午	周必大	周必大	？	？
淳熙五年	周必大②	立春	周必大	周必大	周必大	周必大
	周必大②	端午	周必大	周必大	周必大	周必大
淳熙六年	崔敦詩⑤、周必大②、莫濟④	立春	？	？	崔敦詩	崔敦詩
	崔敦詩⑤、周必大②	端午	周必大	周必大	崔敦詩	崔敦詩
淳熙七年	崔敦詩⑤、周必大①、葛邲⑤	立春	崔敦詩	崔敦詩	？	？
	崔敦詩⑤、趙彥中⑤	端午	？	？	崔敦詩	崔敦詩
淳熙八年	崔敦詩⑤、趙彥中⑤	立春	崔敦詩	崔敦詩	？	？
	崔敦詩⑤、趙彥中⑤	端午	崔敦詩	崔敦詩	？	？

備注：在院學士情況據《宋中興學士院題名》；"／"表示中宮无人；"？"表示未知作者。

可以看出，這期間，在院學士大多兩員，偶爾一員或三員。凡兩員、三員時，帖子詞多由兩人合作完成，如淳熙六年端帖即由周必大與崔敦詩合作而成；一員則不得不獨自完成，如乾道七年端帖、淳熙五年春、端帖皆由周必大獨作。總體以合作居多，我們甚至大致可推斷出表中所缺帖子的作者。

帖子詞具體由誰負責撰寫，與翰林學士的當直制度有關。劉克莊有

"余嘗忝傼直，幸不當筆爾"①之言，"傼直"指連日值宿。學士院有輪直制度，可見帖子詞由當日值班者負責寫作。個別人雖然當筆，但自覺文采不足，便請他人代寫，周邦彥、陸升之都有代作，周南帖子詞也很可能是代作。

五　帖子詞的寫作時間：節日前

關於帖子詞的具體寫作時間，《歲時雜記》明確記載為"立春前一月"或"端午前一月撰"②。但據筆者考察，帖子詞的寫作時間並非如此準確。如夏竦《壽春郡王閣春帖子》是寫給"壽春郡王"（宋仁宗趙禎做皇子時的封號）的。據《宋史》，宋真宗大中祥符八年（1015）十二月"辛卯（15日），太子慶國公封壽春郡王"，天禧二年（1018）二月"丁卯，壽春郡王加太保，進封昇王"，可知此詩只能作於趙禎被封為壽春郡王後的大中祥符八年十二月至進封昇王的天禧二年二月之間。詩中有"良辰已慶加元服，大國爰聞拜景風"句，則必作於其加冠後不久。《續資治通鑑長編》卷八五載，大中祥符八年十二月"戊寅（2日），皇子加冠禮"③，則必為大中祥符九年春帖。據《三千五百年歷日天象》，當年立春在年前十二月十九④，則詩作於八年十二月十五至十九日之間，最多提前四天撰寫。歐陽修《春帖子詞》自注作於"至和元年十二月二十九日"，距離至和二年正月初一立春僅兩天。其《端午帖子詞》作於"三月二十五日"⑤，則提前端午四十天。南宋崔敦詩淳熙元年十二月丁憂，尚有二年正月六日的春帖，則至少提前六天。只有蘇軾《春帖子詞》作於元祐二年十二月五日⑥，距離元祐三年正月四日立春恰為一月。從蘇軾元祐三年八月《論魏王在殯乞罷秋燕劄子》所言"上件教坊致語等文字，準令合於燕前一月進呈"⑦來看，呂希哲所

---

① 劉克莊：《後村詩話》，中華書局1983年版，第54頁。
② 陳元靚：《歲時廣記》，叢書集成初編本，第82、251頁。
③ 李燾：《續資治通鑑長編》，中華書局1983年版，第1958頁。
④ 張培瑜：《三千五百年歷日天象》，河南教育出版社1990年版，第265頁。
⑤ 《全宋詩》，第3807頁。
⑥ 《石渠寶笈》卷五，影印文淵閣《四庫全書》本。
⑦ 蘇軾：《蘇軾文集》，中華書局1986年版，第822—823頁。

記當為哲宗時期帖子詞撰進之例。總之，帖子詞需提前撰寫，但時間並不固定。

六　帖子詞的內容風格：應時納祜，典雅得體

綦崇禮在《論德宗不能用陸贄》一文中說："若春日帖子，蓋宮禁門戶間祓除祈祝之詞，異時作者不過頌德美而歌福祿，以奉至尊燕娛之私而已。"[1] 的確，帖子詞的題材比較狹窄，內容主要可概括為紀述節序、應時納祜、歌功頌德，敘寫時事，微含諷諫等。在藝術表現上，語象集中，喜用典故，辭藻雅麗，注重修辭，情感喜慶，音節諧美。其語象、典故主要集中於節令、祥瑞、宮廷的範疇。如春帖用綵勝、饋春盤、出土牛、東郊迎氣、三素雲、寬大書等；端帖用食粽、競渡、懸艾葉菖蒲、繫綵索、鬥百草、浴蘭湯、賜梟羹、進銅鏡等。總體來說，帖子詞成就不高，此乃應制詩之共同點；然而異中有同，同中有異，帖子詞作者眾多，良莠不齊，個人作品成就並不等齊，需加以辨別，讀者細讀作品自有所見。

綜上所述，帖子詞是一種宋時所產生的節日門帖詩，其形式規整、體裁統一，用途單一，作者學士化，作時有限制，故其內容比較單一，主要為紀述節序、應時納祜、歌功頌德，時或紀寫時事，偶爾寓含規諫，在藝術風格上多用典故，辭藻雅麗，聲韻諧美。

二

帖子詞具有什麼價值呢？竊以為主要具有三方面的價值。

其一為文學價值。首先，它豐富了文學百花園中的詩歌種類。作為一種節日應制詩，在宋代衍生出這樣一種形式，也是一種創新。這種詩體不僅影響到民間門帖詩的創作，還影響到周邊國家及後世門帖詩的寫作。其次，帖子詞的聯章絕句組詩形態也是對傳統聯章體詩歌的繼承和開拓。再次，"帖子"成為一個與宮廷、學士、立春、端午、太平盛世等相關的獨特意象，在宋及後世的文學作品中得到表現。如張公庠《宮

---

[1] 綦崇禮：《北海集》卷二二，影印文淵閣《四庫全書》本。

詞》"北斗回杓欲建寅，宮嬪排備立春時。鏤花貼子留題處，只待金鑾學士詩"①、岳珂《宮詞》"端辰帖子縷黃金，詞苑題來禁籞深"②、周紫芝《再賦立春效王建三絕》其二"已進玉堂春帖子，六宮無事笑聲多"③、史浩《滿庭芳·立春詞，時方獄空》"相將見，宜春帖子，清夜寫金鑾"④、劉辰翁《摸魚兒·和中齋端午韻》"更閑卻，玉堂端帖多多許"⑤、王安中《象州上元》"二年白玉堂，揮翰供帖子。風生起草臺，墨照澄心紙"⑥、林希逸《丁卯立春作》"卻憶先朝供帖子，傷心白髮舊詞臣"⑦、劉克莊《和方時父立春》"忘卻玉堂供帖子，牛欄西畔覓詩迴"，《和陳生投贈二首》其一"老農無復供春帖，題徧南村與北村"⑧、蘇軾《次韻秦少遊王仲至元日立春》其三"好遣秦郎供貼子，盡驅春色入毫端"⑨、陳天麟《除夕偶成呈同舍兼簡陳仲恕》"不解玉堂供帖子，雙扉聊與換桃符"⑩ 等。當然，也不乏優秀的帖子詞，以歐陽修為濫觴，司馬光、蘇軾、真德秀、劉克莊等人的詩都有很明顯的諷諫意味，他們拓展了帖子詞的表現範圍，豐富了其內涵，提升了詩的品質。如歐陽修《春帖子詞·皇帝閣》其二"陽進升君子，陰消退小人。聖君南面治，布政法新春"，蘇軾《端午帖子詞·皇帝閣》其三"微涼生殿閣，習習滿皇都。試問吾民慍，南風為解無"，司馬光《春貼子詞·夫人閣》"聖主終朝勤萬機，燕居專事養希夷。千門永晝春岑寂，不用車前插竹枝"等，為人所稱道；有的帖子詞諷諫意味少卻耐人尋味，如歐陽修《溫成皇后閣》其三"綵縷誰云能續命，玉奩空自鎖遺香。白頭舊監悲時節，珠閣無人夏日長"；有的純為寫景，清新明麗，如曹勛《端午帖子》"雨後風微荷芰香，頓驅初暑作疏涼。黑雲捲盡青

---

① 《全宋詩》，第 6257 頁。
② 《全宋詩》，第 35403 頁。
③ 《全宋詩》，第 17323 頁。
④ 唐圭璋編：《全宋詞》，中華書局 1965 年版，第 1263 頁。
⑤ 《全宋詞》，第 3251 頁。
⑥ 《全宋詩》，第 16014 頁。
⑦ 《全宋詩》，第 37264 頁。
⑧ 《全宋詩》，第 36628、36656 頁。
⑨ 《全宋詩》，第 9481 頁。
⑩ 《全宋詩》，第 23267 頁。

天大，却倚湖光看夕陽"；有些用典卻不失活潑，如宋祁《春帖子詞·皇帝閣》十二"宜春苑裏報春回，寶勝繒花百種催。瑞羽關關遷木早，神魚潑潑上冰來"；有的寫風俗而明麗自然，如王珪《立春內中帖子詞·皇帝閣》其一"北地凝陰盡，千門淑氣新。年年金殿裏，寶字貼宜春"，諸如此類，亦值得一讀。清代《御選宋詩》中就有不少帖子詞，今人選宋詩，亦有選帖子詞者。

其二是史料價值。帖子詞為宮廷寫作，涉及宮廷事實及人物，有些詩具有拾遺補闕、與史互證的作用。如孝宗成肅皇后謝氏，文獻不載其生年，周南《皇太后閣春帖子》其三有"三朝備福尊壽樂，七秩修齡古更稀"句，確定了周南帖子的寫作時間，便可推斷謝氏后之生年。衛涇《壽成惠聖慈祐太皇太后閣春帖子》其六"刁斗轅門五夜深，思齊文母正關心。身臨大練無他費，湯沐先捐鉅萬金"可與《宋史·寧宗本紀二》記載開禧二年十一月伐金，"太皇太后賜錢一百萬緡犒賞軍士"相印證。帖子詞的體制也有助於相關文獻訛誤的訂正，如朱弁《曲洧舊聞》與釋惠洪《冷齋夜話》載同一詩，但所記不同，《曲洧舊聞》曰：

> 歐公與王禹玉、范忠文同在禁林，故事進春帖子自皇后、貴妃以下諸閣皆有。是時，溫成薨未久，詞臣闕而不進。仁宗語近侍，詞臣觀望，溫成獨無有。色甚不懌。諸公聞之惶駭，禹玉、忠文倉促作不成。公徐云："某有一首，但寫進本時，偶忘之耳。"乃取小紅箋，自錄其詩云："忽聞海上有仙山，煙鎖樓臺日月閑。花下玉容長不老，只應春色勝人間。"既進，上大喜。禹玉拊歐公背，曰："君文章真是含香丸子也。"[①]

《冷齋夜話》"立春王禹玉口占"則為：

> 歐公、王禹玉俱在翰苑，立春日當進詩貼子。會溫成皇后薨，閣虛不進，有旨亦令進。歐公經營中，禹玉口占便寫，曰："昔聞

[①] 朱弁：《曲洧舊聞》卷七，中華書局 2002 年版，第 180 頁。

海上有三山，煙鎖樓臺日月間。花似玉容長不老，只應春色勝人間。"歐公喜其敏速。禹玉，歐公門生也，而同局，近世盛事。①

　　二人引詩略有不同，但為一詩則無疑。細加辨別，知《冷齋夜話》記載較為準確。《曲洧舊聞》所記作者有誤，"歐公與王禹玉、范忠文同在禁林"之說亦誤，然其所記"溫成薨未久"歐陽修作帖子則不差。溫成皇后卒於至和元年正月，至和二年（1055）的春帖乃為歐陽修所作，嘉祐二年（1057）春帖方為王珪所作，此首即在內。也有助於解決文學研究中的一些問題，諸如作品系年、作者、作時、內容等。如《全宋詩》卷五八王世則名下錄《高岩立春日》與卷一三九三王安中名下所錄《象州上元》相同，根據帖子詞的撰寫制度，結合詩歌內容"二年白玉堂，揮翰供帖子"不難斷定作者是王安中。再如關於王曾帖子詞的問題，歷代文獻如《古今事文類聚》、《記纂淵海》、《山堂肆考》、《宋元詩會》等，一直將"北陸凝陰盡"一詩歸於王曾名下，《古今事文類聚》、《歲時廣記》引用王曾帖子有十餘條，《全宋詩》卷一四三也輯在王曾名下。然從帖子寫作制度入手，考察其生平，再聯繫作品，知所謂王曾帖子均為王珪所作，王曾實無帖子。葛立方《韻語陽秋》載一首帖子作者為梁君睍，後被何汶《竹莊詩話》、阮閱《詩話總龜》、明李蓘《宋藝圃集》、清厲鶚《宋詩紀事》等不斷轉引，影響很大。然北宋翰林學士查無此人，則此姓名當有誤。《古今歲時雜詠》錄孫覿帖子詞十六首，考察孫覿生平歷官，結合具體時代背景以及作品的形式和內容特色，可斷定此詩並非他所作。再如蘇軾《春帖子詞》有《夫人閣》四首，對夫人所指為誰，查注為：《宋史》："馮賢妃、東平人。初封郡君，養女林美人，得幸神宗，生燕、越二王，進婕妤。按，元祐初，二人俱在宮中，未詳孰是？"他認為當時有馮賢妃和林美人二人。合注則為："《宋史》：仁宗苗貴妃，元祐六年薨。周貴妃，徽宗時，年九十三薨。即神宗之武賢妃，亦大觀元年薨。則元祐初皆在宮中，查氏何以專舉馮、林二人也？"列舉了當時在世的宮中妃子，對查氏專舉馮、林二人提出質疑。

────────

① 釋惠洪：《冷齋夜話》卷二，中華書局1985年版，第9頁。

而王文誥按語又云："以各内制考之，此是皇太后殿夫人，信為林婕妤也。余賢妃、貴妃皆非是。"認為專指林婕妤。以宋代帖子詞的使用規則，如果不是單獨撰"貴妃閣"或"妃嬪閣"之類，則夫人閣為眾夫人共用，而非專為某一人所寫。夫人包括當時的貴妃、德妃、賢妃、淑妃。再如蘇軾《春帖子詞·太皇太后閣六首》其五："共道十年無臘雪，且欣三白壓春田。盡驅南畝扶犁手，稍發中都朽貫錢。"王文誥加按語曰："是年正月大雪，見本集奏狀。"查注為："按《宋史·本紀》：'哲宗元祐三年春，正月，復廣惠倉。雪寒，發京西穀五十餘萬石，損其直以紓民。罷上元遊幸。'此首即記此事。"由於注者對帖子詞寫作時間的忽略，想當然以為此詩寫於正月。事實上此詩乃提前一月所寫，作於"二年十二月五日"，詩中所寫自然非正月之雪，而為元祐二年冬雪。據《宋史》，"元祐二年冬，京師大雪連月，至春不止"，雪災導致很多人凍死，朝廷多次賑濟，"十一月，乙亥（27日），大雪甚，民凍多死，詔加振恤，死無親屬者官瘞之"，"十二月乙酉（6日），賜諸軍及貧民錢"，"三年春正月，……庚戌，復廣惠倉。……庚申，雪寒，發京西穀五十餘萬石，損其直以紓民"。作者所寫為十二月五日前的事，所寫賑濟亦乃十一月之事，而非十二月五日以後或三年正月事。帖子中類似這樣的情形較多，如果不解其寫作制度，對作品的理解可能就會不夠準確甚至有誤。

其三為民俗文化價值。眾多帖子詞描寫節日風俗，多角度、多側面、細緻地展現了古代尤其是宋代宮廷及民間節日風俗，對我們了解宋時節日風俗文化、宮廷節日禮制提供了大量文獻，具有較高的認識價值。春帖子所寫立春習俗包括了儀式方面的東郊迎氣、鞭土牛、進獻賞賜幡勝；裝飾習俗方面的貼春帖、立青旗、掛彩幡、彩燕、彩勝、簪戴春幡勝等；飲食習俗方面的試春盤、飲春酒，以及宴飲娛樂遊戲等方面的設春宴、祝春宜、聽歌賞舞等等；端午習俗則包括了飲食方面的食角黍、粉團、飲菖蒲酒，裝飾方面的貼端帖、佩辟兵符、戴彩絲、簪艾虎，遊戲方面的鬥百草、採草藥、競渡、解粽、捕蟾蜍，以及宮廷端午宴飲、進獻、賞賜衣服、扇子等。與《東京夢華錄》、《夢粱錄》、《武林舊事》等可相互參照，雖然零碎，但更為廣泛豐富，有助於我們更加全面地了解宋代的立春、端午習俗。同時，部分帖子詞還表現了宋人的風俗觀念，還間接地展示了風俗的演變，亦有一定認識價值。此類例子甚多，茲不繁舉。

三

　　筆者注意到帖子詞，最初是在研究節日與詩詞的關係時發現其數量較多，對節令風俗的表現極為豐富。二〇〇七年，在選擇博士學位論文時，遂決定對這一詩體詳加研究。作為研究的基礎，第一步便是蒐集資料，在輯錄《全宋詩》中所載帖子詞時，發現其有重收現象，如卷七七錄趙湘《南陽集》帖子詞與卷四三〇錄韓維《南陽集》帖子詞相同。隨後翻閱相關筆記雜著、別集、總集、類書等，發現《全宋詩》也存在誤收、漏收現象，如誤收王曾、孫覿、傅墨卿、李士美、梁君貺等帖子，漏收夏竦、洪括、劉克莊、元絳等帖子。帖子詞歷來被認為價值不甚高，故而研究者尚少，當時僅唐春生的《學士院與宋代內廷帖子詞》（《重慶郵電學院學報》（社科版）2006 年第 5 期），任競澤《簡論帖子詞》（《文學評論》2008 年第 2 期）二文，研究尚未深入。2010 年筆者提交的《宋代帖子詞研究》一文通過了博士論文答辯，論文對帖子詞的體制、特色、影響都作了較為詳細的論述。近幾年除筆者外，又有賈先奎《論北宋前期的帖子詞》（《常州大學學報》（社科版）2010 年第 3 期）、湖南大學張多姣的碩士論文《宋代端午帖子詞研究》（2012）、安徽大學徐利的碩士論文《宋代帖子詞研究》（2012）等論文研究此體。但是筆者發現，帖子詞的一些基本問題仍然沒有得到很好的解決，其關鍵在於對文本缺乏深入研討，學界至今對此詩體很陌生，甚至不知其為詩為詞，對"帖子詞"的定義多照搬釋義不夠準確的《辭海》。鑒於此，筆者自覺對帖子詞作品進行彙集、編年、校勘、注釋，很有必要。

　　本書彙集有宋一代宮帖於一書，可更好地方便讀者查閱。除《全宋詩》所錄外，本書補錄了《全宋詩》所未錄的夏竦、洪括、劉克莊、傅墨卿、元絳等人的帖子五十四首，斷章九句。為便於對照，在作者簡介部分對相關作品在《全宋詩》的卷數也予以交代。本書考訂了帖子詞作者，訂正了《全宋詩》、《全宋詩訂補》的重收、誤收現象。如

《全宋詩》卷三趙湘名下所錄帖子詞與卷四三〇所錄韓維之作相同，實為韓維所作；卷一四三王曾名下所錄《皇帝閣立春帖子》及十二句帖子實乃元絳帖子；卷一四八九孫覿名下所錄詩六首帖子實乃孫抃之作，卷三七三九梁君覬名下所錄帖子作者應為梁燾，卷一七九一錄於李士美名下帖子詞作者應為李邦彥；《全宋詩訂補》葉石健自《歲時薈萃》卷五二輯斷句十補輯於章得象名下，此亦實為元絳帖子，此集一併訂正。此書也考證了帖子詞的寫作時間，在此基礎上對全部作品進行編年，以清晰的歷史面貌呈現出來，可供讀者更好地理解作品。帖子詞僅少數作品自注有具體寫作時間，如歐陽修、周必大、崔敦詩、劉克莊的帖子，即便如此，自注亦偶有錯誤，如周必大《端午帖子詞》中有一組《皇帝閣》、《皇后閣》自注皆為"淳熙六年"，然聯繫作品，顯為"淳熙五年"所作；絕大多數作品的作時需作考證。筆者利用帖子詞的寫作制度和學士院情況，結合作品內容等綜合考察，確定了絕大部分作品的具體寫作年份，少部分雖然無法確定具體年份，但大致期限尚能夠確定。本書對所收帖子詞進行了校勘。將載錄帖子詞的文獻廣泛比勘，以版本佳者為底本，文字取意佳者。對雖無版本依據，但有明顯錯誤者，徑直以改。如許及之《聖壽閣端午帖子》"駕言康壽殿中來，排備涼亭與月臺。此去天中纔半月，從今日日要花開"中的"天中"顯然為高宗生日聖節"天申"之誤，天申節在五月二十一日，過端午"纔半月"；衛涇《皇帝閣端午帖子》其二"御服齊官獻，生衣暴室供"中"官"顯然係"宮"之誤；劉克莊端午帖子《公主閣》其二"左右陳圖史，母煩鑄古銅"中的"母"顯然為"毋"等，皆因形近而誤；劉克莊端午帖子《公主閣》自注原作"言五二首"，"言五"顯為倒文；《皇后閣》其一"香羅兼紬葛，百辟謝恩歸。誰信椒房儉，身惟衣練辰"詩中末句"衣練辰"不僅義不合，韻亦不合；春帖子《皇后閣》其一"一點陽和默幹旋，枝頭枯槁忽殊妍。人間但見千紅紫，玉指金針妙不得"首句"幹"係"斡"，形似而誤外，末句"得"為入聲職韻，與前韻"旋"、"妍"等平聲先韻不叶，當為"傳"，等等。此書的主要目的在釋義，重點在風俗儀式、典章制度、詞語出處、相關時事等的注釋，使讀者能更好地理解文本，欣賞作品。

儘管筆者在輯錄、編年、考證、校勘、注釋上花費了很大功夫，但因才疏學淺，又是首次嘗試做這樣的工作，錯誤之處在所難免，懇請方家及廣大讀者校正。

張曉紅

2013 年 11 月於廈門集美

目 录

凡例 …………………………………………………… （1）
前言 …………………………………………………… （1）

夏竦 …………………………………………………… （1）
 御閤春帖子 ……………………………………… （1）
 內閤春帖子 ……………………………………… （6）
 壽春郡王閤春帖子 ……………………………… （12）
 御閤端午帖子 …………………………………… （14）
 皇后閤端午帖子 ………………………………… （23）
 郡王閤端午帖子 ………………………………… （29）
 淑妃閤端午帖子 ………………………………… （31）

晏殊 …………………………………………………… （35）
 元日詞 …………………………………………… （35）
  御閤四首 ……………………………………… （35）
  內廷四首 ……………………………………… （38）
  東宮閤二首 …………………………………… （40）
 立春日詞 ………………………………………… （41）
  御閤四首 ……………………………………… （41）
  內廷四首 ……………………………………… （44）
  東宮閤三首 …………………………………… （46）
 端午詞 …………………………………………… （48）
  御閤四首 ……………………………………… （48）
  內廷四首 ……………………………………… （51）

昇王閣二首 …………………………………………（54）
　　御閣四首 ……………………………………………（55）
　　東宮閣二首 …………………………………………（57）

宋庠 ……………………………………………………（59）
　　皇帝閣端午帖子詞 …………………………………（59）
　　皇后閣端午帖子詞 …………………………………（63）
　　夫人閣端午帖子詞 …………………………………（66）

宋祁 ……………………………………………………（70）
　　春帖子詞 ……………………………………………（70）
　　　皇帝閣十二首 ……………………………………（70）
　　　皇后閣十首 ………………………………………（76）
　　　夫人閣十首 ………………………………………（80）

孫抃（附孫覿）…………………………………………（85）
　　端午日帖子詞 ………………………………………（85）
　　　皇帝閣六首 ………………………………………（85）
　　　皇后閣五首 ………………………………………（89）
　　　夫人閣五首 ………………………………………（92）

胡宿 ……………………………………………………（95）
　　皇帝閣春帖子 ………………………………………（95）
　　皇后閣春帖子 ………………………………………（99）
　　妃閣春帖子 …………………………………………（102）
　　夫人閣春帖子 ………………………………………（104）
　　皇帝閣端午帖子 ……………………………………（107）
　　皇后閣端午帖子 ……………………………………（112）
　　夫人閣端午帖子 ……………………………………（119）

歐陽修 ……………………………………………………（125）
　春帖子詞 ………………………………………………（125）
　　皇帝閣六首 …………………………………………（125）
　　皇后閣五首 …………………………………………（128）
　　溫成皇后閣四首 ……………………………………（131）
　　夫人閣五首 …………………………………………（133）
　端午帖子詞 ……………………………………………（135）
　　皇帝閣六首 …………………………………………（135）
　　皇后閣五首 …………………………………………（138）
　　溫成皇后閣四首 ……………………………………（140）
　　夫人閣五首 …………………………………………（142）
　端午帖子 ………………………………………………（144）
　　皇帝閣六首 …………………………………………（144）
　　皇后閣五首 …………………………………………（147）
　　溫成閣四首 …………………………………………（149）
　　夫人閣五首 …………………………………………（151）

王珪 ……………………………………………………（154）
　立春內中帖子詞 ………………………………………（154）
　　皇帝閣 ………………………………………………（154）
　　皇后閣 ………………………………………………（157）
　　溫成皇后閣 …………………………………………（159）
　　夫人閣 ………………………………………………（160）
　端午內中帖子詞 ………………………………………（163）
　　皇帝閣 ………………………………………………（163）
　　太上皇后閣 …………………………………………（169）
　　皇后閣 ………………………………………………（176）
　　夫人閣 ………………………………………………（180）

司馬光 …………………………………………………（185）
　春貼子詞 ………………………………………………（185）

皇帝閣六首 …………………………………………………（185）
太皇太后閣六首 ……………………………………………（189）
皇太后閣六首 ………………………………………………（192）
皇后閣五首 …………………………………………………（195）
夫人閣四首 …………………………………………………（197）

元絳 ……………………………………………………………（200）
春帖子詞 ……………………………………………………（200）
皇帝閣端午帖子 ……………………………………………（201）
皇后閣端午帖子 ……………………………………………（203）
端午帖子 ……………………………………………………（204）

韓維 ……………………………………………………………（211）
春貼子 ………………………………………………………（211）
皇帝閣六首 ………………………………………………（211）
太皇太后閣六首 …………………………………………（214）
太后閣六首 ………………………………………………（216）
皇后閣五首 ………………………………………………（219）
夫人閣四首 ………………………………………………（221）

呂惠卿 …………………………………………………………（224）
皇帝閣端午帖子 ……………………………………………（224）

李清臣 …………………………………………………………（226）
端午帖子詞 …………………………………………………（226）

鄧潤甫 …………………………………………………………（228）
春帖子 ………………………………………………………（228）

蘇軾 ……………………………………………………………（230）
春帖子詞元祐三年……………………………………………（230）

皇帝閤六首 …………………………………（230）
　　太皇太后閤六首 ………………………………（235）
　　皇太后閤六首 …………………………………（238）
　　皇太妃閤五首 …………………………………（242）
　　夫人閤四首 ……………………………………（245）
　端午帖子詞元祐三年 ……………………………（246）
　　皇帝閤六首 ……………………………………（246）
　　太皇太后閤六首 ………………………………（250）
　　皇太后閤六首 …………………………………（254）
　　皇太妃閤五首 …………………………………（258）
　　夫人閤四首 ……………………………………（260）

許將 ……………………………………………（262）
　端午帖子 …………………………………………（262）
　皇帝閤春帖子 ……………………………………（263）

蘇頌 ……………………………………………（265）
　春帖子 ……………………………………………（265）
　　皇帝閤六首 ……………………………………（265）
　　太皇太后閤六首 ………………………………（270）
　　皇太后閤六首 …………………………………（273）
　　皇太妃閤五首 …………………………………（276）
　　夫人閤四首 ……………………………………（279）
　春帖子 ……………………………………………（280）

蘇轍 ……………………………………………（282）
　學士院端午帖子二十七首 ………………………（282）
　　皇帝閤六首 ……………………………………（282）
　　太皇太后閤六首 ………………………………（286）
　　皇太后閤六首 …………………………………（289）
　　皇太妃閤五首 …………………………………（292）

夫人閣四首 ………………………………………………（295）

趙彥若 …………………………………………………………（298）
　　端午貼子詞 ………………………………………………（298）

梁熹（附梁君睍） ……………………………………………（300）
　　春帖子 ……………………………………………………（300）

蔡京 ……………………………………………………………（302）
　　春帖子 ……………………………………………………（302）
　　春帖子 ……………………………………………………（304）

蔣之奇 …………………………………………………………（305）
　　春帖子 ……………………………………………………（305）

無名氏 …………………………………………………………（307）
　　春帖子 ……………………………………………………（307）

周邦彥 …………………………………………………………（309）
　　內制春帖子 ………………………………………………（309）
　　內制春帖子 ………………………………………………（311）
　　內制春帖子 ………………………………………………（311）

王安中 …………………………………………………………（312）
　　春帖子 ……………………………………………………（312）
　　　皇帝閣 …………………………………………………（312）
　　　妃嬪閣 …………………………………………………（314）
　　春帖子 ……………………………………………………（315）
　　　皇后閣 …………………………………………………（315）
　　　妃嬪閣 …………………………………………………（316）

李邦彦 …………………………………（318）
　端午貼子詞 ………………………………（318）

趙野 ……………………………………（320）
　春帖子 ……………………………………（320）

傅墨卿 …………………………………（322）
　端午貼子詞 ………………………………（322）

李清照 …………………………………（324）
　皇帝閣春帖子 ……………………………（324）
　貴妃閣春帖子 ……………………………（326）
　皇帝閣端午帖子 …………………………（328）
　皇后閣端午帖子 …………………………（330）
　夫人閣端午帖子 …………………………（331）

劉才邵 …………………………………（333）
　立春內中帖子詞 …………………………（333）
　　皇太后閣六首 …………………………（333）
　　皇帝閣六首 ……………………………（338）
　　皇后閣五首 ……………………………（341）
　端午內中帖子詞 …………………………（344）
　　皇帝閣 …………………………………（344）

周麟之 …………………………………（348）
　春貼子詞 …………………………………（348）
　　皇太后閣六首 …………………………（348）
　　皇帝閣六首 ……………………………（351）
　　皇后閣五首 ……………………………（354）
　端午貼子詞 ………………………………（357）
　　皇太后閣六首 …………………………（357）

皇帝閤六首 …………………………………………（360）
　　皇后閤五首 …………………………………………（363）

陸升之 ……………………………………………………（366）
　　春帖子 ………………………………………………（366）
　　　皇后閤 ……………………………………………（366）

曹勛 ………………………………………………………（369）
　　德壽春帖子 …………………………………………（369）
　　端午帖子 ……………………………………………（374）
　　癸未御前帖子 ………………………………………（379）

洪适 ………………………………………………………（382）
　　皇帝閤春帖子六首 …………………………………（382）
　　皇后閤春帖子五首 …………………………………（386）

汪應辰 ……………………………………………………（389）
　　端午帖子詞皇帝閤 …………………………………（389）
　　太上皇帝閤端午帖子詞 ……………………………（393）
　　太上皇后閤端午帖子詞 ……………………………（399）

周必大 ……………………………………………………（405）
　　立春帖子 ……………………………………………（405）
　　　太上皇帝閤乾道七年 ……………………………（405）
　　　太上皇后閤乾道七年 ……………………………（409）
　　　皇帝閤乾道八年 …………………………………（412）
　　　太上皇帝閤淳熙三年 ……………………………（415）
　　　太上皇帝閤淳熙四年 ……………………………（418）
　　　太上皇后閤淳熙四年 ……………………………（421）
　　　太上皇帝閤淳熙五年 ……………………………（425）
　　　太上皇后閤淳熙五年 ……………………………（429）

皇帝閤淳熙五年 …………………………………………（432）
皇后閤淳熙五年 …………………………………………（435）
端午帖子 ……………………………………………………（438）
太上皇帝閤乾道七年 ……………………………………（438）
太上皇后閤乾道七年 ……………………………………（441）
皇帝閤乾道七年 …………………………………………（443）
皇帝閤淳熙三年 …………………………………………（447）
太上皇帝閤淳熙四年 ……………………………………（450）
太上皇后閤淳熙四年 ……………………………………（453）
太上皇帝閤淳熙五年 ……………………………………（456）
太上皇后閤淳熙五年 ……………………………………（459）
皇帝閤淳熙五年 …………………………………………（462）
皇后閤淳熙五年 …………………………………………（465）
太上皇帝閤淳熙六年 ……………………………………（468）
太上皇后閤淳熙六年 ……………………………………（470）

崔敦詩 ……………………………………………………（474）
春端貼子 ……………………………………………………（474）
淳熙元年端午貼子詞 ……………………………………（474）
皇帝閤六首 ………………………………………………（474）
淳熙二年春貼子詞 …………………………………………（477）
光堯壽聖憲天體道太上皇帝閤六首 ……………………（477）
壽聖明慈太上皇后閤六首 ………………………………（480）
淳熙六年春貼子詞 …………………………………………（483）
皇帝閤六首 ………………………………………………（483）
皇后閤五首 ………………………………………………（485）
淳熙六年端午貼子詞 ………………………………………（488）
皇帝閤六首 ………………………………………………（488）
皇后閤五首 ………………………………………………（491）
淳熙七年春貼子 ……………………………………………（494）
光堯壽聖憲天體道性仁誠德經武緯文太上皇帝閤六首 ………（494）

壽聖齊明廣慈太上皇后閣六首 …………………………………（497）
　淳熙七年端午帖子詞 …………………………………………（499）
　　皇帝閣六首 ……………………………………………………（499）
　　皇后閣五首 ……………………………………………………（503）
　淳熙八年春貼子詞 ……………………………………………（505）
　　太上皇帝閣六首 ………………………………………………（505）
　　太上皇后閣六首 ………………………………………………（508）
　淳熙八年端午帖子詞 …………………………………………（511）
　　太上皇帝閣六首 ………………………………………………（511）
　　太上皇后閣六首 ………………………………………………（513）

洪邁 …………………………………………………………………（517）
　端午帖子詞 ……………………………………………………（517）

許及之 ………………………………………………………………（519）
　太上皇帝閣春帖子 ……………………………………………（519）
　太上皇后閣春帖子 ……………………………………………（521）
　皇帝閣春帖子 …………………………………………………（524）
　皇后閣春帖子 …………………………………………………（526）
　太上閣端午帖子 ………………………………………………（528）
　聖壽閣端午帖子 ………………………………………………（530）

衛涇 …………………………………………………………………（534）
　皇帝閣春帖子 …………………………………………………（534）
　壽成惠聖慈祐太皇太后閣春帖子 ……………………………（537）
　皇帝閣端午帖子 ………………………………………………（541）
　壽成惠聖慈祐太皇太后閣端午帖子 …………………………（544）

周南 …………………………………………………………………（548）
　皇帝閣春帖子 …………………………………………………（548）
　皇太后閣春帖子 ………………………………………………（551）

皇帝閤春帖子 …………………………………（552）
　　皇太后閤春帖子 ………………………………（555）

真德秀 ………………………………………………（557）
　　春端貼子 ………………………………………（557）
　　端午貼子詞 ……………………………………（557）
　　　皇帝閤六首 …………………………………（557）
　　　皇后閤五首 …………………………………（560）
　　　皇太子宫五首 ………………………………（563）
　　春貼子詞 ………………………………………（567）
　　　皇后閤五首 …………………………………（567）
　　端午貼子詞 ……………………………………（569）
　　　皇后閤五首 …………………………………（569）
　　春貼子 …………………………………………（572）
　　　皇帝閤六首 …………………………………（572）
　　　皇后閤五首 …………………………………（575）
　　　東宫五首 ……………………………………（577）
　　皇后閤端午貼子詞 ……………………………（580）
　　嘉定六年春貼子詞 ……………………………（583）
　　　皇后閤五首 …………………………………（583）
　　皇后閤端午貼子詞 ……………………………（586）

洪咨夔 ………………………………………………（589）
　　端平二年端午貼子詞 …………………………（589）
　　　皇帝閤 ………………………………………（589）
　　　貴妃閤 ………………………………………（593）
　　端平三年春帖子詞 ……………………………（596）
　　　皇帝閤 ………………………………………（596）
　　　皇后閤 ………………………………………（600）
　　　貴妃閤 ………………………………………（603）

許應龍 ……………………………………………（607）
帖子詞 ……………………………………………（607）
皇帝閣春帖子 ……………………………………（607）
皇后閣春帖子 ……………………………………（610）
貴妃閣春帖子 ……………………………………（612）
皇帝閣端午帖子 …………………………………（614）
皇后閣端午帖子 …………………………………（617）
貴妃閣端午帖子 …………………………………（619）

劉克莊 ……………………………………………（622）
春端帖子 …………………………………………（622）
春貼子 ……………………………………………（622）
皇帝閣 ……………………………………………（622）
皇太子宮 …………………………………………（626）
端午帖子 …………………………………………（629）
皇后閣 ……………………………………………（629）
公主閣 ……………………………………………（631）
春帖子 ……………………………………………（634）
皇后閣 ……………………………………………（634）
公主位 ……………………………………………（636）
端午帖子 …………………………………………（639）
皇帝閣 ……………………………………………（639）
皇太子宮 …………………………………………（642）

羅公升 ……………………………………………（646）
春日皇帝閣 ………………………………………（646）
端午皇帝閣 ………………………………………（647）
春日皇后閣 ………………………………………（648）
春日夫人閣 ………………………………………（648）
端午夫人閣 ………………………………………（649）

引用書目 …………………………………………（651）

夏竦

夏竦（985—1051），字子喬，江州德安（今屬江西）人。初以父蔭而為潤州丹陽縣主簿，景德四年（1007）舉賢良方正，擢光祿寺丞，通判台州，召直集賢院，為國史編修官、累遷右正言、東京留守推官。仁宗初同修起居注，為玉清昭應宮判官兼領景靈宮、會靈觀事，遷尚書禮部員外郎、知制誥，遷樞密副使，參知政事。明道二年罷知襄州。歷知黄、鄧、壽、安、洪、潁、青等州及永興軍。慶曆七年為宰相，初封英國公，進鄭國公。皇祐三年卒，諡文莊。《宋史》卷二八三有傳。有《文莊集》，《直齋書錄解題》著錄一百卷，《四庫全書總目》著錄三十六卷。

夏竦有帖子詞四十五首，其中春帖子十七首，端午帖子二十八首，《全宋詩》錄於卷一六一。

御閤春帖子[一]

金盤曉日融春露[二]，黼帳鮮雲蔭瑞香[三]。聖壽永同天地久，南山何足比延長[四]。

【校記】

夏竦詩作皆錄自《文莊集》卷三六。此以影印文淵閣《四庫全書》本為底本，校以影印文淵閣《四庫全書》本蒲積中《古今歲時雜詠》。

【注釋】

[一] 御：指真宗趙恒（968—1022）。據《宋史·真宗本紀》，其為宋太宗第三子，母曰元德皇后李氏，開寶元年（968）十二月二日生於開封府第。幼英睿，姿表特異，與諸王嬉戲，好作戰陣之狀，自稱"元帥"。就學受經，一覽成誦。初名德昌，太平興國八年授檢校太保

同中書門下平章事，封韓王，改名元休。端拱元年封襄王，改元侃。淳化五年九月進封壽王，加檢校太傅開封尹。至道元年（995）八月立為皇太子，改今諱。至道三年二月太宗崩，奉遺制即皇帝位。在位二十五年。乾興元年（1022）卒，享年五十五，廟號真宗。春帖子：此組詩為宋真宗大中祥符九年（1016）春帖。按，此組有《壽春郡王春帖子》，"壽春郡王"是宋仁宗趙禎做皇子時的封號。據《宋史》，宋真宗大中祥符八年十二月"辛卯（15日），太子慶國公封壽春郡王"，天禧二年二月"丁卯，壽春郡王加太保，進封昇王"，知其作於大中祥符八年十二月至天禧二年二月之間。《壽春郡王閣春帖子》其一云："良辰已慶加元服，大國爰聞拜景風。""加元服"即加冠。據《續資治通鑑長編》卷八五載，大中祥符八年十二月"戊寅，皇子加冠禮"，本月"丁丑朔"，則加冠在十二月初二日。據《三千五百年曆日天象》，大中祥符九年立春在十二月十九。因此，這組春帖作於大中祥符八年十二月十五至十九日之間。

[二] 金盤：金屬製成的承露之盤。漢武帝迷信神仙，於建章宮築神明臺，上立銅仙人舒掌捧銅盤承以接甘露，以為飲之可以延年。《漢書·郊祀志上》："其後又作柏梁、銅柱、承露僊人掌之屬矣。"顏師古注："《三輔故事》云：建章宮承露盤高二十丈，大七圍，以銅為之，上有仙人掌承露，和玉屑飲之。"後世多有沿襲。如《後漢書·陶謙傳》："大起浮屠寺，上累金盤，下為重樓。"北魏楊衒之《洛陽伽藍記·永寧寺》："刹上有金寶瓶，容二十五斛。寶瓶下有承露金盤一十一重，周匝皆垂金鐸。"

[三] "黼帳"句：寫黼帳之美。黼帳：即華帳。蔭：遮蔽，遮蓋。瑞香：花名。

[四] "聖壽"二句：祝福皇帝長壽。聖壽；皇帝的年壽和生日，為祝壽之詞。南山：語出《詩·小雅·天保》："如月之恒，如日之升。如南山之壽，不騫不崩。"壽比南山為祝人長壽的習用語。

冰消太液生春水[一]，日上披香積瑞煙[二]。喬嶽告成鴻慶遠[三]，垂衣無事永千年[四]。

【注釋】

〔一〕太液：即太液池。漢武帝時所鑿，以其廣大，稱太液池。《三輔黃圖·苑囿·池沼》："太液池，在長安故城西，建章宮北，未央宮西南。太液者言其津潤所及廣也。《關輔記》云：'建章宮北有池，以象北海，刻石為鯨魚，長三丈。'《漢書》曰：'建章宮北治大池，名曰太液池，中起三山，以象瀛洲、蓬萊、方丈，刻金石為魚龍、奇禽、異獸之屬。'"唐、元、明、清沿襲此名，所指不同。宋無太液池，此指北宋汴京宮內後苑中池。南宋所言太液則指宮中大池。《武林舊事》卷四"故都宮殿"："禁中及德壽宮皆有大龍池、萬歲山。"

〔二〕披香：即披香殿，漢宮殿名。《三輔黃圖·未央宮·椒房殿》："武帝時，後宮八區，有昭陽、飛翔、增城、合歡、蘭林、披香、鳳凰、鴛鴦等殿。"此指北宋宮殿。

〔三〕喬嶽：泰山。語出《詩·周頌·時邁》："懷柔百神，及河喬嶽。"毛傳："喬，高也。高嶽，岱宗也。"鴻慶：大慶。此寫真宗大中祥符元年冬泰山封禪事，距離已七年，故曰"鴻慶遠"。

〔四〕垂衣：即垂衣裳。謂定衣服之制，示天下以禮。後用以稱頌帝王無為而治。語出《易·繫辭下》："黃帝堯舜垂衣裳而天下治，蓋取諸乾坤。"韓康伯注："垂衣裳以辨貴賤，乾尊坤卑之義也。"漢王充《論衡·自然》："垂衣裳者，垂拱無為也。"省作"垂衣"、"垂裳"。

天人道洽真游降〔一〕，禪祀功高帝業昌〔二〕。迎氣東郊風乍暖〔三〕，受釐中禁日初長〔四〕。

【注釋】

〔一〕"天人"句：天人道合，仙人降臨。道洽：道同，道合。真游降：真人游觀降下。道家稱修真得道之人為真。《說文》："真，僊人變形而登天也。"此指趙玄朗。按，此寫真宗祥符五年（1012）趙氏祖先趙玄朗降臨延恩殿事。宋李燾《續資治通鑑長編》卷七九"大中祥符五年"："（冬十月）戊午，九天司命上卿保生天尊降於延恩殿。先是八日，上夢景德中所覯神人傳玉皇之命云：'先令汝祖趙某授汝天書，將見汝，如唐朝供奉玄元皇帝。'翌日夜，復夢神人傳天尊言：'吾坐西，當斜設六位。'即於延恩殿設道場。是日，五鼓一籌，先聞異香，少頃黃光自東南至，掩蔽燈燭。俄見靈仙儀衛，所執器物皆有光明，天尊至，冠服如元始天尊。又六人皆秉圭四人仙衣，二人通天冠。絳紗袍。上再拜階下。俄有黃霧起，須臾霧散，天尊與六人皆就坐，侍從在東階。上升西階，再拜。又欲拜六人，天尊令揖不拜。命設榻，召上坐，飲碧玉湯，甘白如乳。天尊曰：'吾人皇九人中一人也，是趙之始祖，再降，乃軒轅黃帝，凡世所知少典之子，非也。母感電夢天人，生於壽丘。後唐時，七月一日下降，總治下方，生趙氏之族，今已百年。皇帝善為撫育蒼生，無怠前志。'即離坐乘雲而去。"又，"（閏十月）己巳，上天尊號曰聖祖上靈高道九天司命保生天尊大帝。"壬申，"詔：'聖祖名，上曰玄、下曰朗，不得斥犯。以七月一日為先天節，十月二十四日為降聖節，並休假五日。……'改延恩殿為真遊殿。"《玉海》卷三二"祥符聖祖降臨記"條亦有相關記載。夏竦撰有《謝賜御製真遊頌表》、《謝賜御製真遊殿頌表》（《文莊集》卷八）等。

[二] 禪祀：封禪泰山和祭祀汾陰后土。此指宋真宗大中祥符元年冬封禪泰山與四年祀汾陰后土地祇之事。見《宋史·真宗本紀二》。

[三] 迎氣東郊：古代迎春禮，也作東郊迎氣。東郊：國都以東的郊外。古代立春迎氣在東郊。《禮記·月令》"孟春之月"："立春之日，天子親帥三公、九卿、諸侯、大夫以迎春於東郊。"《後漢書·祭祀志中》："立春之日，迎春於東郊，祭青帝句芒。車旗服飾皆青。歌青陽，八佾舞《雲翹》之舞。"又《後漢書·禮志四》："立春之日，夜漏未盡五刻，京師百官皆衣青衣，郡國縣道官下至斗食令史皆服青幘，立青旛，施土牛耕人於門外，以示兆民，至立夏。"宋前皇帝親帥三公九卿諸侯大夫迎之，宋代為中祀，常由常參官主持。

[四] 釐（xī），通"禧"，福。中禁：禁中。日初長：指白晝時間增長。杜甫《至後》："冬至至後日初長。"黃希、黃鶴《補注杜詩》卷二六："（王）洙曰：'《周禮》：冬至日在牽牛，影長一丈三尺。'趙（次公）曰：'漢時宮中繡工以線量日影，冬至後添一線也。'"

九門和氣衝魚鑰[一]，層宙祥飆起鶴雲[二]。王澤下流慈煦遠[三]，萬方歌舞戴明君[四]。

【注釋】

　　[一] 九門：泛指皇宮各門。古宮室制度，天子設九門。《禮記·月令》"季春之月"："田獵、罝罘、羅罔、畢翳、餧獸之藥，毋出九門。"鄭玄注："天子九門者，路門也、應門也、雉門也、庫門也、皋門也、城門也、近郊門也、遠郊門也、關門也。"後用以稱宮門。魚鑰：魚形的門鎖。揚雄《方言》："户鑰，自關而東陳楚之間謂之鍵，自關而西謂之鑰。"唐丁用晦《芝田錄》："門鑰必以魚者，取其不瞑目守夜之義。"（《類說》卷一一）

　　[二] 層宙：高空。祥飇：祥風；瑞風。鶴雲：白雲；祥雲。

　　[三] 慈煦：慈愛仁惠。

　　[四] 萬方：四方。戴：尊奉；擁護。

　　青邎布序韶暉盛[一]，紫禁乘春樂事多[二]。海域晏清無夕慮[三]，齋居宣室順天和[四]。

【校記】

　　第三句"海域晏清"四字，《古今歲時雜詠》卷四作"海晏域清"。

【注釋】

　　[一] 青邎：即青道，青陸；月亮運行的軌道。古人認為立春時月從東青道行。《漢書·天文志》："月有九行者：……青道二，出道東。立春、春分，月東從青道。"布序：依次展布。韶暉：韶光。此指春景。

　　[二] 紫禁：宮禁；皇宮。《文選·謝莊〈宋孝武宣貴妃誄〉》："掩綵瑤光，收華紫禁。"李善注："王者之宮，以象紫微，故謂宮中為紫禁。"

　　[三] 海域晏清：即河清海晏。形容天下安寧太平。

　　[四] 齋居：家居；閒居。宣室：本為殷宮殿名，漢未央宮亦有宣室殿。此指真宗所居之正室。天和：天地自然祥和之氣。

　　寒梅吐艷風初應，步輦宣游日漸遲[一]。道蔭無涯真緒遠，永康寰海茂春祺[二]。

【校記】

　　第二句"步輦"，《古今歲時雜詠》卷四作"朱輦"。

【注釋】

[一]步輦：古代一種用人擡的代步工具，類似轎子，為皇帝、皇后所乘用。此借指真宗皇帝。據《宋史·輿服志一》，宋輦有大輦、芳亭輦、鳳輦、逍遥輦、平輦、七寶輦等。北宋皇帝行幸所乘多為逍遥輦和平輦，顏色皆赤。宣游：遍遊，周遊。

[二]"道蔭"二句：頌大宋江山永受蔭蔽，長久安康。道蔭：庇覆之大恩。道，敬詞。真緒：指趙宋世系、皇業。寰海：海內，全國。茂春祺：春福多。祺：吉祥。

內閣春帖子[一]

青逵布序和風扇[二]，紫禁延禧瑞日長[三]。佇看親蠶臨繭館[四]，永觀彤管播聲芳[五]。

【注釋】

[一]內閣：貴族婦女居住的內室，常指宮廷后妃之居室，此專指真宗章獻明肅皇后劉氏（968—1033）居處。據《宋史·后妃傳上》，劉氏名不詳，華陽人，父通。母夢月而孕，襁褓即孤，鞠於外氏。善播鼗。隨蜀人鍛銀為業者龔美入京師。年十五入襄邸，太宗令王斥去，王不得已，置之王宮指使張耆家。太宗崩，真宗即位，入為美人，改姓劉。大中祥符中為修儀，進德妃。章穆崩，立為皇后。李宸妃生仁宗后，以為己子，與楊淑妃撫視甚至。后性警悟，曉書史，聞朝廷事能記其本末。真宗退朝，閱天下封奏多至中夜，后皆預聞。宮闈事有問，輒傅引故實以對。天禧四年，帝久疾居宮中，事多決於后。真宗崩，遺詔尊后為皇太后，軍國重事，權取處分。上尊號曰應元崇德仁壽聖太后。明道二年，又加尊號曰應天齊聖顯功崇德慈仁保壽太后。是歲崩，年六十五。垂簾聽政十一年。諡曰章獻明肅。按，此組詩亦為真宗大中祥符九年春帖。見前《御閣春帖子》其一"金盤曉日融春露"注[一]。

[二]青逵布序：指立春時節。見前《御閣春帖子》其五"青逵布序韶暉盛"注[一]。

[三]紫禁：指皇宮。見前《御閣春帖子》其五"青逵布序韶暉盛"注[二]。延禧：延福。瑞日長：白日增長。見前《御閣春帖子》

其三"天人道洽真游降"注［四］。

［四］"竚看"句：寫皇后親蠶。古代季春之月皇后要舉行躬親蠶事的典禮。《穀梁傳·桓公十四年》："天子親耕以共粢盛，王后親蠶以共祭服。"《韓詩外傳》卷三："先王之法，天子親耕，后妃親蠶，先天下憂衣與食也。"繭館：飼蠶的蠶室。漢上林苑有繭館，《漢書》卷九八《元后傳》："春幸繭館，率皇后列侯夫人桑。"宋初親蠶之禮廢，真宗時恢復，依漢制在東郊築壇，但無繭館；徽宗政和時仿漢制於壇側築蠶室，建延福宮，宮中置繭館，宣和元年、六年皇后親蠶。其儀式為：先期太史擇日，有司佈置位次，確定採桑及從者諸事。至日，皇后首飾、鞠衣，乘龍飾肩輿至採桑壇東向立，內侍導引尚功奉鈎以進，皇后受鈎採桑，司製奉箱進以受桑，皇后採桑三條，止。內外命婦以次採桑，一品各採五條，二品、三品各採九條。採桑畢，以鈎授尚功，尚功受鈎、司製奉箱俱退。後又至蠶室食蠶。禮畢回宮。宣和間重定，南宋紹興七年，始以季春吉巳日享先蠶。乾道中，升為中祀。（《宋史·禮志五》）

［五］彤管：古代女史記事所用紅色管身的筆。借指史書。《詩·邶風·靜女》："靜女其孌，貽我彤管。"毛傳："古者后夫人必有女史彤管之法。"鄭玄箋："彤管，筆赤管也。"

椒花獻歲良時啟［一］，彩燕迎春淑氣來［二］。仰奉帝慈方秀出［三］，吹簫看築鳳凰臺［四］。

【校記】

第二句"彩"，《古今歲時雜詠》作"綵"。

【注釋】

［一］椒花：指椒酒。古代用椒實浸制為椒酒，於農歷正月初一日向家長進獻，以示祝壽、拜賀之意。《初學記》卷四引漢崔寔《四民月令》："正月之朔，是謂正日。……子婦曾孫，各上椒酒於家長，稱觴舉壽，欣欣如也。"另，正月初一日以盤盛花椒，飲酒則取椒置酒中，稱椒盤。《晉書·列女傳》"劉臻妻陳氏"條記載："劉臻妻陳氏者，亦聰辯能屬文，嘗正旦獻《椒花頌》。"後世常用為新年祝詞之典。

［二］彩燕：古代立春日飾品。以彩色紙帛剪裁為燕形，於立春日

簪戴。自南北朝始流行。南朝梁宗懍《荊楚歲時記》："立春之日，悉剪綵為鷰以戴之。"按，鷰，同"燕"，即玄鳥，為禖神，女性簪戴燕飾有祈子之意。

〔三〕帝慈：此指真宗。秀出：美好特出。

〔四〕"吹簫"句：用蕭史弄玉典，表祝壽之意。漢劉向《列仙傳》："蕭史者，秦穆公時人也。善吹簫，能致孔雀白鶴於庭。穆公有女號弄玉好之，公遂以妻焉。日教弄玉作鳳鳴。居數年，吹似鳳聲，鳳凰來止其屋，公為作鳳臺，夫婦止其上，不下數年，一日，皆隨鳳皇飛去。"鳳凰臺：即鳳臺。

東郊候氣回青輅[一]，北闕迎祥闢紫闈[二]。大庇羣生承寶緒[三]，永敷春澤播鴻徽[四]。

【注釋】

〔一〕東郊候氣：即東郊迎氣。參前《御閣春帖子》其三"天人道洽真游降"注〔三〕。青輅：塗以青色的車，此指天子或皇后東郊迎氣所乘車。《隋書·禮儀志五》："皇帝之輅，十有二等……二曰青輅，以祀東方上帝。"又，"皇后之車，亦十二等……八曰青輅，九曰朱輅，十曰黃輅。"也稱"鸞輅"。《禮記·月令》"孟春之月"："天子居青陽左個，乘鸞輅，駕倉龍。"鄭玄注："鸞輅，有虞氏之車，有鸞和之節，而飾之以青，取其名耳。春言鸞，冬夏言色，互文。"五代馬縞《中華古今注·五輅》引《禮》云："春乘青輅，駕蒼龍，戴青旂，衣青衣，服蒼玉。"宋代用"玉輅"，《宋史·輿服志一》："玉輅，……親郊則乘之。"

〔二〕北闕：本指宮殿北面的門樓，此指宮禁。闢：開。紫闈：宮室兩側的小門，指后妃居處。

〔三〕承寶緒：繼承皇業。

〔四〕敷：播布。鴻徽：大美，大善。

銀箭初傳暖律延[一]，微和漸扇物華妍[二]。綵幡紅鏤宜春字[三]，永奉宸慈億萬年[四]。

【注釋】

［一］銀箭：即刻漏之箭，以銀為飾。古人以漏壺計時。《說文》："漏，以銅受水，刻節，晝夜百節。"古人用銅鑄成壺，壺上左邊鑄有胥徒像，壺內豎一支有刻度的箭形浮標，壺中的水從孔漏出而逐漸減少，箭上的度數則依次顯露，以此查看時辰。這種計時將一晝夜分為一百刻。晝夜刻數因節令而不同。冬至晝四十五刻，夜五十五刻；夏至晝六十五刻，夜三十五刻；春分秋分，晝五十五刻半，夜四十四刻半。立春時白晝刻數增加，故云暖律延。暖律：指溫暖的節候。古代以時令合樂律。《禮記·月令》"孟春之月"："律中大蔟。"

［二］微和：輕微的暖氣。扇：動。物華：自然景物。妍：美麗。

［三］"綵幡"句：寫立春飾品。綵幡：亦作綵旛，即綵勝，或稱幡勝、旛勝，古代立春日飾品，用金銀箔、色絹、色紙剪成小旛或燕、花等形狀，插於頭部或繫在花枝，並互相贈送，作為春至的象徵。漢代有門立春幡的習俗，宋代衍生出簪戴的小幡勝。朝廷立春日皇帝要賞賜臣下春幡勝，大臣入謝賞賜，然後簪戴回家。《東京夢華錄》卷六"立春"："春日，宰執、親王、百官，皆賜金銀幡勝。入賀訖，戴歸私第。"《夢梁錄》卷一"立春"："宰臣以下，皆賜金銀幡勝，懸於幞頭上，入朝稱賀。"《武林舊事》卷二"立春"："是日賜百官春旛勝，宰執親王以金，餘以金裹銀及羅帛為之，係文思院造進，各垂於幞頭之左入謝。"宋詩亦多見，如強至《謝春幡》："曉策羸驂趁謝恩，君王昨夜賜春幡。塗金剪彩雖云異，競戴還同拜禁門。"宜春字：魏晉南北朝以後有立春日貼宜春字的習俗。《荊楚歲時記》："立春之日，悉剪綵為燕以戴之，貼'宜春'二字。"《遼史·禮志六·嘉儀下》："立春，婦人進春書，刻青繒為幟，像龍御之；或為蟾蜍，書幟曰'宜春'。"立春帖子亦屬於宜春帖。

［四］奉：侍奉。宸慈：帝王的仁慈、恩德。此指真宗皇帝。宸：北極星之所在，借指帝王所居或帝王。

　　青陽乍整蒼龍駕[一]，紫宙初凝白鶴雲[二]。曼壽無疆真蔭遠[三]，九重嘉氣日氤氳[四]。

【注釋】

[一] 青陽：春天。《爾雅·釋天》："春為青陽。"注："氣清而溫陽。"乍整蒼龍駕：剛備好迎春的車駕。蒼龍：青色的馬。《呂氏春秋·孟春紀》："天子居青陽左个，乘鸞輅，駕蒼龍，載青旂，衣青衣，服青玉。"高誘注："《周禮》：馬八尺以上為龍。"五代馬縞《中華古今注·五輅》引《禮》云："春乘青輅，駕蒼龍，戴青旂，衣青衣，服蒼玉。"

[二] 紫宙：天空。凝：形成。白鶴雲：白雲；祥雲。

[三] 曼壽：長壽。《漢書·禮樂志·安世房中歌》："德施大，世曼壽。"顏師古注："曼，延也。"真蔭：指真祖之蔭，即趙氏祖先趙元朗的庇護。

[四] 九重：指皇宮，言其深遠。語出《楚辭·宋玉〈九辯〉》："豈不鬱陶而思君兮，君之門以九重。"五臣注："雖思見君，而君門深邃，不可至也。"洪興祖補注："《月令》云：'九門磔攘。'天子有九門，謂關門、遠郊門、近郊門、城門、皋門、庫門、雉門、應門、路門也。"氤氳：雲氣瀰漫的樣子。

　　緹室葭灰飛候管[一]，彤闈天路起和風[二]。六宮永被河洲化[三]，穆穆芳猷佐聖功[四]。

【注釋】

[一] "緹（tí）室"句：寫立春節氣到，律管相應的葭灰飛出。古代觀察氣候節氣之法：將蘆葦中的薄膜燒成灰，置於律管內，置於密室中，以占氣候。某一節候到，相應律管內的葭灰即自行飛出。《後漢書·律歷志上》："候氣之法，為室三重，戶閉，塗釁必周，密布緹縵。室中以木為案，每律各一，內庳外高，從其方位，加律其上，以葭莩灰抑其內端，案歷而候之。氣至者灰動。"緹室：即察候節氣之室。該室門戶緊閉，密布緹縵，故名。葭灰：葭莩之灰，即蘆葦中薄膜所燒之灰。候管：即律管，為竹、玉或銅製的標準定音器，也是古代觀測氣候季節變化的器具。《禮記·月令》"孟春之月"："律中大蔟。"鄭玄注："律，候氣之管，以銅為之。中猶應也。孟春氣至，則大蔟之律應。應謂吹灰也大。蔟者，林鐘之所生，三分益一，律長八寸。凡律空圍九

分。"孔穎達疏:"熊氏云:'按吹灰者,謂作十二律管,於室中四時位上埋之,取蘆莩燒之作灰,而實之律管中,以羅穀覆之,氣至則吹灰動穀矣。'"

[二] 彤闈:紅色的宮門,借指宮中。闈,宮室兩側的小門,塗朱色,故稱。天路:指京都。

[三] 六宮:此指皇后與妃嬪。古代皇后的寢宮,正寢一,燕寢五,合為六宮。《禮記·昏義》:"古者,天子后立六宮,三夫人、九嬪、二十七世婦、八十一御妻,以聽天下之內治,以明章婦順,故天下內和而家理。"鄭玄注:"天子六寢,而六宮在後。"因用以稱后妃或其所居之地。河洲:語出《詩·周南·關雎》:"關關雎鳩,在河之洲。窈窕淑女,君子好逑。"毛傳:"后妃說樂君子之德,無不和諧,又不淫其色,慎固幽深若關雎之有別焉,然後可以風化天下。"故周南、關雎、河洲等為常用作稱頌后妃美德之典。

[四] 穆穆:端莊恭敬。芳猷(yóu):猶美德。聖功:至高無上的功業德行。《易·蒙·彖》:"蒙以養正,聖功也。"孔穎達疏:"能以蒙昧隱默自養正道,乃成至聖之功。"後為稱頌皇帝的套語。

　　三星分曜輝宸漢[一],九禁迎春啟令辰[二]。仰奉椒闈宣內治[三],湛恩鴻慶永如春[四]。

【注釋】

[一] 三星分曜:說法不一。一說指參星或心星。《詩·唐風·綢繆》:"綢繆束薪,三星在天。"毛傳:"三星,參也。"鄭玄箋:"三星,謂心星也。"一說指天空中明亮而位近的三星,有參宿三星,心宿三星,河鼓三星。近人研究以為《綢繆》首章"綢繆束薪,三星在天",指參宿三星;二章"綢繆束芻,三星在隅",指心宿三星;末章"綢繆束楚,三星在戶",指河鼓三星。一說指日、月、星,也稱三曜。宸漢:北極星之所在為宸,銀河為漢。

[二] 九禁:猶宮禁;皇宮。

[三] 椒闈:椒房之門。故稱皇后所居為椒房,此借指皇后。宣:宣揚。內治:古代對婦女進行的教育。《禮記·昏義》:"古者,天子后立六宮、三夫人、九嬪……以聽天下之內治,以明章婦順,故天下內和

而家理。"鄭玄注："內治，婦學之法也。"孔穎達疏："案九嬪職云'掌婦學之法'，故知內治是婦學也。"

〔四〕湛恩：深恩。鴻慶：大慶，洪福。指王業。

壽春郡王閣春帖子[一]

穆穆韶華生紫禁[二]，遲遲春箭下青宮[三]。良辰已慶加元服[四]，大國爰聞拜景風[五]。

【注釋】

〔一〕壽春郡王：趙禎為皇子時的封號。《宋史·真宗本紀三》："（大中祥符八年十二月）辛卯（15日），太子慶國公封壽春郡王。"據《宋史·仁宗本紀》，趙禎（1010—1063），即宋仁宗。初名受益，真宗第六子，母李宸妃。大中祥符三年（1010）四月十四日生。章獻皇后無子，取為己子養之。七年封慶國公，八年封壽春郡王，講學於資善堂。天禧元年（1017），兼中書令。明年，進封昇王。九月丁卯，冊為皇太子。乾興元年（1022）即位，初由劉太后垂簾聽政，明道二年（1033）始親政。嘉祐八年（1063）三月卒，在位四十二年。廟號仁宗。史官評其"恭儉仁恕，出於天性"，生活節儉，"常服澣濯"。按，此組詩亦為真宗大中祥符九年春帖。見前《御閣春帖子》其一"金盤曉日融春露"注〔一〕。

〔二〕穆穆：清明，柔和。韶華：韶光，美麗的春光。紫禁：指皇宮。見前《御閣春帖子》其五"青逵布序韶暉盛"注〔二〕。

〔三〕遲遲：和舒狀。語出《詩·豳風·七月》："春日遲遲，采蘩祁祁。"春箭：春天的漏箭。見前《內閣春帖子》其四"銀箭初傳暖律延"注〔一〕。青宮：太子宮。太子居東宮，東方色為青，故稱。

〔四〕元服：帽子。《儀禮·士冠禮》："令月吉日，始加元服。"《漢書·昭帝紀》："元鳳四年正月丁亥，帝加元服。"唐顏師古注："元者，首也。冠者，首之所著，故曰元服。"此句寫皇子受益加冠禮。據《宋史》，加冠禮在大中祥符八年十二月戊寅（2日），趙禎時為六歲。

〔五〕"大國"句：寫他國來貢之事。《宋史·真宗本紀三》："十二月戊寅，皇子冠。……辛卯，太子慶國公封壽春郡王。是歲，占城宗哥族及西蕃首領來貢。"所寫當為此事。爰聞：聞說。爰：語助詞。景風：祥和之風。《尸子》卷上："祥風，瑞風也。一名景風，一名惠風。"《法苑珠林》卷七："李巡曰：'景風，太平之風也。'"

緹室葭灰飛律管[一]，鳳闈春色動年芳[二]。仙源積慶誠無際[三]，永戴宸慈襲美祥[四]。
【注釋】
[一]"緹室"句：寫立春節氣到，觀察節氣的相應律管中的葭灰飛出。律管：即候管。見前《內閣春帖子》其六"緹室葭灰飛候管"注[一]。
[二]鳳闈：宮門。代指宮禁。
[三]仙源：道教稱神仙所居之處。此喻指皇宮。積慶：謂行善積福。《宋史·后妃傳上·太祖母昭憲杜太后》："太祖曰：'臣所以得天下者，皆祖考及太后之積慶也。'"亦指踵接而來的喜慶之事。
[四]戴：尊奉，推崇，擁護。宸慈：指皇帝。見前《內閣春帖子》其四"銀箭初傳暖律延"注[四]。襲美祥：承襲吉祥。

日上苑梅凝素艷[一]，雪晴宮柳弄青條。已觀啓土封東國[二]，即看懷金奉內朝[三]。
【校記】
第三句"啓"，原作"壽"，據《古今歲時雜詠》卷四改。
【注釋】
[一]素艷：白色的花瓣。
[二]"已觀"句：寫皇子趙禎封壽春郡王事。啓土：分土；分封土地。趙禎封壽春縣（今安徽壽縣），其地在都城汴京（開封）之東南，故言封東國。
[三]懷金：懷揣金印。比喻顯貴。奉內朝：侍奉皇帝。內朝：相對於外朝而言，指古代天子、諸侯處理政事和休息的場所。"內朝"有二：一在路門外，為處理政事之處，亦稱"治朝"、"正朝"；一在路門內之路寢，為處理政事後休息之所，亦稱"燕朝"。《禮記·玉藻》："朝服以日視朝於內朝。"鄭玄注："此內朝，路寢門外之正朝也。"又，

《周禮·秋官·朝士》鄭玄注："周天子、諸侯皆有三朝：外朝一，內朝二。內朝之在路門內者，或謂之燕朝。"此借指皇帝。

異表英奇非世出[一]，惠心通敏盡生知[二]。更當淑景承慈煦[三]，永奉嘉祥茂本枝[四]。

【校記】
第二句"惠"字，《古今歲時雜詠》卷四作"慧"。

【注釋】
[一] 異表：奇特的外貌。漢班固《白虎通義·聖人》："聖人皆有表異。"英奇：才智特出。世出：應時出現。
[二] 惠心通敏：心靈通達聰慧。惠：通"慧"。
[三] 淑景：指春光。慈煦：溫暖。
[四] 永奉嘉祥：永久地承襲祥瑞。茂本枝：使家族繁盛。本枝：同一家族的嫡系和庶出子孫。此指皇族的嫡系子孫。

御閤端午帖子[一]

續命彩絲登繭館[二]，長生金籙獻琳宮[三]。百靈拱衛天居峻[四]，萬國歡康帝業隆[五]。

【注釋】
[一] 御：指真宗趙恒（968—1022）。見前《御閤春帖子》其一"金盤曉日融春露"注[一]。按，此組端帖包括四閤類，似為大中祥符九年端午帖。由《郡王閤端午帖子》其二"金策將封一字王"可知，詩當作於皇子趙禎被封為壽春郡王後至封昇王前，即大中祥符九年（1016）或天禧元年（1017）端午。另，《御閤端午帖子》其三"四海樂康民富壽，穆清無事永垂衣"、其十二"億載延長資睿算，萬區康樂遇昌期"所寫與史書所載大中祥符九年端午前情形"夏四月，周伯星見。丙申，賜天下酺"相似，而與天禧元年"二月庚午，詔振災，發州郡常平倉"、"三月辛丑，以不雨禱於四海。壬寅，不雨，罷上巳宴。庚申，免潮州逋鹽三百七十萬有奇。辛酉，令作浡縻濟懷、衛流民"等情形不相吻合，似當作於大中祥符九年。

［二］續命彩絲：即五彩絲，端午飾品。古時端午節要臂繫青、黃、赤、白、黑五色絲線以辟邪延壽，故稱續命彩絲。另有續命絲、續命縷、長命縷、長生縷、彩縷、金縷、五色縷、百索、朱索、綵索、彩絲、五色絲、朱絲、長絲、縷繒等多種稱呼。古時端午日有進獻、賜予或互贈端午索之俗。漢應劭《風俗通義》：「五月五日以五綵絲繫臂者，辟鬼及兵，……一名長命縷，一名續命縷，一名辟兵繒，一名朱索。」（《太平御覽》卷三一引）宗懍《荊楚歲時記》：「（五月五日）以五綵絲繫臂，名曰'辟兵'，令人不病瘟。又有條達等織組雜物，以相贈遺。」隋杜公瞻注：「按《孝經援神契》曰：'仲夏蠶始出，婦人染練，咸有作務。'日月星辰鳥獸之狀，文繡金縷，貢獻所尊。一名長命縷，一名續命縷，一名辟兵繒，一名五色絲，一名朱索，名擬甚多。赤青白黑，以為四方，黃居中央，名曰襞方，綴於胸前，以示婦人蠶功也。詩云'繞臂雙條達'是也。或問辟五兵之道，《抱朴子》曰：'以五月五日作赤靈符著心前。'今釵頭符是也。」唐段成式《酉陽雜俎》卷一：「北朝婦人……是日（指端午），又進長命縷，宛轉繩，皆結為人像帶之。《遼史・禮志六・嘉儀下》：「五月重五日，午時，……以五綵絲為索纏臂，謂之'合歡結'，又以綵絲宛轉為人形簪之，謂之'長命縷'。」唐代宮中常於端午日以彩絲賜諸臣。劉禹錫《代謝端午日賜物表》：「中使劉元弼至，奉宣聖旨，慰勞臣及將佐、官吏、僧道、耆壽、百姓等，兼賜臣墨詔，並衣一副、金花銀器三事、綵絲一軸，大將衣四副、綵絲五軸。」宋因之，亦稱「百索」。如孟元老《東京夢華錄》卷八「端午」：「端午節物，百索、艾花……」周密《武林舊事》卷三「端午」：「分賜后妃諸閤大璫近侍翠葉、五色葵榴、金絲翠扇、真珠百索、釵符。」吳自牧《夢粱錄》卷三「五月」：「內更以百索綵線、細巧縷金花朵，……艾虎紗疋緞，分賜諸閤分、宰執、親王。」登繭館：由繭館進獻。繭館：飼蠶之室。見前《內閣春帖子》其一「青迄布序和風扇」注［四］。

　　［三］長生金籙：道教所謂天帝詔書。此指辟邪祈福祝壽的道教符籙。高承《事物紀原》卷七「符籙」：「《龍魚河圖》曰：'天遣玄女，下授黃帝其信神符，制伏蚩尤。黃帝出軍決曰：蚩尤無道，帝討之。夢西王母遣人以符授之。帝悟，立壇而請，有玄龜銜符從水中出，置之壇

中。'蓋自是始傳符籙也。"琳宮：仙宮。此為宮中殿堂的美稱。

　〔四〕百靈：各種神靈。拱衛：環繞；衛護。天居：喻指皇宮。峻：高。

　〔五〕萬國：萬邦，天下，各國。《易·乾》："首出庶物，萬國咸寧。"隆：盛。

　　　金縷開辰分五色，長絲獻壽祝千年[一]。垂衣日月承嘉慶[二]，真祖飈游正在天[三]。

【校記】

　第一句中"金縷"二字，《古今歲時雜詠》作"命縷"。

【注釋】

　〔一〕"金縷"二句：寫端午進獻彩索以祝長壽之俗。金縷、長絲：即續命彩縷。五色：青、黃、赤、白、黑。見上詩注〔二〕。

　〔二〕垂衣：即垂衣裳。見前《御閣春帖子》其二"冰消太液生春水"注〔四〕。嘉慶：喜慶吉祥的事。

　〔三〕真祖：即聖祖，指趙玄朗。《續資治通鑑長編》卷七九"大中祥符五年"："（閏十月）乙亥，詔上聖祖母懿號曰元天大聖后。初宰臣以太祖諡號有與聖祖同名者，將議易之。上曰：'真祖臨降皇家，大慶也。六室並當增諡。'"見前《御閣春帖子》其三"天人道洽真游降"注〔一〕。飈游：御風而游。

　　　儇園采藥回彫輦[一]，禁殿迎祥啟鳳闈[二]。四海樂康民富壽，穆清無事永垂衣[三]。

【校記】

　第一句中"彫"字，《古今歲時雜詠》作"雕"。

【注釋】

　〔一〕儇園：指北宋宮中後苑。采藥：謂採集藥物。古代夏天，尤其是端午有採蓄百藥的習俗，《呂氏春秋·孟夏》："〔孟夏之月〕聚蓄百藥。"宗懍《荊楚歲時記》："五月五日，……是日競渡，採雜藥。"隋杜公瞻注："是日競採雜藥。《夏小正》云：'此日蓄藥，以蠲除毒氣。'"彫輦：即雕輦。飾有浮雕、彩繪的車。言其華美。

[二] 鳳闈：指宮門。
　　[三] 穆清：謂太平祥和。垂衣：即垂衣裳。見前《御閣春帖子》其二"冰消太液生春水"注[四]。

　　彩絲祝壽芳辰啟[一]，紫禁凝旒瑞日長[二]。億兆歸仁天佑德[三]，綿綿真蔭永無疆[四]。
【校記】
第四句"永"字原作"水"，據《古今歲時雜詠》改。
【注釋】
　　[一] 彩絲：即彩索。見其一"續命彩絲登繭館"注[二]。
　　[二] 紫禁：宮禁。見前《御閣春帖子》其五"青逵布序韶暉盛"注[二]。凝旒：冕旒靜止不動，形容帝王態度肅穆專注。此代指皇帝。瑞日長：白日增長。
　　[三] 億兆：指庶民百姓。猶言眾庶萬民。歸仁：歸附仁德仁政。《孟子·離婁上》："民之歸仁也，猶水之就下、獸之走壙也。"天佑德：上天保佑有德之人。
　　[四] 真蔭：指真祖之蔭，即趙氏祖先趙元朗的庇護。

　　絳臺丹筆書金籙[一]，紫殿瑤箱獻巧衣[二]。億載延鴻資睿算[三]，百祥重沓擁宸闈[四]。
【注釋】
　　[一] 絳臺：原指道教真人所居之處，泛指道教宮觀。《雲笈七籤》卷五〇"祕要訣法"："夫頭有九宮，請先說之。兩眉間上，其裏有黃闕紫戶、絳臺青房，共構立守寸之中左右耳。守寸左面有絳臺，右面有黃闕。其九宮真人出入，皆從黃闕、絳臺中間為道，故以道之左右置臺闕者，以伺非常之炁，伺迎真人往來也。"丹筆書金籙：用朱筆書寫符籙。金籙：辟邪祈福祝壽的道教符籙。道教常以丹砂書寫符籙。
　　[二] 紫殿：帝王宮殿。《三輔黃圖·漢宮·甘泉宮》："帝又起紫殿，雕文刻鏤黼黻，以玉飾之。"瑤箱：用珠玉鑲嵌的精緻匣子。巧衣：製作精美的衣服。
　　[三] "億載"句：稱頌皇帝睿智。億載：億年。延鴻：繼續鴻慶。

鴻指大慶、洪福。此指帝業。《文莊集》卷二七《紫微殿祝謝文》："伏願靈心鑒佑，道蔭延鴻。拂石為期，遐增於睿算；夢魚獻兆，常遂於有年。"資睿算：依靠帝王聖明的謀略。資：憑藉，依靠。睿算：皇帝的謀略。

[四] 重沓：重疊堆積。宸闥：宮殿門。代指宮殿。

太官角黍迎嘉節[一]，上聖齋居襲美祥[二]。金闕覽觀真緒遠[三]，永延鴻慶庇多方[四]。

【注釋】

[一] 太官：官名。掌皇帝百官膳食及祭物。據唐杜佑《通典·職官七·太官署令》，秦為太官令、丞，屬少府。兩漢因之。魏亦屬少府。晉屬光祿勳。宋、齊屬侍中。梁門下省領太官，陳因之。後魏分太官為尚食、中尚食，知御膳，隸門下省；而太官掌百官之饌，屬光祿卿。北齊至唐皆因之。宋初尚因之，崇寧時皇帝膳食歸尚食局，太官只掌祭物。《宋史·職官志四》"大官令"："掌膳羞割烹之事。凡供進膳羞，則辨其名物，而視食之宜，謹其水火之齊。祭祀共明水、明火，割牲取毛血牲體，以為鼎俎之實。朝會宴享，則供其酒膳。凡給賜，視其品秩而為之等。元祐初，罷太官令。二年復置。（原注：崇寧三年，置尚食局，太官令惟掌祠事。）"角黍：即粽子，也作糉子。以楝葉、菰葉、箬葉或蘆葦葉等包裹黏黍成角狀，故稱。《藝文類聚》卷四"五月五日"引《風土記》曰："仲夏端五，烹鶩角黍。端，始也。謂五月初五日也。又以菰葉裹粘米煮熟，謂之角黍。"《續齊諧記》曰："屈原五月五日投汨羅而死，楚人哀之，每至此日，竹筒貯米，投水祭之。漢建武中，長沙歐回，白日忽見一人，自稱三閭大夫，謂曰：'君當見祭甚善，但常所遺，苦蛟龍所竊。今若有惠，可以楝樹葉塞其上，以五采絲縛之，此二物蛟龍所憚也。'回依其言。世人作粽，并帶五色絲及楝葉，皆汨羅之遺風也。"《太平御覽》卷八五一引晉周處《風土記》曰："俗以菰葉裹黍米，以淳濃灰汁煮之令爛熟，於五月五日及夏至日啖之。一名糉，一名角黍，蓋取陰陽尚相裹未分散之時像也。"亦名筒粽。《初學記》卷四"五月五日"："進筒糉，一名角黍，一名糉。"《歲時廣記》卷二一"裹黏米"條引《歲時雜記》："端五因古人筒米，而以菰

葉裹黏米，名曰角黍相遺。俗作粽。或加之以糖，近年又加松栗、胡桃、姜桂、麝香之類。近代多燒艾灰淋汁煮之，其色如金。"

　　[二] 上聖：猶至聖。德智超群的人，此指真宗皇帝。《墨子·公孟》："昔者，聖王之列也：上聖立為天子，其次立為卿大夫。"齋居：閑居。襲美祥：承襲吉祥。

　　[三] 金闕：道家認為天上有黃金闕、白玉京，為仙人或天帝居處。此指皇帝所居宮闕。真緒：帝王的基業、功業。

　　[四] 永延鴻慶：永遠繼承帝業。鴻慶：大慶，洪福。指王業。多方：四方。

　　尚方綬帶迎嘉節[一]，中禁彤闈納美祥[二]。疇德珍符方瑞聖[三]，後天宸壽永無疆[四]。

【注釋】

　　[一] 尚方：掌管供應製造帝王所用器物之官。據《通典·職官九》，中尚署，周官為玉府。秦置尚方令，屬少府。漢因之。後漢主作手工作、御刀劍、玩好器物及寶玉作器。漢末分尚方為中、左、右三尚方。魏晉因之，自過江唯置一尚方。宋、齊有左、右尚方。梁、北齊有中、左、右三尚方。唐改中、左、右三尚署。宋代設六尚以供奉天子各種用物，尚衣掌衣服冠冕之事，屬殿中省。《宋史·職官志四》"殿中省"："監 少監 丞各一人，監掌供奉天子玉食、醫藥、服御、幄帟、輿輦、舍次之政令，少監為之貳，丞參領之。凡總六局：曰尚食，掌膳羞之事；曰尚藥，掌和劑診候之事；曰尚醞，掌酒醴之事；曰尚衣，掌衣服冠冕之事；曰尚舍，掌次舍幄帟之事；曰尚輦，掌輿輦之事。"綬帶：絲帶。秦時以不同顏色的絲帶系官印，標識官吏的身份和等級。此指端午綵索之類。

　　[二] 彤闈：紅色的宮門。闈，宮室兩側的小門，塗以朱色，故稱。美祥：吉兆。

　　[三] "疇德"句：謂皇帝有德，昔日珍奇之符降臨，為聖人之瑞應。《文選·顏延之〈赭白馬賦〉》："實有騰光吐圖、疇德瑞聖之符焉。"李善注："《書·中候》曰：帝堯即政七十載，修壇河、洛，仲月辛日，禮備。至于日稷，榮光出河，龍馬銜甲，赤文綠色，臨壇吐甲

圖。宋均曰：稷，側也。黃伯仁《龍馬賦》曰：'或有奇貌絕足，蓋為聖德而生'。疇，昔也。"珍符：珍奇的符瑞，此指天書之類。

［四］後天：指出生以後，與"先天"相對。宸壽：帝王的壽命。

太官角黍初晨啟[一]，法坐垂衣介福隆[二]。億載昌期方赫奕[三]，九天真蔭永延鴻[四]。

【校記】
第二句"坐"字，《古今歲時雜詠》作"座"。

【注釋】
［一］太官角黍：見其六"太官角黍迎嘉節"注［一］。
［二］法坐：正座。君主聽朝之處。《漢書》卷六七《梅福傳》："當戶牖之法坐，盡平生之愚慮。"顏師古注："法坐，正坐也，聽朝之處，猶言法官、法駕也。"垂衣：即垂衣裳。見前《御閣春帖子》其二"冰消太液生春水"注［四］。介福：大福。《詩·小雅·楚茨》："報以介福，萬壽無疆。"隆：盛，多。
［三］昌期：興隆昌盛時期。赫奕：光輝顯耀。
［四］九天：即九天司命保生天尊趙玄朗，宋代趙氏祖先神名。見前《御閣春帖子》其三"天人道洽真游降"注［一］。真蔭：指真祖之蔭，即趙氏祖先趙元朗的庇護。延鴻：繼續帝業。見其五"絳臺丹筆書金籙"注［三］。

賜羹佳事傳青簡[一]，續壽長絲獻紫宸[二]。帝祉薦彰符盛德[三]，聖心勤恤為生民[四]。

【注釋】
［一］"賜羹"句：賜梟羹之事記載於史冊。漢代端午有以梟肉製羹湯賜百官之習俗，寓除絕邪惡、提倡孝道之意。《史記·孝武本紀》："古者天子常以春秋解祠，祠黃帝用一梟破鏡。"裴駰集解："孟康曰：'梟，鳥名。食母。破鏡，獸名。食父。黃帝欲絕其類，使百物祠皆用之。……'如淳曰：'漢使東郡送梟，五月五日為梟羹以賜百官。以惡鳥，故食之。'"亦見《漢書·郊祀志》。青簡：竹簡。借指史書。
［二］續壽長絲：即彩絲。見其一"續命彩絲登繭館"注［二］。

紫宸：即紫宸殿，為皇帝接見群臣、外國使者朝見慶賀的內朝正殿。唐紫宸殿在大明宮內。杜甫《冬至》詩："杖藜雪後臨丹壑，鳴玉朝來散紫宸。"宋初名崇德殿，明道元年（1032）方改為紫宸殿。顧炎武《歷代宅京記》卷一六"宋大內宮室"："北有紫宸殿，視朝之前殿也。"注："舊名崇德，明道元年改。"此代指皇帝。

〔三〕帝祉：上天或皇帝的福祐。《詩·大雅·皇矣》："既受帝祉，施于孫子。"鄭玄箋："帝，天也；祉，福也。"薦彰：頻繁顯揚。薦，一再。《詩·小雅·節南山》："天方薦瘥，喪亂弘多。"毛傳："薦，重。"

〔四〕勤恤：憂憫；關懷。生民：人民。

五色綵絲初獻壽[一]，九重嘉氣頌長生[二]。庇民精意方虔鞏[三]，垂拱仁風更穆清[四]。

【注釋】

〔一〕五色綵絲：即五彩絲。見其一"續命彩絲登繭館"注〔二〕。

〔二〕九重：指皇宮。見前《內閣春帖子》其五"青陽乍整蒼龍駕"注〔四〕。

〔三〕精意：誠意。《國語·周語上》："精意以享，禋也；慈保庶民，親也。"虔鞏：虔鞏勞謙之省稱。謙虛勤勉。《後漢書·班固傳》："乃始虔鞏勞謙，兢兢業業。"李賢注："《爾雅》曰：'虔鞏，固也。'《易》曰：'勞謙君子，有終吉。'言帝固為勞謙也，兢兢戒慎也，業業危懼也。"何焯《義門讀書記》卷四九："乃始虔鞏勞謙。鞏，亦勞也。《易》曰：'勞謙君子，有終吉。'"

〔四〕垂拱：垂衣拱手。形容無所事事，不費氣力。稱頌帝王無為而治。見前《御閣春帖子》其二"冰消太液生春水"注〔四〕。仁風：形容恩澤如風之流布。頌揚帝王的德政。穆清：謂太平祥和。

浴蘭襲祉良辰啟[一]，握紀無為聖道尊[二]。焉奕嘉祥充九禁[三]，沖融和氣徧千門[四]。

【校記】

第三句《古今歲時雜詠》作"天啟嘉祥充紫禁"。

【注釋】

［一］浴蘭：即浴蘭湯。以蘭草為湯來洗浴，為端午節習俗之一。古人以為蘭草可祛除不祥，故以蘭湯洗浴。《大戴禮·夏小正》："五月，……蓄蘭為沐浴也。"屈原《九歌·雲中君》："浴蘭湯兮沐芳，華采衣兮若英。"《初學記》卷一三引南朝宋劉義慶《幽明錄》："廟方四丈，不墉壁，道廣四尺，夾樹蘭香，齋者煮以沐浴，然後親祭，所謂'浴蘭湯'。"後稱端午為浴蘭節。宗懍《荊楚歲時記》："五月五日，謂之浴蘭節。"杜公瞻注："按《大戴禮》曰：'五月五日，蓄蘭為沐浴。'《楚辭》曰：'浴蘭湯兮沐芳華。'今謂之浴蘭節，又謂之端午。"吳自牧《夢粱錄》卷三："五日重午節，又曰'浴蘭令節'。"襲祉：承襲福澤。

［二］握紀：掌握綱紀。此指君主。無為：順應自然，不求有所作為。《老子·三章》："是以聖人之治，虛其心，實其腹，弱其志，強其骨。常使民無知無欲，使夫知者不敢為也。為無為，則無不治。"聖道：聖人之道。《莊子·天道》："天道運而無所積，故萬物成；帝道運而無所積，故天下歸；聖道運而無所積，故海內服。"

［三］舃（xì）奕：連綿不斷。舃，同舄。《後漢書·班固傳下》："發祥流慶，對越天地者，舃奕乎千載。"李賢注："舃奕，猶蟬聯不絕也。"嘉祥：祥瑞。九禁：猶宮禁皇宮。

［四］沖融：沖和，恬適。徧：同"遍"。

八龍焜耀長生籙[一]，五采葳蕤續命絲[二]。億載延長資睿算[三]，萬區康樂遇昌期[四]。

【校記】
第四句"遇"字，《古今歲時雜詠》卷二一作"遘"。

【注釋】

［一］"八龍"句：上有八龍，用以辟邪延壽的符籙。焜耀：鮮麗明亮。

［二］"五采"句：五彩明艷的五彩絲。五采：即五色，為青、黃、赤、白、黑。葳蕤：鮮豔明麗。見其一"續命彩絲登繭館"注［二］。

［三］資睿算：憑藉帝王聖明的謀略。見其五"絳臺丹筆書金籙"注［三］。
　　［四］萬區：萬方；四方。昌期：昌隆興盛的時期。

皇后閣端午帖子[一]

　　迎祥競獻雙條達[二]，續壽初纏五色絲[三]。共仰齋莊隆內訓[四]，永觀蕃衍茂仙枝[五]。

【注釋】
　　［一］皇后：指真宗皇后劉氏。見前《內閣春帖子》其一"青迄布序和風扇"注［一］。按，此與上閣為同時所作，見前《御閣端午帖子》其一"續命彩絲登繭館"注［一］。
　　［二］條達：手鐲、腕釧之類。亦名條脫、跳脫。宋吳曾《能改齋漫錄》卷三"條脫為臂飾"："唐《盧氏雜說》：'文宗問宰臣：條脫是何物？宰臣未對，上曰：《真誥》言，安妃有金條脫為臂飾，即今釧也。'又《真誥》，萼綠華贈羊權金玉條脫各一枚。余按，周處《風土記》曰：'仲夏造百索繫臂，又有條達等織組雜物，以相贈遺。'唐徐堅撰《初學記》，引古詩云：'繞臂雙條達。'然則條達之為釧，必矣。第以達為脫，不知又何謂也。徐堅所引古詩，乃後漢繁欽《定情篇》云：'何以致契闊，繞腕雙跳脫。'但跳脫兩字不同。"條達、跳脫、條脫義同。
　　［三］五色絲：即五彩絲。見前《御閣端午帖子》其一"續命彩絲登繭館"注［二］。
　　［四］齋莊：嚴肅誠敬。隆：尊崇。內訓：舊時對婦女的訓誡教育。《後漢書·列女傳·曹世叔妻》："作《女誡》七篇，有助內訓。"
　　［五］蕃衍：言子孫繁盛眾多。語出《詩·唐風·椒聊》："椒聊之實，蕃衍盈升。"

　　璧沼水嬉飛隼渡[一]，瑤箱命縷彩絲新[二]。親蠶禮畢無餘事[三]，鳳佩珩璜奉紫宸[四]。

【注釋】

［一］"璧沼"句：寫金明池水嬉。璧沼：即璧池。本指學宮前半圓形的水池，此指後苑中池或金明池。水嬉：水上遊戲，如競渡、雜技之類。飛隼渡：競渡。飛隼：即飛鳧，喻指輕舟。《荊楚歲時記》："是日競渡。"杜公瞻注："按五月五日競渡，俗為屈原投汨羅日，傷其死所，故命舟檝以拯之。舸舟取其輕利，謂之'飛鳧'。一自以為'水車'，一自以為'水馬'。州將及土人悉臨水而觀之。蓋越人以舟為車，以楫為馬也。"葉夢得《石林燕語》卷一："太平興國中，復鑿金明池於苑北，導金水河水注之，以教神衛虎翼水軍習舟楫，因為水嬉。……歲以二月開，命士庶縱觀，謂之'開池'；至上巳，車駕臨幸畢，即閉。"孟元老《東京夢華錄·駕幸臨水殿觀爭標錫宴》所列水嬉有諸軍百戲、水傀儡、水鞦韆、競渡等，其中競渡船有龍船、飛魚船、鰍魚船等，還有各種表演和競渡爭標活動。周密《癸辛雜識後集·故都戲事》："呈水嬉者，以髹漆大斛滿貯水，以小銅鑼為節，凡龜、鼈、鰍、魚皆以名呼之，即浮水面，戴戲具而舞。舞罷即沈，別復呼其他，次第呈伎焉。"

［二］瑶箱：用珠玉鑲嵌的精緻匣子。命縷彩絲：即續命縷。見前《御閣端午帖子》其一"續命彩絲登繭館"注［二］。

［三］親蠶：古代季春之月皇后躬親蠶事的典禮。見前《內閣春帖子》其一"青遶布序和風扇"注［四］。

［四］"珩璜"句：寫皇后早起佩戴一新去見皇帝。珩璜：指雜佩。《詩·鄭風·女曰雞鳴》："雜佩以贈之。"毛傳："雜佩者，珩、璜、琚、瑀、衝牙之類。"陸德明《釋文》："珩音衡，佩上玉也；璜音黄，半璧曰璜。"奉：奉養，侍奉。紫宸：紫宸殿。代指皇帝。見前《御閣端午帖子》其七"賜羹佳事傳青簡"注［二］。

千門朱索迎嘉祉[一]，九禁椒塗納美祥[二]。虔奉黼帷承渥惠[三]，永聞彤史播聲芳[四]。

【校記】

第四句本作"慶隆祺石美祥新"，據《古今歲時雜詠》卷二一改。"祥"、"芳"皆為陽韻，"新"為真韻，不相押，當以"芳"為是。蓋因誤抄後一詩末句所致。

【注釋】

[一] 朱索：紅繩。漢時端午節用以飾門戶，謂可避邪惡。《後漢書·禮儀志中》："仲夏之月，萬物方盛。日夏至，陰氣萌作，恐物不楙。其禮：以朱索連葷菜，彌牟朴蠱鍾。以桃印長六寸，方三寸，五色書文如法，以施門户。代以所尚為飾，夏后氏金行，作葦茭，言氣交也。殷人水德，以螺首，慎其閉塞，使如螺也。周人木德，以桃為更，言氣相更也。漢兼用之，故以五月五日，朱索五色印為門户飾，以難止惡氣。"嘉祉：吉慶幸福。

[二] 九禁：即宮禁；皇宮。椒塗：即椒殿，椒房。花椒有芳香味，漢皇后所居宮殿以椒和泥塗壁，取其溫、香、多子之義。故椒殿、椒房、椒掖、椒風等多為皇后所居宮殿之代稱。《三輔黃圖·未央宮》："椒房殿，在未央宮。以椒和泥塗，取其溫而芬芳也。……哀帝時董賢女弟為昭儀，居舍號曰'椒風'。"《藝文類聚》卷一五引應劭《漢官儀》曰："皇后稱椒房，取其實蔓延盈升。以椒塗室，取溫煖祛惡氣也。"《漢書·車千秋傳》："江充先治甘泉宮人，轉至未央椒房。"顏師古注："椒房，殿名，皇后所居也。"南宋戴埴《鼠璞》"椒房"條以為："椒房殿為后所居，固分明。……《詩》曰：'貽我握椒。'注：'椒芬香也，男女相說交情好也。'其義恐出此。《離騷經》云：'播椒房兮成堂。'與石崇塗屋以椒，不過取其芬香，於蔓衍盈升，初無關涉。成帝寵趙昭儀，復建椒風殿以居之。今例以椒風為皇后事，非是。"美祥：吉兆。

[三] 虔奉：恭敬地奉養，侍奉。黼帷：繡有黑白斧形的帷帳。此指皇后所居宮殿。《文選·班固〈西都賦〉》："袪黼帷，鏡清流。"呂向注："黼帷，繡帷也。"黼：古代服飾上所繡黑白相間如斧形的花紋。《周禮·考工記·畫繢》："白與黑謂之黼。"渥惠：深厚的恩惠。

[四] "永聞"句：頌皇后美德載之於史冊。彤史：記載宮史的官員。《新唐書·百官志》："彤史二人，正六品（有女史二人）。"

六宮點畫呈新巧[一]，中壼齋明順吉辰[二]。德邁河洲芳訓茂[三]，慶隆祲石美祥新[四]。

【校記】

此詩《文莊集》不載,據四庫本《古今歲時雜詠》卷二一補錄。第四句《文莊集》原為上詩末句,蓋因誤抄此詩末句而佚全詩。

【注釋】

　　〔一〕六宮:指后妃。點畫:點綴裝飾。指綵索之類端午飾品。見前《御閣端午帖子》其一"續命彩絲登繭館"注〔二〕。

　　〔二〕中壼:猶中宮。皇后的住處。壼:宮內巷舍間道。此借指皇后。齋明:謹肅嚴明。

　　〔三〕"德邁"句:寫皇后德行美好。邁:超越。河洲:指后妃之德。見前《內閣春帖子》其六"緹室葭灰飛候管"注〔三〕。芳訓:典範、準則。芳,敬稱。茂:美好。

　　〔四〕慶隆:福運昌隆。禖石:郊禖之石。古代帝王祈子祭祀禖神,其祠在郊,稱郊禖。《詩·大雅·生民》:"克禋克祀,以弗無子。"毛傳:"弗,去也,去無子,求有子,古者必立郊禖焉。玄鳥至之日,以太牢祠於郊禖,天子親往,后妃率九嬪御。乃禮天子所御,帶以弓韣,授以弓矢於郊禖之前。"鄭玄箋:"姜嫄之生后稷如何乎?乃禋祀上帝於郊禖,以祓除其無子之疾而得其福也。"陳奐傳疏:"郊禖即禖,宮於郊,故謂之郊禖。"亦稱高禖。《禮記·月令》:"仲春之月,玄鳥至,至之日,以太牢祀於高禖,天子親往。"王引之《經義述聞·禮記上》:"高者,郊之借字,古聲高與郊同,故借高為郊……蓋古本《月令》本作郊禖也。"祭祀時在郊外設禖壇,壇上有石。《隋書·禮儀志二》:"《禮》:'仲春,以玄鳥至之日,用太牢祀于高禖。'漢武帝年二十九乃得太子,甚喜,為立禖祠於城南,祀以特牲,因有其祀。晉惠帝元康六年,禖壇石中破為二。"此借指祭祀禖神。據《宋史》、《高宗本紀七》、《禮志六》,北宋初無高禖之祀,仁宗景祐四年,因乏子嗣,本《詩》"克禋以祓"之意,詔有司築壇於南郊,春分之日以祀青帝,配以伏羲、帝嚳。以禖從祀,報古為禖之先也。以石為主,牲用太牢,樂以升歌,儀視先蠶,有司攝事,祝版所載,具言天子求嗣之意。政和新儀,春分祀高禖,以簡狄、姜嫄從配,皇帝親祠,並如祈穀祀上帝儀。南宋高宗紹興元年,太常少卿趙子畫言:"自車駕南巡,雖多故之餘,禮文難備,至於祓無子,祝多男,所以係萬方之心,蓋不可闕。乞自來歲之春，復行高禖之祀。"紹興十六年八月辛丑，築高禖壇，十七年，車駕親祀高禖，如政和之儀。美祥：吉兆。

　　千門襲吉縈朱索[一]，九禁開晨闢紫闈[二]。宮漏正長天睠重[三]，永宣芳訓率三妃[四]。

【注釋】

　　[一] 襲吉：承襲吉祥。朱索：紅繩。見其三"千門朱索迎嘉祉"注[一]。

　　[二] 九禁：猶宮禁。指皇宮。闢：同"辟"。紫闈：指宮門。

　　[三] 宮漏：宮中漏壺。引申為時間，時刻。見前《內閣春帖子》其四"銀箭初傳暖律延"注[一]。睠：同"眷"，眷顧。

　　[四] 宣：宣揚，發揚。芳訓：典範、準則。芳，敬稱。率三妃：為眾妃嬪作表率。

　　日記采蘭追楚俗[一]，化孚流荇誦周詩[二]。肅恭懿德垂彤管[三]，九御歸心百福宜[四]。

【注釋】

　　[一] 采蘭追楚俗：端午採蘭沐浴為荊楚遺俗。見前《御閣端午帖子》十一"浴蘭襲祉良辰啟"注[一]。

　　[二] "化孚"句：寫皇后誦讀《詩經》，教化下人。化孚：化育；教化。荇：荇菜；多年生水生草本植物，葉成對生圓形，嫩時可食，亦可入藥。多長於湖泊池塘中。《詩·周南·關雎》："參差荇菜，左右流之。"毛傳："荇，接余也。"《爾雅·釋草》云："莕，接余，其葉，苻。"郭璞注："叢生水中，葉圓，在莖端，長短隨水深淺。江東食之。"陸璣《毛詩草木鳥獸蟲魚疏》卷上："接余，'白莖，葉紫赤色，正圓，徑寸餘，浮在水上，根在水底，與水深淺等，大如釵股，上青下白。鬻其白莖，以苦酒浸之，脆美，可案酒。'是也。"因毛傳云："后妃說樂君子之德，無不和諧，又不淫其色，慎固幽深，若關雎之有別焉，然後可以風化天下。"故《關雎》為稱美后妃美德之常用典實。

　　[三] "肅恭"句：寫皇后的美德載之於史冊。肅恭：端嚴恭敬。懿德：美德。彤管：紅色管身的筆。借指史書。見前《內閣春帖子》

其一"青遶布序和風扇"注［五］。

　　［四］九御：即九嬪。宮中女官，亦為帝王之妃子。此泛指眾嬪妃。《國語·周語中》："內官不過九御，外官不過九品。"韋昭注："九御，九嬪也。"《新唐書·后妃傳上》："唐制，皇后而下，有貴妃、淑妃、德妃、賢妃，是為夫人；昭儀、昭容、昭媛、脩儀、脩容、脩媛、充儀、充容、充媛，是為九嬪。"宋因唐制。

　　中閨正肅鳴環節[一]，吉日爰逢采朮時[二]。億載繁禧同聖壽[三]，百男鴻慶茂仙枝[四]。

【校記】

　　第一句中"閨"字，《古今歲時雜詠》卷二一作"闈"。

【注釋】

　　[一]中閨：后妃所居的內宮。借指皇后。鳴環節：鳴環之節。此借指皇后之品德和節操。鳴環：古人衣帶上佩戴玉飾，行走時相擊有聲。《禮記·玉藻》："君子在車，則聞鸞和之聲，行則鳴佩玉。"佩玉以比德。環形佩玉多為婦女所用，后妃皆佩玉。劉向《列女傳》卷四"齊孝孟姬"："接聞妃后踰閾必乘安車輜軿，下堂必從傅母保阿，進退則鳴玉環佩。"《後漢書·后妃傳》："居有保阿之訓，動有環佩之響。"

　　[二]采朮（zhú）：採摘朮草。朮，藥材，有白朮、倉朮，根莖可入藥。古時於端午日採摘。《歲時廣記》卷二二"薦漢朮"條引《養生要集》："朮味甘苦小溫，生漢中南鄭山谷，五月五採用。"泛指採摘雜藥。見前《御閣端午帖子》其三"仙園采藥回彫輦"注［一］。

　　[三]繁禧：多福。聖壽：皇帝的年壽；祝壽之詞。

　　[四]百男：百子。《詩·大雅·思齊》："大姒嗣徽音，則百斯男。"毛傳："大姒十子，眾妾則宜百子也。"宋朱熹《詩集傳》集注："百男，舉成數而言其多也。"鴻慶：大慶，洪福。

　　點畫諸宮初獻巧[一]，裁縫中禁又迎祥[二]。周南永播河洲化[三]，仰佐鴻明燭萬方[四]。

【注釋】

　　[一]"點畫"句：即諸宮點畫初獻巧。寫端午進獻端午女工製品

事。點畫：點綴裝飾。指製作端午索之類。獻巧：進獻製作精巧的綵索衣服之類。見前《御閣端午帖子》其一"續命彩絲登繭館"注［二］。

［二］裁縫中禁：即中禁裁縫。宮中裁剪縫製衣服。杜甫《惜別行送向卿進奉端午御衣之上都》："裁縫雲霧成御衣，拜跪題封賀端午。"

［三］"周南"句：寫劉皇后之德化後宮。《詩·周南·關雎》篇首句為"關關雎鳩，在河之洲"。見前《內閣春帖子》其六"緹室葭灰飛候管"注［三］。

［四］"仰佐"句：寫劉皇后輔佐真宗皇帝之功。鴻明：盛德；明德。燭：照。萬方：四方。

郡王閣端午帖子[一]

對日惠心時共仰[二]，沐蘭嘉節慶長絲[三]。仰承中緒隆天愛[四]，永奉祥祺襲太熙[五]。

【注釋】

［一］郡王：即壽春郡王趙禎（1010—1063）。見前《壽春郡王閣春帖子》其一注［一］。按，此與上二組為同時所作，見前《御閣端午帖子》其一"續命彩絲登繭館"注［一］。

［二］"對日"句：言郡王之早慧。《後漢書·黃琬傳》："建和元年正月日食，京師不見而瓊以狀聞。太后詔問所食多少，瓊思其對而未知所況。琬年七歲，在傍，曰：'何不言日食之餘，如月之初？'瓊大驚，即以其言應詔，而深奇愛之。"劉義慶《世說新語·夙惠》："晉明帝數歲，坐元帝膝上，有人從長安來，元帝問洛下消息，……因問明帝：'汝意謂長安何如日遠？'答曰：'日遠。不聞人從日邊來，居然可知。'元帝異之。明日，集群臣宴會，告以此意，更重問之。乃答曰：'日近。'元帝失色，曰：'爾何故異昨日之言邪？'答曰：'舉目見日，不見長安。'"故"對日"為年幼聰慧之常典。惠心：明慧之心。惠，通"慧"。

［三］沐蘭嘉節：即浴蘭節，端午節。見前《御閣端午帖子》十一"浴蘭襲祉良辰啟"注［一］。長絲：即彩絲。見前《御閣端午帖子》其一"續命彩絲登繭館"注［二］。

[四] 仰承中緒：繼承帝業。仰承：敬受；承受。中緒：指帝王的基業、功業。
　　[五] 永奉祥祺：永遠承受吉祥。襲太熙：承襲大福。熙：同"禧"，吉祥，福。

　　彤闈永奉千年慶[一]，金策將封一字王[二]。佇向景風承異渥[三]，預從佳節納多祥[四]。
【注釋】
　　[一] 彤闈：紅色的宮門。借指宮中。闈，宮室兩側的小門，塗以朱色，故稱。
　　[二] 金策：古代記載大事或帝王詔命的連編金簡。此指封王的策書。策：也作冊。一字王：用一個字作為封號的王。位高於二字王。趙禎於大中祥符八年被封為壽春郡王，即二字王。後於天禧二年封為昇王，即一字王。
　　[三] 佇：久立。景風：夏日的東南風。八風之一。《淮南子·天文訓》："何謂八風？距日冬至四十五日條風至，條風至四十五日明庶風至，明庶風至四十五日清明風至，清明風至四十五日景風至，景風至四十五日涼風至，涼風至四十五日閶闔風至，閶闔風至四十五日不周風至，不周風至四十五日廣莫風至。"又，《墬形訓》："何謂八風？東北曰炎風，東方曰條風，東南曰景風，南方曰巨風，西南曰涼風，西方曰飂風，西北曰麗風，北方曰寒風。"異渥：優異的待遇。
　　[四] 預從：預先隨從。

　　五色彩絲頒禁殿[一]，千齡嘉慶集藩房[二]。玉堂絃誦依真館[三]，日日靈心降美祥[四]。
【注釋】
　　[一] "五色"句：寫朝廷端午頒賜五彩絲。見前《御閣端午帖子》其一"續命彩絲登繭館"注［二］。
　　[二] 嘉慶：喜慶吉祥的事。藩房：藩邸，王府。此指壽春郡王府邸。
　　[三] "玉堂"句：寫壽春郡王在資善堂讀書。玉堂：宮殿的美稱。

此指資善堂,大中祥符八年置,為壽春郡王讀書之所。絃誦:弦歌和誦讀。絃:同"弦"。《禮記·文王世子》:"春誦、夏弦。"注:"誦,謂歌樂也;弦,謂以絲播詩。"後指學校教學。真館:宮觀,神祠。此指元符觀。據《宋會要輯稿》,資善堂在元符觀南,天禧四年徙御厨以北。

〔四〕靈心:神靈的心意。美祥:吉兆。

崑山瑞玉題真篆[一],閬苑蟠桃刻印文[二]。並獻春閨延美慶[三],億年嘉氣永氤氳[四]。

【校記】
第四句"嘉"字,《古今歲時雜詠》作"喜"。
【注釋】
〔一〕"崑山"句:美玉上刻寫篆書。崑山瑞玉:崑崙山的美玉。古代諸侯所執之玉稱瑞玉。《儀禮·覲禮》:"乘墨車,載龍旂、弧韣,乃朝以瑞玉,有繅。"注:"瑞玉,謂公桓圭、侯信圭、伯躬圭、子穀璧、男蒲璧。"真篆:篆書。

〔二〕"閬苑"句:寫端午用桃印之俗。閬苑:閬風之苑,仙人所居之境。此指宮中後苑。蟠桃刻印文:即桃印。漢時端午有以桃印為門户飾而禳除惡氣的習俗。《後漢書·禮儀志中》:"仲夏之月,萬物方盛。日夏至,陰氣萌作,恐物不楙。其禮:以朱索連葷菜,彌牟朴蠱鍾。以桃印長六寸,方三寸,五色書文如法,以施門户。……漢兼用之,故以五月五日,朱索五色印為門户飾,以難止惡氣。"宋代發展為桃印符。《古今事文類聚》前集卷九"桃印符":"《續漢書》:'劉昭曰:桃印本漢制,以止惡氣。'今世端午以綵繒篆符以相問遺,亦以置屏帳之間。魏收詩:'辟兵書鬼字,神印題靈文。'"

〔三〕春閨:女子的閨房。指后妃。延美慶:延長福祚。
〔四〕氤氳:雲氣彌漫的樣子。

淑妃閣端午帖子[一]

蕤賓布序逢良月[二],條達延祥記令辰[三]。仰奉椒塗宣內治[四]，永昭芳譽冠虞嬪[五]。

【注釋】

[一]淑妃：皇帝妾之位號，屬夫人階，正一品。此指真宗淑妃楊氏（984—1036）。據《宋史》《真宗本紀》及《后妃傳上·楊淑妃傳》，楊氏為益州郫（今屬四川）人，年十二入皇子宮。真宗即位，拜才人，又拜婕妤，進婉儀。真宗東封、西祀，凡巡幸皆從。章獻太后為修儀，妃與之位幾埒。而妃通敏有智思，奉順章獻無所忤，章獻親愛之。故妃雖貴幸，終不以為己間。大中祥符八年六月，封為淑妃。真宗卒，遺詔尊為皇太妃。章獻太后遺詔尊其為皇太后，居保慶宮，稱保慶皇太后。景祐三年無疾而終，年五十三。按，此端帖作於大中祥符九年至天禧五年（1016—1021）之間，疑為大中祥符九年端帖。

[二]蕤賓：古樂十二律之一。位於午，在五月，故為夏曆五月的別稱。《國語·周語下》："四曰蕤賓，所以安靖神人，獻酬交酢也。"韋昭注："五月蕤賓。……蕤，委柔貌也。言陰氣為主，委柔於下，陽氣盛長於上，有似於賓主，故可用之宗廟賓客，以安靜神人，行酬酢也。"《禮記·月令》"仲夏之月"："其音徵，律中蕤賓。"鄭玄注："蕤賓者，應鍾之所生，三分益一，律長六寸八十一分寸之二十六。仲夏氣至，則蕤賓之律應。"漢班固《白虎通義》卷下"五行"："五月律謂之蕤賓。蕤者，下也；賓者，敬也。言陽氣上極，陰氣始賓敬之也。"

[三]條達：手鐲、腕釧之類。見前《皇后閣端午帖子》其一"迎祥競獻雙條達"注[二]。延祥：迎祥。

[四]椒塗：皇后居住的宮室。此指真宗劉皇后。見前《皇后閣端午帖子》其三"千門朱索迎嘉祉"注[二]。宣：宣揚，發揚。內治：古代對婦女進行的教育。見前《內閣春帖子》其七"三星分曜輝宸漢"注[三]。

[五]芳譽：美好的名聲。虞嬪：舜之嬪妃。《書·堯典》："釐降二女于媯汭，嬪於虞。"此指后宮眾妃。

芳園踏草迎嘉節[一]，紫掖鳴環奉鞠衣[二]。渥惠日新鴻慶遠[三]，永隆徽序耀層闈[四]。

【注釋】

［一］芳園：指宮中後苑。踏草：即"蹋百草"。踏，同"蹋"。古時端午習俗。《荊楚歲時記》："五月五日，謂之浴蘭節。四民並蹋百草。"

［二］"紫掖"句：寫宮中后妃著鞠衣佩飾以行先蠶之禮。鳴環：指身上佩帶的環珮碰擊有聲。見前《皇后閣端午帖子》其五"中闈正肅鳴環節"注［一］。奉：恭敬地捧著，拿著。鞠衣：古代王后六服之一，九嬪及卿妻亦服之，其色如桑葉始生。《周禮・天官・內司服》："掌王后之六服：褘衣、揄狄、闕狄、鞠衣、展衣、緣衣。"鄭玄注："鄭司農云：'鞠衣，黃衣也。'鞠衣，黃桑服也。色如鞠塵，象桑葉始生。"《禮記・月令》"季春之月"："是月也，天子乃薦鞠衣於先帝。"《宋史・輿服志三》："后妃之服：一曰褘衣，二曰朱衣，三曰禮衣，四曰鞠衣。……鞠衣，黃羅為之，蔽膝、大帶、革舄隨衣色，餘同褘衣，唯無翟文，親蠶服之。妃首飾花九株，小花同，并兩博鬢，冠飾以九翬、四鳳。"

［三］渥惠：深厚的恩惠。鴻慶：大慶，洪福。

［四］"永隆"句：言楊淑妃遵從宮中秩序，善於處理好與后妃的關係，從而在宮中享有美譽。隆：尊崇。徽：美，善。序：次序；秩序。層闈：重闈。借指后宮。

萬宇清和當聖日［一］，千門採拾邁良辰［二］。上真鴻緒宜蕃衍［三］，從此高禖美應新［四］。

【注釋】

［一］萬宇清和：天下太平。清和：清淨和平。

［二］採拾：採摘拾取。此指採摘雜藥。古代端午有採百藥之俗。見前《御閣端午帖子》其三"仙園采藥回彫輦"注［一］。邁：遇。

［三］上真鴻緒：指趙宋世系、皇業。上真：上仙。指趙氏祖先。蕃衍：言子孫繁盛眾多。語出《詩・唐風・椒聊》："椒聊之實，蕃衍盈升。"

［四］高禖：即郊禖，媒神。見前《皇后閣端午帖子》其四"六宮點畫呈新巧"注［四］。

宴寢奉朝鳴采玉[一]，良辰襲慶表長絲[二]。仰承中壼垂芳裕[三]，永播周南逮下詩[四]。

【注釋】

[一] "宴寢"句：寫楊氏侍奉真宗皇帝起居。宴寢：休息起居之宮室。奉朝：侍奉皇帝上朝。鳴采玉：即鳴玉。指身上佩帶的玉飾碰擊有聲。后妃佩玉。見前《皇后閣端午帖子》其五"中閨正肅鳴環節"注[一]

[二] 襲慶：承襲祖先傳下的恩澤。表：顯示。長絲：即五彩絲。見前《御閣端午帖子》其一"續命彩絲登繭館"注[二]。

[三] 中壼：指皇后。壼，宮內小道。芳裕：指美好寬容的品德。裕：寬容。

[四] "永播"句：寫楊氏寬容不嫉妒。周南：《詩》"國風"之一。《周南》所收大抵為今陝西、河南、湖北之交的民歌，頌揚周德化及南方。漢以後被作為詩教的典範。《左傳·襄公二十九年》："吳公子札來聘……請觀於周樂。使工為之歌《周南》、《召南》。曰：'美哉！始基之矣。'"杜預注："《周南》《召南》，王化之基。"逮下：謂恩惠及於下人。《詩·周南·樛木序》："《樛木》，后妃逮下也，言能逮下而無嫉妒之心焉。"

晏　殊

　　晏殊（991—1055），字同叔，撫州臨川（今屬江西）人，幼以神童著稱，真宗景德二年（1005）初被薦，賜同進士出身，初授秘書省正字。遷尚書戶部員外郎，為太子舍人，尋知制誥，判集賢院。久之，為翰林學士，遷左庶子。仁宗天聖三年（1025）遷樞密副使，明道元年（1032）除參知政事，康定元年（1040）進樞密使，慶曆二年（1042）加同平章事。至和二年（1055）卒。諡元獻。《東都事略》卷五六、《宋史》卷三一一有傳。《宋史·藝文志》著錄《晏殊集》二十八卷，久佚。清胡亦堂輯《元獻遺文》一卷，詩僅六首。勞格輯《元憲遺文補編》三卷。

　　晏殊今存帖子詞共三十七首。其中《元日詞》十首，《立春日詞》十一首，《端午詞》十六首，見載於蒲積中《古今歲時雜詠》，《全宋詩》錄於卷一七二。

元日詞[一]

御閣四首[二]

　　鶯谷春風柳上歸[三]，禁園芳樹漸依依[四]。堯年億萬如天遠[五]，萬國歡心拱太微[六]。

【校記】

　　此組詩錄自蒲積中《古今歲時雜詠》卷二。此以北京大學圖書館藏清葉志詵抄本為底本，校以影印文淵閣《四庫全書》本。第二句中"禁園"二字，原作"禁闈"，據四庫本改。

【注釋】

　　[一] 此組為元日帖子詞。組詩中有《東宮閣》，必作於仁宗為太子之時，即真宗天禧三年至乾興元年（1019—1022）之間。疑此為天禧元年（1017）立春帖子，當年立春在元日。天禧三年、四年，晏殊為户部員外郎、知制誥，天禧五年、乾興元年，晏殊為翰林學士，都具有寫作身份。

　　[二] 御：此指真宗趙恒（968—1022）。見夏竦《御閣春帖子》其一"金盤曉日融春露"注[一]。

　　[三] 鶯谷：指深谷。鶯處深谷，故名。

　　[四] 禁園：帝王的園林。芳樹：花木。依依：茂盛的樣子。

　　[五] "堯年"句：謂太平盛世永久綿延。堯年：傳說堯時天下太平，故堯年喻太平盛世。

　　[六] 拱：環繞。太微：星垣名。《史記·天官書》："南宮朱鳥，權、衡。衡，太微，三光之廷。"司馬貞索隱："宋均曰：太微，天帝南宮也。"此喻指皇帝。

　　屠蘇醴酒盈金斝[一]，鬱壘神符衛紫關[二]。三境上真垂介福[三]，綿綿洪算等南山[四]。

【注釋】

　　[一] "屠蘇"句：寫元日飲屠蘇酒之俗。屠蘇醴酒：即屠蘇酒。古時元日飲用。《荆楚歲時記》："正月一日，……於是長幼悉正衣冠，以次拜賀，進椒柏酒，飲桃湯。進屠蘇酒，膠牙餳，下五辛盤，進敷于散，服却鬼丸，各進一雞子。凡飲酒次第，從小起。"金斝：斝的美稱。斝，古代青銅所製酒器，圓口，三足。

　　[二] "鬱壘"句：寫元日掛桃符之俗。鬱壘神符：畫有鬱壘神的桃符。《歲時廣記》卷五"飾桃人"條引《山海經》："東海有度朔山，上有大桃樹，蟠屈三千里，其卑枝間東北曰鬼門，萬鬼所出入也。上有二神，一曰神荼，一曰鬱壘，主閱領眾鬼之惡害人者執以葦索，而用飼虎焉。於是黄帝法而象之。毆除畢，因立桃梗於門户之上，畫鬱櫨，持葦索，以禦凶鬼。畫虎於門，當食鬼鬼也。"《風俗通義》："黄帝上古之時，有神荼、鬱櫨兄弟二人，性能執鬼，於度朔山桃樹下，簡閲百鬼

之無道者。縛以葦索，執而飼鬼。是故縣官常以臘祭夕，飾桃人，垂葦索，畫虎於門，以禦凶也。"後世於是畫神荼鬱壘為門神。《荊楚歲時記》："正月一日，……繪二神貼户左右，左神荼，右鬱壘，俗謂之門神。"也有書神名者。《歲時廣記》卷五"寫桃版"條引《歲時雜記》："桃符之制，以薄木版長二三尺，大四五寸，上畫神像狻猊白澤之屬，下書左鬱壘，右神荼。或寫春詞，或書祝禱之語，歲旦則更之。"紫關：指宮門。關：本指門栓。

[三] 三境：即道家認為神仙居住的玉清、上清、太清三境。《雲笈七籤》卷三："大洞之跡別出為化主，治在三清境。其三清境者，玉清、上清、太清是也，亦名三天。其三天者清微天、禹餘天、大赤天是也。天寶君治在玉清境，即清微天也，其氣始青。靈寶君治在上清境，即禹餘天也，其氣元黄。神寶君治在太清境，即大赤天也，其氣玄白。"又"太清境有九仙，上清境有九真，玉清境有九聖，三九二十七位也。"上真：上仙。介福：大福。

[四] "綿綿"句：祝福皇帝壽比南山。洪算：謂年歲長久；長壽。見夏竦《御閣春帖子》其一"金盤曉日融春露"注 [四]。

南國雕胡奉紫庭[一]，九重樓閣瑞雲生[二]。丹臺玉策延洪算，八表歡娱四海清[四]。

【校記】
第三句"丹臺"二字，原作"丹毫"，據四庫本改。
【注釋】
[一] 雕胡：菰米，此指粽子。見夏竦《御閣端午帖子》其六"太官角黍迎嘉節"注 [一]。奉：進獻。紫庭：帝王宮廷，即紫宮。

[二] 九重樓閣：指皇宮。見夏竦《內閣春帖子》其五"青陽乍整蒼龍駕"注 [四]。

[三] 丹臺：道家稱神仙居住的地方。玉策：猶玉牒。指神仙秘籍。應劭《風俗通義·封泰山禪梁父》："俗說岱宗上有金篋玉策，能知人年壽修短。"延洪算：延長壽命。洪算：長壽。

[四] 八表：八方之外，指極遠的地方。

習習條風拂曙來[一]，清香猶綻雪中梅。屠蘇酒綠鑪烟動[二]，共獻宜城萬壽盃[三]。

【注釋】

[一] 習習條風：和煦的春風。習習：和煦貌。條風：春天的東風。八風之一。參見夏竦《郡王閣端午帖子》其二"彤闈永奉千年慶"注[三]。

[二] 屠蘇酒：酒名。見其二"屠蘇醴酒盈金斝"注[一]。

[三] 宜城：指宜城酒。宜城，縣名。屬湖北省。此地產美酒，稱"宜城醪"或"宜城酒"。城，或作成。《周禮·天官·酒正》："五齊之名：一曰泛齊。"鄭玄注："泛者，成而滓浮，泛泛然如今宜成醪矣。"曹植《酒賦》："爵其味有宜城醪醴，蒼梧縹清。"《湖廣通志》卷十："金沙泉。（宜城）縣東二里，其水造酒甘美，世謂宜城春，又名竹葉春。"盃：同"杯"。

內廷四首[一]

玉殿初晨淑氣和，璧池冰解水生波[二]。龜臺聖母增年曆[三]，萬壽無疆積慶多。

【注釋】

[一] 內廷：同"內庭"。宮禁以內。此特指宮中女性所居之地。此組詩為真宗后妃所寫。按，此與上組詩為同時所作，見《元日詞·御閣》其一"鶯谷春風柳上歸"注[一]。

[二] 璧池：同"璧沼"。本為學宮前半圓形水池，此指宮苑中水池。

[三] 龜臺聖母：即西王母。此喻指真宗皇后劉氏。《太平廣記》卷五六《女仙一·西王母》："西王母者，九靈太妙龜山金母也。一號太虛九光龜臺金母元君，乃西華之至妙，洞陰之極尊。"龜臺：西王母居處。年曆：年壽。

獻壽椒花泛淥醪[一]，迎祥朱戶帖仙桃[二]。彤庭玉殿鑪烟起[三]，靄靄卿雲瑞日高[四]。

【校記】

第二句"帖"字,原作"怙",據四庫本改。

【注釋】

〔一〕獻壽:寫元日以椒酒祝壽。椒花:花椒,古時正月初一日以盤盛椒,飲酒則取椒置酒中。見夏竦《內閣春帖子》其二"椒花獻歲良時啟"注〔一〕。渌醑:清酒,美酒。

〔二〕朱戶:以朱紅所漆之門。此指皇宮之門戶。仙桃:指桃符。見《元日詞·御閣》其二"屠蘇醴酒盈金罍"注〔二〕。

〔三〕彤庭:亦作"彤廷"。漢代皇宮以朱漆塗飾,故稱。此泛指皇宮。

〔四〕靄靄卿雲:祥雲瀰漫。卿雲:祥雲。亦作"慶雲"、"景雲"。

池冰初解雪初消,十二重城曉日高[一]。颯颯和風遶珠樹[二],千年春色在蟠桃[三]。

【注釋】

〔一〕十二重城:指北宋京城汴京(開封)。十二重:言城之大。晏幾道《鷓鴣天》:"明朝紫鳳朝天路,十二重城五碧雲。"

〔二〕颯颯:風聲。珠樹:神話傳說中結珠的仙樹。此指積雪或垂掛冰柱的樹。

〔三〕蟠桃:神話中的仙桃。此指桃樹。

三百六旬初一日[一],四時嘉序太平年。霓衣絳節修真籙[二],步武祥雲奉九天[三]。

【注釋】

〔一〕"三百"句:一年的第一天,即元日。

〔二〕霓衣:即霓裳。神仙的衣服。絳節:紅色符節。為道教常用器物。修真籙:道教符籙。修真:學道修行。

〔三〕步武祥雲:腳踩祥雲。步,舉步;武,足跡。奉九天:侍奉帝王。九天:指帝王。

東宮閣二首[一]

銅龍樓下早春歸[二]，三朝元辰在此時[三]。椒柏暖風浮玉斝[四]，兩宮稱慶奉皇慈[五]。

【校記】

第四句"慈"字原作"恩"字，據四庫本改。前韻為"歸"、"時"，"恩"不合韻。

【注釋】

[一] 東宮：太子所居之宮。借指太子趙禎（1010—1063）。《詩·衞風·碩人》："東宮之妹，邢侯之姨。"毛傳："東宮，齊太子也。"孔穎達疏："太子居東宮，因以東宮表太子。"據《續資治通鑑長編》卷九二，天禧二年八月甲辰（15日），立昇王受益為皇太子，改名禎。見夏竦《壽春郡王閣春帖子》其一"穆穆韶華生紫禁"注[一]。按，此詩作於天禧三年至乾興元年（1019—1022）。見《元日詞·御閣》其一"鶯谷春風柳上歸"注[一]。

[二] 銅龍樓：漢太子宮門樓上飾有銅龍。此借指太子宮室。《漢書·成帝紀》："上嘗急召太子出龍樓門。"顏師古注引張晏曰："門樓上有銅龍，若白鶴、飛廉之為名也。"

[三] 三朔元辰：農曆正月初一。《初學記》卷四"元日"引隋杜臺卿《玉燭寶典》："正月為端月，其一日為元日，亦云上日，亦云正朝，亦云三元，亦云三朔。"注三元為："歲之元，時之元，月之元。""三朔"為："《書大傳》云：夏以平旦為朔，商以鳴雞為朔，周以夜半為朔。"按，朔為開始義。

[四] 椒柏：即椒酒和柏酒，合稱椒柏酒。椒酒以椒實浸制而成，柏酒以柏葉浸製而成。椒實多籽，柏葉耐寒後凋，寓多子、長壽之意。古代農曆正月初一用以祭祖，或獻之於家長以示祝壽拜賀之意。《初學記》卷四"元日"習俗有"進椒柏酒"，注云："《四民月令》曰：椒是玉衡星精，服之令人身輕能走；柏是仙藥。"宗懍《荊楚歲時記》："正月一日，……長幼悉正衣冠，以次拜賀，進椒柏酒，飲桃湯。"庾信《正旦蒙趙王賚酒》："柏葉隨銘至，椒花逐頌來。"玉斝：玉製的斝。此為酒杯之美稱。

［五］兩宮：指皇帝和皇后。奉：侍奉。皇慈：即慈皇。皇帝。

條風發動協初辰[一]，玄圃瑶山景象新[二]。千載百靈資介福[三]，滄溟重潤月重輪[四]。

【校記】
第一句中"動"字，四庫本作"歲"。

【注釋】
［一］條風：春風。參見夏竦《郡王閣端午帖子》其二"彤闈永奉千年慶"注［三］。初辰：指元日。
［二］玄圃：傳說中崑崙山頂的神仙居處。玄，通"懸"。《淮南子·墜形訓》："縣圃、涼風、樊桐，在崑崙閶闔之中。……崑崙之丘，或上倍之，是謂涼風之山，登之而不死。或上倍之，是謂懸圃，登之乃靈，能使風雨。或上倍之，乃維上天，是謂太帝之居。"漢高誘注："縣圃、涼風、樊桐，皆崑崙之山名也。"北魏酈道元《水經注·河水一》："崑崙之山三級：下曰樊桐，一名板松；二曰玄圃，一名閬風；上曰層城，一名天庭。是為太帝之居。"瑶山：傳說中的仙山。玄圃、瑶山皆喻皇宮。
［三］百靈：各種神靈。資：供給，資助。介福：大福。
［四］"滄溟"句：稱頌太子之德。滄溟重潤：即海重潤。滄溟：大海。潤：滋潤。月重輪：月周圍所現的光圈。古人以海、月等比帝王品德之潤澤、圓滿。太子似之，故稱"重"。晉崔豹《古今注·音樂》："《日重光》、《月重輪》，羣臣為漢明帝所作也。明帝為太子，樂人作歌詩四章，以贊太子之德。其一曰《日重光》，其二曰《月重輪》，其三曰《星重輝》，其四曰《海重潤》。……舊說云：天子之德，光明如日，規輪如月，眾輝如星，霑潤如海。太子皆比德焉，故云重爾。"此用以稱頌太子趙禎之德。

立春日詞[一]

御閣四首[二]

令月歸餘屆早春[三]，羲舒相望協元辰[四]。初陽乍逐青旂動^[五]，聖壽長隨鳳曆新^[六]。

【校記】

此組詩錄自《古今歲時雜詠》卷四。此以北京大學圖書館藏清葉志詵抄本為底本，校以影印文淵閣《四庫全書》本。題中"日"，四庫本作"又"。

【注釋】

〔一〕此組詩應為乾興元年（1022）春帖。按，組詩中有《東宮閣》，必作於仁宗為太子之時，即真宗天禧三年至乾興元年（1019—1022）之間。《元日詞·御閣》其一有"令月歸餘屆早春，羲舒相望協元辰"句，知當年立春在臘月。而天禧元年、二年、四年立春分別在元日、正月十二和正月四日，而天禧三年、五年、乾興元年則在臘月二十三、臘月十六和臘月二十六日，從"餘"字看，可排除天禧五年。乾興元年立春在丁卯日，干支數皆為四，與"羲舒相望"相符。故當為乾興元年春帖。時晏殊為翰林學士。

〔二〕御：指真宗趙恒（968—1022）。見夏竦《御閣春帖子》其一"金盤曉日融春露"注〔一〕。

〔三〕屆：到。

〔四〕羲舒相望：蓋指立春日干支數同。羲舒：古代傳說中的日神羲和與月神望舒的並稱。代指日月。此當指干支。相望：相向；相對。此當指干支數同。見注〔一〕。協：和洽。元辰：吉利的時日。《禮記·月令》"孟春之月"："是月也，天子乃以元日祈穀于上帝。乃擇元辰，天子親載耒耜，措之于參保介御之間。帥三公九卿、諸侯、大夫躬耕帝籍。天子三推，三公五推，卿諸侯九推。"鄭玄注："元辰，蓋郊後吉辰也。"

〔五〕初陽：朝陽。青旂：青旗，即青旛，古代立春應候、勸耕等用的青旗。也叫春旛。《禮記·月令》"孟春之月"："天子居青陽左个，乘鸞路，駕倉龍，載青旂，衣青衣，服倉玉。"漢桓寬《鹽鐵論·授時》："發春而後，懸青旛而策土牛，殆非明主勸耕稼之意，而春令之所謂也。"《後漢書·禮儀志上》："立春之日……立春旛，施土牛耕人於門外，以示兆民，至立夏。"

〔六〕聖壽：皇帝的年壽。鳳曆：歲曆。《左傳·昭公十七年》：

"我高祖少皞摯之立也，鳳鳥適至，故紀於鳥，為鳥師而鳥名，鳳鳥氏，歷正也。"後因稱曆為"鳳曆"。

　　三素雲中曉望時[一]，上真軿蓋綠參差[二]。丹臺自有長生籍[三]，睿算方延億萬期[四]。
【校記】
　　第二句中"綠"字，原作"保"，據四庫本改。
【注釋】
　　[一] 三素雲：道教謂三種顏色的雲。唐代試進士，曾以"立春日望三素雲飛"為詩題，後多為立春用典。宋張君房《雲笈七籤》卷一一《上清黃庭内景經·上有章》"紫煙上下三素雲"："三素者，紫素、白素、黃素也。常存三元妙氣，上下在身，則形神通感。"又，卷五一《祕要訣法》"八道命籍"："一道命籍：立春清朝，北望有紫綠白雲者，是太上三元君三素飛雲也。正存之，叩頭搏頰各九，心禮四拜，再密呪曰：曾孫名今日幸遇三元君出行，願得長生侍給輪轂，餘所言隨人意也。某病乞差，某厄乞度，某災乞消，某事乞果。三見雲舉，白日昇仙。"又，"八道祕書"："一道祕言曰：以八節日清朝北望，有紫綠白雲者，是為三元君三素雲也。其時三元君乘八輪之轝，上詣天帝。子候見之，當再拜自陳，乞得待給輪轂之祝矣。三見元君轝者，則白日昇仙。"南宋高似孫《緯略》卷二"三素雲"："《修真入道秘言》曰：'立春日清朝北望，有紫綠白雲者，為三元君三素飛雲也。乘八輿之輪，上詣天帝。天子候見，再拜自陳：某乞得侍，給輪轂三過，見元君之轝者，白日昇天。'唐試進士，以《立春日望三素雲》詩為題，蓋出于此。陶弘景《水仙賦》曰：'迎九元於金闕，望三素於太清。'李義山《送宮人入道》詩："九枝燈外朝金殿，三素雲中侍玉樓。"吳筠詩："瓊臺刼為仞，孤暎大羅表。常有三素雲，凝光自飛繞。"《黃庭經》注曰：'紫、青、紅，謂之三素雲。'"自注："蘇魏公作《春帖子詞》：'萬年枝上看春色，三素雲中望玉宸。'許冲元《春帖子詞》：'三素雲飛依北極，九農星正見南方。'鮑溶《温泉宮》詩：'山蒸陰火雲三素，落日温泉雞一鳴。'"陳元靚《歲時廣記》卷八"望白雲"亦載，文字略異。

[二]"上真"句：仙人的車駕紛亂而來。軿蓋：指三元君所乘車。軿（píng），古代一種有帷幔的車。綠參差：寫三素雲紛紜繁雜。綠為三素雲色之一。

[三] 丹臺：神仙居住的地方。長生籍：即長生秘籍。

[四] 睿算：皇帝的年齡。

　　青輅迎春習習來[一]，天泉池上曉冰開[二]。珠幡已報三陽候[三]，柏葉將陳萬壽杯[四]。

【注釋】

[一] 青輅：指天子迎氣東郊所乘的青色車。見夏竦《內閣春帖子》其三"東郊候氣回青輅"注[一]。習習：微風和煦貌。

[二] 天泉池：池名，在洛陽東，為晉人遊宴之地。《初學記》卷四引晉陸翽《鄴中記》："華林園中千金堤，作兩銅龍，相向吐水，以注天泉池。"又引晉戴延之《西征記》："天泉之南，有東西溝，承御溝水。"此借指汴京宮中後苑之池。

[三] 珠幡：飾珠的旗幡。三陽候：春天的節候。三陽：古人稱農曆十一月冬至日白晝最短，此後逐漸增長，以為陰氣漸去而陽氣漸生，故稱冬至一陽生，十二月二陽生，正月三陽開泰，合稱"三陽"。

[四] "柏葉"句：寫飲柏酒。見《元日詞·東宮閣》其一"銅龍樓下早春歸"注[四]。

　　綵幡雙燕祝春宜[一]，獻壽迎祥重此時。臘雪未消宮樹碧，早鶯聲在萬年枝[二]。

【注釋】

[一] 綵幡雙燕：立春所用以彩色紙帛剪製而成的旗幡和成雙的燕子。見夏竦《內閣春帖子》其四"銀箭初傳暖律延"注[三]。

[二] 早鶯：即倉庚、黃鸝，初春始鳴，故也稱告春鳥。萬年枝：指宮中年代久遠的大樹。

內廷四首[一]

　　朱戶未聞迎綵燕[二]，東郊先報舞雲翹[三]。姜任盛德符青史[四]，金屋千春奉聖朝[五]。

【注釋】

[一] 內廷：后宮。此指真宗后妃。見前《元日詞·內廷》其一"玉殿初晨淑氣和"注[一]。按，此與上組詩為同時所作，見《御閣》其一"令月歸餘屆早春"注[一]。

[二] 朱戶：以朱紅所漆之門。此借指皇宮。綵燕：燕形立春飾品。見夏竦《內閣春帖子》其二"椒花獻歲良時啟"注[二]。

[三] "東郊"句：古代立春迎氣東郊，舞《雲翹》之舞。雲翹：樂舞名。《後漢書·祭祀志中》："立春之日，迎春於東郊，祭青帝句芒。車旗服飾皆青。歌《青陽》，八佾舞《雲翹》之舞。"

[四] "姜任"句：稱頌真宗皇后劉氏之德。姜任：周太王季歷之妃，周文王之母。姜氏，名任。此喻指劉皇后。

[五] 金屋：華麗之屋。此用"金屋貯嬌"故事以指皇后所居宮殿。《太平御覽》卷八八引《漢武故事》："武帝生於猗蘭殿。年四歲，立為膠東王。數歲，長主抱著其膝上，問曰：'兒欲得婦不？'膠東王曰：'欲得婦。'長主指左右長御百餘人，皆云'不用'。末指其女問曰：'阿嬌好不？'於是乃笑對曰：'好！若得阿嬌作婦，當作金屋貯之也。'"聖朝：封建時代對當朝的稱呼。此指真宗。

柳燧青青淑氣和[一]，冰紋初解縠文波[二]。淑風殿裏黃金屋[三]，應候稱觴獻壽多[四]。

【校記】

第四句"獻"字本作"萬"，據四庫本改。第三句"淑"，疑當作"椒"。漢有椒風殿。

【注釋】

[一] 柳燧：柳條。上古常以柳木鑽燧取火，故云。

[二] 縠文：即縠紋。皺紋。此喻水波紋。

[三] 黃金屋：華美的房屋。此指皇后所居宮。見上詩注[五]。

[四] 應候：順應時令氣候。稱觴：舉酒祝壽。

纔聞太昊行新令[一]，更祝元君望景輿[二]。白玉龜臺資壽歷[三]，千春鴻福此春初。

【校記】

第一句"纔"字，四庫本作"才"。

【注釋】

[一] 纔（cái）：剛剛，剛才。通"才"。太昊：即太皞。傳說中的古帝名，即伏羲氏，為東方之神。《禮記·月令》"孟春之月"："其帝大皞，其神句芒。"鄭玄注："大皞，宓戲氏。"宓戲，即伏羲。

[二] 元君：道教對女仙人的稱呼。此指皇后。景輿：即八景輿，傳說為仙人所乘車名。陶弘景《真誥·甄命授》："君曰：仙道有八景之輿，以遊行上清。"

[三] 白玉龜臺：傳說中西王母居處。見《元日詞·內廷》其一"玉殿初晨淑氣和"注[三]。資：資助。壽歷：長壽。

　　雙金縷勝延嘉節，五綵為幡奉紫廷[一]。春色漸濃人未覺，玉階楊柳半青青[二]。

【注釋】

[一] "雙金"二句：寫立春戴彩勝、懸彩幡以迎春之俗。金縷勝：以金箔、金縷製成的春勝。延：迎接。五綵為幡：以彩色紙帛剪製成幡勝。五綵：青、黃、赤、白、黑五色。奉：進獻。紫廷：即紫庭，帝王宮庭。見夏竦《內閣春帖子》其四"銀箭初傳暖律延"注[三]。

[二] 楊柳：指柳樹。

東宮閣三首[一]

　　青幡乍帖宜春字[二]，翠筛初迎入律風[三]。一有元良昭大慶[四]，問安長在紫宸中[五]。

【注釋】

[一] 東宮：指太子趙禎（1010—1063）。見前《元日詞·東宮閣》其一注[一]。按，此與上組詩為同時所作，見《御閣》其一"令月歸餘屆早春"注[一]。

[二] 青幡、宜春字：即春幡勝、宜春帖。見夏竦《內閣春帖子》其四"銀箭初傳暖律延"注[三]。

〔三〕翠斾：青旗，青旛。見《立春日詞·御閣》其一"令月歸餘屆早春"注〔五〕。入律風：春風。律：律管，候管。見夏竦《內閣春帖子》其六"緹室葭灰飛候管"注〔一〕。

　　〔四〕元良：太子。《禮記·文王世子》："語曰：'樂正司業，父師司成，一有元良，萬國以貞。'世子之謂也。"鄭玄注："一，一人也。元，大也。良，善也。"後代稱太子。趙禎冊為皇太子在天禧二年（1018）九月。見夏竦《壽春郡王閣春帖子》其一注〔一〕。昭：顯示。

　　〔五〕"問安"句：寫太子趙禎問真宗起居，頌其仁孝。紫宸：紫宸殿。見夏竦《御閣端午帖子》其七"賜羹佳事傳青簡"注〔二〕。

　　碧燕幡長綵樹新[一]，寢門瑤佩慶初春[二]。邦家累善鍾儲貳[三]，皎皎重暉在璧輪[四]。

　　【注釋】

　　〔一〕"碧燕"句：燕、幡、綵樹，皆為立春剪綵而為的飾品。見夏竦《內閣春帖子》其四"銀箭初傳暖律延"注〔三〕。

　　〔二〕寢門：古禮天子五門，最內之門曰寢門，即路門。此指皇宮內室之門。

　　〔三〕鍾：集中。儲貳：猶儲副。太子。

　　〔四〕"皎皎"句：頌太子趙禎之德圓滿如圓月。重暉：即重輝。璧輪：玉輪。指月。喻品德圓滿。見《元日詞·東宮閣》其二"條風發動協初辰"注〔四〕。

　　鮫冰千片解華池[一]，神水香醪滿爵卮[二]。旭日九門凝瑞露[三]，東廂朝拜奉宸慈[四]。

　　【注釋】

　　〔一〕"鮫冰"句：寫苑池中冰已消融。鮫冰：如龍鱗般的冰。鮫，傳說中的龍。通"蛟"。華池：神話傳說中崑崙山上的仙池。王充《論衡·談天》："太史公曰：《禹本紀》言：'河出崑崙，其高三千五百餘里，日月所於辟隱為光明也，其上有玉泉、華池。'"

　　〔二〕神水香醪：指美酒。神水：立春日所貯之水。古時以為以此水所釀之酒不壞。韓鄂《歲華紀麗》卷一："雁序南迴，斗衡東指，貯神水以効祥。"注:"《四時要》云:'立春日貯水,謂之神水,釀酒不壞。'"爵卮:指酒杯。

　　[三]九門:宮中九門,泛指宮禁。見夏竦《御閣春帖子》其四"九門和氣衝魚鑰"注[一]。瑞露:甘露。甘美的露水。《老子·三十二章》:"天地相合以降甘露。"古人認為甘露降是太平之瑞兆。

　　[四]東廂:指正房東側的房屋。奉:奉養,侍奉。宸慈:指真宗。

端午詞[一]

御閣四首 奉聖旨進[二]

　　沐浴蘭湯在此辰[三],內園仙境物華新[四]。輕絲五綵纏金縷[五],共祝堯年壽萬春[六]。

【校記】

　　此組詩據北京大學圖書館藏清葉志詵抄本《古今歲時雜詠》卷二一為底本輯錄,校以影印文淵閣《四庫全書》本。四庫本題中無"四首"、"奉"三字。

【注釋】

　　[一]《端午詞》為兩組作品,第一組為天禧二年(1018)端帖。因其中有《昇王閣》,昇王為趙禎封號,時在天禧二年二月,同年八月即封為皇太子。故此組詩必作於天禧二年。第二組約作於天禧三年或五年,因其中有《東宮閣》,而趙禎即位於乾興元年(1022)二月。

　　[二]御:指真宗趙恒(968—1022)。見夏竦《御閣春帖子》其一"金盤曉日融春露"注[一]。

　　[三]沐浴蘭湯:古代端午有以蘭草為湯沐浴之俗。見夏竦《御閣端午帖子》十一"浴蘭襲祉良辰啟"注[一]。

　　[四]內園:指宮內後苑,在宋宮城西北角。物華:自然景物。

　　[五]"輕絲"句:寫端午臂繫彩索之俗。五綵:即青、黃、赤、白、黑五色絲線。金縷:金絲。即彩縷,彩絲。見夏竦《御閣端午帖子》其一"續命彩絲登繭館"注[二]。

　　[六]堯:喻指真宗。

初垂彩艾迎新節[一]，復結香茅致百祥[二]。就日望雲皆善祝，聖人洪算與天長[三]。

【校記】
第一句中"艾"字，四庫本作"仗"。

【注釋】
[一] 垂彩艾：垂掛艾草。艾草綠色，故云彩艾。古代端午有採摘艾草捆縛為人形懸門户上以禳毒氣的習俗。宗懍《荊楚歲時記》："五月五日，……採艾以為人，懸門户上，以禳毒氣。"隋杜公瞻注："《師曠占》曰：'歲多病，則病草先生。'艾是也。"兩宋宮中皆有懸掛艾草、艾人之俗。孟元老《東京夢華錄》卷八"端午"："釘艾人於門上。"周密《武林舊事》卷三"端午"："又以青羅作赤口白舌帖子，與艾人並懸門楣，以為禳襘。"

[二] "復結"句：寫祭神以招致吉祥。香茅：香草名。一名菁茅、瓊茅。古人用以縮酒。《左傳·僖公四年》："爾貢包茅不入，王祭不共，無以縮酒，寡人是徵。"《周禮·天官·甸師》卷四："祭祀共蕭茅。"鄭玄注："鄭大夫云：'蕭字或為茜，茜讀為縮。束茅立之祭前，沃酒其上，酒滲下去，若神飲之，故謂之縮。縮，浚也。故齊桓公責楚不貢包茅，王祭不共，無以縮酒。'杜子春讀為蕭。蕭，香蒿也。玄謂《詩》所云'取蕭祭脂'，《郊特牲》云'蕭合黍稷，臭陽達於墻屋。故既薦，然後焫蕭合馨香'。合馨香者，是蕭之謂也。茅以共祭之苴，亦以縮酒。苴以藉祭。縮酒，沛酒也。醴齊縮酌。"古代祭祀時用菁茅濾酒去渣，謂之縮酒。一說，束茅立之祭前，沃酒其上，酒滲下，若神飲之，故謂之縮酒。《水經注》卷三八《湘水》引晉王隱《晉書·地道記》："（泉陵）縣有香茅，氣甚芬香，言貢之以縮酒也。"百祥：多種吉祥。

[三] "就日"二句：寫對皇帝的崇仰和祝福長壽。就日望雲：喻對天子的崇仰。《史記·武帝紀》："帝堯者，……就之如日，望之如雲。"聖人：對皇帝的尊稱。《禮·大傳》："聖人南面而治天下。"洪算：壽命。

獻壽競為長命縷[一]，迎祥還佩赤靈符[二]。端門漏永晨曦上[三]，颯颯薰風繞帝梧[四]。

【注釋】

[一]"獻壽"句：寫端午進獻彩絲以祝壽之俗。見夏竦《御閣端午帖子》其一"續命彩絲登繭館"注[二]。

[二]赤靈符：道教符籙之類，端午節佩戴，古人以為可以辟除兵禍鬼氣。亦稱辟兵符、靈符。靈符種類繁多，稱名各異，材料多為布帛，形態多樣。有時指五彩絲。程大昌《演繁露》卷七"端午綵索"："裴玄《新語》曰：'五月五日集五綵繒，謂之辟兵。不解，以問伏君。伏君曰：青、赤、白、黑為之四面，黃居中央，名曰襞方。綴之於複，以示婦人養蠶之工也。傳聲者誤以為辟兵。'予案：此即今人五月綵索也。"有時指道教符籙。《夢梁錄》卷三"五月"："五日重午節，……內更以百索綵線、細巧縷金花朵，及銀樣鼓兒糖、蜜韻果、巧粽、五色珠兒結成經筒符袋，御書葵榴畫扇，艾虎紗疋緞，分賜諸閣分、宰執、親王。兼之諸宮觀亦以經筒、符袋、靈符、卷軸、巧粽、夏橘等送饋貴宦之家。如市井看經道流，亦以分遺施主家。所謂經筒、符袋者，蓋因《抱朴子》'問辟五兵之道，以五月五日佩赤靈符掛心前'。今以釵符珮帶，即此意也。"《武林舊事》卷三"端午"："又以青羅作赤口白舌帖子，與艾人並懸門楣，以為禳檜。道宮法院，多送佩帶符篆。"《歲時廣記》卷二一"釵頭符"條引《歲時雜記》："端五剪繒彩作小符兒，爭逞精巧，摻於環髻之上。都城亦多撲賣，名釵頭符。"此蓋為以朱筆書寫文字或圖畫於紙帛上而成的道教符籙。高承《事物紀原》卷七"符籙"認為源自黃帝："《龍魚河圖》曰：'天遣玄女，下授黃帝其信神符，制伏蚩尤。黃帝出軍決曰：蚩尤無道，帝討之。夢西王母遣人以符授之。帝悟，立壇而請，有玄龜銜符從水中出，置之壇中。蓋自是始傳符籙也。'"另有一種自漢代桃印發展而來的桃印符，亦屬靈符之類。《古今事文類聚》前集卷九"桃印符"："《續漢書》：'劉昭曰：桃印本漢制，以止惡氣。'今世端午以綵繒篆符以相問遺，亦以置屏帳之間。魏收詩：'辟兵書鬼字，神印題靈文。'"參見夏竦《郡王閣端午帖子》其四"崑山瑞玉題真篆"注[二]。

[三]端門：漢代宮殿正南門。《史記·呂太后本紀》："代王即夕入未央宮，有謁者十人持戟衛端門，曰：'天子在也，足下何為者而

入？'"指未央宮正南門。《後漢書·左雄傳》："請自今孝廉年不滿四十不得察舉，皆先詣公府，諸生試家法，文吏課牋奏，副之端門。"王先謙集解引胡三省曰："宮之正南門曰端門。尚書於此受天下奏章，令舉者詣公府課試，以副本納之端門，尚書審覈之。"此指宋宮城南之宣德門。漏：古代計時器。見夏竦《內閣春帖子》其四"銀箭初傳暖律延"注〔一〕。

〔四〕颯颯：風聲。薰風：夏日和暖的東南風。也作"熏風"。《呂氏春秋·有始》："東南曰熏風。"

　　雕盤角黍競時宜[一]，組繡風華奉紫闈[二]。海日乍昇丹禁曉[三]，艾人晴影照金扉[四]。

【注釋】

　　〔一〕雕盤：刻繪花紋的盤子；精美的盤子。角黍：粽子。見夏竦《御閣端午帖子》其六"太官角黍迎嘉節"注〔一〕。

　　〔二〕"組繡"句：寫端午進獻服裝彩索之類。組繡：華麗的絲繡服飾。風華：優美；雅麗。奉：進獻。紫闈：宮室兩側的小門。代指皇宮。

　　〔三〕丹禁：同紫禁。皇宮。

　　〔四〕艾人：捆縛為人形的艾草，端午懸掛於門以辟邪。見《端午詞·御閣》其二"初垂彩艾迎新節"注〔一〕。金扉：指宮門。

內廷四首[一]

　　百草鬭餘欣令月[二]，五絲縈後祝遐年[三]。洞房風暖垂靈艾[四]，神沼波深競綵船[五]。

【校記】

　　第一句"令月"原作"月令"，據四庫本改。

【注釋】

　　〔一〕內廷：後宮。此指真宗后妃。見《元日詞·內廷》"玉殿初晨淑氣和"其一注〔一〕。按，此與上詩為同時所作，見《御閣》其一"沐浴蘭湯在此辰"注〔一〕。

　　〔二〕"百草"句：寫端午鬭百草之戲。鬭：同"鬪"、"鬥"。古代清明端午時節，競採花草，比賽多寡優劣，以為遊戲，為婦女兒童所熱衷。《荊楚歲時記》："五月五日，謂之浴蘭節。四民並踏百草。今人又有鬥百草之戲。"唐宋時期鬥草極為流行。如白居易《觀兒戲》："弄塵或鬥草，盡日樂嬉嬉。"司空圖《燈花詩》："明朝鬥草多應喜，剪得燈花自掃眉。"王建《宮詞》："水中芹葉土中花，拾得還將避眾家。總待別人般數盡，袖中拈出鬱金芽。"崔顥《王家少婦》："十五嫁王昌，盈盈入畫堂。……閒來鬥百草，度日不成妝。"晏殊《破陣子》："疑怪昨宵春夢好，元是今朝鬥草贏，笑從雙臉生。"

〔三〕"五絲"句：寫端午戴彩絲以延壽之俗。五絲：即五彩絲。縈：纏繞。遐年：長壽。見夏竦《御閣端午帖子》其一"續命彩絲登繭館"注〔二〕。

〔四〕洞房：深邃的內室。指后妃居處。靈艾：艾草。端午有門掛艾草的習俗，古時以為可以辟邪。見《端午詞·御閣》其二"初垂彩艾迎新節"注〔一〕。

〔五〕"神沼"句：寫金明池競渡。神沼：神池。此指金明池。端午有競渡習俗。北宋多在金明池舉行。見夏竦《皇后閣端午帖子》其二"璧沼水嬉飛隼渡"注〔一〕。

披風別殿地無塵[一]，辟惡靈符自有神[二]。九子粽香仙醴熟[三]，共瞻宸極祝千春[四]。

【校注】

第二句"自"，四庫本作"字"。

【注釋】

〔一〕披風別殿：即披香殿；漢宮殿名。此指皇后居處。別殿：正殿以外的殿堂。見夏竦《御閣春帖子》其二"冰消太液生春水"注〔二〕。

〔二〕辟惡靈符：即赤靈符。道教符籙，古人以為可以辟邪除兵禍。見《端午詞·御閣》其三"獻壽競為長命縷"注〔二〕。

〔三〕九子粽：粽子名。《歲時廣記》卷二一"作角粽"條引《歲時雜記》："端五糭子，名品甚多，形制不一。有角糭、錐糭、茭糭、筒糭、秤鎚糭，又有九子糭。"晉時五月節即有此粽。《樂府詩集》卷四九《清商曲辭六·月節折楊柳歌·五月歌》："折楊柳，作得九子粽，思想勞歡手。"仙醴：美酒。

[四]宸極：北極星。喻指皇帝。

　　由來佳節載南荊[一]，一浴蘭湯萬慮清[二]。仙苑此時收百藥[三]，鍊丹飛石保長生[四]。

【注釋】

[一]南荊：指宗懍《荊楚歲時記》。此書載南方楚地歲時習俗，對後世影響很大。

[二]浴蘭湯：古代端午有以蘭草為湯沐浴之俗。見夏竦《御閣端午帖子》十一"浴蘭襲祉良辰啟"注[一]。

[三]仙苑：喻指皇宮後苑。收百藥：採收各種藥物。端午習俗之一。見夏竦《御閣端午帖子》其三"仙園采藥回彫輦"注[一]。

[四]鍊丹飛石：道家煉製的丹砂，據言服之可飛升成仙，長生不老。鍊：同"煉"。《太平惠民和劑局方》卷五"震靈丹"："此丹不犯金石飛走有性之藥，不僭不燥，奪造化冲和之功，大治男子真元衰憊，五勞七傷，臍腹冷疼，肢體酸痛……"注："紫府元君南嶽魏夫人方，出《道藏》，一名紫金丹。"知丹多為金石飛走有性之藥。

　　一一雕盤分楚粽[一]，重重團扇畫秦娥[二]。宮闈百福逢嘉序[三]，萬戶千門喜氣多。

【注釋】

[一]雕盤：刻畫花紋的精美盤子。楚粽：即粽子。相傳粽子因楚人紀念屈原而作，故曰楚粽。見夏竦《御閣端午帖子》其六"太官角黍迎嘉節"注[一]。

[二]秦娥：秦穆公女兒弄玉。泛指美女。據劉向《列仙傳》，秦穆公有女名弄玉，嫁給了善吹簫的蕭史，日就蕭史學簫作鳳鳴，穆公為作鳳臺以居之，數年後，夫妻乘鳳凰飛天仙去。《憶秦娥》詞牌即由此而來。古代扇面多畫此意。梁江淹《擬班婕妤詠扇》云："紈扇如團月，出自機中素。畫作秦王女，乘鸞向煙霧。"劉禹錫《團扇歌》："團扇復團扇，奉君清暑殿。秋風入庭樹，從此不相見。上有乘鸞女，蒼蒼

網蟲遍。明年入懷袖，別是機中練。"

［三］宮闈：宮門。此指后妃。百福：多福。

昇王閣二首^[一]

朱邸沐蘭逢令節^[二]，丹廷祝壽喜嘉辰^[三]。兩宮榮養多延慶^[四]，百福潛隨命縷新^[五]。

【校記】

第三句"多延慶"，四庫本作"延多慶"。

【注釋】

［一］昇王：指趙禎（1010—1063）。此為其做皇子時的封號。趙禎進封時間為天禧二年（1018）二月。見夏竦《壽春郡王閣春帖子》其一注［一］。按，此與上二組詩為同時所作，見《端午詞·御閣》其一"沐浴蘭湯在此辰"注［一］。

［二］朱邸：本指貴官府第。漢諸侯朝天子在京師立舍名邸，其門漆以朱紅，故名。此指昇王府第。沐蘭：即浴蘭，浴蘭湯。見夏竦《御閣端午帖子》十一"浴蘭襲祉良辰啟"注［一］。

［三］丹廷：漢代皇宮以朱漆塗飾，故稱。此泛指皇宮。

［四］兩宮：指皇帝和皇后。榮養：贍養父母。

［五］百福：多福。命縷：即續命彩縷。見夏竦《御閣端午帖子》其一"續命彩絲登繭館"注［二］。

織組文繒載舊儀^[一]，晨朝丹扆奉天慈^[二]。六齋清素來多福^[三]，歲歲今辰侍宴私。

【注釋】

［一］織組文繒：織成的絲織品、長命縷之類。見夏竦《御閣端午帖子》其一"續命彩絲登繭館"注［二］。

［二］丹扆（yǐ）：紅色屏風。借指皇帝所居宮殿。扆：宮殿內門窗間畫有斧形圖案的屏風。《說文》："扆，戶牖之間謂之扆。"《荀子·儒效》："周公……負扆而坐，諸侯趨走堂下。"王充《論衡·書虛》："戶牖之間曰扆，南面之坐位也。負扆南面鄉坐，扆在後也。"紅色屏風。借指皇帝所居宮殿。奉：奉養，侍奉。天慈：指真宗皇帝。

［三］六齋：指六齋日。梁釋僧祐《弘明集》卷一三："六齋者，月八日、十四日、十五日、二十三日、二十九日、三十日。"北魏楊衒之《洛陽伽藍記·大統寺》："至於六齋，常有中黃門一人監護，僧舍襯施供具，諸寺莫及焉。"

御閣四首[一]

五綵絲長繫臂初[二]，萬年芳樹影扶疏[三]。豈勞方士標神篆[四]，自有真靈衛帝居[五]。

【注釋】

［一］御：指真宗。見夏竦《御閣春帖子》其一"金盤曉日融春露"注［一］。按，此亦當作於天禧三年至五年（1019—1021）。

［二］五綵絲：端午飾品。見夏竦《御閣端午帖子》其一"續命彩絲登繭館"注［二］。

［三］扶疏：枝葉繁茂分披貌。

［四］"豈勞"句：端午有帶赤靈符以辟邪之俗，此反用之。方士：方術之士。原指求仙、鍊丹，自言能長生不死的人，此泛指道士。標神篆：寫畫靈符之類。見《端午詞·御閣》其三"獻壽競為長命縷"注［二］。

［五］真靈：真人，神仙。帝居：天帝居處。此指皇宫。

九子粽新傳楚俗[一]，赤靈符驗出仙方[二]。漢宮盡祝如天壽，鵲尾鑪煙起瑞香[三]。

【校記】

第二句"仙"，四庫本作"新"。

【注釋】

［一］九子粽：粽子的一種。見《端午詞·內廷》其二"披風別殿地無塵"注［三］。

［二］赤靈符：道教符籙。古人以為可以辟邪除兵禍。亦稱辟惡符、辟兵符。見《端午詞·御閣》其三"獻壽競為長命縷"注［二］。

［三］鵲尾鑪：也作鵲尾爐。一種長柄香爐。鑪：同"爐"。

乍結香茅祈福壽[一]，更纏金縷貢芳新[二]。丹臺素有延生籙[三]，歲歲迎祥在此辰。

【注釋】

[一]"乍結"句：寫祭祀祈福。乍：剛。見《端午詞·御閣》其二"初垂彩艾迎新節"注[二]。

[二] 金縷：金絲。即續命彩縷之類。見夏竦《御閣端午帖子》其一"續命彩絲登繭館"注[二]。

[三] 丹臺：神仙居住的地方。延生籙：延長壽命的符籙。

仙家既有靈符術[一]，越俗兼為競渡遊[二]。三十六宮遲日永[三]，綺窗朱戶彩雲浮[四]。

【注釋】

[一] 仙家：仙人。靈符術：以道教符籙來辟邪延壽之術。靈符，即赤靈符。見《端午詞·御閣》其三"獻壽競為長命縷"注[二]。

[二] 競渡：划船比賽。關於起源，古有紀念屈原、越王勾踐、伍子胥、曹娥等多種說法。《荊楚歲時記》："是日競渡。"隋杜公瞻注："按五月五日競渡，俗為屈原投汨羅日，傷其死所，故命舟檝以拯之。……邯鄲淳《曹娥碑》云：'五月五日，時迎伍君。逆濤而上，為水所淹。'斯又東吳之俗，事在子胥，不關屈平也。《越地傳》云，起於越王勾踐，不可詳矣。"宋初為訓練水軍而設，後成為娛樂活動，每年四五月間金明池競渡，皇帝臨幸，百姓可看。《宋史·禮志·嘉禮四》："天子歲時游豫，……首夏幸金明池觀水嬉。"南宋初亦舉行，後漸衰。據《武林舊事》卷三"西湖游幸"，高宗時亦多此戲，孝宗即位，"往往修舊京金明池故事，以安太上之心"，高宗卒後，"茂陵（按，指孝宗）在御，略無遊幸之事，離宮別館，不復增修。……理宗時亦嘗製一舟，悉用香楠木搶金為之，亦極華侈，然終於不用。至景定間，周漢國公主得旨，偕駙馬都尉楊鎮泛湖，一時文物亦盛，髣髴承平之舊，傾城縱觀，都人為之罷市。然是時先朝龍舫久已沉沒，獨有小舟號小烏龍者，以賜楊郡王之故，尚在。其舟平底，有柁，製度簡朴。"

[三] 三十六宮：言宮殿之多。語出班固《西都賦》："離宮別館，三十六所。"遲日：春日。語出《詩·豳風·七月》："春日遲遲。"

[四] 綺窗朱戶：指皇宮。綺窗，雕畫有美麗花紋的窗戶。朱戶：

以朱紅所漆之門。

東宮閣二首[一]

揚子江心鑄鑑成[二]，俗傳茲日最標靈[三]。宣猷視學通文史[四]，問膳多歡奉帝廷[五]。

【校記】

第一句"江"，四庫本作"波"。

【注釋】

[一] 東宮：指太子趙禎（1010—1063）。見夏竦《壽春郡王閣春帖子》其一注[一]。按，此與上組詩為同時所作，見《端午詞·御閣》其一"五綵絲長繫臂初"注[一]。

[二] "揚子"句：用唐時端午揚州江心鑄鏡進貢事。《古今事文類聚續集》卷二八"進龍鏡"條引陳翰《異聞集》："唐天寶中，揚州進水心鏡一面，清瑩耀目，背有盤龍，勢如飛動。玄宗覽而異之。進鏡官揚州參軍李守泰曰：'鑄鏡時有老人，自稱姓龍名護，鬚髮皓白，眉垂至肩，衣白衣。有小童衣黑衣，呼為玄冥，至鏡所，謂鏡匠呂暉曰："老人解造真龍鏡，為汝鑄之，將愜帝意。"遂令玄冥入爐所，扃戶三日。戶開，呂暉等搜覓，已失龍護及玄冥所在。爐前獲素書一紙云："開元皇帝，聖通神靈，吾遂降祉。斯鏡可辟眾邪、鑒萬物，秦皇之鏡，無以加焉。歌曰：盤龍盤龍，隱於鏡中。分野有象，變化無窮。興雲吐霧，行雨生風。上清仙子，來獻聖聰。"呂暉等移爐，以五月五日於揚子江心鑄之。'後大旱不雨，葉法善祠鏡龍於凝陰殿，須臾，雲氣滿殿，甘雨大澍。"白居易《百鍊鏡》詩："江心波上舟中鑄，五月五日日午時……乃知天子別有鏡，不是揚州百鍊銅。"《舊唐書·德宗本紀上》："己未，揚州每年貢端午日江心所鑄鏡，幽州貢麝香，皆罷之。"知唐時揚州每年端午有進鏡之例。據言此鏡百鍊而成，故稱百鍊鑑。《太平御覽》卷三一引《國史補》曰："揚州舊貢江心鏡，五月五日揚子江中所鑄也。或言中有百鍊者，六七十煉則已。"《太平廣記》卷二三二所引相同，唯末"已"作"止"。宋端午帖子詞多用此事，洪邁《容齋五筆》卷九"端午貼子詞"："唐世五月五日揚州於江心鑄鏡以進，故國朝翰苑撰端午貼子詞多用其事，然遣詞命意工拙不同。"并舉多例。

［三］標靈：靈驗。

［四］"宣猷"句：贊太子趙禎之好學。宣猷：同"宣猶"。遍謀於眾人。《詩·大雅·桑柔》："維此惠君，民人所瞻。秉心宣猶，考慎其相。"鄭玄箋："宣，徧。猶，謀……乃執正心，舉事徧謀於眾。"視學：周制，天子親臨國學行春秋祭奠及養老之禮，稱"視學"。《禮記·文王世子》："天子視學。"孔穎達疏："天子視學，必遂養老之法則，養老既畢，乃命諸侯羣吏令養老之事。天子視學者，謂仲春合舞，季春合樂，仲秋合聲。於此之時，天子親往視學也。"此指學習。

［五］"問膳"句：寫太子之孝。奉：奉養，侍奉。帝廷：皇帝居處。此指皇帝。

百藥初收味最良［一］，玉函仍啟太清方［二］。扇裁葵葉風頻度［三］，漏轉金胥日更長［四］。

【校記】

第四句"胥"，四庫本作"門"。

【注釋】

［一］"百藥"句：寫端午採集雜藥之俗。古以為此日所採藥效力最佳。見夏竦《御閣端午帖子》其三"仙園采藥回彫輦"注［一］。

［二］玉函：玉製的書套。太清方：指道家秘方或秘書。太清：三清之一。道教謂元始天尊所化法身道德天尊所居之地，其境在玉清、上清之上，唯成仙方能入此。泛指仙境。晉葛洪《抱朴子內篇·雜應》："上昇四十里，名為太清，太清之中，其氣甚剛，能勝人也。"《隋書·經籍志》著錄葛洪有《玉函煎方》五卷，醫方。葛洪自言："余所撰百卷，名曰《玉函方》，皆分別病名，以類相續，不相雜錯。"見《元日詞·御閣》其二"屠蘇醴酒盈金斝"注［三］。

［三］扇裁葵葉：以蒲葵葉裁製為扇，即蒲葵扇。頻度：頻繁吹過。

［四］"漏轉"句：寫立春後白晝時間增長。漏：古時計時器。金胥：即金徒，計時器上金鑄的胥徒像。此指漏箭。《文選·陸公倕〈新刻漏銘〉》："銅史司刻，金徒抱箭。"注："張衡《漏水轉渾天儀制》曰：'蓋上又鑄金銅仙人居左壺，為胥徒居右壺，皆以左手抱箭，右手指刻，以別天時早晚。'"見夏竦《內閣春帖子》其四"銀箭初傳暖律延"注［一］。

宋庠

宋庠（996—1066），字公序，原名郊，入仕後改名庠。開封雍丘（今河南杞縣）人，後徙安州之安陸（今屬湖北）。仁宗天聖二年（1024）進士，初仕襄州通判，召直史館，歷三司户部判官、同修起居注、左正言、翰林學士、參知政事、樞密使，官至同中書門下平章事。英宗治平三年卒，年七十一。謚元獻。《東都事略》卷六五、《宋史》卷二八四有傳。有集，散佚，四庫館臣輯有《元憲集》四十卷。

宋庠有帖子詞一組十五首，見載於其集。《全宋詩》録於卷二〇一。

皇帝閣端午帖子詞[一]

吹律葭賓動[二]，乘離玉燭明[三]。薦盤荆俗黍[四]，頒餌漢祠羹[五]。

【校記】

宋庠詩均録自影印文淵閣《四庫全書》本《元憲集》卷一五。

【注釋】

[一] 皇帝：指仁宗趙禎（1010—1063）。見夏竦《壽春郡王閣春帖子》其一注[一]。按，此組詩當為仁宗寶元二年（1039）端帖。據《學士年表》，宋庠於寶元元年三月，以刑部員外郎知制誥拜翰林學士，次年十一月除左諫議大夫、參知政事，具備寫作寶元元年和二年端午帖的條件。帖中無皇太后、皇太妃等閣，亦與當時皇宫情形相符：皇太后劉氏於明道二年（1033）三月去世，太妃楊氏繼為太后，於景祐三年（1036）十一月卒。皇后指曹氏，郭皇后被廢後，曹氏於景祐元年九月被冊封為皇后。另《皇帝閣》其五"帝坐襄氛斗轉樞"所寫疑為寶元二年春平安化蠻事（詳見後注），則詩或為寶元二年端帖。

〔二〕律：律管。見夏竦《內閣春帖子》其六"緹室葭灰飛候管"注〔一〕。蕤賓：古樂十二律之一。見夏竦《淑妃閣端午帖子》其二"蕤賓布序逢良月"注〔二〕。

　　〔三〕"乘離"句：言夏日氣候和暢。乘離：指夏季。《漢書·魏相丙吉傳》："東方之神太昊，乘《震》執規司春；南方之神炎帝，乘《離》執衡司夏；西方之神少昊，執《兌》執矩司秋；北方之神顓頊，乘《坎》執權司冬。"離：卦名，符號為"☲"或"䷝"，為火之象。玉燭：指和暢舒適的氣候。古時以為人君德美如玉，可致四時氣候調和，故用以歌頌太平盛世。《尸子》卷上："四氣和，正光照，此之謂玉燭。"《爾雅·釋天》："春為青陽，夏為朱明，秋為白藏，冬為玄英，四氣和謂之玉燭。"郭璞注："道光照。"邢昺疏："道光照者，道，言也；言四時和氣，溫潤明照，故曰玉燭。"

　　〔四〕"薦盤"句：寫端午食粽之俗。薦：進獻。荊俗黍：指角黍，粽子。傳說因楚人紀念屈原投江而死所製，故言荊俗黍。見夏竦《御閣端午帖子》其六"太官角黍迎嘉節"注〔一〕。

　　〔五〕"頒餌"句：漢時端午有以梟羹賜百官之俗，寓除絕邪惡之意。見夏竦《御閣端午帖子》其七"賜羹佳事傳青簡"注〔一〕。

　　寶軫流薰唱[一]，仙壺永瑞曦[二]。欲知人厲息，天報艾生遲[三]。

　　【注釋】

　　〔一〕"寶軫"句：寫彈奏樂曲。寶軫：珍貴的琴。指五弦琴。軫為琴瑟箜篌等腹下轉動弦的木柱。流薰：指《南風歌》。《禮記·樂記》："昔者舜作五弦之琴，以歌《南風》。"鄭玄注："夔欲舜與天下之君共此樂也。南風，長養之風也。以言父母之長養己。"孔穎達疏："五弦，謂無文武二弦，惟宮商等五弦也。《南風》，詩名，是孝子之詩。南風長養萬物，而孝子歌之，言己得父母生長，如萬物得南風生也。舜有孝行，故以此五弦之琴歌《南風》之詩，而教天下之孝也。"另，《孔子家語·辨樂解》："昔者舜彈五弦之琴，造《南風》之詩。其詩曰：'南風之薰兮，可以解吾民之慍兮；南風之時兮，可以阜吾民之財兮。'"故流薰、薰風指南風或《南風歌》；薰琴、寶軫等指五弦琴。

《宋史·樂志十七》："《五弦琴圖說》曰：'琴為古樂，所用者皆宮、商、角、徵、羽正音，故以五弦散聲配之。'"

［二］仙壺：即蓬壺，蓬萊山。東海三神山之一。《史記·秦始皇本紀》二十八年："齊人徐市等上書，言海中有三神山，名曰蓬萊、方丈、瀛洲，仙人居之。"晉王嘉《拾遺記·高辛》："三壺，則海中三山也。一曰方壺，則方丈也；二曰蓬壺，則蓬萊也；三曰瀛壺，則瀛洲也。"此喻指皇宮。瑞曦：日光。

［三］"欲知"二句：言歲少疾疫，艾草生遲。厲息：災疫停息。厲，通"癘"。艾生遲：《荊楚歲時記》引《師曠占》曰："歲多病，則艾草先生也。"此反用之。

寶典靈辰舊[一]，皇居瑞應偏[二]。冰紈能辟暑[三]，絲縷解延年[四]。

【注釋】

［一］寶典：珍貴的書籍。此指隋杜臺卿《玉燭寶典》，此書記載歲時節令及相關習俗。

［二］皇居：帝王的宮室。瑞應：古代迷信認為天降祥瑞以應人君之德。

［三］冰紈：潔白的細絹，以其色素鮮潔如冰，故稱。此代指絹製的團扇。

［四］絲縷：即續命彩絲。見夏竦《御閣端午帖子》其一"續命彩絲登繭館"注［二］。

宮中命縷千絲合[一]，階下祥蓂五莢芳[二]。漢殿桃枝先作印[三]，楚人蘭葉續為湯[四]。

【注釋】

［一］命縷：即續命彩絲。見夏竦《御閣端午帖子》其一"續命彩絲登繭館"注［二］。

［二］祥蓂：即祥莢，蓂莢。傳為唐堯時瑞草名。相傳此草每月朔日始一日生一莢，十六日後一日落一莢，月晦而盡，故又名歷莢。五莢即初五日。《大戴禮記》卷八引《孝經援神契》曰："蓂莢，堯時俠階

而生，以記朔也。"《太平廣記》卷四引晉皇甫謐《帝王世紀》："堯時有草俠階而生，每月朔日生一莢，至月半則生十五莢，至十六日後日落一莢，至月晦而盡。若月小，餘一莢。王者以是占歷，唯盛德之君，應和氣而生。以為堯瑞，名曰蓂莢，一名歷莢，一名瑞草。"

〔三〕"漢殿"句：用漢代端午用桃印事。見夏竦《郡王閣端午帖子》其四"崑山瑞玉題真篆"注〔二〕。

〔四〕"楚人"句：用楚地端午以蘭葉為湯沐浴事。見夏竦《御閣端午帖子》十一"浴蘭襲祉良辰啟"注〔一〕。

天關卻暑金為狄[一]，帝坐禳氛斗轉樞[二]。不似人間傳節物[三]，歲時嘗作辟兵符[四]。

【注釋】

〔一〕天關：天門。此指宮門。金為狄：鑄金為人像。《文選·張衡〈西京賦〉》："高門有閌，列坐金狄。"李善注："金狄，金人也。"北魏酈道元《水經注·河水四》："按秦始皇二十六年，長狄十二，見於臨洮，長五丈餘，以為善祥，鑄金人十二以象之，各重二十四萬斤，坐之宮門之前，謂之金狄。"

〔二〕帝坐禳氛：朝廷禳除凶氣。帝坐：即"帝座"。古星名，屬天市垣，即武仙座α星。《星經》："帝座一星在市中，神農所貴，色明潤。"（《說郛》卷一○八上）《史記·天官書》："東北曲十二星曰旗。旗中四星曰天市。"《晉書·天文志上》："天市垣二十二星，在房心東北，主權衡，主聚眾。一曰天旗庭，主斬戮之事也。市中星眾潤澤，則歲實。熒惑守之，戮不忠之臣。……帝坐一星，在天市中候星西，天庭也。光而潤則天子吉，威令行。"禳氛：禳除凶氣。按，《宋史·仁宗本紀二》載，寶元元年三月"己亥，發邵、澧、潭三州駐泊兵討安化州蠻"，二年春正月"辛亥，安化蠻平"，所寫似為此事。斗轉樞：北斗樞柄轉向。北斗七星，四星像斗，稱斗魁、璇璣、琁璣；三星像柄，稱斗杓。《史記·天官書》："北斗七星，所謂'旋、璣、玉衡以齊七政'。"司馬貞索隱："《春秋運斗樞》云：'斗，第一天樞，第二旋，第三璣，第四權，第五衡，第六開陽，第七搖光。第一至第四為魁，第五至第七為標，合而為斗。'文耀鉤云：'斗者，天之喉舌。玉衡屬杓，魁為旋璣。'"《晉書·天文志上》："魁四星為琁璣，杓三星為玉衡。"古人以斗柄方向定季節，夏季斗柄向南。《鶡冠子·環流》："斗柄東指，天下皆春；斗柄南指，天下皆夏；斗柄西指，天下皆秋；斗柄北指，天下皆冬。"《北堂書鈔》卷一五五"夏至"："斗指午為夏至。"注引《孝經緯》云："芒種後十五日，斗指午為夏至。"

［三］節物：節日飲食服用等物。《東京夢華錄》卷八"端午"："端午節物：百索、艾花、銀樣鼓兒、花花巧畫扇、香糖果子、糉子、白團、紫蘇、菖蒲、木瓜，並皆茸切，以香藥相和，用梅紅匣子盛裹。"陳元靚《歲時廣記》卷二一"備節物"條引此，後有"謂之端午節物"六字。

［四］辟兵符：即靈符。端午佩戴，俗以為可以避兵鬼之氣。見晏殊《端午詞·御閣》其三"獻壽競為長命縷"注［二］。

蘂宫瓊構切昭回[一]，五月嘉辰萬壽杯。舜殿薰風琴裏散[二]，漢闈明月扇中來[三]。

【注釋】

［一］"蘂宫"句：寫宫殿之高。蘂宫瓊構：道教傳說的仙宫。蘂宫：即蘂珠宫。瓊構：瓊玉構建的房屋。切昭回：上與天齊。《詩·大雅·雲漢》："倬彼雲漢，昭回于天。"毛傳："回，轉也。"鄭玄箋："昭，光也。"朱熹集傳："昭，光也。回，轉也。言其光隨天而轉也。"本為雲漢星辰光照運轉於天，夜空晴朗。此指天。

［二］"舜殿"句：指彈奏樂曲。薰風：指《南風歌》。見前其二"寶軫流薰唱"注［一］。

［三］"漢闈"句：用班婕妤事。班婕妤為漢成帝妃，後為趙飛燕所譖而失寵，悲怨而作《團扇》詩云："新裂齊紈素，鮮潔如霜雪。裁為合歡扇，團團似明月。出入君懷袖，動搖微風發。常恐秋節至，涼風奪炎熱。弃捐篋笥中，恩情中道絶。"故團扇常稱班扇、班女扇等。

皇后閣端午帖子詞[一]

魏井開冰潔[二]，齊宫獻服新[三]。宫門無暑氣，猶許艾為人[四]。

【注釋】

[一] 皇后：指仁宗皇后曹氏（1016—1079）。據《宋史·后妃傳上·慈聖光獻曹皇后傳》，曹氏為真定人，曹彬之孫也。明道二年（1033），郭后廢，詔聘入宮。景祐元年（1034）九月，冊封為皇后。英宗即位，尊為皇太后。神宗立，尊為太皇太后，名宮曰慶壽。元豐二年冬崩，年六十四。諡號慈聖光獻。曹皇后性慈儉，慶歷八年閏正月，曾諫止仁宗望夕再張燈。重稼穡，常於禁苑種穀、親蠶，善飛帛書。按，此與上組詩為同時所作，見《皇帝閣端午帖子詞》其一"吹律蕤賓動"注［一］。

[二] "魏井"句：寫夏日開冰。魏井：曹操所建冰井臺。此借指藏冰的地窖。晉陸翽《鄴中記》記載曹操在鄴都建銅爵、金鳳、冰井三臺，其中冰井臺為藏冰之凌室，"有屋一百四十間，上有冰室，室有數井，井深十五丈，藏冰及石墨"，後"石季龍于冰井臺藏冰，三伏之月以冰賜大臣"。古有冬日藏冰，夏日取用的習慣，歷代沿襲不斷。高承《事物紀原》卷七"冰井務"："《周禮》有凌人，掌斬冰，三其凌。注云：凌，冰室也。其事始見於此。《鄴城舊事》有冰井臺。《魏志》云：建安十九年，魏王曹操造此臺以藏冰，為凌室，故號冰井。唐上林令掌藏冰，職在司農。《宋朝會要》曰：建隆三年，置冰井務，隸皇城司也。"

[三] "齊宮"句：寫皇后為皇帝進獻春季籍田所著之服。齊宮：齋宮。供齋戒用的宮室、屋舍。齊：同"齋"。《國語·周語上》："先時五日，瞽告有協風至。王即齋宮，百官御事，各即其齋三日。"韋昭注："所齋之宮也。"

[四] 艾為人：古時以艾縛扎為人形，端午懸掛於門。見晏殊《端午詞·御閣》其二"初垂彩艾迎新節"注［一］。

　　朱索連葷種[一]，仙繒篆秘符[二]。誰知萬靈貺，先日擁椒塗[三]。

【注釋】

[一] "朱索"句：漢時端午門懸朱索連葷菜，云可辟邪。見夏竦

《皇后閣端午帖子》其三"千門朱索迎嘉祉"注〔一〕。

〔二〕"仙繒"句：端午所用赤靈符之類。見晏殊《端午詞·御閣》其三"獻壽競為長命縷"注〔二〕。

〔三〕"誰知"二句：言眾神的賜福先期降臨。萬靈貺：眾神的賜福。先日：提前一日或幾日。椒塗：皇后所居宮室。見夏竦《皇后閣端午帖子》其三"千門朱索迎嘉祉"注〔二〕。

鮮雲瑞旭樓前曉，寶艾芳椒殿裏香[一]。五數已知隨地永[二]，九重更自配天長[三]。

【注釋】

〔一〕寶艾：艾草。端午有門懸艾草之俗。見晏殊《端午詞·御閣》其二"初垂彩艾迎新節"注〔一〕。芳椒：花椒。椒味芳香。故稱。見夏竦《皇后閣端午帖子》其三"千門朱索迎嘉祉"注〔二〕。

〔二〕"五數"句：祝福皇后長壽。《易·繫辭上》："天數五，地數五。"

〔三〕"九重"句：祝福皇帝長壽。九重：宮禁，朝廷。此指帝王。見夏竦《內閣春帖子》其五"青陽乍整蒼龍駕"注〔四〕。

楚筒結糉金盤麗[一]，班箑裁紈玉字輕[二]。琥枕透蚊光不滅[三]，瑤箱乳燕羽初成[四]。

【注釋】

〔一〕楚筒結糉：據言筒粽為楚人為紀念屈原投水而死所作，故云。此指粽子。糉：即糉、粽。見夏竦《御閣端午帖子》其六"太官角黍迎嘉節"注〔一〕。

〔二〕班箑裁紈：以薄紗裁製的輕巧扇子。班箑（shà）：即班扇。箑：關東方言稱扇子為箑。揚雄《方言》："扇，自關而東謂之箑。"見前《皇帝閣端午帖子詞》其六"藥宮瓊構切昭回"注〔三〕。玉字：文字的美稱。

〔三〕琥枕：即琥珀枕。梁元帝《金樓子·興王篇》："寧州嘗獻琥珀枕，光色甚麗。"《資治通鑑》卷一一七："寧州獻琥珀枕於太尉裕。"胡三省注："琥珀出哀牢夷。《廣雅》曰：'琥珀生地中，其上及旁不生草，深者八九尺，大如斛，削去皮，成琥珀如斗。初時如桃膠，凝堅乃成。'《博物志》：'松脂淪入地，千年化為茯苓，茯苓千年化為琥珀。今太山有茯苓而無琥珀，永昌有琥珀而無茯苓。'"

　　［四］瑤箱：華美的廂房。此指皇后居處。

　　篆桃刻印神圖術[一]，采藥和丹寶笈功[二]。欲驗嘉辰蠲毒處[三]，輕炎不入廣寒宮[四]。

【注釋】

　　［一］"篆桃"句：以桃木刻印是道教辟邪之術。篆桃刻印：即桃印。見夏竦《郡王閣端午帖子》其四"崑山瑞玉題真篆"注［二］。

　　［二］"采藥"句：採集藥草合成丹藥乃道書之功。端午有採藥習俗。見夏竦《御閣端午帖子》其三"仙園采藥回彫輦"注［一］。寶笈：書匣的美稱。笈：書箱。此指道書。

　　［三］蠲毒：除去毒氣。

　　［四］廣寒宮：月宮。據舊題柳宗元《龍城錄·明皇夢遊廣寒宮》，言唐玄宗於八月望日遊月中，見一大宮府，榜曰："廣寒清虛之府。"後因稱月中仙宮為"廣寒宮"。此喻指皇宮。

夫人閣端午帖子詞[一]

　　令月辰標午[二]，皇居物效祥[三]。仙蒲九節長[四]，宮樹萬年芳。

【注釋】

　　［一］夫人：帝王的妾。《禮記·曲禮下》："天子有后，有夫人。"《宋會要輯稿》后妃四之一："凡內命婦品，貴妃、淑妃、德妃、賢妃（夫人，正一品）、大儀、貴儀、淑儀、淑容、順儀、順容、婉儀、婉容、昭儀、昭容、昭媛、修儀、修容、修媛、充儀、充容、充媛（嬪，正二品），婕妤（正三品），美人（正四品），才人（正五品），貴人（無視品）。"知宋承唐制，內命婦分為五等，第一等即為夫人，包括貴妃、淑妃、德妃、賢妃。此時宮中夫人有真宗沈賢妃等。按，此與上二組詩為同時所作，見前《皇帝閣端午帖子詞》其一"吹律蕤賓動"注

[一]。

　　[二]"令月"句：指端午之時北斗斗柄朝向南方午位。標：指北斗七星的斗杓。夏天斗柄向南。見前《皇帝閣端午帖子詞》其五"天關卻暑金為狄"注[二]。

　　[三]皇居：皇宮。亦指皇城。《後漢書·禰衡傳》引孔融《薦禰衡表》："鈞天廣樂，必有奇麗之觀；帝室皇居，必畜非常之寶。"效祥：呈現祥瑞。南朝梁簡文帝《馬寶頌序》："是以天不愛道，白馬嘶風；王澤效祥，朱鬣降祉。"（《漢魏六朝百三家集》卷八二下）

　　[四]仙蒲九節：即九節菖蒲。此指菖蒲酒。菖蒲，又名昌陽、昌歜、堯韭、蓀、水劍草等，為多年生水生草本，有香氣。葉狹長，似劍形。肉穗花序圓柱形，著生在莖端，初夏開花，淡黃色。根莖亦可入藥。《孝經援神契》："椒薑禦濕，菖蒲益聰。"其一寸九節者被認為有奇效，服之可以長生不老。酈道元《水經注·伊水》："石上菖蒲，一寸九節，為藥最妙，服久化僊。"《神仙傳》載漢武帝上嵩山見仙人曰："吾九疑人也，聞中嶽有石上菖蒲，一寸九節，食之可以長生，故來採之。"古時端午有以菖蒲浸酒而飲的習俗。《荊楚歲時記》："五月五日，……以菖蒲或縷或屑，以泛酒。"亦與艾草同懸於門以辟邪。

越簟輕裁玉[一]，齊紈巧縷冰[二]。宮中雖命節[三]，何處有炎蒸[四]。

【注釋】

　　[一]"越簟"句：寫裁剪潔白的蒲草編為席。越簟：用蒲草編織的席。《禮記·禮運》："執其殽，與其越席，疏布以冪，衣其澣帛，醴醆以獻，薦其燔炙。"孔穎達疏："越席，謂蒲席。"

　　[二]"齊紈"句：寫裁剪細潔雪白的絲織品做成扇子。齊紈：齊地出產的白細絹。泛指名貴的絲織品。借指團扇。

　　[三]命節：指端午節。

　　[四]炎蒸：即溽暑，酷暑。

漢家宮掖與天連，桃印金刀瑞氣鮮[一]。朱夏雖稱五之日[二]，皇圖自樂萬斯年[三]。

【注釋】

[一] 桃印：端午門飾，用以辟邪。見夏竦《郡王閤端午帖子》其四"崑山瑞玉題真篆"注[二]。金刀：即剛卯。漢人所佩辟邪物。據言於正月卯日製成，以金、玉或桃木為材料，刻有辟邪文字。《漢書·王莽傳中》："'劉'之為字'卯、金、刀'也，正月剛卯，金刀之利，皆不得行。"顏師古注："服虔曰：'剛卯，以正月卯日作佩之，長三寸，廣一寸，四方，或用玉，或用金，或用桃，著革帶佩之。今有玉在者，銘其一面曰"正月剛卯"。金刀，莽所鑄之錢方也。'晉灼曰：'剛卯長一寸，廣五分，四方。當中央從穿作孔，以采絲茸其底，如冠纓頭蕤。刻其上面，作兩行書。文曰："正月剛卯既央，靈殳四方，赤青白黃，四色是當。帝令祝融，以教夔、龍，庶疫剛癉，莫我敢當。"其一銘曰："疾日嚴卯，帝令夔化，順爾固伏，化茲靈殳。既正既直，既觚既方，庶疫剛癉，莫我敢當。"'今往往有土中得玉剛卯者，案大小及文，服說是也。"按，桃印、剛卯漢時皆為元日飾物，後世用於端午。瑞氣：即祥雲。泛指祥瑞之氣。《晉書·天文志中》："瑞氣：一曰慶雲。若煙非煙，若雲非雲，郁郁紛紛；蕭索輪囷，是謂慶雲，亦曰景雲。此喜氣也，太平之應。二曰歸邪。如星非星，如雲非雲。或曰星有兩赤彗上向，有蓋，下連星。見，必有歸國者。三曰昌光。赤，如龍狀。聖人起、帝受終，則見。"

[二] 朱夏：夏天。《爾雅·釋天》："夏為朱明。"故稱夏季為朱夏。

[三] 皇圖：帝王的版圖。此指皇家。萬斯年：萬年。

金徒漏永烏猶渴[一]，寶扇風徐雉欲飛[二]。借問人間傳綵縷[三]，何如石上拂仙衣[四]。

【注釋】

[一] "金徒"句：寫端午晝長天熱。金徒、漏：古代計時器具。金徒：即金胥。見晏殊《端午詞·東宮閤》其二"百藥初收味最良"注[四]。烏猶渴：《後漢書·宦者列傳·張讓傳》："又作翻車渴烏，施於橋西，用灑南北郊路，以省百姓灑道之費。"李賢注："翻車，設

機車以引水；渴烏為曲筒，以氣引水上也。"《通典·兵十》："渴烏隔山取水，以大竹筩去節，雄雌相接，勿令漏洩，以麻漆封裹，推過山外，就水置筩，入水五尺。即於筩尾取松樺乾草，當筩放火，火氣潛通水所，即應而上。"渴烏為吸水用的曲筒。此言天熱。

〔二〕"寶扇"句：寫雉尾扇。雉尾扇為儀仗之一。崔豹《古今注·輿服》："雉尾扇起於殷世，高宗時有雊雉之祥，服章多用翟羽。周制以為王、后、夫人之車服，輿車有翣，即緝雉羽為扇翣，以障翳風塵也。漢朝乘輿服之。後以賜梁孝王。魏晉以來無常，惟諸王皆得用之。"《宋史·儀衛志一》載，元豐三年，詳定所以為："古者扇翣，皆編次雉羽或尾為之，故於文從'羽'。唐《開元》改為孔雀，凡大朝會，陳一百五十有六，分居左右。國朝復雉尾之名，而四面略為羽毛之形，中繡雙孔雀，又有雙盤龍扇，皆無所本。"遂改製偏扇、團方扇為三等，繡雉。省作"雉尾"、"雉扇"。

〔三〕綵縷：即續命彩絲。見夏竦《御閤端午帖子》其一"續命彩絲登繭館"注〔二〕。

〔四〕"何如"句：言怎如食用菖蒲以延年。石上拂仙衣：指菖蒲。據言食石上一寸九節之菖蒲可成仙，故後人稱菖蒲為石上仙。李邕《石賦》："降神女之徜徉，拂仙衣之容曳。"楊億《致齋太一宮》："赤章修秘祝，盤石拂仙衣。"蘇軾《常州太平寺法華院薝蔔亭醉題》："六花薝蔔林間佛，九節菖蒲石上仙。"拂：提，振。見前其一"令月辰標午"注〔四〕。

宋　祁

宋祁（998—1061），字子京。宋庠弟。仁宗天聖二年（1024）與兄庠同舉進士。初官復州軍事推官，累官國子監直講、三司度支判官、知制誥、翰林學士、史館修撰，官終翰林學士承旨。仁宗嘉祐六年卒，年六十四。謚景文。《東都事略》卷六五、《宋史》卷二八四有傳。《宋史》本傳載其集一百五十卷，已散佚。清四庫館臣從《永樂大典》輯得宋祁詩文，編為《景文集》六十二卷。

宋祁有《春帖子詞》三十二首，見載於其集。《全宋詩》錄於卷二二三。

春帖子詞[一]

皇帝閣十二首[二]

東郊迎氣罷[三]，暖信入嚴宸[四]。暫遣星杓轉[五]，令知天下春。

【校記】

此組詩錄自《景文集》卷二四。此以影印文淵閣《四庫全書》本為底本輯錄，校以蒲積中《古今歲時雜詠》、曹庭棟《宋百家詩存》等。

【注釋】

[一] 此組詩為慶曆四年（1044）和五年（1045）春帖。其一，從作品數量來看，當為兩次所撰；其二，《皇帝閣》其四"驅出餘寒還故臘"可知當年立春在年前；而《皇后閣》其七"春前已歲換，歲後始春來"則知立春在年後；《夫人閣》其八"新年十日逢春日"明確當年

正月十日立春，為慶曆五年立春；其三，據《學士年表》，宋祁兩次入院，首次於慶曆三年入院，五年二月以翰林侍讀學士兼龍圖閣學士罷；再次於八年六月復拜，十月知許州罷。第二次沒有寫作時間，故此組詩應為慶曆四年和五年春帖。慶曆四年立春在臘月二十九，亦合。蓋每組前半為四年帖，後半為五年帖。

〔二〕皇帝：指仁宗趙禎（1010—1063）。見夏竦《壽春郡王閣春帖子》其一注〔一〕。

〔三〕東郊迎氣：古時立春迎春之禮。見夏竦《御閣春帖子》其三"天人道洽真游降"注〔三〕。

〔四〕暖信：和暖之氣。嚴宸：喻指皇帝所居之宮。宸：北極星。

〔五〕星杓：北斗柄。北斗七星，四星像斗，三星像杓。杓即柄。春天斗柄向東。見宋庠《皇帝閣端午帖子詞》其五"天關卻暑金為狄"注〔二〕。

瑞福隨春到，穰穰正似山[一]。君王寬大詔[二]，自此徧人間[三]。

【注釋】

〔一〕穰穰：繁盛，眾多。

〔二〕寬大詔：寬大處理罪犯的詔書。用漢代故事。《後漢書·禮志四》："立春之日，下寬大書曰：制詔三公：方春東作，敬始慎微。動作從之，罪非殊死，且勿案驗，皆須麥秋。退貪殘，進柔良下當用者，如故事。"又《後漢書·侯霸傳》："光武徵霸與車駕會壽春，拜尚書令。時無故典，朝廷又少舊臣，霸明習故事，收錄遺文，條奏前世善政法度有益於時者，皆施行之。每春下寬大之詔，奉四時之令，皆霸所建也。"

〔三〕徧：同"遍"。

穀管灰飛盡[一]，金胥刻漏長[二]。歡情與和氣，并入萬年觴。

【校記】

第一句"穀"字，《古今歲時雜詠》卷四、《宋百家詩存》卷三皆作"葭"。

【注釋】

［一］"穀管"句：寫立春節氣到，觀察節氣的相應律管中的葭灰飛出。穀管：即葭管，律管。見夏竦《內閣春帖子》其六"緹室葭灰飛候管"注［一］。

［二］"金胥"句：寫春日白晝加長。金胥刻漏：古代計時器。見夏竦《內閣春帖子》其四"銀箭初傳暖律延"注［一］。

日華初麗上林天[一]，殿裏春花百種鮮[二]。驅出餘寒還故臘[三]，收回和氣作新年。

【注釋】

［一］上林：即上林苑。秦漢時有上林苑，故址在今西安市西。後泛指帝王苑囿。此指宋宮中後苑。《三輔黃圖・苑囿》："漢上林苑，即秦之舊苑也。《漢書》云：'武帝建元三年開上林苑，東南至藍田宜春、鼎湖、御宿、昆吾，旁南山而西，至長楊、五柞，北繞黃山，瀕渭水而東。周袤三百里。'離宮七十所，皆容千乘萬騎。《漢舊儀》云：'上林苑方三百里，苑中養百獸，天子秋冬射獵取之。'帝初修上林苑，群臣遠方各獻名果異卉三千餘種植其中，亦有製為美名，以標奇異。"

［二］春花：指用紙帛剪製而成的花。自南北朝始，立春有剪綵為花樹以表示迎春的習俗。如劉孝威《翦綵花絕句二首》其二云："淺深依樹色，舒卷聽人裁。假令春色度，經住手中開。"唐中宗景龍中立春日宴會，出剪綵花，令學士賦詩。趙彥昭《立春日侍宴別殿內出綵花應制》云："翦綵迎初候，攀條寫故真。花隨紅意發，葉就綠情新。嫩色驚銜燕，輕香賺採人。應為薰風拂，能令芳樹春。"宋時亦有此俗。另有供簪戴的艾花。《歲時廣記》卷二一"插艾花"條引《歲時雜記》："端五，京都士女簪戴，皆剪繒楮之類為艾，或以真艾，其上裝以蜈蚣、蚰蜒、蛇蠍、草蟲之類，及天師形像；并造石榴、萱草、躑躅假花；或以香藥為花。"

［三］餘寒：據《續資治通鑑長編》卷一四五，慶曆四年臘月"丁巳（24日），大雨雪，木冰。"故有此言。故臘：舊臘。慶曆四年立春在臘月二十九，故云。

望春臺下春先到[一]，獵獵青旂倚漢宮[二]。水自北涯生暖溜[三]，花從東面受和風。

【注釋】

[一] 望春臺：可以登眺遊覽的勝處。語出《老子·二十章》："眾人熙熙，如享太牢，如春登臺。"

[二] 獵獵：風吹動旗幟的聲音。青旂：即青幡。見晏殊《立春日詞·御閣》其一"令月歸餘屆早春"注［五］。

[三] 溜：水流。

蒼龍東闕轉春旂[一]，綷羽林梢最早知[二]。青帝回風還習習[三]，黃人捧日故遲遲[四]。

【注釋】

[一] "蒼龍"句：寫春天到來。蒼龍東闕：指蒼龍闕；漢代宮闕名，在未央宮東。《史記·高祖本紀》："蕭丞相營作未央宮，立東闕、北闕。"裴駰集解引《關中記》曰："東有蒼龍闕，北有玄武闕。玄武所謂北闕。"此指宋宮東門。春旂：青旗，青旛。古時立春表示應候、勸耕的旗。見晏殊《立春日詞·御閣》其一"令月歸餘屆早春"注［五］。

[二] 綷（cuì）羽：鳥。指黃鸝鳥。初春鳴叫，稱告春鳥。綷：五色相雜。

[三] 青帝：春神。青帝為東方之神，東方為春，故為春神。習習：和煦的樣子。

[四] "黃人"句：意謂白晝加長。黃人捧日：王應麟《困學紀聞》卷一八："《符瑞圖》：'日二黃人守者，外國人來降。'宋景文云：'青帝回風還習習，黃人捧日故遲遲。'翟公巽云：'青女霜如失，黃人日故遲。'"

春風長樂地[一]，春仗大明天[二]。春酒皆千日[三]，春枝即萬年[四]。

【注釋】

［一］長樂：即長樂宮，漢宮名。《三輔黃圖·漢宮》："長樂宮，本秦之興樂宮也。高皇帝始居櫟陽，七年長樂宮成，徙居長安城。……有長安、長秋、永壽、永寧四殿。高帝居此宮，後太后常居之。孝惠至平帝，皆居未央宮。"此泛指宋宮殿。

［二］春仗：迎春的儀衛。大明：即大明宮，唐宮名。自唐高宗以後，皇帝常居於此。此指皇帝所居宮殿。

［三］春酒：春日釀成的酒。《詩·豳風·七月》："為此春酒，以介眉壽。"千日：即千日酒。晉張華《博物志》卷十"昔劉玄石于中山酒家沽酒，酒家與千日酒，忘言其節度。歸至家當醉，而家人不知，以為死也，權葬之。酒家計千日滿，乃憶玄石前來酤酒，醉當醒耳，往視之，云玄石亡來三年，已葬。于是開棺，醉始醒，俗云：'玄石飲酒一醉千日。'"

［四］萬年：即萬年枝，指年代久遠的大樹。

陽和今日到[一]，景物一時新。陛下南山壽[二]，長迎千萬春。

【注釋】

［一］陽和：春天的暖氣。借指春天。

［二］南山壽：即壽比南山。祝頌語。見夏竦《御閣春帖子》其一"金盤曉日融春露"注［四］。

天上春先徧[一]，世間人未知。黃金裝柳蕊，紅密點花枝[二]。

【校記】

第三句"蕊"字，四庫本《古今歲時雜詠》卷四作"葉"。第四句"密"字，作"蕊"。

【注釋】

［一］徧：同"遍"。

［二］"黃金"二句：寫立春時節柳枝發芽，泛出金黃之色；梅花枝頭已綻放，呈現紅艷點點。紅密：當指梅花。韓偓《寒食日沙縣雨中

看薔薇》："綠疎微露刺，紅密欲藏枝。"

水暖蛟冰解[一]，灰飛鳳管和[二]。陽春與皇澤[三]，併付女夷歌[四]。

【注釋】

[一] 蛟冰：如龍鱗般的冰。也作鮫冰。

[二] "灰飛"句：寫立春節氣到，觀察節氣的相應律管中的葭灰飛出。鳳管：候管之美稱。見夏竦《內閣春帖子》其六"緹室葭灰飛候管"注[一]。

[三] 陽春：春天，溫暖的春天。皇澤：皇帝的恩澤。

[四] 併：同"并"。女夷：傳說中掌萬物生長之神。後世亦以為花神。《淮南子·天文訓》："女夷鼓歌，以司天和，以長百穀、禽鳥、草木。"高誘注："女夷，主春夏長養之神也。"

夭矯蒼龍引翠旌，君王暫報出郊迎[一]。勾芒一夜催春到[二]，萬戶千門歌吹聲[三]。

【注釋】

[一] "夭矯"二句：寫皇帝東郊迎氣。夭矯：馬屈伸的樣子。蒼龍：青色的馬。天子所乘。見夏竦《內閣春帖子》其五"青陽乍整蒼龍駕"注[一]。翠旌：青旗，青幡。見晏殊《立春日詞·御閣》其一"令月歸餘屆早春"注[五]。

[二] 勾芒：即句芒，木神。因木盛在春，故又為春神。《禮記·月令》"孟春之月"："其帝大皥，其神句芒。"

[三] 歌吹聲：歌聲和樂聲。

宜春苑裏報春回[一]，寶勝繒花百種催[二]。瑞羽關關遷木早[三]，神魚潑潑上冰來[四]。

【注釋】

[一] 宜春苑：古代苑囿名。秦時在宜春宮之東，漢稱宜春下苑。即後所稱曲江池者。故址在今陝西長安縣南。《史記·司馬相如列傳》

"遷過宜春宮"，張守節正義引唐李泰等《括地志》："秦宜春宮在雍州萬年縣西南三十里，宜春苑在宮之東，杜之南。"《史記·秦始皇本紀》："以黔首葬二世杜南宜春苑中。"庾信《春賦》："宜春苑中春已歸，披香殿裏作春衣。"北宋亦有此苑，在河南開封城東，為宴進士之所，宋廷也多設宴於此。

［二］寶勝繒花：以紙帛剪裁而成的春勝、春花等立春飾品。古代婦女首飾名。剪綵為勝，飾以金玉，有人勝、方勝、花勝、春勝。見夏竦《內閣春帖子》其四"銀箭初傳暖律延"注［三］。

［三］瑞羽：指黃鶯。初春始鳴，稱告春鳥。關關：鳥鳴聲。

［四］潑潑：魚游動的聲音。魚上冰為春日節候。《禮記·月令》"孟春之月"："東風解凍，蟄蟲始振，魚上冰，獺祭魚，鴻鴈來。"鄭玄注："皆記時候也。"

皇后閣十首[一]

嘉祐隨年至[二]，皇恩共氣和。水痕冰處動，烟思柳前多。

【校記】

此亦為兩次春帖。此前五首《景文集》原在後。按，原其二云"春前已換歲，歲後始春來"，則前五首當為慶曆五年春帖，而後五首則為慶曆四年春帖；《古今歲時雜詠》"嘉祐隨年至"、"曉佩搖蒼玉"、"暖碧浮天宇"三首即排在前，可知此組詩序顛倒，徑改。第一句"祐"字，《古今歲時雜詠》卷四作"福"。

【注釋】

［一］皇后：指仁宗皇后曹氏（1016—1079）。見宋庠《皇后閣端午帖子詞》其一"魏井開冰潔"注［一］。按，此為兩次所寫，見前《皇帝閣》其一"東郊迎氣罷"注［一］。

［二］嘉祐：吉慶幸福。

曉佩搖蒼玉[一]，晨旟亞翠斿[二]。新年好春色，今日滿皇州[三]。

【注釋】

［一］"曉佩"句：寫皇后立春佩戴與春色相應的青色玉飾。蒼玉：

青色的玉。

　　[二]"晨斾"句：寫立春用的青旗，青幡。亞：低垂的樣子。同"壓"。斿（liú）：旌旗的下垂飾物。見晏殊《立春日詞·御閣》其一"令月歸餘屆早春"注[五]。

　　[三]皇州：帝都；京城。

　　暖碧浮天面，遲紅上日華[一]。寶幡雙帖燕，綵樹對纏花[二]。

【校記】

　　第一句"面"字，《古今歲時雜詠》卷四作"宇"。第二句"遲"，作"蓮"。

【注釋】

　　[一]"暖碧"二句：天空呈現溫暖的碧色，春日緩緩升起。天面：天空。遲紅：春日。《詩·豳風·七月》："春日遲遲。"後以"遲日"指春日。日華：指日光。

　　[二]"寶幡"二句：寫剪裁紙帛而成的幡勝、彩燕、彩樹、彩花等立春裝飾品，以示迎春和渲染春意。寶幡：彩幡。見夏竦《內閣春帖子》其四"銀箭初傳暖律延"注[三]。帖燕：貼上彩燕。見夏竦《內閣春帖子》其二"椒花獻歲良時啟"注[二]。綵樹：以剪綵花等裝飾的樹。見前《皇帝閣》其四"日華初麗上林天"注[二]。

　　迎春寶勝插釵梁，拂鈿裁金鬥巧妝[一]。上作君王萬年字，要知長奉白雲觴[二]。

【注釋】

　　[一]"迎春"二句：寫皇后立春節之妝扮。寶勝：即春勝。見夏竦《內閣春帖子》其四"銀箭初傳暖律延"注[三]。拂鈿裁金：指鑲嵌有金屬寶石的首飾。

　　[二]"上作"二句：寫對皇帝的獻酒祝壽。奉：進獻。白雲觴：《穆天子傳》卷三："天子觴西王母于瑤池之上，西王母為天子謠曰：'白雲在天，山陵自出，道里悠遠，山川間之。將子無死，尚能復來。'"此指美酒。

雙闕鮮雲抱日光[一]，朝來春意已昌昌[二]。先從太液催波綠[三]，後到靈和報柳黃[四]。

【注釋】

[一] 雙闕：宮殿前兩邊高臺上的樓觀。借指宮門。

[二] 昌昌：盛多，濃厚。

[三] 太液：即太液池。此指宋宮後苑中池。見夏竦《御閣春帖子》其二"冰消太液生春水"注[一]。

[四] 靈和：即靈和殿，南朝齊武帝所建。此指宋宮殿。

青郊迎淑氣[一]，華闕報芳辰[二]。瑞木梢梢變，珍禽哢哢新[三]。

【校記】

此以下五首原在前，徑改。見前《皇后閣》校記。

【注釋】

[一] 青郊迎氣：即東郊迎氣。青郊：即東郊。東方為青色，故稱。見夏竦《御閣春帖子》其三"天人道洽真游降"注[三]。

[二] 華闕：華麗的門樓。代指皇宮。

[三] 哢哢（lòng）：鳥鳴聲。

春前已歲換，歲後始春來[一]。綵燕隨宜帖[二]，繒花鬥巧開[三]。

【注釋】

[一] "春前"二句：寫立春在新的一年。此為慶曆五年春帖，當年立春在正月初十，故云。見前《皇帝閣》其一"東郊迎氣罷"注[一]。

[二] 綵燕：紙帛剪裁而成的燕形立春飾品。見夏竦《內閣春帖子》其二"椒花獻歲良時啟"注[二]。

[三] 繒花：以絲織品剪裁而成的各種立春飾品。見前《皇帝閣》其四"日華初麗上林天"注[二]。

曉天春氣净融融[一]，飛入天關第九重[二]。靈沼水生初報雁[三]，蓬萊雲暖即從龍[四]。

【注釋】

　　[一] 净融融：清新恬適。

　　[二] "飛入"句：寫春到皇宮。天關第九重：即九重天。此喻指宫禁。

　　[三] 靈沼：宫中池沼。初報雁：大雁剛從南方回來。言春天來臨。

　　[四] "蓬萊"句：寫春日從帝游。蓬萊：秦漢方士所稱東海中仙人所居之三神山之一為蓬萊，漢太液池中修有蓬萊。此指宫中。從龍：隨從帝王。《易·乾》："雲從龍，風從虎，聖人作而萬物覩。"古以龍為君象，因稱隨從帝王為從龍。

　　宫裏春花纔灼灼[一]，殿前春仗已峩峩[二]。東風盡解天池凍[三]，不及君王慶澤多。

【注釋】

　　[一] 春花：當指剪綵而成的花。見前《皇帝閣》其四"日華初麗上林天"注[二]。纔：同"才"。灼灼：鮮豔明麗。

　　[二] 春仗：迎春的儀衛、儀仗。峩峩：即"峨峨"。形容儀仗之盛大。

　　[三] 東風：春風。《禮記·月令》"孟春之月"："東風解凍，蟄蟲始振。"天池：寓言中所說的海。《莊子·逍遥遊》："南冥者，天池也。"此指宫中池沼。

　　誰道春從何處來，只從金闕徧瑶臺[一]。蒼龍便入時巡仗[二]，玉液還飛行慶杯[三]。

【注釋】

　　[一] 金闕：道家認為天上有黃金闕，為仙人或天帝居處。東方朔《神異經·西北荒經》："西北荒中有兩金闕，高百丈。"此指宫闕。徧：同"遍"。瑶臺：傳説中的神仙居處，據言在崑崙山第九層。王嘉《拾遺記·崑崙山》："崑崙山者，西方曰須彌，山對七星之下，出碧海之

中,上有九層。……第九層山形漸小狹,下有芝田蕙圃,皆數百頃,羣仙種耨焉。傍有瑶臺十二,各廣千步,皆五色玉為臺基。"此喻指宫中樓臺。

〔二〕"蒼龍"句:寫立春東郊迎氣。蒼龍:青色的馬。見夏竦《内閣春帖子》其五"青陽乍整蒼龍駕"注〔一〕。時巡仗:指迎春的儀衛,儀仗。

〔三〕玉液:美酒。行慶:行賞。

夫人閣十首[一]

雪罷雲初暖[二],天和日便遲[三]。玉樓新燕子,禖下記來時[四]。

【注釋】

〔一〕夫人:指宫中眾妃。見宋庠《夫人閣端午帖子詞》其一"令月辰標午"注〔一〕。慶曆四年春宫中夫人有真宗沈賢妃,五年春有真宗沈德妃、杜賢妃等。按,此亦為慶曆四年、五年春帖,見前《皇帝閣》其一"東郊迎氣罷"注〔一〕。

〔二〕雪罷:慶曆四年臘月二十四日大雨雪,故有此言。見前《皇帝閣》其四"日華初麗上林天"注〔三〕。

〔三〕日便遲:語出《詩·豳風·七月》:"春日遲遲。"

〔四〕"玉樓"二句:寫春日祭祀高禖。玉樓:裝飾華美的樓房。禖:媒神。古代祀之以求子。見夏竦《皇后閣端午帖子》其四"六宫點畫呈新巧"注〔四〕。

春從何處生,先覺滿瑶京[一]。冰解魚鱗散[二],雲飛鶴態成[三]。

【注釋】

〔一〕瑶京:玉京,神仙所居。此指京城。

〔二〕"冰解"句:即冰解散魚鱗。魚鱗:喻水面細碎如魚鱗的波紋。

〔三〕"雲飛"句:即雲飛成鶴態。鶴態:喻如鶴般的白雲。

春天麗春旭[一]，春酒獻春盃[二]。樹待珊瑚鬭，花須羯鼓催[三]。

【注釋】

[一]"春天"句：春日陽光明媚。

[二]春酒：春日釀成的酒。語出《詩·豳風·七月》："為此春酒，以介眉壽。"盃：同"杯"。

[三]"樹待"二句：寫宮中花樹待開。上句用晉石崇與王愷爭豪事。《世說新語·汰侈》："武帝，愷之甥也。每助愷，嘗以一珊瑚樹高二尺許賜愷，枝柯扶疎，世罕其比。愷以示崇，崇視訖，以鐵如意擊之，應手而碎。愷既惋惜，又以為疾己之寶，聲色甚厲。崇曰：'不足恨，今還卿。'乃命左右悉取珊瑚樹，有三尺、四尺，條榦絕世，光彩溢目者六七枚，如愷許比甚眾，愷惘然自失。"下句用唐玄宗羯鼓催花事。《太平御覽》卷五八三引唐南卓《羯鼓錄》："羯皷出外夷，以戎羯之皷，故曰羯皷。……嘗值二月，詰旦巾櫛方畢，時宿雨初晴，景色明麗，小殿庭內，柳杏方吐，覩而歎曰：'對此景物，豈可不與他判斷之！'左右相目之，將備酒。唯高力士遣取羯皷。上旋命之臨軒縱擊一曲，名《春光好》。神思自得，及顧柳杏，皆已發拆。指笑曰：'此事不喚我作天公，可乎？'左右皆稱萬歲。"

銀闕崔嵬對未央[一]，春來始覺好年光。風生禁苑無窮麗，日向仙壺一倍長[二]。

【注釋】

[一]銀闕：道家所謂天上仙人或天帝所居之白玉京。此指皇宮。崔嵬：高大。未央：即未央宮。漢高帝七年建，為朝見之處。《史記·高祖本紀》："蕭丞相營作未央宮，立東闕、北闕、前殿、武庫、太倉。"《三輔黃圖·漢宮·未央宮》："周迴二十八里，前殿東西四十九丈七尺，兩序中三十五丈，深十二丈。"唐亦有未央宮，唐末毀。此當指北宋時皇帝視朝之紫宸殿。

[二]"日向"句：寫立春後白晝加長。仙壺：即蓬壺，三神山之一。見宋庠《皇帝閣端午帖子詞》其二"寶輧流薰唱"注[二]。一倍長：陸龜蒙《王先輩草堂》："身從亂後全家隱，日校人間一

倍長。"

東郊移仗曉迎春[一]，已覺輕寒不著人。天瑞穰穰君澤美[二]，併教和氣助佳辰[三]。

【注釋】

［一］"東郊"句：寫東郊迎春氣之禮。見夏竦《御閣春帖子》其三"天人道洽真游降"注［三］。

［二］穰穰：繁盛，眾多。

［三］併：同"并"。

春闕風光麗，春城歌吹喧[一]。瓊蘇獻春酒[二]，金薄鏤春旛[三]。

【注釋】

［一］歌吹：歌聲和樂聲。喧：熱鬧。

［二］瓊蘇：美酒名。《北堂書鈔》卷一四八引《南嶽夫人傳》："王子喬等并降，夫人設瓊蘇酒。"春酒：春日釀成的酒。語出《詩·豳風·七月》："為此春酒，以介眉壽。"

［三］"金薄"句：寫用金箔鏤刻立春幡勝，以示迎春。金薄：同"金箔"，黃金捶成的薄片。旛：同"幡"。見夏竦《內閣春帖子》其四"銀箭初傳暖律延"注［三］。

瑞歷歲惟新[一]，物華春可愛[二]。雪盡林弄姿，冰銷水生態。

【注釋】

［一］瑞歷：歷象。

［二］物華：自然景物。

新年十日逢春日[一]，紫禁千觴獻壽觴[二]。寰海歡心共萌達[三]，皇家慶祚與天長[四]。

【注釋】

［一］"新年"句：慶曆五年（1045）立春在正月初十，故云。

［二］紫禁：指皇宮。見夏竦《御閣春帖子》其五"青遶布序韶暉盛"注［二］。壽觴：壽酒。觴，酒杯。

［三］寰海：海內，全國。萌達：發生滋長。

［四］慶祚：福祚，幸福。

日照觚稜萬户春[一]，細風輕霧淡嘉辰。一番宮柳黃烟重，百種盤蔬紫甲新[二]。

【注釋】

［一］觚稜：宮殿屋角的瓦脊，因成角稜之形，故名。

［二］"百種"句：寫春盤菜肴之豐盛。古俗於立春日取各種蔬菜，果品、肉等且為絲，又有薄餅、糖等，置於盤中為食，取迎新之意，稱春盤。杜甫《立春》："春日春盤細生菜，忽憶兩京梅發時。"宋時宮中立春有皇帝賜大臣春盤的慣例。《歲時廣記》卷八"賜春饌"條引《歲時雜記》："立春前一日，大內出春盤并酒，以賜近臣。盤中生菜，染蘿蔔為之，裝飾置盦中。烹豚白熟餅大環，餅比人家散子，其大十倍。"《武林舊事》卷二："後苑辦造春盤供進，及分賜貴邸宰臣巨璫，翠縷紅絲、金雞玉燕，備極精巧，每盤直萬錢。"紫甲：指紫蘭芽。

玉管輕羅和氣動[一]，土牛青幘報祠歸[二]。仙盤取露朝和藥[三]，舞殿裁雲暝作衣[四]。

【注釋】

［一］玉管：玉製的標準定音器。古人用以觀測節候。見夏竦《內閣春帖子》其六"緹室葭灰飛候管"注［一］。

［二］"土牛"句：寫立春立土牛、戴青幘的迎春禮俗。土牛：即泥做的牛，也稱春牛。古時農曆十二月出土牛以除陰氣，漢時立春造土牛以勸農耕，象徵春耕的開始。青幘：青色的頭衣，立春所服。《禮記·月令》"季冬之月"："命有司大儺，旁磔，出土牛，以送寒氣。"《後漢書·禮志四》："立春之日，夜漏未盡五刻，京師百官皆衣青衣，郡國縣道官下至斗食令史皆服青幘，立青幡，施土牛耕人于

門外，以示兆民，至立夏。"宋代有打春牛習俗。《東京夢華錄》卷六："立春前一日，開封府進春牛，入禁中鞭春。開封、祥符兩縣，置春牛於府前，至日絶早，府僚打春，如方州儀。"報祠歸：報知東郊祭祀回來。

〔三〕"仙盤"句：寫早上收取承露盤的甘露來調製藥物。仙盤取露：用漢武帝建承露盤以接甘露事。見夏竦《御閣春帖子》其一"金盤曉日融春露"注〔二〕。

〔四〕"舞殿"句：寫宮中女性晚上裁剪如行雲般的絲織品做成舞衣。裁雲：比喻裁剪技藝精妙新巧。唐李義府《堂堂詞》之一："鏤月成歌扇，裁雲作舞衣。"

孫 抃
（附孫覿）

孫抃（996—1064），初名貫，字道卿，後改今名，字夢得，眉州眉山（今屬四川）人。天聖八年，中進士甲科。歷任開封府推官、尚書吏部郎中、右諫議大夫、權御史中丞。仁宗嘉祐五年（1060），拜參知政事。罷為觀文殿學士、同群牧制置使。英宗即位，為户部侍郎。治平元年卒，年六十九，贈太子太保，諡文懿。《東都事略》卷七一、《宋史》卷二九二有傳。有文集三十卷。今散佚殆盡。《全宋詩》未錄其詩。

孫抃今存《端午日帖子詞》十五首，見載於蒲積中《古今歲時雜詠》卷二一，題名"孫覿"，《全宋詩》卷一四八九據此錄入孫覿名下。按，作者有誤，當為孫抃。詳見下校記。

端午日帖子詞[一]

皇帝閣六首[二]

薰琴應律南風暖[三]，漏箭添籌晝刻長[四]。誰識廣寒天上景[五]，銅烏未午送微涼[六]。

【校記】

孫抃詩錄自國家圖書館所藏明抄本蒲積中《古今歲時雜詠》卷二一。作者原題"孫覿"，《宋詩紀事》卷一一引其中皇后閣二首，作者為"孫抃"。《分類字錦》卷三"清和"條引"方更仲律清和節"，"南訛化育"條引"正是南訛化育時"，"五色瓜"條引"方均寶笈千齡藥，又賜金盤五色瓜"，均題作孫抃。按，從帖子類別、內容、風格、作者身份等綜合考察，作者當為孫抃。詳參張曉紅《"宋代帖子詞"四題》（《中國典籍與文化》2011年第4期）。

【注釋】

〔一〕此組帖子具體寫作時間不詳，約在慶曆五年至八年（1045—1048）間。據《學士年表》，慶曆五年二月，孫抃以起居舍人知制誥拜翰林學士，皇祐五年（1053）七月以右諫議大夫權御史中丞罷。至和二年（1055）六月復拜承旨，嘉祐五年（1060）四月除樞密副使。其在院長達十五年，有寫作時間。此帖類別、數量、內容、特色均與宋庠、宋祁帖子同，當作於張氏冊為貴妃之前。張氏冊立在慶曆八年十二月，故此帖當作於慶曆五年至八年間。

〔二〕皇帝：指仁宗趙禎（1010—1063）。見夏竦《壽春郡王閣春帖子》其一注〔一〕。

〔三〕薰琴：即五弦琴，古代樂器。見宋庠《皇帝閣端午帖子詞》其二"寶軫流薰唱"注〔一〕。律：指律管，候管。見夏竦《內閣春帖子》其六"緹室葭灰飛候管"注〔一〕。

〔四〕"漏箭"句：寫白晝時間長。漏箭：古代計時器。見夏竦《內閣春帖子》其四"銀箭初傳暖律延"注〔一〕。

〔五〕廣寒：即廣寒宮；月宮。見宋庠《皇后閣端午帖子詞》其五"篆桃刻印神圖術"注〔四〕。

〔六〕銅烏：銅製的烏形測風儀器。亦稱相風烏，相烏。北周庾信《周宗廟歌》之十二："鼓移行漏，風轉相烏。"《三輔黃圖·臺榭》引郭延生《述征記》曰："長安宮南有靈臺，高十五仞……又有相風銅烏，遇風乃動。一曰：長安靈臺，上有相風銅烏，千里風至，此烏乃動。"高承《事物紀原》卷二"相風"條考辨甚詳："《黃帝內傳》有相風鳥制，疑黃帝始作之也。《拾遺記》曰：少昊母曰皇娥，游窮桑之浦。有神童，稱為白帝子，與皇娥讌戲，汎於海。以桂枝為表，結芳茅為旌，刻玉為鳩，置於表端，言知四時之候。今之相風鳥，亦其遺象。《古今注》曰：相風為夏禹所作。周遷《輿服雜事》曰：相風，周公所造，即鳴鳶之象。《禮》曰：前有塵埃，則載鳴鳶。後代改為烏。沈約《輿服志》曰：相風烏，秦制。"

炎日疃疃照殿楹[一]，幅員萬里塞氛清[二]。漢家自有安邊術[三]，不是靈符解辟兵[四]。

【注釋】
[一] 炎日：烈日。疃疃：明亮貌。殿楹：殿前柱子。
[二] 塞氛清：邊境安寧。塞氛：邊境上的氣氛。
[三] 安邊術：安定邊境的方法。
[四] 靈符：古代端午所佩道教符籙之類，俗以為可避兵禍鬼氣。見晏殊《端午詞·御閣》其三"獻壽競為長命縷"注[二]。

方更仲律清和節[一]，正是南訛化育時[二]。無限元元齊歌舞[三]，恤刑新詔下天墀[四]。
【注釋】
[一] "方更"句：剛剛過了四月。仲律：即仲呂。中國古代以竹管製成的器具來審定樂音高低，從低到高將聲音分為十二律，包括六律和六呂。六律為陽律，分別為黃鍾、太蔟、姑洗、蕤賓、夷則、無射；六呂為陰律，分別為大呂、夾鍾、仲呂、林鍾、南呂、應鍾。十二律對應十二月，六律對應單月，六呂對應雙月；仲呂對應的是四月，故以仲呂代稱農曆四月。《呂氏春秋·季夏》："仲呂之月，無聚大眾，巡勸農事。"高誘注："仲呂，四月。"《淮南子·天文訓》："加十五日指乙則清明風至，音比仲呂。"高誘注："仲呂，四月也。陽在外，陰在中，所以呂中於陽，助成功也，故曰仲呂也。"漢班固《白虎通義·五行》："四月謂之仲呂。"清和：天氣清明和暖。曹丕《槐賦》："天清和而溫潤，氣恬淡以安治。"謝靈運《遊赤石進帆海》："首夏猶清和。"（見《漢魏六朝百三家集》卷二四、卷六六）
[二] "正是"句：正當夏季五月。南訛：掌夏之官。《書·堯典》："平秩南訛。"孔安國傳："訛，化也。掌夏之官平敘南方化育之事，敬行其教，以致其功。"亦作"南為"、"南偽"、"南譌"。化育：自然生成和長育萬物。《管子·心術上》："化育萬物謂之德。"
[三] 無限元元：無數百姓。元元：百姓；庶民。
[四] 恤刑新詔：即恤刑詔。減刑的詔書。李燾《續資治通鑑長

編》卷一八"宋太宗太平興國二年"："降詔恤刑。自是每歲夏首常舉行之。"天墀：宮殿臺階。代指宮廷。

　　露畹擷蘭苕[一]，金波麗碧霄[二]。早聞彫輦降[三]，還待紫宸朝[四]。

【注釋】

　　[一]"露畹"句：寫端午採摘蘭草。屈原《離騷》："余既滋蘭之九畹兮，又樹蕙之百畝。"漢王逸注："十二畝為畹。"《說文》以三十畝為畹。李商隱《一片》："天泉水暖龍吟細，露畹春多鳳舞遲。"擷：採摘。蘭苕：蘭花。《文選·郭璞〈遊仙詩〉》："翡翠戲蘭苕，容色更相鮮。"李善注："蘭苕，蘭秀也。"

　　[二]金波：指月光。《漢書·禮樂志·郊祀歌十九章·天馬十》："月穆穆以金波，日華燿以宣明。"顏師古注："言月光穆穆，若金之波流也。"

　　[三]彫輦：即雕輦。飾有浮雕、彩繪的車。言其華美。此借指皇帝。

　　[四]紫宸：紫宸殿。見夏竦《御閣端午帖子》其七"賜羹佳事傳青簡"注[二]。

　　內苑屬嘉辰[一]，初收百藥新[二]。預知氛癘息[三]，天意在生民[四]。

【注釋】

　　[一]內苑：宮內的園庭，即禁苑。嘉辰：指端午。

　　[二]初收百藥：指採收各種藥物。古代端午有採集雜藥的習俗。見夏竦《御閣端午帖子》其三"仙園采藥回彫輦"注[一]。

　　[三]氛癘：凶氣疫病。息：停息。

　　[四]天意：本為上天的旨意；此喻指皇帝的心意。生民：人民。

　　淺囿含桃老[一]，雕盤角黍香[二]。九重端宸處[三]，星火正離方[四]。

【注釋】

　　［一］淺囿：指苑囿。含桃：櫻桃的別稱。《禮記·月令》"仲夏之月"："是月也，天子乃以雛嘗黍，羞以含桃，先薦寢廟。"鄭玄注："含桃，櫻桃也。"《淮南子·時則訓》："羞以含桃。"高誘注："含桃，鶯桃。鶯所含食，故言含桃。"

　　［二］雕盤：刻畫花紋的精美盤子。角黍：粽子。見夏竦《御閣端午帖子》其六"太官角黍迎嘉節"注［一］。

　　［三］"九重"句：皇宮正殿中。九重：指皇宮。見夏竦《內閣春帖子》其五"青陽乍整蒼龍駕"注［四］。端扆處：君主座位處。代指宮中正殿。端扆（yǐ）：端拱無為，負扆而坐。扆為戶牖間畫有斧形的屏風。見晏殊《端午詞·昇王閣》其二"織組文繢載舊儀"注［二］。

　　［四］"星火"句：寫時當仲夏。星火：星名，即心宿，二十八宿之一，屬東方蒼龍七宿之中星。夏至黃昏之時見於南方正午之位，故古人據以確定節候。《書·堯典》："日永，星火，以正仲夏。"孔安國傳："火，蒼龍之中星。舉中則七星見可知。以正仲夏之氣節。"離方：南方。離：卦名，符號為"☲"或"☷"，為火之象，代表南方。

皇后閣五首[一]

　　蟠桃映砌晨烟薄[二]，紫桂凌霄晝露晞[三]。窈窕漢宮三十六[四]，齊將綵縷祝坤闈[五]。

【校記】

　　《宋詩紀事》卷一一據《古今歲時雜詠》錄此詩於孫抃名下，題為《端午日皇后閣帖子詞》。

【注釋】

　　［一］皇后：指仁宗皇后曹氏（1016—1079）。見宋庠《皇后閣端午帖子詞》其一"魏井開冰潔"注［一］。按，此與上組詩為同時所作，見前《皇帝閣六首》其一"薰琴應律南風暖"注［一］。

　　［二］蟠桃：神話中的仙桃。此指桃樹。

　　［三］凌霄：凌雲。晞：乾。《詩·秦風·蒹葭》："蒹葭萋萋，白露未晞。"

　　［四］"窈窕"句：皇宮中的妃嬪們。窈窕：《詩·周南·關雎》：

"窈窕淑女，君子好逑。"毛傳："窈窕，幽閒也。"此指窈窕的宮中女性。三十六宮：本言宮殿之多，此指眾多後宮女性。班固《西都賦》："離宮別館，三十六所。"

〔五〕綵縷：即續命彩絲。見夏竦《御閣端午帖子》其一"續命彩絲登繭館"注〔二〕。坤闈：指曹皇后。

　　暑服初頒五柞宮[一]，內墀佳氣鬱葱葱[二]。須知海宇昇平事[三]，半是關雎輔佐功[四]。
【注釋】
　　〔一〕"暑服"句：宮中剛頒賜了夏服。五柞（zhà）宮：漢離宮名。《漢書·武帝紀》："二月，行幸盩厔五柞宮。"顏師古注引張晏曰："有五柞樹，因以名宮也。"《三輔黃圖·甘泉宮》："五柞宮，漢之離宮也，在扶風盩厔。宮中有五柞樹，因以為名。"故址在今陝西省周至縣東南。此指宋宮。
　　〔二〕"內墀"句：宮中瑞氣籠罩。內墀：本為宮中地或臺階，代指宮中。鬱葱葱：即鬱鬱葱葱。氣盛的樣子。
　　〔三〕海宇：海內，宇內。指全國境內。昇平：太平。《漢書·梅福傳》："使孝武皇帝聽用其計，升平可致。"顏師古注引張晏曰："民有三年之儲曰升平。"升平即昇平。
　　〔四〕"半是"句：一半是皇后的輔佐之功。關雎：詩名，《詩·周南》第一篇。《詩序》："《關雎》，后妃之德也。風之始也，所以風天下而正夫婦也。"此指皇后。

　　方均寶笈千齡藥[一]，又賜金盤五色瓜[二]。從此仙源深福遠[三]，綿綿不獨頌周家[四]。
【校記】
　　第一句"方均"，《宋詩紀事》卷一一引《古今歲時雜詠》作"萬功"。第三句"深"，作"昇"。詩題為《端午日皇后閣帖子詞》。
【注釋】
　　〔一〕"方均"句：剛調和了寶匣中的長壽藥。寶笈：書匣的美稱。此指精美的盒子。

[二] 五色瓜：即東陵瓜，邵平瓜，召平瓜。此泛指瓜。《史記·蕭相國世家》："召平者，故秦東陵候。秦破，為布衣，貧，種瓜於長安城東，瓜美，故世俗謂之'東陵瓜'，從召平以為名也。"阮籍《詠懷詩》其六："昔聞東陵瓜，近在青門外。連畛距阡陌，子母相鉤帶。五色曜朝日，嘉賓四面會。"（《漢魏六朝百三家集》卷三四）南朝梁任昉《述異記》卷下："吳桓王時，會稽生五色瓜。吳中有五色瓜，歲時充貢獻。"唐王維《送孫秀才》詩："玉枕雙文簟，金盤五色瓜。"

　　[三] 仙源：神仙居住的地方。此指皇宮。

　　[四] 綿綿：連續不斷的樣子。語出《詩·大雅·緜》："緜緜瓜瓞，民之初生，自土沮漆。"朱熹《集傳》："大曰瓜，小曰瓞。瓜之近本初生常小，其蔓不絕，至末而後大也。"喻子孫蕃衍，相繼不絕。

浴蘭同故事[一]，戲草楚遺風[二]。不是天家意，勤勞念女紅[三]。

【注釋】

　　[一] 浴蘭：古代端午有以蘭草為湯沐浴之俗。見夏竦《御閣端午帖子》十一"浴蘭襲祉良辰啟"注[一]。故事：先例，舊日的典章制度。

　　[二] 戲草：即鬥草。古代一種流行於清明、端午之際的遊戲。見晏殊《端午詞·內廷》其一"百草鬥餘欣令月"注[二]。

　　[三] "不是"二句：浴蘭、鬥草等不是皇后真正所想的，她辛勤勞作，不忘女紅。天家：指帝王家。女紅：女性的紡織、刺繡、縫紉等工作。《宋史》本傳載曹氏"性慈儉，重稼穡，常於禁苑種穀、親蠶"。

洞户花陰淺[一]，天階日景遲[二]。糉成八九子[三]，縷結就千絲[四]。

【注釋】

　　[一] 洞户：門户。借指幽深的內室。

　　[二] 天階：宮殿的臺階。景，同"影"。

　　[三] 糉成八九子：即九子糉；九子粽。見晏殊《端午詞·內廷》其二"披風別殿地無塵"注[三]。

［四］縷結就千絲：即結成續命絲。見夏竦《御閣端午帖子》其一"續命彩絲登繭館"注［二］。

夫人閣五首[一]

杳杳畫梁巍架杏[二]，沉沉香壁靜塗椒[三]。宮前夜祝君王壽，日上黃爐炷未消[四]。

【注釋】

［一］夫人：指宮中眾妃。見宋庠《夫人閣端午帖子詞》其一"令月辰標午"注［一］。時宮中夫人有真宗沈德妃、杜賢妃等。按，此與前兩閣皆同時所作。見前《皇帝閣六首》其一"薰琴應律南風暖"注［一］。

［二］"杳杳"句：宮殿中高大的文杏木梁繪有美麗的圖畫。杳杳：隱約，依稀。畫梁：有彩繪裝飾的屋梁。架杏：即架杏梁。架有文杏所製的屋梁。此形容宮殿的高大華麗。

［三］"沉沉"句：深邃的宮殿以花椒和泥塗壁。塗椒：漢皇后所居宮殿以椒和泥塗壁，取其溫、香、多子之義。見夏竦《皇后閣端午帖子》其三"千門朱索迎嘉祉"注［二］。

［四］"日上"句：早上太陽照在香爐上，昨夜焚的香還未燃盡。炷：指焚的香。

交飛壽斝長生殿[一]，競泛仙舟太液池[二]。不似世間多暑氣，天風淅淅萬年枝[三]。

【注釋】

［一］壽斝：上壽的酒器。斝：古代青銅製的酒器，圓口，三足。泛指酒杯。長生殿：唐宮殿名。亦稱"長生院"。《資治通鑑·唐則天后長安四年》："太后寢疾，居長生院。"胡三省注："長生院，即長生殿；明年五王誅二張，進至太后所寢長生殿，同此處也。蓋唐寢殿皆謂之長生殿。此武后寢疾之長生殿，洛陽宮寢殿也。肅宗大漸，越王係授甲長生殿，長安大明宮之寢殿也。"另唐華清宮集靈臺亦名長生殿。白居易《長恨歌》："七月七日長生殿，夜半無人私語時。"宋樂史《楊太真外傳》："（天寶）十四載六月一日，上幸華清宮，乃貴妃生日，上命

小部音聲於長生殿奏新曲。"此指妃嬪所居宮。

　　〔二〕太液池：漢池名。此指金明池。見夏竦《御閣春帖子》其二"冰消太液生春水"注〔一〕。

　　〔三〕淅淅：擬聲詞。形容風聲。萬年枝：指宮中年代久遠的大樹。

　　辟惡何須荊楚艾[一]，蠲炎不待邵平瓜[二]。仙飇昨夜來閶闔[三]，玉宇清涼大帝家[四]。

【注釋】

　　〔一〕荊楚艾：即艾草。端午有門懸艾草以辟邪之俗。見晏殊《端午詞·御閣》其二"初垂彩艾迎新節"注〔一〕。

　　〔二〕蠲（juān）炎：消除炎熱。邵平瓜：即召平瓜；五色瓜；東陵瓜。此泛指瓜。見前《皇后閣五首》其三"方均寶笈千齡藥"注〔二〕。

　　〔三〕仙飇（biāo）：仙風。風的美稱。閶闔：傳說中的天門。《楚辭·離騷》："吾令帝閽開關兮，倚閶闔而望予。"王逸注："閶闔，天門也。"此指天空。

　　〔四〕玉宇：瑰麗的宮闕殿宇。

　　畫閣方裁扇[一]，寒塘又鑿冰[二]。蓬壺山四徹[三]，何處是炎蒸[四]。

【注釋】

　　〔一〕畫閣：有彩繪裝飾的華麗樓閣。

　　〔二〕寒塘：指藏冰之處。古代冬日藏冰，夏日取用。見宋庠《皇后閣端午帖子詞》其一"魏井開冰潔"注〔二〕。

　　〔三〕蓬壺山：即蓬萊山，傳說中東海仙人所居之地，為三神山之一。此喻指皇宮。見宋庠《皇帝閣端午帖子詞》其二"寶軨流薰唱"注〔二〕。四徹：四方通透。

　　〔四〕炎蒸：即溽暑、酷暑。

　　仙宇賜符時[一]，仙蕡葉尚稀[二]。曉來金屋靜[三]，同侍玉皇歸[四]。

【注釋】

　　［一］"仙宇"句：宮中賜靈符之時。仙宇：仙宮。此指宮廷。賜符：賜靈符。端午日宮中賞賜靈符。見晏殊《端午詞·御閣》其三"獻壽競為長命縷"注［二］。

　　［二］仙莢：即祥莢，蓂莢。傳為唐堯時瑞草名。此草每月朔日始一日生一莢，十六日後一日落一莢，月晦而盡，故又名歷莢。端午為五葉，故曰尚稀。見宋庠《皇帝閣端午帖子詞》其四"宮中命縷千絲合"注［二］。

　　［三］金屋：華美之屋。此用"金屋貯嬌"故事以指后妃所居宮殿。見晏殊《立春日詞·內廷》其一"朱戶未聞迎綵燕"注［五］。

　　［四］玉皇：道教天帝玉皇大帝之簡稱。此指皇帝。

胡　宿

　　胡宿（995—1067），字武平，常州晉陵（今江蘇常州）人。仁宗天聖二年（1024）進士。歷官揚子尉、通判宣州、知湖州、兩浙轉運使、翰林學士、樞密副使。英宗治平三年（1066）以尚書吏部侍郎、觀文殿學士知杭州。四年，除太子少師致仕，命未至已病逝，年七十三。諡文恭。《東都事略》卷七一、《宋史》卷三一八有傳。《胡公墓志銘》稱有文集四十卷，《直齋書錄解題》著錄《胡文恭集》七十卷，久佚。四庫館臣從《永樂大典》輯出詩文一千五百餘首，編為《文恭集》五十卷。

　　胡宿有帖子詞五十二首，其中春帖子二十首，端午帖子三十二首，載於其集，《全宋詩》錄於卷一八五。

皇帝閤春帖子[一]

　　三元鳳歷當春始[二]，萬壽龍厄進御前[三]。綵勝朱幡宜此日，金枝玉葉慶新年[四]。

【校記】

　　胡宿詩均輯自其《文恭集》卷二八。此以《武英殿聚珍版叢書》為底本，校以影印文淵閣《四庫全書》本。題下原校："本集諸帖子各有五言體，此亦宜有之，殆為傳寫缺佚。"按，此皇帝閤帖為六首，完整無闕，此皆為七言，屬特例。第三句"幡"，四庫本作"旛"。

【注釋】

　　[一] 皇帝：指仁宗趙禎（1010—1063）。見夏竦《壽春郡王閤春帖子》其一注［一］。按，此組詩當為皇祐六年（1054）春帖。胡宿《春帖子詞》二十首，中有《妃閤》，其三云："寒漏催將仙臘盡，春旂

飛入貴宮來。""貴宮"即貴妃宮，乃為仁宗貴妃張氏所作。張氏於慶曆八年十二月丁卯，由美人冊封為貴妃；皇祐六年正月初五卒。據《學士年表》，胡宿於皇祐五年五月以兵部員外郎、知制誥拜翰林學士，嘉祐六年（1061）閏八月除左諫議大夫、樞密副使。因此，此詩當為皇祐六年（即至和元年，三月改元）春帖。當年立春在年前臘月二十日，與《妃閤春帖子》其三中"寒漏催將仙臘盡"亦合。

[二] 三元：指元旦，即農曆正月初一。見晏殊《元日詞·東宮閤》其一"銅龍樓下早春歸"注 [三]。鳳歷：《左傳·昭公十七年》："我高祖少皞摯之立也，鳳鳥適至，故紀於鳥，為鳥師而鳥名，鳳鳥氏，歷正也。"後以"鳳歷"稱歲歷，含有歷數正朔之意。

[三] 龍卮：有龍紋的酒杯。

[四] "綵勝"二句：寫春幡勝、春花等立春飾品。綵勝朱幡：彩色幡勝。見夏竦《內閣春帖子》其四"銀箭初傳暖律延"注 [三]。金枝玉葉：指以金銀箔或紙帛剪裁而成的花鳥等裝飾的花木枝葉。見宋祁《皇帝閤》其四"日華初麗上林天"注 [二]。

蒼玉新旂祀木神[一]，今朝太皞始司春[二]。農躔漸覺星辰正[三]，壽歷長隨日月新[四]。

【注釋】

[一] "蒼玉"句：寫立春東郊迎氣、祭祀木神之禮。蒼玉：青玉；新旂：指立春所用青旗。木神：勾芒。《禮記·月令》"孟春之月"："天子居青陽左个，乘鸞路，駕倉龍，載青旂，衣青衣，服倉玉"；又，"其帝大皞，其神句芒"。因木盛在春，故立春東郊迎氣，祭祀勾芒。見夏竦《內閣春帖子》其三"東郊候氣回青輅"注 [一]。

[二] 太皞：也作"太昊"，傳說中的古帝名，即伏羲氏，為東方之神。

[三] "農躔"句：漸漸覺得房星於晨時正位於南方。農躔：心宿的位置。農：農祥；即房星，二十八宿之一，屬蒼龍七宿之第四宿。因房星晨正時農事開始，故謂農祥。《國語·周語上》："古者太史順時覛土，陽癉憤盈，土氣震發，農祥晨正，日月底於天廟，土乃脈發。"韋昭注："農祥，房星也。晨正，謂立春之日，晨中於午也。農事之候，

故曰農祥。"星辰正：指房星早晨位於午（即南方）。《文選・張衡〈東京賦〉》："及至農祥晨正，土膏脈起。"薛綜注："晨，時正中也。謂正月初也。"元王禎《王氏農書》卷一："則每歲立春，斗柄建於寅方，日月會於營室，東井昏見於午，建星晨正於南。"

〔四〕壽歷：長壽。

翦綵房中新勝出[一]，披香殿裏早春回[二]。祥雲更傍南山起，來對君王萬壽杯[三]。

【注釋】

〔一〕翦綵房：指製作宮中用物的地方。指後苑作、製造御前生活所，簡稱後苑。專掌製造宮廷生活所需及皇族婚娶名物（《宋會要輯稿》職官三六之七三）。《歲時廣記》卷八"撰春帖"條引《皇朝歲時雜記》："學士院立春前一月撰皇帝、皇后、夫人閤門帖子，送後苑作院，用羅帛縷造，及期進入。"勝：綵勝，古代立春日飾品。見夏竦《內閣春帖子》其四"銀箭初傳暖律延"注〔三〕。

〔二〕披香殿：漢宮殿名。此指皇帝居處。見夏竦《御閣春帖子》其二"冰消太液生春水"注〔二〕。

〔三〕"祥雲"二句：寓意壽比南山。南山：指南面之山。見夏竦《御閣春帖子》其一"金盤曉日融春露"注〔四〕。

苑中芳樹條風細[一]，天上黃衢杲日遲[二]。仙果定生千歲實[三]，祥烟長護萬年枝[四]。

【注釋】

〔一〕苑：宮苑。芳樹：花木。條風：指春風。八風之一。見夏竦《郡王閣端午帖子》其二"彤闈永奉千年慶"注〔三〕。

〔二〕"黃衢"句：寫春日白晝增長。黃衢：即黃道，古人認為太陽繞地而行的軌道。杲日遲：語出《詩・豳風・七月》："春日遲遲。"又《衛風・伯兮》："其雨其雨，杲杲出日。"杲日：太陽。

〔三〕仙果：仙桃。此指桃樹。

〔四〕萬年枝：指宮中年代久遠的大樹。

春官青鳥司開啓[一]，星舍蒼龍主發生[二]。甘雨惠風資帝力[三]，杏花蒲葉勸民耕[四]。

【注釋】

[一]春官：古代五行官之一，即木神勾芒。《左傳·昭公二十九年》："木正曰句芒。"杜預注："正，官長也。取木生。句，曲而有芒角也。"《通典·職官一》："自顓頊以來，不能紀遠，乃紀於近。為民師，而命以民事。又有五行之官，是謂五官，社稷五祀，是尊是奉。春官木正曰勾芒，夏官火正曰祝融，秋官金正曰蓐收，冬官水正曰玄冥，中官土正曰后土。"《宋史·職官志五》載宋司天監有春官正，掌察天文祥異、鐘鼓漏刻、寫造歷書、供諸壇祀祭告神名版位畫日等事，元豐官制行，罷司天監，立太史局，隸秘書省。青鳥：即青鳥氏，古代官名，為曆正的屬官。《左傳·昭公十七年》："我高祖少皞摯之立也，鳳鳥適至，故紀於鳥，為鳥氏而鳥名。鳳鳥氏，曆正也。……青鳥氏，司啓者也。"杜預注："青鳥，鶬鴳也。以立春鳴，立夏止。"孔穎達疏："立春立夏謂之啟。此鳥以立春鳴，立夏止，故以名官，使之主立春立夏。"

[二]星舍蒼龍：指東方蒼龍。二十八宿中東方七宿（角、亢、氐、房、心、尾、箕），聯起來像龍形；東方屬青，故稱此七星為蒼龍。主發生：主宰萬物的萌發、滋長。春主發生。《素問》："此春氣之應養生之道也。"唐王冰注："立春之節，初五日東風解凍，次五日蟄蟲始振，後五日魚上冰。次雨水氣，初五日獺祭魚，次五日鴻鴈來；後五日草木萌動。次仲春驚蟄之節，初五日小桃華，次五日倉庚鳴，後五日鷹化為鳩。次春分氣，初五日玄鳥至，次五日雷乃發聲，芍藥榮，後五日始電。次季春清明之日，初五日桐始華，次五日田鼠化為鴽，牡丹華，後五日虹始見。次穀雨氣，初五日萍始生，次五日鳴鳩拂其羽，後五日戴勝降于桑。凡此六氣，一十八候，皆春陽布發生之令，故養生者必謹奉天時也。"故發生也指春天。《爾雅·釋天》："春為青陽，夏為朱明，秋為白藏，冬為玄英。四時和謂之玉燭。春為發生，夏為長嬴，秋為收成，冬為安寧。"注："此亦四時之別號。《尸子》皆以為太平祥風。"

[三]甘雨惠風：時雨和風。資：憑藉。帝力：天帝的作用。喻指皇帝。《藝文類聚》卷一一引晉皇甫謐《帝王世紀》："〔帝堯之世〕天

下大和，百姓無事，有五十老人擊壤於道。觀者歎曰：'大哉，帝之德也！'老人曰：'吾日出而作，日入而息，鑿井而飲，耕田而食，帝何力於我哉？'"

［四］勸民耕：鼓勵農民努力耕作。《藝文類聚》卷六五引《尸子》："有虞氏身有南畝，妻有桑田，神農並耕而王，所以勸耕也。"

玉殿香絲縈綵縷[一]，金盆白雪間紅花[二]。子孫千億無疆壽，盡逐東風入帝家[三]。

【注釋】

［一］"玉殿"句：寫立春宮中懸掛彩色幡勝。香絲、綵縷：此指朱索、紅繩。見夏竦《皇后閣端午帖子》其三"千門朱索迎嘉祉"注［一］。

［二］"金盆"句：寫宮中佈置春花以迎春。紅花：當指剪綵花。見宋祁《春帖子詞·皇帝閣》其四"日華初麗上林天"注［二］。

［三］東風：春風。

皇后閣春帖子[一]

羲仲司暘谷[二]，塗山佐夏王[三]。六宮師儉德[四]，四海化躬桑[五]。

【注釋】

［一］皇后：指仁宗皇后曹氏（1016—1079）。見宋庠《皇后閣端午帖子詞》其一"魏井開冰潔"注［一］。按，此亦為皇祐六年（1054）春帖。見前《皇帝閣春帖子》其一"三元鳳歷當春始"注［一］。

［二］"羲仲"句：寫春天來到。羲仲：傳說唐虞時居住和治理東方之官。暘谷：也作"陽谷"。神話中日出日浴的地方。《書·堯典》："分命羲仲，宅嵎夷，曰暘谷。羲仲居治東方之官，寅賓出日，平秩東作。"孔安國傳："宅，居也，東表之地，稱嵎夷。暘，明也。日出於谷，而天下明，故稱暘谷。暘谷、嵎夷一也。寅，敬。賓，導秩序也。歲起於東而始就耕，謂之東作，東方之官敬導出日，平均次序東作之

事，以務農也。"

［三］"塗山"句：寫曹皇后輔佐仁宗之功。塗山：指塗山氏。相傳禹在塗山娶妻。《越絕書·記地傳》："塗山者，禹所取妻之山也。"故稱禹妻為塗山氏。《通志》卷三上引《淮南子》："禹治洪水，通轘轅山，化为熊，謂塗山氏曰：'欲餉，聞鼓聲乃來。'禹跳石，誤中鼓，塗山氏往，見禹方作熊，慚而去。"至嵩高山下，化为石。此喻指曹皇后。

［四］六宮：指后妃。見夏竦《內閣春帖子》其六"緹室葭灰飛候管"注［三］。

［五］"四海"句：寫皇后親自採桑，德化四海。躬桑：后妃親自採桑，以示重視農事。《禮記·月令》"季春之月"："后妃齊戒，親東鄉躬桑。"注："后妃親採桑，示帥先天下也。"

中禁千祥集，東方萬象新。綵幡迎喜氣，寶字鏤宜春[一]。
【注釋】
［一］"綵幡"二句：寫立春日以彩色紙帛、金銀箔之類剪裁幡勝、鏤刻宜春二字等來裝飾，表示迎春。見夏竦《內閣春帖子》其四"銀箭初傳暖律延"注［三］。

東陸韶光先四序[一]，周南風化被羣芳[二]。資生萬物昭坤德[三]，嘉慶千春集紫房[四]。
【注釋】
［一］"東陸"句：寫立春為四季之先。東陸：即青陸，青道；月亮運行的軌道。見夏竦《御閣春帖子》其五"青道布序韶暉盛"注［一］。四序：四季。

［二］周南：《詩》"國風"之一，被認為是詩教的典範。見夏竦《淑妃閣端午帖子》其四"宴寢奉朝鳴采玉"注［四］。風化：風俗，教化。

［三］"資生"句：寫皇后的美德。語出《易·坤》："至哉坤元，萬物資生，乃順承天。坤厚載物，德合无疆。"孔穎達疏："元是坤德之首，故連言之。……至哉坤元者，歎美坤德。……坤厚載物，德合无

疆者，以其廣厚，故能載物，有此生長之德，合會无疆。"坤：坤元。喻指皇后。

　　[四] 嘉慶：喜慶吉祥的事。紫房：漢宮名。《後漢書·孔光傳》："北宮有紫房，復道通未央宮。"漢時為皇后、皇太后所居。此指皇后所居宮室。

　　東風初入長春殿[一]，碧溜新融太液池[二]。社遠未當迎燕日[三]，川晴先近浴蠶時[四]。
【注釋】
　　[一] 長春殿：即長春宮。唐行宮名，在今陝西省大荔縣境內。此指宋宮殿。
　　[二] 碧溜：碧水。太液池：漢唐池名。此指宋宮苑中池。見夏竦《御閣春帖子》其二"冰消太液生春水"注[一]。
　　[三] 社：古代祀社神之日，此指春社。古時於春耕前（周用甲日，漢以後多於立春後第五個戊日）祭祀土神，以祈豐收，謂之春社。春社在春分前後，故曰遠。春社為仲春，時燕子北歸。漢時有迎接玄鳥、祭祀高禖的儀式。見夏竦《皇后閣端午帖子》其四"六宮點畫呈新巧"注[四]。
　　[四] 浴蠶時：指立春。浴蠶：浸洗蠶子。古代育蠶選種的一種方法。通常是將蠶種浸于特製的水中浸洗，以汰弱留強。宋陳元靚《歲時廣記》卷八"立春·浴蠶種"條引《博聞錄》："閩俗以立春日，採五果枝并桑柘枝，燒灰淋水，候冷，以浴蠶種藏之。或只以五果置灰汁中亦得。但取其成實之義也。"又，卷三九"浴蠶種"條引《集正歷》："臘日取蠶種籠掛桑中，任霜霰雨雪飄凍。至立春日收，謂之天浴。蓋蛾子生有實有妄，妄者經寒凍後不復生，唯實者生蠶，則強健有收成也。"

　　白綠仙雲雜紫雲[一]，長生靈氣護元君[二]。已膺虎劍司陰教[三]，更珮金璫奏寶文[四]。
【注釋】
　　[一] "白綠"句：寫祥瑞的雲彩。道家以白、綠、紫雲為三素雲，

言立春日候望之祈祝可成仙。見晏殊《立春日詞·御閣》其二"三素雲中曉望时"注［一］。

［二］元君：道教對女仙人的稱呼。此喻指皇后。

［三］"已膺"句：寫皇后佩印掌管後宮教化。膺：接受。虎劍：佩掛虎形劍。《北堂書鈔》卷一三一"印"："虎者威猛"：注："又云所以虎紐者，陽類。虎者，獸之長，取其威猛，以繫服羣下也。"按，虎劍，即虎紐，虎鈕。漢代皇帝、皇后印璽玉螭虎紐。《漢官舊儀》卷上："皇后玉璽，文與帝同。皇后之璽，金螭虎紐。"司陰教：主管宮中女子的教化。語本《周禮·天官·內宰》："以陰禮教六宮，以陰禮教九嬪。"

［四］珮：同"佩"。金璫：金飾品。奏寶文：進獻預示祥瑞的文字。

妃閣春帖子[一]

日向陰虬永[二]，春隨綵鳳歸[三]。玉京多燕喜[四]，金殿滿光輝。

【注釋】

［一］妃：皇帝妾之位號，為內命婦夫人階，包括貴妃、淑妃、德妃、賢妃，正一品。此指仁宗貴妃張氏（1024—1054）。據《宋史·后妃傳上·張貴妃傳》，張氏為河南永安人，張堯封女。幼入宮，為楊淑妃侍兒，長得仁宗寵幸，有盛寵。妃巧慧多智數，善承迎，勢動中外。慶歷元年封清河郡君，歲中為才人，遷修媛。因得疾，辭為美人。皇祐初，進貴妃。後五年薨，年三十一。仁宗哀悼之，追冊為皇后，謚號"溫成"。按，此亦為皇祐六年（1054）春帖。見前《皇帝閣春帖子》其一"三元鳳歷當春始"注［一］。

［二］陰虬：有角的龍。古人以龍為陰物，故稱。古代屋梁裝飾有龍。《楚辭·招魂》："仰觀刻桷，畫龍蛇些。"《文選·張協〈七命〉》："陰虬負檐，陽馬承阿。"李善注："虬，龍也。"呂向注："虬龍，陰物。"此指張氏所居宮。

［三］綵鳳：鳳凰。此當指燕子。

〔四〕玉京：指京都。燕喜：宴飲喜樂。語出《詩·小雅·六月》："吉甫燕喜，既多受祉。"

宮中玉漏迎遲日[一]，天上珠躔麗次星[二]，軒頊聖圖光億載[三]，皇英賢範奉千齡[四]。

【注釋】

〔一〕玉漏：漏的美稱。漏：古代計時器。見夏竦《內閣春帖子》其四"銀箭初傳暖律延"注〔一〕。遲日：春日。語出《詩·豳風·七月》："春日遲遲。"

〔二〕"天上"句：寫天上尾宿九星中次星明麗。喻貴妃之得寵。珠躔：連珠之星，指尾宿九星。躔：日月運行的軌跡。《宋史·天文志三》："尾宿九星，為天子後宮，亦主后妃之位。上第一星，后也；次三星，夫人；次星，嬪妾也。亦為九子。均明，大小相承，則後宮有序，子孫蕃昌。明，則后有喜，穀熟；不明，則后有憂，穀荒。"

〔三〕"軒頊"句：頌仁宗宏圖遠大，光照千古。軒頊：軒轅和顓頊，此喻宋仁宗。聖圖：天子的宏圖。杜甫《重經昭陵》："聖圖天廣大，宗祀日光輝。"

〔四〕"皇英"句：頌后妃的美德可永垂後世。皇英：娥皇、女英的合稱。傳說中的堯女，舜妃。此喻皇后曹氏和貴妃張氏。賢範：才德兼備的榜樣。

音官始奏融風至[一]，御水初傳曉凍開[二]。寒漏催將仙臘盡[三]，春旂飛入貴宮來[四]。

【注釋】

〔一〕音官：樂官。《國語·周語上》："是日（按，指立春）也，瞽帥、音官以風土。"韋昭注："音官，樂官也。風土，以音律省土風，風氣和則土氣養。"融風：東北風。《說文·風部》："風，八風也。東方曰明庶風，……東北曰融風。"

〔二〕御水：宮禁中的河水。《後漢書·宦者列傳·曹節傳》："苟營私門，多蓄財貨，繕修第舍，連里竟巷。盜取御水以作魚釣，車馬服玩擬於天家。"李賢注："水入宮苑為御水。"

[三]漏：古代計時器。見夏竦《內閣春帖子》其四"銀箭初傳暖律延"注[一]。仙臘：臘月。

[四]春旆：青旗，青幡。見晏殊《立春日詞·御閣》其一"令月歸餘屆早春"注[五]。

翦綵平明出藝房[一]，長生殿裏百花芳[二]。書銜燕子青春早[三]，劍拂仙衣白日長[四]。

【注釋】

[一]"翦綵"句：寫宮中後苑立春日會製作好春幡、春勝、春帖子等立春用品。翦綵：指立春日用彩色絹、紙剪裁製作而成的幡、勝等飾品。見夏竦《內閣春帖子》其四"銀箭初傳暖律延"注[三]。平明：清晨。藝房：指後苑作、製造御前生活所，簡稱後苑。見前《皇帝閣春帖子》其三"翦綵房中新勝出"注[一]。

[二]長生殿：唐宮殿名，亦稱"長生院"。此指張貴妃所居宮。見孫抃《端午日帖子詞·夫人閣五首》其二"交飛壽箑長生殿"注[一]。

[三]書銜燕子：指翦綵而成的春燕、春幡之類。《荊楚歲時記》："立春之日，悉翦綵為鷰以戴之，貼'宜春'二字。"閻朝隱《奉和立春遊苑迎春應制》："鵲入巢中言改歲，燕銜書上道宜新。"青春：春季。

[四]"劍拂"句：言立春後菖蒲已生，白晝增長。劍拂仙衣：當指菖蒲。《呂氏春秋·士容》："冬至後五旬七日菖始生。菖者，百草之先生者也，於是始耕。"高誘注："菖，菖蒲，水草也。冬至後五十七日而挺生。"李賀《河南府試十二月樂詞·正月》："官街柳帶不堪折，早晚菖蒲勝縮結。"菖蒲葉似劍，故云。見宋庠《夫人閣端午帖子詞》其四"金徒漏永烏猶渴"注[四]。

夫人閣春帖子[一]

綵樹春芳滿[二]，仙甍晝景長[三]。早花依玉砌[四]，初溜漾銀塘[五]。

【注釋】

[一] 夫人：指宮中眾妃。見宋庠《夫人閣端午帖子詞》其一"令月辰標午"注[一]。此指除張貴妃以外的其她眾妃，此時宮中夫人有仁宗苗淑妃、真宗沈德妃等。按，此亦為皇祐六年（1054）春帖。見前《皇帝閣春帖子》其一"三元鳳歷當春始"注[一]。

[二] 綵樹：翦綵而為的樹。此泛指樹。

[三] "仙蓂"句：寫春日白晝增長。仙蓂：即祥莢，蓂莢。晝景：白晝的日光。見宋庠《皇帝閣端午帖子詞》其四"宮中命縷千絲合"注[二]。

[四] 玉砌：以玉石裝飾或砌成的牆壁、地面、臺階等。

[五] 初溜：指初春的水。銀塘：清澈明鏡的池塘。

浴種宜蠶事[一]，修禖盡燕祠[二]。資生迎木正[三]，蕃衍納春祺[四]。

【注釋】

[一] 浴種：即浴蠶。見前《皇后閣春帖子》其四"東風初入長春殿"注[四]。

[二] "修禖"句：寫春日迎接玄鳥、祭祀高禖的儀式。見夏竦《皇后閣端午帖子》其四"六宮點畫呈新巧"注[四]。

[三] "資生"句：寫立春迎接木神。資生：賴以生長。語出《易·坤》："至哉坤元，萬物資生。"孔穎達疏："萬物資生者，言萬物資地而生。"木正：木神勾芒。見前《皇帝閣春帖子》其五"春官青鳥司開啟"注[一]。

[四] 蕃衍：繁盛眾多。此為祈祝子孫繁盛眾多。語出《詩·唐風·椒聊》："椒聊之實，蕃衍盈升。"春祺：春福。祺：吉祥。

釀酒渟神水[一]，延年飲露華[二]。八風朝聖日[三]，三境住仙家[四]。

【注釋】

[一] 渟：渟蓄，聚集。神水：立春日所貯之水。見晏殊《立春日詞·東宮閣》其三"鮫冰千片解華池"注[二]。

[二] 露華：即甘露，露水。
　　[三] 八風：八方之風。此指立春之東風，也稱條風、滔風、谷風等。八風名目不同，《呂氏春秋·有始》："何謂八風？東北曰炎風，東方曰滔風，東南曰熏風，南方曰巨風，西南曰淒風，西方曰飂風，西北曰厲風，北方曰寒風。"《淮南子·墜形訓》："何謂八風？東北曰炎風，東方曰條風，東南曰景風，南方曰巨風，西南曰涼風，西方曰飂風，西北曰麗風，北方曰寒風。"《說文·風部》："風，八風也。東方曰明庶風，東南曰清明風，南方曰景風，西南曰涼風，西方曰閶闔風，西北曰不周風，北方曰廣莫風，東北曰融風。"《左傳·隱公五年》："夫舞所以節八音，而行八風。"陸德明釋文："八方之風，謂東方谷風，東南清明風，南方凱風，西南涼風。西方閶闔風，西北不周風，北方廣莫風，東北方融風。"或稱八節之風，即八種季候風。《易緯通卦驗》："八節之風謂之八風。立春條風至，春分明庶風至，立夏清明風至，夏至景風至，立秋涼風至，秋分閶闔風至，立冬不周風至，冬至廣莫風至。"
　　[四] 三境：即道家所言神仙居住的玉清、上清、太清三境。見晏殊《元日詞·御閣》其二"屠蘇醴酒盈金斝"注[三]。喻指皇宮。仙家：仙人，喻指宮中之人。

　　雪晴宮樹有新梅，來報東郊淑氣回[一]。春令先從天上起，年芳初向日邊開[二]。
　　【注釋】
　　[一] 東郊：立春有東郊迎春之禮。見夏竦《御閣春帖子》其三"天人道洽真游降"注[三]。
　　[二] 日邊：比喻京師附近或帝王左右。唐高蟾《下第後獻高侍郎》詩："天上碧桃和露種，日邊紅杏倚雲栽。"

　　迎氣青幡獵曉風[一]，九門佳氣鬱蔥蔥[二]。日華初在榑桑上[三]，春色先歸御柳中。
　　【注釋】
　　[一] "迎氣"句：寫立春東郊迎氣之禮。青幡：即青旛，青旗。

古時立春表示應候、勸耕的旗。見夏竦《御閣春帖子》其三"天人道洽真游降"注〔三〕。獵：動。

〔二〕九門：宮中九門，泛指宮禁。見夏竦《御閣春帖子》其四"九門和氣衝魚鑰"注〔一〕。

〔三〕日華：日光。榑桑：即扶桑。神樹名，傳說日出其下。《山海經‧海外東經》："湯谷上有扶桑，十日所浴，在黑齒北。居水中，有大木，九日居下枝，一日居上枝。"

皇帝閣端午帖子[一]

南極注生氣[二]，音官協夏鈞[三]。良辰五日永[四]，景福四時新[五]。

【注釋】

〔一〕皇帝：指仁宗趙禎（1010—1063）。見夏竦《壽春郡王閣春帖子》其一注〔一〕。按，此組詩為兩次所寫，作時當在皇祐五年至嘉祐六年（1053—1061）之間，其中一組應為嘉祐四年端帖。因詩中無"妃閣"，則必作於張氏封為貴妃前或去世後，結合胡宿任翰林學士的時間（1053—1061），當作於其去世後。另據張氏去世後王珪、歐陽修仍有《溫成皇后閣》帖，似距離張氏去世較遠，或作於嘉祐四年至六年。大約隨著時間的推移，仁宗晚年取消了《溫成皇后閣帖子》的寫作。從《皇帝閣》其一"良辰五日永"等來看，其中一組當作於嘉祐四年。詳見注〔四〕。

〔二〕南極：南方。五月為火，位在南。

〔三〕音官：樂官。此指音律。見前《妃閣春帖子》其三"音官始奏融風至"注〔一〕。夏鈞：夏調。鈞，樂調。唐玄宗《端午三殿宴羣臣》："五月符天數，五音調夏鈞。"

〔四〕五日永：端午白日時間最長。《書‧堯典》："日永星火，以正仲夏。"孔安國傳："永，長也，謂夏至之日。"夏至之日，晝長夜短，晝六十刻，夜四十刻，大火星見於南方正午之位，謂之日永星火。古人以此來確定仲夏之節氣。按，此言為夏至景象，嘉祐四年（1059）夏至在五月五日，應為當年端帖。

［五］景福：大福。《詩·小雅·楚茨》："以妥以侑，以介景福。"

曉霽澄天宇，離明敞帝闈[一]。靈符千福集[二]，神印百邪奔[三]。

【注釋】

［一］"離明"句：寫日照宮門。離明：日；日光。語本《易·離》："離為火，為日。"孔穎達疏："離為火，取南方之行也；為日，取其日是火精也。"敞：敞亮。帝闈：宮門。

［二］靈符：端午辟邪所用道教符籙。見晏殊《端午詞·御閣》其三"獻壽競為長命縷"注［二］。

［三］神印：即桃印，古人端午懸掛於門，認為有辟邪作用。見夏竦《郡王閣端午帖子》其四"崑山瑞玉題真篆"注［二］。

剛日逢端始[一]，炎辰屬長嬴[二]。君王仁且聖，慈旨卻梟羹[三]。

【注釋】

［一］"剛日"句：端午節自初一日開始。剛日：猶奇日，單日。古以"十干"記日，其中甲、丙、戊、庚、壬五日居奇位，屬陽剛，故稱。《禮記·曲禮上》："外事以剛日，內事以柔日。"孔穎達疏："外事以剛日者。外事，郊外之事也。剛，奇日也，十日有五奇五偶。甲、丙、戊、庚、壬，五奇為剛也。外事剛義，故用剛日也。內事以柔日者，內事，郊內之事也。乙、丁、己、辛、癸，五偶為柔也。然則郊天是國外之事，應用剛日。"宋時端午節自端一開始。周密《武林舊事》卷三"端午"："先期，學士院供帖子如春日，禁中排當，例用朔日，謂之端一。或傳舊京亦然。"

［二］炎辰：炎熱的日子。長嬴：亦作"長贏"，夏天的別稱。《爾雅·釋天》："春為發生，夏為長嬴，秋為收成，冬為安寧。"注："此亦四時之別號。《尸子》皆以為太平祥風。"

［三］"君王"二句：反用漢時端午宮廷以梟羹賜百官之習俗。慈旨：即詔旨。梟羹：以梟肉製作的羹湯。見夏竦《御閣端午帖子》其七"賜羹佳事傳青簡"注［一］。

殿戶還飆入[一]，宮池御水涼[二]。綵舟人競渡[三]，化國日偏長[四]。

【注釋】

[一] 還飆（huán biāo）：旋風；暴風。此指涼風。還：環繞。

[二] 御水：宮中的河水。見前《妃閣春帖子》其三"音官始奏融風至"注［二］。

[三] "綵舟"句：寫端午競渡。見晏殊《端午詞·御閣》其四"仙家既有靈符術"注［二］。

[四] 化國：教化施行之國。王符《愛日》："化國之日舒以長，故其民閒暇而力有餘。"（見《後漢書·王符傳》）

四時乘大德[一]，五日敞金扉。陽晷移南陸[二]，天光盛紫微[三]。

【注釋】

[一] 大德：大功德；大恩。語出《易·繫辭上》："天地之大德曰生。"

[二] "陽晷"句：寫夏日到來。陽晷：即日晷，按照日影測定時刻的儀器。此指太陽。南陸：南方。《後漢書·律歷志下》："是故日行北陸謂之冬，西陸謂之春，南陸謂之夏，東陸謂之秋。"

[三] 天光：日光。紫微：神仙居處。此指帝王宮殿。《列子·周穆王》："清都、紫微、鈞天、廣樂，帝之所居。"

商管微陰動[一]，良辰午正端[二]。三光扶聖壽[三]，億載奉皇歡。

【注釋】

[一] "商管"句：寫時至盛夏。商管：即律管。見夏竦《內閣春帖子》其六"緹室葭灰飛候管"注［一］。微陰：即晏陰：柔和之陰。《禮記·月令》"仲夏之月"："是月也，日長至，陰陽爭，死生分……百官靜，事毋刑，以定晏陰之所成。"孫希旦《集解》："晏，安也。陰道靜，故曰晏陰。夏至之日，微陰初起，故致其敬慎安靜以養之，而定

此晏陰之所成就也。"《舊唐書·代宗紀》："仲夏之月，靜事無為，以助晏陰，以弘長養。"按，此寫夏至節候。嘉祐四年（1059）夏至在端午，或為當年端帖。

〔二〕午正端：即正當端午。

〔三〕"三光"句：祝君王長壽。三光：日、月、星。《史記·天官書》："衡，太微，三光之廷。"司馬貞索隱："三光，日、月、五星也。"扶：扶持。

　　三殿茲辰奉御觴[一]，薰風梅雨好年光[二]。炎天更作奇峰勢，來表南山壽歷長[三]。

【注釋】

〔一〕三殿：指皇宮中的三大殿，借指皇宮。奉御觴：進獻美酒。此指飲酒。

〔二〕薰風：夏日和暖的東南風。也作"熏風"。八風之一。《呂氏春秋·有始》："東南曰熏風。"

〔三〕表：表示。南山壽歷長：即壽比南山。見夏竦《御閣春帖子》其一"金盤曉日融春露"注〔四〕。

　　後宮鳦鳥將雛樂[一]，上苑安榴著子新[二]。嘉節已將天合數[三]，明離還覩日重輪[四]。

【注釋】

〔一〕後宮：宮中妃嬪所居。猶後庭、內宮。鳦（yǐ）鳥：燕。《爾雅·釋鳥》："燕燕，鳦。"郭璞注："《詩》云：'燕燕于飛。'一名玄鳥。齊人呼鳦。"邢昺疏："此燕燕，即今之燕，古人重言之。"將雛：攜帶幼禽。晉成公綏《嘯賦》："似鴻雁之將雛，群鳴號乎沙漠。"

〔二〕上苑：即上林苑。此指宋皇宮後苑。安榴：即石榴。石榴為漢武帝時張騫自西域安國傳入內地，也稱安石榴。石榴夏月開花。

〔三〕天合數：即符天數。《易·繫辭上》："天數五，地數五，五位相得而各有合。天數二十有五，地數三十，凡天地之數，五十有五。"王弼注以五奇數為天數，五偶數為地數。唐玄宗《端午三殿宴羣臣》："五日符天數，五音調夏鈞。"端午為五月五日，故曰合天數。

[四]"明離"句：頌仁宗之德。明離：《易·離》："明兩作離，大人以繼明照於四方。"孔穎達疏："明兩作離者，離為日，日為明。今有上下二體，故云明兩作離也。"離，卦象為"☲"或"䷝"，後者上下皆離。後因以明離指太陽。日重輪：太陽周圍所現的光圈。古代以為祥瑞之象。

南方炎帝本乘離^[一]，長育羣生在此時^[二]。命縷綵花傳故事^[三]，風光天上更相宜。
【注釋】
[一]"南方"句：寫南方之神炎帝乘《離》司夏。離：卦名。見宋庠《皇帝閣端午帖子詞》其一"吹律葳賓動"注[三]。
[二]"長育"句：寫時當孟夏。《禮記·月令》："孟夏之月，日在畢，昏翼中，旦婺女中。其日丙丁。"鄭玄注："丙之言炳也。日之行，夏南從赤道，長育萬物，月為之佐。時萬物皆炳然著見而強大，又因以為日名焉。"
[三]命縷綵花：即續命彩絲。見夏竦《御閣端午帖子》其一"續命彩絲登繭館"注[二]。故事：先例，舊日的典章制度。

南方朱鳥司時令^[一]，東闕蒼龍護禁扉^[二]。萬壽御觴端日舉^[三]，祥風三殿繞雲旂^[四]。
【注釋】
[一]朱鳥：即朱雀。二十八宿中南方七宿（井、鬼、柳、星、張、翼、軫）聯起來像鳥形；朱為赤色，像火，南方屬火，故稱此七星為朱鳥。《史記·天官書》："南宮朱鳥。"
[二]東闕蒼龍：漢代有蒼龍闕，在未央宮東。《史記·高祖本紀》："蕭丞相營作未央宮，立東闕、北闕。"裴駰集解引《關中記》曰："東有蒼龍闕，北有玄武闕。玄武所謂北闕。"此指宋宮闕，即宮城門前兩邊供瞭望的樓。禁扉：宮中之門。
[三]端日：指端午。
[四]三殿：指皇宮中的三大殿，泛指皇宮。雲旂：亦作"雲旗"。畫有熊虎圖案的大旗。《史記·司馬相如列傳》："拖蜺旌，靡雲旗。"

張守節正義："張云：'畫熊虎於旌似雲氣也。'"《文選·張衡〈東京賦〉》："龍輅充庭，雲旗拂霓。"李善注："旗，謂熊虎為旗，為高至雲，故曰雲旗也。"此泛指殿前旗。

九霄嘉節重端辰[一]，命縷靈符粲寶文[二]。虞舜無為心自正，五絃琴上奏南薰[三]。

【注釋】

[一] 九霄：天之極高處。此喻皇帝居處。杜甫《臘日》："口脂面藥隨恩澤，翠管銀罌下九霄。"端辰：指端午。

[二] "命縷"句：寫端午所用彩絲、赤靈符等飾物。命縷：即續命彩絲。見夏竦《御閣端午帖子》其一"續命彩絲登蘭館"注[二]。靈符：即赤靈符，一種端午辟邪所用道教符籙。見晏殊《端午詞·御閣》其三"獻壽競為長命縷"注[二]。

[三] "五絃"句：用舜事以示仁宗有煦育之意。五絃琴：也作五弦琴。見宋庠《皇帝閣端午帖子詞》其二"寶軫流薰唱"注[一]。

寶岐麥色黃雲重[一]，御苑榴花丹焰深。已顯豐年資帝力[二]，更憑佳節悅天心[三]。

【注釋】

[一] "寶岐"句：仁宗皇祐元年（1049）建寶岐殿以種麥。《續資治通鑑長編》卷一六六：皇祐元年五月，"丙午（15日），幸後苑寶岐殿觀刈麥，顧謂輔臣曰：'朕新作此殿，不欲植花卉而歲以種麥，庶知穡事之不易也。'"

[二] 資帝力：憑藉帝王的作用。見前《皇帝閣春帖子》其五"春官青鳥司開啟"注[三]。

[三] 天心：天帝之心意。《書·咸有一德》："克享天心，受天明命。"帝、天皆喻皇帝。

皇后閣端午帖子[一]

川館親蠶後[二]，宮房獻繭初[三]。香繒爭點畫[四]，綵縷競垂舒[五]。

【注釋】

[一] 皇后：指仁宗皇后曹氏（1016—1079）。見宋庠《皇后閣端午帖子詞》其一"魏井開冰潔"注[一]。按，此與前詩《皇帝閣》為同時所作，見其一"南極注生氣"注[一]。

[二] 親蠶：古代季春之月皇后躬親蠶事的典禮。見夏竦《內閣春帖子》其一"青逵布序和風扇"注[四]。

[三]"宮房"句：寫后妃進獻絲織品。宮房：宮廷房舍。借指后妃。獻繭：蠶繭是繅絲以為織物的原料，古代夏日要分繭稱絲作郊廟之服。此指進獻蠶繭絲織品。《禮記·月令》"季春之月"："后妃齊戒，親東鄉躬桑，禁婦女毋觀，省婦使以勸蠶事。蠶事既登，分繭稱絲，效功以共郊廟之服，毋有敢惰。"

[四]"香繒"句：寫端午以絲帛製作的端午飾品，如艾虎、釵符、艾花之類。點畫：點綴裝飾。《歲時廣記》卷二一"釵頭符"條引《歲時雜記》："端五剪繒彩作小符兒，爭逞精巧，摻於環髻之上。都城亦多撲賣，名釵頭符。"又，"摻艾虎"條引："端五，以艾為虎形，至有如黑豆大者，或翦綵為小虎，粘艾葉以戴之。"又，"插艾花"條引："端五，京都士女簪戴，皆剪繒楮之類為艾，或以真艾，其上裝以蜈蚣、蚰蜒、蛇蠍、草蟲之類，及天師形像；並造石榴、萱草、躑躅假花；或以香藥為花。"

[五] 綵縷：即續命彩絲。見夏竦《御閣端午帖子》其一"續命彩絲登繭館"注[二]。

棟葉迎新候[一]，菖花發美祥[二]。憂勤宣內則[三]，嘉宴助時陽[四]。

【注釋】

[一] 棟：樹名，落葉喬木。葉長，可包粽子。夏曆三至四月開花。

[二] 菖花：菖蒲花。美祥：吉兆。

[三] 宣：宣揚，發揚。內則：《禮記》有《內則》篇，內容為婦女在家庭內必須遵守的規範和準則。鄭玄注《內則》云："名曰《內則》者，以其記男女居室，事父母舅姑之法。"孔穎達疏："此於《別

錄》屬子法。以閨門之內軌儀可則，故曰內則。"借指婦職、婦道。《後漢書·皇后紀序》："《周禮》：王者立后，三夫人，九嬪，二十七世婦，八十一女御，以備內職焉。后正位宮闈，同體天王。夫人坐論婦禮，九嬪掌教四德，世婦主喪、祭、賓客，女御序于王之燕寢。頒官分務，各有典司。女史彤管，記功書過。居有保阿之訓，動有環佩之響。進賢才以輔佐君子，哀窈窕而不淫其色。所以能述宣陰化，修成內則，閨房肅雍，險謁不行也。"

［四］助時陽：《禮記·月令》"仲夏之月"："是月也，日長至，陰陽爭，死生分。"古以為夏至之時陰陽爭，故食麥、肉等以助陽氣。張說《端午三殿侍宴應制》："助陽嘗麥麨，順節進龜魚。"

靈艾傳芳遠[一]，仙蓂吐葉新[二]。配乾資厚德[三]，介祉集嘉辰[四]。

【注釋】

［一］靈艾：艾草。端午有門懸艾草以辟邪之俗。見晏殊《端午詞·御閣》其二"初垂彩艾迎新節"注［一］。

［二］仙蓂：即祥蓂，蓂莢。傳為唐堯時瑞草名。相傳此草每月朔日始一日生一莢，十六日後一日落一莢，月晦而盡，故又名歷莢。端午為五葉，故曰新。見宋庠《皇帝閣端午帖子詞》其四"宮中命縷千絲合"注［二］。

［三］"配乾"句：寫皇后之德。資：依靠，憑藉。厚德：大德。《易·坤》："地勢坤，君子以厚德載物。"此指皇后之大德。

［四］介祉：大福。

星火朱光熾[一]，繒絲采物華[二]。謹謠宜聖日[三]，王氣協皇家[四]。

【注釋】

［一］"星火"句：寫仲夏炎熱。星火：古星名。即二十八宿中的心宿。指仲夏時節。《書·堯典》："日永星火，以正仲夏。"孔安國傳："火，蒼龍之中星。舉中則七星見，可知以正仲夏之氣節。"朱光：日光。

［二］繒絲采物：指端午所用五綵絲。見夏竦《御閣端午帖子》其一"續命彩絲登繭館"注［二］。

　　［三］讙謠：歡樂的歌謠。讙，也作歡、驩、懽。班固《西都賦》："採游童之歡謠，第從臣之嘉頌。"

　　［四］王氣：指象徵帝王運數的祥瑞之氣。

　　紫禁端辰晝漏長[一]，朱陵生氣盛南方[二]。長秋此日司陰教[三]，皇極同時納壽皇[四]。

【注釋】

　　［一］紫禁：皇宮。端辰：指端午。晝漏長：謂白天時間增長。漏，漏壺，古代計時器。見夏竦《內閣春帖子》其四"銀箭初傳暖律延"注［一］。

　　［二］朱陵：道書洞天名，在湖南衡山縣。《雲笈七籤》卷二七："第三南嶽衡山洞：周廻七百里，名曰朱陵洞天，在衡州衡山縣。仙人石長生治之。"

　　［三］長秋：長秋宮；漢宮殿名。《三輔黃圖·漢宮·長樂宮》："有長定、長秋、永壽、永寧四殿。高帝居此宮，後太后常居之。孝惠至平帝，皆居未央宮。"此代稱皇后。司陰教：主管宮中女子的教化。語本《周禮·天官·內宰》："以陰禮教六宮，以陰禮教九嬪。"

　　［四］"皇極"句：言皇帝得大中至正之道。皇極：帝王統治天下的準則。即所謂大中至正之道。《書·洪範》："五，皇極，皇建其有極。"孔穎達疏："皇，大也；極，中也。施政教，治下民，當使大得其中，無有邪僻。"納：接受。壽皇：對皇帝的尊稱。

　　壽觴百福融甘露[一]，寶索千祥鏤彩雲[二]。五日永逢佳令節[三]，億年長奉睿明君[四]。

【注釋】

　　［一］壽觴：壽酒。觴，酒杯。甘露：甘美的露水。《老子·三十二章》："天地相合以降甘露。"古人認為甘露降是太平之瑞兆。

　　［二］寶索：指端午綵索之類飾品。此為鏤有祥雲的綵索。《歲時廣記》卷二一"結百索"："《歲時雜記》：'端五百索，乃長命縷等物，

遺風尚矣。時平既久，而俗習益華，其制不一。'《紀原》云：'百索即朱索之遺事，本以飾門戶，而今人以約臂。'又云：'彩絲結紉而成者為百索，紉以作服者名五絲。'"

［三］五日：即端午；端五。

［四］奉：輔佐，擁戴。睿明君：通達明智的君主。為稱頌皇帝的套語。

　　香爐角黍傳三楚[一]，丹篆靈符辟五兵[二]。更有龜臺仙藥在[三]，河洲賢德保長生[四]。

【注釋】

［一］"香爐"句：寫粽子由楚地相傳而來。香爐角黍：指粽子。見夏竦《御閣端午帖子》其六"太官角黍迎嘉節"注［一］。三楚：戰國時楚國地名。楚國疆域廣闊，秦漢時分為西楚、東楚、南楚，合稱三楚。《史記》卷一二九《貨殖列傳》以淮北、沛、陳、汝南、南郡為西楚；彭城以東，東海、吳、廣陵為東楚；衡山、九江、江南豫章、長沙為南楚。《漢書·高帝紀上》"羽自立為西楚霸王"顏師古注引孟康《音義》，以江陵（即南郡）為南楚，吳為東楚，彭城為西楚。二說不同。此泛指長江中遊以南，今湖南湖北一帶地區。

［二］"丹篆"句：寫靈符可以辟除戰爭。靈符：道教符籙。見晏殊《端午詞·御閣》其三"獻壽競為長命縷"注［二］。五兵：五種兵器，借指戰爭。說法不一。《周禮·夏官·司兵》："掌五兵五盾。"鄭玄注引鄭司農云："五兵者，戈、殳、戟、酋矛、夷矛也。"《穀梁傳·莊公二十五年》："天子救日，置五麾，陳五兵五鼓。"范甯注："五兵：矛、戟、鉞、楯、弓矢。"《漢書·吾丘壽王傳》："古者作五兵。"顏師古注："五兵，謂矛、戟、弓、劍、戈。"

［三］龜臺：傳說中仙人所居之地。見晏殊《元日詞·內廷》其一"玉殿初晨淑氣和"注［三］。

［四］河洲：指皇后。見夏竦《內閣春帖子》其六"緹室葭灰飛候管"注［三］。

　　靈苗遠採三山藥[一]，仙篆高飛六甲符[二]。此日萬神同翼衛[三]，長秋洪算與乾俱[四]。

【注釋】

[一]"靈苗"句：用秦始皇東海三山求取長生不老之藥事。《史記·秦始皇本紀》二十八年："齊人徐市等上書，言海中有三神山，名曰蓬萊、方丈、瀛洲，僊人居之。請得齋戒，與童男女求之。於是遣徐市發童男女數千人，入海求僊人。"又《封禪書》："自威、宣、燕昭使人入海求蓬萊、方丈、瀛州。此三神山者，其傅在勃海中，去人不遠；患且至，則船風引而去。蓋嘗有至者，諸僊人及不死之藥皆在焉。其物禽獸盡白，而黃金銀為宮闕。……始皇自以為至海上而恐不及矣，使人乃齋童男女入海求之。船交海中，皆以風為解，曰未能至，望見之焉。……後五年，始皇南至湘山，遂登會稽，並海上，冀遇海中三神山之奇藥。不得，還至沙丘崩。"三山：即蓬萊、方丈、瀛洲三神山，為秦漢方士所稱東海中仙人所居之地。也叫三島、三壺。晉王嘉《拾遺記·高辛》："三壺，則海中三山也。一曰方壺，則方丈也；二曰蓬壺，則蓬萊也；三曰瀛壺，則瀛洲也。"

[二]六甲符：道教符籙。六甲：即六丁，道教神名。《後漢書·梁節王暢傳》："從官卞忌自言能使六丁，善占夢。"注："六丁，為六甲中丁神也。"《雲笈七籤》卷一一"神華執巾六丁謁"："六丁者，謂六丁陰神玉女也。《老君六甲符圖》云：'丁卯神，司馬卿，玉女足田之；丁丑神，趙子玉，玉女順氣；丁亥神，張文通，玉女曹漂之；丁酉神，臧文公，玉女得喜；丁未神，石叔通，玉女寄防；丁巳神，崔巨卿，玉女開心之言。'服鍊飛根、存漱五牙之道成，則役使六丁之神也。"宋葉庭珪《海錄碎事》卷一三下"六丁"引《黃庭經》略異：《老君六甲符圖》云："丁卯神司馬卿，丁丑神趙子壬，丁亥神張文通，丁酉神臧文公，丁未神石叔通，丁巳神崔石卿。"宋曾公亮等《武經總要》後集卷二〇："凡作符法，當以月蝕之時，伐杜荊及梧桐等陰枝，亦可以栢心。悉長九寸，廣二寸，厚二分，雌黃色圖畫之。作神像，并書其神名著像下。丁卯神名孔林族，丁丑神名梁兵叔，丁亥神名陵盛陸，丁酉神名費陽明，丁未神名玉屈奇，丁巳神名許咸池。"可見六丁神名不盡相同。

[三]翼衛：護衛。

〔四〕長秋：漢長秋宮；此借指皇后。見其五"紫禁端辰晝漏長"注〔三〕。洪算：長壽。乾：卦名，代表天。此喻指皇帝。

蕤賓干氣盛炎方[一]，坤德資生茂百昌[二]。西域葡萄初蔓衍[三]，成周瓜瓞更綿長[四]。

【注釋】

〔一〕蕤賓：古樂十二律之一。位於午，在五月，故為夏曆五月的別稱。見夏竦《淑妃閣端午帖子》其一"蕤賓布序逢良月"注〔二〕。炎方：炎熱的南方。

〔二〕"坤德"句：以地生萬物喻皇后之美德。坤德：坤元之德。見其三"東陸韶光先四序"注〔三〕。資生：賴以生長。語出《易·坤》。見胡宿《皇后閣春帖子》其三"東陸韶光先四序"注〔三〕。百昌：指各種生物。《莊子·在宥》："今夫百昌，皆生於土，而反於土，故余將去女，入無窮之門，以游無極之野。"郭象注："百昌，猶百物也。"唐成玄英疏："夫百物昌盛，皆生於地，及其彫落，還歸於土。"

〔三〕西域葡萄：葡萄為漢時自西域傳入。《漢書·西域傳上·大宛國》："漢使采蒲陶、目宿種歸。"蔓衍：蔓延滋長，連綿不絕。也作"曼衍"。

〔四〕"成周"句：表祝福皇后子孫繁盛之意。瓜瓞：《詩·大雅·緜》："緜緜瓜瓞，民之初生，自土沮漆。"朱熹集傳："大曰瓜，小曰瓞。瓜之近本，初生常小，其蔓不絕，至末而後大也。"瓜一代接一代生長，喻子孫繁盛。

楚糉雕盤九子香[一]，綵絲朱索更迎祥[二]。坤元此日扶皇極[三]，偉兆先時協壽房[四]。

【注釋】

〔一〕"楚糉"句：寫精美的盤中盛上了粽子。楚糉：據言粽子為楚人紀念屈原投水而死所作，故稱。糉：同"粽"。亦稱角黍。見夏竦《御閣端午帖子》其六"太官角黍迎嘉節"注〔一〕。九子：即九子糉。見晏殊《端午詞·內廷》其二"披風別殿地無塵"注〔三〕。

〔二〕綵絲朱索：端午飾品。見夏竦《御閣端午帖子》其一"續命彩絲登繭館"注〔二〕、《皇后閣端午帖子》其三"千門朱索迎嘉祉"注〔一〕。

〔三〕"坤元"句：讚頌皇后輔佐之德。坤元：喻指皇后。見其三"東陸韶光先四序"注〔三〕。扶：扶助。皇極：指皇帝。

〔四〕"偉兆"句：言皇后此前就有大吉之徵兆。偉兆：大顯徵兆。晉左思《魏都賦》："蓋亦明靈之所酬酢，休徵之所偉兆。"張銑注："休徵大示於天下。"壽房：《後漢書·梁皇后紀》："永建三年，與姑俱選入掖庭，時年十三。相工茅通見后，驚，再拜賀曰：'此所謂日角偃月，相之極貴，臣所未嘗見也。'太史卜兆得壽房，又筮得《坤》之《比》，遂以為貴人。"李賢注："《易·坤卦》六五爻，變而之《比》，《比》九五，象曰：'顯比之吉，位正中也。'九五居得其位，下應於上，故吉。"

夫人閣端午帖子[一]

五絲通遺問[二]，百草鬭輸贏[三]。神印能祛惡[四]，靈符解辟兵[五]。

【校記】

此組詩亦為兩次所寫。依例，每組當各有五七言，此前五首為五言，後五首為七言，疑非原作順序。

【注釋】

〔一〕夫人：指宮中眾妃。見宋庠《夫人閣端午帖子詞》其一"令月辰標午"注〔一〕。此時宮中夫人有真宗沈德妃、仁宗苗賢妃等。按，此與上二閣為同時所作，見《皇帝閣端午帖子》其一"南極注生氣"注〔一〕。

〔二〕"五絲"句：寫端午皇帝賜大臣彩縷以示問候。五絲：五彩絲。見夏竦《御閣端午帖子》其一"續命彩絲登繭館"注〔二〕。遺問：贈送禮物和問候。

〔三〕"百草"句：寫端午鬭百草之戲。見晏殊《端午詞·內廷》其一"百草鬭餘欣令月"注〔二〕。

〔四〕神印：桃印。端午門飾，用以辟邪。見夏竦《郡王閣端午帖子》其四"崑山瑞玉題真篆"注［二］。

　　［五］靈符：端午辟邪辟兵的道教符籙。見晏殊《端午詞·御閣》其三"獻壽競為長命縷"注［二］。

　　　天家饒物采[一]，華節有光輝[二]。明月裁歌扇，輕霞翦舞衣[三]。

【注釋】

　　［一］物采：色彩。

　　［二］華節：指端午節。

　　［三］"明月"二句：寫嬪妃們裁剪歌扇和舞衣。團扇如圓月，舞衣似雲霞，故云。唐李義府《堂堂詞》之一："鏤月成歌扇，裁雲作舞衣。"

　　　禁苑年光麗，端辰物象華[一]。天風結桃實，火德盛榴花[二]。

【注釋】

　　［一］端辰：指端午。

　　［二］火德：五德之一。秦漢方士有"五德"之說，即以金、水、土、木、火五行相生相剋的道理來附會王朝的命運。帝王受命正值五行的火運，稱為火德。宋自認本朝國運為火德。《宋史·太祖紀》："（建隆元年三月）壬戌，定國運以火德，王色尚赤，臘用戌。"五月屬火，榴花紅色，亦如火。

　　　蓮葉抽芳際[一]，榴房結子初。長年鬪百草[二]，舊俗祭三閭[三]。

【注釋】

　　［一］抽芳：發芽。

　　［二］"長年"句：寫端午鬪百草之戲。見晏殊《端午詞·內廷》其一"百草鬪餘欣令月"注［二］。

　　［三］"舊俗"句：寫端午為祭祀屈原而來。端午食粽、競渡皆與

屈原有關。見夏竦《御閤端午帖子》其六"太官角黍迎嘉節"注[一]、《皇后閤端午帖子》其二"璧沼水嬉飛隼渡"注[一]。三閭：指屈原。屈原曾任楚國的三閭大夫一職，故稱。《史記·屈原賈生列傳》："屈原至於江濱，被髮行吟澤畔。顏色憔悴，形容枯槁。漁父見而問之曰：'子非三閭大夫歟？'"裴駰集解："《離騷序》曰：'三閭之職，掌王族三姓，曰昭、屈、景，序其譜屬，率其賢良，以厲國士也。'"

廣殿回雕輦[一]，滄池漾綵舟[二]。堯心順時令，不是重嬉遊。

【注釋】

[一] 雕輦：飾有浮雕、彩繪的華美之車。

[二] "滄池"句：寫端午競渡。滄池：碧池。當指金明池。見晏殊《端午詞·御閤》其四"仙家既有靈符術"注[二]。

魚龍曼衍夸宮戲[一]，湘虙浮沈衒水嬉[二]。齊上聖皇千萬壽[三]，飄然仙樂在瑤池[四]。

【注釋】

[一] 魚龍曼衍：古代一種能變化為魚和龍的雜戲。也作"魚龍曼延"、"魚龍漫衍"。此泛指百戲。《漢書·西域傳贊》："設酒池肉林以饗四夷之客，作《巴俞》都盧、海中《碭極》、漫衍魚龍、角抵之戲以觀視之。"顏師古注："漫衍者，即張衡《西京賦》所云'巨獸百尋，是為曼延'者也。魚龍者，為舍利之獸，先戲於庭極，畢乃入殿前激水，化成比目魚，跳躍漱水，作霧障日，畢，化成黃龍八丈，出水敖戲於庭，炫燿日光。"唐時京城流行魚龍百戲。張説《侍宴龍慶池應制》："魚龍百戲紛容與，鳧鷖雙舟較泝洄。"

[二] "湘虙"句：寫各種水嬉。湘虙（fú）：湘水之神。虙：同"伏"、"宓"。衒：夸耀。水嬉：指各種水上遊戲，如競渡、雜技等。見夏竦《皇后閤端午帖子》其二"璧沼水嬉飛隼渡"注[一]。

[三] 聖皇：指仁宗趙禎。

[四] "飄然"句：寫宮中宴樂。瑤池：古代傳說中崑崙山上有瑤

池，為西王母所居。《史記·大宛列傳論》："《禹本紀》言'河出崑崙。崑崙其高二千五百餘里，日月所相避隱為光明也。其上有醴泉、瑶池。'"《穆天子傳》卷三："乙丑，天子觴西王母於瑤池之上。"此泛指宮中。

故事順時羞角黍[一]，舊儀乘節浴蘭湯[二]。人間涼麥欣時豫[三]，天上薰風愛日長[四]。

【注釋】

[一] 故事：先例；舊日的典章制度。羞：同"饈"。角黍：粽子。見夏竦《御閣端午帖子》其六"太官角黍迎嘉節"注[一]。

[二] 浴蘭湯：古代端午有以蘭草為湯沐浴之俗。見夏竦《御閣端午帖子》十一"浴蘭襲祉良辰啟"注[一]。

[三] "人間"句：寫五月麥穫豐收，皇帝欣然出遊。涼麥：即麥涼，涼爽。梁簡文帝《和湘東王首夏》："冷風雜細雨，垂雲助麥涼。"欣：歡喜。時豫：帝王適時的出遊。《樂府詩集·郊廟歌辭六·唐五郊樂章》："笙歌籥舞屬年韶，鼕鼓鼛鐘展時豫。"豫：出巡，迅遊，特指帝王秋日出巡。

[四] 薰風：夏日和暖的東南風。也作"熏風"。《呂氏春秋·有始》："東南曰熏風。"

續命由來宜綵縷[一]，辟邪相向佩靈符[二]。夏鈞調樂長生酒[三]，歲歲宮中祝聖圖[四]。

【注釋】

[一] "續命"句：寫端午佩掛彩絲以續命之俗。見夏竦《御閣端午帖子》其一"續命彩絲登繭館"注[二]。

[二] "辟邪"句：寫端午佩掛赤靈符以辟邪之俗。靈符：道教辟邪符籙。見晏殊《端午詞·御閣》其三"獻壽競為長命縷"注[二]。

[三] 夏鈞：夏調。鈞，樂調。唐玄宗《端午三殿宴羣臣》："五月符天數，五音調夏鈞。"長生酒：當指菖蒲酒。見宋庠《夫人閣端午帖子詞》其一"令月辰標午"注[四]。

[四] "歲歲"句：寫年年端午宮中祝福皇帝的場景。

宮中應節垂金縷[一]，天上迎祥捧玉卮[二]。更奏開元羽衣曲[三]，年年長願侍瑤池[四]。

【注釋】

[一] 金縷：金絲。指續命彩絲之類立春飾品。見夏竦《御閣端午帖子》其一"續命彩絲登繭館"注[二]。

[二] 玉卮：玉製的酒杯。

[三] 開元羽衣曲：即《霓裳羽衣》，唐舞曲名。白居易《霓裳羽衣歌》"楊氏創聲君造譜"自注云："開元中西涼節度楊敬述造。"郭茂倩《樂府詩集》卷八〇《婆羅門》："《樂苑》曰：《婆羅門》，商調曲，開元中，西涼府節度楊敬述進。《唐會要》曰：天寶十三載，改《婆羅門》為《霓裳羽衣》。"鄭嵎《津陽門詩》"上皇夜半月中去"自注："葉法善引上入月宮，時秋已深，上苦淒冷，不能久留，歸。於天半尚聞仙樂，及上歸，且記憶其半，遂於笛中寫之，會西涼節度楊敬述進《婆羅門》曲，與其聲調相符，遂以月中所聞為之散序，用敬述所進曲作其腔，而名《霓裳羽衣法曲》。"王灼《碧雞漫志》卷三："《霓裳羽衣曲》，說者多異，予斷之曰：西涼創作，明皇潤色，又為易美名，其他飾以神怪者，皆不足信也。"按，《霓裳羽衣》確由玄宗潤色《婆羅門》曲改名，然小說家言亦多為詩文所用。此泛指宮廷音樂。宋時節日宴會皆用雲韶部。據《宋史·樂志十七》："雲韶部者，黃門樂也。開寶中平嶺表，擇廣州內臣之聰警者，得八十人，令於教坊習樂藝，賜名簫韶部。雍熙初，改曰雲韶。每上元觀燈，上巳、端午觀水嬉，皆命作樂於宮中。遇南至、元正、清明、春秋分社之節，親王內中宴射，則亦用之。"

[四] 瑤池：古代傳說中崑崙山上西王母居處。此指宮苑中的池。見其六"魚龍曼衍夸宮戲"注[四]。

彩艾相傳禳故氣[一]，香茅競愛結靈芳[二]。炎洲正覺仙遊盛[三]，化國偏知日景長[四]。

【注釋】

[一] 彩艾：艾草。見晏殊《端午詞·御閣》其二"初垂彩艾迎新節"注[一]。禳故氣：祛除邪僻之氣。

〔二〕"香茅"句：寫結香茅以致祥。見晏殊《端午詞·御閣》其二"初垂彩艾迎新節"注〔二〕。

　　〔三〕炎洲：泛指南方炎熱地區。仙遊：本指信奉道教的人遠出求仙訪道。此指避暑出遊。

　　〔四〕化國：教化和平之國。見前《皇帝閣端午帖子》其四"殿戶還飈入"注〔三〕。

歐陽修

歐陽修（1007—1072），字永叔，號醉翁，晚年又號六一居士，廬陵（今江西永豐）人。仁宗天聖八年（1030）進士，初仕西京留守推官。仁宗時知諫院，擢同修起居注、知制誥，遷翰林學士、權知開封府，拜樞密副使，進參知政事。神宗時知亳州、蔡州，以太子少師致仕，熙寧五年卒，謚文忠。《東都事略》卷七二、《宋史》卷三一九有傳。撰述甚多，詩文有《歐陽文忠公集》一百五十三卷。

歐陽修帖子詞今存六十首，有《春帖子詞》一組二十首，《端午帖子詞》兩組四十首，均載於其集，《全宋詩》錄於卷三〇三。

春帖子詞二十首 十二月二十九日[一]

皇帝閣六首[二]

其一
萌牙資暖律[三]，養育本仁心。顧彼蒼生意[四]，安知帝力深[五]。

【校記】
此組詩錄自《歐陽文忠公文集》卷八二《內制集一》。按，此以《四部叢刊》初編影印元刻本《歐陽文忠公文集》為底本，參用四庫全書本《文忠集》、李逸安點校的《歐陽修全集》及《全宋詩》。《全宋詩》題注"二十首"後有"至和元年"四字。

【注釋】
[一] 此組詩錄於《內制集》卷一。系於至和元年，作於十二月二十九日，則當為至和二年（1055）春帖。當年立春在元日，春帖乃提

前二日所寫。據《學士年表》，歐陽修於至和元年八月，"以龍圖閣學士、吏部郎中"拜翰林學士，至和二年"六月，以侍讀學士、集賢殿修撰知蔡州罷，七月復拜"，直至嘉祐五年（1060）十一月除樞密副使，知其寫作時身份為翰林學士。

［二］皇帝：指仁宗趙禎（1010—1063）。見夏竦《壽春郡王閣春帖子》其一注［一］。

［三］萌牙：即萌芽，草木初生嫩芽。《禮記·月令》"孟春之月"："是月也，天氣下降，地氣上騰，天地和同，草木萌動。"資：依靠，憑藉。暖律：溫暖的節候。古代以時令合樂律，春為暖律。律：律管，候管。見夏竦《內閣春帖子》其六"緹室葭灰飛候管"注［一］。

［四］蒼生：草木叢生之處，喻指百姓。《書·禹書》："禹曰：'俞哉！帝光天之下，至于海隅蒼生。'"孔安國傳："光天之下，至于海隅蒼蒼然生草木，言所及廣遠。"

［五］帝力：帝王的作用或恩德。見胡宿《皇帝閣春帖子》其五"春官青鳥司開啟"注［三］。

其二
陽進升君子，陰消退小人[一]。聖君南面治[二]，布政法新春[三]。

【校記】
第四句"政"字，叢刊本、四庫本原校：一作"教"。

【注釋】
［一］"陽進"二句：寫隨著立春時節陽氣的增多和陰氣的消退，應當晉升君子而黜退小人。《易·泰》象曰："內陽而外陰，內健而外順，內君子而外小人，君子道長，小人道消也。"綦崇禮《北海集》卷二二《論德宗不能用陸贄》："臣嘗讀修之詞而窺其旨。有曰'陽進升君子，陰消退小人'，勸上以用威斷也。"

［二］"聖君"句：寫帝王統治天下。《禮·大傳》："聖人南面而治天下。"《春秋繁露·天辨在人》："陽者，君父是也，故人主南面，以陽為位也。"古以坐北朝南為尊位，天子見群臣皆南面而坐。

［三］"布政"句：寫施政措施如新春昭陽，遍佈恩澤。法：效法。

其三

氣候三陽始[一]，勾萌萬物新[二]。雷聲初發號[三]，天下已知春。

【注釋】

[一] 三陽：古人稱農曆十一月冬至一陽生，十二月二陽生，正月三陽開泰，合稱"三陽"。後專指春天，也指農曆正月。

[二] 勾萌：草木發芽生長。

[三] 發號：發出號令。

其四

玉琯氣來灰已動[一]，東郊風至曉先迎[二]。乾坤有信如符契[三]，草木無知但發生[四]。

【注釋】

[一] "玉琯"句：寫立春節氣到，觀察節氣的相應律管中的葭灰飛出。玉琯：即葭管，候管。琯，同"管"。見夏竦《內閣春帖子》其六"緹室葭灰飛候管"注 [一]。

[二] "東郊"句：古有東郊迎春之禮。見夏竦《御閣春帖子》其三"天人道洽真游降"注 [三]。

[三] "符契"句：寫天地如遵守契約一樣守信，應時而動。符契：猶符節。古代一種符信，以金玉竹木等製成，上刻文字，分為兩半，使用時以兩半相合為驗。

[四] 發生：萌發、滋長。見胡宿《皇帝閣春帖子》其五"春官青鳥司開啟"注 [二]。

其五

朝雲藹藹弄春暉[一]，萬木欣欣暖尚微[二]。造化未嘗私一物[三]，各隨妍醜自芳菲[四]。

【校記】

第一句"藹藹"，四庫本作"靄靄"。

【注釋】

［一］藹藹：瀰漫的樣子。

［二］欣欣：茂盛。

［三］造化：指自然。《莊子·大宗師》："今一以天地為大鑪，以造化為大冶，惡乎往而不可哉？"私：偏愛。

［四］自芳菲：自然盛放。

其六

熙熙人物樂春臺[一]，風送春從天上來。玉輦經年不遊幸[二]，上林花好莫爭開[三]。

【注釋】

［一］"熙熙"句：寫春日人們登臨覽勝。熙熙：和樂狀。春臺：春日登眺覽勝之處。語出《老子·二十章》："眾人熙熙，如享太牢，如春登臺。"

［二］"玉輦"句：寫皇帝長年不出外遊樂。玉輦：帝王的乘輿。代指皇帝。遊行：帝王出遊。綦崇禮《論德宗不能用陸贄》："有曰'玉輦經年不遊幸，上林花好莫爭開'，戒上以節盤游也。"

［三］上林：即上林苑。指宋宮中後苑。見宋祁《皇帝閣》其四"日華初麗上林天"注［一］。

皇后閣五首[一]

其一

御水冰銷綠[二]，宮梅雪壓香。新年賀交泰，白日漸舒長[三]。

【校記】

第三句"交"字，叢刊本、四庫本原校：一作"康"。

【注釋】

［一］皇后：指仁宗皇后曹氏（1016—1079）。見宋庠《皇后閣端午帖子詞》其一"魏井開冰潔"注［一］。按，此亦為至和二年春帖，見《皇帝閣》其一"萌牙資暖律"注［一］。

［二］御水：宮中的河水。見胡宿《妃閣春帖子》其三"音官始奏

融風至"注〔二〕。銷：同"消"，融化。

〔三〕"新年"二句：寫新春陽光和煦，白日漸長。交泰：《易·泰》："天地交，泰。"王弼注："泰者，物大通之時也。"言天地之氣融通，則萬物各遂其生，故謂之泰。後以"交泰"指天地之氣和祥，萬物通泰。

其二

藹藹珠簾日^[一]，溶溶碧瓦煙^[二]。漪漣采荇水^[三]，和暖浴蠶天^[四]。

【注釋】

〔一〕藹藹：形容日光和暖。珠簾日：透過珠飾窗簾的陽光。

〔二〕溶溶：形容雲氣和暖。

〔三〕"漪漣"句：寫春水泛微波。漪漣：微波。荇：荇菜。見夏竦《皇后閣端午帖子》其五"日記采蘭追楚俗"注〔二〕。

〔四〕浴蠶天：指立春時節。浴蠶：浸洗蠶子。見胡宿《皇后閣春帖子》其四"東風初入長春殿"注〔四〕。

其三

初欣綵勝迎春早^[一]，已覺雞人報漏遲^[二]。風色結寒猶料峭^[三]，天光煦物已融怡^[四]。

【注釋】

〔一〕綵勝：古代立春日飾品。見夏竦《內閣春帖子》其四"銀箭初傳暖律延"注〔三〕。

〔二〕雞人：周官名。掌供辦雞牲。凡舉行大典，則報時以警夜。《周禮·春官·雞人》："雞人掌共雞牲，辨其物。大祭祀，夜嘑旦以嘂百官。凡國之大賓客、會同、軍旅、喪紀，亦如之。凡國事為期，則告之時。凡祭祀，面禳釁，共其雞牲。"後指宮廷中專管更漏之人。報漏：以滴漏報時。漏：古代計時器。見夏竦《內閣春帖子》其四"銀箭初傳暖律延"注〔一〕。

〔三〕風色：風勢和天氣。料峭：微寒。

［四］煦物：養育萬物。融怡：暖和。

其四

鷪寒未報宮花發[一]，風暖還催臘雪銷[二]。欲識春來自何處，先從天上斗回杓[三]。

【注釋】

［一］鷪：即"鶯"。又名倉庚、黄鸝、黄鶯等。初春始鳴，也稱告春鳥。宮花：皇宫庭苑中的花木。

［二］銷：同"消"，融化。

［三］斗回杓：北斗回轉。意季節更替，冬去春來。斗杓：即斗柄。春天斗柄向東。見宋庠《皇帝閤端午帖子詞》其五"天關卻暑金為狄"注［二］。

其五

三辰明潤琁璣運[一]，四氣均調玉燭光[二]。共喜新年獻椒酒[三]，惟將萬壽祝君王。

【注釋】

［一］三辰：指日、月、星。《左傳·桓公二年》："三辰旂旗，昭其明也。"杜預注："三辰，日、月、星也。"琁璣：指斗魁，也作璿璣、璇璣。見宋庠《皇帝閤端午帖子詞》其五"天關卻暑金為狄"注［二］。

［二］"四氣"句：謂四時之氣和暢。形容太平盛世。四氣：指春、夏、秋、冬四時之溫、熱、冷、寒之氣。《禮記·樂記》："奮至德之光，動四氣之和，以著萬物之理。"孔穎達疏："動四氣之和者，謂感動四時之氣，序之和平，使陰陽順序也。"玉燭光：四時和氣如玉燭光照。見宋庠《皇帝閤端午帖子詞》其一"吹律蕤賓動"注［三］。

［三］椒酒：用椒實浸製的酒。見夏竦《內閣春帖子》其二"椒花獻歲良時啟"注［一］。

溫成皇后閣四首[一]

其一

璅窗珠户暖生煙[二]，不覺新春換故年[三]。眾卉爭妍競時態，却尋遺跡獨依然[四]。

【校記】

第一句"璅"，四庫本、叢刊本原校：一作"鏁"。第二句"故年"，叢刊本、四庫本原校：一作"舊年"。

【注釋】

[一] 溫成皇后：仁宗貴妃張氏（1024—1054），去世後追冊為皇后，諡號"溫成"。見胡宿《妃閣春帖子》其一"日向陰虬永"注[一]。帖子詞為死者作，此為特例。釋惠洪《冷齋夜話》卷二："會溫成皇后薨，閣虛不進，有旨亦令進。"按，此亦為至和二年春帖，見《皇帝閣》其一"萌牙資暖律"注[一]。

[二] 璅窗珠户：雕刻或繪有連鎖圖案和帶有珠子裝飾的窗子。此借指貴妃生前居處。

[三] "不覺"句：至和二年（1055）立春恰為正月初一，故云。

[四] "眾卉"二句：寫眾花爭奇鬪豔，競相開放，而溫成閣却寂靜悄然。

其二

寶奩香歇掩鉛華[一]，舊閣春歸老監嗟[二]。畫棟重來當日燕，玉欄猶發去年花[三]。

【校記】

第二句"老監"，叢刊本原校：一作"阿監"。

【注釋】

[一] 寶奩：梳妝鏡匣的美稱。掩鉛華：指張貴妃的美麗容貌、青春年華不再顯現。鉛華：本指婦女化妝用的鉛粉。此借指張貴妃的容貌。

[二] 舊閣：指張貴妃生前所居。

[三] 玉欄：欄杆的美稱。猶發去年華：化用岑參《山房春事》："春來還發舊時花"。

其三

椒壁輕寒轉曉暉[一]，珠簾不動暖風微。可憐春色來依舊[二]，惟有餘香散不歸。

【注釋】

[一] 椒壁：以椒和泥所塗的墻壁。此借指溫成生前所居宮室。見夏竦《皇后閣端午帖子》其三"千門朱索迎嘉祉"注[二]。

[二] 可憐：可愛。

其四

內助從來上所嘉[一]，新春不忍見新花。君王念舊憐遺族，常使無權保厥家[二]。

【注釋】

[一] 內助：本指妻子，謂能在家裏相助。此指張貴妃。嘉：讚許，稱賞。

[二] "君王"二句：寫仁宗念貴妃也愛憐其家族，使其沒有過高的權力而保全其家族。此句讚美仁宗之仁，實婉刺當時重用貴妃族叔張堯佐執政，有違"無權保厥家"之古訓。宋呂希哲《呂氏雜記》卷下："皇祐中，張堯佐為三司使，時堯佐兄女貴妃有寵，言事官王舉正、包拯、唐介等言堯佐妃之族叔，以恩澤進，陛下富之可也，貴之可也，然不可任以政事。仁宗特為詔：自今后妃之家及尚主者不得與政。"迄今為故事。貴妃卒，贈溫成皇后。歐陽公為學士，立春進門帖子。其《溫成閣》詩曰："內助從來上所嘉，新春不忍見新花。君王念舊憐遺族，常使無權保厥家。"綦崇禮《論德宗不能用陸贄》："而於《溫成皇后閣》乃曰：'君王念舊憐遺族，常使無權保厥家'，則又有所謂焉。是時溫成薨，既追冊以尊號，上念之不已，其叔父堯佐本以科舉進至三司使，且將用矣，公議未然，而御史中丞王舉正留百官班於朝，力諫，止之，遂不復用。故修因是以申諷。"

夫人閤五首[一]

其一

太史頒時令[二]，農家候土牛[三]。青林自花發[四]，黃屋為民憂[五]。

【注釋】

[一] 夫人：指宮中眾妃。見宋庠《夫人閤端午帖子詞》其一"令月辰標午"注[一]。此時宮中夫人有真宗沈德妃、仁宗苗淑妃等。按，此亦為至和二年春帖，見《皇帝閤》其一"萌牙資暖律"注[一]。

[二] "太史"句：太史頒布有關農事的政令。太史：官名。西周、春秋時太史掌記載史事、編寫史書、起草文書，兼管國家典籍和天文曆法等。秦漢曰太史令，漢屬太常，掌天時星歷。魏晉以後，修史之職歸著作郎，太史專掌歷法。隋改稱太史監，唐改為太史局，宋有太史局、司天監、天文院等名稱。周制度，天子每年季冬給諸侯頒布次年的曆書，稱頒告朔。宋時太史局頒布新曆。時令：猶月令。古時按季節制定有關農事的政令。《禮記·月令》"季冬之月"："天子乃與公卿大夫共飭國典，論時令，以待來歲之宜。"孫希旦《集解》引吳澄曰："時令，隨時之政令。"《後漢書·明帝紀》："班時令，勑羣后。"李賢注："時令謂月令也，四時各有令。"

[三] 土牛：即春牛。立春出土牛以示勸農和春耕的開始。見宋祁《春帖子詞·夫人閤》其十"玉管輕羅和氣動"注[二]。

[四] 青林：蒼翠的樹木。

[五] 黃屋：車蓋，以黃繒為裏，故名。因其為皇帝專用，故為皇帝代稱。

其二

元會千官集[一]，新春萬物同。測圭知日永[二]，占歲喜時豐[三]。

【注釋】

[一] 元會：皇帝於元旦朝會群臣，也稱正會。始於漢，為叔孫通所制，晉武帝更定，後因之。《晉書·禮志下》："魏武帝都鄴，正會文

昌殿，用漢儀，又設百華燈。晉氏受命武，帝更定元會儀。"

〔二〕"測圭"句：寫白日漸長。圭：土圭，古代測日影的器具。《周禮·地官·大司徒》："以土圭之法測土深，正日景，以求地中。"《周禮·夏官·土方氏》："土方氏掌土圭之灋，以致日景。"鄭玄注："致日景者，夏至景尺有五寸，冬至景丈三尺，其間則日有長短。"日永：白晝長。

〔三〕占歲：占卜年景。時豐：豐年。

其三

黃金未變千絲柳，白日初遲百刻香[一]。聖主本無聲色惑，宮花不用妬新粧[二]。

【注釋】

〔一〕"白日"句：寫立春日白晝增長。百刻：古代用刻漏計時，一晝夜分百刻。見夏竦《內閣春帖子》其四"銀箭初傳暖律延"注〔一〕。

〔二〕宮花：喻指仁宗后妃。新粧：指新來裝飾一新的宮女。綦崇禮《論德宗不能用陸贄》："有曰'聖主本無聲色惑，宮花不用妒新妝'，諷上以遠女色也。"

其四

微風池沼輕澌漾[一]，旭日樓臺瑞靄浮[二]。四海歡聲歌帝澤，萬家春色滿皇州[三]。

【校記】

第二句"靄"字，叢刊本、四庫本原校：一作"靄"。

【注釋】

〔一〕池沼：指北宋皇宮後苑中池。輕澌漾：池水蕩漾。澌：即"凘"，解凍時流動的冰水。

〔二〕瑞靄：同"瑞靄"，吉祥的雲氣。

〔三〕皇州：帝都，京城。

其五

玉殿籤聲玉漏催[一]，綵花金勝巧先裁[二]。宿雲容與朝暉麗[三]，共喜春隨曙色來。

【注釋】

[一] 籤：即籤籌；漏箭。玉漏：古代計時器漏的美稱。見夏竦《內閣春帖子》其四"銀箭初傳暖律延"注[一]。

[二] 綵花金勝：古代立春日飾品，用彩色絹、紙或金箔剪製而成。見夏竦《內閣春帖子》其四"銀箭初傳暖律延"注[三]。

[三] 宿雲：夜晚的雲氣。容與：從容閑舒貌。《楚辭·九歌·湘夫人》："時不可兮驟得，聊逍遙兮容與。"

端午帖子詞二十首 三月二十五日[一]

皇帝閣六首[二]

其一

天清槐露浥[三]，歲熟麥風涼[四]。五日標嘉節，千齡獻壽觴[五]。

【校記】

此組詩錄自《歐陽文忠公文集》卷八三《內制集二》。

【注釋】

[一] 此組詩系至和二年，為仁宗至和二年（1055）端帖。作於三月二十五日，乃提前端午四十日所作。作者時任翰林學士，兼史館修撰。

[二] 皇帝：指仁宗趙禎（1010—1063）。見夏竦《壽春郡王閣春帖子》其一注[一]。

[三] 浥：濕潤。

[四] 歲熟：年豐。麥風：即麥信風，農曆五月的東北風。李肇《唐國史補》："江淮船沂流而上，常待東北風，謂之信風。七八月有上信，三月有鳥信，五月有麥信。"

[五] "千齡"句：寫舉酒祝君王長壽。壽觴：壽酒。觴，酒杯。

其二

午位星杓正[一]，人間令節同。四時和玉燭[二]，萬物被薰風[三]。

【注釋】

[一] "午位"句：寫端午時北斗星柄朝南。午位：午所處的位置。午位屬南。星杓：北斗星柄。夏天斗柄向南。見宋庠《皇帝閤端午帖子詞》其五"天關卻暑金為狄"注 [二]。

[二] 玉燭：謂四時之氣和暢。見宋庠《皇帝閤端午帖子詞》其一"吹律蕤賓動"注 [三]。

[三] 薰風：夏日和暖的東南風。也作"熏風"。《呂氏春秋·有始》："東南曰熏風。"

其三

舜舞來遐俗，堯仁浹九區[一]。五兵消以德[二]，何用赤靈符[三]。

【注釋】

[一] "舜舞"二句：舜以干羽之舞使荒遠之主臣服，堯以仁德布澤於九州四方。此贊仁宗之文德教化。舜舞：干羽之舞。據言舜時之舞，文舞執羽，武舞執干。《書·大禹謨》："帝乃誕敷文德，舞干羽于兩階，七旬有苗格。"此指文德教化。遐俗：邊遠之地。《梁書·沈約傳》："鼓玄澤於大荒，播仁風於遐俗。"浹：浹洽；遍及。九區：即九州。

[二] 五兵：五種兵器。借指戰爭。見胡宿《皇后閤端午帖子》其七"香爐角黍傳三楚"注 [二]。

[三] 赤靈符：古代端午所佩道教符籙，俗以為可避兵禍鬼氣。見晏殊《端午詞·御閤》其三"獻壽競為長命縷"注 [二]。

其四

楚國因讒逐屈原[一]，終身無復入君門。願因角黍詢遺俗，可鑒前王惑巧言[二]。

【注釋】

〔一〕"楚國"句：寫楚國國君因聽信讒言而放逐了屈原。《史記·屈原賈生列傳》："（屈原）為楚懷王左徒。博聞彊志，明於治亂，嫺於辭令。入則與王圖議國事，以出號令；出則接遇賓客，應對諸侯。王甚任之。上官大夫與之同列，爭寵而心害其能。懷王使屈原造為憲令，屈平屬草藁未定，上官大夫見而欲奪之，屈平不與，因讒之曰：'王使屈平為令，眾莫不知。每一令出，平伐其功，以為非我莫能為也。'王怒而疏屈平。"後楚懷王不聽屈原勸阻而與秦昭王盟會，被秦扣留。頃襄王繼位，以其弟子蘭為令尹，屈原責子蘭勸懷王入秦而不反，"子蘭聞之大怒，卒使上官大夫短屈原於頃襄王，頃襄王怒而遷之"。

〔二〕"願因"二句：希望因端午食粽而追問其緣由，借鑒楚王因惑于小人讒言而亡國的教訓。角黍：粽子。見夏竦《御閣端午帖子》其六"太官角黍迎嘉節"注〔一〕。巧言：表面上好聽而實際上虛偽的話。《詩·小雅·巧言》："巧言如簧，顏之厚矣。"鄭玄箋："顏之厚者，出言虛偽而不知慚於人。"按，此詩諷諫仁宗毋被巧言所惑。

其五

嘉辰共喜沐蘭湯[一]，毒疹何須採艾禳[二]。但得皋夔調鼎鼐[三]，自然災祲變休祥[四]。

【注釋】

〔一〕沐蘭湯：古代端午有採蘭沐浴的習俗。見夏竦《御閣端午帖子》十一"浴蘭襲祉良辰啟"注〔一〕。

〔二〕"毒疹"句：古代端午有採摘艾草懸門戶上以禳毒氣的習俗，此反用之。毒疹（ｈ）：惡氣，災氣。見晏殊《端午詞·御閣》其二"初垂彩艾迎新節"注〔一〕。

〔三〕皋夔：皋陶和夔的並稱。傳說皋陶是虞舜時刑官，夔是虞舜時樂官。後常借指賢臣。調鼎鼐：調和鼎鼐。此喻指處理政事。鼎、鼐：古代烹飪器具。鼎用以和五味，大鼎為鼐。相傳商武丁問傅說治國之方，傅以如何調和鼎中之味喻說，遂輔武丁以治國。後因以"鼎鼐調和"比喻處理國政。

〔四〕災祲：災異。變休祥：變為祥瑞。

其六

炎暉流爍蕙風薰，草木蕃滋德澤均[一]。畜藥蠲痾雖故事[二]，使民無疾乃深仁。

【注釋】

[一]"炎暉"二句：皇家恩澤如太陽普照，萬物繁衍生長。炎暉：烈日。流爍：播熱。蕙風薰：和風暖。薰：同"熏"，暖和。蕃滋：繁衍滋長。德澤：恩澤，恩惠。

[二]畜藥：古代端午有採集雜藥的習俗。見夏竦《御閤端午帖子》其三"仙園采藥回彫輦"注[一]。蠲痾：除去疾病。故事：先例；舊日的典章制度。按，此詩諷諫仁宗要體察民間疾苦。王十朋《提舶贈玉友六言詩次韻以酬》其二："競渡争飛畫舫，賜衣紛集丹墀。舉筆不忘規諫，玉堂誰進歐詩。"自注："歐陽公《端午帖子詩》云：（詩略）仁宗曰：'舉筆不忘規諫，真侍從臣也。'"

皇后閤五首[一]

其一

畫扇催迎暑，靈符喜辟邪[二]。風光麗宮禁，時節重仙家[三]。

【注釋】

[一]皇后：指仁宗皇后曹氏（1016—1079）。見宋庠《皇后閤端午帖子詞》其一"魏井開冰潔"注[一]。按，此亦為至和二年端帖，見《皇帝閤》其一"天清槐露浥"注[一]。

[二]靈符：古代端午所佩道教符籙。見晏殊《端午詞·御閤》其三"獻壽競為長命縷"注[二]。

[三]仙家：仙人。此喻指皇家。《海內十洲記》："玄洲在北海中，地方三千里，去南岸十萬里，上有五芝玄澗，……亦多仙家。"

其二

椒塗承茂渥[一]，嬪壼範柔儀[二]。更以親蠶繭，紉為續命絲[三]。

【注釋】

　　[一] 椒塗：指皇后所居宮室。見夏竦《皇后閣端午帖子》其三"千門朱索迎嘉祉"注[二]。茂渥：恩澤優厚。

　　[二] "嬪壼"句：皇后以其柔順之道為後宮妃嬪之榜樣。嬪壼：嬪妃。壼：宮中道路，引申為內宮。《詩·大雅·既醉》："其類維何，室家之壼。"朱熹注："壼，宮中之巷也。言深邃而嚴肅也。"柔儀：女性的儀範。

　　[三] "更以"二句：寫皇后以親蠶所得繭親自捻為絲線。親蠶：古代季春之月皇后躬親蠶事的典禮。見夏竦《內閣春帖子》其一"青逵布序和風扇"注[四]。《宋史·后妃傳上·慈聖光獻曹皇后傳》："（后）性慈儉，重稼穡，常於禁苑種穀、親蠶。"續命絲：五彩絲。見夏竦《御閣端午帖子》其一"續命彩絲登繭館"注[二]。

其三

　　覆檻午陰黃鳥囀[一]，烘簾曉日絳榴繁[二]。天子綵縷爭新巧，共續千齡奉至尊[三]。

【注釋】

　　[一] "覆檻"句：寫樹蔭下黃鶯在宛轉地鳴叫。覆檻：樹蔭遮蔽下的欄杆。午陰：中午的陰涼處，常指樹蔭下。黃鳥：指黃鶯。一名倉庚。囀：宛轉地鳴叫。

　　[二] 烘簾：暖簾。絳榴繁：紅色石榴花開得繁艷。

　　[三] "天子"二句：寫宮中進獻彩縷為皇帝祝壽。綵縷：續命彩絲。見夏竦《御閣端午帖子》其一"續命彩絲登繭館"注[二]。奉：進獻。至尊：至高無上的地位。《文選·賈誼〈過秦論〉》："履至尊而制六合，執棰拊以鞭笞天下。"後為帝王的尊稱。《漢書·禮樂志》："舞人無樂者，將至至尊之前而不敢以樂也。"此指仁宗趙禎。

其四

　　紫蘭淅淅光風轉[一]，綠葉陰陰禁苑涼。天子萬機多暇日[二]，喜逢嘉節奉瑤觴[三]。

【注釋】

〔一〕"紫蘭"句：雨後微風拂過紫蘭。紫蘭：春蘭。淅淅：風聲。光風：雨止日出時的和風。《楚辭·招魂》："光風轉蕙，氾崇蘭些。"王逸注："光風，謂雨已日出而風，草木有光也。轉，搖也。氾猶汎。汎，搖動貌也。崇，高也。"

〔二〕天子萬機：皇帝處理各種重要事務。

〔三〕奉瑤觴：進獻美酒。瑤觴：玉杯。此指美酒。

其五

五色雙絲獻女功，多因荊楚記遺風[一]。聖君照物同天鑒，不用江心百鍊銅[二]。

【注釋】

〔一〕"五色"二句：端午有進獻彩索之俗主要是由於《荊楚歲時記》對風俗的記載。五色雙絲：即五彩絲，端午飾品。《歲時廣記》卷二一"五色索"："《續漢書》：'五月五日，以朱索五色為門戶飾，禳止惡氣。'歐陽公詩云：'五色雙絲獻女工，多因荊楚記遺風。'"荊楚：即宗懍《荊楚歲時記》。中有"以五綵絲繫臂，名曰'辟兵'，令人不病瘟。又有條達等織組雜物，以相贈遺"之語。見夏竦《御閤端午帖子》其一"續命彩絲登繭館"注〔二〕。

〔二〕"不用"句：反用唐端午揚州江心鑄鏡進貢事。百鍊：即百煉，久煉而成的銅。特指銅鏡。見晏殊《端午詞·東宮閤》其一"揚子江心鑄鑑成"注〔二〕。

溫成皇后閤四首[一]

其一

密葉花成子，新巢燕引雛。君心多感舊，誰獻辟兵符[二]。

【注釋】

〔一〕溫成皇后：仁宗貴妃張氏（1024—1054）。死後諡號溫成皇后。見胡宿《妃閤春帖子》其一"日向陰虬永"注〔一〕。按，此亦為至和二年（1055）端帖。見《皇帝閤》其一"天清槐露涓"注〔一〕。

〔二〕辟兵符：古代端午所佩道教符籙。見晏殊《端午詞·御閤》

其三"獻壽競為長命縷"注〔二〕。

其二
旭日映簾生，流暉槿艷明[一]。紅顏易零落，何異此花榮[二]。

【注釋】

〔一〕"流暉"句：陽光下木槿花顯得鮮豔明麗。

〔二〕"紅顏"二句：寫溫成皇后紅顏薄命，如木槿花般容易零落。花榮：指槿花的開放。槿花朝開夕凋，故以喻紅顏易零落。

其三
綵縷誰云能續命[一]，玉奩空自鎖遺香[二]。白頭舊監悲時節[三]，珠閣無人夏日長[四]。

【注釋】

〔一〕綵縷：端午佩戴五彩絲，俗以為可以續命。見夏竦《御閣端午帖子》其一"續命彩絲登繭館"注〔二〕。

〔二〕玉奩：盛香物或梳妝用品的器具的美稱。

〔三〕時節：四時的節日、節令。此指端午節。

〔四〕珠閣：華麗的樓閣。指溫成生前所居宮殿。

其四
依依節物舊年光[一]，人去花開益可傷。聖主聰明無色惑，不須西國返魂香[二]。

【注釋】

〔一〕依依：形容思慕懷念的心情。節物：節日食用之物。見宋庠《皇帝閣端午帖子詞》其五"天關卻暑金為狄"注〔三〕。

〔二〕返魂香：傳說中的一種香。謂點燃後能引導人見其親人亡靈。《海內十洲記·聚窟洲》："山多大樹，與楓木相類，而花葉香聞數百里，名為反魂樹。……伐其木根心，於玉釜中煮，取汁，更微火煎如黑餳狀，令可丸之，名曰驚精香，或名之為震靈丸，或名之為反生香，或名之為震檀香，或名之為人鳥精，或名之為却死香。一種六名，斯靈物也。香氣聞數百里，死者在地，聞香氣乃却活，不復亡也。以香薰死人，更加神驗。征和三年，武帝幸安定，西胡月支國王遣使獻香四兩，大如雀卵，黑如桑椹。……後元元年，長安城内病者數百，亡者大半，帝試取月支香燒之於城内，其死未三月者皆活，芳氣經三月不歇，於是信知其為神物也。"蘇軾《岐亭道上見梅花戲贈季常》詩"返魂香入嶺南梅"，王文誥輯注引程縯曰："李夫人死，漢武帝念之不已，乃令方士作返魂香燒之，夫人乃降。"此反用此典。

夫人閤五首[一]

其一

梅黄初過雨，麥實已登秋[二]。避暑多佳賞，皇歡奉豫遊[三]。

【校記】

第四句"奉"字，叢刊本、四庫本原校：一作"奏"。

【注釋】

[一] 夫人：指宫中眾妃。見宋庠《夫人閤端午帖子詞》其一"令月辰標午"注［一］。此時宫中夫人有真宗沈德妃、仁宗苗淑妃等。按，此亦為至和二年（1055）端帖。見《皇帝閤》其一"天清槐露浥"注［一］。

[二] "梅黄"二句：寫端午時節，梅雨剛過，麥子成熟。登秋：成熟。古稱麥子成熟之夏季為麥秋。《禮記·月令》"孟夏之月"："靡草死，麥秋至。"陳澔集說："秋者，百穀成熟之期。此於時雖夏，於麥則秋，故云麥秋。"《能改齋漫錄》卷一《事始·麥秋》引漢蔡邕《月令章句》曰："百穀各以其初生為春，熟為秋。故麥以孟夏為秋。"唐玄宗《端午三殿宴羣臣探得神字》："喜麥秋之有登，玩梅夏之無事。"

[三] 奉豫遊：隨皇帝遊樂。庾信《象戲賦》："況乃豫游仁壽，行樂徽音。"吳照宜注："夏諺曰：'吾君不遊，吾何以休？吾君不豫，吾何以助？'"豫，古代帝王秋天的出遊。遊，古代帝王春天的出遊。

其二

鳴蜩驚早夏[一]，鬬草及良辰[二]。共薦菖華酒[三]，君王壽萬春。

【校記】

第三句"華"字，叢刊本、四庫本原校：一作"蒲"。

【注釋】

[一] 鳴蜩：鳴蟬。

[二] 鬬草：一種遊戲。見晏殊《端午詞·內廷》其一"百草鬬餘欣令月"注[二]。

[三] 薦：進獻。菖華酒：即菖蒲酒。古時端午有以菖蒲浸酒而飲的習俗。見宋庠《夫人閣端午帖子詞》其一"令月辰標午"注[四]。

其三

楚俗傳筒黍[一]，江人喜競舡[二]。深宮亦行樂，綵索續長年[三]。

【注釋】

[一] 筒黍：即筒粽。相傳楚人紀念屈原，端午以竹筒貯米投水祭祀。見夏竦《御閣端午帖子》其六"太官角黍迎嘉節"注[一]。

[二] 競舡：競渡。舡：同"船"。

[三] 綵索：以彩絲製作的端午佩飾。見夏竦《御閣端午帖子》其一"續命彩絲登繭館"注[二]。

其四

涼生玉宇來風細[一]，日永金徒報漏稀[二]。皎潔冰壺清水殿[三]，三千爭捧赭黃衣[四]。

【注釋】

[一] 玉宇：瑰麗的宮殿。南朝宋劉鑠《擬古詩·擬明月何皎皎》："玉宇來清風，羅帳延秋月。"

[二] 金徒：計時器上金鑄的胥徒像，也稱金胥。此指漏箭。見晏

殊《端午詞·東宮閣》其二"百藥初收味最良"注〔四〕。

〔三〕冰壺：盛冰的玉壺。水殿：建於水上的殿宇。

〔四〕赭黃衣：即赭黃袍。天子所穿的袍服。因顏色赭黃，故稱。《新唐書·車服志》："至唐高祖，以赭黃袍、巾帶為常服……既而天子袍衫稍用赤黃，遂禁臣民服。"後為天子代稱。

其五

仙盤冷泛銀河露[一]，紈扇香搖綠蕙風[二]。禁掖自應無暑氣，瑤臺金闕水精宮[三]。

【注釋】

〔一〕仙盤：指承露盤。見夏竦《御閣春帖子》其一"金盤曉日融春露"注〔二〕。

〔二〕紈扇：細絹製成的團扇。綠蕙風：即蕙風。夾帶花草芳香的風。

〔三〕"禁掖"二句：宮中自然無暑氣，如同仙境。瑤臺：傳說中的神仙居處。見宋祁《春帖子詞·皇后閣十首》其五"誰道春從何處來"注〔一〕。金闕：道家認為天上仙人或天帝居處。水精宮：也作水晶宮。此皆喻指宮中雕飾華麗的樓臺、宮殿。

端午帖子[一]

皇帝閣六首[二]

其一

天容清永晝，風色秀含薰[三]。五日逢佳節，千齡奉聖君。

【校記】

此組詩錄自《歐陽文忠公文集》卷八七《內制集六》。

【注釋】

〔一〕此組詩為嘉祐四年（1059）端帖。《內制集》卷六系於嘉祐四年，詩置於"二月二十四日"《恩州賜契丹皇太后賀乾元節大使茶藥詔》與《皇帝回契丹皇帝賀乾元節書》（乾元節為仁宗生日，在四月十四日）、"三月二十日"《天齊仁聖帝廟開啓祈祥迎福催生金籙道塲密詞》之間，則此組詩當作於三月。作者時任翰林學士、史官修撰。

［二］皇帝：指仁宗趙禎（1010—1063）。見夏竦《壽春郡王閣春帖子》其一注［一］。

［三］"天容"二句：天色清明，白日漫長，風中飄著花草的香氣。天容：天色。風色：風勢和天氣。秀：植物吐穗開花。此指花。薰：花草的香氣。

其二

綵索盤中結[一]，楊梅粽裏紅[二]。宮闈九重樂[三]，風俗萬方同。

【注釋】

［一］綵索：端午飾品。見夏竦《御閣端午帖子》其一"續命彩絲登繭館"注［二］。

［二］"楊梅"句：寫粽里包裹有楊梅。徐君蒨《共內人夜坐守歲》："酒中喜桃子，粽裏覓楊梅。"曾季貍《艇齋詩話》："歐公在禁中作《端午帖子》云：'綵索盤中結，楊梅粽裏紅。'蓋用古樂府'酒中喜桃子，粽裏得楊梅'。然古樂府'粽裏楊梅'不為端午言，乃為除夜言也。"蘇軾端帖亦有"不獨盤中見盧橘，時於粽裏得楊梅"句，張邦基《墨莊漫錄》以為乃借用除夕典故，非真有楊梅粽也。

［三］九重：指皇宮。見夏竦《內閣春帖子》其五"青陽乍整蒼龍駕"注［四］。

其三

寶典標靈日[一]，明離正午方[二]。五行當火德[三]，萬壽續天長。

【注釋】

［一］寶典：珍貴的書籍。此指隋杜臺卿《玉燭寶典》，此書記載歲時節令及相關習俗。標：記。靈日：指端午日。

［二］"明離"句：太陽正當午。明離：太陽。見胡宿《皇帝閣端

午帖子》其八"後宮虳鳥將雛樂"注〔四〕。

〔三〕五行當火德：五行中正當在火運上。五行：水、火、木、金、土。見胡宿《夫人閤端午帖子》其三"禁苑年光麗"注〔二〕。

其四

歲時令節多休宴[一]，風俗靈辰重祓禳[二]。肅穆皇居百神衛[三]，滌邪寧待浴蘭湯[四]。

【注釋】

〔一〕休宴：休假宴飲。

〔二〕靈辰：指端午節。祓禳：古代除災祈福的儀式。《左傳·昭公十八年》："祓禳於四方，振除火災，禮也。"孔穎達疏："祓禳皆除凶之祭。"

〔三〕皇居：帝王的宮室。百神：各種神靈。

〔四〕浴蘭湯：古代端午有以蘭草為湯沐浴之俗。見夏竦《御閤端午帖子》十一"浴蘭襲祉良辰啟"注〔一〕。

其五

香菰黏米著佳名[一]，古俗相傳豈足矜[二]。天子明堂遵月令，含桃初薦黍新登[三]。

【注釋】

〔一〕香菰黏米：指粽子。菰：茭白。見夏竦《御閤端午帖子》其六"太官角黍迎嘉節"注〔一〕。

〔二〕矜：誇。

〔三〕"天子"二句：皇帝遵循月令，端午之時，在明堂以新熟的櫻桃和五穀祭祀祖考。明堂：古代帝王宣明政教的地方。凡朝會、祭祀、慶賞、選士、養老、教學等大典，都在此舉行。《孟子·梁惠王下》："夫明堂者，王者之堂也。"月令：《禮記》有《月令》篇，為禮家抄合《呂氏春秋》十二月紀之首章而成。所記為農曆十二個月的時令、行政及相關事物。後用以特指農曆某個月的氣候和物候。《禮記·月令》"仲夏之月"："天子居明堂太廟……農乃登黍。是月也，天子乃以雛嘗黍，羞以含桃，先薦寢廟。"含桃：櫻桃。見孫抃《端午日帖子詞·皇帝閣六首》其六注［一］。

其六

聖主憂勤致治平，仁風惠澤被羣生[一]。自然四海歸文德，何用靈符號辟兵[二]。

【注釋】

［一］"聖主"二句：皇帝勤政治國，致天下太平，其仁愛惠及所有百姓。治平：政治清明，社會安定。仁風：形容恩澤如風之流布。

［二］靈符號辟兵：即辟兵符。見晏殊《端午詞·御閣》其三"獻壽競為長命縷"注［二］。

皇后閣五首[一]

其一

蠶館覆柔桑[二]，新絲引更長。紉為五色縷[三]，續壽獻君王。

【注釋】

［一］皇后：指仁宗皇后曹氏（1016—1079）。見宋庠《皇后閣端午帖子詞》其一"魏井開冰潔"注［一］。按，此亦為嘉祐四年端帖。見上《皇帝閣》其一"天容清永晝"注［一］。

［二］蠶館：飼蠶之室。見夏竦《内閣春帖子》其一"青逵布序和風扇"注［四］。柔桑：嫩桑葉。

［三］五色縷：即彩絲。古人認為端午佩戴五彩絲有辟邪延壽之效。見夏竦《御閣端午帖子》其一"續命彩絲登蠶館"注［二］。

其二

槐綠陰初合，榴繁艷欲然[一]。翠筒傳角黍[二]，喜節慶年年。

【注釋】

［一］榴：指榴花。然：同"燃"。燃燒。

〔二〕"翠筒"句：寫端午食粽習俗。翠筒角黍：指粽子。翠筒：竹筒。楚人端午有以竹筒盛米投江祭祀屈原之俗。見夏竦《御閣端午帖子》其六"太官角黍迎嘉節"注〔一〕。

其三

煙含玉樹風生細[一]，日永宮花漏出遲[二]。深殿未嘗知暑氣，水精簾拂砌琉璃[三]。

【注釋】

〔一〕玉樹：仙樹。宮樹之美稱。

〔二〕"日永"句：寫白日漸長。漏出遲：謂白晝變長。見夏竦《內閣春帖子》其四"銀箭初傳暖律延"注〔一〕。

〔三〕水精簾：即水晶簾。也喻指質地精美且色澤晶瑩的簾子。砌琉璃：即琉璃砌、玉砌。指宮中臺階。琉璃：一種有色半透明的玉石。《後漢書·西域傳·大秦》："土多金銀奇寶，有夜光璧、明月珠、駭雞犀、珊瑚、虎魄、琉璃、琅玕、朱丹、青碧。"宋戴埴《鼠璞·琉璃》："琉璃，自然之物，彩澤光潤，踰於眾玉，其色不常。《魏畧》云：大秦國出綠、縹、青、紺、赤、白、黃、黑、紅、紫十種琉璃。《西京雜記》載：武帝以白光琉璃為鞍，闇室照十餘丈，如晝是也。今用青色琉璃，皆銷冶石汁，以眾藥灌而成之，始於元魏月氏人商販到京，能鑄石為琉璃，採礦鑄之。自此賤不復珍，非真物也。《博雅》以琉璃為珠，近之。"

其四

玉壺冰綵瑩寒光[一]，避暑宸遊樂未央[二]。采艾不須禳毒沴[三]，塗椒自已馥清香[四]。

【注釋】

〔一〕"玉壺"句：玉壺中的冰晶瑩透明，泛著寒光。寫夏日宮中以壺盛冰來降溫。冰綵：冰的光色。綵：同"彩"。

〔二〕宸遊：帝王的巡遊。樂未央：即長樂未央。永遠歡樂，歡樂不盡。為漢代常用的吉祥語，當時的瓦當上多飾有"長樂未央"的文字陽紋。漢"長樂"、"未央"宮名即取此意。

　　[三]"采艾"句：古代端午有採摘艾草懸門戶上以禳毒氣的習俗。毒疹（lì）：惡氣，災氣。見晏殊《端午詞·御閣》其二"初垂彩艾迎新節"注[一]。

　　[四] 塗椒：以花椒和泥塗壁。漢皇后所居宮殿以椒和泥塗壁，取其溫、香、多子之義。見夏竦《皇后閣端午帖子》其三"千門朱索迎嘉祉"注[二]。馥：香氣。

其五

蘭苕擢秀迎風紫，槿艷繁開照日紅[一]。嘉節相望傳有舊，深宮行樂自無窮。

【注釋】

　　[一]"蘭苕"二句：蘭花迎風綻放紫色的花朵，木槿花開繁盛，如日般火紅一片。擢秀：草木欣欣向榮。槿：木槿。落葉灌木或小喬木，葉卵形互生，花鐘形，單生，通常有紅、白、紫等顏色。此為紅色木槿花。

溫成閣四首[一]

其一

香黍筒為糉[二]，靈苗艾作人[三]。芳音邈已遠，節物自常新[四]。

【注釋】

　　[一] 溫成：仁宗貴妃張氏（1024—1054），去世後追冊為皇后，諡號"溫成"。見胡宿《妃閣春帖子》其一"日向陰虹永"注[一]。此亦為嘉祐四年端帖，見《皇帝閣》其一"天容清永晝"注[一]。

　　[二]"香黍"句：寫端午食粽之俗。見夏竦《御閣端午帖子》其六"太官角黍迎嘉節"注[一]。

　　[三]"靈苗"句：寫端午懸掛艾人之俗。艾能禳毒氣，故稱靈苗。見晏殊《端午詞·御閣》其二"初垂彩艾迎新節"注[一]。

　　[四]"芳音"二句：張貴妃已去世多年，但節令物事年年常新。芳音：美妙的聲音。代指張貴妃。節物：節日食用之物。見宋庠《皇帝閣端午帖子詞》其五"天關御暑金為狄"注[三]。

其二

珠箔涼颸入[一]，金壺晝刻長[二]。鸞臺塵不動[三]，銷盡故時香。

【注釋】

[一] 珠箔：珠簾。《漢武故事》："武帝起神室，以白珠織為箔。"涼颸（sī）：涼風。

[二] "金壺"句：寫晝日時間變長。金壺：即銅壺，漏壺。古時計時器。晝刻長：晝日刻數增多。見夏竦《內閣春帖子》其四"銀箭初傳暖律延"注［一］。

[三] 鸞臺：妝臺。

其三

聞說仙家事杳微[一]，世傳真偽豈能知。遙思海上三山樂[二]，寧記人間五日時[三]。

【注釋】

[一] 仙家：仙人。杳微：深奧精微。

[二] 三山：指蓬萊、方丈、瀛洲三神山。見胡宿《皇后閣端午帖子》其八"靈苗遠採三山藥"注［一］。

[三] 五日：端午。

其四

雲散風流歲月遷，君恩曾不減當年[一]。非因掩面留遺愛[二]，自為難忘窈窕賢[三]。

【注釋】

[一] "雲散"二句：儘管張貴妃去世多年，歲月變遷，但皇帝對她的恩愛却不減當年。雲散風流：也作"風流雲散"。像風和雲那樣流動散開。此喻張貴妃去世多年。王粲《贈蔡子篤》："風流雲散，一別如雨。"曾：竟，簡直，還。

[二] 掩面留遺愛：用漢武帝李夫人典。《漢書·外戚列傳·李夫人傳》："初，李夫人病篤，上自臨候之，夫人蒙被謝曰：'妾久寢病，

形貌毀壞，不可以見帝。願以王及兄弟為託。'上曰：'夫人病甚，殆將不起。一見我屬託王及兄弟，豈不快哉？'夫人曰：'婦人貌不脩飾，不見君父。妾不敢以燕婧見帝。'上曰：'夫人第一見我，將加賜千金，而予兄弟尊官。'夫人曰：'尊官在帝，不在一見。'上復言欲必見之，夫人遂轉鄉歔欷而不復言。於是上不說而起。夫人姊妹讓之曰：'貴人獨不可一見上屬託兄弟邪？何為恨上如此？'夫人曰：'所以不欲見帝者，乃欲以深託兄弟也。我以容貌之好，得從微賤愛幸於上夫。以色事人者，色衰而愛弛，愛弛則恩絕。上所以攣攣顧念我者，乃以平生容貌也。今見我毀壞，顏色非故，必畏惡吐棄我，意尚肯復追思閔錄其兄弟哉！'"

［三］窈窕賢：后妃賢淑之德。《詩·周南·關雎》："窈窕淑女，君子好逑。"毛傳："窈窕，幽閒也。"

夫人閣五首[一]

其一

冰壺凝皓彩[二]，水殿漾輕漣[三]。繡繭誇新巧，縈絲喜續年[四]。

【注釋】

［一］夫人：指宮中眾妃。見宋庠《夫人閣端午帖子詞》其一"令月辰標午"注［一］。此時宮中夫人有真宗沈德妃、仁宗苗淑妃等。按，此亦為嘉祐四年（1059）端帖，見《皇帝閣》其一"天容清永晝"注［一］。

［二］冰壺：盛冰的玉壺。皓彩：晶瑩的光色。

［三］水殿：建於水上的殿宇。

［四］"繡繭"二句：寫端午宮中嬪妃競作端午飾品以爭新巧，並寓意延壽。繡繭：指以蠶繭製作的端午飾品。即端午彩索之類。縈絲：臂纏彩絲，俗以為可延壽。見夏竦《御閣端午帖子》其一"續命彩絲登繭館"注［二］。

其二

黃金仙杏粉，赤玉海榴房[一]。共鬪今朝勝，盈襜百草香[二]。

【注釋】

[一]"黄金"二句：杏子將熟黄似金，石榴花開紅似玉。仙杏粉：杏花。此當指杏子。海榴房：指石榴花。

[二]"共鬭"二句：寫端午鬭草之戲。見晏殊《端午詞·内廷》其一"百草鬭餘欣令月"注[二]。盈襜：滿衣。襜（chān）：襜褕，古代一種短衣。

其三

光風細細飄香轉[一]，緑葉陰陰覆檻涼[二]。雲物鮮明時節麗[三]，水晶宮殿侍君王[四]。

【注釋】

[一]光風：雨止日出時的和風。見《皇后閣五首》其四"紫蘭淅淅光風轉"注[一]。

[二]覆檻：樹蔭遮蔽下的欄杆。

[三]"雲物"句：端午時節，景物明麗。雲物：景物。

[四]水晶宫：指皇帝所居宫殿。

其四

蓬萊仙闕彩雲中[一]，端日欣逢歲歲同[二]。皎潔霜紈空詠扇[三]，深沉玉宇自生風[四]。

【校記】

第二句"日"字，叢刊本、四庫本原校：一作"午"。

【注釋】

[一]蓬萊仙闕：即蓬萊殿。漢、唐宫殿名。此指北宋宫城正殿。

[二]端日：即端午。

[三]皎潔霜紈：形容紈潔白如霜。空詠扇：漢班婕妤詠宫扇表失寵之哀傷，此反用其意，示仁宗無冷落后宫之事。見宋庠《皇帝閣端午帖子詞》其六"蘂宫瓊構切昭回"注[三]。

[四]玉宇：瑰麗的宫闕殿宇。

其五

古今風俗記佳辰，樂事深宮日日新。巧女金盤絲五色[一]，皇家玉曆壽千春[二]。

【注釋】

[一] 絲五色：即五彩絲。端午飾品。見夏竦《御閣端午帖子》其一"續命彩絲登繭館"注[二]。

[二] 玉曆：原指正朔，此指曆數、國運。

王　珪

　　王珪（1019—1085），字禹玉，華陽（今四川成都）人。仁宗慶歷二年（1042）進士。通判揚州，召直集賢院。累官知制誥，翰林學士，知開封府，侍讀學士。神宗熙寧三年（1070），拜參知政事。九年，進同中書門下平章事。哲宗即位，封岐國公，卒於位。謚文恭。《東都事略》卷八〇、《宋史》卷三一二有傳。王珪仕英宗、神宗、哲宗三朝，以文章致位通顯。有集百卷，已佚。清四庫館臣從《永樂大典》輯成《華陽集》六十卷，附錄十卷。

　　王珪今存帖子詞六十三首，包括《立春內中帖子詞》二十首，《端午內中帖子詞》四十三首，均載於其集。《全宋詩》錄於卷四九六。

立春內中帖子詞[一]

皇帝閣[二]

北地凝陰盡[三]，千門淑氣新。年年金殿裏，寶字帖宜春[四]。

【校記】

　　王珪詩均錄自《華陽集》卷六。此以叢書集成初編本《華陽集》為底本輯錄，校以影印文淵閣《四庫全書》本。第四句"帖"，四庫本作"貼"。

【注釋】

　　[一] 內中：室內。此特指皇宮之內。《漢書·武帝紀》元豐二年："甘泉宮內中產芝，九莖連葉。"注："內中，謂後庭之室也。"按，此組當為嘉祐二年（1057）春帖。其中有《溫成皇后閣》，則必作於張貴

妃卒後。釋惠洪《冷齋夜話》卷二："歐公、王禹玉俱在翰苑，立春日當進詩貼子。會溫成皇后薨，閣虛不進，有旨亦令進。歐公經營中，禹玉口占便寫，曰：'昔聞海上有三山，煙鎖樓臺日月閑；花似玉容長不老，只應春色勝人間。'歐公喜其敏速。禹玉，歐公門生也，而同局，近世盛事。"其中所引帖子為王珪《立春內中帖子詞·溫成皇后閣》其三。朱弁《曲洧舊聞》載詩略同，而誤記作者為歐陽修。此記載亦有誤，溫成皇后卒於至和元年（1054）正月，至和二年《溫成閣》春帖實為歐陽修所作，時王珪尚未入學士院。據《學士年表》，王珪於嘉祐元年（1056）"十二月以翰林侍讀學士起居舍人拜"翰林學士，二年"七月丁母憂"罷；嘉祐四年"十月復拜"，治平四年（1067）九月遷承旨，神宗熙寧三年（1070）十二月以翰林學士承旨、端明殿學士翰林侍讀學士、禮部侍郎參知政事。知其不具有寫作嘉祐三年、四年春帖的條件。依惠洪所言，儘管王珪春帖非溫成皇后薨後的首春所作，但時間不會太後，當為嘉祐二年立春所作。當年立春在年前臘月二十三，時王珪剛任翰林學士。

　　［二］皇帝：指仁宗趙禎（1010—1063）。見夏竦《壽春郡王閣春帖子》其一注［一］。

　　［三］凝陰：指陰雲。

　　［四］"寶字"句：寫立春貼"宜春帖"之俗。見夏竦《內閣春帖子》其四"銀箭初傳暖律延"注［三］。

　　麗日凝丹闕，光風拂紫闈[一]。欲知春色早，先上赭黃衣[二]。

【注釋】

　　［一］"麗日"二句：明麗的陽光照在紅色的宮門上，和煦的春風吹拂著皇宮。丹闕：赤色的宮闕。紫闈：宮室兩側的小門。皆借指皇宮。唐太宗《秋月即目》："爽氣浮丹闕，秋光淡紫宮。"光風：雨止日出時的和風。見歐陽修《端午帖子詞·皇后閣五首》其四"紫蘭浙浙光風轉"注［一］。

　　［二］赭黃衣：即赭黃袍。天子所穿的袍服。因顏色赭黃，故稱。

雲捧樓臺切絳霄[一]，太平天子未央朝[二]。帝家春色年年好，萬壽觴前奏九韶[三]。

【注釋】

[一] "雲捧"句：寫宮闕樓臺之高。切：迫近。絳霄：指天空極高處。天之色本為蒼青，稱之為"丹霄"、"絳霄"者，因古人觀天象以北極為基準，仰首所見者皆在北極之南，故借南方之色以為喻（參明王逵《蠡海錄·天文類》）。南朝梁元帝《玄覽賦》："鬱如蓬萊之臨滄海，憬如崑崙之出絳霄。"

[二] "太平"句：頌仁宗為能治國平天下的皇帝。未央：即未央宮。此指宋之正殿。見宋祁《春帖子詞·夫人閤》其四"銀闕崔嵬對未央"注 [一]。

[三] 萬壽觴：祝壽酒。觴，酒杯。九韶：亦作"九招"。古樂曲名。《周禮·春官·大司樂》："九德之歌；《九韶》之舞。"其作者有多種說法，或為帝嚳命咸墨作，或為帝舜命質作，或為夏禹作，或為夏啟作。《呂氏春秋·古樂》："帝嚳命咸墨作為聲歌：《九招》、《六列》、《六英》。"《莊子·至樂》："奏《九韶》以為樂，具太牢以為膳。"成玄英疏："《九韶》，舜樂名也。"《史記·五帝本紀》："四海之內咸戴帝舜之功，於是禹乃興《九招》之樂。"司馬貞索隱："招音韶，即舜樂《簫韶》。九成，故曰《九招》。"一說，帝嚳時所作。此泛指宮廷樂曲。

禁沼冰開跳錦鯉，御林風暖囀黃鸝[一]。金輿未下迎春閣，折遍名花第一枝[二]。

【注釋】

[一] "禁沼"二句：寫春天來到皇宮，冰開魚躍，風暖鳥鳴。禁沼：宮中池沼。黃鸝：黃鶯，倉庚。初春始鳴，也稱告春鳥。

[二] "金輿"二句：皇帝還未從迎春閣上下來，宮人已經遍折名花。金輿：皇帝乘坐的車轎。借指皇帝。《史記·禮書》："人體安駕乘，為之金輿錯衡，以繁其飾。"

丹門瑞霧紫濛濛[一]，日到蓬萊正殿東[二]。只看御爐香欲起，佩環齊響半天中[三]。

【注釋】

[一] 丹門：朱門。指宮門。

[二] 蓬萊正殿：即蓬萊殿，為漢、唐宮殿名。此指北宋宮城正殿大慶殿。

[三] 佩環：即環佩，環形佩玉。此泛指后妃之佩飾。半天中：半空中。

春入東郊曉望明[一]，霏霏新雨點初成[二]。野農豈解知堯力[三]，惟喜年來壠易耕[四]。

【注釋】

[一] 春入東郊：古人認為春屬木，方位為東，故於東郊舉行迎春之禮。見夏竦《御閣春帖子》其三"天人道洽真游降"注[三]。

[二] 霏霏：雨紛亂狀。

[三] 野農：農民。堯力：喻指皇帝的力量。用堯之典故。見胡宿《皇帝閣春帖子》其五："春官青鳥司開啓"注[三]。

[四] 壠：同"壟"，本指田地分界高起的埂子，此指田地。

皇后閣[一]

正道儀中閫，柔風表六宮[二]。一傾春日酒[三]，萬壽與君同。

【注釋】

[一] 皇后：指仁宗皇后曹氏（1016—1079）。見宋庠《皇后閣端午帖子詞》其一"魏井開冰潔"注[一]。按，此亦為嘉祐二年（1057）春帖。見《皇帝閣》其一"北地凝陰盡"注[一]。

[二] "正道"二句：寫皇后遵循正道，其言行為后宮之準則與表率。正道：正確的道理、準則。儀：準則。中閫：內室，內宮。指后妃。柔風：和風，春風。六宮：指后妃。見夏竦《內閣春帖子》其六"緹室葭灰飛候管"注[三]。

[三] 春日酒：即春酒，春日釀成的酒。

未染仙人杏，先柔帝女桑[一]。應知蠶事早[二]，不獨鬭年芳[三]。

【注釋】

[一]"未染"二句：春天來到，杏花尚未著色，而桑樹已先發芽。

[二]蠶事：養蠶之事。《禮記·月令》"孟夏之月"："蠶事畢，后妃獻繭。"

[三]鬭年芳：爭春色。

平橋御水破冰痕[一]，忽覺東風徧九門[二]。誰道帝家春不早，椒房昨夜已先溫[三]。

【注釋】

[一]平橋：沒有弧度的橋。此指宮中橋。御水：宮中的河水。見胡宿《妃閤春帖子》其三"音官始奏融風至"注[二]。

[二]東風：春風。《禮記·月令》"孟春之月"："東風解凍，蟄蟲始振。"徧：同"遍"。九門：宮中九門，泛指宮禁。見夏竦《御閤春帖子》其四"九門和氣衝魚鑰"注[一]。

[三]椒房：即椒房殿，漢宮殿名。此指皇后所居宮殿。見夏竦《皇后閤端午帖子》其三"千門朱索迎嘉祉"注[二]。

迎得韶光入壽杯[一]，披香華殿倚雲開[二]。只應王母瑤池宴[三]，又送新春寶勝來[四]。

【注釋】

[一]韶光：春光。

[二]披香華殿：即披香殿，漢宮殿名。此指皇后所居宮殿。見夏竦《御閤春帖子》其二"冰消太液生春水"注[二]。倚雲：靠著雲。形容皇宮之高。

[三]王母瑤池宴：傳說西王母居崑崙山瑤池中，《穆天子傳》卷三記載周穆王西征崑崙山見西王母，"乙丑，天子觴西王母於瑤池之上"。此以王母喻皇后。瑤池：喻指宮苑中池。

[四]新春寶勝：即春勝，立春節日飾品。見夏竦《內閤春帖子》

其四"銀箭初傳暖律延"注〔三〕。

雪殘宮瓦欲生烟，已覺風光變舊年。應自東皇報春後[一]，又扶君德進忠賢[二]。

【注釋】

〔一〕東皇：司春之神。

〔二〕"又扶"句：寫曹皇后輔助仁宗進用忠賢之人。扶：幫助。忠賢：忠誠賢明的人。《漢書·元后傳》王章奏對："（王）鳳不可久令典事，宜退使就第，選忠賢以代之。"

溫成皇后閣[一]

御柳依然綠，宮苔取次生[二]。黃鸝深處語[三]，不似舊時聲。

【注釋】

〔一〕溫成皇后：仁宗貴妃張氏（1024—1054），去世後追冊為皇后，諡號"溫成"。見胡宿《妃閣春帖子》其一"日向陰虹永"注〔一〕。按，此亦為嘉祐二年（1057）春帖。見前《皇帝閣》其一"北地凝陰盡"注〔一〕。

〔二〕宮苔：張貴妃生前所居宮上的苔蘚。取次：次第，依次。

〔三〕黃鸝：黃鶯，倉庚。初春始鳴，亦稱告春鳥。

平昔歌舞斷，凝塵滿畫梁[一]。昭陽新奏曲，誰得奉君觴[二]？

【注釋】

〔一〕"平昔"二句：寫張貴妃去世，她美妙的舞姿從此消失，而其居處今已佈滿灰塵。平昔：往昔，往常。畫梁：有彩繪裝飾的屋梁。此指溫成閣。

〔二〕"昭陽"二句：今日宮中，又有誰來為皇帝奏進新曲，進獻美酒祝壽呢？昭陽：即昭陽宮。成帝時趙飛燕曾居此宮。此借指嬪妃。奉：進獻。

遥聞碧海有三山[一]，雲鎖瓊樓日月閒[二]。花下玉顏常不老[三]，也應春色勝人間。

【校記】

詩末原校："是詩一本作'昔聞海上有仙山，烟鎖樓臺日月閒。花下玉容長不老，只應春色勝人間'。"按，此當出自釋惠洪《冷齋夜話》。見前《皇帝閣》其一"北地凝陰盡"注［一］。

【注釋】

［一］三山：指蓬萊、方丈、瀛洲三神山，相傳在海中。見胡宿《皇后閣端午帖子》其八"靈苗遠採三山藥"注［一］。

［二］瓊樓：瑰麗堂皇的樓閣。形容仙宮中的樓臺。此喻指宋皇宮。

［三］玉顏：美好如玉的容顏。

宮樹沈沈鎖玉扉，東風猶復度羅幃[一]。此身不及春來燕，又向披香殿裏飛[二]。

【校記】

第二句"復"，原作"是"，據四庫本改。

【注釋】

［一］"宮樹"二句：寫張貴妃去世後居處宮門緊鎖，而春風不知，依舊吹拂著羅帳。玉扉：宮門的美稱。東風：春風。《禮記·月令》"孟春之月"："東風解凍，蟄蟲始振。"

［二］"此身"二句：以燕子春來可再度飛到披香殿傷悼張貴妃之死。披香殿：漢宮殿名。此指溫成閣。見夏竦《御閣春帖子》其二"冰消太液生春水"注［二］。

夫人閣[一]

翠縷爭垂柳[二]，紅酥旋點花[三]。林中都未有，疑是舊年華。

【注釋】

［一］夫人：指宮中眾妃。見宋庠《夫人閣端午帖子詞》其一"令月辰標午"注［一］。此時宮中夫人有真宗沈德妃、仁宗苗淑妃等。

按，此亦為嘉祐二年（1057）春帖。見前《皇帝閣》其一"北地凝陰盡"注〔一〕。

〔二〕翠縷：寫翦綵而成的柳絲狀飾品。

〔三〕"紅酥"句：將酥點成花。唐宋時有點酥技藝，以酥點成各種形狀，為元旦、立春食品。梅堯臣有《余之親家有女子，能點酥為詩並花果麟鳳等物，一皆妙絕。其家持以為歲日辛盤之助。余喪偶，兒女服未除，不作歲，因轉贈通判，通判有詩見答，故走筆酬之》詩，云："翦竹纏金大於掌，紅縷龜紋挑作網。瓊酥點出探春詩，玉刻小書題在膀。名花雜果能眩真，祥獸珍禽得非廣。礌落男兒不足為，女工餘思聊可賞。"李廌《師友談記》"蘇叔黨言蒲澈婦惟以滴酥為事"："蘇過叔黨言：其堂姊嫁蒲澈。澈，資政傳正之子也。傳正守長安日，澈之婦閉戶不治一事，惟滴酥為花果等物。每請客，一客二十釘，皆工巧，盡力為之者。只用一次。復速客，則更之。以此諸婦日夜滴酥不輟。"《武林舊事》卷三"賞雪"："禁中賞雪，多御明遠樓。後苑進大小雪獅兒，並以金鈴綵縷為飾，且作雪花、雪燈、雪山之類，及滴酥為花及諸事件，並以金盆盛進，以供賞玩。"

玉殿聞春到，羅衣照地紅〔一〕。君恩深漢帝，不惜舞東風〔二〕。

【注釋】

〔一〕"玉殿"二句：春到溫成閣，陽光映照著紅羅衣。寫張貴妃已死而空垂紅羅衣。

〔二〕"君恩"二句：仁宗對張貴妃的恩愛深似成帝對趙飛燕的恩愛，貴妃的羅衣在春風中舞動，好似她在舞蹈，表達著對仁宗的感恩。漢帝：指漢成帝。趙飛燕先為漢成帝婕妤，後立為皇后，專寵十餘年。平帝即位後廢為庶人，自殺。不惜：不吝惜。東風：春風。

綵燕迎春入鬢飛〔一〕，輕寒未放縷金衣〔二〕。苑中忽報花開早，得從鑾輿向晚歸〔三〕。

【注釋】

〔一〕"綵燕"句：寫立春簪戴春燕之俗。綵燕：立春飾品。見夏竦《內閣春帖子》其二"椒花獻歲良時啓"注[二]。

〔二〕縷金衣：即金縷衣，以金絲編織的衣服。此言衣之華美。

〔三〕"苑中"二句：寫妃嬪隨從皇帝至後苑賞花。苑：後苑。在宋宮城西北角。鑾輿：即鑾駕，天子車駕。此借指仁宗。向晚：天色將晚，傍晚。

　　金縷新幡翠鳳翹[一]，側商催酒轉宮腰[二]。玉欄風急花零亂，始覺春寒第一朝[三]。

【注釋】

〔一〕"金縷"句：寫立春妃嬪裝扮一新。金縷新幡：指幡勝之類立春飾品。見夏竦《內閣春帖子》其四"銀箭初傳暖律延"注〔三〕。翠鳳翹：雕有鳳凰的翠翹。翠翹，古代婦女首飾的一種，狀似翠鳥尾上的長羽，故名。

〔二〕"側商"句：寫宮中宴樂時的歌舞表演。側商：古樂調名。沈括《夢溪筆談》卷五："古樂有三調聲，謂清調、平調、側調也。王建詩云'側商調裹唱《伊州》'，是也。今樂部中有'三調樂'，品皆短小，其聲噍殺，唯道調小石法曲用之。雖謂之'三調樂'，皆不復辨清、平、側聲，但比他樂特為煩數耳。"此泛指音樂表演。宮腰：《韓非子·二柄》："楚靈王好細腰，而國中多餓人。"又《後漢書·馬廖傳》："楚王好細腰，宮中多餓死。"後因以"宮腰"泛指女子的細腰。此指女子舞蹈。

〔三〕"玉欄"二句：寫立春之日春寒料峭。

　　月殘鳷鵲雪離離[一]，禁裏春風自有期。曉憶梅花誰為折，從來不許下瑤墀[二]。

【注釋】

〔一〕"月殘"句：清晨殘月照在鋪滿積雪的宮門上。月殘：嘉祐二年立春在年前臘月二十三，殘月白日可見，午時方落。鳷鵲：漢宮觀名。漢武帝建元中建，在長安甘泉宮外。此指宋宮殿。離離：厚多狀。

〔二〕"曉憶"二句：寫宮禁之嚴。上句用折梅送人的典故。《太平御覽》卷一九引《荊州記》曰："陸凱與范曄為友，在江南寄梅花一枝，詣長安與曄，并贈詩云：'折梅逢驛使，寄與隴頭人。江南無所有，聊贈一枝春。'"瑤墀：玉階。借指宮廷。

端午內中帖子詞[一]

皇帝閣[二]

萬里關山靜，清陰滿塞榆[三]。如何金殿裏，猶獻辟兵符[四]。

【注釋】

[一] 內中：指宮內。見前《立春內中帖子詞·皇帝閣》其一注[一]。按，此端帖為兩次所寫，分別為熙寧二年（1069）、三年端帖。樓鑰《攻媿集》卷七五《跋王岐公端午帖子》云："鑰謹考此軸所書太皇太后，慈聖光獻也。皇太后，宣仁聖烈也。皇后，欽聖憲肅也。時熙寧三年裕陵之盛際也。"樓氏以為乃熙寧三年端帖。然從詩作數量看，當為兩次所作。一組確作於熙寧三年。詩作內容亦可證，如《皇帝閣》其十一、其十二均寫宮中水嬉。宮中水嬉並非年年舉行，而熙寧三年確有其事。《宋史》卷一五載："夏四月癸亥，幸金明池觀水嬉，宴射瓊林苑。"其七"鳴梢聲入寶慈宮"，寶慈宮乃太皇太后高氏所居宮殿，熙寧元年三月始建，二年五月二十七日遷居。此皆可證。從《皇帝閣》詩作排序及王珪任翰林學士時間推斷，疑其另一組為熙寧二年端帖。然《太上皇后閣》其五云"未老見曾孫"，所寫乃神宗子，然熙寧二年十一月所生長子佾與三年七月所生次子僅皆早亡，唯六年四月方有三子俊，此不相合，待考。另，詩作疑有散佚。熙寧三年當有皇太后閣帖，從內容看，今《太上皇后閣》十二首中有五首非為太上皇后曹氏所作，而為皇太后高氏所作（詳見後詩注），疑《太皇太后閣》與《皇太后閣》散佚十二首，輯者誤將二者合輯為一。

[二] 皇帝：指神宗趙頊（1048—1085）。英宗趙曙長子，為高皇后所生。慶曆八年四月十日生于濮安懿王宮邸睦親宅，嘉祐八年（1063）封光國公，後加同中書門下平章事，封淮陽郡王；治平元年（1064）進封潁王。治平三年十二月立為皇太子，次年正月即帝位，在

位十八年。卒年三十八歲，廟號神宗。

　　[三] "萬里"二句：寫國家安寧，邊關無戰爭。清陰：清涼的樹陰。塞榆：邊塞的榆樹。此句喻帝王的恩澤遍及邊塞。此或指熙寧二年三月夏主秉常上表請給還綏州而歸還塞門、安遠二寨之事。《宋史》："（三月）戊子，秉常上誓表，納塞門、安遠二砦，乞綏州，詔許之。"王珪當時作有《立夏國主冊文》。

　　[四] 辟兵符：古代端午所佩符籙類飾品，俗以為可避兵禍鬼氣。見晏殊《端午詞·御閣》其三"獻壽競為長命縷"注[二]。

　　瑞日浮丹闕[一]，仙雲滿玉輿[二]。更傳長命縷[三]，寶歷萬年餘[四]。

【注釋】

　　[一] 丹闕：赤色的宮門。借指宮禁內庭。

　　[二] 玉輿：玉飾的車。此指帝王的車。

　　[三] 長命縷：即續命彩絲。陳元靚《歲時廣記》卷二一"長命縷"："《酉陽雜俎》：'北朝婦人端五日進長命縷，宛轉結為人像，帶之。'王禹玉《端午皇帝閣帖子》云：'更傳長命縷，寶歷萬年餘。'又《帖子》云：'六宮競進長生縷，天子垂衣一萬年。'"見夏竦《御閣端午帖子》其一"續命彩絲登繭館"注[二]。

　　[四] "寶歷"句：祝大宋國祚萬年。寶歷：指國祚；皇位。

　　泰一扶皇運[一]，真人感赤精[二]。更逢端午節，君德萬方明。

【注釋】

　　[一] "泰一"句：寫趙宋皇運有泰一神的扶助。泰一：天神名。也作"太一"。《史記·孝武本紀》："天神貴者泰一，泰一佐曰五帝。古者天子以春秋祭泰一東南郊，用太牢。"《漢書·天文志》："中宮天極星，其一明者，泰一之常居也。"《鶡冠子·泰鴻》："泰一者，執大同之制，調泰鴻之氣，正神明之位者也。"陸佃解："泰一，天皇大帝也。"《文選·揚雄〈甘泉賦〉》："配帝居之懸圃兮，象泰壹之威神。"五臣作'太一'。張銑注："太一，天神也，居於紫微宮。"皇運：享有

皇位的氣數。

［二］真人：仙人。赤精：南方之神。《禮記·月令》"季夏之月"："其帝炎帝，其神祝融。"鄭玄注："此赤精之君，火官之臣……炎帝，大庭氏也；祝融，顓頊氏之子，曰黎，為火官。"宋國運為火德，故尊南方神、火神。

御醑瑱杯白[一]，仙風羽扇清[二]。靈符不須進，漢壘已銷兵[三]。

【注釋】

［一］御醑（xǔ）：宮中美酒。瑱（qú）杯：玉杯。瑱：玉名。

［二］羽扇：用長羽毛製成的扇子。晉陸機《羽扇賦》："昔楚襄王會於章臺之上……大夫宋玉、唐勒侍，皆操白鶴之羽以為扇。"特指天子儀仗中的掌扇。《西京雜記》卷一："漢制：天子……夏設羽扇，冬設繒扇。"宋王溥《唐會要·朔望朝參》載開元中蕭嵩以為皇帝升降殿不當為眾人所見，於是請奏："乃請備羽扇於殿兩廂，上將出，所司承旨索扇，扇合。上座定，乃去扇。給事中奏無事，將退，又索扇如初。"此泛指扇子。

［三］"靈符"二句：邊關戰事已經停止，端午無須進獻辟兵符。靈符：即辟兵符。見晏殊《端午詞·御閣》其三"獻壽競為長命縷"注［二］。漢壘：漢代營壘。此指宋時邊關。銷兵：消弭戰爭。

萬里來珍貢[一]，風瀾靜四溟[二]。魚龍驚咒水，神霧忽生庭[三]。

【注釋】

［一］"萬里"句：寫遠國來進貢。《宋史·神宗本紀一》："（熙寧）二年，九月甲子朔，交州來貢。"當指此事。

［二］"風瀾"句：四海安寧平靜。四溟：四海，四方之海。《文選·張協〈雜詩〉之十》："雲根臨八極，雨足灑四溟。"李善注："四溟，四海也。"此指全國、天下。

［三］"魚龍"二句：寫宮中表演魚龍曼衍之戲。此戲有激水、作霧等表演。見胡宿《夫人閣端午帖子》其六"魚龍曼衍夸宮戲"注

［一］。

波生碧海露晨曦，爭剽菖蒲集御卮[一]。見說太平無沴氣，山中叢艾獨生遲[二]。

【校記】
第三句"沴"字原缺，據四庫本補。

【注釋】
［一］"爭剽"句：寫端午以菖蒲浸酒而飲之俗。見宋庠《夫人閣端午帖子詞》其一"令月辰標午"注［四］。剽（piào）：切削。

［二］"見說"二句：言年歲太平無疾疫，艾草生遲。沴（lì）氣：災疫之氣。古代端午有採摘艾草懸門戶上以禳毒氣的習俗。見晏殊《端午詞·御閣》其二"初垂彩艾迎新節"注［一］。

采絲纏糉動嘉辰[一]，浴殿風生畫扇輪[二]。拂曉千門放金鑰，玉階還有謝衣人[三]。

【注釋】
［一］采絲纏糉：即用彩色絲線縛繫粽子。據言粽子乃楚人為紀念屈原所作。采絲：即彩絲。見夏竦《御閣端午帖子》其六"太官角黍迎嘉節"注［一］。

［二］浴殿：即浴堂殿。唐宮殿名，為皇帝接見學士之地。宋程大昌《雍錄》卷四"浴堂殿"："唐學士多對浴堂殿，李絳之極論中官，柳公權之濡紙繼燭，皆其地也。"並以館本唐圖所記浴殿在綾綺殿南、《長安志》所記浴堂門、浴堂殿、浴堂院以及元稹《承旨廳記》所記"乘輿奉郊廟，則承旨得乘廄馬，自浴殿由內朝以從"等考證，以為唐浴堂殿在大明宮內紫宸殿、蓬萊殿東，綾綺殿南。此指宋宮中別殿。畫扇輪：有畫飾的大扇。《西京雜記》卷一："長安巧工丁緩者……又作七輪扇，連七輪，大皆徑尺，相連續，一人運之，滿堂寒顫。"劉孝綽《報王永興觀田》："輕涼生筍席，微風起扇輪。"

［三］"拂曉"二句：端午清晨宮門打開，皇帝賜群臣時服，（過了很久）臺階上還有感謝皇帝賜衣服的人。放金鑰：打開門鎖。謝衣人：指宮女、百官。唐宋時端午宮中有賜百官時服之俗。杜甫有《端午日賜

衣》詩。《歲時廣記》卷二二"賜公服"條引《歲時雜記》："端五，賜從官已上酒、團糉、畫扇，升朝官已上賜公服、襯衫，大夫已上加袴，從官又加黃繡裹肚，執政又加紅繡裹肚三襠，經筵、史官賜雜紗帽及頭霄、帕子、塗金銀裝扇子、酒果，史官又加團茗上尊。仁宗時，自從官以上並講官，賜御帛畫扇。"江少虞《宋朝事實類苑》卷二五"官職儀制・賜袂公服"："今百執事由常趨而上，每歲誕節、端午、初冬，各賜時服有差。"又，"賜衣服"："國朝之制，文武官諸軍校在京者，端午、十月旦、誕聖節，皆賜衣服。其在外者，賜中冬衣襖，遣使將之。"

沈沈三殿燕華紳[一]，雲覆端門瑞氣新[二]。晝漏未移天正午[三]，此時兼有日重輪[四]。

【注釋】

[一] "沈沈"句：宮中賜宴大臣。三殿：宋程大昌《演繁露・三宮三殿》："國朝有太皇太后時，並皇太后、皇后稱三殿，其後，乘輿行幸，奉太后，偕皇后以出，亦曰三殿。"知宋時三殿所指不盡相同，太皇太后在世，與皇太后、皇后並稱三殿；若無太皇太后，則天子與太后、皇后亦稱三殿。此指前者，泛指皇宮。燕：同"宴"，宴飲。華紳：指朝廷重臣。紳，束在腰間、一頭下垂的大帶，古代有身份的人才束紳。此借指朝廷大臣。

[二] 瑞氣：即祥雲。泛指祥瑞之氣。見宋庠《夫人閤端午帖子詞》其三"漢家宮掖與天連"注［一］。端門：宮殿的正南門。見晏殊《端午詞・御閤》其三"獻壽競為長命縷"注［二］。

[三] "晝漏"句：寫時間正當端午日午時。端午強調的是夏曆五月五日午時。漏：古代計時器。見夏竦《內閤春帖子》其四"銀箭初傳暖律延"注［一］。

[四] 日重輪：太陽周圍所現的光圈。古代以為祥瑞之象。

御柳重重午影圓[一]，薰風時泛舜琴絃[二]。六宮競進長生縷[三]，天子垂衣一萬年[四]。

【注釋】

[一]"御柳"句：宮中行行柳樹在日午時分投下圓圓的影子。強調端午午時。

[二]"薰風"句：指彈奏樂曲。見宋庠《皇帝閣端午帖子詞》其二"寶輅流薰唱"注[一]。

[三]六宮：指后妃。見夏竦《內閣春帖子》其六"緹室葭灰飛候管"注[三]。長生縷：即續命彩絲。見夏竦《御閣端午帖子》其一"續命彩絲登繭館"注[二]。

[四]天子：指宋神宗。垂衣：即垂衣裳。稱頌帝王無為而治。見夏竦《御閣春帖子》其二"冰消太液生春水"注[四]。

禁幕無風日正亭[一]，侍臣初賜玉盤冰[二]。不知翠輦遊何處[三]，應在瑤臺第一層[四]。

【注釋】

[一]禁幕：指禁中，宮中。日正亭：太陽正當午時。

[二]"侍臣"句：寫盛夏皇帝賜冰給侍從之臣。古代冬天藏冰，夏日用之，皇帝亦賜近臣冰以示恩。《歲時廣記》卷二五"頒麨麵"條引《歲時雜記》："京師三伏唯史官賜冰麨，百司休務而已。自初伏日為始，每日賜近臣冰，人四匦，凡六次。又賜冰麨麵三品，并黃絹為囊，蜜一器。"《宋史》卷一一九"時節饋稟"："立春，賜春盤；寒食，神餤、餳粥；端午，糉子；伏日，蜜沙冰；重陽，糕、並有酒；三伏日，又五日一賜冰。"侍臣：侍從之臣，隨從帝王左右的大臣。宋代稱翰林學士、給事中、六尚書、侍郎為侍從。

[三]翠輦：指帝王的車駕。

[四]瑤臺第一層：即瑤臺最高層。見宋祁《春帖子詞·皇后閣》其五"誰道春從何處來"注[一]。此或指武才人居處。陳師道《後山詩話》："武才人出慶壽宮，色最後庭。裕陵（按，指神宗）得之，會教坊獻新聲，為作詞，號'瑤臺第一層'。"

翠華初到玉池遊，笑指宮人按棹謳[一]。湘水英魂在何處，猶教終日競龍舟[二]。

【注釋】

〔一〕"翠華"二句：皇帝首次到金明池遊覽，觀看宮人競渡歌唱嬉戲。翠華：本指天子儀仗中以翠羽為飾的旗幟或車蓋。此代指御車、皇帝。玉池：池沼的美稱。此指金明池。按棹謳：划著船兒唱著歌。棹：船槳。此代指競渡船。

〔二〕"湘水"二句：屈原的英魂在哪裏呢？端午猶自終日賽著龍舟。湘水英魂：指屈原。屈原於端午日投汨羅江而死。俗以為龍舟競渡源於對屈原的紀念。見夏竦《皇后閣端午帖子》其二"璧沼水嬉飛隼渡"注〔一〕。北宋四五月有金明池觀水嬉之俗。李燾《續資治通鑑長編》卷二一〇："熙寧三年，夏四月癸亥，幸金明池觀水嬉，燕射瓊林苑。"所寫當為此。

御池風暖水如鱗，爭看蘭舟競渡人[一]。應是君王好忠直，至今猶為弔孤臣[二]。

【注釋】

〔一〕"御池"二句：寫金明池競渡。蘭舟競渡：即龍舟競渡。蘭舟：木蘭木製造的船。常為船的美稱。見晏殊《端午詞·御閣》其四"仙家既有靈符術"注〔二〕。此所寫為熙寧三年四月皇帝幸金明池觀水嬉詩。見上詩注〔二〕。

〔二〕"應是"二句：應當是君王喜好忠誠正直之士，因此至今還通過競渡來哀弔屈原。忠直：忠誠正直。弔：哀弔死者。孤臣：失勢無援之臣。此指屈原。

太上皇后閣[一]

兩儀坤載厚，四海母儀深[二]。願上菖花原注：菖花，菖蒲別名。酒[三]，年年聖子心[四]。

【校記】

此題有誤，當為"太皇太后"或"皇太后"。《宋史·神宗本紀一》："（治平）四年正月丁巳，英廟崩，帝即皇帝位。……己未，尊皇太后曰太皇太后，皇后曰皇太后。"詩中其一、四、七、八、十首顯為"皇太后閣"（詳見各詩注），蓋原詩有散佚，此系合二閣而成。

【注釋】

[一] 太上皇后：當指仁宗皇后曹氏（1016—1079），時為太皇太后。見宋庠《皇后閣端午帖子詞》其一"魏井開冰潔"注 [一]。此組其一、四、七、八、十首當為英宗皇后高氏（1032—1093）作，高氏時為皇太后。據《宋史·後妃傳上·高皇后傳》，高氏為亳州蒙城人（今屬安徽），母為慈聖光獻皇后姊，故少鞠宮中。時英宗亦在帝所，與后年同，既長，遂成婚濮邸。生神宗、岐王顥、嘉王頵、壽康公主。治平二年冊為皇后。后弟殿內崇班士林，供奉久，帝欲遷其官，后謝曰："士林獲升朝籍，分量已過，豈宜援先后家比？"辭之。神宗立，尊為皇太后，居寶慈宮。帝累欲為高氏營大第，后不許。久之，但斥望春門外隙地以賜，凡營繕百役費，悉出寶慈，不調大農一錢。元豐八年，帝不豫，浸劇，宰執王珪等入問疾，乞立延安郡王為皇太子，太后權同聽政，帝頷之。哲宗嗣位，尊為太皇太后。臨政九年，朝廷清明，華夏綏定。力行故事，抑絕外家私恩。文思院奉上之物，無問巨細，終身不取其一。人以為女中堯舜。元祐八年九月崩，年六十二。諡號宣仁聖烈。按，此組詩亦為熙寧二年（1069）、三年端帖。見前《皇帝閣》其一"萬里關山靜"注 [一]。

[二] "兩儀"二句：高太后德高望重，是天下母親的儀範，如同大地以大德承載萬物。兩儀：指天地。《易·繫辭上》："是故易有太極，是生兩儀。"孔穎達疏："不言天地而言兩儀者，指其物體；下與四象（金、木、水、火）相對，故曰兩儀，謂兩體容儀也。"坤載厚：大地厚載萬物，有大德。《易·坤》："地勢坤，君子以厚德載物。"母儀：做母親的儀範。劉向《列女傳·小序》："惟若母儀，賢聖有智，行為儀表，言則中義。"司馬光《論后妃封贈劄子》："皇后敵體至尊，母儀四海。"

[三] 菖花酒：即菖蒲酒。古時端午有以菖蒲浸酒而飲的習俗。見宋庠《夫人閣端午帖子詞》其一"令月辰標午"注 [四]。

[四] 聖子：對神宗的美稱。按，據"聖子"，此詩乃為皇太后高氏作。

漢殿炎風少[一]，輕涼已動衣。每來觀織室，不許夜停機[二]。

【注釋】

[一] 漢殿：指宋殿。

[二] "每來"二句：曹太后常來織室督促織布。此當指曹太后親蠶事。《宋史》本傳載其"性慈儉，重稼穡，常於禁苑種穀、親蠶"。織室：漢代掌管皇室絲帛禮服等織造的機構。《三輔黃圖·未央宮》："織室，在未央宮。又有東、西織室，織作文繡郊廟之服，有令史。"屬少府。成帝時省東織，更名西織為織室（見《漢書·百官公卿表上》）。漢衛宏《漢官舊儀》卷下："凡蠶絲絮織室，以作祭服。祭服者，冕服也。天地宗廟羣神五時之服，皇帝得以作縷縫衣，皇后得以作巾絮而已。置蠶官令丞，諸天下官下法，皆詣蠶室，與婦人從事，故舊有東、西織室作治。"

　　仙艾垂門綠[一]，靈絲繞户長[二]。何人握彤管[三]，金殿紀多祥[四]。

【注釋】

[一] 仙艾：艾草。端午有門懸艾草以辟邪之俗。見晏殊《端午詞·御閣》其二"初垂彩艾迎新節"注[一]。

[二] 靈絲：即朱索。見夏竦《皇后閣端午帖子》其三"千門朱索迎嘉祉"注[一]。

[三] 彤管：古代女史記事所用紅色管身的筆。見夏竦《內閣春帖子》其一"青荙布序和風扇"注[五]。

[四] 紀：記載。

　　有德名終大[一]，無為福自延[二]。更聞天子孝[三]，薦尤助長年[四]。

【注釋】

[一] 有德：有德行。謂道德品行高尚，能身體力行。《周禮·春官·大司樂》："凡有道者、有德者，使教焉。"鄭玄注："德，能躬行者。"《論語·憲問》："子曰：'有德者必有言，有言者不必有德。'"

[二] 無為：儒家指選能任賢，以德化人，不施行刑治。《論語·

衛靈公》："無為而治者，其舜也與。夫何為哉，恭己正南面而已矣。"《禮記·中庸》："如此者，不見而章，不動而變，無為而成。"漢董仲舒《春秋繁露·離合根》："故為人主者，以無為為道，以不私為寶。"

[三] 天子：指神宗。按，據"天子"，此詩當為皇太后高氏作。

[四] 薦朮（zhǔ）：獻朮。朮：藥材，有白朮、倉朮，根莖可入藥。宋時於端午採摘。《歲時廣記》卷二二"薦漢朮"條引《養生要集》："朮味甘苦小溫，生漢中南鄭山谷，五月五採用。"道家以為食朮有助長壽。《晉書》卷四九《嵇康傳》："又聞道士遺言，餌朮黃精，令人久壽，意甚信之。"《歲時廣記》卷二二"送朮湯"條引《歲時雜記》："端五，京師道士畫符，作朮湯送遺。"

寶縷千祥集[一]，靈符百疫犇[二]。天人無限福，未老見曾孫[三]。

【注釋】

[一] 寶縷：即絲縷，續命彩絲。見夏竦《御閣端午帖子》其一"續命彩絲登繭館"注[二]。

[二] 靈符：古代端午所佩辟邪符籙。見晏殊《端午詞·御閣》其三"獻壽競為長命縷"注[二]。犇：同"奔"。

[三] "天人"二句：太皇太后曹氏福分無限，年未及七十而有曾孫。老：《說文》："老，考也。七十曰老。"曹氏不及七十，故云"未老"。曾孫：孫子的兒子。此指神宗子。據《續資治通鑑長編》、《東都事略》、《宋史》記載，神宗十四子，長子成王佾生於熙寧二年（1069）十一月，卒年不詳；次子惠王僅生於三年七月，三日卒；三子唐哀獻王俊生於熙寧六年四月初一，卒於十年十月；四子褒王伸生卒年不詳；五子冀王僩生於熙寧七年六月，卒於八年十二月；六子煦（即哲宗）生於熙寧九年十二月七日；七子豫悼惠王价生於熙寧十年，卒於元豐元年（1077）。熙寧三年端午似無皇子，唯熙寧六年之後方有，然此時王珪不在學士院。詳情待考。

復道青槐合[一]，珊盤碧李新[二]。百靈扶繡戶[三]，不假艾為人[四]。

【注釋】

[一] 復道：也作複道。即閣道。樓閣間架空的通道，因上下兩重，故稱復道。《史記·留侯世家》：「上在雒陽南宮，從復道望見諸將相與坐沙中語。」裴駰集解引如淳曰：「復，音複。上下有道，故謂之復道。」《資治通鑑·秦始皇二十六年》：「自雍門以東至涇、渭，殿屋復道周閣相屬。」也指樓閣間架空的通道，即閣道。《史記·秦始皇本紀》：「秦每破諸侯，寫放其宮室，作之咸陽北阪上，南臨渭，自雍門以東至涇、渭，殿屋復道周閣相屬。」杜牧《阿房宮賦》：「長橋臥波，未雲何龍？復道行空，不霽何虹？」此泛指通道。

[二] 琱盤：也作雕盤，刻畫花紋的精美盤子。碧李：青綠色的李子。

[三] 百靈：各種神靈。見夏竦《御閣端午帖子》其一「續命彩絲登繭館」注[四]。扶：扶助。繡戶：雕繪華美的門戶。此指太皇太后的居室。

[四] 艾為人：以艾草扎為人形。端午有門懸艾草、艾人以辟邪之俗。見晏殊《端午詞·御閣》其二「初垂彩艾迎新節」注[一]。

池邊草色迎人綠，庭下榴花照地紅。曉獻瑤觴千萬壽，鳴梢聲入寶慈宮[一]。

【注釋】

[一]「曉獻」二句：端午清晨眾臣為高太后舉酒祝壽，皇帝的車駕也來到寶慈宮。瑤觴：玉杯，代指美酒。鳴梢：即鳴鞭，謂揮鞭梢作響，使人肅靜。唐代皇帝儀仗有鳴鞭，出行、祀典、視朝、宴會時用之。宋時沿用。宋高承《事物紀原》卷三「鳴鞭」：「唐及五代有之。《周官》條狼氏執鞭趨辟之遺法也。然則鳴鞭雖始于唐，亦本周事也。」寶慈宮：皇太后高氏所居宮。神宗熙寧元年三月建，二年七月遷居。《宋史·神宗本紀一》：「（三月）戊子，作太皇太后慶壽宮、皇太后寶慈宮。」王應麟《玉海》卷一五八「熙寧慶壽宮寶慈宮」：「熙寧元年三月十五日戊子，中書門下言太皇太后（曹）宮殿請以慶壽為名，皇太后（高）宮殿以寶慈為名，從之。後慶壽宮建慶壽、萃德二殿，寶慈宮建寶慈、姒徽二殿。二年五月，太皇太后遷居慶壽宮；七月，皇太后

遷居寶慈宮。"蘇頌《賀皇帝為皇太后入寶慈宮》："今月十一日皇太后遷入寶慈宮。"按，知此詩乃熙寧三年皇太后閤端午帖子。

水風吹殿送微涼，竹葉金盤糉子香[一]。試向濯龍門上望，不教車馬勝南陽[二]。

【注釋】

[一] 糉子：端午節日食品。見夏竦《御閣端午帖子》其六"太官角黍迎嘉節"注[一]。

[二] "試向"二句：反用漢代明德馬皇后事，頌高太后能約束親族。《後漢書·皇后紀上·明德馬皇后》載馬皇后言："今有司奈何欲以馬氏比陰氏乎！吾為天下母，而身服大練，食不求甘，左右但著帛布，無香薰之飾者，欲身率下也。以為外親見之當傷心自勑，但笑言太后素好儉。前過濯龍門上，見外家問起居者，車如流水，馬如游龍，倉頭衣綠褠，領袖正白，顧視御者，不及遠矣。"濯龍：漢代宮苑名。在洛陽西南角。南陽：指漢光武帝皇后陰麗華，為南陽新野人。《後漢書·皇后紀上·光烈陰皇后》："后在位恭儉，少嗜玩，不喜笑謔，性仁孝，多矜慈。"按，據《宋史·后妃傳上·英宗宣仁聖烈高皇后》："神宗立，尊為皇太后，居寶慈宮。帝累欲為高氏營大第，后不許。久之，但斥望春門外隙地以賜，凡營繕百役費，悉出寶慈，不調大農一錢。"此當借馬皇后典以頌美高太后，故此詩當為皇太后閤帖子。

釵頭艾虎辟群邪[一]，曉駕鮮雲七寶車[二]。宴罷瑤池紅日晚[三]，歸來零亂滿宮花。

【注釋】

[一] "釵頭"句：端午頭戴釵頭符以辟邪。《歲時廣記》卷二一"摻艾虎"："《歲時雜記》：'端五，以艾為虎形，至有如黑豆大者。或剪綵為小虎，粘艾葉以戴之。'王沂公《端午帖子》云：'釵頭艾虎辟羣邪，曉駕祥雲七寶車。'"按，此王沂公（王曾）為王岐公（王珪）之誤。

[二] 七寶車：用多種珍寶裝飾的車。據《隋書·禮儀志三》，北齊有七寶車。宋白《宮詞》其六九："千官狼狽如蜂蝶，迴避楊妃七寶

車。"此指太皇太后或皇太后所乘華貴之車。

［三］瑤池：古代傳說中崑崙山上的西王母居處池名。此指皇宮後苑水池。見胡宿《夫人閣端午帖子》其六"魚龍曼衍誇宮戲"注［四］。

浮雲仙殿切昭回[一]，甘露通宵滴玉杯[二]。金鎖纔開團扇入，聖神天子問安來[三]。
【注釋】
［一］"浮雲"句：言宮殿之高。浮雲仙殿：天上的仙宮。此指皇宮。切昭回：上與天齊。見宋庠《皇帝閣端午帖子》其六"藥宮瓊構切昭回"注［一］。

［二］甘露：甘美的露水。《老子·三十二章》："天地相合以降甘露。"古人認為甘露降，是太平之瑞兆。漢建承露盤以接甘露，飲之以延年。見夏竦《御閣春帖子》其一"金盤曉日融春露"注［二］。

［三］"金鎖"二句：清曉皇太后宮殿的門剛打開，皇帝就已來問安。纔：同"才"。團扇：當指皇帝的儀仗中的團方扇。見宋庠《夫人閣端午帖子詞》其四"金徒漏永烏猶渴"注［二］。聖神天子：指神宗皇帝。按，據此，詩當為高太后作。

平明三殿進觴初[一]，玉女傍邊捧道書[二]。探得長生太清籙[三]，同扶皇曆萬年餘[四]。
【注釋】
［一］三殿：指皇宮中的三大殿，此借指太皇太后、皇太后、皇后。見《端午內中帖子詞·皇帝閣》其八"沈沈三殿燕華紳"注［一］。

［二］玉女：神女。此指宮女。

［三］太清籙：道教符籙。見晏殊《端午詞·東宮閣》其二"百藥初收味最良"注［二］。

［四］扶：扶助。皇曆：皇朝的氣運。

幾年退樂紫房居[一]，天下猶傳還政書[二]。玉案焚香讀黃老[三]，人間宮殿午陰初。

【注釋】

[一] 紫房：指太皇太后曹氏所居宮。

[二] 還政書：指皇太后曹氏還政於英宗之事。史書記載太后還政有三次。首次在嘉祐八年（1063）。《續資治通鑑長編》卷一九八載，嘉祐八年四月丁亥，"翰林學士王珪上言：'聖體已安，皇太后乞罷權同聽政。'即命珪草還政書，既而不行。"注云："《司馬光日記》：十六日丁亥，王珪乞皇太后還政。《實錄》無其事。又據珪集，有《皇太后第一次還政書》，注云：嘉祐八年四月十八日辰時，通進司降到御寶劄子令撰，當日未時進入。十八日，己丑也。《實錄》亦無其事。今依《日記》載此，更須考詳。"第一次還政未果。第二次還政不詳，時亦在嘉祐八年。第三次則在治平元年。王珪《皇太后付中書門下還政書》云："昨權同聽政事，候皇帝康復日如舊，去歲曾兩降手書還政，輔臣等並於皇帝御前納下，今來聖躬已安好，其軍國事更不同處分，故茲示諭，宜體至懷。"則知真正還政在治平元年。王珪《皇帝康復奏謝諸陵表》載英宗康復在治平元年初。李清臣《王文恭公珪神道碑》也提及王珪撰寫還政書之事："公草仁宗遺制，先帝為太子冊、慶壽宮還政書，皆宣敘明鬯，人以謂協濟大事，有翰墨之功焉。"

[三] 黃老：即黃老之書；道家書籍。黃老：黃帝和老子。因道家以黃、老為祖，故稱道家為黃老。

皇后閣[一]

玉作仙家殿，都無暑氣侵[二]。猶裁葵葉扇[三]，常有愛君心。

【注釋】

[一] 皇后：指神宗皇后向氏（1046—1101）。《宋史·后妃傳下·向皇后傳》載，向氏為河內（今河南沁陽）人，故宰相敏中曾孫。治平三年，歸於潁邸，封安國夫人。神宗即位，立為皇后。哲宗立，尊為皇太后。以慶壽後殿為隆祐宮居之；徽宗立，權同處分軍國事，故事有如御正殿、避家諱、立誕節之類，皆不用。至聞寶召故老、寬徭息兵、愛民崇儉之舉，則喜見于色。纔六月，即還政。靖國元年正月崩，年五

十六。諡號欽聖憲肅。按，此亦為熙寧二年（1069）、三年端帖。見前《皇帝閤》其一"萬里關山靜"注〔一〕。

〔二〕"玉作"二句：寫皇宮之宏偉深邃。

〔三〕葵葉扇：以蒲葵葉裁製的扇，即蒲葵扇。

繭館桑陰合[一]，新絲已上機[二]。憂勤不知暑，親織袞龍衣[三]。

【注釋】

〔一〕繭館：飼蠶之室。見夏竦《內閣春帖子》其一"青遶布序和風扇"注〔四〕。

〔二〕機：織機。

〔三〕"憂勤"二句：向皇后為國事而憂慮勤勞，不顧暑熱，親自織作皇帝所穿袞服。袞龍衣：即袞服，帝王祭祀、受冊等所用禮服。語出《詩·豳風·九罭》："我覯之子，袞衣繡裳。"毛傳："袞衣，卷龍也。"後世帝王袞服為大裘冕，繪有十二章紋，分別為日、月、星辰、山、龍、華蟲、宗彝、藻、火、粉米、黼黻。《宋史·輿服志三》："袞服青色，日、月、星、山、龍、雉、虎蜼七章。紅裙，藻、火、粉米、黼、黻五章。紅蔽膝，升龍二並織成，間以雲朵，飾以金鈒花鈿窠，裝以真珠、琥珀、雜寶玉。紅羅襦裙，繡五章，青褾、襈、裾。六采綬一，小綬三，結玉環三。素大帶朱裏，青羅四神帶二，繡四神盤結。白羅中單，青羅襪帶，紅羅勒帛，鹿盧玉具劍，玉鏢首，鏤白玉雙佩，金飾貫真珠。金龍鳳革帶，紅襪赤舄，金鈒花，四神玉鼻。祭天地宗廟、朝太清宮、饗玉清昭應宮景靈宮、受冊尊號、元日受朝、冊皇太子則服之。"

金屋風光別[一]，仍逢令節新。爭傳九子糉[二]，皇祚續千春[三]。

【注釋】

〔一〕金屋：華美之屋。此暗用"金屋貯嬌"以指皇后所居宮殿。見晏殊《立春日詞·內廷》其一"朱戶未聞迎綵燕"注〔五〕。

〔二〕九子糉：粽子名。糉：同"粽"。見晏殊《端午詞·內廷》

其二"披風別殿地無塵"注〔三〕。

〔三〕皇祚：帝統；皇位。

　　五月炎風熾，憂勤紫掖中[一]。摧裁恤刑詔[二]，曉下未央宮[三]。

【注釋】

〔一〕紫掖：紫宮。帝王宮庭。

〔二〕"摧裁"句：催促有關官員起草恤刑詔書。摧：同"催"；催促。恤刑詔：減刑的詔書。李燾《續資治通鑑長編》卷一八"宋太宗太平興國二年"："降詔恤刑。自是每歲夏首常舉行之。"

〔三〕未央宮：漢唐宮殿名。此指宋宮殿。見宋祁《春帖子詞·夫人閣》其四"銀闕崔嵬對未央"注〔一〕。

　　侍兒清曉進仙裳，玉管齊調奉帝觴[一]。應有瑤箱舊時燕[二]，直隨歌舞到昭陽[三]。

【注釋】

〔一〕"侍兒"二句：端午清晨侍兒為皇后進獻美麗的衣裳，宮中宴飲，眾樂齊奏，為皇帝進酒祝壽。仙裳：衣裳的美稱。玉管：玉製的管。管：古樂器。《說文解字》："管，如篪，六孔，十二月之音。"《詩·周頌·有瞽》："既備乃奏，簫管備舉。"此泛指各種樂器。

〔二〕瑤箱：華美的廂房。此指皇后所居宮室。

〔三〕昭陽：即昭陽宮。漢宮殿名，成帝時趙飛燕曾居此宮。此指皇后宮。

　　君王初幸集靈臺[一]，碧藕催花海上開[二]。見說一房皆百子，鳳銜雙蒂幾時來[三]？

【注釋】

〔一〕集靈臺：漢時臺名。為皇帝祀神、求仙之所。《三輔黃圖·甘泉宮》："集靈宮、集仙宮、存仙殿、存神殿、望仙臺、望仙觀，俱在華陰縣界，皆武帝宮觀名也。"唐時亦有集靈臺，即華清宮長生殿。

《唐會要》卷三〇："天寶元年十月，造長生殿，名為集靈臺，以祀神。"此指皇后居處。

〔二〕"碧藕"句：蓮花在海上盛開。碧藕：碧蓮。海上：指神仙所居的地方。《史記·秦始皇本紀》二十八年："齊人徐市等上書，言海中有三神山，名曰蓬萊、方丈、瀛洲，仙人居之。"

〔三〕"見說"二句：聽說藕一房百籽，什麼時候鳳凰銜著雙蒂蓮房來呢？百子，即百籽。喻多子。雙蒂：即並蒂。兩朵花並排地長在同一個莖上。鳳銜雙蒂為有子的瑞應。此句祝福向皇后早得貴子。

君王未帶赤靈符，親結雙龍獻寶珠[一]。更與宮娥花下看，工夫還似外邊無[二]。

【注釋】

〔一〕"君王"二句：皇帝沒有佩戴赤靈符，皇后親自綰結雙龍寶珠的飾品進獻給皇帝佩戴。赤靈符：古代端午所佩辟邪符籙。見晏殊《端午詞·御閣》其三"獻壽競為長命縷"注〔二〕。

〔二〕"更與"二句：皇后與宮女們在花下賞景，這種悠閒的光景是宮外所沒有的。宮娥：宮女。外邊：宮外。

水晶宮殿曉風微[一]，天女乘雲獻玉衣[二]。誰把輕綃裁畫扇，直疑雙鳳向人飛[三]。

【注釋】

〔一〕水晶宮殿：用水晶構成的宮殿。此指皇后所居宮殿。

〔二〕"天女"句：指宮中妃嬪進獻夏衣。

〔三〕"誰把"二句：誰用輕薄的絲絹製成了扇，像是兩隻鳳凰向人飛來。輕綃裁畫扇：用綃剪裁製作成的扇。綃：生絲織成的薄紗、薄絹。畫扇：有畫飾的扇子。此指儀仗所用扇，上有羽毛，中繡雙孔雀，左右分列，故云"雙鳳"。見宋庠《夫人閣端午帖子詞》其四"金徒漏永烏猶渴"注〔二〕。

夕然辟惡仙香度[一]，朝結延年帝縷成[二]。願上玉宸千萬壽[三]，薰風常泛舜絃聲[四]。

【注釋】

〔一〕夕然：晚上點燃辟惡香。然：通"燃"。辟惡仙香：即辟惡香；安息香。以安息香樹樹脂為主要原料加工做成的香。據言燒之可通神袪邪。段成式《酉陽雜俎》前集一八《木篇》："安息香樹，出波斯國，波斯呼為辟邪樹。長三丈，皮色黃黑，葉有四角，經寒不凋。二月開花，黃色，花心微碧，不結實。刻其樹皮，其膠如飴，名安息香。六、七月堅凝，乃取之，燒之通神明，避眾惡。"

〔二〕"朝結"句：早上為皇帝綰結好彩索。延年帝縷：續命縷。見夏竦《御閣端午帖子》其一"續命彩絲登繭館"注〔二〕。

〔三〕玉宸：帝王的宮殿。此指神宗皇帝。

〔四〕"薰風"句：指神宗常彈奏樂曲。見宋庠《皇帝閣端午帖子詞》其二"寶軫流薰唱"注〔一〕。

　　紫閣曈曨隱曉霞[一]，瑤墀九御薦菖華[二]。何人又進江心鏡，試與君王卻眾邪[三]。

【校記】

第一句"曈曨"本作"瞳曨"，據四庫本改。第三句"鏡"字，四庫本作"鑑"。

【注釋】

〔一〕"紫閣"句：旭日隱藏在朝霞之後，宮中樓閣在晨曦中隱約可見。紫閣：華麗的樓閣，此指宮中宮殿樓閣。曈曨：日出漸明貌。《說文解字·日部》："曈，曈曨，日欲明也。"此指旭日。

〔二〕"瑤墀"句：宮中妃嬪為皇帝進菖蒲酒祝壽。瑤池：玉階。借指宮廷。九御：即九嬪。泛指眾嬪妃。見夏竦《皇后閣端午帖子》其五"日記采蘭追楚俗"注〔四〕。菖華：即菖蒲酒。古時端午有以菖蒲浸酒而飲的習俗。見宋庠《夫人閣端午帖子詞》其一"令月辰標午"注〔四〕。

〔三〕"何人"二句：用唐端午揚州江心鑄鏡進貢事。見晏殊《端午詞·東宮閣》其一"揚子江心鑄鑑成"注〔二〕。

夫人閣[一]

　　金縷黃龍扇[二]，蘭芽翠釜湯[三]。君王回浴殿[四]，步輦自生香[五]。

【注釋】

[一] 夫人：指宮中眾妃。見宋庠《夫人閣端午帖子詞》其一"令月辰標午"注[一]。此時宮中夫人有真宗沈貴妃、仁宗苗德妃等。按，此亦為熙寧二年（1069）、三年端帖。見前《皇帝閣》其一"萬里關山靜"注[一]。

[二] 金縷：金絲。當指端午彩索。見夏竦《御閣端午帖子》其一"續命彩絲登繭館"注[二]。黃龍扇：畫有黃龍的雉尾扇。見宋庠《夫人閣端午帖子詞》其四"金徒漏永烏猶渴"注[二]。宋時端午宮中有賜彩索、扇之例。

[三] 蘭芽：紫蘭芽。為春盤珍貴食材之一。翠釜湯：指美味的湯。翠釜：精美的炊器。杜甫《麗人行》："紫駝之峯出翠釜，水精之盤行素鱗。"

[四] 浴殿：即浴堂殿。唐宮殿名。此指宋別殿。見王珪《端午內中帖子詞·皇帝閣》其七"采絲纏稷動嘉辰"注[二]。

[五] 步輦：一種由人抬的車。此指后妃所乘車。

繞臂雙條脫[一]，紅紗晝夢驚[二]。連吹紫雲曲[三]，不及晚妝成。

【注釋】

[一] 條脫：手鐲、腕釧之類。見夏竦《皇后閣端午帖子》其一"迎祥競獻雙條達"注[二]。此亦屬端午彩索。

[二] 紅紗：紅色的細絹。此借指妃嬪。

[三] "連吹"二句：寫嬪妃們晚上忙於表演，甚至不及化好晚妝。紫雲曲：曲名。唐張讀《宣室志》卷一："唐玄宗嘗夢儸子十餘輩，御卿雲而下，立於庭，各執樂器而奏之。其度曲清越，真儸府之音也。及樂闋，有一儸人揖而言曰：'陛下知此樂乎？此神儸《紫雲曲》也。'"一種說法認為此即《霓裳羽衣曲》。《白孔六帖》卷六一"紫雲曲"引《唐逸史》："八月望夜，師與上遊月宮，聆月中天樂，其曲名曰《紫雲曲》。上素曉音律，默記其聲，歸傳其音名《霓裳羽衣曲》。"《太平廣記》卷二六引邢和璞《葉法善》所引基本相同。

綠艾初垂戶[一]，青菰已薦觴[二]。人歸宮殿午，偏覺晝陰長[三]。

【注釋】

[一]"綠艾"句：寫端午門懸艾草以辟邪之俗。見晏殊《端午詞·御閣》其二"初垂彩艾迎新節"注[一]。

[二]青菰：指粽子。青菰為多年生草本植物，生於淺水中，嫩莖稱"茭白"、"蔣"，可做蔬菜；果實稱"菰米"，"雕胡米"，可煮食。菰葉可用於包糉，故常以青菰指粽子。薦觴：進酒。

[三]晝陰：白晝的時間。

畫栱無塵乳燕飛[一]，薰風時復度羅衣[二]。君王避暑蓬萊殿[三]，向晚笙歌簇輦歸[四]。

【注釋】

[一]畫栱（gǒng）：有畫飾的枓栱。栱：木建築中主柱與橫梁間成弓形的承重結構。《爾雅·釋宮》："檈謂之杙，大者謂之栱。"

[二]薰風：夏日和暖的東南風。也作"熏風"。《呂氏春秋·有始》："東南曰熏風。"

[三]蓬萊殿：漢、唐宮殿名。此指北宋宮中避暑之宮殿。

[四]"向晚"句：傍晚時分嬪妃們在歌樂聲中簇擁著皇帝的車輦而回。向晚：天色將晚，傍晚。輦：步輦。皇帝所乘車。

日長珠箔漏聲稀[一]，團扇新裁越女機[二]。進罷采絲三殿晚[三]，萬年枝上亂鶯飛[四]。

【注釋】

[一]珠箔：珠簾。漏：古代計時器。見夏竦《內閣春帖子》其四"銀箭初傳暖律延"注[一]。

[二]越女機：此指越女所織絹帛。越地所產布帛佳。

[三]采絲：即綵絲、彩絲，續命彩絲。見夏竦《御閣端午帖子》其一"續命彩絲登繭館"注[二]。三殿：皇宮中的三大殿，此指太皇太后曹氏、皇太后高氏和皇后向氏。見前《皇帝閣》其八"沈沈三殿

燕華紳"注〔一〕。

〔四〕萬年枝：指宮中年代久遠的大樹。鶯：即倉庚、黃鸝，初春始鳴，也稱告春鳥。

後苑尋青趁午前[一]，歸來競鬬玉欄邊[二]。袖中獨有香芸草，留與君王辟蠹編[三]。

【注釋】

〔一〕後苑：苑名。在宋宮城西北角。尋青：尋春。此為尋找供鬬草用的各種草木。

〔二〕競鬬：指鬬百草。端午遊戲之一。見晏殊《端午詞·内廷》其一"百草鬬餘欣令月"注〔二〕。

〔三〕"袖中"二句：寫一嬪妃在鬬草時，故意留下芸香，擬送與皇帝為其書籍辟蟲。香芸草：即芸香。多年生草本植物，其下部為木質，故又稱芸香樹。葉互生，羽狀深裂或全裂。夏季開黃花。花葉香氣濃郁，可入藥，有驅蟲作用。唐楊巨源《酬令狐員外直夜書懷見寄》："芸香能護字，鉛槧善呈書。"劉克莊《後村詩話》前集卷二以為此詩"出新意於采絲巧糉之外，可喜也"。

火雲時節促金刀[一]，旋捲珠簾剪絳綃[二]。天上莫將塵世比，房櫳都未覺炎歊[三]。

【注釋】

〔一〕"火雲"句：炎炎夏日催促嬪妃們剪裁團扇夏衣等。火雲時節：炎熱的夏季。火雲：夏季熾熱的赤色雲。促金刀：指催促女性拿起剪刀來製作夏日用物。

〔二〕剪絳綃：指剪裁絳綃製作夏日辟暑所用團扇衣物等。絳綃：深紅色的生絲織成的薄紗、薄絹。

〔三〕"天上"二句：不要將宮庭和民間相比，宮中都還沒感覺到暑熱。天上：喻指宮中。房櫳：房屋。此指宮殿。炎歊（xiāo）：暑熱。

偶從選入侍仙都，歌舞常承玉殿呼[一]。欲謝君恩却無語，心前笑指赤靈符[二]。

【注釋】

［一］"偶從"二句：某嬪妃偶爾被選入宮中，因擅長歌舞，故常被皇帝宣召。仙都：神話中仙人居住的地方。此喻指皇宮。承：承蒙。玉殿：華美的宮殿。此借指皇帝。

［二］"欲謝"二句：她想感謝皇帝之恩，却沒有說話，只是笑著用手指著胸前佩戴的赤靈符。赤靈符：古代端午所佩辟邪符籙。見晏殊《端午詞·御閣》其三"獻壽競為長命縷"注［二］。

一樣紅裙試舞斜，階前妬盡石榴花[一]。明朝知是天中節，旋刻菖蒲好辟邪[二]。

【注釋】

［一］"一樣"二句：嬪妃們穿著同樣的紅裙在習舞，讓階前的石榴花都無比嫉妒。石榴花：石榴為漢武帝時張騫自西域安國傳入內地，夏月開花，紅色。

［二］"明朝"二句：知道明天是端午節，嬪妃們便將菖蒲雕為人形或葫蘆形，供明日辟邪佩帶。天中節：端午節的別稱。宋陳元靚《歲時廣記》卷二一"趁天中"條引《提要錄》："張說云：'五月五日，乃符天數也，午時為天中節。'"旋刻菖蒲：《歲時廣記》卷二一"帶蒲人"條引《歲時雜記》："端五刻蒲為小人子，或葫蘆形，帶之辟邪。"

司馬光

　　司馬光（1019—1086），字君實，號迂夫，晚號迂叟，陝州夏縣（今屬山西）涑水鄉人，世稱涑水先生。仁宗景祐五年（1038）進士。歷館閣校勘，並州通判，開封府推官，除知制誥，天章閣待制，知諫院。英宗時為龍圖閣直學士。神宗即位，擢翰林學士。後因與王安石政見不合，出知永興軍，改判西京留司御史臺。哲宗即位，召主國政，元祐元年，拜左僕射兼門下侍郎，卒於位，年六十八。贈溫國公，諡文正。《東都事略》卷八七、《宋史》卷三三六有傳。有文集八十卷。

　　司馬光有《春貼子詞》一組二十七首，均載於其集，《全宋詩》錄於卷五〇七。

春貼子詞

皇帝閣六首[一]

　　肇履璿璣歷[二]，重飛緹室灰[三]。寒隨土牛盡，暖應斗車回[四]。

　　【校記】

　　司馬光詩錄自《溫國文正司馬公文集》卷一一。此以《四部叢刊》影印宋刊《溫國文正司馬公文集》為底本，校以清乾隆六年陳宏謀校勘《司馬文正公傳家集》、影印文淵閣《四庫全書》本《傳家集》等。

　　【注釋】

　　[一] 皇帝：指宋神宗趙頊（1048—1058）。見王珪《端午內中帖子詞·皇帝閣》其一"萬里關山靜"注[一]。按，此組詩為熙寧三年（1070）春帖。首先，從類別來看，其中有太皇太后、太后、皇后，則

應作於神宗熙寧間。太皇太后為慈聖光獻曹后，太后為宣仁聖烈高后，皇后為欽聖憲肅向皇后。其次，《太皇太后閣六首》其六："東宮歸政五年餘，隱几時觀黃老書"所寫為曹氏還政英宗事。《續資治通鑑長編》卷二〇一：英宗治平元年（1064）五月"戊申，皇太后出手書還政，是日遂不復處分軍國事"，五年餘則為熙寧二年。熙寧三年立春在年前十二月十七日，則此帖子為熙寧三年春帖。再次，《皇太后閣》其二有"弄孫時哺果"，時神宗長子趙佾降生，故有此言。此外，據《學士年表》，司馬光於治平四年三月拜翰林學士，四月除權御史中丞罷，九月復拜；熙寧三年二月為樞密使，恰有作熙寧三年春貼的機會。

　　［二］"肇履"句：春天從北斗星柄轉向東方開始。肇：開始。履：施行。璿璣：亦作"琁璣"。也叫魁，北斗前四星。見宋庠《皇帝閣端午帖子詞》其五"天關卻暑金為狄"注［二］。

　　［三］"重飛"句：立春節氣到，觀察節氣的相應律管中的葭灰飛出。緹室：觀察律管的密室。見夏竦《內閣春帖子》其六"緹室葭灰飛候管"注［一］。

　　［四］"寒隨"二句：冬日的寒氣隨著土牛而散盡，天氣隨著北斗星柄轉向東而回暖。土牛：即春牛。古代立春時立土牛以除陰氣、勸農耕。見宋祁《春帖子詞·夫人閣》其十"玉管輕羅和氣動"注［二］。斗車：指北斗七星。《史記·天官書》："斗為帝車，運於中央，臨制四鄉。"春天斗柄向東。見宋庠《皇帝閣端午帖子詞》其五"天關卻暑金为狄"注［二］。

　　鸞路迎長日［一］，農祥正曉天［二］。九垓同燠沐［三］，萬物向蕃鮮［四］。

　　【注釋】

　　［一］鸞路：也作"鸞輅"。天子所乘之車，飾有鸞鳥。《呂氏春秋·孟春紀》："天子居青陽左个。乘鸞輅，駕蒼龍。載青旂，衣青衣，服青玉。"高誘注："輅，車也。鸞鳥在衡，和在軾，鳴相應和。後世不能復致，鑄銅為之，飾以金，謂之鸞輅也。"《漢書·王莽傳上》："鸞路乘馬，龍旂九旒。"顏師古注："鸞路，路車之施鸞者也。"也稱"青輅"，見夏竦《內閣春帖子》其三"東郊候氣回青輅"注［一］。

［二］"農祥"句：清晨時房星正在天空。農祥：即房星。見胡宿《皇帝閣春帖子》其二"蒼玉新旂祀木神"注［三］。曉天：拂曉時的天空。

　　［三］"九垓"句：九州同時沐浴在溫暖的春氣中。九垓（gāi）：亦作"九畡"、"九陔"，即九州，中央至八極之地。《國語·鄭語》："王者居九畡之田，收經入以食兆民。"韋昭注："九畡，九州之極數也。"燠（yù）沐：溫暖濕潤。《後漢書·明帝紀》："京師冬無宿雪，春不燠沐，煩勞群司，積精禱求。"李賢注："燠，暖也。……沐，潤澤也。言無暄潤之氣也。"

　　［四］蕃鮮：茂盛鮮明。《易·說》："震，為雷，為龍……為蕃鮮。"孔穎達疏："鮮，明也。取其春時草木蕃育而鮮明。"

　　盛德方迎木［一］，柔風漸布和［二］。省耕將效駕［三］，擊壤已聞歌［四］。

【注釋】

　　［一］迎木：迎春。春為東方，五行為木，故云。

　　［二］柔風：和風，春風。《管子·四時》："然則柔風甘雨乃至，百姓乃壽，百蟲乃蕃，此謂星德。"尹知章注："柔，和也。"布和：播布和暖之氣。

　　［三］"省耕"句：皇帝將要視察春耕。省耕：帝王視察春耕。效駕：試車。《禮記·曲禮上》："君車將駕，則僕執策立於馬前；已駕，僕展軨效駕，奮衣由右上，取貳綏跪乘。"一說，"效駕"謂告白車已駕妥。鄭玄注："效駕，白已駕。"孔穎達疏："效，白也，僕監視駕已竟而入白君道：'駕竟。'"

　　［四］"擊壤"句：歌頌天下太平。擊壤：古代一種遊戲，將一塊鞋子狀木片側放於地上，在距離三四十步處用另一塊木片去投擲它，擊中者為勝。見《太平御覽》卷七五五引三國魏邯鄲淳《藝經》。《藝文類聚》卷一一引晉皇甫謐《帝王世紀》："〔帝堯之世〕天下大和，百姓無事，有五十老人擊壤於道。觀者歎曰：'大哉，帝之德也！'老人曰：'吾日出而作，日入而息，鑿井而飲，耕田而食，帝何力於我哉？'"後因以"擊壤"為頌太平盛世之典。

候雁來歸北，寒魚陟負冰[一]。相烏風色改[二]，陽谷日華升[三]。

【注釋】

[一]"候雁"二句：春天來到，大雁自南方回到北方，水底魚蟲游近冰面。示天氣回暖，百蟲解蟄。《禮記·月令》"孟春之月"："東風解凍，蟄蟲始振，魚上冰，獺祭魚，鴻鴈來。"鄭玄注："皆記時候也。振，動也。《夏小正》：'正月啟蟄，魚陟負冰。'漢始亦以驚蟄為正月中。此時魚肥美，獺將食之，先以祭也。鴈自南方來，將北反其居，今《月令》'鴻'皆為'候'。"孔穎達疏："言'蟄蟲始振'者，謂正月中氣之時，蟄蟲得陽氣，初始振動，至二月乃大驚而出，對二月故云'始振'。云'魚上冰'者，魚當盛寒之時，伏於水下，逐其溫燠，至正月陽氣既上，魚遊於上水，近於冰，故云'魚上冰'也。"

[二]相烏：古代觀測風向的儀器。見孫抃《端午日帖子詞·皇帝閣六首》其一"薰琴應律南風暖"注[六]。

[三]陽谷：即暘谷。古代神話傳說中日出日浴的地方。見胡宿《皇后閣春帖子》其一"羲仲司暘谷"注[二]。

浮陽滿野白溶溶[一]，澤底山椒淑氣通[二]。草木豈能知造化[三]，一華一葉盡天功[四]。

【注釋】

[一]浮陽：日光。《文選·張景陽〈雜詩〉》："浮陽映翠林，迴飆扇緑竹。"李善注："陽，日也。"呂向注："浮陽，日光也。"白溶溶：形容天色潔淨明亮。

[二]山椒：山頂。《文選·謝莊〈月賦〉》："洞庭始波，木葉微脫。菊散芳於山椒，雁流哀於江瀬。"李善注："《漢書》，武帝傷李夫人賦曰：'釋予馬于山椒。'山椒，山頂也。"

[三]造化：大自然的創造化育。

[四]天功：天的功勞。此有以天喻皇帝，表其功績之意。

漠然天造與時新[一]，根著浮流一氣均[二]。萬物不須雕刻巧，正如恭己布深仁[三]。

【注釋】

［一］"漠然"句：大自然造化萬物，因時而更新。漠然：廣大無涯狀。

［二］"根著"句：萬物遊於天地之一氣。《周易乾鑿度》卷上："根著浮流，氣更相實。"鄭玄注："根著者，草木也；浮流者，人兼鳥獸也。此皆言易道無為，故天地萬物各得以自通也。"一氣：天地混沌之氣。古代認為是構成天地萬物之本原。《莊子·大宗師》："彼方且與造物者為人，而遊乎天地之一氣。"

［三］"萬物"二句：萬物不須自然巧妙雕刻，正如為政只須恭謹律己以播布大仁。雕刻：也作"彫刻"。揚雄《法言·問道篇》："或問：'彫刻眾形者匪天歟？'曰：'以其不彫刻也。如物刻而彫之，焉得力而給諸？'"恭己：恭謹以律己。《論語·衛靈公》："無為而治者，其舜也與？夫何為哉？恭己正南面而已矣。"

太皇太后閣六首[一]

盛德初臨震[二]，陽和已動坤[三]。發生天施大，厚載母儀尊[四]。

【注釋】

［一］太皇太后：仁宗皇后曹氏（1016—1079）。神宗熙寧二年，尊為太皇太后。見宋庠《皇后閣端午帖子詞》其一"魏井開冰潔"注［一］。按，此亦為熙寧三年（1070）春帖。見前《皇帝閣》其一"肇履瑃璣歷"注［一］。

［二］"盛德"句：自然的大德剛到東方。言春天來臨。震：卦名，雷之象。亦指東方。《易·說》："萬物出乎震。震，東方也。"

［三］陽和：春天的暖氣。坤：地。

［四］"發生"二句：萬物萌生，天之施設最大；地載萬物，母之儀範最尊。發生：指萬物萌發、滋長。春主發生，見胡宿《皇帝閣春帖子》其五"春官青鳥司開啟"注［二］。天施：天所施設。《易·益》："天施地生，其益無方。"《荀子·大略》："王者先仁而後禮，天施然也。"厚載：地厚而載萬物。《易·坤》："坤厚載物，德合无疆。"母儀：人母的儀範。此頌太皇太后之大德。

種桃臨玉井^[一]，裁勝刻金花^[二]。借問此何處，崑山王母家^[三]。

【注釋】

［一］玉井：井的美稱。

［二］"裁勝"句：裁剪雕刻春勝、春花。勝：春勝，以紙帛等剪紙而成的立春飾品。見夏竦《內閣春帖子》其四"銀箭初傳暖律延"注［三］。金花：以金箔剪裁而成的花，為立春飾品之一。見宋祁《春帖子詞·皇帝閣》其四"日華初麗上林天"注［二］。

［三］王母：西王母。喻指太皇太后曹氏。

長樂曉鐘殘^[一]，皇輿入問安^[二]。東風猶料峭^[三]，冒絮禦餘寒^[四]。

【注釋】

［一］長樂：即長樂宮，漢高帝所建，惠帝以後為太后居地。此指太皇太后曹氏所居之慶壽宮。

［二］皇輿：皇帝所乘之車。借喻皇帝。

［三］東風：春風。《禮記·月令》"孟春之月"："東風解凍，蟄蟲始振。"

［四］冒絮：覆額的頭巾。《史記·絳侯世家》："太后以冒絮提文帝。"裴駰集解："《巴蜀異物志》謂頭上巾為冒絮。"

慶壽風煙接未央，飛樓複道鬱相望^[一]。春來無以銷長日^[二]，閒取經書教小王^[三]。

【注釋】

［一］"慶壽"二句：太皇太后曹氏的宮殿與皇帝所居宮殿中間以通道相連接。慶壽：指慶壽宮，為太皇太后曹氏所居宮。神宗熙寧元年三月建，二年五月遷居。《宋史·神宗本紀一》："（三月）戊子，作太皇太后慶壽宮、皇太后寶慈宮。"王應麟《玉海》卷一五八"熙寧慶壽宮 寶慈宮"："熙寧元年三月十五日戊子，中書門下言太皇太后（曹）宮殿請以慶壽為名，皇太后（高）宮殿以寶慈為名，從之。後慶壽宮

建慶壽、萃德二殿，寶慈宮建寶慈、孞徽二殿。二年五月，太皇太后遷居慶壽宮；七月，皇太后遷居寶慈宮。"蘇頌《賀皇帝為太皇太后入慶壽宮》："今月二十七日，太皇太后入慶壽宮。"《東都事略》卷八："五月壬辰，太皇太后遷居慶壽宮。"未央：即未央宮，漢唐宮殿名，此借指皇帝所居宮。見宋祁《春帖子詞·夫人閣》其四"銀闕崔嵬對未央"注〔一〕。複道：也作"復道"。複：通"復"。樓閣間的上下兩重通道。見王珪《端午內中帖子詞·太上皇后閣》其六"復道青槐合"注〔一〕。

〔二〕長日：漫長的白晝。

〔三〕經書：指儒家經典。小王：指趙氏年幼而封王者。當指英宗子。英宗四子，長子神宗，三子早亡，次子顥（1051—1097），四子頵（1054—1086），治平四年四月顥進封昌王，頵進封樂安郡王；九月顥為岐王，頵為高密郡王；熙寧四年二月顥為高密郡王，頵為嘉王。

按，蔡正孫以為"司馬公此帖亦皆寓諷勸之意"（《詩林廣記》後集卷一）。

冰澌半解波先綠〔一〕，柳葉未生條已黃。四海澄清天子孝〔二〕，朝回日奉萬年觴〔三〕。

【注釋】

〔一〕"冰澌"句：河水半解，水波泛綠。冰澌：河水解凍時的冰塊與水。

〔二〕四海澄清：天下安定太平。天子：指神宗皇帝。

〔三〕朝回：下朝回內宮。奉：進獻。

東宮歸政五年餘〔一〕，隱几時觀黃老書〔二〕。禁闥無為民自化〔三〕，熙熙不獨在春初〔四〕。

【注釋】

〔一〕東宮：太子所居之宮。借指太子。《詩·衛風·碩人》："東宮之妹，邢侯之姨。"毛傳："東宮，齊太子也。"孔穎達疏："太子居東宮，因以東宮表太子。"還政：指治平元年仁宗皇后曹氏還政英宗事。見王珪《端午內中帖子詞·太上皇后閣》十二"幾年退樂紫房居"注

［二］。

　　［二］隱几：倚靠著几案。黃老書：道家書籍。黃老：黃帝和老子。因道家以黃、老為祖，故稱道家為黃老。

　　［三］"禁闥"句：朝廷順應自然，無所作為，百姓自然化育。禁闥：宮禁之內。闥：門。無為：道家指順應自然，不求有所作為。《老子·三章》："是以聖人之治，虛其心，實其腹；弱其志，強其骨。常使民無知無欲，使夫知者不敢為也，無為，則無不治。"自化：自然化育。語本《老子·五十章》："法令滋彰，盜賊多有，故聖人云：我無為而民自化。"《莊子·秋水》："何為乎，何不為乎，夫固將自化。"

　　［四］熙熙：和樂狀。《老子·二十章》："眾人熙熙，如享太牢，如春登臺。"

皇太后閣六首[一]

　　母德思齊盛[二]，天心奮豫初[三]。青暉凝輦路[四]，佳氣擁宸居[五]。

【注釋】

　　［一］皇太后：為英宗皇后高氏（1032—1093）。神宗即位，尊為皇太后。見王珪《端午內中帖子詞·太上皇后閣》其一"兩儀坤載厚"注［一］。按，此亦為熙寧三年（1070）春帖。見前《皇帝閣》其一"肇履璿璣歷"注［一］。

　　［二］"母德"句：高氏為神宗之母，有大任之美德。思齊：《詩·大雅》中的篇章。首章云："思齊大任，文王之母。"毛傳："齊，莊也。"鄭玄箋："常思莊敬者，大任也，乃為文王之母。"後因以"思齊"贊美母教。

　　［三］"天心"句：自然萬物被新春之陽氣而生機勃發，各自逸豫。天心：天帝之心意。奮豫：《易·豫》："象曰：雷出地奮，豫。先王以作樂崇德，殷薦之上帝，以配祖考。"孔穎達疏："諸卦之象，或云雲上于天，或云風行天上，以類言之。今此應云雷出地上，乃云'雷出地奮豫'者，雷是陽氣之聲，奮是震動之狀。雷既出地震動，萬物被陽氣而生，各皆逸豫。故曰雷出地奮豫也。"《豫》之卦象上卦為震，下卦為坤。震為雷，坤為地。古人以為雷聲可以震動萬物，音樂可以感動神

鬼，獻王觀此卦象，從而作樂以歌功頌德，進獻上帝與祖考。故後世稱制作歌頌本朝功德的音樂為"奮豫"。《隋書·音樂志上》："大臣馳騁漢魏，旁羅宋齊，功成奮豫，代有制作。"《宋史·神宗本紀一》："（熙寧二年）五月辛未，宴紫宸殿，初用樂。"所指或為此。

　　［四］青暉：春光。輦路：天子車駕常經之路。

　　［五］宸居：帝王的居處。

　　暖日初添刻[一]，柔風乍襲衣[二]。弄孫時哺果[三]，觀織屢臨機[四]。

【注釋】

　　［一］"暖日"句：立春後天氣漸暖，白晝時間漸長。添刻：增添時刻數。刻，計時的單位。立春後白晝刻數增加，故云添刻。見夏竦《內閣春帖子》其四"銀箭初傳暖律延"注［一］。

　　［二］柔風：和風，春風。襲：吹拂。

　　［三］"弄孫"句：太后逗玩孫兒，不時喂點水果。《後漢書·明德馬皇后紀》："吾但當含飴弄孫，不能復關政矣。"神宗長子趙佾生於熙寧二年十一月，故有此句。見王珪《端午內中帖子詞·太上皇后閣》其五"寶縷千祥集"注［三］。

　　［四］"觀織"句：高太后勤於蠶事，多次親臨織機。

　　膾肉紛銀縷，蘭牙簇紫茸[一]。太官遵舊俗[二]，歲歲與今同。

【校記】

　　第二句"簇"，四庫本《傳家集》卷一四作"蔟"。

【注釋】

　　［一］"膾肉"句：立春日春盤里，肉絲細如銀絲，還有珍貴的紫色蘭芽。膾肉：細切的肉。銀縷：即銀絲，此指切成絲狀的白色菜，如蘿蔔、蔓菁之類。宋時立春所食春盤用肉菜皆切為細絲。蘭牙：即紫蘭芽。牙，同芽。鮑照《代白紵曲二首》其二："天色淨淥氣妍和，含桃紅萼蘭紫芽。"簇：聚集成堆。紫茸：紫色的細芽。茸：草初生的細芽，此指蘭芽。

〔二〕太官：官名，掌皇帝及百官膳食。見夏竦《御閣端午帖子》其六"太官角黍迎嘉節"注〔一〕。

　　釵上花開海燕飛[一]，紅繒蠟蠟粘枝[二]。風前飄蕩參差羽，還似瑤箱呈瑞時[三]。
【校記】
第一句"燕"，四庫本《傳家集》卷一四作"鷰"。鷰，同"燕"。
【注釋】
　　〔一〕"釵上"句：后妃們髮釵上簪戴著艾花、燕子等立春飾品。釵上花開、海燕：即釵頭符、艾花、綵燕等立春飾品。見胡宿《皇后閣端午帖子》其一"川館親蠶後"注〔四〕、夏竦《內閣春帖子》其二"椒花獻歲良時啟"注〔二〕。
　　〔二〕"紅繒"句：后妃們用紅繒、蠟等製作出花、樹等立春飾品。
　　〔三〕"風前"二句：春風中燕子在飛翔，還好像當年呈現瑞應一樣。參差羽：燕子長短不齊的翅膀。借指燕子。瑤箱：華美的廂房。此指高太后所居宮室。古代帝王祈子祭祀禖神在"玄鳥至之日"，故燕為得子之瑞兆。呈瑞時：指高后生神宗之時。

　　玉漏聲殘金殿開，乘輿清蹕問安來[一]。盡將草木欣欣意[二]，同與新春入壽盃。
【注釋】
　　〔一〕"玉漏"二句：清晨太后宮殿門打開，皇帝親自來問安。玉漏聲殘：指清晨。玉漏：漏的美稱。見夏竦《內閣春帖子》其四"銀箭初傳暖律延"注〔一〕。乘輿清蹕：皇帝乘車。乘輿：皇帝所乘車，借指皇帝。清蹕：本指帝王出行，清除道路，禁止行人。後借指帝王的車輦。
　　〔二〕欣欣：草木茂盛的樣子。

　　裁縫大練成春服，慈儉由來性所鍾。肯使外家矜侈靡，車如流水馬如龍[一]。

【注釋】

〔一〕"裁縫"四句：寫高太后之節儉及約束外家之嚴格。此反用東漢明德馬皇后事。見王珪《端午內中帖子詞·太上皇后閣》其八"水風吹殿送微涼"注〔二〕。練：白絹。鍾：集中，專一。

皇后閣五首[一]

穜稑獻新種[二]，褘褕澣舊衣[三]。玉鉤隨步輦，行看采桑歸[四]。

【注釋】

〔一〕皇后：神宗皇后向氏（1046—1101）。見王珪《端午內中帖子詞·皇后閣》其一"玉作仙家殿"注〔一〕。按，此亦為熙寧三年（1070）春帖。見前《皇帝閣》其一"肇履璿璣歷"注〔一〕。

〔二〕穜稑（tóng lù）：指先種後熟的穀類和後種先熟的穀類。據《周禮》，后妃在孟春要獻穜稑之種以供天子籍田之用。《周禮·天官·內宰》："上春，詔王后帥六宮之人而生穜稑之種，而獻之于王。"鄭玄注引鄭司農曰："先種後孰謂之穜，後種先孰謂之稑。"

〔三〕"褘褕（huī yú）"句：皇后穿著多次洗滌過的舊禮服。頌其節儉。褘：褘衣。王后的祭服，上面繪有野雞圖文。褕：褕翟。后妃之禮服，上面亦繪有雉羽紋飾。《說文》："褕，褕翟，羽飾衣。"亦作"揄狄"、"褕狄"。《周禮·天官·內司服》："掌王后之六服：褘衣、揄狄、闕狄、鞠衣、展衣、緣衣。"鄭玄注："褘衣，畫翬者；揄翟，畫搖者；……皆祭服，從王祭先王則服褘衣，祭先公則服揄翟。"此指褘衣。《宋史·輿服志三》："后妃之服：一曰褘衣，二曰朱衣，三曰禮衣，四曰鞠衣。"澣：同"浣"。

〔四〕"玉鉤"二句：寫向皇后舉行先蠶禮，採桑而歸。古代季春之月皇后要舉行親蠶禮，見夏竦《內閣春帖子》其一"青遽布序和風扇"注〔四〕。玉鉤：指採桑之鉤。步輦：皇后所乘車。

樛木猶藏葉，夭桃未作花[一]。六宮歌逮下[二]，四海詠宜家[三]。

【注釋】

［一］"樛木"二句：立春時節，樛木葉尚未出，桃花亦未開放。樛（jiū）木：枝向下彎曲的樹。夭桃：桃樹。《詩·周南》有《樛木》、《桃夭》篇。

［二］六宮：指后妃。逮下：恩惠及於下人。《詩·周南·樛木序》："《樛木》，后妃逮下也，言能逮下而無嫉妬之心焉。"

［三］宜家：《詩·周南·桃夭》："之子於歸，宜其室家。"後因以稱家庭和睦。

溝暖冰初斷[一]，慁晴雪半消。餘寒不足畏，塗壁盡芳椒[二]。

【注釋】

［一］溝：指宮苑內的溪流。斷：開。指融化。

［二］塗壁：漢皇后所居宮殿以椒和泥塗壁，取溫、香、多子之義。此言宮壁因塗椒而溫暖。見夏竦《皇后閣端午帖子》其三"千門朱索迎嘉祉"注［二］。

寶勝金幡巧鬭功[一]，綵花蠟燕颭和風[二]。玉盤翠苣映紅蓼，捧案朝來獻兩宮[三]。

【校記】

第二句"燕"字，四庫本《傳家集》卷一四作"鷰"。"鷰"，同"燕"。

【注釋】

［一］寶勝金幡：即春幡勝。以紙帛剪裁而成的立春飾品。見夏竦《內閣春帖子》其四"銀箭初傳暖律延"注［三］。巧鬭功：即鬭巧功。

［二］綵花、蠟燕：以紙帛剪製成而成的花、燕等立春飾品。見宋祁《春帖子詞·皇帝閣》其四"日華初麗上林天"注［二］、夏竦《內閣春帖子》其二"椒花獻歲良時啟"注［二］。

［三］"玉盤"二句：皇后製作了精美的春盤進獻給太皇太后和皇太后兩宮。苣：萵苣、萵筍。紅蓼：一年生草本植物，葉披針形，味辛辣，用以調味。寫春盤之美。兩宮：指太皇太后宮、皇帝宮。

春衣不用蕙蘭熏，領緣無煩刺繡文[一]。曾在蠶宮親織紞[二]，方知縷縷盡辛勤。

【校記】

第一句中"熏"字，四庫本作"薰"。

【注釋】

[一]"春衣"二句：寫向皇后生活之儉樸。無煩：不需煩勞；不用。領緣：領邊。古時皇后服領緣有翟形圖紋。《宋史·輿服志三》載，宋史后妃之服有褘衣、朱衣、禮衣、鞠衣四種，褘衣領緣以翟為紋飾，受冊、朝謁景靈宮服之；鞠衣以黃羅為之，無翟文，親蠶服之。蕙蘭熏：用蕙草、蘭草熏衣使香。古代使衣香有多種方法，其一為薰香法。宋洪芻《香譜》卷下："薰香法"："凡薰衣，以沸湯一大甌置薰籠下，以所薰衣覆之，令潤氣通徹，貴香入衣難散也。然後於湯爐中燒香餅子一枚，以灰蓋，或用薄銀楪子尤妙，置香在上薰之，常令煙得所薰。訖，疊衣，隔宿衣之，數日不散。"

[二]紞（dǎn）：古時冠冕上垂於兩旁用以懸瑱的帶子。《說文解字》："紞，冕冠塞耳者。"《國語·魯語下》："王后親織玄紞。"

按，蔡正孫以為"司馬公此帖亦皆寓諷勸之意"（《詩林廣記》後集卷一）。

夫人閣四首[一]

壁帶非煙潤，金鋪霽景鮮[二]。繡功添采縷[三]，和氣入繁絃[四]。

【注釋】

[一]夫人：指宮中眾妃。見宋庠《夫人閣端午帖子詞》其一"令月辰標午"注[一]。此時宮中夫人有真宗沈貴妃、仁宗苗德妃等。按，此亦為熙寧三年（1070）春帖。見前《皇帝閣》其一"肇履璿璣歷"注[一]。

[二]"壁帶"二句：雨後天晴，宮殿祥雲密佈，景色晴明鮮亮。壁帶：即壁帶。壁中露出像帶一樣的橫木。《漢書·外戚傳下·孝成趙皇后》："皇后既立，後寵少衰，而弟絕幸，為昭儀。居昭陽舍，其中庭彤朱，而殿上髹漆，切皆銅沓（冒）黃金塗，白玉階，壁帶往往為

黃金釭，函藍田璧，明珠、翠羽飾之，自後宮未嘗有焉。"顏師古注："壁帶，壁之橫木露出如帶者也。"此借指宮殿。非煙：《史記·天官書》："若煙非煙，若雲非雲，郁郁紛紛，蕭索輪囷，是謂卿雲。卿雲，喜氣也。"此指慶雲，五色祥雲。金鋪：金飾鋪首。門上獸面形的金飾銅製環鈕，用以銜環。《文選·司馬相如〈長門賦〉》："擠玉戶以撼金鋪兮，聲噌吰而似鐘音。"李善注："金鋪，以金為鋪首也。"呂延濟注："金鋪，扉上有金花，花中作鈕鐶以貫鎖。"霽景鮮：雨後景色晴明、鮮亮。

〔三〕"繡功"句：立春後繡工要增添彩線。言白晝時間增長。《歲時廣記》卷三八"添紅線"條引《歲時記》："晉魏間，宮中用紅線量日影，冬至後日添長一線。"同卷"增繡功"條引《唐雜錄》："宮中以女功揆日之長短，冬至後日晷漸長，比常日增一線之功。"本指冬至後白晝漸長，此用以指立春。繡功：刺繡之女紅。采縷：彩縷，彩線。

〔四〕繁絃：繁雜的絃樂聲。

　　翦綵催花發[一]，開簾望燕歸。藏鬮新過臘[二]，習舞競裁衣。

【校記】

第二句"燕"字，四庫本《傳家集》卷一四作"鷰"。鷰，同"燕"。

【注釋】

〔一〕翦綵：古代立春有剪裁彩色紙帛為幡勝、花樹以迎春之俗。見夏竦《內閣春帖子》其四"銀箭初傳暖律延"注〔三〕、宋祁《春帖子詞·皇帝閣》其四"日華初麗上林天"注〔二〕。

〔二〕藏鬮：一種禮儀。遼宋冬至宮廷飲宴時設鬮，探得者得飲。《遼史·禮志六·嘉儀下》："藏鬮儀：至日，北南臣僚常服入朝，皇帝御天祥殿，臣僚依位賜坐。契丹南面，漢人北面，分朋行鬮。或五或七籌，賜膳。人食畢，皆起。頃之，復坐行鬮如初。晚賜茶，三籌或五籌，罷教坊承應。若帝得鬮，臣僚進酒訖，以次賜酒。"

　　綺窗繡戶又東風[一]，丹掖遊陪歲歲同[二]。但願太平無限樂，何須三十六離宮[三]。

【注釋】

[一] 綺窗繡戶：雕畫美觀的窗戶。東風：春風。

[二] 丹掖：宮禁。

[三] 三十六離宮：即三十六宮。班固《西都賦》："離宮別館，三十六所。"離宮：古代帝王於正式宮殿之外所別築之宮室。

聖主終朝勤萬機[一]，燕居專事養希夷[二]。千門永晝春岑寂，不用車前插竹枝[三]。

【校記】

第一句"機"字，四庫本《傳家集》卷一四作"幾"。幾，同"機"。

【注釋】

[一] 萬機：皇帝處理的各種政務。

[二] "燕居"句：嬪妃們閒居宮中，清靜無為。燕居：閒居。希夷：《老子·十四章》："視之不見名曰夷，聽之不聞名曰希。"河上公注："無色曰夷，無聲曰希。"此指清靜無為。

[三] "千門"二句：反用西晉武帝司馬炎典故，讚美神宗崇尚清虛，不好聲色，亦戒後宮無須競相爭寵。岑寂：清淨、靜寂。車前插竹枝：《晉書·后妃傳上·胡貴嬪傳》記載："時帝多內寵，平吳之後復納孫皓宮人數千，自此掖庭殆將萬人。而並寵者甚眾，帝莫知所適，常乘羊車，恣其所之，至便宴寢。宮人乃取竹葉插戶，以鹽汁灑地，而引帝車。"後亦有效法者。《南史·后妃列傳上·潘淑妃傳》："宋潘淑妃者，本以貌進，始未見賞。帝（指宋文帝）好乘羊車經諸房，淑妃每莊飾褰帷以侯，并密令左右以鹹水灑地。帝每至戶，羊輒舐地不去，帝曰：'羊乃為汝徘徊，況於人乎？'於此愛傾後宮。"

按，蔡正孫以為"司馬公此帖亦皆寓諷勸之意"（《詩林廣記》後集卷一）。

元　絳

元絳（1009—1084），字厚之，錢塘（今浙江杭州）人。仁宗天聖八年（1030）進士，歷知台、福、鄆諸州及開封府，又為廣東、兩浙、河北轉運使，召為翰林學士，官至參知政事。晚年以資政殿學士知青州，以太子少保致仕。神宗元豐七年卒，年七十六，諡章簡。《東都事略》卷八一、《宋史》卷三四三有傳。《宋史·藝文志》載其有《玉堂集》二十卷，已佚。

元絳帖子散佚嚴重，零星作品散見於陳元靚《歲時廣記》卷二、卷二一、卷二二，祝穆《古今事文類聚》前集卷九及任淵《山谷內集詩注》注文等處。今輯得《端午皇帝閣帖子》五絕一首，斷句二十一條。《全宋詩》第七冊第三五三卷自祝穆《古今事文類聚》僅輯錄其斷句五，《全宋詩訂補》葉石健自《歲時薈萃》卷五二輯斷句十，但誤歸於章得象名下。《歲時廣記》、《古今事文類聚》均題名為章簡公。元絳諡章簡，史書多稱"章簡公"或"元章簡公"。

春帖子詞[一]

幡字玲瓏玉花房[二]，點滴酥續翰林志[三]。

【校記】

錄自叢書集成初編本任淵注《山谷內集詩注》卷一七《再次前韻》其二"酥滴花枝綵剪幡"注。

【注釋】

[一] 此春帖至少應有完整一組，今僅存斷句二。詩當作於熙寧年間。據《續資治通鑑長編》，元絳熙寧三年已為翰林學士，八年十二月"壬寅，以翰林學士兼侍讀學士、判太常寺、兼群牧使、工部侍郎"參

知政事"，其創作當在此期間，具體作時不詳。按，從內容看，此詩似為夫人閣帖。

　　〔二〕幡字玲瓏：指春幡上剪貼的字精巧細微。玉花房：白色的花。當指彩花。

　　〔三〕"點滴"句：點酥為詩，似在續寫翰林學士所作之帖。點滴酥：即點酥。見王珪《立春內中帖子詞·夫人閣》其一"翠縷爭垂柳"注〔三〕。翰林志：唐李肇有《翰林志》，宋蘇易簡有《續翰林志》，均記載翰林學士故事。此當指翰林學士寫作春帖子詞事。《山谷內集詩注》卷一七《再次前韻》其二："鄰娃似與春爭道，酥滴花枝綵剪幡。"任淵注："元絳《春帖子詞》曰：'幡字玲瓏玉花房，點滴酥續翰林志。'立春賜鏤銀飾綵勝之物。"

　　　　太極侍臣皆賀雪[一]，含章公主正妝梅[二]。

【校記】

　　錄自叢書集成初編本陳元靚《歲時廣記》卷九。題原作"帖子"，當為"春帖子詞"。具體閣類不詳，疑為皇后閣帖子。

【注釋】

　　〔一〕太極：即太極宮。唐宮殿名，為皇帝舉行大禮大事之宮。此指宋宮正殿大慶殿。賀雪：祝賀天降瑞雪。因瑞雪兆豐年，故賀。

　　〔二〕"含章"句：用宋武帝女壽陽公主典故。《太平御覽》卷三〇引《雜五行書》云："宋武帝女壽陽公主，人日臥於含章殿簷下，梅花落公主額上，成五出花，拂之不去。皇后留之，看得幾時，經三日洗之，乃落。宮女奇其異，競效之。今梅花粧是也。"卷九七〇又引《宋書》，略同。陳元靚《歲時廣記》卷九"傚梅妝"條引《宋書》亦略同，並引此句。此寫公主正在裝扮。按，此當指神宗長女，母為欽聖憲肅向皇后，封延禧公主。生而警悟，自羈卯習嗜宛如成人，年十二卒。（《宋史》本傳）

皇帝閣端午帖子[一]

　　清曉會披香[二]，朱絲續命長[三]。一絲增一歲，萬縷獻君王。

【校記】

錄自叢書集成初編本陳元靚《歲時廣記》卷二一。題原作"端五皇帝閣帖子"，依例逕改。

【注釋】

〔一〕皇帝：指神宗趙頊（1048—1085）。見王珪《端午內中帖子詞·皇帝閣》其一"萬里關山靜"注〔一〕。按，此端帖作於熙寧年間。元絳熙寧三年至八年在院，三年、七年端帖為王珪、呂惠卿所作（見王珪、呂惠卿），則其詩或為熙寧四年、五年、六年或八年端帖。見前《春帖子詞》注〔一〕。

〔二〕披香：即披香殿，漢宮殿名。此指宋宮殿。見夏竦《御閣春帖子》其二"冰消太液生春水"注〔二〕。

〔三〕朱絲：即續命綵索。見夏竦《御閣端午帖子》其一"續命彩絲登繭館"注〔二〕。

金縷臂繒長[一]，冰絲酒面香[二]。

【校記】

錄自叢書集成初編本陳元靚《歲時廣記》卷二一。題原作"皇帝閣端五帖子"。

【注釋】

〔一〕金縷：金絲。指續命彩絲。見夏竦《御閣端午帖子》其一"續命彩絲登繭館"注〔二〕。

〔二〕冰絲：冰蠶所吐的絲，借指琴弦。酒面：杯內酒的表面。此指酒。

繭館初成長命縷[一]，珠囊仍帶辟兵繒[二]。

【校記】

錄自叢書集成初編本陳元靚《歲時廣記》卷二一。第一句中"館"字，本作"綵"，據《古今事文類聚》前集卷九改。與前"清曉會披香"同為《皇帝閣端午帖子》。

【注釋】

[一] 長命縷：即續命彩絲。見夏竦《御閤端午帖子》其一"續命彩絲登繭館"注[二]。

[二] 珠囊：以珠編綴的袋子，言其華美。辟兵繒：以五彩繒製作的辟兵符。陳元靚《歲時廣記》卷二一"辟兵繒"：《新語》："五月五日，集五綵繒，謂之辟兵繒。"章簡公作《皇帝閤端五帖子》云："金縷臂繒長，冰絲酒面香。"又《帖子》云："繭綵初成長命縷，珠囊仍帶辟兵繒。"見晏殊《端午詞·御閤》其三"獻壽競為長命縷"注[二]。

皇后閤端午帖子[一]

桃印敞金扉[二]，鳴環蠒館歸[三]。

【校記】

錄自叢書集成初編本陳元靚《歲時廣記》卷二一。題原作"端五皇后閤帖子"，依例徑改。

【注釋】

[一] 皇后：指神宗皇后向氏（1046—1101）。見王珪《端午內中帖子詞·皇后閤》其一"玉作仙家殿"注[一]。按，此與前《皇帝閤端午帖子》當為同時所作，見其一"清曉會披香"注[一]。

[二] 桃印：端午門飾，用以辟邪。見夏竦《郡王閤端午帖子》其四"崑山瑞玉題真篆"注[二]。

[三] 鳴環：指身上佩帶的環珮碰擊有聲。見夏竦《皇后閤端午帖子》其五"中闈正肅鳴環節"注[一]。蠒：同"繭"。

玉軫薰風細[一]，朱符彩縷長[二]。

【校記】

錄自叢書集成初編本陳元靚《歲時廣記》卷二一。題原作"端五皇后閤帖子"，依例徑改。

【注釋】

[一]"玉軫"句：指彈奏樂曲。玉軫：玉製的琴軫。軫：繫絃的

小柱。代指琴。薰風：指《南風歌》。見宋庠《皇帝閣端午帖子詞》其二"寶軫流薰唱"注〔一〕。

〔二〕朱符：指端午辟邪所用帖子、符籙，即赤靈符、辟兵符、赤口白舌帖子之類。常用朱筆書寫或用朱色紙帛，故稱。見晏殊《端午詞·御閣》其三"獻壽競為長命縷"注〔二〕。彩縷：即續命彩絲。見夏竦《御閣端午帖子》其一"續命彩絲登繭館"注〔二〕。

赤符神印穿金縷[一]，團扇鮫綃畫鳳文[二]。

【校記】

錄自叢書集成初編本陳元靚《歲時廣記》卷二一。第一句"金縷"，《古今事文類聚》前集卷九作"人縷"。題原作"端五皇后閣帖子"，依例徑改。

【注釋】

〔一〕赤符、神印：赤靈符、桃印。此指桃印符、赤靈符之類。見晏殊《端午詞·御閣》其三"獻壽競為長命縷"注〔二〕。金縷：金絲。

〔二〕鮫綃：傳說中鮫人所織的綃。此借指薄絹、輕紗。南朝梁任昉《述異記》卷上："南海出鮫綃紗，泉室潛織，一名龍紗。其價百餘金，以為服，入水不濡。"畫鳳文：繪有鳳凰形象的紋飾。

端午帖子

已持犀辟暑[一]，更鬥草迎涼[二]。

【校記】

錄自叢書集成初編本陳元靚《歲時廣記》卷二。題原作"端午帖子"，當為《夫人閣端午帖子》。

【注釋】

〔一〕犀辟暑：用唐文宗典故。《白孔六帖》卷九七"辟暑犀"："文宗延學士於內庭，李訓講《周易》，時方盛夏，上命取辟暑犀以賜。"

〔二〕鬥草：即鬪草，古代清明至端午流行的一種遊戲。見晏殊

《端午詞·內廷》其一"百草鬭餘欣令月"注〔二〕。

　　絲竹漸高橈鼓急[一]，瑤津亭下競鷁車[二]。
【校記】
　　錄自叢書集成初編本陳元靚《歲時廣記》卷二一。題原作"端五帖子"，具體閣類不詳。第一句中"橈鼓"本作"鐃鼓"，第二句中"瑤津"本作"雲津"，據《古今事文類聚》前集卷九改。
【注釋】
　　[一] 絲竹：本指絃樂器和竹管樂器。此泛指競渡時演奏的音樂。橈，船槳。鼓：競渡比賽時擊鼓為節以指揮行船節奏和速度。
　　[二] 瑤津亭：亭名，在北宋宮內。《玉海》卷一六〇"雍熙玉華殿"："後苑東門曰宣和，苑內有崇聖殿、太清樓，其西又有宜聖、玉宸、金華、西涼、清心殿，翔鸞、儀鳳二閣，華景芳、瑤津亭。"鷁車：飛鷁、龍船。見夏竦《皇后閣端午帖子》其二"璧沼水嬉飛隼渡"注[一]。

　　九子黏筒玉糉香[一]，五絲縈臂寶符光[二]。
【校記】
　　錄自叢書集成初編本陳元靚《歲時廣記》卷二一。題原作"端五帖子"，據《古今事文類聚》前集卷九改。具體閣類不詳，疑為皇后閣端帖。第一句"筒"，《古今事文類聚》前集卷九作"箇"。
【注釋】
　　[一] 九子黏筒：即九子粽。見晏殊《端午詞·內廷》其二"披風別殿地無塵"注[三]。
　　[二] 五絲：即五彩絲。見夏竦《御閣端午帖子》其一"續命彩絲登繭館"注[二]。寶符：即端午用以辟邪求吉的道教符籙。

　　菖華泛酒堯樽綠[一]，菰葉縈絲楚糉香[二]。
【校記】
　　錄自叢書集成初編本陳元靚《歲時廣記》卷二一。題原作"端五帖子"，據《古今事文類聚》前集卷九改。具體閣類不詳，疑為皇帝閣。

【注釋】

［一］菖華：即菖蒲。古時端午有以菖蒲浸酒而飲的習俗。見宋庠《夫人閣端午帖子詞》其一"令月辰標午"注［四］。堯樽：帝王的酒杯，泛指酒杯。姚崇《春日洛陽城侍宴詩》："堯樽臨上席，舜樂下前溪。"

［二］菰：多年生草本植物，生在淺水中，嫩莖稱"茭白"、"蔣"，可做蔬菜；菰葉可用以包裹粽子。

五蓂開瑞莢[一]，百草鬪香苕[二]。

【校記】

錄自叢書集成初編本陳元靚《歲時廣記》卷二一。題原作"端五帖子"。似為皇后或夫人閣帖子。第二句"苕"，本作"茗"，據《古今事文類聚》前集卷九改。

【注釋】

［一］"五蓂"句：寫時當端午日。蓂：即蓂莢。傳為唐堯時瑞草名，此草每月朔日始一日生一莢，十六日後一日落一莢，月晦而盡，故又名歷莢。五蓂即初五日。見宋庠《皇帝閣端午帖子詞》其四"宮中命縷千絲合"注［二］。

［二］"百草"句：寫端午鬪草之戲。見晏殊《端午詞·內廷》其一"百草鬪餘欣令月"注［二］。苕（tiáo）：即凌霄花，農曆五月始開花。

五日看花憐並蒂[一]，今朝鬪草得宜男[二]。

【校記】

錄自叢書集成初編本陳元靚《歲時廣記》卷二一。題原作"端五帖子"，似為皇后或夫人閣端午帖子。第一句"蒂"，《古今事文類聚》前集卷九作"葉"。

【注釋】

［一］五日：端午日。憐：愛。並蒂：並蒂花，即兩朵花並排長在同一莖上。喻夫妻恩愛。此當為皇后所寫。

［二］鬭草：古代清明至端午流行的一種遊戲。見晏殊《端午詞·內廷》其一"百草鬭餘欣令月"注［二］。宜男：萱草的別名。古代迷信，認爲孕婦佩萱草則生男，故名。《太平御覽》卷九九六引《本草經》："萱一名忘憂，一名宜男，一名歧女。"《齊民要術·鹿葱》引晉周處《風土記》："宜男，草也，高六尺，花如蓮。懷妊人帶佩，必生男。"

　　自有百神長侍衛［一］，不應須佩赤靈符［二］。
【校記】
　　錄自叢書集成初編本陳元靚《歲時廣記》卷二一。原題作"帖子"，依内容爲端午帖子，具體閣類不詳。第二句原作"額備"，據《古今事文類聚》卷九改。
【注釋】
　　［一］百神：指各種神靈。
　　［二］赤靈符：古代端午佩戴道教符籙，俗以爲可以避免兵禍鬼氣。見晏殊《端午詞·御閣》其三"獻壽競爲長命縷"注［二］。

　　花陰轉午清風細，玉燕釵頭艾虎輕［一］。
【校記】
　　錄自叢書集成初編本陳元靚《歲時廣記》卷二一。原題作"帖子"，依内容爲端午帖子，當爲皇后閣或夫人閣帖。
【注釋】
　　［一］玉燕釵：釵名。郭憲《洞冥記》卷二："神女留玉釵以贈（漢武）帝，帝以賜趙婕妤。至昭帝元鳳中，宮人猶見此釵。黄琳欲之。明日示之，既發匣，有白燕飛昇天。後宮人學作此釵，因名玉燕釵，言吉祥也。"艾虎：一種用絲帛和艾草做成的虎狀飾品，端午簪戴。見胡宿《皇后閣端午帖子》其一"川館親蠶後"注［四］。

　　楚俗綵絲長命縷［一］，仙家神篆辟兵符［二］。
【校記】
　　錄自叢書集成初編本陳元靚《歲時廣記》卷二一。原題作"帖子", 依内容為端午帖子, 具體閣類不詳。

【注釋】

[一] 綵絲長命縷: 即續命彩絲。見夏竦《御閣端午帖子》其一"續命彩絲登繭館"注 [二]。

[二] 仙家: 仙人, 道家。辟兵符: 即靈符。端午佩戴, 俗以為可以避兵鬼之氣。見晏殊《端午詞·御閣》其三"獻壽競為長命縷"注 [二]。

雙人翠艾懸朱戶[一], 九節丹蒲泛玉觴[二]。

【校記】

錄自叢書集成初編本陳元靚《歲時廣記》卷二一。原題作"帖子", 依内容當為端午帖子。具體閣類不詳。

【注釋】

[一] "雙人"句: 宮門兩旁懸掛上辟邪的艾人。端午有門懸艾草之俗。見晏殊《端午詞·御閣》其二"初垂彩艾迎新節"注 [一]。朱戶: 以朱紅所漆之門。此指宮門。

[二] "九節"句: 寫端午飲菖蒲酒之俗。九節丹蒲: 即九節菖蒲。見宋庠《夫人閤端午帖子詞》其一"令月辰標午"注 [四]。

壽尤先供餌[一], 靈龜更荐葅[二]。

【校記】

錄自叢書集成初編本陳元靚《歲時廣記》卷二一。原題作"端五帖子", 具體閣類不詳。

【注釋】

[一] "壽尤"句: 寫進獻尤食。古人以為食尤有助長壽, 故云壽尤。見王珪《端午内中帖子詞·太上皇后閣》其四"有德名終大"注 [四]。

[二] "靈龜"句: 寫進獻龜肉、角黍等端午時令食品。《天中記》卷五引《風土記》: "仲夏端五, 烹鶩角黍。端, 初也。謂五月初五日也。俗重五日, 與夏至同。先節一日, 又以菰葉裹粘米, 以栗棗灰汁煮令熟, 節日啖。煮肥龜極爛, 去骨加鹽豉、麻蓼, 名葅龜。粘米, 一名

稷，一曰角黍，蓋取陰陽尚包裹未分之象也。龜，骨表肉裹，陽內陰外之形，取以贊時也。"按，《太平廣記》卷三一末句引作"龜，甲表肉裹，陽外陰內之形，所以贊時也"。唐張説《端午三殿侍宴應制》："助陽嘗麥䴳，順節進龜魚。"

艾葉成人後，榴花結子初[一]。
【校記】
錄自叢書集成初編本陳元靚《歲時廣記》卷二一。原題作"帖子"。依內容當為端午帖子。具體閣類不詳。
【注釋】
[一]"艾葉"二句：寫時當端午。端午有採摘艾草、束扎為人形懸掛於門以驅邪避毒的習俗，《荊楚歲時記》："五月五日，……采艾以為人，懸門戶上，以禳毒氣。"石榴在農曆四五月開花結子，故以二者並舉以言端午節令。按，此二句與李清臣《端午帖子》完全相同，不詳孰是。

菖酒朝觴滿[一]，蘭湯曉浴溫[二]。
【校記】
錄自叢書集成初編本陳元靚《歲時廣記》卷二一。原題作"帖子"，依內容當屬端午帖子。具體閣類不詳。第一句中"菖酒"本作"菖蒲"，據《古今事文類聚》前集卷九改。
【注釋】
[一]菖酒：即菖蒲酒：古時端午有以菖蒲浸酒而飲的習俗。見宋庠《夫人閣端午帖子詞》其一"令月辰標午"注[四]。
[二]"蘭湯"句：寫浴蘭湯。古代端午有以蘭草為湯沐浴之俗。見夏竦《御閣端午帖子》十一"浴蘭襲祉良辰啟"注[一]。

尤薦神仙餌[一]，菖開富貴花[二]。
【校記】
錄自叢書集成初編本陳元靚《歲時廣記》卷二二。原題作"端五帖子"。具體閣類不詳。

【注釋】

〔一〕"尤薦"句：寫進獻尤食。古人以為食尤有助長壽，故云壽尤。見王珪《端午內中帖子詞·太上皇后閣》其四"有德名終大"注〔四〕。

〔二〕菖：即菖蒲。

韓　　維

韓維（1017—1098），字持國，雍丘（今河南杞縣）人。韓億之子，與韓絳、韓縝等為兄弟。以父蔭得官，歷仕仁、英、神、哲四朝。仁宗時由知太常禮院，後通判涇州，為淮陽郡王府記室參軍。英宗即位，召為同修起居注，進知制誥、知通進銀臺司。神宗時遷翰林學士，權知開封府，學士承旨，出知河陽、許州。哲宗即位。召為門下侍郎，後出知鄧州，改汝州，以太子少傅致仕。哲宗紹聖二年（1095）入元祐黨籍，元符初復官。元符元年卒，年八十二。《宋史》卷三一五有傳。嘗封南陽郡公，有《南陽集》三十卷。

韓維有《春貼子》一組二十七首，載於其集，《全宋詩》卷四三〇亦錄。

春貼子[一]

皇帝閣六首[二]

和氣生金殿[三]，微風轉畫旗[四]。年年好春色，先是帝家知。

【校記】

韓維帖子均錄自《南陽集》卷一四。此以影印文淵閣《四庫全書》本為底本，校以清丁丙收藏的舊抄本。此組詩《四庫全書》亦誤收入趙湘《南陽集》卷三。

【注釋】

[一] 春貼子：此組詩當作於熙寧三年至五年，疑為熙寧五年（1072）春帖。其一，從春帖類別看，必作於曹氏為太皇太后之時。即

熙寧初至元豐二年。其二，詩應作於韓氏任職學士院之時，據李燾《續資治通鑑長編》卷二三〇、卷二三五、卷二五〇、《宋史本傳》、陳桱《通鑒續編》卷八等記載，韓維兩次任翰林學士，首次為熙寧二年五月至五年七月，第二次在熙寧七年二月至五月，第二次不具備寫作春帖時間。《夫人閣四首》其三有"薄暖正當挑菜日"句，則當年立春在正月初七人日左右。熙寧三年、四年立春分別在臘月十七和二十八日，五年在正月初九，則此當為熙寧五年立春所作。

［二］皇帝：指神宗趙頊（1048—1085）。見王珪《端午內中帖子詞·皇帝閣》其一"萬里關山靜"注［一］。

［三］金殿：指皇帝所居宮殿。

［四］畫旗：有畫飾的旗。

迎氣來歸胙[一]，宜春祝降祥。皇心勤治切[二]，應喜寸陰長[三]。

【注釋】

［一］迎氣：迎春氣，古代立春有迎氣東郊的迎春禮。見夏竦《御閣春帖子》其三"天人道洽真游降"注［三］。歸胙：即歸福，祈禱降福。胙：福佑。

［二］勤治切：勤於國家政事。

［三］寸陰長：立春後白晝時間增長，故云。

醇醴浮金罍[一]，柔蔬飣玉盤[二]。嘗新兼介壽[三]，齊奉兩宮歡[四]。

【注釋】

［一］醇醴：味厚的美酒。金罍：罍的美稱。罍，古代青銅製的酒器，圓口，三足。

［二］柔蔬：把柔嫩的蔬菜堆疊在盤中做成春盤。飣：堆疊果蔬於器皿中，供陳設之用。

［三］嘗新：品嘗應時的新鮮蔬果。介壽：祝壽。《詩·豳風·七月》："八月剝棗，十月穫稻，為此春酒，以介眉壽。"鄭玄箋："介，助也。"

［四］兩宮：指太皇太后曹氏和皇太后高氏。神宗熙寧元年為太皇太后作慶壽宮，為皇太后作寶慈宮。因二人各居一宮，故稱兩宮。

　　晝漏新添刻[一]，春寒早放班。恩隨寬大詔[二]，一日徧人間[三]。
　　【注釋】
　　［一］"晝漏"句：立春後白晝增長。漏：古代計時器。添刻：增添時刻數。見夏竦《內閣春帖子》其四"銀箭初傳暖律延"注［一］。
　　［二］寬大詔：寬大處理罪犯的詔書。見宋祁《春帖子詞·皇帝閣》其二"瑞福隨春到"注［二］。
　　［三］徧：同"遍"。

　　晴日漸消宮瓦雪，和風微散御爐烟。千官拜舞皇恩罷，綵勝金旛下九天[一]。
　　【注釋】
　　［一］"千官"二句：立春日千官舞蹈拜謝皇帝的恩賞，戴著賞賜的金幡彩勝歸家。綵勝金旛：即彩勝、綵幡，立春飾品。見夏竦《內閣春帖子》其四"銀箭初傳暖律延"注［三］。九天：比喻皇宮，言其深遠。

　　早鶯啼滑知寒薄[一]，午馬休遲覺晝長[二]。四海歡康幾務暇[三]，簫韶時奉萬年觴[四]。
　　【注釋】
　　［一］早鶯：即倉庚、黃鸝。初春始鳴，也稱告春鳥。啼滑：鳴叫聲平滑流利。
　　［二］午馬：即馬。馬對應十二地支中的午，故云。休遲：休息得晚。
　　［三］幾務暇：處理政務之閒暇。幾務：機要的事務。此指軍國大事。
　　［四］簫韶：指《九韶》，或作《九招》，古樂曲名，此指宋宮中樂曲。見王珪《立春內中帖子詞·皇帝閣》其三"雲捧樓臺切絳霄"注

[三]。奉：進獻。

太皇太后閣六首[一]

位歷三朝重[二]，風行四海深[三]。坐將仁厚意，潛助發生心[四]。

【注釋】

[一] 太皇太后：仁宗皇后曹氏（1016—1079）。神宗即位，尊為太皇太后。時居慶壽宮。見宋庠《皇后閣端午帖子詞》其一"魏井開冰潔"注[一]。按，此亦為熙寧五年（1072）春帖。見前《皇帝閣》其一"和氣生金殿"注[一]。

[二] 三朝：指仁宗、英宗、神宗三朝。

[三] 風行：形容德化廣被。

[四] 發生：指萬物萌發、滋長。見胡宿《皇帝閣春帖子》其五"春官青鳥司開啟"注[二]。

銅罍消殘凍[一]，朱樓拂早霞[二]。傳聲回步輦，來賞小桃花[三]。

【注釋】

[一] 銅罍：承接房檐上雨水的器具。

[二] 朱樓：華麗的紅色樓房。此指太皇太后所居宮殿。

[三] "傳聲"二句：寫太皇太后去後苑賞早春開放的小桃花。陸遊《老學庵筆記》卷四："歐陽公、梅宛陵、王文恭集，皆有小桃詩。歐詩云：'雪裏花開人未知，摘來相顧共驚疑。便須索酒花前醉，初見今年第一枝。'初但謂桃花有一種早開者耳。及遊成都，始識所謂小桃者，上元前後即著花，狀如垂絲海棠。曾子固《雜識》云：'正月二十間，天章閣賞小桃。'正謂此也。"按，津逮本"間"作"開"，是。《名臣言行錄》後集卷五："是月（指正月）二十間，天章閣賞小桃，因以勸太后，太后有酒。"可知宋宮內有此樹，而曹太后喜早春賞小桃花。步輦：一種由人抬的車。

視膳回天仗[一]，含飴樂聖辰[二]。定應彤管筆，書美繫王春[三]。

【注釋】

[一]"視膳"句：寫神宗皇帝侍奉太皇太后進餐之後回去。視膳：古代臣下侍奉君主或子女侍奉雙親進餐的一種禮節。語出《禮記·文王世子》："食上，必在視寒暖之節；食下，問所膳。"天仗：皇帝的儀仗。

[二]含飴：寫曹氏含飴弄孫。含飴：即含飴弄孫。含著飴糖逗小孫子；形容老年人恬淡閒適的樂趣。《東觀漢記·明德馬皇后傳》："穰歲之後，惟子之志，吾但當含飴弄孫，不能復知政事。"飴，飴糖，用麥芽或穀芽之類熬成。孫：不詳為神宗何子。見王珪《端午日內中帖子詞·皇帝閣》其一"萬里關山靜"注[一]。

[三]"定應"二句：寫太皇太后親自寫"美"字以迎春。曹氏擅長書法，尤其喜好寫"美"字。《宋史》本傳載其"善飛帛書"。陸遊《老學庵筆記》卷二："慈聖曹太后工飛白，蓋習觀昭陵落筆也。先人舊藏一'美'字，徑二尺許，筆勢飛動，用慈壽宮寶，今不知何在矣。"彤管筆：紅色管身的筆。

鏤成寶字題宮戶[一]，剪出名花趁御筵[二]。人世不知春色早[三]，忽驚歌吹下中天[四]。

【注釋】

[一]"鏤成"句：寫宮中立春製作宜春帖貼於宮門的習俗。寶字即宜春、帖子詞之類。春帖由後苑作院製作。《歲時廣記》卷八引呂希哲《歲時雜記》云："學士院立春前一月撰皇帝、皇后、夫人閤門帖子，送後苑作院，用羅帛縷造，及期進入。"

[二]"剪出"句：寫立春以絹帛彩紙之類剪製花迎春的習俗。見宋祁《春帖子詞·皇帝閣十二首》其四"日華初麗上林天"注[二]。

[三]人世：人間。此指民間。

[四]歌吹：歌聲和樂聲。中天：仙界。此喻指宮中。

長樂鐘殘寶殿開[一]，鳴梢移仗問安來[二]。欲知純孝通天地[三]，和氣氤氳遶御杯[四]。

【注釋】

[一] 長樂：即長樂宮。漢高帝所建，惠帝以後為太后居地。此指太皇太后曹氏所居慶壽宮。見宋祁《春帖子詞·皇帝閣》其七"春風長樂地"注[一]。

[二]"鳴梢"句：寫神宗來向太皇太后曹氏問安。鳴梢：即鳴鞭。皇帝儀仗有鳴鞭。見王珪《端午內中帖子詞·太上皇后閣》其七"池邊草色迎人綠"注[二]。

[三] 純孝：大孝。

[四] 氤氳：雲氣瀰漫的樣子。遶：同"繞"。

殘冰未放溝聲滑[一]，小雨頻催柳色新。晝漏漸長無一事[二]，坐披黃老味天真[三]。

【注釋】

[一]"殘冰"句：謂雖已立春，但冰未全消，溪水流動不暢。溝聲：溪水聲。

[二] 晝漏漸長：白晝時間逐漸增長。漏：古代計時器。見夏竦《內閣春帖子》其四"銀箭初傳暖律延"注[一]。

[三] 坐披黃老：閒坐閱讀道家書籍。黃老：黃帝和老子。因道家以黃、老為祖，故稱道家為黃老。味天真：體味道之真諦。《莊子·漁父》："禮者，世俗之所為也；真者，所以受於天也，自然不可易也。故聖人法天貴真，不拘於俗。"後以"天真"指未受禮俗影響的本性。

太后閣六首[一]

正閫成王化[二]，開宮奉母儀[三]。身當四海養，壽祝萬年期。

【注釋】

[一] 太后：英宗皇后高氏（1032—1093）。神宗即位，尊為皇太后。見王珪《端午內中帖子詞·太上皇后閣》其一"兩儀坤載厚"注[一]。按，此亦為熙寧五年（1072）春帖。見前《皇帝閣》其一"和氣生金殿"注[一]。

[二]"正閫"句：寫皇太后能端正後宮而輔成君王的德化。閫：

閨房。引申為婦女。王化：王之教化。語出《詩大序》："《周南》、《召南》，正始之道，王化之基。"

［三］"閨宮"句：寫皇太后能遵奉人母的儀範。

玉律生陽早[一]，金鋪上日遲[二]。枝間雙鵲語[三]，應是報春祺[四]。

【注釋】

［一］玉律：即玉管。候管。標準定音器，古人用以觀測節候。見夏竦《內閣春帖子》其六"緹室葭灰飛候管"注［一］。

［二］金鋪：金飾鋪首。見司馬光《春貼子詞·夫人閣四首》其一"璧帶非煙潤"注［二］。

［三］雙鵲語：雙鵲鳴叫。俗以喜鵲鳴叫為喜兆。

［四］春祺：春福。祺：吉祥。

平曉開朱户[一]，輕寒御練衣[二]。宮童移鈿扇，慶壽早朝歸[三]。

【注釋】

［一］平曉：猶平明。天剛亮的時候。

［二］練衣：白色熟絹所製之衣。用東漢明德馬皇后事，以形容皇太后生活節儉。《後漢書·明德馬皇后紀》："常衣大練，裙不加緣。"李賢注："大練，大帛也。杜預注《左傳》曰：'大帛，厚繒也。'"

［三］"宮童"二句：隨著宮人移動障扇，皇帝至太后宮慶壽已回。鈿扇：鑲嵌有金、銀、玉、貝等物的扇子。此指皇帝出行儀仗中的障扇。即長柄扇。又稱長扇、掌扇。晉崔豹《古今注·輿服》："障扇，長扇也。漢世多豪俠，象雉尾扇而制長扇也。"宋程大昌《演繁露》卷一五："今人呼乘輿所用扇為掌扇，殊無義。蓋障扇之訛也……凡扇言障，取遮蔽為義，以扇自障，通上下無害，但用雉尾飾之，即乘輿制度耳。"

金花鏤勝隨春燕[一]，綵仗繁絲逐土牛[二]。迎得韶華入中禁[三]，和風次第遍神州。

【注釋】

［一］"金花"句：寫立春剪製春花、春勝、春燕等以示迎春的習俗。金花：即春花。鏤勝：剪刻春勝。春燕：燕形的立春飾品。見夏竦《內閣春帖子》其四"銀箭初傳暖律延"注［三］、宋祁《春帖子詞·皇帝閣》其四"日華初麗上林天"注［二］。

［二］"綵仗"句：寫立春日鞭土牛迎春的習俗。綵仗：儀仗。土牛：即春牛。宋時有鞭春的習俗。見宋祁《春帖子詞·夫人閣》其十"玉管輕羅和氣動"注［二］。

［三］韶華：韶光，春光。中禁：禁中，宮中。

綵仗朝來散玉京[一]，綺窗新網結初晴[二]。靜呼宮女教調曲，閒引皇孫看學行[三]。

【注釋】

［一］"綵仗"句：立春日早朝很早就結束了。綵仗：儀仗。玉京：指京都。

［二］綺窗：雕畫美觀的窗戶。

［三］皇孫：當指神宗子。按，神宗十四子，熙寧五年無子存，詳情待考。參見王珪《端午內中帖子詞·太上皇后閣》其五"寶縷千祥集"注［三］。學行：學問品行。

九奏清新稱玉斝[一]，八珍和旨奉蘭羞[二]。須知天子娛親意[三]，不為乘春事燕遊[四]。

【注釋】

［一］"九奏"句：寫宴飲奏樂祝壽。九奏：古代行禮奏樂九曲。《書·益稷》："《簫韶》九成，鳳凰來儀。"孔安國傳："備樂九奏而致鳳凰。"孔穎達疏："成，謂樂曲成也。鄭云：'成，猶終也。每曲一終，必變更奏。'故經言九成，傳言九奏，《周禮》謂之九變，其實一也。"稱玉斝：舉杯祝酒。玉斝：玉製的斝。此為酒杯之美稱。

［二］"八珍"句：寫宴會上進獻飲食之美。八珍：古代八種烹飪法。《周禮·天官·膳夫》："珍用八物。"鄭玄注："珍，謂淳熬、淳母、炮豚、炮牂、擣珍、漬、熬、肝膋也。"宋呂希哲《侍講日記》：

"八珍者，淳熬也，淳母也，炮也，擣珍也，漬也，熬也，糝也，肝膋也。先儒不數糝而分炮豚羊為二，皆非也。"泛指珍饈美味。和旨：醇和而甘美。《詩·小雅·賓之初筵》："酒既和旨，飲酒孔偕。"鄭玄箋："和旨，酒調美也。"高亨注："和，醇和；旨，美味。"奉蘭羞：進獻美味佳餚。

[三] 天子：指神宗趙頊。娛親意：使父母歡樂的心意。

[四] 事燕遊：從事宴飲遊樂活動。

皇后閣五首[一]

后德侔姬國，嬪風協舜家[二]。進賢陽為長[三]，修教月增華[四]。

【注釋】

[一] 皇后：神宗皇后向氏（1046—1101）。見王珪《端午內中帖子詞·皇后閣》其一"玉作仙家殿"注[一]。按，此亦為熙寧五年（1072）春帖。見前《皇帝閣》其一"和氣生金殿"注[一]。

[二] "后德"二句：向皇后德行堪比周文王妻太姒、舜的二妃。侔：相等，等齊。姬國：姬姓國，即周。此指周文王妻太姒。嬪風：同后德。協：合。

[三] "進賢"句：隨著立春陽氣的增長要進用賢才。陽為長：陽氣增長。

[四] "修教"句：隨著月亮的漸圓更要實行教化。月增華：月光增強。熙寧五年立春在正月初九，故云。

春色平明到[一]，微風弄綵旛[二]。稍回宮柳弱，更助壁椒溫[三]。

【注釋】

[一] 平明：黎明。

[二] 綵旛：立春以示迎春的幡勝。見夏竦《內閣春帖子》其四"銀箭初傳暖律延"注[三]。

[三] "稍回"二句：春氣剛到，宮中柳樹枝條已泛綠意，宮中也暖合了。壁椒：漢皇后所居宮殿以椒和泥塗壁，後以指代皇后所居之

宮。見夏竦《皇后閣端午帖子》其三"千門朱索迎嘉祉"注［二］。

　　暖日暉暉動[一]，清渠決決流[二]。六宮修歲事，拂拭採桑鈎[三]。
【注釋】
　　［一］暉暉：形容春光豔麗。
　　［二］決決：水流貌。
　　［三］"六宮"二句：后妃參加春季親蠶禮。見夏竦《內閣春帖子》其一"青辂布序和風扇"注［四］。歲事：每年祭祀之事。《儀禮·少牢饋食禮》："用薦歲事于皇祖伯某。"《漢書·武帝紀》："其令祠官修山川之祠，為歲事。"顏師古注引孟康曰："為農祈也。於此造之，歲以為常，故曰為歲事。"

　　紫蘭紅蓼簇春盤[一]，曉逐金壺下太官[二]。朝遍三宮歸已晚[三]，日華明麗雪消殘。
【注釋】
　　［一］"紫蘭"句：用紫蘭、紅蓼等製作的春盤。紫蘭：指紫蘭芽。紅蓼：一年生草本植物，葉披針形，味辛辣，用以調味。二者皆為宋時春盤時新食材。簇：聚集，叢湊。春盤：古代立春食盤。見宋祁《春帖子詞·夫人閣》其九"日照觚稜萬户春"注［二］。
　　［二］"曉逐"句：春盤在立春清晨被太官進呈上來。金壺：即銅壺。古代記時用具。見夏竦《內閣春帖子》其四"銀箭初傳暖律延"注［一］。太官：官名，掌皇帝及百官膳食。見夏竦《御閣端午帖子》其六"太官角黍迎嘉節"注［一］。
　　［三］三宮：指皇帝、太皇太后、皇太后三宮。

　　葭灰已逐陽和動[一]，繡縷初隨日景加[二]。欲助君王修儉德，不將宮樣織新花[三]。
【注釋】
　　［一］葭灰：蘆葦中的薄膜燒的灰，古人將其置於律管內以觀測氣

候。參見夏竦《內閣春帖子》其六"緹室葭灰飛候管"注〔一〕。陽和：春天的溫暖之氣。

〔二〕"繡縷"句：謂立春後白晝漸長。見司馬光《春貼子詞·夫人閣四首》其一"璧帶非煙潤"注〔三〕。

〔三〕"欲助"二句：皇后要輔助君王修養節儉之德，沒有織就流行的花樣裝飾自己。宮樣：皇宮中流行的服飾、裝束式樣。新花：指新花樣。向氏生活儉樸，故云。見王珪《端午內中帖子詞·皇后閣》其一"玉作仙家殿"注〔一〕。

夫人閣四首[一]

臘雪餘香徑[二]，朝暉上綺甍[三]。翠生蘭蕙色，和入管絃聲[四]。

【注釋】

〔一〕夫人：指宮中眾妃。見宋庠《夫人閣端午帖子詞》其一"令月辰標午"注〔一〕。此時宮中夫人有真宗沈貴妃、仁宗苗德妃等。按，此亦為熙寧五年（1072）春帖。見前《皇帝閣》其一"和氣生金殿"注〔一〕。

〔二〕"臘雪"句：臘雪尚未完全消融，路上還有殘雪。

〔三〕綺甍：雕飾華美的屋脊。

〔四〕"翠生"二句：即"蘭蕙生翠色，和聲入管絃"。翠：綠色。

重錦褰粧幕[一]，輕羅換舞衣。釵頭雙燕子[二]，先向社前飛[三]。

【注釋】

〔一〕"重錦"二句：立春後天氣漸暖，宮中掛起厚重的帳子，宮女們換上輕薄的舞衣。重（zhòng）錦：厚的錦。錦是有彩色花紋的絲織品；褰（qiān）：揭起，撩起。粧幕：帷帳。

〔二〕"釵頭"句：釵頭懸掛雙春燕。春燕：即綵燕。立春飾品。見夏竦《內閣春帖子》其二"椒花獻歲良時啟"注〔二〕。

〔三〕社：古代祀社神之日。此指春社，在春分前後。古代社日祭祀禖神以求子嗣。見胡宿《皇后閣春帖子》其四"東風初入長春殿"

注〔三〕。

　　薄暖正當挑菜日[一]，輕陰漸變養花天[二]。君王勤政稀游幸，院院相過理筦絃[三]。

【注釋】

　〔一〕挑菜日：《荊楚歲時記》："正月七日為人日，以七種菜為羹。"挑菜日為正月七日。熙寧五年立春在正月初九，與人日接近，故有此言。

　〔二〕"輕陰"句：寫天氣輕陰微雨。養花天：暮春三月牡丹開花時節，因多輕陰微雨，適宜養花，故稱。陳振孫《直齋書錄解題》卷十"《越中牡丹花品》二卷：僧仲休撰其序言：'越之所好尚惟牡丹……來賞花者，不問疏親，謂之看花局。澤國此月多有輕雲微雨，謂之養花天。里語曰，彈琴種花，陪酒陪歌。'"陸遊《渭南文集》卷四二《風俗記》亦載："天彭號小西京，以其俗好花，有京洛之遺風。大家至千本，花時自太守而下，往往即花盛處張飲，帟幕車馬歌吹相屬，最盛於清明寒食時。在寒食前者，謂之火前花，其開稍久，火後則易落。最喜陰晴相半時，時謂之養花天。"

　〔三〕"君王"二句：神宗勤於政事，不事遊樂，后妃們彈奏樂器以休閒娛樂。相過：相互往來。筦：同"管"。

　　宮娃拂曉已催班[一]，拜謝春旛列御前[二]。不待東風報花信，紅酥綵縷鬬芳妍[三]。

【注釋】

　〔一〕宮娃：宮女。催班：催促大臣按照班次站列。古代朝見皇帝時的一種禮儀。《宋史》卷一一三："俟放隊訖，內侍舉御茶床，皇帝降坐，鳴鞭，羣臣退。賜花，再坐。前二刻，御史臺、東上閤門催班，羣臣戴花北向立，內侍進班齊牌，皇帝詣集英殿，百官謝花再拜，又再拜就坐。"《夢粱錄》卷一"元旦大朝會"："遇大朝會，……百官皆冠冕朝服，諸州進奏吏皆執方物之貢。諸外國正副賀正使隨班入賀。百僚執政，俱於殿廊待班，而閤門催班吏高喚云：'那行！'吏追班序立畢，內侍當殿厲聲問：'班齊未？'禁衛人員隨班奏：'班齊！'千官聳列朝儀整,已見龍章轉御屏,日表纔瞻臨玉座,連聲清蹕震班庭。"

　　[二]"拜謝"句:寫后宫拜謝皇帝賜春幡的儀式場面。春旛:立春用以迎春的幡勝。見夏竦《內閣春帖子》其四"銀箭初傳暖律延"注[三]。

　　[三]"東風"二句:寫宮中不待自然界鮮花開放,人工的點酥花、翦綵花早已爭奇鬥豔。東風:春風。《禮記·月令》"孟春之月":"東風解凍,蟄蟲始振。"花信:花開的消息。紅酥:點酥花。見王珪《立春內中帖子詞·夫人閣》其一"翠縷爭垂柳"注[三]。綵縷:即續命彩絲。見夏竦《御閣端午帖子》其一"續命彩絲登繭館"注[二]。

呂　惠　卿

呂惠卿（1032—1111），字吉甫。晉江（今屬福建）人。仁宗嘉祐二年（1057）進士，調真州推官。神宗時，歷太子中允、崇政殿說書、集賢校理、翰林學士，除參知政事。王安石再相，出知陳州。哲宗時以破夏有功，拜保寧、武勝兩軍節度使。徽宗初，提舉杭州洞霄宮，後知大名、杭州。大觀初，責授祁州團練副使，宣州安置，再移廬州。政和元年卒，年八十。《東都事略》卷八三、《宋史》卷四七一有傳。有《東平集》一百卷，散佚殆盡。

呂惠卿帖子詞，今存斷句一。《全宋詩》卷七二一收錄。

皇帝閣端午帖子[一]

虛心清暑殿[二]，預戒一陰生[三]。

【校記】

錄自影印文淵閣《四庫全書》本呂希哲《呂氏雜記》卷下。題原作"端午門帖子"，依例當作"端午帖子詞"，內容為皇帝閣所寫，逕改。

【注釋】

[一] 此乃熙寧七年（1074）端午帖子詞。《呂氏雜記》："熙寧七年，呂吉甫為翰林，進端午門帖子曰：（詩略）。"呂惠卿於熙寧七年二月為翰林學士（《續資治通鑑長編》卷二五〇），四月丙戌（19日）為右諫議大夫、參知政事（《資治通鑑後編》卷八一）。帖子詞通常提前一月左右撰寫，他具有寫作當年端帖的時間。按，此帖當為完整一組，另應有《皇后閣》、《夫人閣》。

[二] 清暑殿：晉宮殿名。《晉書·孝武帝紀》："〔太元〕二十一

年春正月，造清暑殿。"《景定建康志》卷二一："晉清暑殿在臺城內，晉孝武帝建。殿前重樓復道通華林園，爽塏奇麗，天下無比，雖暑月常有清風，故以為名。"南宋亦有此殿，為"高、孝二祖儲神燕閒之地"（《宋史‧真德秀傳》）。此指消暑休閑之宮殿。

〔三〕一陰：中國古代哲學認為宇宙中所有物質由陰陽兩大對立面組成，所謂"一陰一陽謂之道"。一年四季也伴隨著陰陽漲消變化。古人認為四月純陽，五月一陰生；十月純陰，十一月一陽生。或認為夏至一陰生，冬至則一陽生。此處暗喻奸佞之人。按，《呂氏雜記》言此"意有所指"。然不詳所指為誰。

李 清 臣

　　李清臣（1032—1102），字邦直，安陽（今屬河南）人。仁宗皇祐五年（1053）進士。調邢州司户參軍，遷晉州和川令。神宗時，召爲兩朝國史編修官，同修起居注，進知制誥，翰林學士，遷尚書右丞。哲宗即位，轉尚書左丞。徽宗初，爲門下侍郎，尋出知大名府。卒年七十一。《東都事略》卷九六、《宋史》卷三二八有傳。有詩文一百卷，已佚。《全宋詩》卷七二一僅録其詩七首。

　　李清臣今存端午帖子一首，爲五言絶句，載於洪邁《容齋五筆》卷九，《全宋詩》卷七二一據此收録。

端午帖子詞[一]

　　艾葉成人後，榴花結子初[二]。江心新得鏡[三]，龍瑞護仙居[四]。

【校記】

　　録自《四部叢刊》續編本宋洪邁《容齋五筆》卷九。按，此詩前兩句與元絳所存斷句完全相同，不詳是否爲同一詩，以孰爲是。

【注釋】

　　[一] 此組端午帖子本爲完整一組，今僅存一首，具體閣類不詳。寫作時間當在李清臣任翰林學士期間。李清臣元豐三年（1080）二月拜翰林學士，五年四月甲戌（23日），試吏部尚書，尋特遷朝奉大夫（《續資治通鑑長編》卷三〇二、卷三二五）。此帖子詞約作於神宗元豐三年至五年間。

　　[二] "艾葉"二句：以門懸艾人、榴花初結子寫時當端午。見元絳《端午帖子》十二"艾葉成人後"注 [一]。

〔三〕"江心"句：用唐玄宗時端午揚子江造鏡以進的典故。見晏殊《端午詞·東宮閣》其一"揚子江心鑄鑑成"注〔二〕。

〔四〕"龍瑞"句：寫祥瑞保佑護衛著皇宮。仙居：神仙住所。此喻皇宮。龍瑞：相傳伏羲時有龍馬自河中負圖而出，為聖者受命之瑞。《左傳·昭公十七年》"太皞氏以龍紀，故為龍師而龍名"杜預注："太皞伏犧氏，有龍瑞，故以龍瑞名官。"此當言鏡背面所鑄之龍紋。鏡有辟邪作用，故云"護仙居"。

鄧潤甫

鄧潤甫（1027—1094），字伯溫，嘗避高魯王諱，以字行，別字聖求，建昌（今江西永修）人。仁宗皇祐元年（1049）進士。神宗熙寧中，除集賢校理，直舍人院，改知諫院、知制誥。擢御史中丞，遷翰林學士。後落職知撫州，移杭州、成都。哲宗立，進翰林學士承旨，修《神宗實錄》，為吏部尚書。出知亳州、蔡州，移知永興軍。元祐末，為兵部尚書。紹聖元年，拜尚書左丞，卒贈開府儀同三司。諡安惠。無集。《東都事略》卷九六、《宋史》卷三四三有傳。《全宋詩》卷六二〇錄其詩四首。

鄧潤甫今存《春帖子》一首，為七言絕句。最早見於葛立方《韻語陽秋》卷二，阮閱《詩話總龜》後集卷一一轉引，注引自《丹陽集》，清厲鶚《宋詩紀事》卷二一亦同。何汶《竹莊詩話》卷一七、明李蘘編《宋藝圃集》卷一二錄此詩，不載出處；《錦繡萬花谷》後集卷三亦錄此詩，注："出鄧伯溫。"《全宋詩》自《竹莊詩話》卷一七輯錄。

春帖子[一]

晨曦瀲灩上簾櫳[二]，金屋熙熙歌吹中[三]。桃臉似知宮宴早，百花頭上放輕紅[四]。

【校記】

此篇錄自叢書集成初編本《韻語陽秋》卷二。《詩話總龜》後集卷一一同，注出《丹陽集》。按，此《丹陽集》非葛勝仲《丹陽集》，乃葛立方《韻語陽秋》。

【注釋】

[一] 春帖子：原作為完整一組，今存此一首。詩應作於鄧氏在學

士院期間。鄧三次入院，初於熙寧九年（1076）十一月辛酉以御史中丞兼直學士院，元豐元年（1078）四月乙卯落職知撫州；再次於元豐五年四月乙亥（24日）為翰林學士，八年八月哲宗即位後為翰林學士承旨，元祐二年（1087）八月因母喪守制而去職；三入再為翰林學士承旨，時在元祐五年三月乙卯，不久因王巖叟封還詞頭，於四月丁酉改為提舉醴泉觀。前兩次都具有寫作時間。從此間供帖者情況來看，作者皆為翰林學士，故首次兼直院寫作的可能性較小。元豐六年至元祐二年立春，鄧都具有寫作春帖的時間。另，從"桃臉"二句看，立春當在正月。元豐六年、八年和元祐元年立春皆在正月。鄧氏在學士院時間頗長，可能寫過不止一組帖子詞。從內容來看，似為皇后閣帖。

〔二〕瀲灩：光耀貌。簾櫳：亦作"簾籠"。窗簾和窗牖。泛指門窗的簾子。

〔三〕金屋：華美之屋。此用"金屋貯嬌"故事以指皇后所居宮殿。見晏殊《立春日詞·內廷四首》其一"朱户未聞迎綵燕"注〔五〕。熙熙：和樂狀。《老子·二十章》："眾人熙熙，如享太牢，如春登臺。"歌吹：歌聲和樂聲。

〔四〕"桃臉"二句：寫桃花始開，湛露出淡粉色。桃臉：桃花。百花頭上：在百花開放之前。輕紅：淡紅色；粉紅色。

蘇　軾

蘇軾（1037—1101），字子瞻，一字和仲，自號東坡居士，眉山（今屬四川）人。仁宗嘉祐二年（1057）進士。六年，試制科，授簽書鳳翔府節度判官廳事。英宗治平二年（1065），除判登聞鼓院，尋試館職，除直史館，尋丁父憂。神宗熙寧二年（1069），服除，除判官告院兼判尚書祠部，權開封府推官。四年，通判杭州。歷知密州、徐州、湖州，烏臺詩案獄起，貶黃州團練副使，移汝州團練副使，知登州，召除起居舍人。哲宗元祐初遷中書舍人，翰林學士、知制誥。四年，知杭州。六年，除翰林學士承旨，尋知潁州。歷知揚州、定州。哲宗紹聖初（1094），貶惠州，再貶儋州。徽宗即位，赦還，卒於常州，年六十六。《東都事略》卷九三、《宋史》卷三三八有傳。孝宗時謚文忠。有《東坡集》四十卷、《後集》二十卷、《和陶詩》四卷等。

蘇軾有帖子詞五十四首。春、端帖子各一組，每組二十七首，皆載於其集。《全宋詩》卷八二九收錄。

春帖子詞 元祐三年[一]

皇帝閤六首[二]

靄靄龍旂色[三]，琅琅木鐸音[四]。數行寬大詔[五]，四海發生心[六]。

【校記】

蘇軾詩均據孔凡禮點校中華書局本《蘇軾詩集》卷四六輯錄。按，此本以清人王文誥所編《蘇文忠公詩編注集成》道光二年武林韻山唐王氏原刊本為底本，校以宋刊《東坡集》（簡稱集本）、宋眉山刊《蘇文忠公文集》（簡稱集丙）、宋嘉泰刊施元之、顧禧《注東坡先生詩》（簡稱施甲）、宋景定補刊施、顧《注東坡先生詩》（簡稱施乙）、查慎行《補注東坡編年詩》（簡稱查注）、馮應榴《蘇文忠詩合注》（簡稱合注）、傅增湘、章鈺覆刻明成化《東坡七集》（簡稱七集）等。閱古樓三希堂石刻收此組詩十八首，題作"元祐三年春帖子詞"，題下書"翰林學士臣蘇軾進"；詩後書"二年十二月五日進，後四日書以示裴維甫"，空格，書"軾"字，有"子瞻"印文。七集"帖子"作"貼子"。施乙題作"春日"。施乙、七集無"元祐三年"條自注。第一句"靄靄"二字，施乙、三希堂石刻作"藹藹"。

【注釋】

[一] 此組詩為元祐三年（1088）春帖。元祐三年立春在正月初四日，但具體寫作時間在二年十二月五日。《石渠寶笈》卷五載："宋蘇軾春帖子詞一卷，素箋本，楷書，卷首自識云：'元祐三年春帖子詞，翰林學士臣蘇軾進。'……後又識云：'二年十二月五日進。'"這與《歲時廣記》卷八"撰春帖"條所引《歲時雜記》"學士院立春前一月撰皇帝、皇后、夫人閤門帖子"完全符合。時蘇軾為翰林學士、知制誥。

[二] 皇帝：指宋哲宗趙煦（1077—1100）。據《宋史·哲宗本紀》，趙煦為神宗第六子，母為欽聖皇后朱氏。熙寧九年十二月七日己丑生於宮中，赤光照室。初名傭，授檢校太尉天平軍節度使，封均國公。元豐五年遷開府儀同三司，彰武軍節度使。進封延平郡王。七年三月，神宗宴羣臣于集英殿，王侍立，天表粹溫，進止中度，宰相而下再拜賀。八年二月神宗寢疾，宰相王珪乞早建儲為宗廟社稷計，立為皇太子。元豐八年（1085）三月即位。在位十五年。廟號哲宗。

[三] 靄靄：形容旗色鮮明。龍旂：亦作"龍旗"，畫有兩龍蟠結的旗幟，是天子儀仗之一。《周禮·考工記·輈人》："龍旂九斿，以象大火也。"鄭玄注："交龍為旂，諸侯之所建也。"賈公彥疏："九斿，正謂天子龍旂。"

[四] 琅琅：木鐸聲。木鐸：以木為舌的銅質大鈴。古代宣布政教法令時，巡行振鳴以引起眾人注意。《書·胤征》："每歲孟春，遒人以木鐸徇于路。"孔安國傳："遒人，宣令之官。木鐸，金鈴木舌，所以

振文教。'"《周禮·天官·小宰》："徇以木鐸。"鄭玄注："古者將有新令，必奮木鐸以警眾，使明聽也……文事奮木鐸，武事奮金鐸。"《周禮·地官·鄉師》："凡四時之徵令有常者，以木鐸徇以市朝。"

[五] 寬大詔：寬大處理罪犯的詔書。見宋祁《春帖子詞·皇帝閣》其二"瑞福隨春到"注 [二]。

[六] 發生：指萬物萌發、滋長。春主發生，見胡宿《皇帝閣春帖子》其五"春官青鳥司開啟"注 [二]。

暘谷賓初日，清臺告協風[一]。願如風有信[二]，長與日俱中[三]。

【注釋】

[一] "暘谷"二句：寫春日太陽初升，和風到來。暘谷：也作"陽谷"。古代神話傳說中日出日浴的地方。見胡宿《皇后閣春帖子》其一"羲仲司暘谷"注 [二]。清臺：古代天文臺名。合注引《漢書·律歷志上》："雜候上林、清臺，課諸歷疏密。"按，《三輔黃圖·臺榭》："漢靈臺，在長安西北八里。始曰清臺，本為候者觀陰陽天文之變，更名靈臺。"宋蘇舜欽《符瑞》："故黃帝有神明之官，唐堯有羲和之任，舜之璇璣，夏之清臺，皆此道也。"協風：春天溫和的風。《國語·周語上》："先時五日，瞽告有協風至。"韋昭注："協，和也。風氣和，時候至也。"

[二] 風有信：古時把應花期而來的風稱花信風，有"二十四番花信風"之說。明王逵《蠡海集·氣候類》："二十四番花信風者……析而言之，一月二氣六候，自小寒至穀雨，凡四月八氣，二十四候，每候五日，以一花之風信應之。世所異言，曰始於梅花，終於楝花也。詳而言之，小寒之一候梅花，二候山茶，三候水仙；大寒之一候瑞香，二候蘭花，三候山礬；立春之一候任春，二候櫻桃，三候望春；雨水：一候菜花，二候杏花，三候李花；驚蟄：一候桃花，二候棣棠，三候薔薇；春分：一候海棠，二候梨花，三候木蘭；清明：一候桐花，二候麥花，三候柳花；穀雨：一候牡丹，二候酴醾，三候楝花。花竟則立夏矣。"

[三] "長與"句：合注："用日再中之意。"按，表示祝福。《史記·封禪書》："其明年，新垣平使人持玉杯上書闕下獻之，平言上曰：

'闕下有寶玉氣來者。'已視之，果有獻玉杯者，刻曰'人主延壽'。平又言：'臣候日再中。'居頃之，日邲復中。"於是始更以十七年為元年。

草木漸知春，萌芽處處新[一]。從今八千歲，合抱是靈椿[二]。

【注釋】

[一] 萌芽：草木初生嫩芽。《禮記·月令》"孟春之月"："是月也，天氣下降，地氣上騰，天地和同，草木萌動。"

[二] "從今"二句：表祝長壽之意。靈椿：古代傳說中的長壽之樹。《莊子·逍遙遊》："上古有大椿者，以八千歲為春，八千歲為秋。"。

聖主憂民未解顏[一]，天教瑞雪報豐年[二]。蒼龍掛闕農祥正[三]，老稚相呼看藉田[四]。

【校記】

第三句"正"，查注、合注作"慶"。第四句"老稚"，施乙、三希堂石刻本、七集本作"父老"。

【注釋】

[一] 解顏：開顏歡笑。《列子·黃帝》："自吾之事夫子，友若人也。三年之後，心不敢念是非，口不敢言利害，始得夫子一眄而已。五年之後，心庚念是非，口庚言利害。夫子始一解顏而笑。"

[二] 瑞雪報豐年：古人以為初春的雪預兆豐年。

[三] "蒼龍"句：寫立春日早晨東方蒼龍七宿中的房、心二宿位於午位。蒼龍：指二十八宿中的蒼龍七宿。農祥正：指房星早晨位正。即早晨時在南方午位。農祥：星宿名。即蒼龍七宿中的房星。見胡宿《皇帝閣春帖子》其二"蒼玉新旂祀木神"注[三]。

[四] 藉田：古代天子於春耕前舉行的躬耕籍田儀式，以示對農業的重視。藉，通"籍"。《漢書·文帝紀》："夫農，天下之本也，其開藉田，朕親率耕，以給宗廟粢盛。"據《宋史·禮志五·籍田》，宋時籍田之禮，歲不常講，雍熙四年始詳定儀注，除耕地朝陽門七里外為先

農壇,來年正月乙亥,帝服袞冕,執鎮圭,親享神農,以后稷配,備三獻,遂行三推之禮。元豐二年,以南郊鏺麥殿前地及玉津園東南菱地并民田共千一百畝充籍田,建先農壇兆,阡陌溝洫,置神倉、齋宮并耕作人牛廬舍之屬。鏺麥殿改名為思文殿。政和元年又有所增損。

昨夜東風入律新[一],玉關知有受降人[二]。聖恩與解河湟凍[三],共得中原草木春。

【校記】
第三句"河湟",施乙作"湟河"。

【注釋】
[一]"昨夜"句:查注:"《月令疏》:律中太蔟,惟主正月之氣,宜與東風解凍,文次相連。角是春時之音律,審正月之氣,音由氣成,以其音氣相須,故律角相同。言正月之時,候氣之管,中于太蔟,陽管為律,陰管為呂。"按,東風:春風。《禮記·月令》"孟春之月":"東風解凍,蟄蟲始振。"律:古代用作定音和候氣的器具。見夏竦《內閣春帖子》其六"緹室葭灰飛候管"注。

[二]玉關:即玉門關。此指西北邊地。

[三]"聖恩"句:此與上句皆指元祐二年收復洮州事。《續資治通鑑長編》卷四〇四:"元祐二年八月,熙河蘭會路經略司言:'岷州行營將官種誼收復洮州,生擒西蕃大首領鬼章青宜結。'"

翰林職在明光裏,行樂詩成拜舞中[一]。不待驚開小桃杏[二],始知天子是天公[三]。

【注釋】
[一]"翰林"二句:用唐宮中行樂由翰林院作詩事。此指學士院立春供帖子事。翰林:明光:即明光宮,漢代宮殿名,後泛指宮殿。張籍《節婦吟》:"妾家高樓連苑起,良人執戟明光裏。"行樂詩:李白有《宮中行樂詞》。杜甫《宿昔》:"宮中行樂秘。"拜舞:跪拜與舞蹈。古代朝拜的禮節。

[二]小桃杏:此當指早開的小桃。見韓維《春貼子·太皇太后閣六首》其二"銅雷消殘凍"注[三]。

[三] 天子：指哲宗。天公：天帝。公，敬稱。

太皇太后閣六首[一]

琱刻春何力[二]，欣榮物自知。發生雖有象[三]，覆載本無私[四]。

【校記】

第三句"雖"字，施乙作"須"。

【注釋】

[一] 太皇太后：英宗皇后高氏（1032—1093）。哲宗即位，尊為太皇太后。見王珪《端午內中帖子詞·太上皇后閣》其一"兩儀坤載厚"注［一］。按，此亦為元祐三年（1088）春帖。見前《皇帝閣六首》其一"靄靄龍旂色"注［一］。

[二] 琱刻：也作雕刻、彫刻。見司馬光《春貼子詞·皇帝閣六首》其六"漠然天造與時新"注［三］。

[三] 發生：指萬物萌發、滋長。見胡宿《皇帝閣春帖子》其五"春官青鳥司開啟"注［二］。象：形狀，樣子。

[四] 覆載：覆蓋與承載，指天地。《禮記·中庸》："天之所覆，地之所載，日月所照，霜露所隊，凡有血氣者，莫不尊親。"

小殿黃金榜[一]，珠簾白玉鈎[二]。一聲雙日蹕[三]，春色滿皇州[四]。

【注釋】

[一] "小殿"句：查注："小殿，即延和殿。……杜子美《宣政殿退朝晚出左掖》詩：'天門日射黃金榜。'"按，黃金榜：黃金製作的匾額。

[二] 白玉鈎：玉製的掛鈎，亦為掛鈎的美稱。

[三] "一聲"句：寫高氏與哲宗同聽政。《宋史·禮志》："哲宗即位，太皇太后權同聽政。""每朔、望、六參，皇帝御前殿，百官起居，三省、樞密院奏事，應見、謝、辭班退，各令詣東門進榜子。皇帝雙日御延和殿垂簾，日參官起居太皇太后，移班少西起居皇帝。"蹕：帝王出行時清道，禁止行人來往。

[四]"春色"句：查注："此句全用謝朓詩。"按，此用謝朓《和徐都曹出新亭渚》："宛洛佳遨遊，春色滿皇州。"皇州：帝都；京城。

仗下春朝散[一]，宮中晝漏稀[二]。兩廂休侍御，應下讀書幄[三]。
【校記】
第三句"侍御"，施乙、七集作"侍衛"。
【注釋】
[一]仗：儀仗。春朝散：立春日的早朝結束。
[二]宮：指太皇太后所居之崇慶宮。《宋史·哲宗本紀一》："（元祐元年閏二月）丁未，群臣上太皇太后宮名曰崇慶，殿曰崇慶壽康；皇太后宮曰隆祐，殿曰隆祐慈徽。"顧炎武《歷代宅京記》卷一七"開封"："崇慶、隆祐二宮。"注："元祐元年建。"晝漏稀：言立春後晝日增長。見夏竦《內閣春帖子》其四"銀箭初傳暖律延"注[一]。
[三]"兩廂"二句：兩廂無須侍奉，皇帝應該已經去讀書房了。幄：帳子。

五日占雲十日風，憂勤終歲為三農[一]。春來有喜何人見，好學神孫類祖宗[二]。
【校記】
第二句"憂勤"，七集作"憂懃"。
【注釋】
[一]"五日"二句：寫太皇太后對農事的關心。占雲：望雲氣以測吉凶。合注："五風十雨，詩似倒用，或係誤刊。"按，是。語出王充《論衡·是應》："風不鳴條，雨不破塊，五日一風，十日一雨。"謂五天颳一次風，十天下一場雨，形容風調雨順。三農：指居住在平地、山區、水澤三類地區的農民，泛稱農民。《周禮·天官·大宰》："一曰三農，生九穀。"鄭玄注："鄭司農（眾）云：'三農，平地、山、澤也。'玄謂三農，原、隰及平地。"
[二]神孫：指哲宗趙煦。《宋史·哲宗本紀一》："（元豐八年）三月甲午朔，皇太后垂簾于福寧殿，諭珪等曰：'皇子性莊重，從學穎

悟，自皇帝服藥，手寫佛書為帝祈福．'因出以示珪等所書，字極端謹。珪等稱賀，遂奉制立為皇太子。"祖宗：特指帝王的祖先。語本《禮記・祭法》："（殷人）祖契而宗湯，（周人）祖文王而宗武王。"

共道十年無臘雪，且欣三白壓春田[一]。盡驅南畝扶犁手[二]，稍發中都朽貫錢[三]。

【注釋】

[一]"共道"二句：表瑞雪兆豐年之意。臘雪：元祐二年臘月降有大雪。王文誥以為三年正月大雪，誤。此詩寫於二年十二月，不可能寫及正月雪，且詩中直言"臘雪"。見後注[三]。三白：雪。

[二]南畝：指農田。扶犁：指農民。

[三]"稍發"句：寫朝廷賑濟災民。《宋史・哲宗本紀一》："（元祐二年）十一月，乙亥，大雪甚，民凍多死，詔加振恤，死無親屬者，官瘞之。……十二月，乙酉，賜諸軍及貧民錢。"又，卷六二《五行志十五》："元祐二年冬，京師大雪連月，至春不止，久陰恆寒，罷上元節遊幸，降德音諸道。"這年雪災嚴重，三年春更復廣惠倉，"發京西穀五十餘萬石，損其直以紓民"。中都：京都。朽貫錢：朽腐的穿錢繩索。形容錢多而積存過久。《史記・平準書》："京師之錢累巨萬，貫朽而不可校。"《漢書・賈捐之傳》："都內之錢，貫朽而不可校。"

不獨清心能省事[一]，應緣克己自銷兵[二]。傳聞塞外千君長[三]，欲趁新年賀太平。

【注釋】

[一]清心：心地恬靜，無思無慮。《資治通鑑・晉武帝咸寧五年》："省吏不如省官，省官不如省事，省事不如清心。"省事：減少事務。

[二]銷兵：消弭戰爭。此寫收復洮州事。見前《皇帝閣六首》其六"昨夜東風入律新"注[三]。王文誥注："本集《內制》：元祐二年九月二日，《熙和蘭會路賜种誼銀合茶藥及撫問犒設漢番將校口宣》云：汝等受成元帥，問罪種羌，既俘凶渠，倍見忠力。又，《告神宗永裕陵》云：吏士用命，爭酬未報之恩；聖靈在天，難逃不漏之網。頡利

成擒，郅支授首。詩言克己銷兵，謂剿撫兼施也。以上皆百十餘日內，朝廷所行近事，故詩中及之。"

〔三〕塞外千君長：邊地少數民族首領。此指阿里骨。《宋史·哲宗本紀一》："（三年春正月）壬申，阿里骨奉表詣闕謝罪，令邊將無出兵，仍罷招納。""（四月）丁酉，阿里骨來貢。"按，《東都事略》卷一二九載，阿里骨為西蕃首領董氈養子，肅州團練使。董卒，阿里骨遂居青唐領事。元祐元年，為河西軍節度、西蕃邈川首領。二年，阿里骨迫鬼章率眾竊據洮州，殺虜人畜。羌酋結藥密使所部怯陵來告，阿里骨遣人執怯陵，結藥恐事覺，以其妻子來歸。又進築安鄉踏白城。我師問罪，及令撫納生羌，鬼章就擒。阿里骨請歸款，朝廷許之。

皇太后閣六首[一]

寶冊瓊瑤重[二]，新庭松桂香[三]。雪消春未動[四]，碧瓦麗朝陽。

【注釋】

〔一〕皇太后：指神宗皇后向氏（1046—1101）。見王珪《端午內中帖子詞·皇后閣》其一"玉作仙家殿"注〔一〕。按，此亦為元祐三年（1088）春帖。見前《皇帝閣六首》其一"靄靄龍旂色"注〔一〕。

〔二〕寶冊瓊瑤：即玉冊和寶璽。此指皇太后上尊號所用冊、寶。據《宋史·禮志十三》，宋時上尊號，命大臣撰冊文及書冊寶，前三日遣官奏告天地、宗廟、社稷，然後舉行儀式。《宋史·哲宗本紀一》："（元祐二年）九月乙卯，發太皇太后冊寶于大慶殿。丙辰，發皇太后、皇太妃冊寶于文德殿。"《宋史·輿服志六》："冊制，用瑉玉簡，長一尺二寸，闊一寸二分。"

〔三〕新庭：指皇太后所居隆祐宮。隆祐宮為元祐元年改修慶壽宮後殿而成，故曰新庭。見前《太皇太后閣六首》其三"仗下春朝散"注〔二〕。

〔四〕"雪消"句：寫當年雪寒氣冷。

瑞日明天仗[一]，仙雲擁壽山[二]。猗蘭春晝永[三]，金母在人間[四]。

【校記】

第三句"猗蘭",原作"倚欄",據施乙、三希堂石刻改。合注:"《洞冥記》:景帝改芳蘭閣為猗蘭殿。後,王夫人誕武帝於此殿。"按,舊題漢郭憲《洞冥記》載,漢有猗蘭殿,漢武帝誕生前,父景帝夢赤彪從雲中而下,入崇蘭閣,因改閣名為猗蘭殿。後武帝生於此殿。今從石刻。

【注釋】

［一］天仗:皇帝的儀仗。

［二］壽山:即南山。語出《詩‧小雅‧天保》:"如南山之壽,不騫不崩。"

［三］春晝永:春日白晝增長。

［四］金母:西王母。此喻指皇太后。《雲笈七籤》卷一一四《西王母傳》:"西王母者,九靈太妙龜山金母也,一號太虛九光龜臺金母,亦號曰金母元君,乃西華之至妙洞陰之極尊。……金母生於神洲伊川,厥姓緱氏,生而飛翔,以主陰靈之氣,理於西方,亦號王母。"

朝罷金鋪掩[一],人閑寶瑟塵[二]。欲知慈儉德[三],書史樂青春[四]。

【注釋】

［一］金鋪:金飾鋪首。見司馬光《春貼子詞‧夫人閣四首》其一"璧帶非煙潤"注［二］。

［二］寶瑟:瑟的美稱。瑟:弦樂器,似琴。長近三米,古有五十根弦,後為二十五根或十六根弦。

［三］慈儉德:《宋史‧后妃傳下‧欽聖憲肅向皇后傳》:"哲宗立,尊為皇太后。宣仁命葺慶壽故宮以居后,后辭曰:'安有姑居西而婦處東,瀆上下之分。'不敢徙,遂以慶壽後殿為隆祐宮居之。帝將卜后及諸王納婦,后敕向族勿以女寘選中。族黨有欲援例以恩換閣職,及為選人求京秩者,且言有特旨,后曰:'吾族未省用此例,何庸以私情撓公法。'一不與。""徽宗立,請權同處分軍國事,后以長君辭。帝泣拜,移時乃聽。凡紹聖元符以還,惇所斥逐賢大夫士,稍稍收用之。故事有如御正殿、避家諱、立誕節之類,皆不用。至聞竄召故老、寬徭息兵、

愛民崇儉之舉，則喜見于色。纔六月，即還政。"

［四］書史：記事的史官。亦指掌文書等事的吏員。晉王嘉《拾遺記·周穆王》："穆王即位三十二年，巡行天下……有書史十人，記其所行之地。"青春：春季。

仙家日月本長閑[一]，送臘迎春亦偶然。翠管銀罌傳故事[二]，金花綵勝作新年[三]。

【校記】

第二句"亦偶"二字，三希堂石刻、七集作"豈亦"，皆通。第三句"銀罌"二字，施乙作"銀鉤"。施注引《晉書·索靖傳》："草書之為狀也，婉如銀鉤，飄若驚鸞。"當以銀罌為是。

【注釋】

［一］仙家：仙人。此指皇家。

［二］"翠管"句：寫立春節宮中依照舊俗宴飲慶賀。翠管：碧玉鏤雕的管狀盛器。銀罌：銀質的大腹小口的酒器。查注："杜甫《臘日》詩：口脂面藥隨恩澤，翠管銀罌下九霄。《困學紀聞》云：東坡春帖用'翠管銀罌'，出老杜《臘日》詩，而注者改為銀鉤，此邢子才所以有日思誤之語也。"按，仇兆鰲杜詩注引張綖曰："翠管銀罌，指所盛之器。"故事：先例，舊日的典章制度。

［三］金花綵勝：古代立春日所剪製的迎春飾品。見夏竦《內閣春帖子》其四"銀箭初傳暖律延"注［三］。

彤史年來不絕書[一]，三朝德化婦承姑[二]。宮中侍女減珠翠，雪裏貧民得袴襦[三]。

【注釋】

［一］彤史：記載宮史的官員。《新唐書·百官志》："彤史二人，正六品（有女史二人）。"

［二］三朝：英宗、神宗、哲宗三朝。德化：以德行感化。《韓非子·難一》："舜其信仁乎！乃躬藉處苦而民從之。故曰：'聖人之德化乎。'"婦承姑：媳秉承姑的美德。《詩·大雅·大明》："纘女維莘。"孔穎達疏："婦之所纘，唯纘姑耳。纘姑而言維莘，故知能行大任之德

也。"《晉書·明穆庾皇后傳》："坤德尚柔，婦道承姑。"此贊向氏之美德。

［三］"宮中"二句：寫向氏生活節儉。見其三"朝罷金鋪掩"注［三］。珠翠：婦女的飾物。袴：同"褲"。襦：短上衣。

邊庭無事羽書稀[一]，閑遣詞臣進小詩[二]。共助至尊歌喜事[三]，今年春日得春衣[四]。

【注釋】

［一］"邊庭"句：謂收復洮州，執鬼章。王文誥注："元祐二年八月，岷州將种誼復洮州，執鬼章青泥吉，百官稱賀。公上'稱賀太速、論西羌夏人事宜、乞詔邊吏無進取'四劄。朝廷從之，以鬼章為陪戎校尉。先是，熙寧中鬼章數為邊患，神宗屢欲生致而不可得，故此云'邊庭無事羽書稀'也。"按，四劄指《論擒獲果莊稱賀太速劄子》（元祐二年八月二十七日）、《因擒果莊論西羌夏人事宜劄子》、《乞詔邊吏無進取及論果莊事宜劄子》（九月二十七日）、《乞約果莊討阿里庫劄子》（十月七日）。羽書：插有鳥羽的緊急軍事文書。《後漢書·西羌傳論》："傷敗踵係，羽書日聞。"李賢注："羽書即檄書也。"

［二］"閑遣"句：寫立春學士院翰林學士撰進帖子詞事。蘇軾《次韻秦少游王仲至元日立春三首》其三："好遣秦郎供帖子，盡驅春色入毫端。"自注："立春日翰林學士供詩帖子。"

［三］至尊：皇帝。此指哲宗。見歐陽修《端午帖子詞·皇后閣五首》其三"覆檻午陰黃鳥囀"注［三］。喜事：亦即首句所寫收復洮州，執鬼章事。王文誥注："本集《內制·百寮宣答詞》云：'凶狡就俘，羌戎一震。既增吏士之氣，亦寬戍守之勞。靖寇息民，與卿等同喜。'此云歌喜事者，指此。"

［四］春日得春衣：用柳公權語。《舊唐書·柳公權傳》："從幸未央宮苑中，駐輦謂公權曰：'我有一喜事，邊上衣賜，久不及時，今年二月給春衣訖。'公權前奉賀，上曰：'單賀未了，卿可賀我以詩。'宮人迫其口進，公權應聲曰：'去歲雖無戰，今年未得歸。皇恩何以報，春日得春衣。'上悅，激賞久之。"

皇太妃閣五首[一]

葦桃猶在戶[二]，椒柏已稱觴[三]。歲美風先應[四]，朝回日漸長[五]。

【注釋】

［一］皇太妃：指神宗德妃朱氏（1052—1102），生哲宗趙煦，哲宗即位後尊為皇太妃。《宋史·后妃傳下·欽成朱皇后傳》："欽成朱皇后，開封人。父崔傑，早世；母李，更嫁朱士安。后鞠於所親任氏。熙寧初，入宮為御侍，進才人、婕妤，生哲宗及蔡王似、徐國公主，累進德妃。哲宗即位，尊為皇太妃。時宣仁、欽聖二太后皆居尊，故稱號未極。元祐三年，宣仁詔：《春秋》之義，'母以子貴'，其尋繹故實，務致優隆。於是輿蓋、仗衛、冠服，悉侔皇后。紹聖中，欽聖復命即閣建殿，改乘車為輿，出入由宣德東門，百官上牋稱'殿下'，名所居為聖瑞宮。崇寧元年二月薨，年五十一。追冊為皇后，陪葬永裕陵。"按，此亦為元祐三年（1088）春帖。見前《皇帝閣六首》其一"靄靄龍旂色"注［一］。

［二］葦桃：葦索與桃符。見晏殊《元日詞·御閣》其二"屠蘇醴酒盈金斝"注［二］。猶在戶：葦索、桃符為元日所用，當年立春在正月初四，故云。

［三］椒柏：即椒柏酒。古人常於元日飲之祝壽。見晏殊《元日詞·東宮閣》其一"銅龍樓下早春歸"注［四］。稱觴：舉酒祝壽。

［四］歲美：一年的收成好。風：指立春後相應的條風。見胡宿《夫人閣春帖子》其三"釀酒湻神水"注［三］。

［五］日漸長：立春後白晝時間漸漸增長。查注："《隋書·天文志》：高祖踐極，張胄元言日長之瑞。開皇十九年，袁充復奏曰：隋興以復，日景漸長。"

甲觀開千柱[一]，飛樓擢九層[二]。雪殘烏鵲喜，翔舞下觚稜[三]。

【注釋】

［一］甲觀：漢代樓觀名，猶言第一觀；也稱甲館。《漢書·成帝

紀》："孝成皇帝，元帝太子也。母曰王皇后，元帝在太子宮生甲觀畫堂，為世嫡皇孫。"顏師古注："如淳曰：'甲觀，觀名……《三輔黃圖》云太子宮有甲觀。'甲者，甲乙丙丁之次也。"又，同書《元后傳》："甘露三年，生成帝於甲館畫堂。"後多以甲觀指皇帝母親居處。此指朱氏所居聖瑞宮；朱氏為哲宗生母，故用此典。參上詩注〔一〕。

〔二〕"飛樓"句：《西王母傳》："九層玄臺，紫翠丹房。左帶瑤池，右環翠水。"喻朱氏所居。前二句寫修繕朱氏所居宮。

〔三〕"雪殘"二句：寫雪殘氣暖，烏鵲飛翔。翔舞：飛舞。觚稜：宮殿屋角的瓦脊，因成角稜之形，故名。

孝心日奉東朝養[一]，儉德應師大練風[二]。太史新年瞻瑞氣[三]，四星明潤紫宮中[四]。

【校記】

第二句"大練"，查注作"太姒"。第三句"瞻"，施乙、三希堂石刻作"占"。

【注釋】

〔一〕奉：奉養。東朝：《史記·劉敬叔孫通列傳》："孝惠帝為東朝長樂宮，及間往，數蹕煩人，迺作復道。"裴駰集解引《關中記》："長樂宮，本秦之興樂宮也。漢太后常居之。"《漢書·灌夫傳》："東朝廷辯之。"顏師古注引如淳曰："東朝，太后朝也。"漢長樂宮為太后所居之宮，因在未央宮之東，故稱。後為太后的借稱，此指朱太妃。

〔二〕大練：《後漢書·明德馬皇后紀》："常衣大練，裙不加緣。朔望諸姬主朝請，望見后袍衣疏麤，反以為綺縠，就視，乃笑。后辭曰：'此繒特宜染色，故用之耳。'六宮莫不歎息。"李賢注："大練，大帛也。杜預注《左傳》曰：'大帛，厚繒也。'"

〔三〕瑞氣：即祥雲。見宋庠《夫人閣端午帖子詞》其三"漢家宮掖與天連"注〔一〕。

〔四〕"四星"句：紫宮中四星明亮潤澤。意謂朱太妃有祥瑞。《史記·天官書》："中宮天極星，其一明者，太一常居也；旁三星三公，或曰子屬。後句四星，末大星正妃，餘三星後宮之屬也。環之匡衛十二星，藩臣。皆曰紫宮。"司馬貞索隱："句音鈎。句，曲也。案，《援神契》云：辰極橫，后妃四星從，端大妃光明。"四星指北極星後的四星，為后妃的象徵。王禹偁《補李揆諫改葬楊妃疏》："臣聞：天極之後，有四星焉，蓋后妃之象也。"紫宮指神話中天帝的居室。《淮南子·天文訓》："紫宮者，太一之居也。"喻指皇宮。

九門掛月未催班[一]，清禁風和玉漏閒[二]。崇慶早朝銀燭下[三]，珮環聲在五雲間[四]。

【注釋】

[一] 九門：宮中九門，泛指宮禁。見夏竦《御閣春帖子》其四"九門和氣衝魚鑰"注[一]。催班：催促大臣按照班次站列的禮儀。見韓維《春帖子·夫人閣四首》其四"宮娃拂曉已催班"注[一]。

[二] 清禁：指皇宮。皇宮中清靜嚴肅，故稱。玉漏：古代計時器漏的美稱。見夏竦《內閣春帖子》其四"銀箭初傳暖律延"注[一]。

[三] "崇慶"句：王文誥注："此指朱太妃詣崇慶宮早朝也。"按，崇慶：太皇太后高氏所居宮。《宋史·哲宗本紀一》："（元祐元年閏二月）丁未，群臣上太皇太后宮名曰崇慶，殿曰崇慶壽康；皇太后宮曰隆祐，殿曰隆祐慈徽。"銀燭：比喻明亮的燈光。

[四] 珮環：即環珮，也作"環佩"。環形佩玉。泛指婦女佩飾。五雲：青、黃、赤、白、黑五色瑞雲。

東風弱柳萬絲垂[一]，的皪殘梅尚一枝[二]。繭館乍欣蠶浴後[三]，禖壇猶記燕來時[四]。

【注釋】

[一] 東風：春風。

[二] 的皪：光亮、鮮明貌。

[三] "繭館"句：查注："《三輔黃圖》引《宮闕疏》云：蠶所曰繭館。《禮記·祭義》：卜三宮夫人世婦之吉者，使入蠶於蠶室，奉種浴於川。疏云：近川而為之者，取其浴蠶種便也。奉種浴於川者，言蠶將生之時，而又浴之。"按，蠶館：飼蠶之室。見夏竦《內閣春帖子》其一"青逵布序和風扇"注[四]。浴蠶：古代育蠶選種的一種方法。見胡宿《皇后閣春帖子》其四"東風初入長春殿"注[四]。

［四］禖壇：祭祀禖神之壇。漢時有迎接玄鳥，祭祀高禖的儀式。見夏竦《皇后閣端午帖子》其四"六宮點畫呈新巧"注［四］。

夫人閣四首[一]

綵勝鏤新語[二]，酥盤滴小詩[三]。昇平多樂事，應許外庭知[四]。

【校記】

第一句"鏤"，七集作"縷"。

【注釋】

［一］夫人：指皇后以下眾妃。見宋庠《夫人閣端午帖子詞》其一"令月辰標午"注［一］。查注："《宋史》：馮賢妃，東平人。初封郡君，養女林美人，得幸神宗，生燕、越二王，進婕妤。"合注："《宋史》：仁宗苗貴妃，元祐六年薨。周貴妃，徽宗時，年九十三薨。即神宗之武賢妃，亦大觀元年薨。則元祐初皆在宮中，查氏和議專舉馮、林二人也？"王文誥注："以各內制考之，此是皇太后殿夫人，信為林婕妤也。餘賢妃、貴妃皆非也。"按，夫人閣乃為眾妃所作。此時宮中夫人有仁宗苗貴妃、周淑妃、神宗邢淑妃等。此亦為元祐三年（1088）春帖，見前《皇帝閣六首》其一"靄靄龍旂色"注［一］。

［二］綵勝：古代立春日飾品。見夏竦《內閣春帖子》其四"銀箭初傳暖律延"注［三］。

［三］"酥盤"句：寫點酥成詩。點酥為唐宋流行的一種飲食技藝，見王珪《立春內中帖子詞·夫人閣》其一"翠縷爭垂柳"注［三］。

［四］外庭：亦作"外廷"，相對內廷、禁中而言，指國君聽政的地方，借指朝臣。

細雨曉風柔，春聲入御溝[一]。已漂新荇沒[二]，猶帶斷冰流。

【注釋】

［一］御溝：流經宮苑的河道。

［二］荇：荇菜。見夏竦《皇后閣端午帖子》其五"日記采蘭追楚俗"注［二］。

扶桑初日映簾昇[一]，已覺銅瓶暖不冰。七種共挑人日菜[二]，千枝先剪上元燈[三]。

【注釋】

[一] 扶桑：神樹名，傳說日出其下。見胡宿《夫人閣春帖子》其五"迎氣青幡獵曉風"注 [三]。

[二] "七種"句：《荊楚歲時記》："正月七日為人日，以七種菜為羹。"元祐三年立春在正月初四，與人日近，故有此言。

[三] "千枝"句：《唐詩紀事》卷六二錄鄭嵎《津陽門詩》："韓家燭臺倚林杪，千枝燦若山霞摛。昔年光彩奪天月，昨日銷鎔當路岐。"注："韓國為千枝燈臺，高八十尺，置於山上，每至上元夜則燃之，千光奪月，凡百里之內，皆可望焉。"

雪消鴛瓦已流澌[一]，風暖犀盤尚鎮帷[二]。縹緲紫簫明月下，璧門桂影夜參差[三]。

【注釋】

[一] 流澌：流水。

[二] 犀盤：以犀紋為飾的盤子。鎮：壓帷帳的器具。屈原《九歌·湘夫人》："白玉兮為鎮。"

[三] "璧門"句：用杜牧《杜秋娘詩》："月上白璧門，桂影涼參差。"璧門：宮門。本為漢宮門名。《史記·封禪書》："作建章宮……其南有玉堂、璧門。"《三輔黃圖·漢宮·建章宮》："宮之正門曰閶闔，高二十五丈，亦曰璧門。"後為宮門泛稱。

端午帖子詞 元祐三年[一]

皇帝閣六首[二]

盛德初融後[三]，潛陰未姤時[四]。侍臣占易象，明兩作重離[五]。

【校記】

施乙、七集無"元祐三年"自注。

【注釋】

[一] 此為元祐三年（1088）端午帖子詞，時蘇軾為翰林學士。

[二] 皇帝：指哲宗趙煦（1077—1100）。見前《春帖子詞·皇帝閣六首》其一"靄靄龍旂色"注[二]。

[三] "盛德"句：指五月。《禮記·月令》"孟夏之月"："是月也，以立夏，先立夏三日，太史謁之天子，曰：'某日立夏，盛德在火。'天子乃齊。立夏之日，天子親帥三公九卿大夫以迎夏於南郊。"端午在五月初，故云"盛德初融後"。

[四] "潛陰"句：查注："按《易》，一陰伏於五陽之下，名為姤，夏至之卦。"按，姤：六十四卦之一，卦象為"䷫"，乾上巽下，為一陰伏於五陽之下象，古人以為五月一陰生，正如姤卦之象，故云。

[五] "侍臣"二句：侍臣占卜，得《易》之《離》卦。《易·離》："明兩作，《離》。大人以繼明照於四方。"孔穎達疏："明兩作離者，離為日，日為明。今有上下二體，故云明兩作離也。"《彖》曰："重明以麗乎正，乃化成天下。"此表示對皇帝的歌頌。

采秀擷羣芳，爭儲百藥良[一]。太醫初薦艾[二]，庶草騐蕃昌[三]。

【校記】

第二句"爭"，施乙作"深"。

【注釋】

[一] "采秀"二句：寫端午有採集雜藥的習俗。見夏竦《御閣端午帖子》其三"仙園采藥回彫輦"注[一]。

[二] "太醫"句：太醫進艾草。太醫：宮中掌管醫藥的官員。秦漢有太醫令丞，宋時也稱普通醫生。艾：古人認為艾草治百病，端午懸門可辟邪。見晏殊《端午詞·御閣》其二"初垂彩艾迎新節"注[一]。

[三] "庶草"句：《書·洪範》："五者來備，各以其叙，庶草蕃廡。"孔穎達疏："五者於是來，皆備足，須風則風來，須雨則雨來，其來各以次序，則眾草木蕃滋而豐茂矣。"以為雨、暘、燠、寒、風五氣遵循次序而來，則萬物繁盛。騐：同"驗"。蕃昌：繁衍昌盛。

微涼生殿閣[一]，習習滿皇都[二]。試問吾民慍，南風為解無[三]。

【注釋】

[一]"微涼"句：化用柳公權《夏日聯句》："薰風自南來，殿閣生微涼"。

[二]習習：和煦的樣子。

[三]"試問"二句：《孔子家語·辨樂解》："昔者舜彈五弦之琴，造《南風》之詩。其詩曰：'南風之薰兮，可以解吾民之慍兮；南風之時兮，可以阜吾民之財兮。'"此句有婉諫君王推南風之德以至於黎庶之意。《藝苑雌黃》云："東坡《端午帖子皇帝閣》云：（詩略）。原其意，蓋欲聖君推南風之德，以及於黎庶也。唐文宗與柳公權聯句，東坡以為公權有美而無箴，因續四句。其作《端午帖子》，用此意也。"（《苕溪漁隱叢話》後集卷二六引）按，蘇軾《補唐文宗柳公權聯句並引》云："宋玉對楚王：'此獨大王之雄風也，庶人安得而共之？'譏楚王知己而不知人也。柳公權小子與文宗聯句，有美而無箴，故為足成其篇云：'人皆苦炎熱，我愛夏日長。薰風自南來，殿閣生微涼。一為居所移，苦樂永相忘。願言均此施，清陰分四方。'"周密《齊東野語》卷一八"薰風聯句"："唐文宗詩曰：'人皆苦炎熱，我愛夏日長。'柳公權續云：'薰風自南來，殿閣生微涼。'或者惜其不能因詩以諷，雖坡翁亦以為有美而無箴。故為續之云：'一為居所移，苦樂永相忘。願言均此施，清陰分四方。'余謂柳句正所以諷也。蓋薰風之來，惟殿閣穆清高爽之地始知其涼。而征夫耕叟，方奔馳作勞，低垂喘汗於黃塵赤日之中，雖有此風，安知所謂涼哉？此與宋玉對楚王曰：'此謂大王之風耳，庶人安得而共之者'同意。"

西檻新來玉宇風[一]，侍臣茗椀得雍容[二]。庭槐似識天顏喜，舞破清陰作兩龍[三]。

【注釋】

[一]西檻：當指邇英閣，為北宋侍講之所。《宋史·地理志一》"邇英閣"："在崇政殿西南，蓋侍臣講讀之所也。與延義同，景祐三年賜名。"義取親近英才。南宋因之。亦名邇英殿。玉宇：天空。

［二］"侍臣"句：查注："宋制，侍講侍讀官，例賜酒、賜茶，本集《侍立邇英》詩，有'上樽初破早朝寒，茗盌仍沾講舌乾'之句。"按，蘇軾時為哲宗侍讀官，故云此。所引為《軾以去歲春夏侍立邇英而秋冬之交子由相繼入侍次韻絕句四首各述所懷》詩。茗：茶。椀：同"盌"，"碗"。雍容：舒緩，從容。

　　［三］"庭槐"二句：寫邇英殿前兩槐樹如龍。蘇轍《去年冬轍以起居郎入侍邇英講不逾時遷中書舍人雖忝冒愈深而瞻望清光與日俱遠追記當時所見作四絕句呈同省諸公》其二有"回首曈曨朝日上，槐龍對舞覆衣冠"句：自注云："邇英前有雙槐甚高，而柯葉拂地，狀若龍蛇，講官進對其下。"天顏：帝王的容顏。

　　講餘交翟轉迴廊[一]，始覺深宮夏日長。揚子江心空百鍊[二]，只將無逸鑑興亡[三]。

【注釋】

　　［一］"講餘"句：查注："《宋史》：凡經筵，歲以仲春至端午，仲秋至長至，講讀官輪直。或便殿，或邇英閣，或間日，或每日，無長制。《播芳大全》載《集英殿致語》云：'輦出房而雷動，扇交翟以雲開。'謂雉羽扇也。"按，此寫皇帝聽講結束後回宮。據《宋史·職官志二》，宋初太宗設侍讀，咸平二年始建翰林侍讀學士之職，"元豐官制，廢翰林侍讀、侍講學士，不置，但以為兼官，然必侍從以上乃得兼之。其秩卑資淺，則為說書。歲春二月至端午日，秋八月至長至日，遇隻日入侍邇英閣，輪官講讀。元祐七年復增學士之號，元符元年省去"。南宋講讀時間不固定。交翟：指皇帝儀仗所用雉羽扇。劉禹錫《望賦》："扇交翟兮葳蕤，旗升龍兮蟉略。"

　　［二］"揚子"句：用唐端午揚州江心鑄鏡進貢事。百鍊：即百鍊鑑。見晏殊《端午詞·東宮閣》其一"揚子江心鑄鑑成"注［二］。

　　［三］無逸：《書·周書》篇名，為周公告誡成王勿耽於享樂之辭。查注："《播芳大全》載《集英殿致語》云：'頌《書·無逸》，法中宗之不敢康。'"按，此詩含諷諫意。洪邁《容齋五筆》卷九評此詩"輝光氣焰，可畏而仰也。"

一扇清風灑面寒，應緣飛白在冰紈[一]。坐知四海蒙膏澤[二]，沐浴君王德似蘭[三]。

【注釋】

[一]"一扇"二句：《唐會要》卷三五"書法"："（貞觀）十八年五月，太宗為飛白書，作鸞鳳蟠龍等字，筆勢驚絶，謂司徒長孫無忌、吏部尚書楊師道曰：'五日舊俗，必用服翫相賀，朕今各賜君飛白扇二枚，庶動清風，以增美德。'"宋時仁宗最喜親書飛白扇賜大臣以示恩寵，皇祐以後端午賞賜成慣例。《玉海》卷三四多載，如"（天聖）四年五月庚辰，以端午賜輔臣御飛白書羅扇各二"，"皇祐以後，每歲重午節必賜飛白書扇"。飛白：即飛白書。相傳東漢靈帝時修飾鴻都門，匠人用刷白粉的帚寫字，蔡邕見後，歸作"飛白書"。這種書法，筆畫中絲絲露白，像枯筆所寫。唐張懷瓘《書斷》上："飛白者，後漢左中郎將蔡邕所作也。王隱、王愔並云：飛白，變楷製也。本是宮殿題署，勢既徑丈，字宜輕微不滿，名為飛白。"唐李綽《尚書故實》："飛白書始於蔡邕，在鴻門見匠人施堊箒，遂創意焉。"（《說郛》卷三六上）冰紈：潔白的細絹，以其色素鮮潔如冰，故稱。代指絹製的團扇。

[二]膏澤：本為滋潤作物的雨水，此喻恩惠。《孟子·離婁下》："諫行言聽，膏澤下於民。"焦循正義："為臣之時，諫行言從，德澤加民。"

[三]沐浴：古代端午有以蘭草為湯沐浴之俗。見夏竦《御閣端午帖子》十一"浴蘭襲祉良辰啟"注［一］。按，此句意在頌美皇帝。

太皇太后閤六首[一]

漸臺通翠浪[二]，暑殿轉清風[三]。簾捲東朝散[四]，金烏未遽中[五]。

【注釋】

[一]太皇太后：英宗皇后高氏（1032—1093）。哲宗即位，尊為太皇太后。見王珪《端午內中帖子詞·太上皇后閤》其一"兩儀坤載厚"注［一］。按，此亦為元祐三年（1088）端帖，見前《皇帝閤》其一"盛德初融後"注［一］。

[二]漸臺：漢代建章宮太液池中臺。此指宋宮後苑池中臺。《史

記·孝武本紀》：“於是作建章宫，度為千門萬户。前殿度高未央。其東則鳳闕，高二十餘丈。其西則唐中，數十里虎圈。其北治大池，漸臺高二十餘丈，名曰泰液池，中有蓬萊、方丈、瀛洲、壺梁，象海中神山、龜魚之屬。”顏師古注：“漸，浸也。臺在池中，為水所浸，故曰漸臺。”翠浪：碧波。

　　〔三〕暑殿：指消暑休閒之宫殿。見呂惠卿《端午門帖子》“虚心清暑殿，預戒一陰生”注〔二〕。

　　〔四〕東朝：指太皇太后高氏所居宫。見前《春帖子詞·皇太妃閤五首》其三“孝心日奉東朝養”注〔一〕。

　　〔五〕金烏：古代神話傳説太陽中有三足烏，故以金烏為太陽的代稱。合注：“《淮南子》：‘日中有踆烏。’注：‘踆，趾也，謂三足烏。’劉楨賦：‘上棲金烏。’”

　　日永蠶收簇[一]，風高麥上場。朝來藉田令[二]，菰黍獻時芳[三]。

【注釋】

　　〔一〕“日永”句：寫移蠶至簇上準備其吐絲結繭。查注：“揚雄《元后誄》：‘蠶於繭館，躬筐執曲，帥導羣妾，咸循蠶簇。’秦處度《蠶書》：‘屈藁長二尺者，自後茨之以為簇，以居繭蠶。’”按，簇：用葦、蒿或竹紮成的承蠶作繭的工具。蠶將吐絲時，從箔中移至蠶簇上。王建《簇蠶辭》：“新婦拜簇願繭稠，女灑桃漿男打鼓。”

　　〔二〕藉田令：官職名，掌管籍田事。章如愚《群書考索》後集卷九“籍田令”：“周為甸師。漢文帝感賈誼之言始開籍田，置令丞，掌耕國廟社稷之田。”“東漢及魏闕。晉武復置。”“元豐三年詔籍田令，隸太常寺。渡江初闕，紹興十五年初除康與之為籍田令，三十一年詔籍田司權罷，官吏並罷。後復置。”藉，同“籍”。

　　〔三〕菰黍：角黍，粽子。見夏竦《御閣端午帖子》其六“太官角黍迎嘉節”注〔一〕。時芳：指應時而美味的食品。

　　舞羽諸羌伏[一]，銷兵萬彙蘇[二]。只應黄紙誥[三]，便是赤靈符[四]。

【注釋】

［一］舞羽：古代一種樂舞，手執翟雉的尾羽而舞蹈。《周禮·春官·籥師》："籥師，掌教國子舞羽龡籥。"鄭玄注："文舞有持羽吹籥者……《詩》云：'左手執籥，右手秉翟。'"蘇軾《集英殿春宴教坊詞·小兒致語》："幸以髫髦之微，得參舞羽之末。"

［二］銷兵：消弭戰爭。萬彙蘇：萬物恢復生機。《禮記·樂記》："蟄蟲昭蘇，羽者嫗伏。"鄭玄注："昭，曉也；蟄蟲以發出為曉，更息曰蘇。"曹植《冬至獻襪履頌表》："四方交泰，萬物昭蘇。"萬彙：萬物，萬類。

［三］黃紙誥：黃紙書寫的詔書。皇帝詔書用黃紙。此指寬免租稅等的詔書。

［四］赤靈符：古代端午佩戴道教符籙，俗以為可以避免兵禍鬼氣。見晏殊《端午詞·御閣》其三"獻壽競為長命縷"注［二］。

令節陳詩歲歲新[一]，從官何以壽吾君[二]。願儲醫國三年艾[三]，不作沉湘九辯文[四]。

【注釋】

［一］"令節"句：寫端午學士院供帖子事。

［二］從官：皇帝周圍以備顧問的文學近臣，也叫侍從官。

［三］醫國：合注："《國語》：'上醫醫國。'"三年艾：生長三年的艾草；此喻良策。《孟子·離婁上》："今之欲王者，猶七年之病，求三年之艾也。"趙岐注："艾可以為灸人病，乾久益善，故以為喻。"古時端午有採艾草及雜藥的習俗。《荊楚歲時記》："五月五日，……采艾以為人，懸門戶上，以禳毒氣。"

［四］九辯：《楚辭》篇名，宋玉所作。也作《九辨》。漢王逸《〈九辯〉序》："《九辯》者，楚大夫宋玉之所作也。辯者，變也，謂陳道德以變說君也。九者，陽之數，道之綱紀也。……宋玉者，屈原弟子也，閔惜其師忠而放逐，故作《九辯》以述其志。"此指吊亡哀傷之文。

忠臣諒節今千歲[一]，孝女孤風滿四方[二]。不復巫陽占郢夢[三]，空餘仲御扣河章[四]。

【注釋】

［一］忠臣：指屈原。《史記·屈原賈生列傳》："屈平正道直行，竭忠盡智以事其君。"諒節：誠實正直的品格。諒：誠實。《論語·季氏》："友直，友諒，友多聞。"

［二］孝女：指曹娥。《後漢書·列女傳·孝女曹娥》："孝女曹娥者，會稽上虞人也。父盱，能絃歌，為巫祝。漢安二年五月五日，于縣江泝濤婆娑迎神，溺死，不得屍骸。娥年十四，乃沿江號哭，晝夜不絕聲，旬有七日，遂投江而死。"吳地傳說端午競渡與曹娥有關。見晏殊《端午詞·御閣》其四"仙家既有靈符術"注［二］。

［三］"不復"句：寫不用再招屈原魂。巫陽：古代傳說中的女巫。《楚辭·招魂》："帝告巫陽曰：'有人在下，我欲輔之。魂魄離散，汝筮予之。'巫陽對曰：'掌夢！上帝其命難從！若必筮予之，恐後之謝，不能復用巫陽焉。'"王逸注："女曰巫。陽，其名也。"郢：楚國的都城，在今湖北省江陵縣附近。

［四］"空餘"句：只空留下夏仲御扣船而歌的《河女之章》。河章：指《河女之章》。查注："《晉書·夏統傳》：母病，詣洛市藥。會三月上巳，士女如雲，統並不顧。賈充怪而問之，徐答曰：'會稽夏仲御也。'充使問其土俗，又謂曰：'卿能作土地間曲乎？'統曰：'孝女曹娥，年甫十四，其父墮江不得屍，娥仰天哀號，便投水而死，父子喪屍，後乃俱出。國人哀其孝義，為歌《河女之章》。今欲歌之。'於是以足扣船，引聲喉囀，清激慷慨，大風應至，雷電晝冥。諸人相顧曰：'聞《河女》之音，不覺涕淚交流，即謂伯姬高行在目前也。'"

長養恩深動植均[一]，只憂貪吏尚殘民。外廷已拜梟羹賜，應助吾君去不仁[二]。

【校記】

第三句"廷"，施乙作"庭"。第四句"吾君"，施乙作"君王"。

【注釋】

［一］動植：動物和植物。

［二］"外廷"二句：外廷已經將梟羹賜給了百官，應能輔助皇帝

祛除不仁之人。梟羹：以梟肉製作的羹湯。漢代端午有以梟肉製羹湯賜百官之習俗，寓除絕邪惡之意。見夏竦《御閣端午帖子》其七"賜羹佳事傳青簡"注［一］。查注："子由《端午帖子詞》：'百官却拜梟羹賜，凶去方知舜有功。'與詩意同。"王文誥注："本集《劄子》云：廣東妖賊岑探反，將官童政，賊殺平民數千，止降一差遣，溫杲誘殺平民十九人，止降監當。若不窮究，小人得志，天下之亂，可坐而待。"

皇太后閣六首[一]

露簟琴書冷[二]，琱盤餐餌新[三]。深宮猶畏日，應念暑耘人[四]。

【注釋】

［一］皇太后：指神宗皇后向氏（1046—1101）。哲宗立，尊為皇太后。見王珪《端午內中帖子詞·皇后閣》其一"玉作仙家殿"注［一］。按，此亦為元祐三年（1088）端帖，見前《皇帝閣》其一"盛德初融後"注［一］。

［二］露簟：竹席。因其清涼如沾露，故稱。白居易《前亭涼液》："露簟色似玉，風幌影如波。"

［三］琱盤：即雕盤。刻繪花紋的盤子；精美的盤子。餐餌：指粉團、角黍之類端午美食。《開元天寶遺事》："宮中每到端午節，造粉團角黍，貯於金盤中，以小角造弓子，纖妙可愛，架箭射盤中粉團，中者得食。蓋粉團滑膩而難射也。都中盛於此戲。"條《歲時廣記》卷二一"造白團"條引《歲時雜記》："端五作水團，又名白團，或雜五色人獸花果之狀，最精者名滴粉團，或加麝香。又有乾團不入水者。"餐（zhān）：也寫作"飦"，同"饘"，一種稠粥。查注："孫愐《唐韻》：'餐，諸延切，厚粥也。'"合注："《玉篇》：'餐，同饘。'《荀子》：'酒醴餐鬻。'"餌：糕餅。

［四］暑耘人：夏日勞作的農民。

萬歲菖蒲酒[一]，千金琥珀杯[二]。年年行樂處，新月掛池臺。

【校記】
第一句"萬歲",七集作"萬壽"。
【注釋】
〔一〕菖蒲酒:以菖蒲浸製成的酒。古時端午有以菖蒲浸酒而飲的習俗。見宋庠《夫人閣端午帖子詞》其一"令月辰標午"注〔四〕。
〔二〕"千金"句:查注:"杜子美《鄭駙馬宅宴洞中》詩:'春酒杯濃琥珀薄。'"按,琥珀杯:琥珀製成的酒杯,出產於西北。泛指貴重的酒杯。章如愚《群書考索》後集卷六四:"乾德中,西州回鶻可汗去淵貢辟支佛牙琉璃罌物,玉盞琥珀盃。"

翠筒初裹楝,薌黍復纏菰[一]。水殿開冰鑑[二],瓊漿凍玉壺[三]。

【校記】
第一句"裹",施乙、七集作"室",查注、合注:別本"楝"作"練"。翁方綱《蘇詩補注》卷七:"宋袁質甫《甕牖閑評》:'東坡《端午帖子》,《藝苑》謂"楝"當作"練"。然余家所得東坡親寫此帖子墨刻,范致能參政刊在蜀中,其"楝"字不曾改,只作此"楝"字。'"按,依宋人帖子詞用例,當為楝。
【注釋】
〔一〕"翠筒"二句:寫端午製作角黍。角黍以楝葉、菰葉包裹,上纏彩絲。見夏竦《御閣端午帖子》其六"太官角黍迎嘉節"注〔一〕。薌黍:黍。薌:同"香"。查注:"《禮記·曲禮下》:'黍曰薌合。'疏云:'穀,秋者為黍,秋既軟而相合,氣息又香,故曰薌合也。'"菰:菰葉。
〔二〕水殿:建於水上的殿宇。冰鑑:一種器物,內盛冰以降溫。《周禮·天官·凌人》:"春始治鑑,……祭祀共冰鑑。"鄭玄注:"鑑,如甄,大口,以盛冰;置食物于中,以禦溫氣。"
〔三〕瓊漿:喻美酒。玉壺:玉製的壺。泛指精美的壺。

秘殿扶疎夏木深[一],雨餘初有一蟬吟。應將嬴女乘鸞扇[二],更助南風長棘心[三]。

【注釋】

〔一〕秘殿：奧深的宮殿。扶疎：形容夏日樹木葉繁茂分披貌。

〔二〕將：拿，持。嬴女乘鸞扇：繪有美女乘鸞的扇子。嬴女：即秦穆公的女兒弄玉。見晏殊《端午詞·内廷》其四"一一雕盤分楚粽"注〔二〕。

〔三〕"更助"句：表太皇太后輔佐皇帝之意。《詩·邶風·凱風》："凱風自南，吹彼棘心。"毛傳："南風謂之凱風，樂夏之長養。棘，難長養者。"孔穎達正義："言凱樂之風從南長養之方而來，吹彼棘木之心，故棘心夭夭然得盛長，以興寬仁之母，以己慈愛之情，養我七子之身，故七子皆得少長。然棘木之難長者，凱風吹而漸大，猶七子亦難養者，慈母養之以成長。"

上林珍木暗池臺[一]，蜀產吳包萬里來[二]。不獨盤中見盧橘[三]，時於粽裹得楊梅[四]。

【注釋】

〔一〕上林：即上林苑。指宋宮中後苑。見宋祁《皇帝閣》其四"日華初麗上林天"注〔一〕。查注："《漢書·上林賦注》：此雖賦上林，博引異方珍奇，不係於一也。合此詩四句觀之，正用此意。"

〔二〕"蜀產"句：寫各地進貢物品。蜀產、吳包：指南方所產的時令水果。

〔三〕盧橘：金橘。李時珍《本草綱目·果二·金橘》："此橘生時青盧色，黃熟則如金，故有金橘、盧橘之名。"或指枇杷。蘇軾《與劉景文同往賞枇杷》詩："魏花非老伴，盧橘是鄉人。"王十朋集注引師尹曰："《談助》云：'盧橘，枇杷也。'"宋朱翌《猗覺寮雜記》卷上："嶺外以枇杷為盧橘子，故東坡云：'盧橘楊梅次第新。'"陶宗儀《南村輟耕錄·盧橘》："世人多用盧橘以稱枇杷。"吳曾《能改齋漫錄》卷一五"方物·盧橘"："唐庚子西《李氏山園記》云：'枇杷、盧橘，一也。'"而《上林賦》曰："盧橘夏熟，黃甘橙楱，枇杷橪柿，亭柰厚朴。'則一物為二矣。"

〔四〕楊梅：南方水果。核果球形，表面有粒狀突起，味酸甜。明李時珍《本草綱目·果二·楊梅》："楊梅，樹葉如龍眼及紫瑞香。冬月不雕，二月開花結實，形如楮實子，五月熟。"歐陽修《端午帖子·皇帝閣》其二："綵索盤中結，楊梅粽裏紅。"宋人以為此乃用典，非寫實也。張邦基《墨莊漫錄》卷三："東坡為翰苑，元祐三年，供《端午帖子》，有云：（詩略）。每疑'粽裏楊梅'之句。《玉臺新詠》徐君蒨《共內人夜坐守歲》詩：'酒中挑喜子，粽裏覓楊梅。'今人未見以楊梅為粽，徐公乃守歲詩，楊梅夏熟，歲暮安有此果，豈昔人以乾實為之耶！東坡以角黍為午日之饌，故借言之耳。"按，三四句亦皆出司馬相如《上林賦》："於是乎盧橘夏熟，黃甘橙楱，枇杷橪柿，亭柰厚朴。梬棗楊梅，櫻桃蒲陶。"

閩楚遺風萬古情[一]，沅湘舊俗到金明[二]。翠輿黃傘何時幸[三]，畫鷁飛鳧盡日橫[四]。

【校記】

第一句"閩楚"，施乙作"閩古"。第二句"沅湘"，七集作"湘沅"。

【注釋】

[一] 閩楚遺風：古代荊楚遺俗。此指競渡習俗。

[二] "沅湘"句：寫南方競渡習俗。沅湘：沅水和湘水，指楚國。金明：即金明池。宋時池名，在北宋都城開封西鄭門西北，周圍約九里。五代時周世宗欲伐南唐，始鑿池以習水戰。宋太宗太平興國三年再鑿而成。（《宋史·太宗本紀一》）《東京夢華錄·三月一日開金明池瓊林苑》："三月一日，州西順天門外，開金明池、瓊林苑，……池在順天門街北，周圍約九里三十步，池西直徑七里許。"金明池宋初為練習水戰之地，後為水嬉之所，北宋歷代皇帝於三至五月間有幸金明池觀水嬉，開瓊林苑，縱都人遊賞的慣例。《宋史·禮志十六·游觀》："天子歲時游豫，……首夏幸金明池觀水嬉。"

[三] 翠輿黃傘：指皇帝的車及儀仗，此借指皇帝。

[四] 畫鷁飛鳧：各種龍船。畫鷁：船首畫有鷁鳥的船。查注："《淮南子·本經訓》：'龍舟鷁首。'注云：'鷁，水鳥也，畫其像著船頭，故曰鷁首。'王子年《拾遺記》：'泛蘅蘭雲鷁之舟。'或作鴨，音義同。張正見詩：'黃雲迷鳥路，白雪下鳧舟。'"飛鳧：亦稱飛隼，指

輕舟。見夏竦《皇后閣端午帖子》其二"璧沼水嬉飛隼渡"注[一]。

皇太妃閣五首[一]

午景簾櫳靜[二]，薰風草木酣[三]。誰知恭儉德，綵縷出親蠶[四]。

【注釋】

[一] 皇太妃：指神宗德妃朱氏（1052—1102），哲宗母，哲宗即位後尊為皇太妃。見前《春帖子詞·皇太妃閣》其一"葦桃猶在户"注[一]。按，此亦為元祐三年（1088）端帖，見前《皇帝閣》其一"盛德初融後"注[一]。

[二] 簾櫳：亦作"簾籠"；窗簾和窗牖。泛指門窗的簾子。

[三] 薰風：夏日和暖的東南風。也作"熏風"。《呂氏春秋·有始》："東南曰熏風。"酣：王文誥注："押'酣'字從'薰'字出，可謂醍醐貫頂，力透重關。若渡海作'萬谷酣笙鐘'，則有純用空靈矣。"

[四] 綵縷：即續命彩絲。見夏竦《御閣端午帖子》其一"續命彩絲登繭館"注[二]。親蠶：古代季春之月皇后躬親蠶事的典禮。見夏竦《内閣春帖子》其一"青逵布序和風扇"注[四]。

雨細方梅夏，風高已麥秋[一]。應憐百花盡，緑葉暗紅榴[二]。

【注釋】

[一] "雨細"二句：寫時正當夏季。梅夏：梅熟於夏，故稱。麥秋：麥子成熟之時。指夏天。見歐陽修《端午帖子詞·夫人閣五首》其一"梅黄初過雨"注[二]。

[二] 紅榴：紅石榴花。

辟兵已佩靈符小[一]，續命仍縈綵縷長[二]。不為祈禳得天助[三]，要令風俗樂時康。

【校記】

第四句"要令"，施乙作"望隨"，七集作"要隨"。

【注釋】

［一］"辟兵"句：寫端午佩戴辟兵符。辟兵符即赤靈符、靈符，端午佩戴，俗以為可以避兵禍鬼氣。見晏殊《端午詞·御閣》其三"獻壽競為長命縷"注［二］。

［二］"續命"句：寫端午戴五彩絲。綵縷：即五彩絲。見夏竦《御閣端午帖子》其一"續命彩絲登繭館"注［二］。

［三］祈禳：祈求福祥，祛除災殃。王文誥注："凡本集內制、青詞、朱表齋文、祝文，告於天地社稷宗廟園陵宮觀寺院者甚眾，半皆祈禳之事，而敘賜宗親勳舊宰執文武臣僚聖節開啟罷散道場口宣尤繁。蓋自有僧道以來，設官統眾，列為編氓之一。上既以為禳災集福之用，而下亦以申報恩祝國之忱，在天地間，亦屬不可少之一事。故自唐以後，已必不可廢矣。其言理學必欲與僧道禁絕語言文字者，此惟漢儒能之。漢以後皆矚情而販假，反不若僧道之真也。本集兼及佛老，不諱祈禳，亦名知後世必不能廢也。然其中分寸甚嚴，如論大道，即無不詆排及之矣。"

玉盆沉李瀹清泉［一］，金鴨噓空裊細烟［二］。自有梧楸障畏日［三］，仍欣麥黍報豐年［四］。

【校記】

第一句"沉李"，查注作"浮李"，謂"疑當作'沉'"；施乙、七集均作"沉"。

【注釋】

［一］"玉盆"句：言玉盆中用清涼的泉水浸泡著李子。《歲時廣記》卷二"沈瓜李"："魏文帝《與吳質書》：'浮甘瓜於清泉，沈朱李於寒水。'杜詩云：'翠瓜碧李沈玉甖。'注云：'玉甖，井也。'"

［二］金鴨：金屬所製的鴨形香爐。《香譜》卷下："以塗金為狻猊、麒麟、鳧鴨之狀，空中以然香，使煙自口出。"

［三］梧楸：梧桐與楸樹。畏日：烈日。《左傳·文公七年》："趙衰，冬日之日也；趙盾，夏日之日也。"杜預注："冬日可愛，夏日可畏。"後因稱夏天的太陽為"畏日"，意為炎熱可畏。

［四］麥黍：麥和黍。查注："《禮記·月令》：孟夏農乃登麥，季夏農乃登黍。"

良辰樂事古難同，繡繭朱絲奉兩宮[一]。仁孝自應禳百沴[二]，艾人桃印本無功[三]。

【校記】

第二句"繭"，查注、合注作：一作"縷"。

【注釋】

[一] 朱絲：即綵索，五彩絲。見夏竦《御閣端午帖子》其一"續命彩絲登繭館"注[二]。兩宮：指太皇太后宮與皇太后宮。

[二] 禳百沴（lì）：消除各種災疫之氣。

[三] 艾人：捆縛為人形的艾草，端午懸掛於門以辟邪。見晏殊《端午詞·御閣》其二"初垂彩艾迎新節"注[一]。桃印：端午門飾，用以辟邪。見夏竦《郡王閣端午帖子》其四"崑山瑞玉題真篆"注[二]。

夫人閣四首[一]

蕭蕭槐庭午，沉沉玉漏稀[二]。皇恩樂佳節，鬭草得珠璣[三]。

【注釋】

[一] 夫人：指宮中眾妃。見宋庠《夫人閣端午帖子詞》其一"令月辰標午"注[一]。此時宮中夫人有仁宗苗貴妃、周淑妃、神宗邢淑妃等。按，此亦為元祐三年（1088）端帖，見前《皇帝閣》其一"盛德初融後"注[一]。

[二] 玉漏：漏的美稱。見夏竦《內閣春帖子》其四"銀箭初傳暖律延"注[一]。

[三] 鬭草：古代清明、端午之時流行的一種遊戲。見晏殊《端午詞·內廷》其一"百草鬭餘欣令月"注[二]。珠璣：珠寶。

節物荊吳舊，嬉遊禁掖閑[一]。仙風隨畫筆，拜賜落人間[二]。

【注釋】

[一] "節物"二句：王文誥注："此二句言宮禁節物，必有所謂，非專指荊楚歲時也。"節物：節日食用之物。見宋庠《皇帝閣端午帖子

詞》其五"天關卻暑金為狄"注〔三〕。荊吳：楚國和吳國。泛指長江以南地區。

〔二〕"仙風"二句：寫皇帝賜扇。畫箑（shà）：有畫飾的扇子。箑：關東方言稱扇子為箑。合注："《方言》：'扇，自關而東謂之箑。'"王文誥注："《世本》：'武王始作箑。'潘岳《秋興賦》：'屏輕箑，釋纖絺。'"

五綵縈筒秫稻香[一]，千門結艾鬢髯張[二]。旋開寶典尋風物[三]，要及靈辰共祓禳[四]。

【注釋】

〔一〕"五綵"句：寫端午食粽習俗。見夏竦《御閣端午帖子》其六"太官角黍迎嘉節"注〔一〕。

〔二〕"千門"句：寫端午門懸艾草以辟邪之俗。見晏殊《端午詞·御閣》其二"初垂彩艾迎新節"注〔一〕。

〔三〕寶典：指隋杜臺卿的《玉燭寶典》。此書主要記載古代禮儀及社會風俗。風物：指風俗、習俗。

〔四〕靈辰：吉祥的時刻。此指端午。祓禳：祛除災禍的儀式。《左傳·昭公十八年》："祓禳於四方，振除火災，禮也。"孔穎達疏："祓禳皆除凶之祭。"

欲曉銅瓶下井欄，鏗鍠金殿發清寒[一]。似聞人世南風熱，日上牆東問幾竿[二]。

【注釋】

〔一〕鏗鍠：象聲詞，形容樂聲洪亮。唐崔日用《奉和人日重宴大明宮應制》："新年宴樂坐東朝，鐘鼓鏗鍠大樂調。"王文誥注："鏗，金石聲也；鍠，金聲也。二字從'瓶'、'欄'生出，謂未曉之時，宮禁靜寂，雖金殿亦聞之，而因以發其清寒也。此從'殿角生微涼'更進一層，所謂有美而有箴，合讀下二句，其意自見。"

〔二〕幾竿：以太陽在天空所處的位置謂時間之早晚。《南齊書·天文志上》："日出高三竿。"

許　　將

　　許將（1037—1111），字沖元，福州閩縣（今福建福州）人。仁宗嘉祐八年（1063）進士。初簽書昭慶軍判官，後通判明州。神宗時除集賢校理、同知禮院，改右正言，又改直舍人院，判流內銓。進知制誥，兼直學士院，進翰林學士，權知開封府。落職知蘄州，歷知秦州、揚州、鄆州。召為兵部侍郎，未幾出知成都府。哲宗時再為翰林學士，兼吏部尚書，拜尚書右丞、戶部尚書。出知定州、揚州，移大名府。紹聖初，入為吏部尚書，拜尚書左丞、中書侍郎。徽宗政和元年卒，年七十五。諡文定。《東都事略》卷九六、《宋史》卷三四三有傳。其詩多佚，《全宋詩》卷八四〇錄其詩十八首。

　　許將今存端午帖子一首，見於洪邁《容齋五筆》卷九；春帖子七言斷句一，見於《苕溪漁隱叢話》後集卷三五，《歲時廣記》卷八亦引；《全宋詩》皆錄。

端午帖子[一]

　　江中今日成龍鑑[二]，苑外多年廢鷺陂[三]。合照乾坤共作鏡，放生河海盡為池[四]。

【校記】

錄自叢書集成初編本洪邁《容齋五筆》卷九。

【注釋】

[一]　此端帖原為完整一組，今僅存此首，當為皇帝閣端帖。按，疑此為元祐四年（1089）端帖。許將兩度任翰林學士。熙寧九年（1076）十一月辛酉，以知制誥兼直學士院（《續資治通鑑長編》卷二七九）。十年為翰林學士，元豐元年（1078）十一月權發遣開封府，十

二月權知開封府。哲宗元祐三年四月戊寅（2日），再為翰林學士，四年五月丁酉（28日）兼吏部尚書（《續資治通鑑長編》卷四二八），六月拜尚書右丞、户部尚書（《宋史》卷一七）。兩次都有寫作春端帖子的時間。第一次有寫作元豐元年、二年春、端帖子的時間，但因權知開封府，寫作的可能性較小。第二次有寫作元祐三年端帖和四年春、端帖的可能性，因元祐三年春端帖為蘇軾所寫，疑其春、端帖皆為元祐四年所作。

〔二〕"江中"句：用唐端午揚州江心鑄鏡進貢事。龍鑑：雕有龍形的銅鏡。見晏殊《端午詞·東宮閣》其一"揚子江心鑄鑑成"注〔二〕。

〔三〕鷺陂（bēi）：有鷺鳥的池塘。此當指金明池。北宋前期皇帝每年二三月依例幸金明池觀水嬉，《宋史》載幸金明池九次，其中太宗七次，真宗一次，神宗一次，而《哲宗本紀》所載皆為罷幸金明池，元祐七年之後不復載此事，蓋已停廢。

〔四〕放生：把捕獲的小動物放掉。慈悲為懷者視放生為善舉。宋時詔令各地設放生池。《宋史·真宗本紀三》："（天禧元年十一月）壬寅，詔淮、浙、荆湖治放生池，禁漁採。"又，《高宗本紀七》："（紹興十三年四月）乙亥，命諸路置放生池。"

皇帝閣春帖子[一]

三素雲飛依北極[二]，九農星正見南方[三]。

【校記】

錄自叢書集成初編本陳元靚《歲時廣記》卷八。第二句"正"，阮閱《詩話總龜》後集卷五十引作"粲"。

【注釋】

〔一〕皇帝：指哲宗趙煦（1077—1100）。見蘇軾《春帖子詞·皇帝閣六首》其一"靄靄龍旂色"注〔二〕。按，此端帖原為完整一組，今僅存此首。疑為元祐四年（1089）春帖。見上詩注〔一〕。

〔二〕三素雲：指各色雲烟。見晏殊《立春日詞·御閣》其二"三素雲中曉望時"注〔一〕。

［三］"九農"句：農星出現在南方。九農星：指農星。《隋書·天文志中》："農丈人一星，在南斗西南，老農主稼穡也。"相傳少皞時主管農事的官有九，稱九扈、九農正。《左傳·昭公十七年》："九扈為九農正。"杜預注："扈有九種也……以九扈為九農之號，各隨其宜以教民事。"《爾雅·釋鳥》扈作"鳸"，《說文》引作"九雇"，本為農桑候鳥，借以作農事官名。《獨斷》卷上："至少昊之世，置九農之官如左：春扈氏（扈止也）：農正，趣民耕種（鳻鶞）；夏扈氏：農正，趣民芸除（切玄）；秋扈氏：農正，趣民收斂（切藍）；冬扈氏：農正，趣民蓋藏（切黃）；棘扈氏：農正，常謂茅氏，一曰掌人百果（切丹）；行扈氏：農正，晝為民驅鳥（唶唶）；宵扈氏：農正，夜為民驅獸（嘖嘖）；桑扈氏：農正，趣民養蠶（切脂）；老扈氏：農正，趣民收麥（鷃鷃）。"故稱農星為九農星。農星可占年歲之豐歉。唐瞿曇悉達《唐開元占經》卷七十"農丈人星占七"："甘氏曰：'農丈人一星，在南斗西南。（農丈人，老農也）'郗萌曰：'農丈人主歲豐耗。在箕東，歲大熟；在箕西饑，在箕南小旱，穰；在箕北，大穰。'甘氏讚曰：'先農丈人執斗與箕。'"《宋史·天文志三》云："農丈人一星，在南斗西南，老農主稼穡者，又主先農、農正官。星明，歲豐；暗，則民失業，移徙，歲饑。客星、彗星守之，民失耕，歲荒。"此寓豐收意。

蘇　頌

　　蘇頌（1120—1101），字子容，本泉州同安（今屬福建廈門）人，以父紳葬潤州丹陽（今屬江蘇）而徙居，遂占籍丹陽。仁宗慶曆二年（1042）進士。歷集賢校理、三司度支判官、知制誥，權知開封府，翰林學士承旨，右光祿大夫、尚書左丞，尚書右僕射兼中書侍郎。卒年八十二。有《蘇魏公文集》七十二卷，由其子編成於高宗紹興九年（1139），流傳至今。《東都事略》卷八九、《宋史》卷三四〇有傳。

　　蘇頌有春帖子詞一組二十七首，載其集卷二八"內制"中。另葛立方《韻語陽秋》卷二載其春帖子詞一首。前者《全宋詩》錄於卷五三三，後者不載。

春帖子[一]

皇帝閣六首[二]

五言

其一

乘震司春令[三]，先天布政經[四]。人時頒鳳曆[五]，農事視龍星[六]。

【校記】

　　錄自中華書局王同策、管成學、顏中其等點校本《蘇魏公文集》卷二八。題中"帖"字，原作"貼"，據四庫本改。"閣"，四庫本作"詞"。

【注釋】

　　[一] 據其四"新修元祐萬年曆，今日才開第五春"，此組詩為元

祐五年（1090）春帖。按，蘇頌於元祐四年（1089）五月丁酉（28日），遷翰林學士承旨，五年三月，除右光祿大夫、守尚書左丞。元祐五年立春在年前臘月二十七日。時蘇頌為翰林學士承旨。

［二］皇帝：指宋哲宗趙煦（1077—1100）。見蘇軾《春帖子詞·皇帝閣六首》其一"靄靄龍旂色"注［二］。

［三］"乘震"句：指春季到來。乘震：指春季。《漢書·魏相丙吉傳》："東方之神太昊，乘《震》執規司春；南方之神炎帝，乘《離》執衡司夏；西方之神少昊，執《兌》執矩司秋；北方之神顓頊，乘《坎》執權司冬。"震：卦名，符號為"☳"，"☳"，為雷之象。《易·說》："萬物出乎震。震，東方也。"

［四］"先天"句：先於天時而宣佈農事命令。政經：政治的常法。語出《左傳·宣公十二年》："今茲入鄭，民不罷勞，君無怨讟，政有經矣"。杜預注："經，常也。"此指有關農耕的政令。

［五］人時：猶民時，農時，指適宜於從事耕種、收穫的時令節氣。《書·堯典》："乃命羲和，欽若昊天，厤象日月星辰，敬授人時。"蔡沈集傳："人時，謂耕穫之候，凡民事早晚之所關也。"鳳曆：歲曆。《左傳·昭公十七年》："我高祖少皞摯之立也，鳳鳥適至，故紀於鳥，為鳥師而鳥名，鳳鳥氏，歷正也。"後因用"鳳曆"稱歲曆，含有曆數正朔之意。

［六］"農事"句：農業活動要觀察龍星。農事：指耕耘、收穫、貯藏等農業生產活動。《禮記·月令》"季秋之月"："乃命冢宰，農事備收。"龍星：東方蒼龍七宿的統稱。因二十八宿中東方七宿（角、亢、氐、房、心、尾、箕），聯起來似龍形，東方屬青，故稱蒼龍。《左傳·桓公五年》："龍見而雩。"杜預注："龍見，建巳之月，蒼龍宿之體，昏見東方，萬物始盛，待雨而大，故祭天。遠為百穀祈膏雨。"古人以為龍星四月昏時見於東方，萬物開始繁盛，需要雨水，故祭天以祈雨。此星關乎農事，故云。

其二

光宅唐堯日［一］，暄和太昊春［二］。德如天溥愛［三］，性與帝同仁。

【注釋】

〔一〕"光宅"句：贊宋有天下。語出《書·堯典序》："昔在帝堯，聰明文思，光宅天下。"曾運乾正讀："光，猶廣也。宅，宅而有之也。"光宅：廣有。

〔二〕暄和：暖和。太昊：即太皞。傳說中的古帝名，即伏羲氏，為東方之神。《禮記·月令》"孟春之月"："其帝大皞，其神句芒。"鄭玄注："大皞，宓戲氏。"宓戲，即伏羲。

〔三〕溥（pǔ）愛：廣布仁愛。《漢書·董仲舒傳》："故聖人法天而立道，亦溥愛而亡私。"

其三

西昴昏當午，諏訾旦在東[一]。聖君南面治，常候四星中[二]。

【注釋】

〔一〕"西昴（mǎo）"二句：立春時昴星黃昏在午位（南方），早晨在諏訾。西昴：星名，二十八宿之一，屬西方白虎（奎、婁、胃、昴、畢、觜、參），故云。《書·堯典》："日短星昴，以正仲冬。"孔安國傳："昴，白虎之中星。"諏訾：即娵訾，星次名。《禮記·月令》："孟春之月，日在營室。"鄭玄注："此云孟春者，日月會於諏訾，而斗建寅之辰也。"《漢書·律曆志下》："諏訾，初危十六度，立春。"

〔二〕"聖君"二句：寫帝王統治天下要觀察時候而安排人事。"聖君"句：見歐陽修《春帖子詞·皇帝閤六首》其二"陽進升君子"注〔二〕。常候：《太平御覽》卷一八引《月令》曰："正月之節，日在虛，昏昴中，曉心中，斗建寅位之初。"注："立春為正月之節。……凡記昏昴曉心中，為人君南面而聽天下，觀時候以受人事也。"四星：即蒼龍、白虎、朱鳥、玄武四星宿。漢王充《論衡·物勢》："東方木也，其星蒼龍也；西方金也，其星白虎也；南方火也，其星朱鳥也；北方水也，其星玄武也。天有四星之精，降生四獸之體。"春夏秋冬各對應四星，昏時於南方可見。

七言

其四

律管已當人統月^[一]，斗杓初建孟陬辰^[二]。新修元祐萬年曆，今日纔開第五春^[三]。

【注釋】

［一］"律管"句：寫時近正月。律管：亦稱候管，古代用作定音和候氣的器具。見夏竦《內閣春帖子》其六"緹室葭灰飛候管"注［一］。人統月：指夏曆正月。《漢書·律歷志》："三統者，天施、地化、人事之紀也。……正月，《乾》之九三，萬物棣通，族出於寅，人奉而成之，仁以養之，義以行之，令事物各得其理。寅，木也，為仁；其聲，商也，為義。故太蔟為人統，律長八寸，象八卦，宓戲氏之所以順天地，通神明，類萬物之情也。"《漢書·劉向傳》："王者必通三統，明天命所授者博，非獨一姓也。"顏師古注引張晏曰："一曰天統，謂周十一月建子為正，天始施之端也。二曰地統，謂殷以十二月建丑為正，地始化之端也。三曰人統，謂夏以十三月建寅為正，人始成之端也。"《春秋感精符》："人統，月建寅，物生之端，謂之人統，夏以為正。"（《太平御覽》卷二九引）按，立春為正月之節，故云。

［二］斗杓：北斗柄。北斗七星，四星像斗，三星像杓。杓即柄。春天斗柄向東。見宋庠《皇帝閣端午帖子詞》其五"天關卻暑金為狄"注［二］。孟陬：指孟春、正月。正月為陬，又為孟春月，故稱。《楚辭·離騷》："攝提貞于孟陬兮，惟庚寅吾以降。"王逸注："孟，始也。貞，正也。于，於也。正月為陬。"

［三］"新修"二句：指時為元祐五年立春。元祐萬年曆：《宋史·哲宗本紀一》："（元祐三年）閏（十一）月，癸卯朔，頒《元祐式》。"纔：同"才"。

其五

五時讀令王春禮^[一]，大駕臨朝晉室儀^[二]。東作西成皆有序^[三]，欲民敦本使前知^[四]。

【注釋】

　　〔一〕"五時"句：古代有五時讀令之儀禮。始於東漢。《後漢書·禮儀志上》："禮威儀，每月朔旦，太史上其月曆，有司、侍郎、尚書見讀其令，奉行其政。"後沿襲增損。五時：指春、夏、季夏、秋、冬五個時令，泛指一年四季。《呂氏春秋·任地》："五時見生而樹生，見死而穫死。"高誘注："五時，五行生殺之時也。"陳奇猷《呂氏春秋新校釋》："五時者，春、夏、秋、冬、季夏也。本書《十二紀》，春屬木，夏屬火，秋屬金，冬屬水，而於《季夏》之末別出中央土一節，是以木、火、金、水、土五行配屬春、夏、秋、冬四季，即所謂五時也。"宋陳暘《樂書》卷二〇〇"讀時令"："漢儀太史每歲上年曆，先立春、立夏、大暑、立秋、立冬，常讀五時令。"

　　〔二〕"大駕"句：皇帝臨朝宣令如晉時皇室儀式。大駕：皇帝出行，儀仗隊之規模最大者為大駕，在法駕、小駕之上。漢蔡邕《獨斷》："天子出，車駕次第謂之鹵簿，有大駕，有小駕，有法駕。大駕則公卿奉引，大將軍參乘，太僕御，屬車八十一乘，備千乘萬騎。"借指皇帝。

　　〔三〕東作西成：春耕和秋收。泛指農事。東作：《書·堯典》："寅賓出日，平秩東作。"孔安國傳："歲起於東，而始就耕，謂之東作。"西成：謂秋天莊稼已熟，農事告成。《書·堯典》："平秩西成。"孔穎達疏："秋位在西，於時萬物成熟。"

　　〔四〕敦本：注重根本。本指農業。

其六

　　四時嘉節宴游稀，盛德先從學士知。每歲惟呈簇金帖[一]，新春不和綵花詩[二]。

【注釋】

　　〔一〕簇金帖：即立春帖子詞。宋時宮中立春、端午二節用帖子，皆先由學士院供帖子詩，再由後苑作院以羅帛金縷加工製作，於節日之時貼掛。陳元靚《歲時廣記》卷八"撰春帖"條引呂希哲《歲時雜記》："學士院立春前一月撰皇帝、皇后、夫人閤門帖子，送後苑作院，用羅帛縷造，及期進入。"周密《武林舊事》卷二"立春"："學士院撰進春帖子。帝、后、貴妃、夫人諸閣,各有定式,絳羅金縷,華粲可觀。"

〔二〕"新春"句:反用唐中宗景龍中立春日出剪綵花賜近臣,令侍臣作詩事。《新唐書·文藝傳中·李適傳》:"中宗景龍二年,始於脩文館置大學士四員、學士八員、直學士十二員,象四時、八節、十二月。於是李嶠、宗楚客、趙彥昭、韋嗣立為大學士,適、劉憲、崔湜、鄭愔、盧藏用、李乂、岑羲、劉子玄為學士,薛稷、馬懷素、宋之問、武平一、杜審言、沈佺期、閻朝隱為直學士,……凡天子饗會游豫,唯宰相及學士得從。春幸梨園,立渭水祓除,則賜細柳圈辟癘;夏宴蒲萄園,賜朱櫻;秋登慈恩浮圖,獻菊花酒稱壽;冬幸新豐,歷白鹿觀,上驪山,賜浴湯池,給香粉蘭澤,從行給翔麟馬,品官黃衣各一。帝有所感即賦詩,學士皆屬和。"《歲時廣記》卷八"剪春花":"《唐書》:'景龍四年正月八日立春,上令侍臣自芳林門經苑東,度入仗至望春宮迎春,內出綵花樹,人賜一枝,令學士賦詩。'宋之問《立春詠剪綵花應制》詩云:'今年春色好,應為剪刀催。'"《古今歲時雜詠》所錄趙彥昭、沈佺期、宋之問、上官昭容、李嶠、劉憲六人的《立春日侍宴別殿內出綵花應制》六首以及岑曦、崔湜、張說、武平一四人的《和立春日內出綵花樹應制》四首即為立春應制詩。按,此詩正寫立春學士供帖子事。

太皇太后閣六首[一]

五言

其一

氣至風條達[二],陽升土墳盈[三]。芸芸生物遂[四],兩兩泰階平[五]。

【注釋】

〔一〕太皇太后:指英宗皇后高氏(1032—1093)。哲宗即位,尊為太皇太后。見王珪《端午內中帖子詞·太上皇后閣》其一"兩儀坤載厚"注〔一〕。按,此亦為元祐五年(1090)春帖。見上《皇帝閣》其一"乘震司春令"注〔一〕。

〔二〕條達:條暢通達,和順通暢。

［三］墳盈：肥沃。
　　［四］芸芸：眾多貌。《老子·十六章》："夫物芸芸，各復歸其根。"遂：和順，如意。
　　［五］"兩兩"句：寫天下太平。泰階：星名，即三台。分上台、中台、下台，每台兩星，并排而斜上如階梯，故稱。《晉書·天文志上》："三台六星，兩兩而居，起文昌，列抵太微……一曰泰階。"泰階平則太平。《漢書·東方朔傳》："願陳《泰階六符》以觀天變。"顏師古注："孟康曰：'泰階，三台也。每台二星，凡六星。符六星之符驗也。'應劭曰：'《黃帝泰階六符經》曰：泰階者，天之三階也……三階平則陰陽和，風雨時，社稷神祇咸獲其宜，天下大安，是為太平。'"

其二

聖詔頒寬大[一]，天恩遍迤遐[二]。雷風孚號令[三]，草木動萌芽[四]。

【注釋】
　　［一］聖詔頒寬大：即頒寬大詔。寬大詔為寬大處理罪犯的詔書。見宋祁《春帖子詞·皇帝閣》其二"瑞福隨春到"注［二］。
　　［二］迤遐：即遐迤；遠近。
　　［三］孚：同"浮"。浮露，顯露。
　　［四］萌芽：草木初生嫩芽。《禮記·月令》"孟春之月"："是月也，天氣下降，地氣上騰，天地和同，草木萌動。"

其三

寶曆書推律[一]，春觴頌獻椒[二]。年年似今日，三萬八千朝。

【注釋】
　　［一］"寶曆"句：推算時曆。寶曆：也作"寶歷"。指國祚，皇位。《樂府詩集·燕射歌辭三》庾信《晉朝饗樂章·舉酒》："椒觴再獻，寶曆萬年。"推律：即推曆。推算時曆。《史記·孝武本紀》："其後二歲，十一月甲子朔旦冬至，推曆者以本統。"唐裴度《律中黃鐘

賦》:"古者推歷生律,懸法示人,在寒暑之未兆,已斟酌於至神。"

[二] "春觴"句:進獻椒酒祝壽。見夏竦《內閣春帖子》其二"椒花獻歲良時啟"注[一]。

七言
其四
冬後五旬逢歲朔[一],臘前三白徧民田[二]。朝來淑氣先時至,又見春秋大有年[三]。

【注釋】

[一] "冬後"句:冬至後五十天為新年正旦。元祐四年十一月丁丑冬至,元祐五年正月丁卯元日,恰好五旬。歲朔:元旦,新年第一天。

[二] 三白:雪。徧:同"遍"。

[三] 大有年:五穀豐登。語出《春秋·宣公十六年》:"冬,大有年。"

其五
荊楚牛人毆厲氣[一],安豐棗臘祀蒼精[二]。聖朝雖舉前朝事[三],不為禳祈為勸耕[四]。

【校記】

第二句"蒼",原作"倉",據四庫本改。

【注釋】

[一] "荊楚"句:荊楚之地立春日鞭打土牛以祛除邪氣。厲氣:邪惡之氣。見宋祁《春帖子詞·夫人閣十首》其十"玉管輕羅和氣動"注[二]。

[二] 安豐:郡縣名。漢置,明初廢,在今安徽霍丘縣西。棗臘:棗子、乾肉。蒼精:東方之神。《周禮·春官·大宗伯》"以青圭禮東方"鄭玄注:"禮東方以立春,謂蒼精之帝,而大昊、句芒食焉。"按,此用事不詳。

[三] 聖朝:指宋朝。

［四］禳祈：祛除災害，祈求福祥。

其六

上壽春朝覬外庭[一]，詔恩不許會公卿。即時二史書謙德[二]，只使羣官進姓名[三]。

【注釋】

［一］"上壽"句：春日朝會大臣欲覬見皇太后，皇太后下詔不見朝臣。外庭：亦作"外廷"，相對內廷、禁中而言，指國君聽政的地方，借指朝臣。

［二］二史：左史與右史。漢荀悅《申鑒·時事》："朝有二史：左史記言，右史記動。"指史官。

［三］"只使"句：只讓眾官拜表稱賀。按，此詩所寫為實。《宋史·哲宗本紀一》："四年春正月壬申朔，不受朝，群臣及遼使詣東上閣門、內東門拜表賀。"葉夢得《石林燕語》卷一："元祐垂簾，呂司空晦叔當國。元日，欲率群臣以天聖故事，請太后同御殿，行慶會稱賀之禮。宣仁謙避不從，止令候皇帝御殿禮畢，百官內東門拜表而已。蘇子容當制，作手詔云：'顧惟菲涼，豈敢比隆於先后？其在典法，亦當幾合於前規。'是歲，進《春帖子》，其一篇云：（詩略）。"

皇太后閣六首[一]

五言

其一

九扈方司啟[二]，潛陽已發春[三]。瑤觴進椒柏[四]，眉壽祝靈椿[五]。

【注釋】

［一］皇太后：指神宗皇后向氏（1046—1101）。哲宗立，尊為皇太后。見王珪《端午內中帖子詞·皇后閣》其一"玉作仙家殿"注［一］。按，此亦為元祐五年（1090）春帖。見前《皇帝閣》其一"乘震司春令"注［一］。

［二］"九扈"句：寫時至立春。九扈：相傳為少皞時主管農事的

官名。見許將《皇帝閣春帖子》"三素雲飛依北極"注〔三〕。

〔三〕發春：春氣發動。《楚辭·招魂》："獻歲發春兮，汩吾南征。"王逸注："言歲始來進，春氣奮揚，萬物皆感氣而生。"

〔四〕椒柏：即椒柏酒。見晏殊《元日詞·東宮閣》其一"銅龍樓下早春歸"注〔四〕。

〔五〕眉壽：長壽。《詩·豳風·七月》："為此春酒，以介眉壽。"毛傳："眉壽，豪眉也。"孔穎達疏："人年老者必有豪眉秀出者。"高亨《詩經今注》："眉壽，長壽也。"靈椿：古代傳說中的長壽之樹。《莊子·逍遥遊》："上古有大椿者，以八千歲為春，八千歲為秋。"

其二

冬至四十六[一]，三陽生此辰[二]。帝令天下壽，鑽燧教斯民[三]。

【注釋】

〔一〕"冬至"句：立春在冬至後四十六日。元祐四年十一月丁丑（11日）冬至，臘月癸亥（27日）為五年立春，為四十六日。

〔二〕三陽：古人稱農曆十一月冬至一陽生，十二月二陽生，正月三陽開泰，合稱"三陽"。此指春天。

〔三〕鑽燧：原始的取火法。燧為取火的工具，有金燧（陽燧）、木燧兩種。《管子·輕重戊》："黃帝作鑽燧生火，以熟葷臊。"古時鑽木取火，因季節不同而用不同的木材。《論語·陽貨》："舊穀既沒，新穀既升，鑽燧改火，期可已矣。"何晏集解引馬融曰："《周書·月令》有更火之文：春取榆柳之火，夏取棗杏之火，季夏取桑柘之火，秋取柞楢之火，冬取槐檀之火。一年之中，鑽火各異，故曰改火也。"後僅於寒食後二日為之，並成為習俗。《輦下歲時記·鑽火》："至清明，尚食內園官小兒於殿前鑽火。"宋吳自牧《夢粱錄·清明節》："寒食第三日，即清明節，每歲禁中小内侍於閣門用榆木鑽火……宣賜臣僚巨燭，正所謂'鑽燧改火'者，即此時也。"斯民：指老百姓。《孟子·萬章上》："予將以斯道覺斯民也。"

其三

畫景添宮漏[一]，慈闈念女功[二]。常時浴蠶日[三]，親到濯龍宮[四]。

【注釋】

[一]"畫景"句：寫立春後白晝增長。畫景：白晝的日光。漏：古代計時器。見夏竦《內閣春帖子》其四"銀箭初傳暖律延"注[一]。

[二]慈闈：亦作"慈幃"，"慈帷"，舊時母親的代稱。此指皇太后向氏。

[三]浴蠶日：指立春。浴蠶：古代育蠶選種的一種方法。見胡宿《皇后閣春帖子》其四"東風初入長春殿"注[四]。

[四]濯龍宮：用東漢明帝馬皇后典。《太平御覽》卷八二五引《東觀漢記》："明德馬皇后置織室蠶於濯龍宮中，數往來觀，內以為娛樂。"

七言

其四

東郊青幘拜春回[一]，迎得陽和次第來[二]。風向烏竿千里應[三]，氣隨魚鑰九重開[四]。

【注釋】

[一]"東郊"句：戴著青幘東郊迎春而回。拜春：指迎春。見夏竦《御閣春帖子》其三"天人道洽真游降"注[三]。

[二]陽和：春天的暖氣。

[三]烏竿：相烏之竿。借指相烏。相烏為古代觀測風向的儀器。見孫抃《端午日帖子詞·皇帝閣六首》其一"薰琴應律南風暖"注[六]。

[四]魚鑰：魚形的門鎖。見夏竦《御閣春帖子》其四"九門和氣衝魚鑰"注[一]。九重：指皇宮之門。見夏竦《內閣春帖子》其五"青陽乍整蒼龍駕"注[四]。

其五

蓬萊殿裏春開宴[一]，長樂宮中帝奉親[二]。婦順母慈流美化[三]，萬方歌頌贊娥莘[四]。

【注釋】

[一] 蓬萊殿：漢、唐宮殿名。此或指北宋集英殿，為宋之宴殿。

[二] 長樂宮：漢代宮名，為漢高祖所建，惠帝以後為太后居地，此指皇太后向氏所居隆祐宮。

[三] 美化：美好的教化。《詩·周南·漢廣序》："文王之道，被於南國，美化行乎江漢之域，無思犯禮，求而不可得也。"《南史·宋紀上·武帝》："淳風美化，盈塞區宇。"

[四] 娥莘：娥皇和太姒。娥皇：堯之女，舜之妻；莘：指古代有莘國，周文王妃太姒為有莘國之女，姒姓。此以二人比皇太后。

其六

花影遲遲轉午陰，漸聞宮柳變鳴禽[一]。休呈金綵矜工巧[二]，但閱圖書鑒古今。

【注釋】

[一] "漸聞"句：漸漸聽到宮中柳樹中有鳥兒的鳴叫聲。謝靈運《登池上樓》："池塘生春草，園柳變鳴禽。"

[二] 金綵：指金縷彩繡的女紅製品。矜（jīn）：誇耀。

皇太妃閣五首[一]

五言

其一

愛敬承三殿[二]，慈柔化六宮[三]。常膺萬春祝[四]，永繼二南風[五]。

【注釋】

[一] 皇太妃：指神宗德妃朱氏（1052—1102），哲宗母，哲宗即位，尊為皇太妃。見蘇軾《春帖子詞·皇太妃閣五首》其一"葦桃猶在戶"注[一]。按，此亦為元祐五年（1090）春帖。見前《皇帝閣》

其一"乘震司春令"注〔一〕。

〔二〕三殿：皇宮中的三大殿。此借指太皇太后、皇太后和皇太妃。葉夢得《石林燕語》卷七："國朝久虛太妃宮。元祐間，仁宗臨御，上元出幸寺觀，欽聖太后、欽成太妃始皆從行，都人謂之'三殿'。"按，"仁宗"，《儒學警悟本》作"宣仁"，是。參王珪《端午內中帖子詞·皇帝閣》其八"沈沈三殿燕華紳"注〔一〕。

〔三〕慈柔：仁慈溫和。六宮：指后妃。見夏竦《內閣春帖子》其六"緹室葭灰飛候管"注〔三〕。

〔四〕膺：接受。

〔五〕二南：指《詩》中的《周南》和《召南》。漢以後"二南"被作為詩教的典範。見夏竦《淑妃閣端午帖子》其四"宴寢奉朝鳴采玉"注〔四〕。

其二

甲觀翔雲覆[一]，新宮晝漏長[二]。柳條初弄色，梅蘂已飄香。

【校記】

第二句"晝"，原作"書"，逕改。晝漏即白晝時間，春帖多見。

【注釋】

〔一〕甲觀：指皇太妃朱氏所居聖瑞宮。見蘇軾《春帖子詞·皇太妃閣五首》其二"甲觀開千柱"注〔一〕。

〔二〕新宮：指朱太妃所居聖瑞宮。晝漏長：白晝時間變長。見夏竦《內閣春帖子》其四"銀箭初傳暖律延"注〔一〕。

七言

其三

聖皇欽翼孝心存[一]，宮閤深沉母道尊。初慶新陽生蠻律[二]，又聞清蹕過堯門[三]。

【注釋】

〔一〕欽翼：恭敬謹慎。《漢書·匡衡傳》："蓋欽翼祇栗，事天之容也；溫恭敬遜，承親之禮也。"

［二］嶰（xiè）律：嶰竹所製的律管，也稱候管，為古代觀測氣候的器具。見夏竦《內閣春帖子》其六"緹室葭灰飛候管"注［一］。

［三］清蹕：本指帝王出行，清除道路，禁止行人。後借指帝王的車輦。

其四

天下太平今有象[一]，宮中行樂但迎新。萬年枝上看春色[二]，三素雲中望玉宸[三]。

【注釋】

［一］象：徵兆，標誌。

［二］萬年枝：指宮中年代久遠的大樹。

［三］三素雲：指各色雲烟。見晏殊《立春日詞・御閣》其二"三素雲中曉望時"注［一］。玉宸：天上宮闕。此指帝王的宮殿。

其五

冰散瑤津波隱隱[一]，雪殘鳷鵲氣葱葱[二]。新春游豫祈民福[三]，紅傘雕輿從兩宮[四]。

【注釋】

［一］瑤津：指瑤津池，在北宋宮內後苑，神宗時鑿成。金盈之《醉翁談錄》卷二"蓮池"："神廟時，中貴宋用臣鑿後苑瑤津池成。"隱隱：隱隱約約，不分明。

［二］鳷（zhī）鵲：漢宮觀名。漢武帝建元中建，在長安甘泉宮外。此指宋宮殿。氣葱葱：形容氣象旺盛。

［三］游豫：遊樂。語出《孟子・梁惠王下》："吾王不遊，吾何以休？吾王不豫，吾何以助？一遊一豫，為諸侯度。"趙岐注："豫亦遊也。"本指帝王出巡，春巡為"遊"，秋巡為"豫"。泛指遊樂。

［四］"紅傘"句：朱太妃乘車隨從太皇太后、皇太后遊樂。紅傘為太妃所用，故以借指朱太妃。兩宮指太皇太后高氏和皇太后向氏。葉夢得《石林燕語》卷七："故事，太皇太后（疑脫皇太后）繖皆用黃，

太妃用紅。……蘇子容《太妃閣春帖》云：'新春遊豫祈民福，紅傘雕輿從兩宮。'"

夫人閣四首[一]

五言

其一

曉漏催銀燭，新春趁賀朝[二]。御香煙馥郁[三]，宮佩影飄颻[四]。

【注釋】

[一] 夫人：指宮中眾妃。見宋庠《夫人閣端午帖子詞》其一"令月辰標午"注[一]。此時宮中夫人有仁宗苗貴妃、周淑妃、神宗邢淑妃等。按，此亦為元祐五年（1090）春帖。見前《皇帝閣》其一"乘震司春令"注[一]。

[二] "曉漏"二句：清晨點亮燭光，新春要朝會慶賀。漏：古代計時器。見夏竦《內閣春帖子》其四"銀箭初傳暖律延"注[一]。銀燭：喻明亮之燈光。

[三] 馥郁：形容香氣濃厚。

[四] 宮佩：宮中節日懸掛的裝飾物，當指春帖之類。飄颻：飄動，飛揚。

其二

歲近寒風薄[一]，宮深愛日遲[二]。欲知春到處，梅杏有新枝。

【注釋】

[一] 歲近：靠近新年。

[二] 日遲：語出《詩·豳風·七月》："春日遲遲。"

七言

其三

良辰孟月長新陽[一]，和氣中宵徧未央[二]。不待望春宮轉漏[三]，便趨崇慶殿稱觴[四]。

【注釋】

[一]"良辰"句：正月新春良辰之日。當指新年元日。孟月：四季的第一個月。此指正月。新陽：指初春。《文選·謝靈運〈登池上樓〉》："初景革緒風，新陽改故陰。"

[二]未央：即未央宮。此指宋皇宮。見宋祁《春帖子詞·夫人閣十首》其四"銀闕崔嵬對未央"注[一]。

[三]望春宮：隋唐宮殿名。此指宋時后妃所居宮。轉漏：漏箭移動。漏：古代計時器。見夏竦《內閣春帖子》其四"銀箭初傳暖律延"注[一]。

[四]崇慶殿：太皇太后高氏所居宮殿名。見蘇軾《春帖子詞·皇太妃閣五首》其四"九門掛月未催班"注[三]。稱觴：舉酒祝壽。

其四

君王崇儉化邦家[一]，禁掖承恩絕泰奢[二]。只擬討尋鈎盾籍，何曾琱刻上林花[三]。

【注釋】

[一]邦家：國家。《詩·小雅·南山有臺》："樂只君子，邦家之基。"鄭玄箋："人君既得賢者，置之於位，又尊敬以禮樂，樂則能為國家之本。"

[二]禁掖：宮中。承恩：蒙受恩澤。絕泰奢：杜絕驕縱奢侈。

[三]"只擬"二句：只打算在宮中略事遊觀，何曾如漢代那樣建造修飾上林苑。鈎盾：古代職官和官署名。漢少府屬官有鈎盾令，職掌園苑遊觀之事，晉亦有之；隋唐曰鈎盾署，屬司農寺，職掌薪炭鵝鴨藪澤之物，以供祭饗。《漢書·百官公卿表上》："又中書謁者、黃門、鈎盾、尚方、御府、永巷、內者、宦者〔八〕官令丞。"顏師古注："鈎盾主近苑囿。"上林：即上林苑。秦漢時宮苑，中養百獸禽鳥、名花異木以供天子遊樂。見宋祁《皇帝閣》其四"日華初麗上林天"注[一]。

春帖子[一]

璇霄一夕斗杓東[二]，瀲灩晨曦照九重[三]。和氣薰風摩蓋壤^[四]，競消金甲事春農^[五]。

【校記】

　　錄自叢書集成初編本《韻語陽秋》卷二。阮閱《詩話總龜》後集卷一一引，注引自《丹陽集》。按，《丹陽集》指《韻語陽秋》。第一句"杓"，影印文淵閣《四庫全書》本作"標"。《詩話總龜》後集卷一一、《竹莊詩話》卷一七、明李袞編《宋藝圃集》卷一二、《宋詩紀事》卷一五皆引作"杓"。按，斗標即斗杓。第四句"消"，《竹莊詩話》、《宋詩紀事》作"銷"。

【注釋】

　　［一］春帖子：宋代官帖不獨作一首，北宋時每次由一人撰寫一組，此帖亦當為完整一組。從蘇頌任翰林學士時間來看，他只有寫作元祐五年春帖的時間，此春帖最早為葛立方《韻語陽秋》所記，疑作者有誤。

　　［二］璿霄：亦作"璚霄"。猶碧空。斗杓：北斗柄。春天斗柄向東。見宋庠《皇帝閣端午帖子詞》其五"天關卻暑金為狄"注［二］。

　　［三］瀲灩：陽光閃耀貌。九重：指皇宫。見夏竦《內閣春帖子》其五"青陽乍整蒼龍駕"注［四］。

　　［四］薰風：夏日和暖的東南風。也作"熏風"。《呂氏春秋·有始》："東南曰熏風。"摩：擦，接觸。蓋壤：猶天地。

　　［五］消：通"銷"。熔化。金甲：金飾的鎧甲。借指兵器。春農：春日的農事。杜甫《諸將》其三："稍喜臨邊王相國，肯銷金甲事春農。"

蘇　　轍

　　蘇轍（1039—1112），字子由。眉州眉山（今屬四川）人。仁宗嘉祐二年（1057）進士。六年，舉才識兼茂明於體用科。英宗時為大名府留守推官。神宗熙寧二年（1069），召為制置三司條例司檢詳文字，出為河南推官，歷陳州教授、齊州掌書記、簽書應天府判官。元豐二年（1079），因蘇軾罪，坐貶監筠州鹽酒稅。哲宗元祐初，入為右司諫，尋遷起居郎、中書舍人，戶部侍郎，翰林學士，龍圖閣直學士、御史中丞，擢大中大夫、守門下侍郎。紹聖元年（1094），以元祐黨人落職，出知汝州、袁州，又降授朝議大夫、分司南京，筠州居住，後授化州別駕，雷州安置，遷循州。徽宗即位，北徙永州、嶽州。大觀二年（1108），復朝議大夫，遷中大夫。政和二年，轉大中大夫致仕，同年十月卒，年七十四。孝宗淳熙中，追謚文定。詩集有《欒城集》。《東都事略》卷九三、《名臣碑傳琬琰集》下集卷一一、《宋史》卷三三九有傳。

　　蘇轍有端午帖子詞一組二十七首，均載於其集。《全宋詩》錄於卷八六四。

學士院端午帖子二十七首[一]

皇帝閣六首[二]

溽暑避華構[三]，清風迎早朝。楓槐高自舞，冰雪晚初消[四]。

【校記】

錄自上海古籍出版社一九八七年版曾棗莊校點《欒城集》卷一六。

按，此本以明清夢軒本為底本，校以宋刻《蘇文定公文集》、宋刻遞修本《蘇文定公集》、宋刻遞修本《欒城集》、宋婺州王宅桂堂刻本《三蘇先生文粹》、宋刻《標題本三蘇文》、清道光壬辰三素祠本《欒城集》、《四部叢刊》本等。此據以輯錄，再校以四庫本《欒城集》。

【注釋】

[一] 學士院：官署名。唐初常命名儒學士起草詔令，無名號。玄宗時置翰林侍詔，批答表疏，應和文章，又選文學之士為翰林供奉，與集賢院學士分掌制詔書敕。開元二十六年（738）改稱翰林學士，建學士院，掌起草任免將相、號令征伐等機密詔令，並備皇帝顧問，號稱"內相"。宋稱學士院，地位職掌似唐。因處宮禁，接近皇帝，號稱"玉堂"、"玉署"，宋太宗親書"玉堂之署"賜翰林承旨蘇易簡。金有翰林學士院，元有奎章閣學士院。明、清廢學士院名，改為翰林院。按，此為元祐五年（1090）端午帖子詞。蘇轍於元祐四年六月為翰林學士，五年五月壬辰（27日），為龍圖閣直學士、御史中丞。孔凡禮《蘇轍年譜》此詩系年在五年端午。

[二] 皇帝：指哲宗趙煦（1077—1100）。見蘇軾《春帖子詞·皇帝閣六首》其一"靄靄龍旂色"注［二］。

[三] 溽暑：指盛夏氣候潮濕悶熱。《禮記·月令》"季夏之月"："土潤溽暑，大雨時行。"華構：亦作"華搆"，壯麗的建築物。此指宮殿。

[四] 冰雪：當指消暑用的冰塊。

其二

南訛初應曆[一]，五日未生陰[二]。靈藥收農錄[三]，薰風拂舜琴[四]。

【注釋】

[一] "南訛"句：謂夏天剛開始。南訛：掌夏之官。見孫抃《端午日帖子詞·皇帝閣》其三"方更仲律清和節"注［二］。

[二] "五日"句：端午陰尚未生。中國古代哲學認為宇宙中所有物質由陰陽兩大對立面組成，所謂"一陰一陽謂之道"。古人認為一年四季也伴隨著陰陽的漲消變化，夏至一陰生，冬至則一陽生。元祐五年

夏至在五月十六庚辰日，故云"五日未生陰"。

〔三〕靈藥：靈驗的藥草。古代有端午採藥之俗。見夏竦《御閣端午帖子》其三"仙園采藥回彫輦"注〔一〕。農錄：指《神農本草經》。傳說神農氏嘗百草為醫藥以治疾病，並編錄為書。《歲時廣記》卷二二"采雜藥"："《荊楚歲時記》：'五月五日，競采雜藥，可治百病。'又《本草》所載收藥，多以五日。穎濱作《皇帝閣端五帖子》云：'靈藥收農錄，薰風拂舜琴。'"

〔四〕"薰風"句：指彈奏樂曲。見宋庠《皇帝閣端午帖子詞》其二"寶軫流薰唱"注〔一〕。

其三

皇心本夷曠，一氣自炎涼[一]。不廢荊吳舊[二]，民風見未央[三]。

【注釋】

〔一〕"皇心"二句：皇帝內心本來平和曠達，每一個節氣自有其炎熱與清涼。夷曠：平和曠達。一氣：一個節氣。唐瞿曇悉達《唐開元占經》卷一引漢張衡《渾儀》："各分赤道黃道為二十四氣，一氣相去十五度十六分之七，每一氣者，黃道進退一度焉。"唐韓愈《苦寒》詩："四時各平分，一氣不可兼。"

〔二〕荊吳舊：指荊吳端午舊俗。荊吳：楚國和吳國。泛指長江以南地區。

〔三〕"民風"句：民間的風尚在宮中也流行。未央：未央宮，漢代宮殿。此指宋宮。見宋祁《春帖子詞·夫人閣十首》其四"銀闕崔嵬對未央"注〔一〕。

其四

九門已散秦醫藥[一]，百辟初頒凌室冰[二]。飲食祈君千萬壽，良辰更上辟兵繒[三]。

【注釋】

〔一〕"九門"句：宮中已經發放了藥物。九門：宮中九門，泛指宮禁。見夏竦《御閣春帖子》其四"九門和氣衝魚鑰"注［一］。秦醫藥：指可以防治暑日毒氣的藥。《呂氏春秋》記載秦時端午採集雜藥，故云。見夏竦《御閣端午帖子》其三"仙園采藥回彫輦"注［一］。

［二］"百辟"句：寫夏日皇帝賞賜冰塊給官員。《周禮·天官·凌人》："夏，頒冰，掌事。"鄭玄注："暑氣盛，王以冰頒賜，則主為之。"《大戴禮記·夏小正》："頒冰。頒冰也者，分冰以授大夫也。"陳元靚《歲時廣記》卷二五"頒麨麵"條引《歲時雜記》："京師三伏唯史官賜冰麨，百司休務而已。自初伏日為始，每日賜近臣冰，人四匣，凡六次。又賜冰麨麵三品，并黃絹為囊，蜜一器。"并引此詩前兩句。"百辟：百官。凌室：古代藏冰之室。《漢書·惠帝紀》："秋七月乙亥，未央宮凌室災。"顏師古注："凌室，藏冰之室也。"《三輔黃圖·未央宮》："凌室，在未央宮，藏冰之所也。"《宋書·禮志二》："孝武帝大明六年五月，詔立凌室藏冰。"百辟：百官。

［三］辟兵繒：即辟兵符。端午佩飾，俗以為可避兵禍鬼氣。見晏殊《端午詞·御閣》其三"獻壽競為長命縷"注［二］。陳元靚《歲時廣記》卷二一"辟兵繒"："《新語》：'五月五日，集五綵繒，謂之辟兵繒。'……子由作《皇帝閣端五帖》云：'飲食祈君千萬首，良辰更上辟兵繒。'"

其五

雨遲麥粒尤堅好^{［一］}，日麗蠶絲轉細長。入夏民間初解慍^{［二］}，宮中時舉萬年觴。

【注釋】

［一］雨遲：春夏大旱無雨的委婉表達。元祐五年春夏旱，直至端午後方有雨。《宋史·哲宗本紀一》："（夏四月）甲辰，呂大防等以旱求退，不允。……丁巳，詔以旱、避殿減膳，罷五月朔日文德殿視朝。……（五月）乙亥（11日），雨。己卯，御殿復膳。"《續資治通鑑長編》載下雨在八日。蘇轍《為旱乞罷五月朔朝會劄子（元祐五年四月）》："臣伏見去冬無雪，今歲春夏時雨絕少，二麥不收，秋種未入，旱勢闊遠，歲事可慮。"

［二］解慍：消除暑熱。見宋庠《皇帝閣端午帖子詞》其二"寶輅流薰唱"注［一］。

其六

汴上初無招屈亭[一]，沅湘近在國南坰[二]。太官漫解供新糉[三]，諫列猶應記獨醒[四]。

【注釋】

[一] 汴上：汴水邊。汴水流經河南鄭州、開封等地。此代指汴京，即今開封。招屈亭：宋祝穆《方輿勝覽》卷三〇"常德府·亭榭·招屈亭"："在城南。相傳三閭大夫以五月五日由黔中投汨羅，土人以舟救之，為《何由得渡湖》之歌，其名咸呼'云何在'。"常德府即今湖南常德市武陵區。按，《太皇太后閣》其五"舟楫喧呼招屈處"亦言東京汴河邊有"招屈亭"，然不見他書記載。待考。

[二] 沅湘：湘水和沅水。此指汴河。國南坰：京城南郊。

[三] 太官：官名，掌皇帝及百官膳食。見夏竦《御閣端午帖子》其六"太官角黍迎嘉節"注[一]。漫解：只懂得。漫表徒勞或空之意。糉：同"粽"。

[四] 諫列：諫官之列。獨醒：獨自清醒。《楚辭·漁父》："屈原曰：'舉世皆濁我獨清，眾人皆醉我獨醒，是以見放！'"

太皇太后閣六首[一]

決獄初迎雨[二]，開倉旋取陳[三]。青黃今接夏[四]，饑疫免憂春。

【注釋】

[一] 太皇太后：英宗皇后高氏（1032—1093）。哲宗即位，尊為太皇太后。見王珪《端午內中帖子詞·太上皇后閣》其一"兩儀坤載厚"注[一]。按，此亦為元祐五年（1090）端帖，見前《皇帝閣》其一"滌暑避華構"注[一]。

[二] "決獄"句：判決獄訟以求雨。決獄：判決獄訟。《宋史·哲宗本紀一》："（五年二月）丁未，減天下囚罪，杖以下釋之。"所寫即此。此決獄為求雨。《續資治通鑑長編》卷四三八："（元祐五年二月）丁未，疏決四京、府界諸縣繫囚，除常赦所不原外，雜犯死罪以下遞降一等，杖以下釋之。其後，又詔疏決應天下州、府、軍、監、縣等繫囚，從給事中范祖禹之言也。祖禹言：'臣伏見陛下以久旱疏決在京及

三京繫囚，聖心焦勞，欽恤庶獄。祖宗以來，赦過宥罪，多蒙嘉應，然今溥天不雨，旱災甚廣，恐刑獄冤滯，以傷和氣者，非止于四京。臣願陛下因推惠澤，以及四方，詔諸路轉運、提刑司官，疾速分詣所屬州縣，引問見禁罪人，疏理決遣；仍先徧行指揮，疾速結絕，無令淹延；深戒官吏，務察冤枉，使朝廷德意及遠，感動人心，庶可消弭災異。乞留中，特出聖意指揮。又祖宗時，遣使決獄，或詔逐路監司疏決，其例不一，欲乞參酌施行。'"

[三]"開倉"句：打開糧倉取出陳米以賑災。《續資治通鑑長編》卷四五一"哲宗元祐五年十一月"載蘇軾上言："自正月開倉糶常平米，仍免數路稅務。"此亦為寫實。

[四]青黃：未熟的莊稼謂之青，已熟的莊稼謂之黃。春夏之交常常青黃不接，此句反用，意謂無飢餓艱難。

其二

簾密風時度，宮深日倍長。紵羅隨節賜[一]，黍麥趁新嘗[二]。

【注釋】

[一]"紵羅"句：端午賞賜衣物。紵羅：紵和羅。紵：苧麻。羅：質地輕軟有小孔的絲織品。此指用紵和羅製成的衣物。見王珪《端午內中帖子詞·皇帝閣》其七"采絲纏糉動嘉辰"注[三]。

[二]"黍麥"句：品嘗新收穫的黍麥。古代於孟秋以新收穫的五穀祭祀祖先，然後嘗食新穀。《禮記·月令》"孟秋之月"："是月也，農乃登穀。天子嘗新，先薦寢廟。"後以嘗新泛稱品嘗應時的新鮮食品。

其三

執熱寧忘濯[一]，清心自釋煩[二]。東朝聞好語[三]，畏日解餘暄[四]。

【注釋】

[一]"執熱"句：消除暑熱怎能忘記洗浴。《詩·大雅·桑柔》："誰能執熱，逝不以濯。"執熱：一說救熱。毛傳："濯所以救熱也。"

馬瑞辰《毛詩傳箋通釋》："執熱即治熱，亦即救熱。"今人或以為"治熱"即"止熱"，救熱。［陽欣《〈詩經·桑柔〉"執熱"辨義》，《廣西師範大學學報》（哲學社會科學版）2010年第3期］。一說苦熱。段玉裁《經韻樓集·〈詩〉"執熱"解》曰："執熱，言觸熱、苦熱。濯，謂浴也……此詩謂誰能苦熱，而不澡浴以潔其體，以求涼快者乎？"此取前說。

［二］清心：心地恬靜，無思無慮。見蘇軾《春帖子詞·太皇太后閣六首》其六"不獨清心能省事"注［一］。

［三］東朝：借指太皇太后高氏。見蘇軾《春帖子詞·皇太妃閣五首》其三"孝心日奉東朝養"注［一］。好語：佳音，好消息。

［四］畏日：烈日。見蘇軾《端午帖子詞·皇太妃閣五首》其四"玉盆沈李瀹清泉"注［三］。餘暄：餘熱。

其四

出磨玉塵除舊廩[一]，捧箱綵縷看新絲[二]。一年豐樂今將半[三]，兩殿歡聲外得知[四]。

【注釋】

［一］"出磨"句：取出陳糧磨成麵粉。玉塵：指麵粉。舊廩：陳糧。

［二］綵縷：即續命彩絲。見夏竦《御閣端午帖子》其一"續命彩絲登繭館"注［二］。

［三］豐樂：歲豐熟，民安樂。

［四］兩殿：代指太皇太后和皇帝。

其五

舟楫喧呼招屈處[一]，禽魚鼓舞放生中[二]。百官却拜梟羹賜[三]，凶去方知舜有功[四]。

【注釋】

［一］"舟楫"句：指龍舟競渡。招屈處：即招屈亭。見前《皇帝閣》其六"汴上初無招屈亭"注［一］。

〔二〕放生：把捕獲的小動物放掉。見許將《端午帖子》"江中今日成龍鑑"注〔四〕。

　　〔三〕梟羹賜：以梟肉製羹湯賜百官，寓除絕邪惡之意。見夏竦《御閣端午帖子》其七"賜羹佳事傳青簡"注〔一〕。

　　〔四〕"凶去"句：惡人離開朝廷才知太皇太后有功。舜：此喻太皇太后。據《宋史本傳》，高氏有"女中堯舜"之稱。此蓋寫蔡確被罷。《宋史·哲宗本紀一》："（元祐元年閏二月）庚寅，蔡確罷。"此詩作後不久，蔡再貶。同卷載："（五月）辛巳，貶觀文殿學士蔡確為光祿卿。丁亥，復貶確為英州別駕、安置新州。"

其六

玉殿清虛過暑天[一]，草廬煩促念民編[二]。外家近許遷新宅，不遣司農費一錢[三]。

【注釋】

　　〔一〕清虛：清淨虛無。《文子·自然》："老子曰：'清虛者天之明也，無為者治之常也。'"

　　〔二〕"草廬"句：百姓生活迫促，太皇太后心念百姓。草廬：簡陋的草屋。煩促：迫促，急迫。民編：編入戶籍的平民。

　　〔三〕"外家"二句：寫太皇太后嚴格約束外家。《宋史·后妃傳上·高皇后傳》："帝累欲為高氏營大第，后不許。久之，但斥望春門外隙地以賜，凡營繕百役費，悉出寳慈，不調大農一錢。"所寫為此。

皇太后閣六首[一]

壽康朝謁罕[二]，長信燕閑多[三]。不有圖書樂，其如晝漏何[四]。

【注釋】

　　〔一〕皇太后：指神宗皇后向氏（1046—1101）。哲宗立，尊為皇太后。見王珪《端午內中帖子詞·皇后閣》其一"玉作仙家殿"注〔一〕。按，此亦為元祐五年（1090）端帖，見前《皇帝閣》其一"潝暑避華構"注〔一〕。

　　〔二〕"壽康"句：寫皇太后朝見太皇太后。壽康：指崇慶壽康殿，為太皇太后所居殿名。《宋史·哲宗本紀一》："（元祐元年閏二月）丁未，群臣上太皇太后宮名曰崇慶，殿曰崇慶壽康；皇太后宮曰隆祐，殿曰隆祐慈徽。"朝謁：入朝覲見。蚤：同"早"。

[三]長信：即漢長信宮。此指皇太后所居隆祐宮。《三輔黃圖·漢宮·長樂宮》："有長定、長秋、永壽、永寧四殿。高帝居此宮，後太后常居之。孝惠至平帝，皆居未央宮。"故代稱皇太后。燕閒：安寧；安閒。宋曾鞏《中書舍人除翰林學士制》："今宇內嘉靖，朝廷燕閒。"

[四]晝漏：謂白晝時間。漏：古代計時器。見夏竦《內閣春帖子》其四"銀箭初傳暖律延"注[一]。

其二

玉宇宜朱夏[一]，壺冰生晚涼[二]。深心念行暍[三]，清夜久焚香[四]。

【注釋】

[一]玉宇：指瑰麗的宮闕殿宇。朱夏：夏天。《爾雅·釋天》："夏為朱明。"故稱夏季為朱夏。

[二]壺冰：盛在壺中的冰。

[三]深心：內心深處。行暍（yè）：外出行路中暑之人。暍：中暑，傷於暑熱。《荀子·富國》："使民夏不宛暍，冬不凍寒。"

[四]"清夜"句：寫皇太后夏夜焚香為民祈福。古人夏日常焚香，以為可以靜心除熱。唐段公路《北戶錄》卷三："《真誥經》云：'屢燒香左右，令人魄正。'故隱居云：'沉香、薰陸，夏月常燒此二物。'"

其三

蠶宮罷採擷[一]，暴室獻朱黃[二]。翕呷霜紈動[三]，闌班綵縷長[四]。

【注釋】

[一]蠶宮：即繭館，飼蠶之室。見夏竦《內閣春帖子》其一"青逵布序和風扇"注[四]。採擷：採摘。此指採桑。

[二]暴室：漢官署名。屬掖庭令，主織作染練。《漢書·宣帝

紀》："既壯，為取暴室嗇夫許廣漢女。"顏師古注："暴室者，掖庭主織作染練之署，故謂之暴室，取暴曬為名耳。或云薄室者，薄亦暴也。今俗語亦云薄曬。"朱黃：朱色和黃色。此借指染練的絲織品。

　　[三] 翕呷：衣服張起的樣子。《文選·司馬相如〈子虛賦〉》："扶輿猗靡，翕呷萃蔡。"李善注引張揖曰："翕呷，衣起張也。萃蔡，衣聲也。"一說，皆衣服摩擦聲。見王先謙《漢書補注》。霜紈：潔白精緻的細絹。此借絹製衣裳。

　　[四] 闌班：同"斕斑"，斑斕。顏色錯雜鮮亮。綵縷：即續命彩絲。見夏竦《御閣端午帖子》其一"續命彩絲登繭館"注 [二]。

其四

六宮無事著嬉遊[一]，百藥初成及早收[二]。菖歜還羞十二節[三]，椿年自占八千秋[四]。

【注釋】

　　[一] "六宮"句：后妃無事去遊賞玩樂。六宮：指后妃。見夏竦《內閣春帖子》其六"緹室葭灰飛候管"注 [三]。

　　[二] "百藥"句：寫端午採蓄各種藥物的習俗。見夏竦《御閣端午帖子》其三"仙園采藥回彫輦"注 [一]。

　　[三] 菖歜（chú）：本指用菖蒲根切製成的醃菜，此指菖蒲根。古時端午有以菖蒲浸酒而飲的習俗。菖蒲一寸九節、十二節者被認為有奇效，服之可長生不老。《藝文類聚》卷八一引《羅浮山記》："羅浮山中菖蒲一寸十二節。"此反用之。見宋庠《夫人閣端午帖子詞》其一"令月辰標午"注 [四]。

　　[四] 椿：即靈椿，古代傳說中的長壽之樹。《莊子·逍遙遊》："上古有大椿者，以八千歲為春，八千歲為秋。"

其五

萬壽仍縈長命縷[一]，虛心不著赤靈符[二]。民間風俗疑當共，天上清高定爾無[三]。

【注釋】

［一］縈：纏繞。長命縷：即續命彩絲。見夏竦《御閣端午帖子》其一"續命彩絲登繭館"注［二］。

［二］著：佩戴。赤靈符：古代端午佩戴道教符籙，俗以為可以避免兵禍鬼氣。見晏殊《端午詞·御閣》其三"獻壽競為長命縷"注［二］。

［三］"民間"二句：言宮中端午亦有與民間相同的風俗，但其清雅顯貴是民間所沒有的。

其六

揚子江心瀉鏡龍[一]，波如細縠不搖風[二]。宮中驚捧秋天月[三]，長照人心助至公[四]。

【校記】

第三句"驚"字，四庫本作"禁"。

【注釋】

［一］"揚子"句：用唐端午揚州江心鑄鏡進貢事。見晏殊《端午詞·東宮閣》其一"揚子江心鑄鑑成"注［二］。

［二］"波如"句：寫風平波細。縠：有皺紋的紗。

［三］秋天月：喻指圓鏡。

［四］至公：最公正；極公正。《管子·形勢解》："風雨至公而無私，所行無常鄉。"《呂氏春秋·慎大》："湯立為天子，夏民大説，如得慈親，朝不易位，農不去疇，商不變肆，親郼如夏，此之謂至公。"《後漢書·荀彧傳》："秉至公以服天下，大略也。"

皇太妃閣五首[一]

曉起鐘猶凝[二]，朝回露欲乾。逡巡下清蹕，委曲問平安[三]。

【注釋】

［一］皇太妃：指神宗德妃朱氏（1052—1102）。哲宗母，哲宗立，尊為皇太妃。見蘇軾《春帖子詞·皇太妃閣五首》其一"葦桃猶在户"注［一］。按，此亦為元祐五年（1090）端帖，見前《皇帝閣》其一

"潦暑避華構"注[一]。

[二] 凝：聲調徐緩。此指鐘聲猶綿延未絕。

[三] "逡巡"句：寫皇帝至隆祐宮問母親平安。逡巡（qūn xún）：頃刻，不一會兒。清蹕：本指帝王出行，清除道路，禁止行人。借指皇帝的車輦。委曲：殷勤周至。

其二

壓蔗出寒漿[一]，敲冰簇畫堂[二]。人間正袢暑[三]，天上絕清涼[四]。

【注釋】

[一] "壓蔗"句：壓榨甘蔗出汁以為飲品。蘇軾《定惠院寓居月夜偶出》："浮浮大甑長炊玉，溜溜小槽如壓蔗。"

[二] "敲冰"句：敲出冰塊放在宮中以消暑。畫堂：古代宮中有彩繪的殿堂。《漢書·成帝紀》："孝成皇帝，元帝太子也。母曰王皇后，元帝在太子宮生甲觀畫堂，為世嫡皇孫。"顏師古注："畫堂，但畫飾耳……霍光止畫室中，是則宮殿中通有綵畫之堂室。"此指皇太妃所居宮室。

[三] 袢（pàn）暑：猶潦暑，炎暑。

[四] 絕：極度。

其三

九夏清齋奉至尊[一]，消除癘疫去無痕[二]。太醫爭獻天師艾[三]，瑞霧長縈堯母門[四]。

【注釋】

[一] 九夏：夏季，夏天。唐太宗《賦得夏首啟節》："北闕三春晚，南榮九夏初。"奉至尊：侍奉皇帝。至尊：皇帝。此指神宗。見歐陽修《端午帖子詞·皇后閣》其三"覆檻午陰黃鳥囀"注[三]。

[二] 癘疫：瘟疫。

[三] 天師艾：宋時端午節門飾。《歲時廣記》卷二一"畫天師"："《歲時雜記》：'端五都人畫天師像以賣，又合泥做張天師，以艾為頭，

以蒜為拳，置於門戶之上。'蘇子由作《皇太妃閣端五帖子》云：'太醫……'"《夢粱錄》卷三："以艾與百草縛成天師，懸於門額上，或懸虎頭、白澤。或士宦等家以生朱於午時書'五月五日天中節，赤口白舌盡消滅'之句。"天師，本為道教尊稱，東漢張陵以五斗米道行漢、沔間，其孫魯據漢中傳其道，信教者稱張陵為天師。宋時端午流行懸掛天師艾、天師像。

[四] 瑞霧：瑞氣。見宋庠《夫人閣端午帖子詞》其三"漢家宮掖與天連"注 [一]。堯母：喻指皇太妃朱氏。

其四

紈扇新裁冰雪餘[一]，清風不隔紵羅疎[二]。飛昇漫寫秦公子[三]，榮謝應憐漢婕妤[四]。

【注釋】

[一] "紈扇"句：指用絹剪裁製作團扇。冰雪：指潔白的細絹，以其色素鮮潔如冰，也稱冰紈。

[二] 紵羅：紵和羅。此指用紵和羅製成的衣物。紵：苧麻。羅：質地輕軟有小孔的絲織品。

[三] "飛昇"句：扇面上徒畫有秦女飛升圖。秦公子：指秦穆公女兒弄玉。見晏殊《端午詞·內廷》其四"一一雕盤分楚粽"注 [二]。

[四] "榮謝"句：用班婕妤事。班婕妤為漢成帝妃，後為趙飛燕所譖而失寵，悲怨而作《團扇》。榮謝：本指草木茂盛與雕零，此喻人世的興衰。見宋庠《皇帝閣端午帖子詞》其六"蘂宮瓊構切昭回"注 [三]。

其五

渺渺金河入禁垣[一]，漸臺雨過碧波翻[二]。共傳太液龍舟穩[三]，不似南方競渡喧[四]。

【注釋】

[一] 金河：即金水河。《宋史·河渠志四·金水河》："乾德三年（965），又引貫皇城，歷後苑，內庭池沼，水皆至焉。"

[二] 漸臺：本為漢代建章宮太液池中臺，此指宋宮後苑池中臺。見蘇軾《端午帖子詞·太皇太后閣六首》其一"漸臺通翠浪"注[二]。

　　[三] 太液：即太液池。此指宋宮後苑中池。見夏竦《御閣春帖子》其二"冰消太液生春水"注[一]。龍舟：宋時後苑池中有龍舟，《宋史·仁宗本紀三》載有"毀後苑龍船"，可知。

　　[四] 競渡：划船比賽。見晏殊《端午詞·御閣》其四"仙家既有靈符術"注[二]。

夫人閣四首[一]

　　修廈欺晴日[二]，重簾度細風。羣仙不煩促[三]，長在廣寒宮[四]。

【注釋】

　　[一] 夫人：指宮中眾妃。見宋庠《夫人閣端午帖子詞》其一"令月辰摽午"注[一]。此時宮中夫人有仁宗苗貴妃、周淑妃、神宗邢淑妃等。按，此亦為元祐五年（1090）端帖，見前《皇帝閣》其一"潺暑避華構"注[一]。

　　[二] 修廈：高大的房屋，指宮殿。

　　[三] 煩促：迫促，急迫。《文選·張華〈答何劭〉詩之一》："恬曠苦不足，煩促每有餘。"張銑注："煩促，急迫也。"

　　[四] 廣寒宮：月宮。見宋庠《皇后閣端午帖子詞》其五"篆桃刻印神圖術"注[四]。

其二

　　尋芳空茂木[一]，鬭草得幽蘭[二]。歌舞纖絺健[三]，嬉遊玉佩珊[四]。

【注釋】

　　[一] 尋芳：遊賞美景。茂木：草木繁盛的樹林。

　　[二] 鬭草：古代一種流行於清明、端午之際的遊戲。見晏殊《端午詞·內廷》其一"百草鬭餘欣令月"注[二]。

　　[三] "歌舞"句：妃嬪們穿著細葛布衣唱歌跳舞。纖絺（chī）：

細葛布；細葛布衣。《文選・潘安仁〈秋興賦〉》："于是迺屏輕箑，釋纖絺。"李善注引孔安國《尚書傳》曰："纖，細也。絺，細葛也。"杜甫《大雨》："執熱乃沸鼎，纖絺成縕袍。"健：有力。

[四] "嬉遊"句：眾妃嬪嬉戲遊樂，玉佩發出動聽的聲響。珊：即珊珊，形容所佩玉飾發出的舒緩的聲音。

其三

新煮青筠稻米香[一]，旋抽獨繭薄羅光[二]。剩堆雕俎添崖蜜[三]，爭作輕衫薦壽觴[四]。

【注釋】

[一] "新煮"句：新蒸煮的粽子散發著稻米的香味。青筠稻米：即筒粽。青筠：青竹。相傳楚人紀念屈原，端午以竹筒貯米投水祭祀。見夏竦《御閣端午帖子》其六"太官角黍迎嘉節"注[一]。

[二] "旋抽"句：頃刻間抽引繭絲做成薄羅衣裳泛著光澤。獨繭：即獨繭絲；一繭之絲。言繭個大、絲長。繭：同"繭"。相傳仙人園客養蠶得繭大如甕，一繭繅絲數十日始盡。蘇軾《瓶笙》："孤松吟風細泠泠，獨繭長繅女媧笙。"王文誥輯注引程縯曰："《列仙傳》：園客養蠶成五色，獨繭繅之，經月不絕。"吳曾《能改齋漫錄》卷一五"方物・綿州八子"："魏城以一繭造一扇，謂之綿扇，亦輕而可愛。"羅：一種輕軟的絲織品。

[三] "剩堆"句：在精美的禮器中擺滿各種祭品，再增添上櫻桃。雕俎：一種雕繪的木製禮器，祭享時以盛犧牲。崖蜜：指櫻桃。蘇軾《橄欖》詩："待得微甘回齒頰，已輸崖蜜十分甜。"朱翌《猗覺寮雜記》卷上引《王直方詩話》："崖蜜，櫻桃，出《金樓子》。"戴埴《鼠璞・橄欖》引《南海志》云："崖蜜子小而黃，殼薄味甘，增城惠陽山間有之，雖不知與櫻桃為一物與否，要其類也。"櫻桃又名含桃、朱櫻、樂桃、表桃、梅桃、荊桃等。古代仲夏以櫻桃祭祀祖先。《禮記・月令》"仲夏之月"："是月也，天子乃以雛嘗黍，羞以含桃，先薦寢廟。"鄭玄注："含桃，櫻桃也。"《淮南子・時則訓》："羞以含桃。"

[四] 薦壽觴：進酒祝壽。觴，酒杯。

其四

御溝遶殿細無聲[一]，飛灑彤墀曉氣清[二]。開到石榴花欲盡，陰陰高柳一蟬鳴。

【注釋】

[一] 御溝：流經宮苑的河道。

[二] 彤墀：即丹墀，指宮中的臺階。

趙彥若

趙彥若（1033？—1095），字元考，青州臨淄（今山東淄博）人。師民子。以蔭入仕，仁宗嘉祐四年（1059）為秘閣校勘，遷集賢校理，通判淄州。神宗元豐二年（1079），除國史編修官，修起居注。歷中書舍人、右諫議大夫。哲宗即位，為龍圖閣待制知亳州，移陳州。召還，提舉萬壽觀、兼侍讀，遷兵部侍郎兼實錄院修撰，擢禮部尚書，六年，拜翰林學士，罷為寶文閣學士，提舉萬壽觀。紹聖初以元祐黨人貶安遠軍節度副使、澧州安置。卒，年六十三。有文集五十卷，皆佚。《東都事略》卷六〇有傳。

趙彥若存端午帖子詞兩首，斷句一，皆為七言，均見於洪邁《容齋五筆》卷九。《全宋詩》卷七二四收錄。

端午貼子詞[一]

揚子江中方鑄鏡[二]，未央宮裏更飛符[三]。菱花欲共朱靈合[四]，驅盡神姦又得無[五]？

【校記】

錄自叢書集成初編本洪邁《容齋五筆》卷九。

【注釋】

[一] 此詩當為元祐六年（1091）端帖。據《續資治通鑑長編》，趙彥若元祐六年二月拜翰林學士，七月為寶文閣學士，提舉萬壽觀。他僅具有撰寫元祐六年端帖的時間。此詩依例當為完整一組二十七首，如蘇轍端帖。從內容看，似為皇帝閣帖子。

[二] "揚子"句：揚子江中正在鑄造鏡子。用唐端午揚州江心鑄鏡進貢事。見晏殊《端午詞·東宮閣》其一"揚子江心鑄鑑成"注

［二］。

　　［三］"未央"句：皇宫中正在更換符籙。未央宫：漢唐宫殿名。此指北宋宫殿。見宋祁《春帖子詞·夫人閣十首》其四"銀闕崔嵬對未央"注［一］。更：更換。飛符：當指赤靈符之類符籙。

　　［四］菱花：指鏡。朱靈：即朱符、赤靈符。即前句之飛符。為端午辟邪所用道教符籙，常用朱筆書寫或用朱色紙帛，故稱。見晏殊《端午詞·御閣》其三"獻壽競為長命縷"注［二］。

　　［五］神姦：能害人的鬼神怪異之物。按，後二句照應前二句，意謂銅鏡靈符驅盡邪惡。

　　揚子江中百鍊金，寶奩疑是月華沉[一]。爭如聖后無私鑑[二]，明照人間萬善心。

【注釋】

　　［一］"揚子"二句：用唐端午揚州江心鑄鏡進貢事。百鍊金：即百鍊銅。鍊：同"煉"。見晏殊《端午詞·東宫閣》其一"揚子江心鑄鑑成"注［二］。寶奩：本為梳妝鏡匣的美稱，此指銅鏡。

　　［二］爭如：怎麼比得上。聖后：此指太皇太后高氏。按，此詩當為太皇太后閣端午帖子。

　　江心百鍊青銅鏡[一]，架上雙紉翠縷衣[二]。

【注釋】

　　［一］"江心"句：揚子江心正鑄鍊者青銅鏡。用唐端午揚州江心鑄鏡進貢事。見晏殊《端午詞·東宫閣》其一"揚子江心鑄鑑成"注［二］。鍊：同"煉"。

　　［二］"架上"句：織架上正織著兩件精美的衣裳。翠縷衣：翠羽織成的衣服。此指華貴精美的衣服。按，此詩為女性作，具體閣類不詳。

梁 燾
（附梁君貺）

梁燾（1034—1097），字況之，鄆州須城（今山東東平）人。父蒨，兵部員外郎、直史館。以蔭為太廟齋郎。舉進士中第，編校秘閣書籍，遷集賢校理、通判明州。神宗元豐五年（1082），提點京西刑獄。八年，為吏部郎中。哲宗元祐元年（1086），遷右諫議大夫。二年，知潞州。四年，進御史中丞。五年，知鄭州。六年，權禮部尚書，拜翰林學士。七年，拜尚書右丞，轉左丞。紹聖元年（1094），出知潁昌府，徙鄆州。後坐元祐黨籍，黜知鄂州。三年，再貶少府監、分司南京。四年，三貶雷州別駕、化州安置，卒於貶所，年六十四。《東都事略》卷九〇、《宋史》卷三四二有傳。無集。《全宋詩》卷七四七僅輯其詩一首。

梁燾今存帖子詞一首，見葛立方《韻語陽秋》、宋何汶《竹莊詩話》、阮閱《詩話總龜》等皆轉錄此詩，題作梁君貺。《全宋詩》卷三七三九亦據《竹莊詩話》收錄。按，宋無梁君貺，梁燾字況之，葛氏誤記。見張曉紅《"宋代帖子詞"四題》，載《中國典籍與文化》2011年第4期。

春帖子[一]

東方和氣斗回杓[二]，龍角中星轉紫霄[三]。聖主問安天未曉[四]，求衣親護玉宸朝[五]。

【校記】

錄自叢書集成初編本《韻語陽秋》卷二。《詩話總龜》後集卷一一同，注出《丹陽集》。按，此《丹陽集》非葛勝仲《丹陽集》，乃葛立方《韻語陽秋》。

【注釋】

〔一〕此詩當為元祐七年（1092）春帖。元祐六年九月，"癸卯，龍圖閣待制、權禮部尚書梁燾為翰林學士"（《續資治通鑑長編》卷四六六），七年六月辛酉，"翰林學士梁燾為尚書左丞"（《宋史》卷一七），從其在學士院時間來判斷，他僅具有寫作元祐七年春、端帖子的時間，故此當為元祐七年春帖。帖子依例當為完整一組二十七首，今僅存此篇，疑為太皇太后閣春帖。

〔二〕斗回杓：斗杓回到東面。意春天來到。斗杓即斗柄。春天斗柄向東。見宋庠《皇帝閣端午帖子詞》其五"天關卻暑金為狄"注〔二〕。

〔三〕"龍角"句：立春日蒼龍七宿中的中星（即房宿）出現於（南方）天空。龍角中星：指東方蒼龍七宿中的房宿。龍角：東方蒼龍七宿。《史記·天官書》："杓攜龍角，衡殷南斗。"裴駰集解引孟康曰："杓，北斗杓也。龍角，東方宿也。"東方蒼龍七宿為角、亢、氐、房、心、尾、箕，第一宿為角，故稱龍角。立春日早晨房宿位於南方午位。見胡宿《皇帝閣春帖子》其二"蒼玉新旂祀木神"注〔三〕。紫霄：高空。

〔四〕"聖主"句：哲宗天未亮就起身去向太皇太后高氏問安。

〔五〕"求衣"句：太皇太后親自護送上早朝。索衣。指起床。玉宸朝：指延和殿早朝。玉宸：天上宮闕。此指宋延和殿。按，此指太皇太后高氏與皇帝同聽政。見蘇軾《春帖子詞·太皇太后閣六首》其二"小殿黃金榜"注〔三〕。

蔡 京

蔡京（1047—1126），字元長，興化軍仙遊（今屬福建）人。神宗熙寧三年（1070）進士。調錢塘尉、舒州推官。使遼還，拜中書舍人。元豐七年（1084），知開封府。哲宗初，出知成德軍。歷知瀛洲、揚州、鄆州、永興軍、成都府。紹聖初，入權户部尚書。哲宗紹聖二年（1095）十月，為翰林學士兼侍讀，三年七月進承旨。徽宗即位（1100），奪職提舉洞霄宮。明年，起知定州，徙知大名府。崇寧元年（1102）三月復為翰林學士承旨兼修國史，拜尚書左丞，俄為右僕射。二年，進左僕射。五年，罷為中太乙宫使。大觀元年（1107），復拜左僕射、太尉、太師。三年，致仕。政和二年（1112），召復輔政。宣和二年（1120），令致仕。六年，再起領三省，復致仕。欽宗即位，連貶崇信、慶遠軍節度副使，衡州安置，又徙韶、儋二州。行至潭州卒，年八十。《東都事略》卷一〇一、《宋史》卷四七二有傳。無集，《全宋詩》卷一〇四三錄其詩十七首。

蔡京今存春帖子詞七言斷句二，見《西清詩話》、張邦基《墨莊漫錄》卷四、《能改齋漫錄》卷八。《全宋詩》卷一〇四三收錄。

春帖子[一]

三十六宮人第一[二]，玉樓深處夢熊羆[三]。

【校記】

錄自明抄本蔡絛《西清詩話》卷中。第二句"深處"二字，胡仔《苕溪漁隱叢話》前集卷五四引作"春困"。

【注釋】

[一] 此詩當為元符元年（1098）春帖子詞。張邦基《墨莊漫錄》

卷四："泰陵時，蔡元長為學士。故事：供貼子，皇太后、皇帝、皇后閣各有詞，諸妃閣同，用四首而已。時昭懷劉太后充貴妃，元長特撰四首以供之，有'三十六宮人第一，玉樓深處夢熊羆'。"按，泰陵為哲宗陵墓名，指哲宗。昭懷劉太后即哲宗皇后劉清菁（1079—1113），徽宗即位，尊為太后，謚號昭懷。貴妃當為賢妃。據《宋史·后妃傳下·昭懷劉皇后傳》，劉氏"初為御侍，明艷冠後庭，且多才藝。由美人、婕妤進賢妃。生一子二女。有盛寵，能順意奉兩宮。時孟后位中宮，后不循列妾禮，且陰造奇語以售謗；內侍郝隨、劉友端為之用。孟后既廢，后竟代焉"。孟后於紹聖三年（1096）年九月被廢，劉氏於四年九月由婉儀進為賢妃，元符二年九月冊為皇后。因此，蔡京此帖只能是元符元年或二年春帖。另，從另一首"龍燭影中猶是臘"看，當年立春在臘月。自蔡京紹聖二年十月為翰林學士，至元符三年正月哲宗去世，元符二年立春在正月初七，元年、三年立春則在臘月，疑此與後詩屬同一組詩，即元符元年春帖。依例，題名當為《賢妃閣立春帖子詞》或《賢妃閣春帖子》，《全宋詩》作《太后閣帖子》，誤。蔡京時為翰林學士承旨。

　　[二]"三十"句：劉賢妃在後宮中屬第一。六宮：本言宮殿之多，此指後宮女性。

　　[二] 玉樓：裝飾華美的樓房。此指劉氏居處。夢熊羆：指生男之兆。《詩·小雅·斯干》："大人占之，維熊維羆，男子之祥。"此為祝福劉氏生皇子之語。《東都事略》卷一四《昭慈聖獻皇后孟氏傳》："冬至日，會朝隆祐宮，俟見於他所。后所御坐朱髹金飾，宮中之制，惟后乃得之。劉婕妤在他坐，意象頗怏，其從行者為易坐，製與后等。眾皆側目不能平者，故傳唱曰：'皇太后去所！'婕妤亦起立，尋各復所，或已徹婕妤坐，頓于地，懟不復朝，泣而去，且訴于哲宗。內侍郝隨謂婕妤曰：'毋以此戚戚，願蚤為大家生子，此坐正當為婕妤有耳。'"母以子貴。劉氏於元符二年八月八日生一皇子，九月即冊為皇后。此子不久於閏九月二十四日卒（《續資治通鑑長編》卷五一四）。

春帖子[一]

龍燭影中猶是臘[二]，鳳簫聲裏已吹春[三]。

【校記】

錄自明抄本蔡絛《西清詩話》卷中。

【注釋】

［一］此為元符元年春帖子詞。見上詩注［一］。

［二］龍燭：飾有龍形的蠟燭，為皇宮中所用。宋陶穀《清異錄》卷上"九龍燭"："杜黄裳當憲宗初載，深謀秘密議，眷禮敦優，生日例外別賜九龍燭十挺。"蘇頌《次韻子瞻鎖院賜酒燭》："郢醪獨賜尊常滿，龍燭初然淚有香。"猶是臘：還是臘月。元符元年立春在上年臘月二十五，故云。

［三］鳳簫：即排簫。比竹為之，參差如鳳翼，故名。唐沈佺期《鳳簫曲》："昔時嬴女厭世紛，學吹鳳簫乘彩雲。"按，此兩句化用方干《除夜》詩："寒燈短焰方燒臘，畫角殘聲已報春。"《能改齋漫錄》卷八："《西清詩話》謂：蔡元長《春帖子》：'龍燭影中猶是臘，鳳簫聲裏已吹春'，薦紳類能傳誦，以為蔣穎叔作，非也。予以為此一聯全是方干《除夜》詩：'寒燈短焰方燒臘，畫角殘聲已報春。'"吳開《優古堂詩話》、鄭方坤《全閩詩話》卷三、《宋詩紀事》卷二五皆引。

蔣之奇

蔣之奇（1031—1104），字穎叔，常州宜興（今屬江蘇）人。仁宗嘉祐二年（1057）進士。英宗初，擢監察御史。神宗立，轉殿中侍御史，尋貶監道州酒稅。熙寧中，歷江西、河北、陝西、江、淮、荊、浙發運副使。哲宗元祐初，進天章閣待制、知潭州，改廣州、瀛州、熙州。紹聖中，召為中書舍人、知開封府，遷翰林學士，元符中落翰林學士兼侍講，知汝州、慶州。徽宗立，復為翰林學士，拜同知樞密院。徽宗崇寧元年（1102）以觀文殿學士出知杭州，以疾告歸。三年卒，年七十四。《咸淳毗陵志》卷一七、《宋史》卷三四三有傳。有文集雜著百餘卷，已佚。《全宋詩》輯其詩一百三十四首。

蔣之奇今存春帖子一首，載於葛立方《韻語陽秋》卷二。《全宋詩》錄於卷六八七。

春帖子[一]

昧旦求衣向曉雞[二]，蓬萊仗下日將西[三]。花添漏鼓三聲遠[四]，柳映春旗一色齊[五]。

【校記】

錄自叢書集成初編本《韻語陽秋》卷二。《詩話總龜》後集卷一一同，注出《丹陽集》。按，此《丹陽集》非葛勝仲《丹陽集》，乃葛立方《韻語陽秋》。

【注釋】

[一]詩當為紹聖五年（1098）或元符二年（1099）春帖。蔣之奇兩次擔任翰林學士。初任於哲宗紹聖四年五月壬戌（9日）拜，元符二年十一月落翰林學士兼侍講，知汝州（《續資治通鑑長編》卷四八七、

卷五一八）；再任在徽宗即位（元符三年正月十二日）之後，四月丁酉（1日）以翰林學士同知樞密院事（《宋史》卷一九），建中靖國元年（1101）七月，知樞密院事（《宋史》卷一九）。從任職時間來看，第二次無寫作時間，故當為紹聖五年（即元符元年，六月改元）或元符二年春帖。依慣例詩當有完整一組，今僅存此一首。從內容看，詩當為皇帝閣春帖。

　　［二］昧旦：天將明未明之時；破曉。求衣：索衣。指起床。

　　［三］蓬萊仗下：大殿前的儀仗撤下。蓬萊：漢、唐宮殿名。此當指北宋紫宸殿。為宋視朝之前殿，皇帝宴會多在此。

　　［四］漏鼓三聲：報更漏的鼓敲三聲。謂已至凌晨。漏鼓：報更漏的鼓。北魏酈道元《水經注·穀水》："城上西面列觀，五十步一睥睨，屋臺置一鐘，以和漏鼓。"《文獻通考》卷一三六"漏鼓 街鼓"："梁朝宮殿門夜漏盡，擊漏鼓以開；夜漏上水一刻，擊漏鼓以閉。五更三籌，正衙門擊鼓，諸街迎擊小鼓，使聲徹皇墻諸門，為朝士入朝之節（注：每正衙開閉及止鼓亦準此）。"《新唐書》卷四九上《百官志》："凡夜漏盡，擊漏鼓而開；夜漏上水一刻，擊漏鼓而閉。"

　　［五］春旗：即青旗；青旛。古時立春表示應候、勸耕的旗。見晏殊《立春日詞·御閣》其一"令月歸餘屆早春"注［五］。

無 名 氏

作者不詳,為大觀間學士。

春帖子[一]

神祇祖考安樂之[二],草木鳥獸裕如也[三]。

【校記】

錄自叢書集成初編本朱彧《萍洲可談》卷一。

【注釋】

[一] 此為徽宗大觀間(1107—1110)春帖子。依例當有完整一組。作者不詳。《萍洲可談》卷一:"大觀間,翰苑進春帖子,有一學士撰詞云(詩略)。以鳥獸對祖考,非所宜。竟以是得罪。"知其作者為大觀間學士,且因此而貶官。按,大觀間學士有鄭居中、葉夢得、劉正夫、鄧洵仁、張閣、劉昺等。鄭居中崇寧中至中書舍人,直學士院。明年,歸故官,遷給事中、翰林學士。大觀元年,同知樞密院(《宋史·鄭居中傳》)。葉夢得於崇寧二年累遷翰林學士,三年,以龍圖閣直學士知汝州,尋落職,提舉洞霄宮(《宋史·葉夢得傳》)。葉自言其大觀間因押班多拜而被"閤門彈失儀",放罪(《石林燕語》卷十);大觀三年五月戊午(28日),因草童貫洮州賞制詞而出知汝州(岳珂《桯史》卷四)。鄧洵仁於大觀二年八月由學士承旨為尚書右丞(《宋史·徽宗本紀二》)。張閣大觀四年八月,出知杭州(同前)。這幾人都不具備寫作時間。劉正夫徽宗時以起居舍人為編修官,不閱月遷中書舍人,進給事中、禮部侍郎,因得罪蔡京貶,入辭,留為翰林學士。作春宴樂語,因有"紫宸朝罷袞衣閑"之句,改龍圖閣直學士、知河南府。召為工部尚書,拜右丞,進中書侍郎(《宋史·劉正夫傳》)。據《宋會要

輯稿》職官六之五二，"大觀元年閏十月四日，中書省奏翰林學士劉正夫撰飲福宴政語文字拙惡，音韻不協，詔以正夫為龍圖閣直學士、知河南府"，則劉氏貶官蓋由樂語文字不當所致，與此事略似。然劉氏在院時間很短，知河南府不久即召拜工部尚書，大觀三年四月為尚書右丞（《宋史‧徽宗本紀二》）。亦無寫作春帖的時間。詳情待考。

　　〔二〕神祇：天神和地神；泛指神明。祖考：祖先。生曰父，死曰考。

　　〔三〕裕如：豐足有餘狀。漢揚雄《法言‧五百》："仲尼，神明也，小以成小，大以成大，雖山川、丘陵、單木、鳥獸，裕如也。"李軌注："學其道者，大小各隨其本量而取足。"

周 邦 彥

周邦彥（1056—1121），字美成，號清真居士，錢塘（今浙江杭州）人。神宗元豐六年（1083），獻《汴都賦》，七年，為太學正，寄理縣主簿。出為廬州教授。哲宗元祐八年（1093），知溧水縣。還為國子監主簿。元符元年（1098），除正字。徽宗即位，為校書郎，遷考功員外郎，衛尉宗正少卿，兼議禮局檢討。政和元二年（1112），知隆德府，徙明州，入拜秘書監，進徽猷閣待制、提舉大晟府。未幾，知順昌府，徙處州。提舉南京鴻慶宮。宣和三年卒，年六十六。《東都事略》卷一百十六、《宋史》卷四四四有傳。有《清真集》二十四卷。詩作散多佚，《全宋詩》錄其詩一卷。

周邦彥今存春帖子七絕一首，七言斷句二。見於陳元靚《歲時廣記》卷八。《全宋詩》卷一一八八據以錄。周邦彥一生未歷翰林學士之職，此為代他人所作。

內制春帖子[一]

鸞輅青旂殿閣寬[二]，祠官奠璧下春壇[三]。曉開魚鑰朝衣集[四]，綵勝飄揚百辟冠[五]。

【校注】

錄自叢書集成初編本陳元靚《歲時廣記》卷八。劉克莊《後村詩話》載其為"《代內制作春帖子》三十首"。

【注釋】

[一] 此帖為完整一組，按《後村詩話》所載，有三十首。此詩似為皇帝閣春帖。按，此詩作時不詳。周未歷翰林學士之職，《後村詩話》明其為代作，代誰而作，則不詳。考周邦彥生平，神宗元豐六年，

哲宗紹聖四年（1097）至徽宗政和元年（1111）、政和六年至七年在京師，帖子詞當作於此時。但從其帖多達三十首判斷，這組帖子若為一組，則閣類頗多。結合周氏生平，宮中以徽宗建中靖國元年（1101）人最多，時皇太后向氏尚在（元月十三日卒），哲宗元祐皇后孟氏被召回（次年九月再次被廢），另有皇太妃朱氏（次年二月薨），哲宗元符皇后劉氏，徽宗皇后王氏以及諸妃嬪等。以皇帝閣六首，皇太后六首，皇太妃、皇后五首，夫人四首計，當有三十六首之多；崇寧元年（1102）立春時皇太后向氏已卒，餘人尚在，則數量恰為三十。崇寧二年立春時元符皇后劉氏為皇太后，孟氏再次被廢，朱太妃亦卒，則帖子閣類數量又不足三十。據《東都事略》，"徽宗即位，為校書郎，遷考功員外郎、衞尉宗正少卿"，則崇寧元年周邦彥在京師任職，有代作春帖的時間。若為兩組帖子，則每組為皇帝閣六首、皇后閣五首、夫人閣四首。因哲宗元符皇后劉氏卒於政和三年，則詩作於政和四年之後。周氏政和六年"召為祕書監"（《東都事略》），則寫作政和六七年間帖子的可能性較大。據此詩第二句，似作於政和間。

〔二〕鸞輅：天子所乘之車。《呂氏春秋·孟春紀》："天子居青陽左个。乘鸞輅，駕蒼龍。"高誘注："輅，車也。鸞鳥在衡，和在軾，鳴相應和。後世不能復致，鑄銅為之，飾以金，謂之鸞輅也。"見夏竦《內閣春帖子》其三"東郊候氣回青輅"注〔一〕。青旂：青旗，青旛。古時立春表示應候、勸耕的旗。見晏殊《立春日詞·御閣》其一"令月歸餘屆早春"注〔五〕。

〔三〕"祠官"句：寫春日籍田禮。祠官：掌管祭祀、祠廟之官。奠璧：向神供獻玉為祭品。春壇：指先農壇。古代為祭祀所築的土壇，據《宋史·禮志五·籍田》，雍熙四年於城東朝陽門七里外設先農壇，高九尺，四陛，周四十步，飾以青；元豐二年，又於京城東南郊度千畝為籍田，以百畝建先農壇兆。見蘇軾元祐三年《春帖子詞·皇帝閣》其四"聖主憂民未解顏"注〔四〕。按，雍熙五年籍田皇帝親行之，政和元年，享先農改為中祠，命有司攝事，帝止行耕籍之禮，此寫祠官奠璧，當為政和間情形。

〔四〕"曉開"句：早晨宮門打開，官員身著朝服集會。魚鑰：魚形的門鎖。見夏竦《御閣春帖子》其四"九門和氣衝魚鑰"注〔一〕。

朝衣：君臣上朝時穿的禮服。此借指朝廷官員。

［五］綵勝：古代立春日飾品。見夏竦《內閣春帖子》其四"銀箭初傳暖律延"注［三］。百辟：百官。按，此句寫立春宫中賜幡勝之情形。見夏竦《內閣春帖子》其四"銀箭初傳暖律延"注［三］。

內制春帖子[一]

明朝春仗當行樂[二]，刻燕催花擲萬金[三]。

【校記】

錄自陳元靚《歲時廣記》卷八。題本作"內制春帖"。

【注釋】

［一］此與上詩同為一組。當為女性所寫，具體閣類不詳。

［二］春仗：帝王春日行幸的儀仗。

［三］刻燕催花：指剪綵花。見宋祁《春帖子詞·皇帝閣》其四"日華初麗上林天"注［二］。

內制春帖子[一]

夾輦司花百士人[二]，繡楣瓊璧寫宜春[三]。

【校記】

錄自陳元靚《歲時廣記》卷八。題本作"內制春帖"。

【注釋】

［一］此與上詩為同組，閣類不詳。

［二］"夾輦"句：為皇帝座駕左右持花的是成百的士人。司花：手持花。

［三］"繡楣"句：宮中迎春門貼宜春字。繡楣瓊璧：寫宮室之華美。繡楣：裝飾華美的門框上的橫木。瓊璧：玉璧。寫宜春：寫"宜春"字，也泛指寫吉祥的迎春文字，包括帖子詞。見夏竦《內閣春帖子》其四"銀箭初傳暖律延"注［三］。

按，周詩無諷諫，劉克莊《後村詩話》卷三評其"皆平平無警策"。

王安中

王安中（1076—1134），字履道，號初寮，中山陽曲（今山西太原）人。哲宗元符三年（1100）進士。調瀛州司理參軍、大名縣主簿，秘書省著作郎。徽宗政和間，除中書舍人，擢御史中丞，翰林學士，遷承旨，拜尚書右丞、左丞。宣和五年（1123），主聯金攻遼，授慶遠軍節度使、河北河東燕山府路宣撫使、知燕山府。七年，宋金啟釁，以上清寶籙宮使兼侍讀召還。除建雄軍節度使、大名府尹兼北京留守司。欽宗靖康初，連貶隨州、象州安置。高宗即位，內徙道州，尋放自便。紹興四年卒，年五十九。《宋史》卷三五二有傳。有《初寮集》七十六卷，已佚。四庫館臣輯為八卷，《全宋詩》錄其詩三卷。

王安中帖子詞今存四首，見於張邦基《墨莊漫錄》卷九。《全宋詩》卷一三九三收錄。

春帖子[一]

皇帝閣[二]

彤霞蒨霧繞觚稜[三]，樓雪融銀滴半層。別是擬開延福宴[四]，夾城先試景龍燈[五]。

【校記】

王安中詩均錄自中華書局孔凡禮校本張邦基《墨莊漫錄》卷九。按，此本以《四部叢刊》三編影印明抄本為底本，校以明正德本、稗海本、北京圖書館藏勞格校本、傅增湘校本、四庫本等。此據以輯錄，並參校以《三朝北盟會編》、《宋詩紀事》。第三句"是"，明正德本作"是"，唐校作"自"，明抄本仍據正德本抄作"是"，稗海本、四庫本作"繞",《宋詩紀事》卷三七引《幼老春秋》作"曉"。

【注釋】

[一] 此乃政和八年（1118）春帖。《墨莊漫錄》載此詩為"政和七年所進"。按，王安中於政和七年九月丙申由御史中丞為翰林學士，再遷承旨，宣和元年十一月戊辰（26日）拜尚書右丞（《資治通鑑後編》卷九九），故具有寫作政和八年至宣和二年（1120）春帖的時間。政和八年立春在正月初七，按照提前撰寫的慣例，寫作時間在政和七年十二月，時王安中任翰林學士不久。

[二] 皇帝：指宋徽宗趙佶（1082—1135），神宗第十一子，母曰欽慈皇后陳氏。元豐五年生於宮中。六年正月賜名，十月授鎮寧軍節度使、封寧國公。哲宗即位，封遂寧郡王。紹聖三年，以平江、鎮江軍節度使封端王，出就傅。五年，加司空，改昭德、彰信軍節度。元符三年（1100）正月哲宗崩，皇太后主召端王入，即皇帝位，皇太后權同處分軍國事。宣和七年（1125）十二月，詔內禪皇太子即皇帝位，尊帝為教主道君太上皇帝，居于龍德宮。靖康二年（1127）二月金人脅之北行，紹興五年四月崩于五國城，年五十四。廟號徽宗。葬永祐陵。

[三] "彤霞"句：宮殿上方祥雲繚繞。彤霞蒨霧：紅色的雲霞霧氣。彤：紅色。蒨：同"茜"，絳色。甍稜：宮殿屋角的瓦脊，因成角稜之形，故名。

[四] 延福宴：延福宮宴會。延福：指延福宮。宋徽宗政和間修，成於政和四年（1114）八月，在拱宸門外（清黃以周等輯注《續資治通鑑長編拾補》）。

[五] "夾城"句：寫預賞元宵燈。夾城：宋徽宗所修，在龍德宮與大內宮城之間。"夾城中通宮苑，皆遊燕之地，自艮嶽、九曲池至龍德宮後，正與金水門相接"。據徽宗自言，其修建目的在於"本欲內禪後，於夾城中往還，抱子弄孫，不欲令皇帝頻出，人主頻出，則不威"（李綱《梁谿集》卷八三《奉迎錄》）。景龍：即景龍門。北宋汴京北門。宋陳均《九朝編年備要》卷二九："（政和六年）二月上清寶籙宮成。……每歲冬至後，即放燈，自東華門以北，並不禁夜，徙市民行鋪夾道以居，縱博群飲，至上元後乃罷，謂之'先賞'。後又闢之，東過景龍門至封邱門。"《三朝北盟會編》卷五二亦載："冬十二月，張燈，

至上元，名曰'預賞'。"《東京夢華錄》卷六"十六日"："宣和年間，自十二月於酸棗門（一名景龍）門上，如宣德門，元夜點照，門下亦置露臺，南至寶籙宮，……直至上元，謂之'預賞'。"王明清《揮麈後錄》卷四載，徽宗宣和七年十二月二十一日，就睿謨殿張燈預賞元宵，曲燕近臣，命左丞王安中、中書侍郎馮熙載為詩以進，王安中作有《睿謨殿曲宴詩》。

妃嬪閣[一]

玉燕翩翩入鬢雲[二]，花風初掠縷金裙[三]。神霄宮裏驂鸞侶，來侍長生大帝君[四]。

【校記】

第一句"翩翩入"，《三朝北盟會編》卷五四作"雙雙撲"。第二句"花風初掠縷"，作"碧紗衫子欎"。第三句"霄"，作"仙"；"侶"，作"女"。

【注釋】

[一] 妃嬪：皇帝妾之位號，妃為內命婦夫人階，包括貴妃、淑妃、德妃、賢妃，正一品。嬪包括大儀、貴儀、淑儀、淑容、順儀、順容、婉儀、婉容、昭儀、昭容、昭媛、修儀、修容、修媛、充儀、充容、充媛，為正二品。當時有徽宗貴妃喬氏、崔氏，賢妃劉氏等，據詩意，此當為劉賢妃所作。按，此亦為政和八年春帖。見上詩注[一]。

[二] 玉燕：釵名。見元絳《端午帖子》其八"花陰轉午清風細"注[一]。《三朝北盟會編》卷五四引《幼老春秋》曰："王安中，字履道，以文章有時名。交結蔡攸，攸善之。引入禁中，太上賜讌飲半酣，是時鄭后有寵，猶未至中宮，上出示鄭氏簪玉花，上有雙飛玉燕，攸謂安中曰：'豈可無詩？'安中即作詩進曰：'玉燕雙雙撲鬢雲，碧紗衫子欎金裙。神仙宮裏參鸞女，來侍長生大帝君。'太上大喜。"《宋詩紀事》卷三七引《幼老春秋》略同，唯詩文字有異。按，鄭氏於大觀四年（1110）十月即冊立為皇后，從後句內容看，所寫非鄭氏，乃劉賢妃（？—1121）。劉氏出身貧賤，本為酒保家女，初事崇恩宮；宮罷，出居宦者何訢家。內侍楊戩譽其美，復召入。劉貴妃以同姓養為女，遂有寵，為才人，政和七年六月進至淑妃。生建安郡王檬、嘉國公

椅、英國公樋和福帝姬。宣和三年加貴妃。劉氏朝夕得侍上，擅愛顓席，嬪御為之稀進。天資警悟，解迎意合旨，雅善塗飾，每製一服，外間即傚之。宣和三年薨，年三十四。初諡明節和文，後追冊為皇后，改諡明節皇后（《宋史》《徽宗本紀三》、《后妃傳下·劉貴妃傳》）。

　　[三] 縷金裙：金絲織就的裙子

　　[四] "神霄"二句：謂劉氏是九華玉真安妃，侍奉長生大帝君。神霄宮：即玉清神霄宮。《宋史·徽宗本紀三》：政和七年五月，"癸卯，改玉清和陽宮為玉清神霄宮。"驂鸞：仙人駕馭鸞鳥雲遊。《文選·江淹〈別賦〉》："駕鶴上漢，驂鸞騰天。"呂向注："御鸞鶴而升天漢。"此指劉妃。長生大帝君：本為神名，此指宋徽宗。《東都事略》卷一四："道士林靈素以左道幸，謂上為長生帝君，謂妃為九華玉真安妃。每神霄降，必別真安妃位，圖畫肖妃像，謂每祀妃，妃方酣寢而覺有酒色。"謝枋得《碧湖雜記》："東都宣政間，禁中有保和殿，殿西南廡有玉真軒，軒內有玉華閣，即安妃妝閣也。妃姓劉氏（按，此明節劉后），入宮進位貴妃。林靈素以左道得幸，謂上為長生帝君，妃為九華玉真安妃，每神降必別置妃位，畫妃像于其中。每祀妃像，妃方寢而覺有酒容。"（《說郛》卷一九下，《宋人軼事彙編》卷二"兩劉后"亦引）

春帖子[一]

皇后閣[二]

藥笈琅函受祕文[三]，清虛道合玉宸君[四]。瑤臺夜靜朝真久[五]，金屋春寒閱籙勤[六]。

【校記】

第二句"宸"，四庫本作"晨"，《宋詩紀事》亦引作"晨"。

【注釋】

　　[一] 此為宣和二年（1120）春帖。張邦基載其為"重和二年所進"。按，重和二年即宣和元年，二月改元，當年立春在元年臘月十八，則只能為宣和二年春帖。據《宋史·徽宗本紀四》，宣和元年十一月戊

辰（26日），"翰林學士王安中為尚書右丞"，帖子詞有提前一月撰寫的慣例，宣和二年立春在臘月二十八，則基本具有寫作時間。疑張邦基記載有誤，當為重和元年所進重和二年春帖。

［二］皇后：指徽宗皇后鄭氏（1080—1131）。據《宋史·徽宗本紀》及《鄭皇后傳》，鄭氏為開封人，原為欽聖向太后押班，徽宗即位，向太后賜予徽宗。后好觀書，章奏能自製，帝愛其才。崇寧初，封賢妃，遷貴妃，有異寵。徽宗多賚以辭章，天下歌之。王皇后崩，大觀四年十月立為皇后。性端謹，善順承帝意。欽宗受禪，尊為太上皇后，遷居寧德宮，稱寧德太后。汴京破，從上皇幸青城。北遷，留五年，崩於五國城，年五十二。諡顯肅。

［三］藻笈琅函：書匣的美稱。笈、函：書箱。亦代指道書。明彭大翼《山堂肆考》卷二三三"藻笈琅函"："瓊文、藻笈、琳篆、琅函，皆指道書也。"秘文：猶秘籍。此指道教書籍。

［四］玉宸君：也作"玉晨君"。指道教仙人。陶弘景《真靈位業圖》："第二中位'上清高聖太上玉晨玄皇大道君'，為萬道之主。"（《說郛》卷五七上）

［五］瑤臺：傳說中的神仙居處，此指宮中雕飾華麗的樓臺。見宋祁《春帖子詞·皇后閣》其五"誰道春從何處來"注［一］。朝真：道家修煉養性之術，猶佛家之坐禪。

［六］金屋：華美之屋。此用"金屋貯嬌"故事以指皇后所居宮殿。見晏殊《立春日詞·內廷》其一"朱戶未聞迎綵燕"注［五］。閱錄：讀道經。

妃嬪閣[一]

曈曨曉日上金鋪[二]，的皪春冰泮玉壺[三]。繡戶綠窗塵不到，凝酥點就輞川圖[四]。

【注釋】

［一］妃嬪：皇帝妾之位號。見前《妃嬪閣》注［一］。當時有徽宗貴妃喬氏、崔氏，淑妃劉氏，賢妃王氏等。按，此亦重和二年所進春帖。見上詩注［一］。

［二］曈曨：日出漸明貌。《說文·日部》："曈，曈曨，日欲明

也。"金鋪：金飾鋪首。見司馬光《春貼子詞·夫人閣四首》其一"璧帶非煙潤"注〔三〕。

〔三〕的皪：光亮、鮮明貌。泮：消解。玉壺：玉製的壺。亦指精美的壺。

〔四〕"凝酥"句：用酥點成一幅輞川圖。點酥為唐宋流行的一種飲食技藝，見王珪《立春內中帖子詞·夫人閣》其一"翠縷爭垂柳"注〔二〕。

李邦彥

　　李邦彥（？—1130），字士美，懷州（今河南沁陽）人。徽宗大觀二年（1108）上舍及第，試符寶郎。纍遷中書舍人、翰林學士承旨，拜尚書右丞，轉左丞，遷為少宰兼中書侍郎，欽宗靖康初進太宰。不久罷相，出知鄧州。高宗建炎元年（1127）以主和誤國責授建寧軍節度副使，安置潯州。四年，卒於桂州。贈觀文殿大學士，諡和文。《宋史》卷三五二有傳。《宋史》載其"為文敏而工"，《藝文志》載李士美《北門集》四卷，當為李邦彥作。其詩多散佚，《全宋詩》卷一三一八僅錄其詩一首，殘詩一。

　　李邦彥今存《端午帖子詞》斷句一，載於《容齋五筆》卷九，題名為李士美。《全宋詩》卷一七九一錄於李士美名下。按，此為誤錄。據明嘉靖《尤溪縣志》卷七，此李士美乃尤溪（今屬福建）人，徽宗宣和三年進士。其名不顯。北宋時帖子詞作者皆為翰林學士，此人未歷此職，不當作有帖子詞；李邦彥曾任翰林學士及承旨，故此帖作者必為李邦彥無疑。

端午貼子詞[一]

何須百鍊鑑[二]，自勝五兵符[三]。

【校記】

錄自叢書集成初編本洪邁《容齋五筆》卷九。

【注釋】

　　[一] 此詩依例當為完整一組，寫作時間不詳。李邦彥任翰林學士的具體時間不詳，政和七年（1117）正月，李氏尚以中書舍人同知貢舉（《宋會要輯稿》選舉一之一四），宣和三年（1121）十一月由翰林

學士承旨拜尚書右丞（《宋史·徽宗本紀四》），則寫作時間當在政和八年至宣和三年間（1118—1121）。

　　〔二〕百鍊鑑：久煉而成的銅鏡。鍊：同"煉"。用唐端午揚州江心鑄鏡進貢事。見晏殊《端午詞·東宮閣》其一"揚子江心鑄鑑成"注〔二〕。

　　〔三〕五兵符：即辟兵符。見晏殊《端午詞·御閣》其三"獻壽競為長命縷"注〔二〕。

趙　　野

趙野（1084—1127），開封人。徽宗政和二年（1112）進士。歷監察御史、殿中侍御史，起居舍人兼太子舍人，俄遷中書舍人、給事中、大司成，拜刑部尚書、翰林學士，拜尚書右丞，左丞，門下侍郎。因諂事蔡京、王黼，欽宗即位後出為北道都總管，已而落職，提舉嵩山崇福宮。高宗建炎元年（1127），起知密州，以兵亂棄城，為亂軍所殺，年四十四。《宋史》卷三五二有傳。無詩文集。

趙野今存春帖子七言斷句一，見於周煇《清波雜志》卷六。《全宋詩》卷一五三七據以錄。

春帖子[一]

複道密通蕃衍宅[二]，諸王誰似鄆王賢[三]。

【校記】

錄自中華書局點校本周煇《清波雜志》卷六。原題作"春帖子"。《全宋詩》據已錄，題作"宣和春帖子"。

【注釋】

[一] 此詩依例為完整一組，此為僅存殘句。周煇載其作於宣和間，具體作時不詳，約作於宣和二年至五年（1120—1123）。趙楷封鄆王在重和元年（1118）閏九月，則最早作時為宣和元年（1119）立春前。趙野遷翰林學士時間不詳，由翰林學士為尚書右丞的時間，《宋史》本傳載為宣和七年，而據《宋史》卷二二，《宋宰輔編年錄》卷一二，《通鑑續編》卷一二，則在宣和五年二月乙酉朔。本傳記載有誤。另據清徐乾學《資治通鑑後編》卷一〇〇，重和元年九月"乙亥，給事中趙野奏乞諸州添置道學博士，擇本州官兼充，從之"。則趙野任翰

林學士最早在宣和初。另，王安中作有宣和元年春帖。綜合考察，當為宣和二年至五年間春帖。此帖閣類不詳。似為鄆王所寫，如是，則系特例。

［二］複道：也作"復道"，即閣道；泛指通道。見王珪《端午內中帖子詞·太上皇后閣》其六"復道青槐合"注［一］。蕃衍宅：宋徽宗所修諸王所居宅第名，從《詩·唐風·椒聊》"椒聊之實，蕃衍盈升。彼其之子，碩大無朋"取名；意為子孫繁盛眾多。《宋史·徽宗本紀四》：宣和七年春十二月戊午"罷修蕃衍北宅，令諸王子分居十位"。

［三］鄆王：名趙楷，字德遠，徽宗第三子，母為懿肅貴妃王氏。生於建中靖國元年（1101），重和元年閏九月進封為鄆王，拜太傅，"出入禁省不復限朝暮，於外第作飛橋複道，以通往來"。靖康初，與諸王皆北遷，卒年不詳（《宋史·本傳》）。鄆王極受寵，幾乎取代太子。蔡絛《鐵圍山叢談》卷一載："政和間，太上諸皇子日長大，宜就外第，於是取景龍門外地辟以建諸邸，時鄆王有盛愛，故宦者童貫主之。視諸王所居，侈大為最，迤中為通衢，東西列諸位，則又共為一大門，錫名曰'蕃衍宅'，悉出貫意。時愚甚懼，蓋取《詩》之《敘》'蕃衍盛大'而下句，則識者深疑之，亦知其旨意之屬在鄆邸而已。後及都城傾覆，然第三位乃今上，果中興。"王明清《揮麈餘話》："宣和末，祐陵欲內禪，稱疾作，令召東宮。先是，欽宗在朱邸，每不平諸佞臣之恣橫。至是，內侍數十人擁鄆王楷至殿門，時何瓘以殿帥守禁衛，仗劍拒之。鄆王至前曰：'太尉豈不識楷乎？'瓘指劍曰：'瓘雖識大王，但此物不識耳。'皆皇恐，辟易而退，始亟趨欽宗入立。"周輝《清波雜志》卷六"冷茶"條以為此"鄆"諧音"韻"，"亦迎合之意也"。

傅墨卿

　　傅墨卿（？—1130），字國華，山陰（今浙江紹興）人。以大父恩補太廟齋郎。嘗為蘄州蘄水揚州、江都縣尉，歷知池州壽春府，入朝為庫部、駕部員外郎，實錄院修撰，徙大理卿、將作監、政和中初使高麗。擢起居舍人、中書舍人。拜翰林學士、給事中。徽宗宣和四年（1122），進龍圖閣學士。欽宗靖康元年（1126）春為京城東壁守御使，出知舒州，提舉杭州洞霄宮。建炎中，守正奉大夫致仕。高宗建炎四年（1130）六月卒。《會稽志》卷一五有傳。無集。

　　傅墨卿今存端午帖子詞七言斷句一，見《容齋五筆》卷九。《全宋詩》未錄，《全宋詩訂補》亦未補錄。

端午貼子詞[一]

　　百鍊鑑從江上鑄[二]，五時花向帳前施[三]。

【校記】

錄自叢書集成初編本洪邁《容齋五筆》卷九。

【注釋】

［一］此當為宣和六七年間（1124—1125）端帖。按，北宋帖子均由翰林學士撰供，傅墨卿任翰林學士時間不詳。《會稽志》載傅墨卿任翰林學士為初使高麗後，當有誤。《宋史》卷四八七載：“宣和四年俁卒。初，高麗俗兄終弟及，至是諸弟爭立，其相李資深立俁子楷。來告哀，詔給事中路允迪、中書舍人傅墨卿奠慰。”則是時傅墨卿仍為中書舍人。其遷翰林學士不見於其它文獻記載，具體時間不詳。如任職，似當在第二次出使高麗之後，時間約在宣和六年。其帖子詞當作於宣和六七年間。詳情待考。

〔二〕"百鍊"句：用唐端午揚州江心鑄鏡進貢事。見晏殊《端午詞·東宮閣》其一"揚子江心鑄鑑成"注〔二〕。

　　〔三〕"五時"句：用北朝端午進五時花事。段成式《酉陽雜俎》卷一："北朝婦人……五月進五時圖、五時花，施帳之上。是日又進長命縷，宛轉繩皆結為人像帶之。"五時花：以布帛所剪裁製作而成的端午飾品，當為四季花。五時，四季。見蘇頌《春帖子·皇帝閣六首》其五"五時讀令王春禮"注〔一〕。

李 清 照

李清照（1084—?），號易安居士，濟南（今屬山東）人。徽宗建中靖國元年（1101），與太學生趙明誠結婚。宣和三年（1121），隨夫宦居萊州。高宗建炎元年（1127），明誠知江寧府，時金兵南侵，遂載書赴江寧。三年，明誠改知湖州，途中病卒，清照流寓浙東各地。卒年七十餘。有《易安居士文集》七卷，皆已散佚。

李清照今存帖子五首，其中春帖子兩首，端午帖子三首，載於《詩女史》等書，《全宋詩》卷一六〇二收錄。

皇帝閣春帖子[一]

莫進黃金簟[二]，新除玉局牀[三]。春風送庭燎[四]，不復用沈香[五]。

【校記】

錄自王仲聞《李清照集校註》卷二。按，此書據《詩女史》卷一一、明酈琥《彤管遺編》卷續集卷一七、《古今女史詩集》卷七、《名媛詩歸》卷一八、《歷朝名媛詩詞》卷七、《繡水詩鈔》卷一而輯，然各本均與"日月堯天大"併為一首，題作《皇帝閣》。王仲聞認為："傳世宋人帖子詞，或為七言四句，或為五言四句（新編《李清照集》云：'端午帖子均係五絕。'未知何據。），未見有五律或七律者。《浩然齋雅談》載'日月堯天大'等三首，亦俱為五言四句，並不似誤奪半首。《浩然齋雅談》所載乃端午帖子，而此四句內有'春風'、'庭燎'，俱非端午事，此必春帖子也。《詩女史》等殆以其同韻而誤為一首，今分為兩首。此首并依其內容改題作'皇帝閣春帖子'。下貴妃閣一首，亦有'春'字，當亦為春帖子。亦同樣改題，不另作說明。"甚是，今從之。然此書與李清照《全宋詩》皆將《端午帖子》置於《春帖子》之前，有誤。紹興十三年立春為最早的春帖，端帖當在後，徐培均《李清照集箋注》移在前。今從之。第一句"進"，《古今女史》、《歷朝名媛詩詞》作"是"，《繡水詩鈔》作"其"，皆誤。《御選宋詩》作"試"。

【注釋】

［一］皇帝：指宋高宗趙構（1107—1178）。據《宋史本傳》，構字德基，徽宗第九子，母曰顯仁皇后韋氏。大觀元年五月乙巳（21日）生於東京大内。宣和三年十二月進封康王，靖康元年春正月金人犯京師，奉旨至金軍議和，癸卯，肅王至軍中，許割三鎮地，進張邦昌為太宰，留質軍中，始得還。拜河北兵馬大元帥，知中山府。靖康二年（1127）金兵押徽、欽二宗北去，高宗於應天府即位，改元建炎。南遷至紹興、臨安，建立南宋政權。紹興三十二年（1162）禪位於孝宗，自稱太上皇帝。孝宗即位，累上尊號曰"光堯壽聖憲天體道性仁誠德經武緯文紹業興統明謨盛烈太上皇帝"。淳熙十四年十月，崩於德壽殿，年八十一。廟號高宗。春帖子：王仲聞《李清照集校註》："此首必作於紹興十三年或以後。"按，此為高宗紹興十三年（1143）春帖。《建炎以來繫年要錄》卷一四八："（紹興十三年正月）辛丑（13日），立春節，學士院始進貼子詞，百官賜春幡勝。自建炎以來久廢，至是始復之。"據《宋史》，紹興十三年立春時，宮中尚無皇后，吳氏為貴妃；而紹興十四年立春時，吳氏已於十三年閏四月冊為皇后，宮中無貴妃，有潘賢妃（卒於紹興十八年）、劉賢妃（紹興二十四年由婉容進位賢妃），"貴妃既虛位，似不得有貴妃閣帖子"，此帖有《貴妃閣》而無《皇后閣》，知當為十三年春帖。此亦為南宋最早的春帖。依例當為完整一組，至少包括《太后閣》、《皇帝閣》與《貴妃閣》三類，今僅存《皇帝閣》、《貴妃閣》各一首。從紹興十二年十二月詔令來看，帖子依然為學士院供進。李清照不具備寫作身份，關於其供帖原因，周密以為乃李與皇室有特殊關系。《浩然齋雅談》卷上云："李易安，紹興癸亥在行都，有親聯為內命婦者，因端午進帖子。……時秦楚材在翰苑，惡之，止賜金帛而罷。"言李清照有親戚為內命婦，故作春帖。今人有疑其為代他人所作者，然據《宋中興學士院題名》，紹興十二年十二月至

十三年五月在學士院的人有秦梓（紹興十二年九月，以敷文閣直學士兼權直院，十月，除兼直院，十三年閏四月，除翰林學士）、王賞（十二年十月以權禮部侍郎兼權直院，十三年五月，除禮部侍郎，依舊兼權）、楊願（十二年十月，以給事中兼權直院，十四年三月，除兼直院）三人。其中秦梓即秦楚材。周密所記似秦梓當作而未能作，故"惡之"。秦梓為秦檜之兄。時秦檜為相，其妻王氏為李清照表妹。李清照寓居臨安，或依王氏生活。秦梓蓋因惡秦檜而惡及李清照。然宋帖子詞撰供屬學士院，他人不能越俎代庖。蘇軾《次韻秦少遊王仲至元日立春三首》其二"詞鋒雖作楚騷寒，德意還同漢詔寬。好遣秦郎供帖子，盡驅春色入毫端"，以為秦觀詩風適合供帖，"其才思尤宜用於此"（劉克莊《後村詩話》），然因其未歷翰林學士之職，無機會寫作；即使在學士院仍需當直方可。李清照因親聯而作帖子詞，在宋代別無他例，如是，則係特例。內命婦指皇帝的妃、嬪、夫人，不詳為誰。

［二］黃金簟：指用金箔編成的牀席。簟：竹席。《南史·齊武帝紀》：永明九年，"夏五月丙申，林邑國獻金簟"。

［三］玉局牀：玉製曲腳牀。局，同"曲"。局牀，即局腳牀。《雲笈七籤》卷一〇九引《神仙傳·張道陵傳》："陵坐局腳玉牀斗帳中。"

［四］庭燎：庭中照明用的火炬。《詩·小雅·庭燎》："夜如何其？夜未央，庭燎之光。"毛傳："庭燎，大燭也。"《周禮·秋官·司烜氏》："凡邦之大事，共墳燭庭燎。"鄭玄注："鄭司農云：墳，大也。樹於門外曰大燭，於門內曰庭燎，皆所以照眾為明。"

［五］"不復"句：用隋煬帝典故。隋煬帝奢侈，每逢除夕，在宮廷中焚沉香，明如白晝。李商隱《隋宮守歲》："沈香甲煎為庭燎。"不復用：不再用。指皇帝注意節儉。沈香：沉香；一種香料。

貴妃閣春帖子[一]

金環半后禮[二]，鉤弋比昭陽[三]。春生百子帳[四]，喜入萬年觴[五]。

【校記】

錄自王仲聞《李清照集校註》卷二。按，此書據《詩女史》卷一一、《彤管遺編》續集卷一七、《名媛詩歸》卷一八、《歷朝閨雅》卷六、《繡水詩鈔》卷一、《歷朝名媛詩詞》卷七輯錄。第三句"百"，各本俱作"柏"，從《歷朝詩雅》改。

【注釋】

［一］貴妃：皇帝妾之位號，為內命婦夫人階，正一品。此指高宗貴妃吳氏（1115—1197）。《建炎以來繫年要錄》卷一四五："（紹興十二年四月）己巳（六日），封婉儀吳氏為貴妃。"徐培均《李清照集箋注》："其後宮中只有潘賢妃、劉賢妃，而無貴妃。故知此帖子係為吳貴妃而作。"是。據《宋史·后妃傳下·憲聖慈烈吳皇后傳》，吳氏為開封人。高宗即位，封和義郡夫人。還越，進封才人。後益博習書史，又善翰墨，由是寵遇日至，與張氏並為婉儀，尋進貴妃。紹興十三年，詔立為皇后。高宗內禪，手詔后稱太上皇后，遷居德壽宮。孝宗即位，上尊號曰壽聖太上皇后。月朔，朝上皇畢，入見后如宮中儀。乾道七年，加號壽聖明慈。淳熙二年，以上皇行慶壽禮，復加壽聖齊明廣慈之號。十二年，加尊號曰備德。上皇崩，遺詔改稱皇太后。帝欲迎還大內，太后以上皇几筵在德壽宮，不忍舍去，因名所御殿曰慈福，居焉。光宗即位，更號壽聖皇太后，以壽皇故，不稱太皇太后。紹熙四年，壽八十，奉冊禮，加尊號曰隆慈備福。五年正月，帝率群臣行慶壽禮，嘉王侍側，后勉以讀書辨邪正、立綱常為先。夏，孝宗崩，始正太皇太后之號。光宗三年十一月崩，年八十三。諡曰憲聖慈烈。按，此亦為紹興十三年（1143）春帖，見上詩注［一］。

［二］金環：宮中妃妾進御及妊娠用作標記的飾物。《太平御覽》卷一三五引《五經要義》："古者后夫人有女史彤管之法。后妃群妻以禮御於君所。女史書其日，授其環，以示進退之法。生子月娠，則以金環退之。當御者，以銀環進之，著於左手。既御，著於右手。左者陽也，亦當就男，故著左手。右者陰也，既御而復故。此女史之職也。"半后禮：享受皇后一半的待遇。《楊太真外傳》："冊太真宮女道士楊氏為貴妃，半后服。"

［三］"鉤弋"句：言吳貴妃的寵貴比得上皇后。鉤弋：漢武帝趙

婕妤居鉤弋宮，號鉤弋夫人。《史記·外戚世家》："鉤弋夫人姓趙氏，河間人也。得幸武帝，生子一人，昭帝是也。"《漢書·外戚傳上·孝武鉤弋趙倢伃》："孝武鉤弋趙倢伃，昭帝母也。家在河間，武帝巡狩過河間，望氣者言此有奇女，天子亟使使召之。既至，女兩手皆拳，上自披之，手即時伸，由是得幸，號曰拳夫人。……進為倢伃，居鉤弋宮。"顏師古注："《黃圖》鉤弋宮在城外，《漢武故事》曰在直門南也。"亦作"鉤翼夫人"。劉向《列仙傳》卷下"鉤翼夫人"："鉤翼夫人者，齊人也，姓趙。少時好清淨，病臥六年，右手拳屈……姿色甚偉。武帝披其手，得一玉鉤，而手尋展，遂幸而生昭帝。後武帝害之，殯尸不冷而香一月間。後昭帝即位，更葬之，棺內但有絲履，故名其宮曰鉤翼。後避諱改為弋。廟閭有神祠閣在焉。"此借指吳貴妃。昭陽：漢成帝寵妃趙飛燕所居宮。《漢書·外戚·孝成趙皇后傳》："（趙）皇后既立，後寵少衰，而弟絕幸，為昭儀，居昭陽舍。其中庭彤朱，而殿上髤漆，切皆銅沓、黃金塗、白玉階，壁帶往往為黃金釭，函藍田璧，明珠、翠羽飾之。自后宮未嘗有焉。"此借指皇后。時邢皇后在北，宮中以吳氏為最貴。

[四] 百子帳：古代婚禮所用一種錦繡帳篷，上繡百小兒嬉戲圖，以祝多子多孫。唐陸暢《雲安公主下降奉詔作催妝》詩："催鋪百子帳，待障七香車。"宋程大昌《演繁露》卷一三"百子帳"："唐人昏禮，多用百子帳，特貴其名與昏宜，而其制度則非有子孫眾多之義。蓋其制本出戎虜，特穹廬、拂廬之具體而微者耳。棬柳為圈，以相連瑣，可張可闔。為其圈之多也，故以百子總之，亦非真有百圈也。"《楓窗小牘》卷下："若今禁中大婚百子帳，則以錦繡織成百小兒嬉戲狀。"

[五] 萬年觴：向皇帝奉獻的壽酒。《後漢書·班超傳》："陛下舉萬年之觴。"觴，酒器。

皇帝閣端午帖子[一]

日月堯天大[二]，璿璣舜歷長[三]。側聞行殿帳[四]，多集上書囊[五]。

【校記】

　　錄自王仲聞《李清照集校註》卷二。按，此書據宋周密《浩然齋雅談》卷上、《詩女史》卷一一、《彤管遺編》續集卷一七、《名媛詩歸》卷一八、《古今女史詩集》卷七、《歷朝名媛詩詞》卷七、《癸巳類稿》卷一五、《繡水詩鈔》卷一而輯録第一句"天"，《詩女史》、《彤管遺編》、《名媛詩歸》作"仁"。第三句"側"，《詩女史》、《彤管遺編》、《古今女史》、《歷朝名媛詩詞》、《繡水詩鈔》作"或"。第四句"集上"，作"是尚"。

【注釋】

　　[一] 皇帝：指宋高宗趙構（1107—1187）。見前《皇帝閣春帖子》其一注 [二]。此亦為紹興十三年（1143）端帖。周密《浩然齋雅談》卷上："李易安紹興癸亥在行都，有親聯為内命婦者，因端午進帖子。"紹興癸亥，即紹興十三年。詩依例當為完整一組，包括皇帝閣六首、皇后閣五首、夫人閣四首，今各存一首。

　　[二] "日月"句：頌高宗盛德及太平盛世。堯天：喻太平盛世。《論語·泰伯》："子曰：大哉，堯之為君也。巍巍乎，惟天為大，惟堯則之。"《樂府詩集》卷七九《太和·第五徹》："自古幾多明聖主，不如今帝勝堯天。"

　　[三] "璿璣"句：祝高宗在位如舜般長。璿璣：即璿璣玉衡。舜時觀測天體之器，為渾天儀之前身。《書·舜典》："在璿璣玉衡，以齊七政。"孔安國傳："璿，美玉。璣衡，王者正天文之器，可運轉者。"孔穎達疏："《説文》云：'璿，美玉也。'……玉衡，亦美玉也。……璣衡者，璣為轉運，衡為横簫，運璣使動於下，以衡望之，是玉者正天文之器。漢世以來謂之渾天儀者是也。"《史記·五帝本紀》："舜乃在璇璣玉衡，以齊七政。"鄭玄注："璇璣玉衡，渾天儀也。"舜歷：舜帝的歷數。

　　[四] 側聞：間接聽説。賈誼《弔屈原賦》："側聞屈原兮，自沉汨羅。"行殿帳：皇帝行在殿堂中的帷幄。

　　[五] "多集"句：頌高宗節儉。上書囊：漢制，群臣上章表，如事關機密，則封以皂囊。此用漢文帝事。《漢書·東方朔傳》："孝文皇帝之世……集上書囊以為殿帷。"《後漢書·翟酺傳》："夫儉德之恭，

政存約節。故文帝愛百金於露臺，飾帷帳於皁囊。或有譏其儉者，上曰：'朕為天下守財耳，豈得妄用之哉！'"《太平御覽》卷六九九引《益都耆舊傳》："漢文帝連上事書囊以為帳，惡聞紈素之聲。"此以漢文帝比高宗。

皇后閣端午帖子[一]

意帖初宜夏[二]，金駒已過蠶[三]。至尊千萬壽[四]，行見百斯男[五]。

【校記】

錄自王仲聞《李清照集校註》卷二。按，此書據周密《浩然齋雅談》卷上、《癸巳類稿》卷一五、《繡水詩鈔》卷一、《宋詩紀事補遺》卷九四輯錄。

【注釋】

[一] 皇后：指高宗皇后吳氏（1115—1197）。見前《貴妃閣春帖子》"金環半后禮"註［一］。此亦為紹興十三年（1143）端帖。見上詩註［一］。

[二] 意帖：即如意帖。古時民間常於端午節時在壁上張貼帖子，上書吉祥如意之語。周密《浩然齋雅談》卷上："意帖，用上官昭容事。"按，此有誤。上官昭容，名婉兒，無意帖事，此當未用典。宜夏：適宜於夏天；適應夏天。

[三] "金駒"句：時間已經過了養蠶時節。金駒：即白駒。指日影，喻時光。《莊子·知北遊》："人生天地間，若白駒之過郤，忽然而已。"夏曆三四月為養蠶時節。明謝肇淛《西吳枝乘》："吳興以四月為蠶月。"（《元明事類鈔》卷四〇）端午節在五月，故曰"已過蠶"。

[四] 至尊：指高宗趙構。見歐陽修《端午帖子詞·皇后閣》其三"覆檻午陰黃鳥囀"註［三］。

[五] 百斯男：即百男，百子。謂多子。此指子孫多。見夏竦《皇后閣端午帖子》其五"中閫正肅鳴環節"註［四］。

夫人閣端午帖子[一]

三宮催解糉[二],妝罷未天明。便面天題字[三],歌頭御賜名[四]。

【校記】

錄自王仲聞《李清照集校註》卷上。按,此書據周密《浩然齋雅談》卷上、《癸巳類稿》卷一五、《繡水詩鈔》卷一、《宋詩紀事補遺》卷九四輯錄。第二句"妝罷未天明",《癸巳類稿》、《繡水詩鈔》作"團箭彩絲縈"。

【注釋】

[一]夫人:指宮中眾妃。見宋庠《夫人閣端午帖子詞》其一"令月辰標午"注[一]。此時除吳貴妃外,似僅高宗潘賢妃一夫人。此亦為紹興十三年(1143)端帖,見前"意帖初宜夏"注[一]。

[二]三宮:指高宗後宮。古代天子六宮,諸侯之夫人減半,稱三宮。《禮記·祭義》:"及大昕之朝,君皮弁素積,卜三宮之夫人、世婦之吉者,使入蠶於蠶室。"鄭玄注:"諸侯夫人三宮,半王后也。"《穀梁傳·桓公十四年》:"甸粟而納之三宮。"范甯注:"三宮,三夫人也。"楊士勛疏:"禮,王后六宮,諸侯夫人三宮也。故知三宮是三夫人宮也。"此指高宗皇后以下眾夫人,當時有潘賢妃。解粽:唐宋時流行的一種端午遊戲,以解開粽後粽葉長短賽輸贏。《歲時廣記》卷二一"解粽葉"條引《歲時雜記》:"京師人以端五日為解粽節。又解粽為獻,以葉長者為勝,葉短者輸。或賭博,或賭酒。"

[三]"便面"句:高宗在扇面上題字。便面:扇子。《漢書·張敞傳》:"敞無威儀,時罷朝會過,走馬章臺街,使御史驅,自以便面拊馬。"顏師古注:"便面所以障面,蓋扇之類也。不欲見人,以此自障面,則得其便,故曰便面,亦曰屏面。今之沙門所持竹扇,上袤平而下圜,即古之便面也。"天題字:皇帝題字。天,指皇帝。《爾雅·釋詁》:"天,君也。"

[四]"歌頭"句:皇帝為新曲賜名。歌頭:宋張炎《詞源》卷下:"法曲有散序、歌頭、音聲近古,大曲有所不及。"按,歌頭為唐宋大

曲中序或排遍的第一支曲子。如《水調歌頭》，《欽定詞譜》調下注："乃唐人大曲，凡大曲有歌頭，此必裁截其歌頭，另倚新聲也。"宋王詵有《換遍歌頭》，則亦有中序換遍者。御：皇帝。

劉 才 邵

　　劉才邵（1086—1157），字美中，自號檆溪居士，吉州廬陵（今江西吉安）人。徽宗大觀三年（1109），上舍釋褐，調贛、汝二州教授，湖北提舉學事管幹文字。宣和二年（1120），中宏詞科，遷司農寺丞。欽宗靖康元年（1126），遷校書郎。高宗即位，乞養親閒居十年。以御史中丞廖剛薦，為秘書丞，遷吏部員外郎、典侍右選事。遷軍器監丞。紹興十三年，由起居舍人擢中書舍人，兼權直學士院。以忤秦檜，出知漳州，官滿奉祠。二十五年檜卒，召拜工部侍郎兼直學士院，尋權吏部尚書。以疾請祠，卒年七十二。有《檆溪居士集》二十二卷，已佚。四庫館臣從《永樂大典》輯得十二卷，其中詩三卷。

　　劉才邵今存帖子詞二十三首，其中《立春內中帖子詞》十七首，《端午內中帖子詞》六首，見載於其集。《全宋詩》卷一六八二收錄。

立春內中帖子詞[一]

皇太后閣六首[二]

　　蘭殿光風轉，椒塗淑氣濃[三]。柳烟添曉翠，花露浥春容[四]。

【校記】

　　此組詩錄自影印文淵閣《四庫全書》本《檆溪居士集》卷三。題下原按："《宋史全文續通鑑》：'紹興十三年春正月辛丑立春節，學士院進春帖子詞。自建炎以來久廢，至是始復之。'此詞第五首有預建慈寧、果慶回鑾之語，當即十三年所進者。附識於此。"按，此有誤，見下注［一］。

【注釋】

　　〔一〕內中帖子詞：即宮中帖子詞。內中：室內。此特指皇宮之內。見王珪《立春內中帖子詞·皇帝閣》其一注〔一〕。四庫館臣以為此詩乃紹興十三年春帖，有誤，應為紹興二十七年（1157）春帖。南宋恢復用帖始於紹興十三年立春，《建炎以來繫年要錄》卷一四八：紹興十三年正月"辛丑（十三日），立春節，學士院始進貼子詞，百官賜春幡勝。自建炎以來久廢，至是始復之"。劉氏兩入學士院，首次於"紹興十三年十二月，以起居舍人兼權直院，是月，除中書舍人，依舊兼權，十四年二月罷"（宋洪遵《翰苑群書·翰苑題名》），則紹興十三年立春時劉氏不在院，不具備寫作時間；且十三年春帖之《皇帝閣》與《貴妃閣》均為李清照所作，則《皇太后閣》亦當為其所作。從其入院時間看，倒恰有作十四年春帖的時間。再次入院於"紹興二十六年三月以工部侍郎兼權直院，二十七年四月除顯謨閣直學士，提舉江州太平興國宮"，具有寫作紹興二十六年端帖和二十七年春、端帖的時間。《皇太后閣》其五云："君王聖母與天通，預建慈寧廣內中。果慶回鑾功已就，纂修事實示無窮。"四庫館臣認為所寫乃《宋史全文續通鑑》所載"紹興十二年十一月，詔禮部侍郎兼實錄修撰編修太后回鑾諸盛世，付史館"之事"。考之歷史，詔纂修太后回鑾事在十二年十一月，紹興十三年二月"辛巳（廿三日），秘書少監秦熺因與玄英等書皇太后回鑾本末，上之"（宋李心傳《建炎以來繫年要錄》卷一四八）。然《皇太后回鑾事實》修成於紹興二十六年，并有隆重的進呈儀式。《中興小紀》卷三七、《三朝北盟會編》卷二二三、《建炎以來繫年要錄》卷一七五均明確記載紹興二十六年丙戌（十八日），右僕射万俟卨上《皇太后回鑾事實》一事。《南宋館閣錄》卷四記載較詳："二十六年十月十八日實錄院上《皇太后回鑾事實》十卷。"注："先是，十二年，太母回，詔編修《事實》，書成，於慈寧殿安奉。至是進呈，其儀注如進《徽宗御集》之制。"劉才邵另有《賜實錄院進呈皇太后回鑾事實宣答宰臣已下口宣》（《檆溪居士集》卷七）、《皇太后回鑾事實編修成書奏告祖宗諸帝神御並后祝文》（李心傳《建炎以來繫年要錄》卷一七五注引）等，則此詩當為紹興二十七年立春帖子（立春在年前臘月十七日），其第四句寫剛剛發生的事，而前三句屬於回憶的內容。《皇帝閣六首》其五云："海國占風慕聖明，先春入貢竭丹誠。梯航萬里不辭遠，要趁新年賀太平。"館臣以為"《宋史·外國傳》：紹興間唯元年大食國入貢，二年高麗入貢，二十五年占城入貢，二十六年三佛齊入貢。則此詞當作於二十五六年間。又考本集中賜三佛齊敕書有'春寒，卿比好否？'與先春之語正合，或即二十六年所進耶"。所論甚是。據《宋史》卷三一，紹興二十六年十二月"壬戌（二十五日），三佛齊國入貢"，故有"要乘新年賀太平"句。另外，《皇帝閣》其三"九重頒漢詔，四海識堯心"與《端午內中帖子詞·皇帝閣》其五"明詔重頒浮論息，共知至計出天衷"所指似指同一事，均為二十六年間事（詳後注）。二十七年立春在年前臘月十七，春帖寫作時間在二十六年。另，從《宋中興學士院題名》來看，二十七年立春前，學士院只有劉才邵一人，因此，當年春帖必由他所作。綜上所述，可確定劉氏春帖《皇太后閣》、《皇帝閣》與《皇后閣》為同一組詩，乃二十七年春帖。

[二] 皇太后：指徽宗賢妃韋氏（1080—1159）。據《宋史·后妃傳下·韋賢妃傳》，韋賢妃，開封人，高宗母也。初入宮，為侍御。崇寧末，封平昌郡君。大觀初，進婕妤，累遷婉容。高宗在康邸出使，進封龍德宮賢妃。從上皇北遷。建炎改元，遙尊為宣和皇后。紹興七年，從翰林學士朱震引唐建中故事，遙尊為皇太后。豫作慈寧宮，命莫將、韓恕為奉迎使。十二年八月，至臨安，入居慈寧宮。十九年，太后年七十，正月朔，即宮中行慶壽禮；二十九年，太后壽登八十，復行慶禮。九月崩於慈甯宮，諡曰顯仁。太后聰明有智慮，性節儉，有司進金唾壺，太后易，令用塗金。宮中賜予不過三數千，所得供進財帛，多積於庫。

[三] "蘭殿"二句：春風來到太后宮，春意濃濃。蘭殿、椒塗：皆指太后宮。蘭殿：即漢猗蘭殿。椒塗：用花椒和泥塗壁的宮室。見夏竦《皇后閣端午帖子》其三"千門朱索迎嘉祉"注［二］。

[四] 浥：潤濕。

　　紫禁遲遲漏[一]，瑤箱細細風[二]。君王問安早，紅燭照簾櫳[三]。

【注釋】

[一] 紫禁：指皇宮。見夏竦《御閣春帖子》其五"青旂布序韶暉

盛"注［二］。漏：古代計時器。見夏竦《內閣春帖子》其四"銀箭初傳暖律延"注［一］。

［二］瑤箱：華美的廂房。此指皇太后所居宮室。

［三］"君王"二句：寫高宗趙構清早即向其母皇太后韋氏問安，紅燭映照著簾子。簾櫳：亦作"簾籠"；窗簾和窗牖。泛指門窗的簾子。

寶勝金書小[一]，酥盤花樣新[二]。六宮呈妙巧[三]，清曉慶嘉辰。

【注釋】

［一］寶勝：即幡勝，即彩勝。以紙帛剪裁而成的各種立春飾品。此勝書有金字。見夏竦《內閣春帖子》其四"銀箭初傳暖律延"注［三］。

［二］"酥盤"句：盤中的酥花樣新穎。見王珪《立春內中帖子詞·夫人閣》其一"翠縷爭垂柳"注［三］。

［三］六宮：指后妃。見夏竦《內閣春帖子》其六"緹室葭灰飛候管"注［三］。妙巧：指前寶勝、酥盤之類女紅製品。

瑞氣籠春宮殿高[一]，天官仙樂奏雲璈[二]。欲知聖壽無疆處[三]，王母千回獻碧桃[四]。

【注釋】

［一］瑞氣：即祥雲。泛指祥瑞之氣。見宋庠《夫人閣端午帖子詞》其三"漢家宮掖與天連"注［一］。

［二］天官仙樂：宮廷音樂。天官：泛指百官。《禮記·曲禮下》："天子建天官，先六大。"《文選·班固〈東都賦〉》："天官景從，寢威盛容。"李善注："蔡邕《獨斷》：'百官小吏曰天官。'"雲璈：絃樂器。《漢武帝內傳》："上元夫人自彈雲林之璈，鳴絃駭調，清音靈朗，玄風四發，迺歌《步玄》之曲。"

［三］聖壽：皇帝的年壽和生日。祝壽之詞。

［四］王母：西王母。碧桃：傳說中西王母給漢武帝的仙桃。

君王聖母與天通[一]，預建慈寧廣內中[二]。果慶回鑾功已就[三]，纂修事實示無窮[四]。

【校記】

題下原按："《宋史全文續通鑑》：'紹興十二年十一月，詔禮部侍郎兼實錄修撰編修太后回鑾諸盛事，付史館。'第四句正指其事。附識於此。"按，此不確。詳見前其一"蘭殿光風轉"注[一]。

【注釋】

[一] 聖母：封建時代對帝母的尊稱，此指高宗母親韋氏。高宗紹興七年，尊為皇太后。見其一"蘭殿光風轉"注[一]。

[二] "預建"句：高宗為迎接母親回歸，預先在宮內建慈寧宮以待。《建炎以來繫年要錄》卷一三二："（紹興九年十月）戊辰，慈寧宮成。"韋氏十二年方回，故云。

[三] "果慶"句：果然慶祝太后自北而回，功績已就。回鑾：帝王或后妃車駕外出返回。因帝王及后妃的車駕為鑾駕，故稱。此指韋氏自金人處返回。《建炎以來繫年要錄》卷一四六："（十二年八月）壬午，皇太后還慈寧宮。"

[四] 纂修事實：纂修《皇太后回鑾事實》。書成於紹興十二年，而進呈儀注則在二十六年（1156）十月十八日。《中興小紀》卷三七："初，詔實錄院編皇太后《回鑾事實》及徽宗梓宮還闕本末，至是先修《回鑾事實》。書成，丙戌，右僕射万俟卨上之。時左僕射沈該言：'昨進安奉回鑾事實禮物，陛下悉退出不受。皇太后聖性節儉，而陛下仰承太后之美，天下幸甚。'上曰：'宮中無用許多禮物，皇太后今七十七歲，而康健如五六十人，自古帝后無有也。'"此詩當為紹興二十七年春帖，因立春在臘月十七日，故及當年時事。參見其一注[一]。

春歸頓覺日華遲[一]，樂事偏多屬聖時[二]。萬壽聲中觴酒滿，年年歲歲擁春祺[三]。

【注釋】

[一] 日華遲：指立春後白晝時間增長。

[二] 聖時：聖明之時。

[三] 春祺：春福。祺：吉祥。

皇帝閣六首[一]

一氣回蒼陸[二]，千祥集紫宸[三]。天心存愛育[四]，施惠發新春[五]。

【校記】

題下原案："春帖子前六首切韋太后還臨安時事，知為十三年春所進。此六首只叙偃武施惠，而不及太后回鑾事，當非同時所作。且第五首有海國入貢之語，考紹興十二三年均無外國入貢之事，其非十三年立春無疑也。附識於此。"按，此説是，然不確。此與上詩同為紹興二十七年（1157）春帖，詳見前《皇太后閣六首》其一注［一］。

【注釋】

［一］皇帝：指宋高宗趙構（1107—1187）。見李清照《皇帝閣春帖子》"莫進黃金簠"注［一］。

［二］蒼陸：即青陸；也叫青迏，青道，月亮運行的軌道。古人認為立春時月從東青道行。《漢書·天文志》："月有九行者：……青道二，出道東。立春、春分，月東從青道。"此借指春天。

［三］紫宸：即紫宸殿，為皇帝接見群臣、外國使者朝見、賀節慶壽的內朝正殿。北宋初名崇德殿，明道元年（1032）改名。南宋沿襲。《宋史·地理志》載："建炎三年（1129）閏八月，高宗自建康如臨安，以州治為行宮。宮室制度皆從簡省，不尚華飾。垂拱、大慶、文德、紫宸、祥曦、集英六殿，隨時易名，實一殿。"

［四］天心：天帝之心意。愛育：愛護養育之心。

［五］施惠：施予恩惠。《禮記·月令》"孟春之月"："命相布德和令，行慶施惠，下及兆民。"

行仁隆治道[一]，偃武為生靈[二]。恩施周遐邇[三]，熙熙萬國寧[四]。

【注釋】

［一］"行仁"句：施行仁政，重視治國方策。隆：尊崇。治道：治理國家的方針、政策、措施等。《禮記·樂記》："是故審聲以知音，審音以知樂，審樂以知政，而治道備矣。"

[二]"偃武"句：停止軍事是為了百姓。偃武：停息武備。據《宋史·高宗本紀六》，紹興十一年（1141）十一月，宋金和議成，訂立盟書，約以淮水中流畫疆，割唐、鄧二州界之，歲奉銀二十五萬兩、絹二十五萬匹，休兵息民，各守境土。《宋史·高宗本紀八》：紹興二十六年（1156）"三月甲寅，以邊事已定，罷宰相兼領樞密使"。所言當指此。

　　[三]邇邐：遠近。《宋史·高宗本紀八》：紹興二十六年三月"丁巳，詔兩淮邊民未復業者，復其租十年"。所言或指此。

　　[四]熙熙：和樂狀。《老子·二十章》："眾人熙熙，如享太牢，如春登臺。"

　　盛德天垂覆[一]，皇明日照臨[二]。九重頒漢詔，四海識堯心[三]。

【注釋】

　　[一]盛德：大德。垂覆：關懷、蔭蔽。

　　[二]皇明：大明。照臨：照射到。《左傳·昭公二十八年》："照臨四方曰明。"漢焦贛《易林·巽之井》："昊天白日，照臨我國。"

　　[三]"九重"二句：皇帝頒佈詔書，百姓知其心意。九重：本指皇宮，此借指朝廷。見夏竦《內閣春帖子》其五"青陽乍整蒼龍駕"注[四]。漢詔：即寬大詔。寬大處理罪犯的詔書。見宋祁《春帖子詞·皇帝閣》其二"瑞福隨春到"注[二]。堯心：指高宗心意。此蓋指與金和議之想法。按，紹興二十五年秦檜卒，"金人頗疑前盟不堅"，"荊鄂間有妄傳召張浚者，金人益疑"，紹興二十六年三月，梁勛上書言金人必舉兵，宜為之備。時万俟卨、湯思退執政，高宗於二十六年三月丙寅日下詔曰："講和之策，斷自朕志，秦檜但能贊朕而已。豈以其存亡而渝定議耶？近者無知之輩，鼓倡浮言以惑眾聽，至有偽撰詔命，召用舊臣抗章公車，妄議邊事，朕甚駭之。自今有此，當重寘典憲。"（《資治通鑑後編》卷一一八。亦見於《建炎以來繫年要錄》卷一七二，《中興小紀》卷三七，《宋史》卷三一）所言當為此。

　　始和布政同天運[一]，聖澤隨春下九霄[二]。垂法端闈萬人喜^[三]，典章盡復祖宗朝^[四]。

【注釋】

[一] 布政：施政。天運：猶天命；自然的氣數。

[二] 聖澤：帝王的恩澤。九霄：天之極高處，此喻皇帝居處。

[三] 垂法：垂示法則。端闈：王宮正北方的門。此代指正殿。

[四] "典章"句：制度法令全部恢復到北宋時期。

海國占風慕聖明^[一]，先春入貢竭丹誠^[二]。梯航萬里不辭遠，要趁新年賀太平^[三]。

【校記】

題下原按："《宋史·外國傳》：紹興間唯元年大食國入貢，二年高麗入貢，二十五年占城入貢，二十六年三佛齊入貢。則此詞當作於二十五六年間。又考本集中《賜三佛齊敕書》有'春寒，卿比好否？'與先春之語正合，或即二十六年所進耶。附識於此。"按，此言甚是。此乃二十六年所進二十七年春帖。見前《皇太后閣六首》其一注［一］。

【注釋】

[一] 海國：臨海之國，海外之國。宋時占城、真臘、蒲甘、邈黎、三佛齊、闍婆、勃泥、注輦、丹眉流、流求國、定安國、渤海國、日本國等皆為海國。聖明：英明聖哲，無所不曉。稱頌皇帝的套詞。

[二] 入貢：向朝廷進獻財物土產。此指大食國、高麗、占城等臨海國。

[三] "梯航"二句：海外之國不遠萬里要趁新年來祝賀宋朝太平。梯航：梯山航海的省稱。謂長途跋涉。《宋史·高宗本紀八》：紹興二十六年十二月"壬戌（二十五日），三佛齊國入貢"。故云。

瑞日舒長呈五色^[一]，官儀赫奕會三朝^[二]。宴開紫殿恩輝重^[三]，樂奏彤庭雅韻調^[四]。

【注釋】

[一] 五色：指青、赤、白、黑、黃五種正色。

[二] 官儀赫奕：官府的禮儀光顯盛大。三朝：指正月初一日。此日為歲、月、日之始，故曰三朝。《文選·班固〈東京賦〉》："春王三

朝，會同漢京。"李善注："三朝，歲首朔日也。"

〔三〕紫殿：帝王宮殿。《三輔黃圖·漢宮》："武帝又起紫殿，雕文刻鏤黼黻，以玉飾之。"此當指紫宸殿。恩輝：恩光。

〔四〕彤庭：亦作"彤廷"，漢代皇宮以朱漆塗飾，故稱。此泛指皇宮。雅韻：雅正的韻律。

皇后閣五首[一]

風轉萬年枝[二]，冰開百子池[三]。多男應禖祀[四]，瑞氣恰來時[五]。

【校記】

題下原按："《宋史全文續通鑑》：'十三年閏四月己丑，立貴妃吳氏為皇后。'此春帖子當亦係十三年以後所進，與太后閣六首亦非一時之作也。附識於此。"按，此言不確。此與《皇太后閣六》為同組詩。詳見《皇太后閣六首》其一"蘭殿光風轉"注〔一〕。

【注釋】

〔一〕皇后：指高宗皇后吳氏（1115—1197）。見李清照《貴妃閣春帖子》"金環半后禮"注〔一〕。按，此與上太后閣、皇帝閣為同組詩，乃紹興二十七年（1157）春帖。見前《皇太后閣六首》其一注〔一〕。

〔二〕萬年枝：指宮中年代久遠的大樹。

〔三〕百子池：漢代宮中池名。《三輔黃圖·池沼》："七月七日〔漢高祖〕臨百子池，作于闐樂。"此指宋宮後苑中池。

〔四〕多男：多子嗣。《莊子·天地》："堯觀乎華，華封人曰：'嘻！……使聖人多男子！'堯曰：'辭！'"禖祀：對高禖神的祭祀。旨在求嗣。見夏竦《皇后閣端午帖子》其四"六宮點畫呈新巧"注〔四〕。

〔五〕瑞氣：即祥雲。泛指祥瑞之氣。見宋庠《夫人閣端午帖子詞》其三"漢家宮掖與天連"注〔一〕。

瓊斝深浮柏[一]，金錢巧頌椒[二]。宮嬪隨鳳輦，萬壽本東朝[三]。

【注釋】

［一］瓊斝：玉杯。浮柏：指柏酒。見晏殊《元日詞·東宮閣》其一"銅龍樓下早春歸"注［四］。

［二］金牋：即金箋；寫信題辭等所用的精美的灑金紙張。頌椒：進酒祝壽。用劉臻妻正旦獻《椒花頌》典。見夏竦《內閣春帖子》其二"椒花獻歲良時啟"注［一］。

［三］"宮嬪"二句：后妃們隨從皇帝，到皇太后宮祝壽。宮嬪：皇帝的侍妾。此指后妃。鳳輦：指皇帝所乘車。《宋史·輿服志一》："鳳輦，赤質，頂輪下有二柱，緋羅輪衣，絡帶、門簾皆繡雲鳳。頂有金鳳一，兩壁刻畫龜文、金鳳翅。前有軾匱、香爐、香寶、結帶。下有勾闌二重，內設紅錦褥。長竿三，銀飾梯，行馬。"北宋時鳳輦為皇帝所用，故借指皇帝。南宋無。上書同卷載："國朝之輦有七，中興後，唯存大輦、平輦、逍遙三輦而已。"東朝：皇太后居處。此借指皇太后韋氏。見蘇軾《春帖子詞·皇太妃閣五首》其三"孝心日奉東朝養"注［一］。

紫庭烟淡祥光滿[一]，清禁風微淑氣新[二]。綺閣靚深無一事[三]，觀書臨帖過芳春[四]。

【校記】

題下原按："《宋史·憲聖吳皇后傳》：'后博習書史，又善翰墨。'故第四句云云。附識於此。"

【注釋】

［一］紫庭：宮廷。

［二］清禁：指皇宮。皇宮中清靜嚴肅，故稱。

［三］綺閣：華麗的樓閣。此指皇后居處。靚深：幽靜深邃。靚：通"靜"。

［四］"觀書"句：吳皇后讀書臨帖度過春天。題下館臣按語所言甚是。見李清照《貴妃閣春帖子》"金環半后禮"注［一］。

飛霙頃報豐年慶[一]，天瑞由來應克誠[二]。喜見農祥已晨正[三]，將持嘉種奉親耕[四]。

【注釋】

[一]"飛霙"句：飄飛的雪花在預先報告著來年豐收的喜慶。飛霙：即飛英；飄飛的雪花。

[二]"天瑞"句：天降祥瑞歷來應緣於能夠誠信。克誠：能夠真誠、誠實。《書·商書·太甲下》："伊尹申誥于王曰：'嗚呼！惟天無親，克敬惟親；民罔常懷，懷于有仁；鬼神無常享，享于克誠。天位艱哉，德惟治，否德亂。'"

[三]農祥已晨正：房星晨時位於午位（南方）。謂農時已經到來。農祥：星宿名，即房星。農祥晨正時農事開始。見胡宿《皇帝閣春帖子》其二"蒼玉新旂祀木神"注[三]。

[四]"將持"句：皇后將獻上優良的種子以助皇帝舉行籍田禮。嘉種：優良的種子。《周禮·天官·內宰》："上春，詔王后帥六宮之人而生穜稑之種，而獻之于王。"親耕：古代天子春日耕籍田之禮；以示重農。《穀梁傳·桓公十四年》："天子親耕，以共粢盛。"注："天子親耕，其禮三推。"宋時舉行籍田禮之前期三日，司農以青箱舉九穀種稑之種進內。前二日，皇后率六宮獻於皇帝，受於內殿。（《宋史·禮志五》）見蘇軾元祐三年《春帖子詞·皇帝閣》其四"聖主憂民未解顏"注[四]。

絳闕清都境異常[一]，況當聖世物皆昌[二]。風催柘館桑枝秀[三]，冰滿龍池荇帶長[四]。

【注釋】

[一]絳闕清都：指宮中。絳闕：宮殿的門闕。清都：神話傳說中天帝居住的宮闕。《楚辭·遠遊》："集重陽入帝宮兮，造旬始而觀清都。"《列子·周穆王》："清都、紫微、鈞天、廣樂，帝之所居。"喻指帝王居住的都城。

[二]聖世：聖代；當代。

[三]柘館：漢上林苑中嬪妃所居之館。此指蠶館。柘：樹名，葉可餵蠶。見夏竦《內閣春帖子》其一"青逵布序和風扇"注[四]。

[四]龍池：唐池名。蘇頲《龍池篇》："西京鳳邸躍龍泉，佳氣休光鎮在天。"李商隱《龍池》："龍池賜酒敞雲屏。"朱鶴齡箋注："《雍

錄》：'明皇為諸王時，故宅在京城東南角隆慶坊。宅有井，井溢成池，中宗時數有雲龍之祥。後引龍首堰水注池，池面益廣，即龍池也。開元二年七月，以宅為宮，是為興慶宮。'"此指宋宮後苑中池。荇：荇菜。見夏竦《皇后閣端午帖子》其五"日記采蘭追楚俗"注〔二〕。

端午內中帖子詞[一]

皇帝閣[二]

雲篆摹仙印[三]，香菰纏綵絲[四]。風回五明扇[五]，日麗萬年枝[六]。

【校記】

此組詩錄自影印文淵閣《四庫全書》本《檆溪居士集》卷三。題下原按："周密《乾淳歲時記》'端午'：'先期，學士院亦供帖子詞，宮中以青羅作赤口白舌帖子，與艾人並懸門楣，以為禳襘。'"按，《乾淳歲時記》節自《武林舊事》，原作"先期，學士院供帖子詞如春日，……又以青羅作赤口白舌帖子，與艾人並懸門楣，以為禳襘"。

【注釋】

〔一〕內中帖子詞：即宮中帖子詞。內中：室內。此特指皇宮之內。見王珪《立春內中帖子詞·皇帝閣》其一注〔一〕。按，此當為紹興二十七年（1157）端帖。劉氏初次入學士院在紹興十三年十二月至十四年二月，沒有寫作端帖時間。再次入院在紹興二十六年三月至次年四月六日，有作二十六、二十七年端帖的時間，參見前《立春內中帖子詞·皇太后閣六首》其一"蘭殿光風轉"注〔一〕。從《皇帝閣》其三、其五內容來看，疑作於二十七年。

〔二〕皇帝：指宋高宗趙構（1107—1187）。見李清照《皇帝閣春帖子》"莫進黃金簴"注〔一〕。

〔三〕"雲篆"句：寫端午靈符、桃印之類。雲篆：道家符籙之字，形如雲，故稱。仙印：桃印。端午門飾，用以辟邪。見夏竦《郡王閣端午帖子》其四"崑山瑞玉題真篆"注〔二〕。

［四］香菰：茭白。秋結實，曰菰米，又稱雕胡米。此指粽子。見夏竦《御閣端午帖子》其六"太官角黍迎嘉節"注［一］。

　　［五］五明扇：一種皇帝儀仗所用的掌扇。晉崔豹《古今注·輿服》："五明扇，舜所作也。既受堯禪廣開視聽，求賢人以自輔，故作五明扇焉。秦漢公卿大夫皆得用之。魏晉非乘輿不得用。"

　　［六］萬年枝：指宮中年代久遠的大樹。

　　神飆隨律至[一]，玉宇倍清涼[二]。復古觀書處，偏宜晝漏長[三]。

【注釋】

　　［一］神飆：神風；指夏日和暖的風。律：律管。見夏竦《內閣春帖子》其六"緹室葭灰飛候管"注［一］。

　　［二］玉宇：用玉建成的殿宇，傳說中天帝或神仙的住所。此指瑰麗的宮闕殿宇。

　　［三］"復古"二句：意謂長夏適宜於在復古殿觀書。復古：即復古殿。《咸淳臨安志》卷一"復古殿"："高宗皇帝建，理宗皇帝重修。《御製記》曰：'復古殿者，高宗皇帝燕閒之所御也。'"宋李心傳《建炎以來朝野雜記》甲集卷二："（紹興）二十八年，增築皇城東門之外城。於是時，禁中已復營祥曦、福寧等殿，苑中有澄碧、觀堂及凌虛閣等，而上又自作復古殿、損齋，實所常御也。"按，此言復古殿似修成於紹興二十八年，然《蘭亭考》卷二《復古殿蘭亭贊》注曰："紹興庚申。"庚申為紹興十年。則復古殿建造非在二十八年。詳情待考。高宗避暑多在復古殿。《武林舊事》卷三"禁中納涼"："禁中避暑，多御復古、選德等殿，及翠寒堂納涼。"晝漏：指白晝的時間。見夏竦《內閣春帖子》其四"銀箭初傳暖律延"注［一］。

　　兩岐呈瑞麥[一]，三秀產靈芝[二]。天意方垂佑[三]，宸心愈肅祇[四]。

【注釋】

　　［一］"兩岐"句：有穗分兩枝的麥子。兩岐麥為特異之禾稼，古人以為祥瑞之兆。兩岐亦作"兩歧"。《後漢書·張堪傳》："〔張堪〕

拜漁陽太守……乃於狐奴開稻田八千餘頃，勸民耕種，以致殷富。百姓歌曰：'桑無附枝，麥穗兩岐。張君為政，樂不可支。'"

［二］三秀：靈芝草的別名。靈芝一年開花三次，故又稱三秀。《楚辭·九歌·山鬼》："采三秀兮於山間，石磊磊兮葛蔓蔓。"王逸注："三秀，謂芝草也。"宋羅願《爾雅翼·釋草三》："芝，瑞草，一歲三華，故《楚辭》謂之三秀。"

［三］垂佑：賜予保佑、庇護。

［四］宸心：帝王的心意。肅祗：當作肅祇（zhī）；恭敬。按，《建炎以來繫年要錄》卷一七二："（紹興二十六年四月）甲午（23日），詔諸路州軍：自今不得奏祥瑞。前一日，執政奏事，上曰：'前大理寺獄空，不許上表稱賀，甚為得體。比年四方奏祥瑞，皆飾空文，取悅一時。如信州林機奏秦檜父祠堂生芝草，其佞尤甚。蓮之雙頭，處處有之，亦何足為瑞？麟鳳，瑞之大者，然非上有明君，下有賢臣，麟鳳之生，亦何所取？朕以惟年穀豐登，可以為瑞；得真賢實能，可以為寶。若漢武作芝房、寶鼎之歌，奏之郊廟，非為不美，然何益於事？可降指揮，今後不得奏祥瑞。'"所寫或為此。

　　巽權默運甄陶外[一]，德澤遐宣指顧中[二]。號令一新民氣樂，正如解慍得薰風[三]。

【注釋】

［一］巽權：皇權。晉韓康伯《周易注》卷八："巽以行權。"注："權反經而合道，必合乎巽，順而後可以行權也。"甄陶：本指燒製瓦器，此喻指天地，造化。

［二］遐宣：遠揚；普及。《宋書·符瑞志下》："禮樂四達，頌聲遐宣。"指顧：一指一瞥之間。

［三］"正如"句：用舜彈五弦琴歌《南風》事。解慍：消除怨怒。薰風：南風。也作"熏風"。《呂氏春秋·有始》："東南曰熏風。"見宋庠《皇帝閤端午帖子詞》其二"寶輅流薰唱"注［一］。

　　天申佳節繼天中[一]，賀慶年年信始通[二]。明詔重頒浮論息，共知至計出天衷[三]。

【校記】

题下原按:"《宋史》:'紹興十三年天申節,始上壽賜宴如故事。'周密《乾淳起居注》:'五月二十一日,太宗皇帝天申節。'故此云'天申佳節繼天中'也。附識於此。"按,"太宗"當作"高宗"。

【注釋】

[一] 天申佳節:即天申節。以宋高宗生辰為節日的聖節,在農曆五月二十一日。《宋史·高宗本紀一》:"(建炎元年)五月乙未(六日),以生辰為天申節。"天中:即天中節,端午節的別稱。見王珪《端午內中帖子詞·夫人閣》其九"一樣紅裙試舞斜"注[二]。

[二] "賀慶"句:寫宋與金的互通。自紹興十一年十一月宋金和議之後,兩國互派使者賀正旦及生辰。

[三] "明詔"二句:皇帝頒詔以平定眾議,大家皆知計謀出於皇帝本人。浮論:流傳而沒有根據的議論。此當指關於與金和議之事的議論。見前《立春內中帖子詞·皇帝閣六首》其二"盛德天垂覆"注[三]。

百昌蕃殖歸神化[一],萬宇歡康屬聖時[二]。形氣既和無疾癘[三],冰臺還更覺生遲[四]。

【注釋】

[一] "百昌"句:萬物繁育生長歸功於自然的神妙默化。百昌:指各種生物。見胡宿《皇后閣端午帖子》其九"蕤賓干氣盛炎方"注[二]。蕃殖:繁育增長。神化:神妙地潛移默化。語出《易·繫辭下》:"神而化之,使民宜之。"

[二] 萬宇:天下。聖時:聖明之時。

[三] 疾癘:疾病瘟疫。

[四] "冰臺"句:寫年歲吉祥無疫,艾草生遲。冰臺:艾草的別名。《爾雅·釋草》:"艾,冰臺。"注:"今艾蒿。"《荊楚歲時記》引《師曠占》曰:"歲多病,則艾草先生也。"此反用之。

周 麟 之

周麟之（1118—1164），字茂振，祖爲郫（今四川郫縣）人，因仕宦徙居海陵（今江蘇泰州）。高宗紹興十五年（1145）進士，調常州武進尉。十八年，又舉博學宏詞科，授太學録兼秘書省校勘，遷權中書舍人。二十五年，出通判徽州。尋除著作郎。二十九年，除翰林學士兼侍讀，爲哀謝使使金。三十年，同知樞密院事。三十一年，因辭再使金責筠州居住。孝宗即位，許自便。隆興二年卒，年四十七。《宋名臣言行録别集》上卷三有傳。有《海陵集》二十三卷。

周麟之今存春、端帖子各一組，均爲十七首，見載於其集。《全宋詩》卷二〇八九收録。

春貼子詞[一]

皇太后閣六首[二]

北極璿杓轉[三]，東朝繡户開[四]。吾皇宴長樂[五]，親捧萬年杯。

【校記】

此組詩録自《海陵集》卷一二。此以影印文淵閣《四庫全書》本《海陵集》爲底本，校以民國《海陵叢刻》本。

【注釋】

[一] 此組詩爲紹興二十九年（1159）立春帖子。《皇太后閣六首》其六云："不用神丹嚥藥瓊，年登八十自身輕。"皇太后韋氏（1080—1159）八十，則時爲紹興二十九年。又《皇帝閣六首》其四云："已過人日迎春馭，直待階蓂十葉開。"查《三千五百年曆日天象》，知二十

九年立春在正月初十。亦相合。據《宋中興學士院題名》，周麟之"紹興二十八年二月以中書舍人兼權直院，八月除兵部侍郎、直院。十二月除給事中。二十九年閏六月除翰林學士。三十年七月除同知樞密院事"。《建炎以來繫年要錄》亦載紹興二十九年閏六月"癸酉，給事中、修國史兼直學士院周麟之為翰林學士，修國史"（《建炎以來繫年要錄》卷一八二）。知其作春帖時身份為給事中、兼直學士院。

　　［二］皇太后：指徽宗賢妃韋氏，為高宗生母。見劉才邵《立春內中帖子詞·皇太后閣六首》其一"蘭殿光風轉"注［二］。

　　［三］"北極"句：北斗七星的斗柄轉向東方。璿杓：即星杓；北斗柄。北斗七星，四星像斗，三星像杓。杓即柄。春天斗柄向東。見宋庠《皇帝閣端午帖子詞》其五"天關卻暑金為狄"注［二］。

　　［四］東朝：指皇太后居處。見蘇軾元祐三年《春帖子詞·皇太妃閣五首》其三"孝心日奉東朝養"注［一］。

　　［五］吾皇：指宋高宗趙構。長樂：即長樂宮。漢高帝所建，惠帝以後為太后居地，後世用以代稱天子母親。

　　遠殿猗蘭紫[一]，浮觴壽柏青[二]。瑤池演春算[三]，倍受八千齡[四]。

【校記】
　　第三句"瑤池"二字，《海陵叢刻》作"龜臺"。

【注釋】
　　［一］"遠殿"句：相傳漢武帝誕生前，父景帝夢赤彘從雲中而下，入崇蘭閣，因改閣名為猗蘭殿。後武帝生於此殿。（見舊題漢郭憲《洞冥記》）此以漢猗蘭殿指韋太后宮殿。

　　［二］壽柏：柏葉。古代元旦有以柏葉進酒祝酒的習俗。見晏殊《元日詞·東宮閣》其一"銅龍樓下早春歸"注［四］。

　　［三］瑤池：古代傳說中崑崙山上的西王母所居池名。此指韋太后居處。見胡宿《夫人閣端午帖子》其六"魚龍曼衍夸宮戲"注［四］。演春算：即演算，計算。

　　［四］八千齡：表祝長壽之意。《莊子·逍遙遊》："上古有大椿者，以八千歲為春，八千歲為秋。"

曉箭催蓮漏[一]，君王問寢時[二]。光風浮玉琯[三]，瑞靄映雲旗[四]。

【注釋】

[一]"曉箭"句：寫清晨。古代以銅壺滴漏計時，壺內置箭，刻節，浮於水上，以計晝夜昏明。見夏竦《內閣春帖子》其四"銀箭初傳暖律延"注［一］。蓮漏：即蓮花漏。唐李肇《唐國史補》卷中："初，惠遠以山中不知更漏，乃取銅葉製器，狀如蓮花，置盆水之上，底孔漏水，半之則沈。每晝夜十二沈，為行道之節，雖冬夏短長，雲陰月黑，亦無差也。"唐鄭谷《信美寺岑上人》："我來能永日，蓮漏滴堦前。"

[二]"君王"句：寫高宗問候韋太后起居。問寢：問候尊長起居。

[三]光風：雨止日出時的和風。見歐陽修《端午帖子詞·皇后閣五首》其四"紫蘭淅淅光風轉"注［一］。玉琯：玉製的標準定音器。古人用以測試節候。琯，同"管"。見夏竦《內閣春帖子》其六"緹室葭灰飛候管"注［一］。

[四]瑞靄：吉祥的雲氣。雲旗：畫有熊虎圖案的大旗。見胡宿《皇帝閣端午帖子》其十"南方朱鳥司時"注［四］。

笑看宮額試梅粧[一]，樓角千絲御柳黃。盡道九重春色早[二]，太平天子是東皇[三]。

【注釋】

[一]"笑看"句：寫宮中女性的裝扮。梅粧：即梅花粧。見元絳《春帖子詞》"太極侍臣皆賀雪"注［二］。

[二]九重：指皇宮。見夏竦《內閣春帖子》其五"青陽乍整蒼龍駕"注［四］。

[三]太平天子：指宋高宗趙構。東皇：司春之神。

日照蟠桃萬點丹[一]，花前仙佩響珊珊[二]。他年採實供金母[三]，會見飛瓊捧玉盤[四]。

【注釋】

[一] 蟠桃：神話中的仙桃。此指宮中桃樹。

[二] 珊珊：形容所佩玉飾發出的舒緩的聲音。

[三] 採實：採摘桃實。金母：西王母。此喻指皇太后。

[四] 飛瓊：仙女名。此泛指宮女。《漢武帝內傳》："王母乃命諸侍女……許飛瓊鼓震靈之簧。"

不用神丹嚥藥瓊[一]，年登八十自身輕[二]。試臨玉案繙金錄[三]，更覺春來眼倍明。

【注釋】

[一]"不用"句：寫皇太后不用服食神仙丹藥。嚥：同"咽"。藥瓊：玉英，玉花。《文選·張衡〈西京賦〉》："屑瓊藥以朝飧，必性命之可度。"李善注："《楚辭》曰：'屑瓊藥以為糧。'王逸曰：'糜，屑也。'"李周翰注："瓊藥，玉英也。"按，今《楚辭·離騷》作"精瓊靡以為粻"。

[二] 登：上，過。《宋史·高宗本紀八》："（紹興）二十九年春正月丙辰朔，以皇太后年八十，詣慈寧殿行慶壽禮。"韋太后卒於當年九月。

[三] 玉案：裝飾有玉的几案。繙金錄：翻看道書。繙：同"翻"。金錄：道教所謂天帝的詔書。此指道經。《建炎以來繫年要錄》卷一八〇："初，皇太后苦目疾，國醫不能療，詔募草澤療治。臨安守臣張偁以蜀人皇甫坦名聞。坦，夾江人，善風鑒，上召對，問：'何以治身。'坦曰：'心無為則身安。人主無為則天下治。'上引至慈寧殿，用其術，后疾良已。上大喜，厚賜，一無所受，因俾持香禱於青城山。既還，復召見，問以長生久視之術，坦曰：'先清諸欲，莫令放逸。丹經萬卷，不如守一。'上嘆曰：'真人也。'為書'清虛'二字以名其庵舍，繪其象於禁中焉。"詩所寫與此有關。

皇帝閣六首[一]

木鐸揚寬詔[二]，雲翹舞化風[三]。垂衣金殿裏[四]，聖德與天通。

【注釋】

[一] 皇帝：指宋高宗趙構（1107—1187）。見李清照《皇帝閣春帖子》"莫進黃金簟"注［一］。按，此亦為紹興二十九年（1159）春帖，見前《皇太后閣》其一"北極璿杓轉"注［一］。

[二] 木鐸：以木為舌的銅質大鈴。古代宣布政教法令時，巡行振鳴以引起眾人注意。見蘇軾《春帖子詞·皇帝閣六首》其一"靄靄龍旂色"注［四］。寬詔：即寬大詔；寬大處理罪犯的詔書。見宋祁《春帖子詞·皇帝閣》其二"瑞福隨春到"注［二］。《宋史·高宗本紀八》："（紹興二十八年）十一月己卯，合祀天地於圜丘，大赦。"所寫當為此。

[三] 雲翹：樂舞名。見晏殊《立春日詞·內廷四首》其一"朱戶未聞迎綵燕"注［二］。化風：化育萬物的風。此指春風。晉袁宏《後漢紀·桓帝紀》："古之聖人，知人倫本乎德義，萬物由乎化風。"

[四] 垂衣：即垂衣裳。稱頌帝王無為而治。見夏竦《御閣春帖子》其二"冰消太液生春水"注［四］。

紅日升陽谷[一]，青輝應嶰管[二]。萬方陶美化[三]，渾在泰和中[四]。

【注釋】

[一] 陽谷：即暘谷。古代神話傳說中日出日浴的地方。見胡宿《皇后閣春帖子》其一"羲仲司暘谷"注［二］。

[二] 青輝：青暉，春光。嶰（xiè）筩：即嶰管；竹製樂器。筩：同"筒"。此指觀測氣候的候管。見夏竦《內閣春帖子》其六"緹室葭灰飛候管"注［一］。

[三] "萬方"句：四方都受到美好教化的熏陶。美化：美好的教化。見蘇頌《春帖子·皇太后閣六首》其五"蓬萊殿裏春開宴"注［三］。

[四] 泰和：太平和樂。

翠水冰融盡，雕欄日上遲[一]。東風報花信[二]，先拂萬年枝[三]。

【注釋】

［一］雕櫳：即雕窗。雕飾美觀的窗户。

［二］東風：春風。花信：花開的消息。古時把應花期而來的風稱花信風，有"二十四番花信風"之説。見蘇軾《春帖子詞·皇帝閣六首》其一"暘谷賓初日"注［二］。

［三］萬年枝：指宫中年代久遠的大樹。

已過人日迎春馭[一]，直待階蓂十葉開[二]。應是九門燈夕近[三]，東皇欲駕六鼇來[四]。

【注釋】

［一］人日：正月初七日。《荆楚歲時記》："正月七日為人日，以七種菜為羹。"春馭：指立春。

［二］階蓂：指祥蓂，蓂莢。傳為唐堯時瑞草名。相傳此草每月朔日始一日生一莢，十六日後一日落一莢，月晦而盡，故又名歷莢。十葉則為初十日。紹興二十九年立春在正月初十。見宋庠《皇帝閣端午帖子詞》其四"宫中命縷千絲合"注［二］。

［三］九門：宫中九門，泛指宫禁。見夏竦《御閣春帖子》其四"九門和氣衝魚鑰"注［一］。燈夕：元夕。元宵節以夜間放燈，故名。

［四］東皇：司春之神。六鼇：亦作"六鰲"。神話中負載五仙山的六只大龜。據《列子·湯問》，相傳渤海之東，有一大壑，中有岱輿、員嶠、方壺、瀛洲、蓬萊五山，乃仙聖所居之地，然五山皆浮於海，常隨潮波上下往還，"帝恐流於西極，失群仙聖之居，乃命禺彊使巨鼇十五舉首而戴之。迭為三番，六萬歲一交焉。五山始峙而不動"。

鳳蓋龍車玉作輪[一]，北臨紫時謁三神[二]。已將福酒添眉壽[三]，更祝椒觴一萬春[四]。

【注釋】

［一］鳳蓋龍車：皇帝出行的車與儀仗。鳳蓋：飾有鳳凰圖案的傘蓋。《文選·班固〈西都賦〉》："張鳳蓋，建華旗。"李善注："桓子《新論》曰：乘車，玉爪華芝及鳳凰三蓋之屬。"龍車：《藝文類聚》卷七一引漢應劭《漢儀》："天子法駕，所乘曰金根車，駕六龍。"後因以

龍車指天子的車駕。

[二] 紫疇（zhì）：古代祭祀天地五帝的處所。此指帝王冬至祭祀天地的圜丘。《周禮·春官·大司樂》："冬日至，於地上之圜丘奏之。"賈公彥疏："土之高者曰丘，取自然之丘。圜者，象天圜也。"《宋史·高宗本紀八》："（紹興二十八年）十一月己卯，合祀天地於圜丘。"所寫即此。三神：指天神、地祇、山嶽。《史記·司馬相如傳》："挈三神之驩，缺王道之儀，羣臣悪焉。"司馬貞索隱引如淳曰："謂地祇、天神、山嶽也。"

[三] 眉壽：長壽。見蘇頌《春帖子詞·皇太后閣六首》其一"九扈方司啟"注[五]。

[四] 椒觴：盛椒酒的杯子。借指椒酒。《樂府詩集》卷十五"燕射歌辭三"北周庾信《晉朝饗樂章·舉酒》："椒觴再獻，寶歷萬年。"見夏竦《內閣春帖子》其二"椒花獻歲良時啟"注[一]。

聖主清心仍寡欲[一]，惟於筆硯未忘懷。彤廷仗下春朝散[二]，獨擁圖書坐損齋[三]。

【注釋】

[一] 聖主：指宋高宗。清心：心地恬靜，無思無慮。見蘇軾《春帖子詞·太皇太后閣六首》其六"不獨清心能省事"注[一]。

[二] 彤廷：漢代皇宮以朱漆塗飾，故稱。此指皇宮。

[三] 損齋：室名。《宋史·地理志一》："損齋。"注："紹興末建，貯經史書，為燕坐之所。"宋熊克《中興小紀》卷三八："（紹興二十八年）冬十月初，上於禁中作損齋，又親灑宸翰為之記。……庚寅，上謂宰執曰：'朕禁中嘗闢一室，名為損齋。屏去聲色玩好，置經史古書，朝夕燕坐於此，嘗作記以自警，不謂外間亦聞之。'"

皇后閣五首[一]

沼荇微生緑[二]，宮梅暗度香。五雲凝紫禁[三]，一氣轉青陽[四]。

【注釋】

[一] 皇后：指高宗皇后吳氏（1115—1197）。見李清照《貴妃閣春帖子》"金環半后禮"注[一]。按，此亦為紹興二十九年（1159）春帖，見前《皇太后閣》其一"北極璿杓轉"注[一]。

[二] 沼荇：池中荇菜。荇：荇菜。見夏竦《皇后閣端午帖子》其五"日記采蘭追楚俗"注[二]。

[三] 五雲：青、黃、赤、白、黑五色瑞雲。紫禁：指南宋皇宮。見夏竦《御閣春帖子》其五"青迄布序韶暉盛"注[二]。

[四] 青陽：春天。見夏竦《內閣春帖子》其五"青陽乍整蒼龍駕"注[一]。

露沐千門柳，風縈九畹蘭[一]。會聽鶯出谷[二]，行傍采桑壇[三]。

【注釋】

[一] 九畹蘭：《楚辭·屈原〈離騷〉》："余既滋蘭之九畹兮，又樹蕙之百畝。"王逸注："十二畝曰畹。或曰田之長為畹也。"此指蘭花。

[二] 鶯出谷：古人認為春天鶯從深谷飛出鳴叫。鶯：即倉庚、黃鸝，初春始鳴，也稱告春鳥。《禮記·月令》"仲春之月"："始雨水，桃始華，倉庚鳴，鷹化為鳩。"鄭玄注："皆記時候也。"孔穎達疏引《周書·十旬》："驚蟄之日，桃始華，又五日倉庚鳴，又五日鷹化為鳩。至秋則鳩化為鷹。"

[三] 采桑壇：季春之月皇后親率內外命婦舉行先蠶禮之壇。采桑壇形制不一，真宗時在東郊，壇高五尺，方二丈；政和間在先蠶壇南，方三丈，高五尺，四陛。見夏竦《內閣春帖子》其一"青迄布序和風扇"注[四]。

勝裏金葩喜占新[一]，紅酥細字點宜春[二]。內庭也作人間戲[三]，自是時康樂事頻。

【注釋】

[一] "勝裏"句：寫立春戴春勝以迎新。勝裏金葩：指幡勝金花

之類立春飾品。勝：幡勝。見夏竦《內閣春帖子》其四"銀箭初傳暖律延"注〔三〕。金葩：金花。此當指金箔剪製的春花。見宋祁《春帖子詞·皇帝閣》其四"日華初麗上林天"注〔二〕。占新：預示新春之意。

〔二〕"紅酥"句：寫立春點酥寫宜春字。點酥為唐宋流行的一種飲食技藝，見王珪《立春內中帖子詞·夫人閣》其一"翠縷爭垂柳"注〔三〕。宜春：古代立春日有剪貼"宜春"字的習俗，酥點宜春字為宋時新俗。見夏竦《內閣春帖子》其四"銀箭初傳暖律延"注〔三〕。

〔三〕內庭：宮禁以內。人間戲：即前二句所言貼掛彩勝春花、點酥等民間習俗。

　　銀鉤慣學君王帖[一]，寶軫頻聽淑女琴[二]。更與六宮循節儉[三]，釵頭不綴辟寒金[四]。

【注釋】

〔一〕"銀鉤"句：寫吳皇后臨寫宋高宗的書法。銀鉤：形如銀製之鉤的書法，狀其筆勢遒勁之美。《晉書·索靖傳》："蓋草書之為狀也，婉若銀鉤，飄若驚鸞。"此指吳氏書法。

〔二〕寶軫：指琴。軫：繫絃的小柱。淑女琴：指宮女演奏的琴曲。淑女：《詩·周南·關雎》："窈窕淑女，君子好逑。"毛傳："淑，善；逑，匹也。言后妃有關雎之德，是幽閒貞專之善女，宜為君子之好匹。"

〔三〕"更與"句：寫吳皇后之節儉。六宮：指后妃。見夏竦《內閣春帖子》其六"緹室葭灰飛候管"注〔三〕。

〔四〕綴：裝飾。辟寒金：相傳三國魏明帝時，昆明國進貢嗽金鳥，鳥吐金屑如粟。宮人爭以鳥吐之金飾釵珮，謂之"辟寒金"。宮人相嘲曰："不服辟寒金，那得帝王心。不服辟寒鈿，那得君王憐。"據言此鳥不畏寒，故稱。（晉王嘉《拾遺記》卷七，段成式《酉陽雜俎》卷一六）《歲時廣記》卷四"辟寒金"條引《古今詩話》亦云："嗽寒鳥出崑明國，形如雀，色黃。魏明帝時，其國來獻，飼以真珠及兔腦，常吐金屑如粟，宮人爭取為釵鈿，名之辟寒金。此鳥不畏寒也。宮人相嘲曰：'不取辟寒金，那得帝王心；不服辟寒鈿，那得帝王憐。'古樂府云：'誰似辟寒金，聊借與空床煖。'"

椒塗日暖燕差池[一]，又見瑤箱受福時[二]。欲使後宮歌德化[三]，試將彤管作春詞[四]。

【注釋】

[一] 椒塗：皇后所居宮室。見夏竦《皇后閣端午帖子》其三"千門朱索迎嘉祉"注[二]。燕差池：寫燕子飛翔。差池：猶參差，長短不齊。《詩·邶風·燕燕》："燕燕於飛，差池其羽。"馬瑞辰《毛詩傳箋通釋》："差池，義與參差同，皆不齊貌。"

[二] 瑤箱：華美的廂房。此指皇后所居宮室。

[三] 後宮：宮中妃嬪所居。此借指妃嬪。歌德化：歌詠道德教化。德化：猶德教。《文選·劉琨〈勸進表〉》："蒼生顒然。"李善注引《尹文子》："堯德化布於四海，仁惠被於蒼生。"

[四] 彤管：古代女史記事所用紅色管身的筆。見夏竦《內閣春帖子》其一"青逵布序和風扇"注[五]。春詞：有關春天的詩歌。吳皇后博習書史，善翰墨。

端午貼子詞[一]

皇太后閣六首[二]

臯月乘天數[三]，慈闈奉母儀[四]。靈芝三萬歲[五]，樂府有新詞。

【注釋】

[一] 此組詩作於紹興二十九年（1159）。《皇太后閣六首》其六云："方開八裹慶修齡，又捧榴杯拜紫庭。一歲一添長命縷，擬將萬縷獻慈寧。"慈寧即慈寧宮，高宗專為其母親所修，此代指皇太后韋氏。八裹即八十歲，與前春帖《皇太后閣》其六"年登八十"同義。可見亦作於紹興二十九年。參見前《春帖子詞·皇太后閣六首》其一注[一]。

[二] 皇太后：指徽宗賢妃韋氏，為高宗母親，紹興七年尊為皇太

后。見劉才邵《立春內中帖子詞·皇太后閣六首》其一"蘭殿光風轉"注〔二〕。

〔三〕皋月：農曆五月的別稱。《爾雅·釋天》"月陽"："正月為陬，二月為如，三月為寎，四月為余，五月為皋。"天數：《易》經認為數有天數地數，五月為天數。見胡宿《皇帝閣端午帖子》其八"後宮氂鳥將雛樂"注〔三〕。

〔四〕慈闈：此指皇太后所居慈寧宫。母儀：人母的儀範。

〔五〕"靈芝"句：為祝壽詞。靈芝為傳說中的瑞草、仙草。

柳映金鋪麗[一]，菰黏玉俎香[二]。六宫隨鳳輦[三]，來獻九霞觴[四]。

【注釋】

〔一〕金鋪：金飾鋪首。見司馬光《春帖子詞·夫人閣四首》其一"璧帶非煙潤"注〔二〕。

〔二〕菰黏：指角粽；粽子。粽子以菰葉包裹黏米而成。玉俎：古代祭祀、設宴時盛牲的禮器。此指盛粽子的器皿。

〔三〕六宫：指后妃。見夏竦《內閣春帖子》其六"緹室葭灰飛候管"注〔三〕。鳳輦：指皇帝的車駕。見劉才邵《立春內中帖子詞·皇后閣五首》其二"瓊斝深浮柏"注〔三〕。

〔四〕九霞觴：酒杯名，亦稱"九霞卮"。九霞：九天的云霞，借指天庭。九霞觴、九霞卮通常借指美酒。唐許碏《醉吟》詩："閬苑花前是醉鄉，誤翻王母九霞觴。"

覆戶雙人艾[一]，浮樽九節蒲[二]。更聞天子孝[三]，瑞篋扇堯廚[四]。

【注釋】

〔一〕"覆戶"句：寫端午門兩旁懸艾草人之俗。見晏殊《端午詞·御閣》其二"初垂彩艾迎新節"注〔一〕。

〔二〕九節蒲：即九節菖蒲。見宋庠《夫人閣端午帖子詞》其一"令月辰標午"注〔四〕。

〔三〕天子：指高宗趙構。

［四］"瑞箑"句：寫皇帝為皇太后進獻美味佳餚。傳說堯時廚中自生之肉脯，形薄如扇，稱"箑脯"。《初學記》卷九"堯厨"條引皇甫謐《帝王世紀》曰："堯厨中自生肉脯，其薄如翣形，搖鼓則生風，使食物寒而不臭，名曰翣脯。"按，翣：同箑。箑（shà）：扇子。揚雄《方言》："扇，自關而東謂之箑。"

涼生浴殿藹蘭芳[一]，玉宇深沈晝漏長[二]。試誦瓊章開蘂笈[三]，御爐風裊辟邪香[四]。

【注釋】

［一］浴殿：即浴堂殿。唐宮殿名。此指宋別殿。見王珪《端午內中帖子詞·皇帝閣》其七"采絲纏糭動嘉辰"注［二］。

［二］玉宇：瑰麗的宮闕殿宇。晝漏長：白晝時間長。漏：古代計時器。見夏竦《內閣春帖子》其四"銀箭初傳暖律延"注［一］。

［三］瓊章：文章之美稱。蘂笈：指道書。見王安中《春帖子·皇后閣》"蘂笈琅函受祕文"注［二］。

［四］辟邪香：即辟惡香；安息香。以安息香樹樹脂為主要原料加工做成的香。據言燒之通神明，避眾惡。見王珪《端午內中帖子詞·皇后閣》其九"夕然辟惡仙香度"注［一］。

慈歡不為植萱叢[一]，聖子晨昏孝養隆[二]。況是九重當夏清[三]，偏於扇枕得清風[四]。

【注釋】

［一］"慈歡"句：《詩·衛風·伯兮》："焉得諼草，言樹之背。"毛傳："諼草令人忘憂。背，北堂也。"諼，同萱。北堂在古代為母親所居處。此反用之。

［二］聖子：指宋高宗。晨昏：即晨昏定省。謂朝夕慰問奉侍。

［三］九重：指皇宮。見夏竦《內閣春帖子》其五"青陽乍整蒼龍駕"注［四］。清（qìng）：清涼。

［四］扇枕：用黃香典故，言高宗之孝。《東觀漢記·黃香傳》："（香）父況……貧無奴僕。香躬執勤苦，盡心供養。冬無被袴而親極滋味，暑即扇牀枕，寒即以身溫席。"

方開八袠慶修齡[一]，又捧榴盃拜紫庭[二]。一歲一添長命縷[三]，擬將萬縷獻慈寧[四]。

【注釋】

［一］"方開"句：寫高宗為母親韋氏慶八十大壽。《宋史·高宗本紀八》："（紹興）二十九年春正月丙辰朔，以皇太后年八十，詣慈寧殿行慶壽禮。"八袠：同"八秩"、"八袟"；八十歲。《禮記·王制》："七十不俟朝，八十月告存，九十日有秩。"本指古代帝王對老人的優待，後因稱八十歲為八秩，九十歲為九秩。修齡：長壽。

［二］榴盃：榴杯；酒杯。盃：同"杯"。榴盃不見他處，唯周麟之再用。《天申節集英殿大宴樂語·放女童隊》云："皇情普浹，已具醼於榴盃；晝景舒遲，亦屢移於蓮漏。"紫庭：帝王宮廷，此指韋太后所居慈寧殿。

［三］長命縷：即續命彩絲。見夏竦《御閣端午帖子》其一"續命彩絲登繭館"注［二］。

［四］慈寧：慈寧宮。高宗專為其母親所修宮，此代指韋太后。

皇帝閣六首[一]

赤伏題皇運[二]，朱明敞帝宸[三]。休符知有相[四]，此月是天申[五]。

【注釋】

［一］皇帝：指宋高宗趙構（1107—1187）。見李清照《皇帝閣春帖子》"莫進黃金簟"注［一］。按，此亦為紹興二十九年（1159）端帖，見前《皇太后閣》其一"臯月乘天數"注［一］。

［二］"赤伏"句：寫高宗為皇帝乃天命所在。赤伏：即赤伏符。本為新莽末年讖緯家所造符籙，謂劉秀上應天命，當繼漢統為帝。《後漢書·光武帝紀上》："光武先在長安時同舍生彊華自關中奉赤伏符，曰'劉秀發兵捕不道，四夷雲集龍鬭野，四七之際火為主'。羣臣因復奏曰：'受命之符，人應為大，萬里合信，不議同情，周之白魚，曷足比焉？今上無天子，海內淆亂，符瑞之應，昭然著聞，宜答天神，以塞羣望。'"後以赤伏符泛指帝王受命之符瑞。

［三］朱明：夏天。《爾雅·釋天》："夏為朱明。"注："氣赤而光

明。"故稱夏季爲朱明。

　　［四］休符：吉祥的徵兆。有相：佛教認爲萬有皆空，心體本寂，稱造作之相或虛假之相爲"有相"。唐一行《大日經疏》卷一："可見可現之法，即爲有相；凡有相者，皆是虛妄。"此指事物的形象狀態。

　　［五］天申：即天申節；農曆五月二十一日。見劉才邵《端午內中帖子詞·皇帝閣》其五"天申佳節繼天中"注［一］。

祝網湯仁布[一]，垂裳舜德敷[二]。五兵渾不用[三]，安事赤靈符[四]？

【注釋】

　　［一］"祝網"句：讚美宋高宗能行仁德之政。《史記·殷本紀》："湯出，見野張網四面，祝曰：'自天下四方，皆入吾網。'湯曰：'嘻，盡之矣！'乃去其三面，祝曰：'欲左，左；欲右，右；不用命，乃入吾網。'""祝網"後成爲帝王施行仁德之典。

　　［二］垂裳：即垂衣裳。稱頌宋高宗無爲而治。見夏竦《御閣春帖子》其二"冰消太液生春水"注［四］。敷：布施。

　　［三］"五兵"句：寫停止戰爭。五兵：五種兵器，借指戰爭。見胡宿《皇后閣端午帖子》其七"香爐角黍傳三楚"注［二］。

　　［四］赤靈符：古代端午佩戴道教符籙，俗以爲可以避免兵禍鬼氣。見晏殊《端午詞·御閣》其三"獻壽競爲長命縷"注［二］。

日永三星正[一]，風薰萬宇涼[二]。要知垂艾意[三]，期與庶民康。

【注釋】

　　［一］"日永"句：寫端午正當仲夏，白晝時長。《書·虞書·堯典》："日永，星火，以正仲夏。"孔安國傳："永，長也，謂夏至之日。火，蒼龍之中星。舉中則七星見可知，以正仲夏之氣節。"三星：指二十八宿中東方七宿中的氐、房、心三星，在七星中居中。正：指三星在中天南方。按，二十八宿分布四方，按一定軌道運轉，依次每月行至中天南方的星叫中星，古人據以確定四時。《書·堯典》"歷象日月星辰"孔傳："星，四方中星。"孔穎達疏："'星，四方中星'者，二十八宿

布在四方，隨天轉運，更互在南方，每月各有中者。"

　　[二] 風薰：風暖。薰：同"熏"，暖和。萬宇：普天下。

　　[三] 垂艾：指端午門上垂掛艾草。俗以為可以辟邪。見晏殊《端午詞·御閣》其二"初垂彩艾迎新節"注[一]。

槐綠乍迷青羽蓋[一]，櫻紅已薦赤瑛盤[二]。太平節物年年好[三]，又見浮菖與浴蘭[四]。

【注釋】

　　[一] "槐綠"句：意謂槐樹剛剛濃蔭蔽日如車蓋。乍：剛。迷：迷亂，分辨不清。羽蓋：古時以鳥羽為飾的車蓋。《周禮·春官·巾車》："輦車，組輓。有翣，羽蓋。"鄭玄注："輦車不言飾，后居宮中從容所乘……以羽作小蓋，為翳日也。"

　　[二] "櫻紅"句：寫仲夏以新熟的櫻桃來祭祀祖考，即"薦新"。見孫抃《端午日帖子詞·皇帝閣六首》其六"淺匳含桃老"注[一]。薦：進獻。赤瑛盤：紅色的玉盤。瑛：似玉的美石。此言盤之精美。

　　[三] 節物：節日食用之物。見宋庠《皇帝閣端午帖子詞》其五"天關卻暑金為狄"注[三]。

　　[四] 浮菖：切菖蒲為屑以浸酒。端午習俗之一。見宋庠《夫人閣端午帖子詞》其一"令月辰標午"注[四]。浴蘭：即浴蘭湯。古時端午有以蘭草為湯沐浴之俗。見夏竦《御閣端午帖子》十一"浴蘭襲祉良辰啟"注[一]。

西湖雨歇鑑奩開[一]，江面銀濤一線來[二]。自有雲山供四座[三]，聖君元不事池臺[四]。

【注釋】

　　[一] "西湖"句：寫西湖在雨後波平如鏡。鑑奩：即鏡匣；鏡籢。鏡匣。《急就篇》卷三："鏡籢疏比各異工。"顏師古注："鏡籢，盛鏡之器，若今鏡匣也。"

　　[二] "江面"句：寫錢塘江潮水如一線而來。

　　[三] 雲山：指自然界的雲和山。供四座：供給坐在周圍的人。

　　[四] "聖君"句：讚美高宗不事遊樂。元：同"原"；原來。池

臺：池苑樓臺。此指遊樂之事。

碧琳宮殿晝翻書[一]，時見龍鸞落寶跗[二]。一念清非能却暑[三]，不須更展北風圖[四]。

【注釋】

[一] 碧琳宮殿：即琳宮，仙人所居之所。此為對皇帝所居宮殿的美稱。

[二] "時見"句：寫高宗不時作有美文。龍鸞：龍與鳳。此喻指高宗華美的文章。《文選·吳質〈答魏太子箋〉》："摛藻下筆，鸞龍之文奮矣。"李善注："鸞龍，鱗羽之有五彩，故以喻焉。"呂向注："鸞龍，有五色文章也。"寶跗（fū）：天子所用筆的美稱。跗，筆桿下端栽毛的部分。宋趙彥衛《雲麓漫鈔》卷四："漢天子筆管，以錯寶為跗，毛皆以秋兔之毫。今多言寶跗，蓋出《西京雜記》。"

[三] "一念"句：寫內心恬靜即可消除暑熱。一念：一動念間；一個念頭。

[四] 北風圖：畫名。唐張彥遠《歷代名畫記》卷四引孫暢之《述畫記》及張華《博物志》："劉褒，漢桓帝時人。曾畫《雲漢圖》，人見之覺熱。又畫《北風圖》，人見之覺涼。"此反用之。

皇后閣五首[一]

瑞靄浮龍鑑[二]，涼颸拂燕釵[三]。瑤鍾獻冰醴[四]，暑殿雪盈懷[五]。

【注釋】

[一] 皇后：指高宗皇后吳氏（1115—1197）。見李清照《貴妃閣春帖子》"金環半后禮"注［一］。按，此亦為紹興二十九年（1159）端帖，見前《皇太后閣》其一"皐月乘天數"注［一］。

[二] 瑞靄：吉祥的雲氣。龍鑑：背有盤龍的鏡子。此指皇后所用銅鏡。暗用唐時端午揚州江心鑄鏡進貢事。見晏殊《端午詞·東宮閣》其一"揚子江心鑄鑑成"注［二］。

[三] 涼颸（sī）：涼風。燕釵：燕形的釵。唐李賀《湖中曲》："燕釵玉股照青渠，越王嬌郎小字書。"葉蔥奇注："燕釵，指燕子形

的釵。"

[四] 瑶鍾：玉製的酒鍾。泛指酒鍾。冰醴：清涼的美酒。

[五] 暑殿：指消暑休閒之宮殿。見呂惠卿《端午門帖子》"虛心清暑殿"注 [二]。

繞臂長生縷[一]，無非柘館絲[二]。還因袗絺綌，深念葛覃詩[三]。

【注釋】

[一] 長生縷：即續命彩絲。見夏竦《御閣端午帖子》其一"續命彩絲登繭館"注 [二]。

[二] 柘館：漢上林苑中嬪妃所居之館。此指繭館。柘：樹名，葉可喂蠶。見夏竦《內閣春帖子》其一"青迮布序和風扇"注 [四]。

[三] "還因"二句：寫皇后之節儉。《詩·周南·葛覃》："為絺為綌，服之無斁。"毛傳曰："精曰絺，麤曰綌。"序云："《葛覃》，后妃之本也。后妃在父母家，則志在於女功之事。躬儉節用，服澣濯之衣，尊敬師傅，則可以歸安父母，化天下以婦道也。"常用於頌贊后妃節儉之美德。袗（zhěn）：單衣。絺綌（chī xì）：指布衣。絺：細葛布。綌：粗葛布。

甘澍今年慶禱祈[一]，屏除葷茹與君齊[二]。化行自是恩波遠[三]，何止春郊雨一犁[四]。

【注釋】

[一] 甘澍（shù）：同"甘澍"。甘霖，及時雨。禱祈：向神明禱告以求福。此當指紹興十二年十一月的祭祀天地。《宋史·高宗本紀八》："十一月己卯，合祀天地於圜丘，大赦。"

[二] "屏除"句：寫皇后與皇帝一樣齋戒。葷茹：葷菜。

[三] 化行：教化施行。恩波：帝王的恩澤。梁丘遲《侍宴樂遊苑送張徐州應詔》："參差別念舉，肅穆恩波被。"

[四] 雨一犁：一犁雨；一場雨。

不貪鬭草事詩書[一]，漫採香芸辟蠹魚[二]。永日揮毫自忘暑，滴殘宮硯玉蟾蜍[三]。

【注釋】

[一] 鬭草：古代一種流行於清明、端午之際的遊戲。見晏殊《端午詞·內廷》其一"百草鬭餘欣令月"注[二]。

[二] "漫採"句：化用王珪端帖"袖中獨有香芸草，留與君王辟蠹編"句。見王珪《端午內中帖子詞·夫人閣》其六"後苑尋青趁午前"注[三]。

[三] "永日"二句：寫吳皇后之善翰墨。玉蟾蜍：玉雕的蟾蜍狀水注，書寫時用以盛水。《西京雜記》卷六："（晉靈公冢）唯玉蟾蜍一枚，大如拳，腹空，容五合水，光潤如新，王取以盛書滴。"

剪就冰綃月影團[一]，不須多羨女乘鸞[二]。君王瑤札親題處，一樣蟾花點點丹[三]。

【注釋】

[一] "剪就"句：寫剪裁輕薄的絲織品為團扇。冰綃：色素潔白如冰的絲織品。

[二] "不須"句：寫扇上無須繪畫美女乘鸞的圖案。古代扇子多用秦穆公女兒弄玉乘鸞飛升故事而畫有美女乘鸞圖案，此反用之。見晏殊《端午詞·內廷》其四"一一雕盤分楚粽"注[二]。

[三] "君王"二句：寫宋高宗親筆在扇上題字繪畫。瑤札：書札的美稱。蟾花：桂花。

陸升之

　　陸升之（1115—1174），字仲高，一字法護，山陰（今浙江紹興）人。陸遊從兄。高宗紹興十八年（1148）進士。十九年，為淮西提點刑獄司幹辦公事，旋充諸王宮大小學教授。二十二年，為知大宗正丞。二十五年，出提舉兩浙路市舶，旋貶雷州。孝宗隆興（1163）元年夏，自都還里，晚年客臨安。約卒於淳熙元年。

　　陸升之今存春帖子詞五絕一首，見於宋桑世昌《蘭亭考》卷二，《全宋詩》卷二〇五九收錄。

春帖子[一]

皇后閣[二]

內仗朝初退[三]，朝曦滿翠屏[四]。硯池渾不凍[五]，端為寫蘭亭[六]。

【校記】

　　録自知不足齋叢書本桑世昌《蘭亭考》卷二。"皇后閣"三字本無，依例補。

【注釋】

　　[一] 此詩為紹興三十二年（1162）春帖。桑世昌《蘭亭考》卷二"憲聖慈烈皇后"："太后居中宮時，嘗臨《蘭亭》。山陰陸升之代劉珙《春帖子》云（詩略）。刻吳琚家。"知此詩為代劉珙（1122—1178）所作。據《宋史·劉珙傳》，珙字共父，一字恭父，崇安（今福建武夷山市）人。高宗紹興十二年進士。歷任禮部員外郎，中書舍人、集英殿修撰、翰林學士、知制誥，兼侍讀，官至參知政事。淳熙

五年卒，年五十七。《宋史》卷三八六有傳。無集，《全宋詩》錄其詩二首。據《宋中興學士院題名》，劉珙兩次入學士院，初次於紹興三十一年十二月以起居舍人兼權直院，三十二年三月除中書舍人，五月兼直院；隆興元年十一月除集英殿修撰、知泉州。再次於乾道三年閏七月，以敷文閣直學士知潭州除翰林學士。十一月，除同知樞密院事。據《宋史·孝宗本紀二》，劉珙知樞密院在乾道三年十一月癸酉（9 日），則他第二次沒有寫作帖子的時間。而第一次有作紹興三十二年、隆興元年、二年春帖的時間；據《蘭亭考》，此詩作於"太后居中宮時"，即吳氏為皇后之時。高宗於紹興三十二年六月內禪，故此詩最晚作於紹興三十二年立春前。是時劉珙以起居舍人兼權直院。劉珙為人正直剛毅，為南宋名臣；擅長制誥，但詩名不著，而陸升之則"詞翰俱妙"（王明清《玉照新志》卷三），蓋因自覺詩作不佳而請陸升之代寫。陸升之由貶所回京具體時間不詳，至晚當在紹興三十一年。三十二年立春在正月十三。此春帖依例當有完整一組，今僅存此首。

　　［二］皇后：指高宗皇后吳氏（1115—1197）。見李清照《貴妃閣春帖子》"金環半后禮"注［一］。

　　［三］內仗：皇宮中的儀仗。《新唐書·儀衛志上》："每月以四十六人，立內廊閣外，號曰內仗。以左右金吾將軍當上，中郎將一人押之，有押官，有知隊仗官。"《宋史·儀衛志一·殿庭立仗》載："宋初，因唐五代之舊，講究修葺，尤為詳備。其殿廷之儀，則有黃麾大仗、黃麾半仗、黃麾角仗、黃麾細仗。凡正旦、冬至及五月一日大朝會、大慶、冊、受賀、受朝，則設大仗；月朔視朝，則設半仗；外國使來，則設角仗；發冊授寶，則設細仗。……南渡之後，務為簡省。"此指正旦朝會之儀仗。

　　［四］朝曦：早晨的陽光。

　　［五］"硯池"句：硯中的水完全沒有結冰。渾：全。

　　［六］端：正。蘭亭：即《蘭亭帖》，又稱《禊帖》、《蘭亭集序帖》。著名的行書法帖，東晉王羲之書。穆帝永和九年，三月上巳，羲之與謝安、孫綽等修禊於山陰（今浙江紹興）蘭亭，臨流賦詩，羲之草序，用蠶繭紙、鼠鬚筆書之。書法遒媚勁健，絕代更無，為隋唐諸家

師法。惜唐宋兩代，真本已亡。臨摹本甚多，以歐陽詢的"定武本"、褚遂良的"神龍本"頗能近真。此外摹寫翻刻者多至數十百，而善本鮮見。簡稱《蘭亭》。元陶宗儀《南村輟耕錄·〈蘭亭集〉刻》："《蘭亭》一百一十七刻，裝褫作十冊，乃南宋理宗內府所藏，每版有內府圖書鈐縫玉池上，後歸賈平章。"

曹　勛

　　曹勛（1098—1174），字公顯，一作功顯，號松隱，陽翟（今河南禹州）人。以恩補承信郎，徽宗宣和五年（1123）賜同進士出身，仍為武官。靖康之變從徽宗北遷，至燕山，受密旨間行詣康王。高宗建炎元年（1127）至南京，以建言忤執政，出於外。紹興十一年（1141），副劉光遠使金，中途還，又充館伴副使。未幾，為報謝副使使金，十二年至金，得請還梓宮及太后。十三年，兼樞密副都承旨。十五年奉祠。二十五年，起知閣門事兼幹辦皇城司。二十九年，再為稱謝副使使金。三十年，提舉萬壽觀。孝宗乾道七年（1171）起提舉皇城司。淳熙元年卒，年七十七。有《松隱集》四十卷。《宋史》卷三七九有傳。

　　曹勛今存帖子詞二十首，分別為《端午帖子》九首、《德壽春帖子》八首、《癸未御前帖子》三首，見載於其集。《全宋詩》卷一八九三收錄。

德壽春帖子[一]

　　曉來簾幕捲東風[二]，尚有春寒下綺櫳[三]。德滿人間和氣浹[四]，卯山宮殿瑞雲中[五]。

【校記】

　　曹勛帖子均錄自《松隱文集》卷一七。以《嘉業堂叢書》據舊刻本所刊《松隱文集》為底本，校以上海圖書館所藏明鈔本、影印文淵閣《四庫全書》本。

【注釋】

　　[一] 德壽：即德壽宮。宋高宗禪位後所居宮，也稱北內。《宋史·高宗本紀九》："（紹興三十二年六月）戊辰，名新宮曰德壽。……

丙子，詔皇太子即皇帝位。帝稱太上皇帝，退處德壽宮，皇后稱太上皇后。"《夢粱錄》卷八"德壽宮"："德壽宮在望仙橋東，元係秦太師賜第，於紹興三十二年六月戊辰，高廟倦勤，不治國事，別創宮庭御之。遂命工建宮，殿扁'德壽'為名。後生金芝於左棟，改殿扁曰'康壽'。"宮中有亭臺樓閣、花木池沼。"後孝廟受禪，議德壽宮改扁曰'重華'御之。次憲明太皇后欲御之，又改為'慈福宮'。壽成皇太后亦改宮扁曰'壽慈'御之。繼後宮室空閒，因而遂廢。"按，此春帖為太上皇帝趙構及其后（吳氏）妃（劉貴妃等）所作。詩計八首，從內容來看，前四首為太上皇帝所作，後四首為太上皇后及眾妃所作，如其六"天極元妃資內助"之"元妃"指皇后。從形式看，皆為七絕，依例當各有五絕二首，皆散佚。今《松隱集》以體裁編類，一至二十二卷為詩賦，其中卷一為賦，卷二至六為古樂府，卷七至九為古詩，卷十至十六為律詩，卷一七至二十為七絕，卷二一為五律。曹勛各體兼備，然乏五絕。《四庫全書總目提要·松隱文集》云："其中第十四卷已全佚，……又，脫篇落句，不一而足。"知其作品散佚不少。疑帖子詞原有五絕皆散佚。春帖子：此為隆興元年（1163）年春帖。按，德壽宮為高宗趙構禪位後所居宮，知必作於孝宗時期；其五"臘預七日換年華"明言當年立春在臘月二十三、四。自紹興三十二年至淳熙元年（1174）曹勛去世，僅隆興元年立春在臘月二十四，乾道七年（1171）立春在臘月二十三；因乾道七年春帖為周必大所作（見周必大），則此組必為隆興元年春帖無疑。曹勛不曾入學士院，紹興三十年以昭信軍節度使領閤門事提舉萬壽觀，直至乾道七年提舉皇城司，任職一直未變，其身份不當寫作帖子詞。紹興三十二年十二月至隆興元年五月，學士院有二人，承旨洪遵和兼直院劉珙。劉珙本人不擅長詩作，劉才邵曾為他代寫過春帖，曹勛是否也為其代寫呢？待考。

[二] 東風：春風。

[三] 綺櫳：即綺窗；雕飾美觀的窗戶。

[四] 浹：浹洽；遍及。

[五] "卯山"句：形容宮殿高大。按，卯山所指不詳。

弄黃宮柳未齊勻，便覺風和淑景新[一]。自是東君朝最貴[二]，欣欣春事足頤神[三]。

【注釋】

[一] 淑景：指春光。

[二] 東君：即仙人東王公。三國魏曹操《陌上桑》："濟天漢，至崑崙，見西王母謁東君。"喻指太上皇帝。

[三] 欣欣：喜樂的樣子。春事：農事，春季耕種之事。頤神：養神。按，自此以下四首為太上皇后閣帖子。

捲簾康壽麗朝曦[一]，經卷龍香晝漏遲[二]。閒暇瑤琴成雅奏[三]，和風吹入萬年枝[四]。

【注釋】

[一] 康壽：康壽殿。太上皇后吳氏居處，在德壽宮內。朝曦：晨光。

[二] 經卷：宗教經典。泛指書籍。龍香：即龍涎香；為香鯨病胃的分泌物，呈黃、灰或黑色蠟狀，香氣持久，是極名貴的香料。晝漏遲：白晝時間長。見夏竦《內閣春帖子》其四"銀箭初傳暖律延"注[一]。

[三] 瑤琴：有玉飾的琴；泛指琴。雅奏：典雅的樂曲。

[四] 萬年枝：指宮中年代久遠的大樹。

臘餘七日換年華[一]，玉砌青萱半吐芽[二]。竹色松聲清似玉，未須剪綵作春花[三]。

【注釋】

[一] "臘餘"句：言立春距離新年元日為七日。隆興元年（1163）立春在年前臘月二十四日，故云。見前"曉來簾幕捲東風"注[一]。

[二] 玉砌：以玉石裝飾或砌成的臺階、地面等。萱：萱草。《詩·衛風·伯兮》云："焉得諼草，言樹之背。"毛傳曰："諼草令人忘憂。背，北堂也。"北堂在古代為母親所居處，故寫母親多用此典。按，此當為皇太后閣帖。

[三] "未須"句：古俗立春剪綵為花以示春至，此反用之。見宋祁《春帖子詞·皇帝閣》其四"日華初麗上林天"注[二]。

椒房懿德慶源同[一]，環佩雍容冠六宮[二]。粧罷朝元無一事[三]，關雎詩詠二南風[四]。

【注釋】

[一] 椒房：即椒房殿，漢宮殿名。常借指皇后。見夏竦《皇后閣端午帖子》其三"千門朱索迎嘉祉"注[二]。此指太上皇后吳氏。懿德：美德。按，此為太上皇后閣帖。

[二] 環佩：環形佩玉。泛指各種裝飾。雍容：儀態溫文大方。六宮：指后妃。見夏竦《內閣春帖子》其六"緹室葭灰飛候管"注[三]。

[三] 朝元：即朝正。古代諸侯和臣屬在正月元旦朝見帝王；後外官入朝僅見皇帝也稱朝正。此指元日朝見皇帝。

[四] "關雎"句：《詩》國風有《周南》和《召南》，合稱"二南"；《關雎》為《周南》第一篇。"二南"尤其是《關雎》歷來被用以稱美后妃之德。見夏竦《內閣春帖子》其六"緹室葭灰飛候管"注[三]。

露香欄檻已青青[一]，梅萼驚春照坐明[二]。天極元妃資內助[三]，常年春首祝椿齡[四]。

【注釋】

[一] "露香"句：欄檻旁的蘭草已經青綠。露香：當指蘭草。蘇軾《題楊次公春蘭》："春蘭如美人，不採羞自獻。時聞風露香，蓬艾深不見。"欄檻：欄杆。青青：形容顏色很青。《古詩十九首·青青河畔草》："青青河畔草，鬱鬱園中柳。"

[二] "梅萼"句：梅花已開，滿座明亮。梅萼：梅花的蓓蕾。

[三] "天極"句：言吳氏為高宗的賢內助。天極元妃：指皇后。天極：星名，即北極星。《史記·天官書》："中宮，天極星。"喻中宮，即皇帝居處。元妃：國君的嫡妻。《左傳·隱公元年》："惠公元妃孟子。"杜預注："言元妃，明始嫡夫人也。"此指高宗皇后吳氏。資：依託，憑藉。內助：妻子對丈夫的幫助。《三國志·魏志·文德郭皇后傳》："在昔帝王之治天下，不惟外輔，亦有內助。"後稱妻子為內助。此指高宗皇后。按，孝宗賢妃夏氏於隆興二年十月方立為皇后，二年正

月冊立（《宋史·孝宗本紀一》）。

［四］祝椿齡：祝福長壽。椿：即靈椿，古代傳說中的長壽之樹。《莊子·逍遥遊》："上古有大椿者，以八千歲爲春，八千歲爲秋。"

向曉天中月一痕[一]，春陽先到鳳凰門[二]。苑中鬬草尋芳處[三]，日日春熙奉至尊[四]。

【注釋】

［一］"向曉"句：寫拂曉時分天空中尚有一彎月。按，此乃農曆每月二十三、二十四日之景象，與其四"臘餘七日換年華"一致。一痕：一綫痕跡；形容缺月，同"一彎"。

［二］春陽：春日的和煦陽光。鳳凰門：唐太極宮門。《玉海》卷一七〇"唐鳳凰門"："《長安志》：'太極宮東面一門曰鳳凰門。'"借指宮城東門。臨安城南亦有鳳凰門，爲鳳凰山之門，南宋時圍入宮城。《咸淳臨安志》卷二二"鳳凰山"："《祥符圖經》云：'在城中錢塘舊治，正南一十里，下瞰大江，直望海門，山下有鳳凰門，有鴈池。'趙清獻公抃詩云'老來重守鳳凰城'是也。"

［三］苑中：後苑。鬬草：古代一種流行於清明、端午之際的遊戲。見晏殊《端午詞·内廷》其一"百草鬬餘欣令月"注［二］。尋芳：遊賞美景。

［四］春熙：春日融和的光輝。奉：奉養，侍奉。至尊：皇帝。此指高宗。見歐陽修《端午帖子詞·皇后閣五首》其三"覆檻午陰黃鳥囀"注［三］。

嫋嫋柔風泮綠波[一]，深沉甲館已微和[二]。新春玉帶香羅薄[三]，從此宮中樂事多。

【注釋】

［一］嫋嫋：吹拂貌。《楚辭·九歌·湘夫人》："嫋嫋兮秋風，洞庭波兮木葉下。"柔風：和風，春風。泮：散，解。

［二］甲館：同甲觀；漢代樓觀名。此指吳皇后所居康壽殿。見蘇軾《春帖子詞·皇太妃閣五首》其二"甲觀開千柱"注［一］。

［三］玉帶：飾玉的腰帶。高官之服飾，宋時爲三品以上所服。

《宋史·輿服志五》："太平興國七年正月，翰林學士承旨李昉等奏曰：'奉詔詳定車服制度，請從三品以上服玉帶，四品以上服金帶。'"貴婦亦用之。香羅薄：言所著紗羅衣服之輕美。語出杜甫《端午日賜衣》："細葛含風軟，香羅疊雪輕。"唐時端午宮中有賜大臣香羅衣物的習俗，宋亦因襲。見王珪《端午內中帖子詞·皇帝閣》其七"采絲纏楙動嘉辰"注［三］。

端午帖子[一]

非煙苒苒上宮雲[二]，嘉木團團午影分[三]。玉案琴書供燕適[四]，五絃清韻助南薰[五]。自注：德壽[六]。

【注釋】

［一］此端帖約作於隆興元年（1163）。按，此詩自注有"德壽"、"康壽"、"貴妃"等字，標明其適用對象。德壽、康壽為高宗退位後所居宮殿名，知其為高宗禪位後所作。其二"怡顏無暑到新宮"中"新宮"即德壽宮。據《宋史·高宗本紀九》，紹興三十二年六月三日，"名新宮曰德壽"，則必作於孝宗即位初。曹勛有隆興元年春帖，則此帖或為同年所作。從內容來看，此為德壽宮端午帖子，包括德壽（《太上皇帝閣》）、康壽（《太上皇后閣》）與《貴妃閣》三類。今存詩皆為七絕，數量亦不合慣例，疑所缺皆五絕，盡佚。

［二］"非煙"句：德壽宮上祥雲繚繞。非煙：慶雲、五色祥雲。《史記·天官書》："若煙非煙，若雲非雲，郁郁紛紛，蕭索輪囷，是謂卿雲。卿雲，喜氣也。"苒苒：煙雲輕飄的樣子。午影：中午日光下的投影。借指午時。

［三］團團：簇聚狀。

［四］玉案：裝飾有玉的几案。燕適：安適。

［五］五絃：即五絃琴，也作五弦琴。《宋史·樂志十七》："《五弦琴圖說》：'琴為古樂，所用者皆宮、商、角、徵、羽正音，故以五弦散聲配之。'"南薰：即南風。見宋庠《皇帝閣端午帖子詞》其二"寶軫流薰唱"注［一］。

［六］德壽：即德壽宮。見前《德壽春帖子》其一"曉來簾幕捲東

風"注〔一〕。

怡顏無暑到新宮[一]，一樣珠簾廣殿風。角黍菖絲隨節物[二]，旨甘時下五雲中[三]。

【注釋】

〔一〕怡顏：使容顏喜悅。宋岳珂《桯史·壽星通犀帶》："德壽在北內，頗屬意玩好。孝宗極先意承志之道，時罔羅人間，以供怡顏。"新宮：即德壽宮。見前《德壽春帖子》其一"曉來簾幕捲東風"注〔一〕。

〔二〕角黍：粽子。見夏竦《御閣端午帖子》其六"太官角黍迎嘉節"注〔一〕。菖絲：此指以菖切絲浸泡的酒，即菖蒲酒。飲菖蒲酒為古時端午習俗之一。見宋庠《夫人閣端午帖子詞》其一"令月辰標午"注〔四〕。節物：節日食用之物。見宋庠《皇帝閣端午帖子詞》其五"天闕卻暑金為狄"注〔三〕。

〔三〕旨甘：美味的食品。《禮記·內則》："昧爽而朝，慈以旨甘，……日入而夕，慈以旨甘。"按，慈，孝敬，供奉。多用於養親。五雲：青、黃、赤、白、黑五色瑞雲。喻皇帝所在。此指孝宗趙昚所居宮。按，此為太上皇帝閣帖子。

辟兵龍印篆神經[一]，繫臂香縈繡色輕[二]。自有微涼生玉宇[三]，池光靜照午陰清[四]。自注：康壽[五]。

【注釋】

〔一〕"辟兵"句：辟兵符上寫上道教符籙。辟兵龍印：即辟兵符，亦稱靈符、赤靈符、桃印符等。神經：神秘的書；此指道教書籍。見晏殊《端午詞·御閣》其三"獻壽競為長命縷"注〔二〕。

〔二〕"繫臂"句：臂上繫上五色彩絲。見夏竦《御閣端午帖子》其一"續命彩絲登繭館"注〔二〕。

〔三〕玉宇：瑰麗的宮闕殿宇。

〔四〕午陰：中午的陰涼處。指樹蔭下。

〔五〕康壽：即康壽殿。太上皇后居處。按，此為太上皇后閣端帖。

日華露重疎疎竹[一]，寶砌風回楚楚松[二]。酪粉冰壺驅薄暑[三]，瑤琴永日得從容[四]。

【注釋】

[一] 日華：唐殿門名。唐杜甫《奉答岑參補闕見贈》："窈窕清禁闥，罷朝歸不同。君隨丞相後，我往日華東。"仇兆鰲注："《唐六典》：宣政殿前有兩廡，兩廡各有門。其東曰日華，日華之東則門下省也……西廊有門曰月華，月華之西即中書省也。"此蓋指康壽殿門。疎疎：即疏疏。稀疏貌。

[二] 寶砌：臺階的美稱。楚楚：枝葉繁茂狀。

[三] 酪粉：奶粉；此指乳類飲料。蘇軾《四時詞》其二："垂柳陰陰日初永，蔗漿酪粉金盤冷。"冰壺：盛冰的玉壺；此指玉壺盛冰。

[四] 瑤琴：即五絃琴。永日：謂消磨時日。《詩·唐風·山有樞》："且以喜樂，且以永日。"從容：悠閑舒緩，不慌不忙。《書·君陳》："寬而有制，從容以和。"按，此為太皇太后閤端帖。

朝下仙班曉景遲[一]，步搖香認九華妃[二]。花藏窈窕知金屋[三]，亭照回波在翠微[四]。自注：貴妃[五]。

【注釋】

[一] "朝下"句：早朝退後時間尚早。仙班：指朝班。

[二] 步搖：一種婦女首飾。《釋名·釋首飾》："步搖，上有垂珠，步則搖動也。"九華妃：九華真妃：道教神仙名。陶弘景《真誥》卷一："（九華真妃）是太虛上真元君金臺李夫人之少女也。太虛元君昔遣詣龜山學上清道，道成，受太上書，署為紫清上宮九華真妃者也。於是賜姓安，名鬱嬪，字靈簫。"按，徽宗時，林靈素以劉貴妃為九華玉真安妃。此喻指高宗劉貴妃。

[三] 金屋：華美之屋。指劉貴妃居處。此用"金屋藏嬌"故事以寫劉貴妃之寵。見晏殊《立春日詞·內廷四首》其一"朱戶未聞迎綵燕"注 [五]。

[四] "亭照"句：寫青山倒影在水中之景。回波：回蕩的水波。翠微：青翠的山。

[五] 貴妃：皇帝妾之位號，為內命婦夫人階，正一品。此指高宗

貴妃劉氏（？—1187）。《宋史·后妃傳下·劉貴妃傳》：「劉貴妃，臨安人。入宮為紅霞帔，遷才人，累遷婕妤、婉容，紹興二十四年進賢妃。頗恃寵驕侈，嘗因盛夏以水晶飾腳踏，帝見之，命取為枕，妃懼，撤去之。淳熙十四年薨。」按，賢妃應為貴妃。《宋史·高宗本紀八》載，紹興二十四年春正月「丙子，封婉容劉氏為貴妃」。自此以下四首皆為貴妃閣帖子。

曲檻榴花絳色鮮[一]，博山一縷水沉煙[二]。奉華窗戶清無暑[三]，習習香傳遠岸蓮。

【注釋】

[一] 曲檻：曲折的欄杆。

[二] 博山：即博山爐。漢代香爐名，因爐蓋上的造型似傳聞中的海中名山博山而得名。後為名貴香爐的代稱。水沉：亦作「水沈」，即沉香。明李時珍《本草綱目·木一·沈香》：「〔沈香〕木之心節置水則沈，故名沈水，亦曰水沈。」此指以沉香木製成的香。

[三] 奉華：即奉華堂。在德壽宮內，為貴妃居處。《武林舊事》卷七「乾淳奉親」：乾道三年三月，孝宗陪太上皇帝、太上皇后游德壽宮後苑，後「太后邀太皇、官家同到劉婉容奉華堂聽摘阮」。按，此劉婉容應為劉貴妃。同書卷五「褒親崇壽寺」引弁陽翁詩「鶴羽鶯綃事已空，奉華遺寺對高松」後注：「奉華，劉妃閣名。」陶宗儀《書史會要》卷六：「劉夫人建炎中掌內翰文字，善畫人物。師古人筆法及寫宸翰酷似，高宗甚愛之。畫上用奉華堂印。」明田汝成《西湖遊覽志》卷六「南山勝蹟」：「褒親崇壽教寺，俗稱劉娘子寺，宋紹興十八年劉貴妃建。貴妃，臨安人，入宮為紅霞帔，得幸，累遷才人、婕妤、婉容，尋進貴妃。專掌御前文字，工書畫，畫上用奉華堂印。」

參差臺殿照祥雲[一]，疊雪含風綵縷新[二]。玉帶輕紗迎令節[三]，五雲深處奉嚴宸[四]。

【注釋】

[一] 參差臺殿：指德壽宮中高低不齊的臺閣宮殿。

[二] 疊雪：喻指輕薄的紗羅。語出杜甫《端午日賜衣》：「細葛含

風軟，香羅疊雪輕。"綵縷：即續命彩絲。見夏竦《御閣端午帖子》其一"續命彩絲登繭館"注［二］。

［三］玉帶：飾玉的腰帶。見前《德壽春帖子》其八"嫋嫋柔風泮綠波"注［三］。令節：指端午節。

［四］五雲深處：喻指德壽宮。五雲：五色瑞雲。奉：奉養，侍奉。嚴宸：喻指太上皇帝趙構。宸：北極星。

下直歸來閬苑遊[一]，椒風高轉紫雲樓[二]。冰盤紋簟清薰細[三]，捲上珠簾白玉鈎。

【注釋】

［一］閬苑：閬風之苑，仙人所居之境。此指宮中後苑。

［二］椒風：漢宮閣名，為昭儀所居。《漢書·佞幸傳·董賢》："又召賢女弟以為昭儀，位次皇后，更名其舍為椒風，以配椒房云。"顏師古注："皇后殿稱椒房。欲配其名，故云椒風。"後泛指妃嬪住處。此詩為劉貴妃所作，故用此典。紫雲樓：樓名，唐代曲江有紫雲樓，文宗太和九年修建。北宋汴京亦有紫雲樓，明道元年改名昇平樓。

［三］冰盤：內置碎冰，上擺列藕菱瓜果等食品的盤，夏季用以解渴消暑。紋簟：竹席。清薰：清風。

雨後風微荷茇香[一]，頓驅初暑作疎凉[二]。黑雲捲盡青天大[三]，却倚湖光看夕陽[四]。

【注釋】

［一］荷茇：荷葉與菱葉。常作茇荷。

［二］疎凉：微凉。疎：同"疏"。白居易《秋寄微之》："淡白秋來日，疏凉雨後風。"

［三］"黑雲"句：寫夏日暴雨過後晴空萬里。青天大：天空開闊。化用蘇軾《六月二十七日望湖樓醉書五首》其一："黑雲翻墨未遮山，白雨跳珠亂入船。卷地風來忽吹散，望湖樓下水如天。"

［四］湖：指杭州西湖。

癸未御前帖子[一]

廣殿薰風日正長[二]，雲峰遠岫各微茫[三]。上天不似人間熱，夏木陰陰六月涼[四]。

【注釋】

[一] 癸未：即宋孝宗隆興元年（1163）。御：皇帝。此指孝宗趙昚（shèn）（1127—1194）。據《宋史》，昚，字永元，太祖七世孫。初名伯琮，因元懿太子薨，高宗無後，紹興二年五月，被選育於禁中。三年，賜名瑗。五年，高宗立資善堂以教之。十二年，加檢校少保，封普安郡王。三十年，立為皇子，更名瑋，制授寧國軍節度使、開府儀同三司，進封建王。三十二年五月，立為皇太子，改名昚，六月甲戌，賜字元永，高宗禪位。在位二十七年。淳熙十六年（1189）遜位與子光宗趙惇。在位期間，勵精圖治，史稱"乾淳之治"。按，此組詩當有六首，今存三首皆為七絕，蓋五絕皆佚。另，時中宮無人，故無皇后閣帖。

[二] 薰風：夏日和暖的東南風。也作"熏風"。《呂氏春秋·有始》："東南曰熏風。"

[三] 雲峰：狀如山峰的雲。遠岫（xiù）：遠處的峰巒。微芒：隱約模糊。

[四] 陰陰：幽暗貌。

聖君英略凜橫秋[一]，十萬偏師奉睿謀[二]。一日已聞三奏捷，版圖行見復神州[三]。

【注釋】

[一] 英略：英明而有謀略。橫秋：形容氣勢之盛。

[二] "十萬"句：寫隆興元年朝廷命張浚為樞密使，奉命北伐。《宋史·孝宗本紀一》："（隆興元年正月）張浚進樞密使、都督江淮東西路軍馬。（四月）癸未，詔以白金二十五萬兩給江、淮都督府軍費。戊子，張浚命邵宏淵帥師次盱眙。己丑，又命李顯忠帥師次定遠。"十萬偏師：十萬軍隊。偏師：主力軍以外的部分軍隊。《左傳·宣公十二

年》："韓獻子謂桓子曰：'嵒子以偏師陷，子罪大矣。'"此指南宋北伐軍。宋兵數目，記載不同。《齊東野語》卷二載有兵"二十萬人"，留屯江淮者十萬；《金史·紇石烈志寧傳》為"十萬餘"，吳世駿以為"十萬之數較為準確"（《"符離之戰"述論》，載《南充師院學報》（哲學社會科學版）1987年第2期）奉睿謀：奉行皇帝的謀略。睿謀：聖謀；皇帝的智謀。

〔三〕"一日"二句：寫戰鬥捷報頻傳，收復失地有望。神州：中國。此指北宋故地。北伐初戰大捷，至符離之戰敗，形勢急轉。此所寫乃五月上中旬事。二十日之後再無捷奏。據《宋史》《孝宗本紀一》及《李顯忠傳》、《續資治通鑑》、《宋會要輯稿》兵之十四，隆興元年三月，金右副元帥紇石烈志寧以書取侵地。四月戊辰（8日），張浚入見，議出師渡淮。戊子（28日），張浚命邵宏淵帥師次盱眙。己丑（29日），又命李顯忠帥師次定遠。至五月丁酉（7日），李顯忠復靈壁縣，庚子（10日），復虹縣，金知泗州蒲察徒穆及同知泗州大周仁降。壬寅（12日），張浚渡江視師。癸卯（13日），金右翼軍都統蕭琦降於李顯忠。甲辰（14日），顯忠及宏淵敗金人於宿州。丙午（16日），復宿州，戮金兵數千人。這在南宋歷史上是少見的勝利，因此"中原震動，孝宗手書勞之曰：'近日邊報，中外鼓舞，十年來無此克捷。'"辛亥（21日），金紇石烈志寧自睢陽引兵至宿州，李顯忠擊卻之。至二十三日，金人攻城，李顯忠力戰，邵宏淵鼓動撤退，李"勢不可孤立"，二十四日，金兵"追至符離，宋師大潰"。

中原久已困羶腥[一]，攻守知惟斷乃成[二]。便有戎酋歸聖化[三]，甘泉應得慰皇情[四]。

【校記】

第一句"困羶腥"，四庫本作"望天兵"。第三句"戎酋"四庫本作"呼韓"。

【注釋】

〔一〕中原：廣義指整個黃河流域地區，狹義指今河南一帶。南宋人所寫多指後者，如陸遊《示兒》詩："王師北定中原日，家祭無忘告乃翁。"羶腥：喻金人入侵所造成的影響。

〔二〕斷：決斷。

〔三〕戎酋：少數民族首領。戎：古代對西部民族的稱呼。《禮記·王制》："西方曰戎。"酋：首領，長官。按，此當指北伐初投降的金人首領徒穆、大周仁、蕭琦等。見上詩注〔三〕。按，詩所寫為五月二十前之戰事。詩第一首有"六月"字樣，則非為端午帖。然六月癸亥形勢已轉，此詩必作於六月初，或為慶賀作戰勝利而作。

〔四〕甘泉：甜美的泉水。皇情：皇帝的情意。

洪　适

洪适（1117—1184），字景伯，號盤洲。初名造，字温伯，一字景温，鄱陽（今屬江西）人。以父洪皓出使恩，補修職郎，調嚴州録事參軍。高宗紹興十二年（1142），中博學宏詞科，爲敕令所删定官，改秘書正字。明年，因皓忤秦檜，出爲台州通判，後免官。二十七年，知荆門軍，歷知徽州，提舉江東路常平茶鹽，總領淮東軍馬錢糧。孝宗隆興二年（1164），召爲太常少卿兼權直學士院，尋除中書舍人，爲賀生辰使使金。乾道元年（1165），遷翰林學士，驟遷尚書右僕射、同中書門下平章事兼樞密使。後奉祠。淳熙十一年卒，年六十八，諡文惠。《宋史》卷三七三有傳。有《盤洲文集》八十卷。

洪适今存春帖子詞十一首，見載於其集。《全宋詩》未録。

皇帝閤春帖子六首[一]

其一
藻景升暘谷[二]，條風拂紫宸[三]。只今天一笑，萬物摠爲春[四]。

【校記】
此組詩録自洪适《盤洲文集》卷一八。此以《四部叢刊》據上海涵芬樓影印宋刊本爲底本，校以影印文淵閣《四庫全書》本、涇縣洪氏道光二十九年刻本。第四句"摠"，四庫本作"總"。

【注釋】
[一] 皇帝：指孝宗趙昚（1127—1194）。見曹勛《癸未御前帖子》其一"廣殿薰風日正長"注[一]。此組詩爲宋孝宗乾道元年（1165）春帖。據《翰苑題名》，洪适於隆興二年（1164）四月以太常少卿兼權

直院，九月除中書舍人，閏十一月兼直院，乾道元年五月除翰林學士，六月除簽書樞密院事。知其只具備作乾道元年春帖的時間。此詩其二"上辛元日是，郊類合天心"、其三"閏接殘年臘，春留半月冬"點明新年元日為辛日，而立春在臘月中旬。據《三千五百年曆日天象》，乾道元年正月初一為辛亥日，立春在年前臘月十六日，知必為乾道元年春帖。洪适時為中書舍人兼直院。

［二］"藻景"句：春日升起。藻景：指春日。《文選·陸機〈日出東南隅行〉》："清川含藻景，高岸被華丹。"李善注："藻景，華景也。"呂向注："藻，草也。藻景，日光有文也。"暘谷：也作"陽谷"。傳說中日出日浴的地方。見胡宿《皇后閣春帖子》其一"羲仲司暘谷"注［二］。

［三］條風：春天的東北風。八風之一。見胡宿《夫人閣春帖子》其三"釀酒湻神水"注［三］。紫宸：即紫宸殿。為皇帝接見群臣、外國使者朝見、賀節慶壽的內朝正殿。見劉才邵《立春內中帖子詞·皇帝閣六首》其一"一氣回蒼陸"注［三］。

［四］揔（zǒng）：同"總"。

其二

嶰律春灰動[一]，青陽奏雅音[二]。上辛元日是，郊類合天心[三]。

【注釋】

［一］嶰（xiè）律：嶰竹所製的律管。也稱候管，為古代觀測氣候的器具。見夏竦《內閣春帖子》其六"緹室葭灰飛候管"注［一］。

［二］青陽：春天郊祀歌名。《史記·樂書》："常有流星經於祠壇上，使僮男僮女七十人俱歌。春歌《青陽》，夏歌《朱明》。"雅音：正音，有益於風教的詩歌和音樂。

［三］"上辛"二句：新年上辛日恰逢元日，將舉行郊祀。《宋史·孝宗本紀一》：隆興二年十二月戊子，"詔郊祀大禮遵至道典故，改用來年正月一日上辛。……乾道元年春正月辛亥朔，合祀天地於圜丘，大赦，改元。"上辛：農曆每月上旬的辛日。乾道元年元日為辛亥日。古代郊祀選擇上辛之日。《穀梁傳·哀公元年》："我以十二月下辛卜正月上辛。如不從，則以正月下辛卜二月上辛。如不從，則以二月下辛卜三

月上辛。如不從，則不郊矣。"范甯注："郊必用上辛者，取其新潔莫先也。"宋莊綽《雞肋編》卷中："孟春上辛祈穀，祀昊天上帝，是日祀感生帝，皆於南郊。"郊類：郊祀。在四郊祭祀天神。《周禮·春官·小宗伯》："兆五帝於四郊。四望、四類亦如之。"天心：天帝之心意。《書·咸有一德》："克享天心，受天明命。"

其三
閏接殘年臘[一]，春留半月冬[二]。雪深田易墾，歡喜匝三農[三]。

【注釋】

[一]"閏接"句：隆興二年有閏十一月，故云。

[二]"春留"句：乾道元年立春在年前十二月十六，故云。

[三]"雪深"二句：雪厚田地易於開墾耕種，百姓歡喜。匝：周遍。三農：泛指農民。見蘇軾元祐三年《春帖子詞·太皇太后閣六首》其四"五日占雲十日風"注[一]。

其四
寶勝新幡下九霄，千官接武趁春朝[一]。玉卮上壽慈顔喜，歲歲年年舜事堯[二]。

【注釋】

[一]"寶勝"二句：寫立春日朝廷賜百官幡勝的情形。寶勝新幡：即幡勝，以紙帛剪裁而成的各種立春飾品。見夏竦《內閣春帖子》其四"銀箭初傳暖律延"注[三]。九霄：天之極高處，此喻皇宮。接武：步履相接。謂百官按次序排列上朝。春朝：立春日之朝。

[二]"玉卮"二句：寫孝宗為太上皇帝與太上皇后祝壽。玉卮：玉製的酒杯。慈顔：慈祥和藹的容顔。稱尊上的音容。此指太上皇帝和太上皇后。舜事堯：喻孝宗侍奉高宗。

其五
挽得天河洗塞氛[一]，非煙協氣作新春[二]。使車已動兵車息，活却生靈百萬人[三]。
【注釋】
　　[一]"挽得"句：寫孝宗平定邊患。天河：銀河。塞氛：邊境上的氣氛。此指金方的威脅。
　　[二]非煙：指祥雲，卿雲。《史記·天官書》："若煙非煙，若雲非雲，郁郁紛紛，蕭索輪囷，是謂卿雲。卿雲，喜氣也。"愶氣：和氣。
　　[三]"使車"二句：宋廷派出使者與金人談判，戰事將息，百萬百姓將得以存活。按，建隆元年九月，金人犯邊，戰不利，宋金和議，停戰。《宋史·孝宗本紀一》：建隆二年十一月"丙申，遣國信所大通事王抃持周葵書如金帥府，請正皇帝號，為叔侄之國；易歲貢為歲幣，減十萬；割商、秦地；歸被俘人，惟叛亡者不與；誓目大略與紹興同"。所寫即此。

其六
　　退朝講武與修文[一]，何暇尋春到玉津[二]。桃李不言渾望幸[三]，從來未識屬車塵[四]。
【注釋】
　　[一]講武：講習武事。修文：提倡文教。
　　[二]玉津：指玉津園。北宋開封南門外有玉津園，為五代後周顯德間置。南渡後臨安亦建有玉津園，在嘉會門外（今杭州市龍山北），紹興十七年建，淳熙中為孝宗與群臣宴射之所（《咸淳臨安志》卷一三）。按，一二句寫孝宗勤於國事，無暇遊玩。
　　[三]渾：全。望幸：希望皇帝臨幸。
　　[四]屬（zhǔ）車：帝王出行時的侍從車。秦漢以來，皇帝大駕屬車八十一乘，法駕屬車三十六乘，分左中右三列行進。《漢書·賈捐之傳》："鸞旗在前，屬車在後。"顏師古注："屬車，相連屬而陳於後也。屬，音之欲反。"《文選·張衡〈東京賦〉》："屬車九九，乘軒並轂。"薛綜注："副車曰屬。"宋高承《事物紀原·輿駕羽衛·屬車》："周末諸侯有貳車九乘，貳車即屬車也，亦周制所有。秦滅九國，兼其車服，故八十一乘。"此指皇帝乘坐的車。

皇后閣春帖子五首[一]

其一

雪放梅粧出[二]，風嫌花信遲[三]。發生皆帝力[四]，載物本無私[五]。

【注釋】

[一] 皇后：指孝宗成恭夏皇后（？—1167）。據《宋史·后妃傳下·成恭夏皇后傳》、《宋史·孝宗本紀一》，夏氏為袁州宜春人。初入宮為憲聖太后閣中侍御。普安郡王夫人郭氏薨，太后以夏氏賜王，封齊安郡夫人。孝宗即位，進賢妃。隆興元年十月，奉上皇命，立為皇后。乾道三年崩，謚安恭。寧宗時，改謚成恭。此亦為乾道元年（1165）春帖，見上《皇帝閣春帖子》其一注［一］。

[二] 梅粧：即梅花粧。此指梅花。見元絳《春帖子詞》"太極侍臣皆賀雪"注［二］。

[三] 花信：花開的信息。見蘇軾《春帖子詞·皇帝閣六首》其一"暘谷賓初日"注［二］。

[四] 發生：指萬物萌發、滋長。帝力：天帝的作用。見胡宿《皇帝閣春帖子》其五"春官青鳥司開啟"注［三］。

[五] "載物"句：地厚載萬物而無私。《易·坤》："坤厚載物，德合无疆。"此指皇后之德。三、四句用司馬光《春帖子詞·太皇太后閣六首》其一"發生天施大，厚載母儀尊"意。

其二

池面冰澌破[一]，潛魚聖得知[二]。倚欄觀綠皺[三]，流荇欲參差[四]。

【注釋】

[一] 冰澌：解凍時流動的冰。

[二] 潛魚：立春時魚尚在冰下，故云潛魚。《禮記·月令》"孟春之月"："東風解凍，蟄蟲始振，魚上冰，獺祭魚，鴻鴈來。"孔穎達疏："云'魚上冰'者，魚當盛寒之時，伏於水下，逐其溫煖，至正月

陽氣既上，魚遊於上水，近於冰，故云'魚上冰'也。"

　　[三] 綠皺：綠波。

　　[四] 流荇：即荇菜。見夏竦《皇后閣端午帖子》其五"日記采蘭追楚俗"注 [二]。

其三

　　君王盛德卻紛華[一]，六寢蛾眉不好奢[二]。曾從芝軿看芝草[三]，爭來椒壺頌椒花[四]。

【注釋】

　　[一] 紛華：繁華；富麗。

　　[二] 六寢：即六宮。見夏竦《內閣春帖子》其六"緹室葭灰飛候管"注 [三]。蛾眉：蠶蛾觸須細長而彎曲，以喻女子美麗的眉毛。《詩·衛風·碩人》："螓首蛾眉，巧笑倩兮。"後指美女。此指后妃。

　　[三] "曾從"句：皇后曾隨從皇帝出行觀看芝草。芝軿（píng）：芝車。皇帝的耕車。漢蔡邕《獨斷》下："三蓋車，名耕根車，一名芝車，親耕籍田乘之。"《後漢書·輿服志上》："耕車，其飾皆如之，有三蓋。一曰芝車，置耒耜之箙，上親耕所乘也。"此指皇帝所乘車。芝草：古人以為芝一歲開三次花，是瑞草。《爾雅·釋草》："茵，芝。"注："芝，一歲三華，瑞草。"

　　[四] 椒壺：即椒房，椒殿，漢宮殿名。此指皇后所居坤寧宮。見夏竦《皇后閣端午帖子》其三"千門朱索迎嘉祉"注 [二]。頌椒花：進酒祝壽。用劉臻妻正旦獻《椒花頌》典。見夏竦《內閣春帖子》其二"椒花獻歲良時啟"注 [一]。

其四

　　裁紅翦翠不為難，開盡千花頃刻間[一]。德壽宮中雕輦駐[二]，慶雲深處彩衣班[三]。

【校記】

　　第四句"班"，四庫本作"斑"。

【注釋】

［一］"裁紅"二句：立春日剪製春幡春花，各種花似在頃刻間開放。裁紅翦翠：指裁剪立春花勝之類。見宋祁《春帖子詞·皇帝閤》其四"日華初麗上林天"注［二］。

［二］德壽宮：太上皇帝趙構所居宮。見曹勛《德壽春帖子》其一"曉來簾幕捲東風"注［一］。雕輦：雕飾華美的車。此指孝宗所乘車。

［三］慶雲：即卿雲；五色祥雲。彩衣班：即綵衣斑。班：同"斑"。用老萊子綵衣娛親之典，贊孝宗之孝養高宗夫妻。司馬光《家範》卷四："老萊子孝奉二親，行年七十，作嬰兒戲，身服采色斑斕之衣。嘗取水上堂，詐跌仆在地，為小兒啼。弄雛於親側，欲親之喜。""綵衣娛親"為孝養父母之常典。

其五

葱葱瑞靄騰椒掖[一]，莫莫仁風扇葛覃[二]。四海預應期樂歲，六宮今已喜先蠶[三]。

【注釋】

［一］"葱葱"句：皇后宮中祥雲繚繞。葱葱：形容雲氣之盛。瑞靄：吉祥的雲氣。椒掖：即椒房，漢殿名。此指皇后所居坤寧宮。見夏竦《皇后閤端午帖子》其三"千門朱索迎嘉祉"注［二］。

［二］仁風：形容恩澤如風之流布。葛覃：《詩·周南》篇名。《詩序》云："《葛覃》，后妃之本也。后妃在父母家，則志在於女功之事。躬儉節用，服澣濯之衣，尊敬師傅，則可以歸安父母，化天下以婦道也。"此頌皇后節儉之美德。

［三］"四海"二句：天下百姓預先期待豐收，宮中后妃今已舉行了親蠶禮。樂歲：豐年。《孟子·梁惠王上》："是故明君制民之產，必使仰足以事父母，俯足以畜妻子，樂歲終身飽，凶年免於死亡。"六宮：指后妃。見夏竦《內閣春帖子》其六"緹室葭灰飛候管"注［三］。先蠶：傳說中始教民育蠶之神。此指親蠶禮。見夏竦《內閣春帖子》其一"青逵布序和風扇"注［四］。

汪應辰

汪應辰（1118—1176），字聖錫，初名洋，登第時高宗為其改今名。信州玉山（今屬江西）人。高宗紹興五年（1135）進士第一。授鎮東軍簽判，召為秘書省正字。九年，因反對議和忤秦檜，出外凡十七年。檜死，召為吏部郎官，未幾，出知婺州。二十九年，召除秘書少監，遷權吏部尚書、權户部侍郎兼侍講。三十二年，知福州。孝宗隆興元年（1163），除四川安撫制置使兼知成都府。乾道四年（1168）召除吏部尚書，兼翰林學士。六年，以端明殿學士出知平江府。淳熙三年卒，年五十九。謚文定。有《文定集》五十卷，已佚。

汪應辰有端午帖子詞三十首，包括《皇帝閣》六首、《太上皇帝閣》十二首、《太上皇后閣》十二首，見載於其集。《全宋詩》卷二〇九〇收錄。

端午帖子詞皇帝閣[一]

聖德臨尊極，民心戴至仁[二]。喜逢重午節[三]，共祝萬年春。

【校記】

此組詩錄自《文定集》卷二四。此以《叢書集成初編》據聚珍本排印為底本，校以影印文淵閣《四庫全書》本。

【注釋】

[一] 此組詩當為乾道五年（1169）端帖。據《翰苑題名》，汪應辰"乾道四年十一月，以吏部尚書兼權翰林學士；六年四月，除端明殿學士、知平江府"。《宋史·孝宗本紀二》載其知平江府在四月戊戌（18日）。因此，他有寫作乾道五年、六年端帖的時間。從數量來看，

其中一組包括《皇帝閣》、《太上皇帝閣》與《太上皇后閣》三類，而另一組無《皇帝閣》。因孝宗夏皇后乾道三年六月崩，謝氏冊為皇后在淳熙三年（1176）十月，故無《皇后閣》。《皇帝閣》其二"聖心非獨樂，均施遍多方"、其四"王業艱難素所知，歲單喜見獻新絲"，與《宋史·孝宗本紀二》所載乾道五年事吻合。乾道五年朝廷多次實施救濟，三月己巳，"蠲成都府路民戶歲輸對糴米腳錢三十五萬緡"，四月"辛丑，詔福建路貧民生子，官給錢米。……辛亥，振恤衢、婺、饒、信四州流民"。則此組詩當為乾道五年端帖，時汪應辰為吏部尚書兼權翰林學士。皇帝：指孝宗趙昚（1127—1194）。見曹勛《癸未御前帖子》其一"廣殿薰風日正長"注〔一〕。

　　〔二〕"盛德"二句：寫孝宗具有大仁大德，繼承帝位，百姓擁戴。尊極：猶至尊。此指帝位。至仁：最大的仁德。《莊子·天運》："曰：'謂問至仁？'莊子曰：'至仁無親。'"《孔子家語·屈節解》："躬敦厚，明親親，尚篤敬，施至仁，加懇誠，致忠信，百姓化之。"此指最有仁德的人。《孟子·盡心下》："仁人無敵於天下。以至仁伐至不仁，而何其血之流杵也？"

　　〔三〕重午節：重五節；端午節。宋王楙《野客叢書·重三》："今言五月五日曰重五，九月九日曰重九。"

　　雨暘皆應節[一]，和氣滿平疇[二]。欲識天顏喜[三]，農家麥有秋[四]。

【注釋】

　　〔一〕"雨暘"句：雨天和晴天皆適應節令。謂風調雨順。語本《書·洪範》："曰雨，曰暘。"

　　〔二〕平疇：平坦的田野。

　　〔三〕天顏：喻指皇帝的容顏。

　　〔四〕麥有秋：麥穫豐收。言莊稼有收成。

　　永日雖祥鬱[一]，風生殿閣涼[二]。聖心非獨樂[三]，均施徧多方[四]。

【注釋】

[一] 永日：長日，漫長的白天。祥鬱：指天氣炎熱。

[二] "風生"句：化用柳公權《夏日聯句》："薰風自南來，殿閣生微涼。"

[三] "聖心"句：皇帝沒有獨自享樂。贊皇帝之仁心。獨樂：獨自享受、娛樂。《孟子·梁惠王上》："民欲與之偕亡，雖有臺池鳥獸，豈能獨樂哉？"《晏子春秋·雜上十四》："夫樂者，上下同之……今上樂其樂，下傷其費，是獨樂者也，不可！"

[四] "均施"句：朝廷多方施恩。見前首注[一]。徧：同"遍"。多方：四方。按，此詩化用蘇軾《補唐文宗柳公權聯句》詩。見蘇軾《端午帖子詞·皇帝閣六首》其三"微涼生殿閣"注[三]。

躬行盛德基王化[一]，密贊成謀授帝圖[二]。福及萬方天所相[三]，祛邪何假佩靈符[四]。

【注釋】

[一] 基王化：天子教化的基石。語出《詩大序》："《周南》、《召南》，正始之道，王化之基。"

[二] "密贊"句：謂孝宗能夠輔佐高宗出謀劃策，最後高宗將皇位禪讓於孝宗。密贊：密切輔佐。帝圖：帝王應天命的圖錄。《太平御覽》卷七九引《河圖挺佐輔》："黃帝召天老而問焉：'余夢見兩龍挺日圖即帝，以授余於河之都，覺昧素善，不知其理，敢問於子。'天老曰：'河出龍圖，雒出龜書，紀帝錄州聖人之紀，姓號興，謀治平，然後鳳凰處之。今鳳凰已下三百六十日矣，合之圖紀，天其授帝圖乎？'黃帝乃祓齋七日，衣黃衣，冠黃冕，駕黃龍之乘，戴蛟龍之旗。天老五聖皆從以遊河洛之間，求所夢見者之處，弗得。至於翠媯之淵，大鱸魚泝流而至，乃問天老曰：'子見夫中河流者乎？'曰：'見之。'顧問五聖，皆曰莫見。乃辭左右，獨與天老跪而迎之。五色畢具，天老以授黃帝。黃帝舒視之，名曰'錄圖'。"又引《龍魚河圖》曰："黃龍負圖，鱗甲成字，從河中出，付黃帝。"卷八〇引《龍魚河圖》曰："堯時與羣臣賢者到翠媯之淵，大龜負圖來出，授堯。"此指帝位。按，《宋史·孝宗本紀一》載："（紹興）二十四年，衢州盜起，秦檜遣殿前司將官辛

立將千人捕之，不以聞。帝入侍言之，高宗大驚。明日，以問檜，檜謂不足煩聖慮，故不敢聞，俟朝夕盜平則奏矣。檜退，知為帝言，忌之。及檜疾篤，其家秘不以聞，謀以子熺代相，帝又密啟高宗破其奸。"密贊成謀"或指此。

　　[三] 相：輔助。

　　[四] 假：藉助。靈符：古代端午佩飾，俗以為可避兵禍鬼氣。見晏殊《端午詞·御閣》其三"獻壽競為長命縷"注 [二]。

　　王業艱難素所知[一]，歲單喜見獻新絲[二]。盤中更進長生縷[三]，卻記新蠶繭館時[四]。

【注釋】

　　[一] "王業"句：皇帝一向知曉治理國家的困難。王業：帝王的事業。此為治理國家之意。

　　[二] "歲單"句：四月喜見進獻蠶絲。《禮記·祭義》："歲既單矣，世婦卒蠶，奉繭以示于君。遂獻繭于夫人。"鄭玄注："歲單，謂三月月盡之後也。言歲者，蠶，歲之大功，事畢於此也。"歲單：此指四月。

　　[三] 長生縷：即續命彩絲。見夏竦《御閣端午帖子》其一"續命彩絲登繭館"注 [二]。

　　[四] 新蠶繭館時：季春舉行親蠶禮之時。見夏竦《內閣春帖子》其一"青逵布序和風扇"注 [四]。

　　萬年珍木綠陰成，殿閣微涼次第生[一]。簡靜初非拘月令[二]，懷沖履正自心清[三]。

【注釋】

　　[一] "萬年"二句：寫宮中林木蔥蘢，殿閣清涼。《武林舊事》卷三"禁中納涼"條載："禁中避暑，多御復古、選德等殿，及翠寒堂納涼。長松修竹，濃翠蔽日，層巒奇岫，靜窈縈深，寒瀑飛空，下注大池可十畝。"可見所寫非虛。

　　[二] "簡靜"句：施政不繁苛，不僅僅是拘於《月令》的要求。簡靜：施政不繁苛。《隋書·韋世康傳》："世康為政簡靜，百姓愛悅，

合境無訟。"月令：《禮記》篇名。《禮記·月令》"仲夏之月"："是月也，日長至，陰陽爭，死生分。君子齊戒，處必掩身，毋躁。止聲色，毋或進。薄滋味，毋致和。節耆欲，定心氣。百官靜，事毋刑。以定晏陰之所成。"古以為五月要生活要簡約沈靜，為政也要簡約不繁苛。

[三] "懷沖"句：心懷謙虛，躬行正道，自然心靜氣涼。"懷沖履正"四字乃趙構為因其所居宮產芝草而所寫贊辭中所用之詞。《咸淳臨安志》卷二"德壽宮"："康壽殿嘗產金芝，太上皇帝御製贊并序曰：'康壽殿產金芝，一本發於左棟，煥然榮茂，若彰懷沖履正之德，因圖而贊之。'"或作"履正懷沖"。《玉海》卷三一"隆興御製贊"："康壽殿生芝草，光堯製贊云'履正懷沖'。"據《宋史·孝宗本紀一》，隆興二年三月"庚戌（25日），芝生德壽宮"。

太上皇帝閣端午帖子詞[一]

道大光今古，功成付聖明[二]。超然羣物表[三]，但見四時行。

【注釋】

[一] 太上皇帝：指宋高宗趙構（1107—1187）。見李清照《皇帝閣春帖子》"莫進黃金簟"注[一]。此組詩計十二首，當為兩次所作；其內容重復亦可證。如《太上皇帝閣》其二"天申佳節近，比屋盡歡聲"與其十一"年年時節近天申，喜氣歡聲逐日新"；其三"薰風能解愠，亦足助堯仁"與其八"群生蒙長養，誰復識堯仁"。據汪氏在院時間，當分別為乾道五年（1169）、六年端帖，見前《端午帖子詞皇帝閣》其一注[一]。

[二] "道大"二句：太上皇遵循正道，光耀今古，成就功業後將皇位禪讓給了孝宗。光：光耀。聖明：英明聖哲，無所不曉。稱頌皇帝的套詞。此指孝宗皇帝。

[三] "超然"句：即超然物外。物表：物外，世俗之外。

漏轉銅壺永[一]，風來玉殿清[二]。天申佳節近[三]，比屋盡歡聲[四]。

【注釋】

［一］"漏轉"句：寫夏日白晝長。見夏竦《內閣春帖子》其四"銀箭初傳暖律延"注［一］。

［二］玉殿：華美的宮殿。此指德壽宮。

［三］天申佳節：即天申節；在農曆五月二十一日。見劉才邵《端午內中帖子詞·皇帝閣》其五"天申佳節繼天中"注［一］。

［四］比屋：家家户户。

外物雖無累[一]，誠心每在民。薰風能解慍，亦足助堯仁[二]。

【注釋】

［一］"外物"句：謂沒有身外事物的煩擾、拖累。

［二］"薰風"二句：用舜歌《南風》之典。此用以歌頌太上皇帝趙構之仁。見宋庠《皇帝閣端午帖子詞》其二"寶輅流薰唱"注［一］。薰風：夏日和暖的東南風。也作"熏風"。《呂氏春秋·有始》："東南曰熏風。"

金碧叢中翠艾垂[一]。正當午日一朝時[二]。君王自進長生縷[三]，細剪菖蒲泛玉卮[四]。

【注釋】

［一］"金碧"句：寫皇宮端午門懸艾草。見晏殊《端午詞·御閣》其二"初垂彩艾迎新節"注［一］。

［二］"正當"句：正值端午拜見太上皇帝之時。午日：即端午日；農曆五月初五日。《説郛》卷六九引晉周處《風土記》："午日烹鶩角黍，又以菰葉裹粽黍，以象陰陽相包裹未分也。"一朝：一次覲見或朝拜。《史記·高祖本紀》："高祖五日一朝太公，如家人父子禮。"《宋史·孝宗本紀一》："庚辰，詔五日一朝德壽宮。"

［三］"君王"句：孝宗親自為太上皇帝趙構進獻端午彩絲。長生縷：即續命彩絲。見夏竦《御閣端午帖子》其一"續命彩絲登繭館"注［二］。

［四］"細剪"句：將菖蒲剪細浸泡酒來飲。玉卮：玉杯。見宋庠

《夫人閣端午帖子詞》其一"令月辰標午"注〔四〕。

　　絃歌密意寄南風,豈易形容長養功[一]?地厚天高何以報?祝堯惟有壽無窮[二]。
　【注釋】
　　〔一〕"絃歌"二句:皇帝的孝心寄託在五弦琴的《南風歌》中,怎麼能輕易地描述出長時期撫育培養的功勞呢?長養功:長時期撫育培養的功勞。孝宗趙昚六歲時被選育於宫,後專立資善堂以教之,故云。用舜歌《南風》之典。見宋庠《皇帝閣端午帖子詞》其二"寶輅流薰唱"注〔一〕。
　　〔二〕"地厚"二句:父母的深恩大德怎樣報答呢?只有祝福他們萬壽無疆。堯:喻指太上皇趙構。

　　飛來峰下水泉清[一],臺沼經營不日成[二]。勝境自超塵世外[三],何須方士覓蓬瀛[四]。
　【注釋】
　　〔一〕飛來峰:山峰名。即杭州西湖西北的靈鷲峰。《咸淳臨安志》卷二三"飛來峰"引晏元獻公《輿地志》云:"晉咸和元年,西天僧慧理登兹山,嘆曰:此是中天竺國靈鷲山之小嶺,不知何年飛來。佛在世日,多為仙靈所隱,今此亦復爾邪?因掛錫造靈隱寺,號其峰曰飛來。"宋時修建宫苑多以此名。宋徽宗時,東京汴梁(今河南開封)所造艮嶽中即有一山峰名飛來峰。此指孝宗於乾道三年(1167)專為太上皇帝在北内後苑所建景觀。李心傳《建炎以來朝野雜記》乙集卷三"南北内":"德壽乃秦丞相舊第也,在大内之北在,氣象華勝。宫内鑿大池,引西湖水注之。其上疊石為山,象飛來峰,有樓曰聚遠。凡禁籞周回分四地:東則香遠(梅堂)、清深(竹堂)、月臺、梅坡、松竹三徑(菊、芙蓉、竹)、清妍(酴醾)、清新(木犀)、芙蓉岡,南則載忻(大堂乃御宴處)、忻欣(古柏、湖石)、射廳、臨賦(荷花仙子)、燦錦(金林檎)、至樂(池上)、半丈紅(郁李)、清曠(木犀)、瀉碧(養金魚處),西則冷泉(古梅)、文杏館、静樂(牡丹)、浣溪(大樓子海棠),北則絳華(羅木亭)、旱船、俯翠(茅亭)、春桃、盤松(松在西湖上，得之以歸）。"《咸淳臨安志》卷二"德壽宮"、《夢粱錄》卷八"德壽宮"、《宋史·輿服志六》等略同。《武林舊事》"乾淳奉親"亦載："自此官里知太上聖意不欲頻出勞人，遂奏知太上，命修內司日下於北內後苑建造冷泉堂，疊巧石為飛來峰，開展大池，引注湖水，景物並如西湖。其西又建大樓，取蘇軾詩句，名之曰'聚遠'，並是今上御名恭書。又御製堂記，太上賦詩，今上恭和，刻石堂上。是歲翰苑進《端午帖子》云：'聚遠樓前面面風，冷泉堂下水溶溶。人間炎熱何由到，真是瑤臺第一重。'又曰：'飛來峰下水泉清，臺沼經營不日成。境趣自超塵世外，何須方士覓蓬瀛。'皆紀實也。"按，此引後一詩為汪應辰所作，周密誤為周必大作；且二詩非同時所作。

［二］"臺沼"句：經營臺閣池沼，不久就建造完畢。經營：建築，營造。參見上注。

［三］勝景：佳境，景色極好的地方。

［四］方士：方術之士。古代自稱能訪仙煉丹以求長生不老的人。蓬瀛：即蓬萊瀛洲；神話傳說中神仙居住的地方。見胡宿《皇后閤端午帖子》其八"靈苗遠採三山藥"注［一］。

火德方居夏，端符帝運亨[一]。化工初不宰，繼照付重明[二]。

【注釋】

［一］"火德"二句：夏日正當火德，正與大宋國運通達相符。火德：帝王受命正值五行的火運。宋定國運為火德。五月屬火。見胡宿《夫人閤端午帖子》其三"禁苑年光麗"注［二］。帝運亨：皇室的世運通達。

［二］"化工"二句：自然的造化者并不主宰什麼，將相繼不斷地以光明照於四方。化工：指自然的造化者。語本漢賈誼《鵩鳥賦》："且夫天地為鑪兮，造化為工。"不宰：不主宰。《老子·十章》："生而不有，為而不恃，長而不宰，是謂玄德。"繼照付重明：語出《易·離》："《象》曰：'重明以麗乎正，乃化成天下。'"孔穎達疏："重明，謂上下俱離。'麗乎正'也者，謂兩陰在內，既有重明之德，又附於正道，所以化成天下也。"又《象》曰："明兩作，離。大人以繼明照於

四方。"魏王弼注："繼，謂不絶也。明照相繼，不絶曠也。"孔穎達疏："明兩作離者，離為日，日為明。今有上下二體，故云明兩作《離》也。"高亨《周易大傳今注》："《象傳》以日比人之光明，以'明兩作'比人之光明相繼不已。大人觀此卦象，從而以相繼不已之光明，照於四方。"後因以喻儲君，太子。《梁書·昭明太子等傳論》："處重明之位，居正體之尊。"按，《離》卦，重卦為"☲"，下離上離。離為火、為日。故曰重明。此言高宗禪位於孝宗。

和樂天中節[一]，雍容物外身[二]。羣生蒙長養[三]，誰復識堯仁[四]。

【注釋】

[一] 天中：即端午節。見王珪《端午內中帖子詞·夫人閤》其九"一樣紅裙試舞斜"注[二]。按，以下六首當為乾道六年端帖。

[二] 雍容：舒緩從容。物外：世外。即超脫於塵世之外。因高宗禪位於孝宗，退居德壽宮，故云。

[三] 長養：長時期的撫育培養。

[四] 堯：喻指太上皇趙構。

水殿風來細[一]，槐庭日度遲[二]。聖心無外累[三]，動息自隨時[四]。

【注釋】

[一] 水殿：建於水上的殿宇。此指後苑冷泉堂之類。

[二] 日度遲：時間過去得遲緩。形容白日時間長。

[三] 聖：指太上皇帝趙構。外累：身外事物的煩擾、拖累。此指國事的煩擾。

[四] 動息：活動與休息。此指太上皇帝的動止起居。隨時：順應季節時令。

聖治從來本好生，擬銷劍戟助農耕[一]。此心自與天無間，豈侍丹繒始辟兵[二]。

【注釋】

［一］"聖治"二句：治理國家之佳策從來都是愛惜生靈的，君王早就準備停止戰爭了。聖治：至善之治。常用作稱頌帝王之治跡。此稱頌太上皇帝。《莊子·天地》："官施而不失其宜，拔舉而不失其能，畢見其情事而行其所為，行言自為而天下化，手撓顧指，四方之民莫不俱至，此之謂聖治。"好生：愛惜生靈。《書·大禹謨》："好生之德，洽于民心。"銷劍戟：熔化兵器。指停止戰爭。杜甫《諸將》其三："稍喜臨邊王相國，肯銷金甲事春農。"

［二］丹繒：即辟兵繒，辟兵符。古時端午佩戴，俗以為可避兵禍鬼氣。見晏殊《端午詞·御閣》其三"獻壽競為長命縷"注［二］。

年年時節近天申[一]，喜氣歡聲逐日新。請祝聖人如一口[二]，定知德壽萬年春[三]。

【注釋】

［一］天申：即天申節；農曆五月二十一日。見劉才邵《端午內中帖子詞·皇帝閣》其五"天申佳節繼天中"注［一］。

［二］聖人：對太上皇帝的尊稱。一口：出語一致，異口同聲。

［三］德壽：德壽宮，為高宗退位後所居宮名。此借指太上皇帝趙構。萬年春：萬壽，長壽。

冷泉堂上湖山勝[一]，聚景園中草木芳[二]。萬物欣欣供燕樂[三]，自然祥暑變清涼[四]。

【注釋】

［一］"冷泉"句：德壽宮冷泉堂上湖光山色很好。冷泉堂：即冷泉亭。在德壽宮內，乾道三年建，乃孝宗為高宗所建休閒之所。勝：美好。按，《武林舊事》卷七"乾淳奉親"條載孝宗盡心服侍上皇，乾道三年三月初十日高宗邀請孝宗幸聚景園看花後，因高宗不想頻頻外出而勞人，於是"命修內司日下於北內後苑建造冷泉堂，疊巧石為飛來峰，開展大池，引注湖水，景物並如西湖。其西又建大樓，取蘇軾詩句，名之曰'聚遠'，並是今上御名恭書"。

［二］聚景園：苑名，在南宋臨安宮城北清波門外。《咸淳臨安

志·苑囿·聚景園》："在清波門外。孝宗皇帝致養北宮，拓圃西湖之東，又斥浮圖之廬九以附益之。亭宇皆孝宗皇帝御扁，嘗恭請兩宮臨幸。光宗皇帝奉三宮，寧宗皇帝奉成肅皇太后，亦皆同幸。"高宗退位後，三、四月多臨幸此園。《宋史·孝宗本紀二》記載乾道三年至淳熙四年，孝宗陪從太上皇、太上皇后幸聚景園就有八次。

［三］欣欣：昌盛。燕樂：宴飲歡樂。

［四］祥暑：暑熱。

太上皇后閣端午帖子詞[一]

周室興王業[二]，堯圖授聖人[三]。誰知皆內助[四]，功德古無倫。

【注釋】

［一］太上皇后：指高宗皇后吳氏（1115—1197）。高宗退位後，稱太上皇后。見李清照《貴妃閣春帖子》"金環半后禮"注［一］。與前詩同，此組帖子詞計十二首，為兩次所寫，前後六首各為一組。此亦為乾道五年、六年端帖，見前《端午帖子詞皇帝閣》其一"聖德臨尊極"注［一］。

［二］"周室"句：以周喻宋，寫南宋的建立。王業：帝王之事業。謂統一天下，建立王朝。

［三］"堯圖"句：寫高宗將皇位禪讓于孝宗。堯圖：即圖籙。指帝位。見前《皇帝閣端午帖子詞》其四"躬行盛德基王化"注［二］。聖人：指孝宗。

［四］內助：妻子，謂能在家裏相助。此指高宗吳后，時為太上皇后。《宋史·后妃傳下·憲聖慈烈吳皇后傳》："后嘗語帝曰：'普安，其天日之表也。'帝意決，立為皇子，封建王。"按，普安即孝宗。

仁心均動植[一]，風化正邦家[二]。福慶方駢集[三]，靈符尚辟邪[四]。

【注釋】
　　［一］動植：動物和植物。
　　［二］風化：風俗教化。
　　［三］駢集：湊集；聚合。
　　［四］靈符：古代端午佩飾，俗以為可避兵禍鬼氣。見晏殊《端午詞·御閣》其三"獻壽競為長命縷"注［二］。

　　心境俱清淨[一]，能令五月涼。芬香隨處有，不待沐蘭湯[二]。
　　【注釋】
　　［一］心境：心與境。佛教語，指意識與外物。《黃檗山斷際禪師傳心法要》："凡夫取境，道人取心。心境雙忘乃是真法。"清淨：潔淨，不受外擾。
　　［二］沐蘭湯：以蘭為湯沐浴，為端午習俗。見夏竦《御閣端午帖子》十一"浴蘭襲祉良辰啟"注［一］。

　　坤元厚德孰能名[一]，履正懷沖本至誠[二]。自是從容常中道[三]，非因欲待晏陰成[四]。
　　【注釋】
　　［一］"坤元"句：大地資生萬物之德誰能說清。此喻太上皇后之美德。坤元厚德：大地資生萬物之德。見胡宿《皇后閣春帖子》其三"東陸韶光先四序"注［三］。
　　［二］履正懷沖：躬行正道，心懷謙虛。亦作"懷沖履正"，見前《端午帖子詞皇帝閣》其六"萬年珍木綠陰成"注［三］。
　　［三］"自是"句：從此日（端午）舉止動作皆合乎道義。從容：舉止動作。《禮記·緇衣》："長民者衣服不貳，從容有常。"孔穎達疏："從容有常者，從容，謂舉動有其常度。"中道：合乎道義。《禮記·中庸》："誠者，不勉而中，不思而得，從容中道，聖人也。"孔穎達疏："從容閒暇而自中乎道。"
　　［四］"非因"句：不是因為要等待夏至微陰生成。晏陰：柔和之陰，微陰。見胡宿《皇帝閣端午帖子》其六"商管微陰動"注［一］。

按，乾道六年五月二十九日夏至，故云"欲待晏陰成"。

俯視紛華等秕糠[一]，隨時邀樂任嬪嬙[二]。宮中鬭草知多少[三]，自有金芝冠眾芳[四]。

【注釋】

[一] 紛華：繁華；富麗。秕糠：癟穀和米糠。喻瑣碎、無用之物。《莊子·逍遥遊》："是其塵垢秕糠，將猶陶鑄堯舜者也。"成玄英疏："穀不熟為秕，穀皮曰糠，皆猥物也。"

[二] 邀樂：遊樂。《莊子·徐無鬼》："吾所與吾子遊者，遊於天地；吾與之邀樂於天，吾與之邀食於地，不有所為。"嬪嬙：宮中女官，天子諸侯姬妾。《左傳·昭公三年》："君若不棄敝邑，而辱使董振擇之，以備嬪嬙，寡人之望也。"杜預注："嬪、嬙，婦官。"楊伯峻注："嬪、嬙皆天子諸侯姬妾。"此指宮中眾妃嬪。

[三] 鬭草：古代一種流行於清明、端午之際的遊戲。見晏殊《端午詞·內廷》其一"百草鬭餘欣令月"注[二]。

[四] 金芝：金色芝草。古代傳說中的一種仙藥。《漢書·宣帝紀》："（神爵元年）金芝九莖，產於函德殿銅池中。"顏師古注："服虔曰：金芝，色像金也。"《玉海》卷一九七"隆興康壽殿金芝"："隆興二年三月二十四日，德壽宮康壽殿生金芝十有二莖。"故云。

自然長壽又康寧[一]，德合無疆萬物亨[二]。聖主愛親思盡美[三]，更羞仙尤助延生[四]。

【注釋】

[一] 長壽又康寧：祝福語。壽、康二字暗合康壽殿名。康壽殿在德壽宮，為太上皇后居處。

[二] "德和"句：以坤之德喻太上皇后之美德。《易·坤》："坤厚載物，德合无疆。含弘光大，品物咸亨。"孔穎達疏："以其廣厚，故能載物；有此生長之德，合會無疆。……包含弘厚，光著盛大，故品類之物皆得亨通。"

[三] "聖主"句：寫宋孝宗孝敬太上皇帝和太上皇后力求盡善盡美。愛親：愛父母、尊長。《孝經·天子》："愛親者不敢惡於人，敬親

者不敢慢於人。"

［四］羞：進獻。仙术（zhǔ）：术。一種藥材，有白术、倉术，根莖可入藥，古人以為食术有助長壽。見王珪《端午內中帖子詞·太上皇后閣》其四"有德名終大"注［四］。

中興雖帝業[一]，內治本陰功[二]。天下供榮養[三]，方知福報崇[四]。

【注釋】

［一］"中興"句：南宋建立雖然為帝王之事業。中興：中途振興；轉衰為盛。南宋建立，稱之為中興。宋周密《齊東野語》卷一九"嘉定寶璽"："中興以來冠蓋雲集，英俊日盛，可以培植國家無疆之基。"

［二］"內治"句：治理內宮還是皇后之事。內治：古指對婦女進行的教育。《禮記·昏義》："古者，天子后立六宮、三夫人、九嬪……以聽天下之內治，以明章婦順，故天下內和而家理。"鄭玄注："內治，婦學之法也。"孔穎達疏："案九嬪職云'掌婦學之法'，故知內治是婦學也。"陰功：同陰德；帝王後宮的事務。《禮記·昏義》："天子聽男教，后聽女順；天子理陽道，后治陰德；天子聽外治，后聽內治。"鄭玄注："陰德，謂主陰事、陰令也。"

［三］"天下"句：孝宗以天下來贍養二老。榮養：贍養父母。

［四］福報崇：福德報應多。

乾坤皆數五，日月正符同[一]。但仰重離照[二]，難名厚載功[三]。

【注釋】

［一］"乾坤"二句：端午為農曆五月五日，日、月皆為五。

［二］重離：太陽。《離》卦為火，為日，復卦為離上離下相重，故以"重離"指太陽。此喻太上皇帝。見胡宿《皇帝閣端午帖子》其八"後宮虬鳥將雛樂"注［四］。

［三］厚載：地厚而載萬物。《易·坤》："坤厚載物，德合无疆。"此喻指太皇太后。

寶殿名康壽[一]，皇心在祝延[二]。願從重五日[三]，更閱萬千年[四]。

【注釋】

[一]"寶殿"句：即康壽殿。在德壽宮中，為太上皇后居處。

[二] 祝延：祝壽延福。

[三] 重五：也稱重五，端五；端午。農曆五月五日。宋王楙《野客叢書·重三》："今言五月五日曰重五，九月九日曰重九。"

[四] 閱：經歷。

陽居大夏方行令[一]，已有微陰次第生[二]。細察天時知物理[三]，常將儆戒保和平[四]。

【注釋】

[一]"陽居"句：正當夏季。陽居大夏：《漢書·董仲舒傳》："陽常居大夏，而以生育養長為事；陰常居大冬，而積於空虛不用之處。"大夏：夏天。《管子·輕重乙》："夫歲有四秋……大夏且至，絲纊之所作，此之謂夏之秋。"

[二] 微陰：夏至之日，微陰初生。古人認為此時人之生活起居要謹慎安靜。見胡宿《皇帝閣端午帖子》其六"商管微陰動"注[一]。

[三] 物理：事物的道理、規律。

[四] 儆戒：警戒；戒備；戒懼。《書·大禹謨》："儆戒無虞，罔失法度，罔遊于逸，罔淫于樂。"

上古遺書究治終，長編通鑑更參同[一]。端居坐照無窮事[二]，何用江心百鍊銅[三]。原注：《選德殿記》載上語云："日讀《尚書》、《通鑑》。"[四]

【注釋】

[一]"上古"二句：閱讀《尚書》可窮究治亂之道，還可以用《資治通鑑》加以參驗。寫孝宗讀史書為鑒。上古遺書：指《尚書》。長編通鑑：指《資治通鑑》。因撰寫編年史前，先行搜集資料，按次排列。故稱"長編"。究治終：推求始治終亂的道理。參同：驗證合同。《韓非子·主道》："有言者自為名，有事者自為形，形名參同，君乃無

[二] 端居：平居。

[三]"何用"句：反用唐端午揚州江心鑄鏡進貢事。鍊：同"煉"。見晏殊《端午詞·東宮閣》其一"揚子江心鑄鑑成"注[二]。

[四]《選德殿記》：南宋洪邁撰，作於乾道三年三月。《玉海》卷一六〇載其於三年正月丙寅詔對，孝宗言："此殿朕即位後所作也。命名之旨，雖取於選射觀德之義，然退朝之餘，發號出令，圖事揆策，無適而不在是。凡燕游聲色之奉，宮室苑囿之娛，非惟不可好，然亦所不好。獨以閒暇取《尚書》及《資治通鑑》，孜孜而讀之。"

　　晉國燔山求介子[一]，荊人角黍祀靈均[二]。聖君念舊仍從諫[三]，千古忠賢氣亦伸[四]。

【注釋】

[一]"晉國"句：用介之推事。據《左傳·襄公二十七年》記載，介之推隨從晉公子重耳出亡，歷經各國，凡十九年。重耳還國為君，賞從亡者，介之推不言祿，祿亦不及。與母隱於綿山中。民間傳說文公為逼他下山，放火燒山，他堅持不出，被焚而死。故有些地方尤其是晉地端午不舉火，傳說為紀念介之推。介子：即介之推，也作介子推、介推、介子綏。《藝文類聚》卷四歲時部"五月五日"條引《琴操》曰："介子綏割其腓股，以啖重耳，重耳復國，子綏獨無所得。綏甚怨恨，乃作龍蛇之歌以感之，終不肯出。文公令燔山求之，子綏遂抱木而燒死，文公令民五月五日不得發火。"晉陸翽《鄴中記》亦載："並州俗以介子推五月五日燒死，世人為其忌，故不舉餉食。"

[二] 角黍：粽子。相傳端午角黍為祭祀屈原而來。見夏竦《御閣端午帖子》其六"太官角黍迎嘉節"注[一]。靈均：指屈原。《離騷》："名余曰正則兮，字余曰靈均。"

[三] 從諫：聽從諫言。《書·說命上》："惟木從繩則正，后從諫則聖。"

[四] 忠賢：忠誠賢明的人。

周 必 大

周必大（1126—1204），字子充，一字弘道，晚年自號平園老叟，又號省齋居士。吉州廬陵（今江西吉安）人。高宗紹興二十一年（1151）進士。乾道六年（1170），除秘書少監兼直學士院，兼權中書舍人。孝宗淳熙二年（1175），除敷文閣待制、侍講，纍遷吏部尚書兼翰林學士承旨。七年，除參知政事。九年，除知樞密院事。十六年，出判潭州。光宗紹熙四年（1193），改判隆興府。寧宗慶元元年（1195），以觀文殿大學士、益國公致仕。嘉泰四年卒。開禧三年（1207），賜諡文忠。著書多達八十一種。有《平園集》二百卷。《宋史》卷三九一有傳。

周必大帖子詞今存一百二十九首，其中春帖子五組五十八首，端午帖子五組七十一首，均載於其集。《全宋詩》卷二三三一收錄。

立春帖子

太上皇帝閣乾道七年[一]

五言三首

瑞雪收殘臘[二]，和風報早春。祝堯千萬壽[三]，常與歲俱新。

【校記】

周必大帖子皆錄自《周益文忠公集》卷一一八。此以清黃丕烈校跋并抄補明抄《周益文忠公集》（藏國家圖書館），校以影印文淵閣《四庫全書》本《文忠集》。第二句"早"，四庫本作"蚤"。

【注釋】

［一］太上皇帝：指宋高宗趙構（1107—1187）。禪位于孝宗，自稱太上皇帝。見李清照《皇帝閣春帖子》"莫進黃金簞"注［一］。乾道七年，即公元1171年。乾道為宋孝宗趙昚年號（1165—1173）。按，此帖包括《太上皇帝閣》與《太上皇后閣》兩類。當年立春在上年臘月二十三。作者時以秘書少監兼權直院。

［二］瑞雪：春雪。古人以為初春之雪預兆豐年，故稱殘臘：當年立春在臘月，故云。

［三］堯：喻指太上皇帝趙構。

溥博參洪造[一]，希夷法自然[二]。鴻名稱盛禮，玉冊趁新年[三]。

【注釋】

［一］"溥博"句：謂皇恩遍施。溥博：周遍廣遠。《禮記·中庸》："溥博淵泉，而時出之。"孔穎達疏："溥，謂無不周徧；博，謂所及廣遠。"洪造：猶洪恩。

［二］"希夷"句：效法自然，清靜無為。希夷：《老子·十四章》："視之不見名曰夷，聽之不聞名曰希。"河上公注："無色曰夷，無聲曰希。"此指清靜無為。

［三］"鴻名"二句：寫孝宗為太上皇趙構、太上皇后吳氏加尊號以及將於新年舉行冊寶之事。鴻名：指太上皇尊號。玉冊：玉製的簡冊。常用於帝王祭告、封禪，冊命皇太子及后妃等。此為太上皇帝上尊號所用。《宋史·孝宗本紀二》：乾道六年"十一月，丁酉，加上光堯壽聖太上皇帝尊號曰光堯壽聖憲天體道太上皇帝、壽聖太上皇后尊號曰壽聖明慈太上皇后"，"七年春正月丙子，率群臣奉上太上皇、太上皇后冊寶於德壽宮"。按，孝宗四次為高宗加封尊號。《文獻通考》卷二五二："紹興三十二年六月上內禪，稱太上皇，退處德壽宮。八月加上尊號為'光堯壽聖太上皇帝'，乾道七年再加上尊號為'光堯壽聖憲天體道太上皇帝'，淳熙二年再加上尊號為'光堯壽聖憲天體道性仁誠德經武緯文太上皇帝'，是年以聖壽七十行慶壽禮。十二年，再加'紹業興統明謨盛烈'八字。"

俗阜登臺樂[一]，農祥擊壤謠[二]。何人知帝力，爾極聽垂髫[三]。

【注釋】

[一] 俗阜：指民眾富庶。登臺樂：登上高臺遊樂。《老子·二十章》："眾人熙熙，如享太牢，如春登臺。"喻盛世安樂氣象。

[二] "農祥"句：以農時民謠歌頌天下太平。農祥：星宿名，即房星，二十八宿之一，東方蒼龍七宿中的房宿；因房星晨正時農事開始，故謂農祥。多指農時。見胡宿《皇帝閣春帖子》其二"蒼玉新旂祀木神"注[三]。擊壤謠：遊戲的歌謠。見司馬光《春帖子詞·皇帝閣六首》其三"盛德方迎木"注[四]。

[三] "何人"二句：有誰知道天帝的作用呢？聽聽童謠即可知。帝力：帝王的作用。見胡宿《皇帝閣春帖子》其五"春官青鳥司開啟"注[三]。爾極：以你為準則。極：中正，準則。語出《詩·周頌·思文》："思文后稷，克配彼天，立我烝民，莫匪爾極。"毛傳："極，中也。"按，此詩乃周人郊祀后稷、讚頌其德足以配天之詩。孔穎達疏："《思文》詩者，后稷配天之樂歌也。周公既已制禮，推后稷以配所感之帝，祭於南郊，既已祀之，因述后稷之德可以配天之意，而為此歌焉。"此言童謠稱頌高宗之德。垂髫：指兒童。髫，兒童垂下的頭髮。古時兒童不束髮，頭髮下垂，故稱。

七言三首

青陽布治周三紀[一]，黃屋非心正九年[二]。聖子有為今出震[三]，天公不宰舊乘乾[四]。

【注釋】

[一] "青陽"句：寫高宗在位長達三十六年。青陽：春天。《尸子·仁意》："春為青陽，夏為朱明。"布治：頒布政令或法典，引申為施政。三紀：三十六年。十二年為一紀。《書·畢命》："既歷三紀。"孔安國傳："十二年曰紀。"高宗自建炎元年（1127）五月登基，至紹興三十二年（1162）六月禪位，在位三十五年餘。

[二] "黃屋"句：寫高宗趙構禪位於孝宗恰好九年。黃屋：車蓋，

以黄繒為裹，故名。此為皇帝用物，故以代稱皇帝。此指太上皇帝趙構。高宗紹興三十二年禪位至乾道七年（1171）恰為九年。

〔三〕"聖子"句：皇子有為，現今已經出東宮。言孝宗已為皇帝。出震：出東宮。《易·震》為長男，故震指太子。震：卦名。卦象為"䷲"，為雷，象東方。《易·説》："萬物出乎震。震，東方也。"

〔四〕"天公"句：意為高宗禪位於孝宗，不再處理政事。天公：喻高宗。乘乾：喻孝宗登極為帝。《左傳·昭公三十二年》："在《易》卦，雷乘《乾》曰《大壯》，天之道也。"杜預注："《乾》為天子，《震》為諸侯而在上，君臣易位，猶臣大強壯，若天上有雷。"按，《大壯》為乾下震上，震為雷，故云雷乘乾。此言昔日太子已為皇帝。

東郊何必舞雲翹[一]，太史休勞望斗杓[二]。欲識皇都春色動，兩宮和氣舜承堯[三]。

【注釋】

〔一〕"東郊"句：漢代立春東郊迎氣，舞《雲翹》之舞；此反用之。見晏殊《立春日詞·内廷四首》其一"朱户未聞迎綵燕"注〔三〕。

〔二〕"太史"句：古代太史負責觀察北斗的位置以確定時序；此反用之。太史：官名。西周、春秋時太史掌記載史事、編寫史書、起草文書，兼管國家典籍和天文曆法等，漢代太史令掌握天時星曆，魏晉以後，太史專掌曆法。宋有太史局、司天監、天文院等名稱。（參《通典·職官八》、《續通典·職官八》）斗杓：北斗柄。春天斗柄向東。見宋庠《皇帝閣端午帖子詞》其五"天關卻暑金為狄"注〔二〕。

〔三〕兩宮：指太上皇帝趙構與皇帝趙昚。舜承堯：喻指孝宗順從高宗。

鬥巧花枝金剪幡[一]，誇多菜縷玉為盤[二]。君王賸欲娛佳節[三]，總把時新輟大官[四]。

【注釋】

〔一〕"鬥巧"句：寫立春時剪彩花、迎春幡勝之類以鬥巧。鬥巧花枝：指春花。見宋祁《春帖子詞·皇帝閣》其四"日華初麗上林天"

注［二］。金剪幡：指以金箔等剪製的幡勝。見夏竦《內閣春帖子》其四"銀箭初傳暖律延"注［三］。

［二］"誇多"句：寫春盤菜肴之盛。見宋祁《春帖子詞·夫人閣十首》其九"日照瓠稜萬戶春"注［二］。

［三］賸（shèng）：頗。

［四］"總把"句：孝宗總是讓太官為高宗奉上新鮮而應時的美味。時新：應時而鮮美的東西。大官：即太官；官名。見夏竦《御閣端午帖子》其六"太官角黍迎嘉節"注［一］。

太上皇后閣乾道七年[一]

五言三首

化國春偏好[二]，慈闈日自長[三]。仙韶喧法曲[四]，齊勸萬年觴[五]。

【注釋】

［一］太上皇后：指高宗皇后吳氏（1115—1197）。高宗禪位後，稱太上皇后。見李清照《貴妃閣春帖子》"金環半后禮"注［一］。按，此與上詩同為乾道七年春帖。周必大時以秘書少監兼權直院。

［二］化國：教化和平之國。

［三］"慈闈"句：太后宮殿白日增長。慈闈：亦作"慈幃"，"慈帷"，舊時母親的代稱。此指太上皇后閣。

［四］"仙韶"句：德壽宮中演奏音樂。仙韶：即法曲。道教所奏之曲。隋時已有法曲，其音清而近雅，其器有鐃、鈸、鐘、磬、幢、簫、琵琶，唐玄宗熟知音律，酷愛法曲，選坐部伎子弟三百，教於梨園。唐文宗開成三年，改法曲為仙韶曲（見《新唐書·禮樂志十二》）。

［五］"齊勸"句：一起舉酒祝壽。

白玉重鐫冊，黃金再鑄章[一]。宮中饒樂事[二]，大典對春陽[三]。

【注釋】

［一］"白玉"二句：以白玉製作冊書，用黃金鑄造寶璽。此寫孝

宗為太上皇趙構、太上皇后吳氏加尊號以及行冊寶之禮。章：寶璽。宋時皇帝寶璽以玉為之，以金為飾；皇太后為金寶。此為上尊號之寶，上刻尊號文字。《宋史・輿服志六》："凡上尊號，有司製玉寶，則以所上尊號為文。寶用玉，篆文，廣四寸九分，厚一寸二分，填以金盤龍鈕，係以暈錦大綬，赤小綬，連玉環。""乾道六年，再加十四字尊號，以寶材元係螭龍鈕，止堪改作蹲龍，其鈕高二寸四分五釐，厚一寸一分五釐，竅徑一寸。"參前《太上皇帝閣》其二"溥博參洪造"注〔三〕。

〔二〕饒：多。

〔三〕大典：盛大的典禮。此指冊寶典禮。春陽：春日的和煦陽光。按，冊寶禮在乾道七年正月。

冰泮西湖裏[一]，人遊玉燭中[二]。非關風習習[三]，端為樂融融[四]。

【注釋】

〔一〕"冰泮"句：西湖冰水解凍。冰泮：冰融，解凍。西湖：指杭州西湖。

〔二〕玉燭：指和暢舒適的氣候。古時以為人君德美如玉，可致四時氣候調和。見宋庠《皇帝閣端午帖子詞》其一"吹律葭賓動"注〔三〕。

〔三〕習習：和煦。

〔四〕端：正。融融：和樂；恬適。

七言三首

徽音有永坤寧殿[一]，內助無勞德壽宮[二]。未問夭桃與秾李，先須歌詠二南功[三]。

【注釋】

〔一〕"徽音"句：謂吳氏德音永存。徽音：即德音；善言、佳音。《詩・大雅・思齊》："大姒嗣徽音，則百斯男。"鄭玄箋："嗣大任之美音，謂續行其善教令。"坤寧殿：南宋皇后所居殿；此指高宗吳皇后，時為太上皇后。按，此時孝宗無皇后。

[二] 内助：本指妻子，謂能在家裏相助；此指高宗吳后，時為太上皇后。無勞：不用勞煩。德壽宮：高宗禪位后所居宮；借指太上皇趙構。

　　[三] "未問"二句：言太上皇后吳氏之美德。夭桃：桃花。語出《詩·周南·桃夭》："桃之夭夭，灼灼其華。"秾李：華美的李花。二南：《詩》中的《周南》與《召南》。漢以後二南被作為詩教的典範。見夏竦《淑妃閣端午帖子》其四"宴寢奉朝鳴采玉"注[四]。

　　東風一夜轉熙臺[一]，日上瑤池綺席開[二]。可但六宮環佩響，重孫滿眼賀春來[三]。

【注釋】

　　[一] 東風：春風。熙臺：即春臺。語出《老子·二十章》："眾人熙熙，如享太牢，如春登臺。"

　　[二] 瑤池：古代傳說中崑崙山上的池名，西王母所居。此指宮苑中池。見胡宿《夫人閣端午帖子》其六"魚龍曼衍夸宮戲"注[四]。綺席：盛美的筵席。

　　[三] "可但"二句：寫宮中后妃及兒孫輩人至太上皇后居處拜見祝福的情形。可但：豈止。六宮：指后妃。見夏竦《內閣春帖子》其六"緹室葭灰飛候管"注[三]。環佩：環形佩玉。泛指婦女佩飾。重孫：兒子的孫子。

　　湧金門外風舒柳[一]，師子園中日放花[二]。何事東皇催暖律[三]，似迎西母探春車[四]。

【注釋】

　　[一] 湧金門：南宋臨安（今杭州市）的西城門。門臨西湖。宋趙彥衛《雲麓漫鈔》卷五："錢湖一名金牛湖，一名明聖湖，湖有金牛，遇聖明即見，故有二名焉……行次北第二門曰湧金門，即金牛出見之所也。"

　　[二] 師子園：園名，不詳所指，或指聚景園。北宋洛陽有師子園。宋李格非《洛陽名園記·呂文穆園》："洛陽又有園池，中有一物特可稱者，如大隱莊——梅；楊侍郎園——流杯；師子園——師子是

也。……師子，非石也。入地數十尺，或以地攷之，蓋武后天樞銷鑠不盡者也。"

［三］東皇：司春之神。暖律：溫暖的節候。古代以時令合樂律，春為暖律。律：即律管，候管。見夏竦《內閣春帖子》其六"緹室葭灰飛候管"注［一］。

［四］西母：西王母。喻指太上皇后吳氏。探春：早春郊遊。唐宋風俗，都城士女在正月十五日收燈後爭先至郊外宴遊，稱探春。五代王仁裕《開元天寶遺事·探春》："都人士女每至正月半後，各乘車跨馬，供帳於園圃或郊野中，為探春之宴。"宋周密《武林舊事》卷三"西湖遊幸"："都城自過收燈，貴遊巨室，皆爭先出郊，謂之'探春'。"

皇帝閤乾道八年［一］

五言三首

日向皇都永［二］，冰從泰液融［三］。八荒開壽域［四］，萬國轉春風。

【注釋】

［一］皇帝：指孝宗趙昚（1127—1194）。見曹勛《癸未御前帖子》其一"廣殿薰風日正長"注［一］。乾道八年，即公元1172年。乾道為宋孝宗趙昚年號（1165—1173）。按，此帖僅此一類。當年立春在正月初四日，作者時以禮部侍郎兼權直院。

［二］皇都：京城，國都。此指臨安（今杭州）。永：長。言立春後白晝增長。

［三］泰液：即太液；太液池。漢池名。此指南宋宮中池。見夏竦《御閣春帖子》其二"冰消太液生春水"注［一］。

［四］"八荒"句：頌天下太平。八荒：八方荒遠的地方。《史記·秦始皇本紀·贊》引賈誼《過秦論》上："秦孝公……有席卷天下，包舉宇內，囊括四海之意，并吞八荒之心。"漢劉向《說苑·辨物》："八荒之內有四海，四海之內有九州。"壽域：《漢書·禮樂志》："驅一世之民，躋之仁壽之域。"比喻太平盛世。

綵勝年年巧[一]，椒盤歲歲新[二]。君王千萬壽，長與物華春[三]。

【注釋】

[一] 綵勝：古代立春日飾品。見夏竦《内閣春帖子》其四"銀箭初傳暖律延"注［三］。

[二] 椒盤：盛花椒的盤子。見夏竦《内閣春帖子》其二"椒花獻歲良時啟"注［一］。

[三] 物華：自然景物。

暖律催花蘤[一]，晴暉活柳枝。發生雖有信[二]，造化本無私[三]。

【注釋】

[一] 暖律：溫暖的節候。古代以時令合樂律，春為暖律。律：即律管，候管。見夏竦《内閣春帖子》其六"緹室葭灰飛候管"注［一］。花蘤（wěi）：花。《廣雅·釋草》："蘤，華也。"蘤：古花字。

[二] 發生：指萬物萌發、滋長。春主發生。見胡宿《皇帝閣春帖子》其五"春官青鳥司開啟"注［二］。有信：按時；有一定規律。

[三] "造化"句：自然原本是無所偏私的。造化：自然。私：偏愛。歐陽修《春帖子詞·皇帝閣六首》其五："造化未嘗私一物。"

七言三首

翠輿黃繖下祥曦[一]，德壽宮中奉玉巵[二]。天上融怡和氣滿[三]，人間那得不熙熙[四]。

【注釋】

[一] 翠輿：寫孝宗乘車自祥曦殿出。翠輿：指皇帝車駕。黃繖：也作黃傘；即黃羅傘蓋，為皇帝儀仗之一。此借指孝宗皇帝。祥曦：祥曦殿，建於紹興二十八年。宋李心傳《建炎以來朝野雜記》甲集卷二："（紹興）二十八年增築皇城東門之外城。於是時，禁中已復營祥曦、福寧等處殿。"祝穆《方輿覽勝》卷一亦載"紹興二十八年始作"。此殿即崇政殿。見劉才邵《立春内中帖子詞·皇帝閣六首》其一"一氣

回蒼陸"注〔三〕。

〔二〕"德壽"句：寫孝宗至德壽宮為二老舉酒祝壽。德壽宮：高宗禪位後所居宮。見曹勛《德壽春帖子》其一"曉來簾幕捲東風"注〔一〕。奉：進獻。玉巵：玉杯。

〔三〕融怡：融洽和樂。

〔四〕熙熙：和樂狀。《老子·二十章》："眾人熙熙，如享太牢，如春登臺。"

延英議政恰朝還[一]，選德觀書時暫閑[二]。晝漏稍稀高閣報，教添內引兩三班[三]。

【校記】

第二句"時"字，四庫本作"肯"；"閑"字作"間"。

【注釋】

〔一〕延英：即延英殿；唐宮殿名。此指南宋延和殿、崇政殿。《唐六典·尚書·工部》："宣政之左曰東上閣，右曰西上閣，次西曰延英門，其內之左曰延英殿。"唐肅宗因宰相苗晉卿年老行動不便，特於延英殿召對，以示優禮。後代因以為故事。按，《新唐書·苗晉卿傳》記載"延英召對"始於唐代宗。宋仁宗於乾興初設邇英、延義閣，以延見儒臣。黃庭堅《子瞻去歲春侍立邇英子由秋冬間相繼入侍作詩各述所懷予亦次韻四首》題下任淵注引《仁宗實錄》："仁宗乾興初，日御殿之西廡，詔孫奭、馮元等勸講。祖宗故事：以雙日延見儒臣。至此，雖隻日亦令執經入侍。景祐二年正月癸丑，詔置邇英、延義二閣，書《無逸》篇于屏。邇英在迎陽門之下，東向。《東京記》曰：'崇政殿西有邇英閣，東有延義閣，講諷之所。'又按，國朝春二月至端午，秋八月至冬至，遇隻日邇英閣輪官講讀。"宋高承《事物紀原》卷一"延英"："《唐書》：'韓皐曰：延英之置，肅宗以苗晉卿年老難步，故設之耳。'後代因以為故事。《宋朝會要》曰：'康定二年八月，宋庠奏：唐自中葉已還，雙日及非時大臣奏事，別開延英賜對，今假日御崇政、延和是也。'"南宋宮室從簡，"休兵後，始作崇政、垂拱二殿。……八年秋，又改後殿擁舍為別殿，取舊名，謂之延和殿，便坐視事則御之。"（《宋史·輿服志六》）崇政殿：即祥曦殿。見上詩注〔一〕。

[二]選德：即選德殿。孝宗所建，為射殿。避暑常御。《宋史·輿服志六》："淳熙初，孝宗始作射殿，謂之選德殿。"《咸淳臨安志》卷一"選德殿"："孝宗皇帝建，以為射殿。御坐後有大屏，分畫諸道、列監司、郡守為兩行，各標職位姓名。又圖華夷疆域于屏陰，詔學士臣周必大為記并書。"《武林舊事》卷三"禁中納涼"："禁中避暑，多御復古、選德等殿。"

　　[三]"晝漏"二句：寫閣門官宣喚相關人員引領官員謁見皇帝。意在表現孝宗之勤政。晝漏稍稀：見夏竦《內閣春帖子》其四"銀箭初傳暖律延"注[一]。高閣：指閣門官。宋有東、西上閣門，官員有東上閣門、西上閣門使各三人，副使各二人，宣贊舍人十人，祗候十二人，掌朝會宴幸、供奉贊相禮儀之事，使副承旨禀命，舍人傳宣贊謁，祗候分佐舍人。凡文武官自宰臣、宗室自親王、外國自契丹使以下朝見謝辭皆掌之。視其品秩以為引班、叙班之次，贊其拜舞之節而糾其違失。若慶禮奉表，則東上閣門掌之；慰禮進名，則西上閣門掌之。見《宋史·職官志六·東西上閣門》。內引：到內殿謁見皇帝。因須由有關官員引領，故稱。宋趙升《朝野類要·班朝·內引》："內殿引見，則可以少延時刻，亦或賜坐，亦或免穿執也。"兩三班：兩、三個班次。

　　淑氣潛飛玉管灰[一]，無情草木得先知。一如聖主行仁政，晨發巖廊夕海涯[二]。

【校記】

第一句"管"，四庫本作"琯"。琯，同"管"。

【注釋】

　　[一]玉管：玉製的管；本為定音器，也用作觀測氣候，稱律管，候管。見夏竦《內閣春帖子》其六"緹室葭灰飛候管"注[一]。

　　[二]巖廊：高峻的廊廡；借指朝廷。海涯：海邊；指邊遠的地區。

太上皇帝閣淳熙三年[一]

五言三首

溥博仁由性[二]，誠明德乃真[三]。豈能名蕩蕩[四]，聊與萬方春[五]。

【注釋】

[一] 太上皇帝：指宋高宗趙構（1107—1187），禪位後稱太上皇帝。見李清照《皇帝閣春帖子》"莫進黃金簟"注[一]。淳熙三年：即公元1176年。淳熙為宋孝宗年號（1174—1189）。按，此組詩題為太上皇帝閣，然僅存五首，其中兩首亦殘缺不全。據其內容，除第一首外，其餘四首顯系為女性所作，疑為太上皇后閣帖子。從周必大歷年帖子來看，太上皇帝與太上皇后兩閣必同時寫作。因此，此帖當包括太上皇帝閣與太上皇后閣兩類，因中間部分散佚而致此。當年立春在年前臘月十七日，作者時以敷文閣待制侍講兼直院。

[二] 溥博：周遍廣遠。見前乾道七年《立春帖子·太上皇帝閣》其二"溥博參洪造"注[一]。

[三] "誠明"句：贊太上皇帝有至誠之心和完美的德性。語出《禮記·中庸》："自誠明謂之性，自明誠謂之教。誠則明矣，明則誠矣。"鄭玄注："由至誠而有明德，是聖人之性者也。"

[四] "豈能"句：語出《論語·泰伯》："大哉堯之為君也……蕩蕩乎，民無能名焉。"朱熹集注："蕩蕩，廣遠之稱也。"蕩蕩：廣遠博大。

[五] 聊：姑且。

莫訝東風早[一]，元從太極來[二]。臘寒猶半月[三]，花已滿頭開[四]。

【校記】

第一句"早"，四庫本作"蚤"。

【注釋】

[一] 東風：春風。蚤：通"早"。

[二] 元：同"原"。太極：指原始混沌之氣。《易·繫辭上》："易有太極，是生兩儀，兩儀生四象，四象生八卦。"氣運動而分陰陽，由陰陽而生四時，因而出現天、地、風、雷、水、火、山、澤八中自然現象，推衍為宇宙萬事萬物。

[三] "臘前"句：淳熙三年立春在年前臘月十七，故云。

［四］"花已"句：寫立春時頭戴彩花。按，此或指幡勝之類。宋時立春朝廷賜春幡勝，百官皆簪戴。見夏竦《內閣春帖子》其四"銀箭初傳暖律延"注［三］。

字縷黃金勝[一]，酥□白玉盤[二]。不須誇百巧，只□□□。

【注釋】

［一］"字縷"句：寫以金綫製作的幡勝。幡勝為立春主要飾品，見夏竦《內閣春帖子》其四"銀箭初傳暖律延"注［三］。

［二］酥：唐宋流行的一種飲食。點酥為一種飲食技藝，見王珪《立春內中帖子詞·夫人閣》其一"翠縷爭垂柳"注［三］。

七言三首

□□□□□□，□□□□□□。□□一聲爭理鬢[一]，官家來奉萬年卮[二]。

【注釋】

［一］理鬢：梳理鬢髮。按，此詩當為太上皇后閣帖子。

［二］"官家"句：寫孝宗進酒祝壽。官家：對皇帝的稱呼。《資治通鑑·晉成帝咸寧三年》引《晉書·石季龍載記上》"官家難稱句"，胡三省注："稱天子為官家，始見於此。西漢謂天子為縣官，東漢謂天子為國家，故兼而稱之。或曰：五帝官天下，三王家天下，故兼稱之。"宋時多用此稱。奉：進獻。

聚景園林花萬重[一]，外家車騎極雍容[二]。應譏漢戚多驕恣，馬后徒勞戒濯龍[三]。

【注釋】

［一］聚景園：苑名，在南宋臨安宮城北清波門外。見汪應辰《太上皇帝閣端午帖子詞》十二"冷泉堂上湖山勝"注［二］。

［二］"外家"句：外戚家的車馬華貴威嚴。雍容：華貴，有威儀。

［三］"應譏"二句：寫太上皇后吳氏能嚴格約束外家。詩反用東

漢明德馬皇后事。見王珪《端午內中帖子詞·太上皇后閣》其八"水風吹殿送微涼"注[二]。濯龍：漢代宮苑名。此指聚景園。按，此典常用以寫太后，此詩當為太上皇后閣帖子。

太上皇帝閣淳熙四年[一]

五言三首

去年春日盛，七十慶儀新[二]。今歲從頭數，重過一萬春。

【注釋】

[一] 太上皇帝：指宋高宗趙構（1107—1187），禪位後稱太上皇帝。見李清照《皇帝閣春帖子》"莫進黃金簟"注[一]。淳熙四年：即公元 1177 年。淳熙為宋孝宗年號（1174—1189）。按，此帖包括《太上皇帝閣》、《太上皇后閣》兩類。當年立春在年前臘月二十八日，作者時以吏部侍郎兼直院。

[二] "去年"二句：寫淳熙三年太上皇趙構七十大壽，於立春舉行慶壽禮之事。《宋史·孝宗本紀二》：淳熙二年十月"壬午（5 日），詣德壽宮，加上"光堯壽聖憲天體道太上皇帝尊號曰'光堯壽聖憲天體道性仁誠德經武緯文太上皇帝'，壽聖明慈太上皇后尊號曰'壽聖齊明廣慈太上皇后'"，"十一月戊申朔，奉上太上皇、太上皇后冊寶於德壽宮。……（十二月）甲午（17 日），朝德壽宮，行慶壽禮。"按，淳熙三年立春在上年臘月十七。

欲識通明殿[一]，須看德壽宮[二]。聖君朝聖父[三]，雲捧兩袍紅[四]。

【注釋】

[一] 通明殿：傳說中玉帝的宮殿。

[二] 德壽宮：宋高宗退位後所居宮名。見曹勛《德壽春帖子》其一"曉來簾幕捲東風"注[一]。

[三] 聖君：指宋孝宗趙昚。聖父：指宋高宗趙構，時為太上皇帝。

[四] 兩袍紅：孝宗與太上皇所著皆為絳袍，故云。《宋史·輿服志三》："天子之服，一曰大裘冕，二曰袞冕，三曰通天冠、絳紗袍，

四曰履袍，五曰衫袍，六曰窄袍，天子祀享、朝會、親耕及視事、燕居之服也；七曰御閱服，天子之戎服也，中興之後則有之。""乾道九年，又用履袍。袍以絳羅為之，折上巾，通犀金玉帶。系履，則曰履袍；服靴，則曰靴袍。履、靴皆用黑革。四孟朝獻景靈宮、郊祀、明堂，詣宮、宿廟、進胙，上壽兩宮及端門肆赦，並服之。大禮畢還宮，乘平輦，服亦如之。若大輦，則服通天、絳紗如常儀。"

有道春偏好[一]，無為日更舒[二]。齋心大庭館[三]，何處覓華胥[四]？

【校記】

第三句"齋"，本作"齊"，據四庫本改。

【注釋】

[一] 有道：指政治清明之世。《論語·衛靈公》："邦有道，則仕；邦無道，則可卷而懷之。"漢班固《白虎通義·號》："天下有道，人皆樂也。"

[二] 無為：道家所主張的清靜虛無，順應自然。《老子·三十七章》："道常無為而無不為，侯王若能守之，萬物將自化。"更舒：更加從容。

[三] "齋心"句：言高宗居德壽宮心定神閑。語出《列子·黃帝》："退而閒居大庭之館，齋心服形。"齋心：祛除雜念，使心神凝寂。

[四] 華胥：寓言中的理想國。《列子·黃帝》："〔黃帝〕晝寢而夢，遊於華胥氏之國。華胥氏之國在弇州之西，台州之北，不知斯齊國幾千萬里。蓋非舟車足力之所及，神遊而已。其國無帥長，自然而已；其民無嗜欲，自然而已……黃帝既寤，怡然自得。"此指安樂舒適之境。

七言三首

氣衝魚鑰敞金扉[一]，風射蛟冰泮玉池[二]。從此苑中多樂事，和詩誰是沈佺期[三]。

【注釋】

［一］魚鑰：魚形的門鎖。見夏竦《御閣春帖子》其四"九門和氣衝魚鑰"注［一］。金扉：指宮門。

［二］蛟冰：如龍鱗般的冰。也作鮫冰。蛟，蛟龍。泮：融化，解凍。玉池：池沼的美稱。此指後苑中池。

［三］沈佺期：唐代詩人，字雲卿。善屬文，中宗時為拜起居郎，修文館直學士，四時八節常隨駕出遊并賦詩屬和。參見蘇頌《春帖子·皇帝閤六首》其六"四時嘉節宴游稀"注［二］。

　　樓名聚遠倚晴空[一]，無限風光入坐中。豈是帝家侈帝力[二]，由來天子即天公[三]。

【校記】

第三句"侈"字，原作"移"，據四庫本改。

【注釋】

［一］聚遠：指德壽宮中之聚遠樓，修建於乾道三年（1167）。見汪應辰《太上皇帝閤端午帖子詞》十二"冷泉堂上湖山勝"注［一］。

［二］"豈是"句：哪裏是皇家誇大其力呢？按，此當指德壽宮後苑修建冷泉堂、聚遠樓等景觀之事。帝家：京都，此指皇宮。侈：誇大。帝力：帝王的作用。見胡宿《皇帝閤春帖子》其五"春官青鳥司開啟"注［三］。

［三］天子：帝王，皇帝。天公：天的敬稱。

　　大巧都無跡可闚[一]，春來物物自芳菲[二]。不因親御香山賦[三]，誰識當年造化機[四]。自注：太上皇帝近書白居易《大巧若拙賦》賜夏執中[五]。

【注釋】

［一］大巧：真正的聰明才智。《老子·四十五章》："大直若屈，大巧若拙。"王弼注："大巧因自然以成器，不造為異端，故若拙也。"闚：同"窺"。

［二］芳菲：盛美芳香。

［三］親御香山賦：太上皇親筆御書白居易的賦作。香山賦：指白

居易《大巧若拙賦》。白居易曾在香山（今河南省洛陽市龍門山東）築石樓，自號香山居士。《玉海》卷三四"淳熙太上皇帝御書"："三年九月十五日，太上書白居易《大巧若拙賦》賜夏執中。"

［四］造化極：天賦，自然的稟賦。造化：自然。《莊子·大宗師》："今一以天地為大鑪，以造化為大冶，惡乎往而不可哉？"機：素質、稟賦。《莊子·大宗師》："其嗜欲深者，其天機淺。"

［五］夏執中：孝宗夏皇后弟，時為閤門宣贊舍人。執中善書，曾以大字獻高宗為壽。《宋史·后妃傳下·成恭夏皇后傳》載："既貴，始從師學，作大字頗工，復善騎射。高宗行慶壽禮，近戚爭獻珍瓌，執中獨大書'一人有慶，萬壽無疆'以獻。高宗喜，錫賚甚渥。"

太上皇后閣淳熙四年[一]

五言三首

銅史供新曆[二]，壺天報早春[三]。桃花開閬苑[四]，柳色動瑤津[五]。

【校記】

四庫本題中無"淳熙四年"四字。第二句"早"，四庫本作"蚤"。蚤，通"早"。

【注釋】

［一］太上皇后：指高宗皇后吳氏（1115—1197），時為太上皇后。見李清照《貴妃閣春帖子》"金環半后禮"注［一］。按，此亦為淳熙四年（1177）春帖。當年立春在上年臘月二十八日，周必大時以吏部侍郎兼直院。

［二］銅史：本指漢代張衡所製漏刻儀上的銅製仙人像，常借指漏刻銅壺。見晏殊《端午詞·東宮閣》其二"百藥初收味最良"注［四］。此指掌管曆法的太史。周制，天子每年季冬給諸侯頒布次年的曆書，稱頒告朔。宋時並不固定。新曆：當指《淳熙曆》。《宋史·孝宗本紀二》：淳熙四年春正月"丁卯，頒《淳熙曆》"。

［三］壺天：仙境，勝境；此指德壽宮中。據《後漢書·方術傳下·費長房傳》，東漢費長房為市掾時，市中有老翁賣藥，懸一壺於肆

頭，市罷，跳入壺中。長房於樓上見之，知為非常人。次日復詣翁，翁與俱入壺中，唯見玉堂嚴麗，旨酒甘肴盈衍其中，共飲畢而出。後以"壺天"謂仙境、勝境。

［四］閬苑：閬風之苑，仙人所居之境。此指德壽宮後苑。

［五］瑤津：北宋神宗時在宮內後苑鑿有瑤津池；此指德壽宮後苑中大池。《宋史·輿服志六》："北內苑中，則有大池，引西湖水注之。"

興慶唐儀重[一]，東朝漢會尊[二]。帝家春更好，日月照乾坤[三]。

【注釋】

［一］"興慶"句：用唐時待皇太后禮以示太上皇后吳氏之尊崇。《舊唐書·后妃傳下·憲宗懿安皇后郭氏傳》："太后居興慶宮，帝每月朔望參拜，三朝慶賀，帝自率百官詣門上壽。或遇良辰美景，六宮命婦，戚里親屬，車騎駢闐於南內，鑾珮之音，鏘如九奏。穆宗意頗奢縱，朝夕供御，尤為華侈。太后嘗幸驪山，登石甕寺，上命景王率禁軍侍從，帝自於昭應奉迎，遊豫行樂，數日方還。"又《順宗莊憲皇后王氏傳》載："文宗孝義天然，大和中，太皇太后居興慶宮，寶歷太后居義安殿，皇太后居大內，時號'三宮太后'。上五日參拜，四節獻賀，皆由複道幸南內，朝臣命婦詣宮門起居，上尤執禮，造次不失。有司嘗獻新荔、櫻桃，命獻陵寢宗廟之後，中使分送三宮、十宅。初，有司送三宮物，一例稱賜。帝曰：'物上三宮，安得名賜？'遽取筆塗籍，改'賜'為'奉'。開成中正月望夜，帝於咸泰殿陳燈燭，奏《仙韶樂》，三宮太后俱集，奉觴獻壽，如家人禮，諸親王、公主、駙馬、戚屬皆侍宴。"興慶：即興慶宮。初名隆慶坊，乃李隆基為太子時住宅；開元二年因避諱改稱興慶坊，建離宮，又稱興慶宮，也稱南內。為唐代太上皇帝、皇太后常居之宮。此喻指德壽宮。

［二］東朝：用漢惠帝東朝長樂宮典，言孝宗侍奉太上皇后之恭謹。東朝：借指太上皇后吳氏。見蘇軾《春帖子詞·皇太妃閣五首》其三"孝心日奉東朝養"注［一］。

［三］日月：喻指太上皇帝與太上皇后。

彤管播徽音[一]，年年姒佐文[二]。向來長樂注，溢美謾紛紜[三]。

【校記】

第四句"紛紜"，四庫本作"紛綸"。

【注釋】

[一] 彤管：古代女史記事所用紅色管身的筆。見夏竦《內閣春帖子》其一"青達布序和風扇"注［五］。

[二] 姒佐文：以太姒輔佐周文王，喻太上皇后吳氏對宋高宗趙構的輔佐。姒：即太姒，周文王妻，周武王母。文：周文王。

[三] "向來"二句：用明德馬皇后自撰《顯宗起居注》事，讚美皇太后嚴格約束外家之美德。《後漢書·皇后紀上·明德馬皇后》："及帝崩，肅宗即位，尊后曰皇太后。……自撰《顯宗起居注》，削去兄防參醫藥事。帝請曰：'黃門舅旦夕供養且一年，既無褒異，又不錄勤勞，無乃過乎！'太后曰：'吾不欲令後世聞先帝數親后宮之家，故不著也。'建初元年，欲封爵諸舅，太后不聽。"長樂：即長樂宮。漢高祖所建，惠帝以後為太后居地，故漢時為天子母親代稱。明朱謀㙔《駢雅·釋名稱》："漢制，帝祖母稱'長信宮'，帝母稱'長樂宮'。"此喻指太皇太后吳氏。注：指起居注，為皇帝的言行錄。兩漢時由宮內修撰，魏晉以後設官專修。唐宋時凡朝廷命令赦宥、禮樂法度、賞罰除授、群臣進對、祭祀宴享、臨幸引見、四時氣候、戶口增減、州縣廢置等事，皆按日記載。溢美謾紛紜：讚美之言眾多。謾：通"漫"。

七言三首

舊疑莊叟大椿年，一度春回歲八千[一]。今見東皇與西母[二]，誰言此語是虛傳[三]。

【注釋】

[一] "舊疑"二句：用莊子《逍遙遊》典故。《莊子·逍遙遊》："上古有大椿者，以八千歲為春，八千歲為秋。"椿：即靈椿，古代傳說中的長壽之樹。莊叟：莊子。

[二] 東皇：即東皇公，或稱東王公。《神異經·東荒經》："東荒

山中有大石室，東王公居焉。長一丈，頭髮皓白，人形鳥面而虎尾，載一黑熊，左右顧望。"後為仙人，掌管男仙名籍，有木公、東木公、東木公、東華帝君、東華真人等眾多名稱。見《太平廣記》卷一引《仙傳拾遺》。西母：即西王母。《山海經·西山經》："西王母，其狀如人，豹尾虎齒而善嘯。"後為長生不老的女仙人。《穆天子傳》卷三記載"天子觴西王母於瑤池之上"。二人本無關係，後來發展為一對神。漢趙曄《吳越春秋·勾踐陰謀外傳》："立東郊以祭陽，名曰東皇公；立西郊以祭陰，名曰西王母。"此喻指太上皇帝與太上皇后。

[三] 虛傳：不實的傳說。按，時趙構七十一歲，其皇后吳氏六十三歲，皆已高壽。

　　清曉鳴鞘下紫宸[一]，玉觴椒酒壽雙親[二]。袞衣更得褘衣助[三]，總道新春勝舊春。

【校記】
第一句"曉"，原作"晚"，據四庫本改。

【注釋】
[一] "清曉"句：寫孝宗自南內出發，去北內朝見雙親。鳴鞘：即鳴鞭。唐代皇帝儀仗有鳴鞭。唐李白《行行且遊獵篇》："金鞭拂雪揮鳴鞘，半酣呼鷹出遠郊。"王琦注引《廣韻》："鞘，鞭鞘也。"見王珪《端午內中帖子詞·太上皇后閣》其七"池邊草色迎人綠"注[一]。紫宸：即紫宸殿，為皇帝接見群臣、外國使者朝見慶賀的內朝正殿。見劉才邵《立春內中帖子詞·皇帝閣六首》其一"一氣回蒼陸"注[三]。

[二] 玉觴：玉杯。椒酒：用椒實浸製的酒，常於元日飲用。見夏竦《內閣春帖子》其二"椒花獻歲良時啟"注[一]。雙親：指太上皇趙構與太上皇后吳氏。

[三] "袞衣"句：太上皇更是得到太上皇后的輔助。袞衣：即袞服。借指太上皇趙構。見王珪《端午內中帖子詞·皇后閣》其二"繭館桑陰合"注[三]。褘衣：古代王后的祭服。《宋史·輿服志三》："后妃之服。一曰褘衣，二曰朱衣，三曰禮衣，四曰鞠衣。"此借指太上皇后吳氏。

兩宮勤儉婦承姑[一]，鋪翠銷金舉世無[二]。繭館親蠶家法在[三]，民間應有袴兼襦[四]。

【校記】

第三句"親"，原作"新"，據四庫本改。

【注釋】

　　[一] 兩宮：此指南宋南內與北內（即德壽宮）。婦承姑：媳秉承姑的美德。《詩·大雅·大明》："纘女維莘，長子維行。"孔穎達疏："婦之所繼，唯繼姑耳。繼姑而言維行，故知能行大任之德也。"《晉書·明穆庾皇后傳》："坤德尚柔，婦道承姑。"此言皇后及太皇太后皆有節儉之美德。

　　[二] 鋪翠銷金：指奢侈的服飾。鋪翠：用翠鳥羽毛製成的服飾。李清照《永遇樂》："鋪翠冠兒，撚金雪柳。"銷金：鑲嵌有金線或金色的物品。《宋史·食貨志下二》："京城之銷金，衢信之鍮器，醴泉之樂具，皆出於錢。"宋朝禁民間用銷金服飾，《宋史》載真宗大中祥符元年、仁宗慶曆二年、神宗熙寧元年、欽宗靖康元年皆有禁銷金服飾之令，南宋高宗、孝宗、寧宗時甚至禁宮人服用銷金翠羽，如《宋史·孝宗本紀》："（隆興元年）五月壬申，申嚴鋪翠銷金及神祠僭擬之禁。"

　　[三] "繭館"句：宮中仍然舉行親蠶禮。繭館：飼蠶之室。親蠶：古代季春之月皇后躬親蠶事的典禮。見夏竦《內閣春帖子》其一"青迨布序和風扇"注[四]。家法：治家的禮法。

　　[四] 袴：同"褲"。襦：短上衣。按，此詩全用蘇軾《春帖子詞·皇太后閣六首》其五"彤史年來不絕書"詩意。

太上皇帝閣淳熙五年[一]

五言三首

　　玉燭重開歲[二]，璿杓復建寅[三]。誰知康壽殿[四]，四序只長春[五]。

【注釋】

　　[一] 太上皇帝：指高宗趙構（1107—1187）。時為太上皇帝。見李清照《皇帝閣春帖子》"莫進黃金簟"注[一]。淳熙五年：即公元

1178年。淳熙為宋孝宗年號（1174—1189）。按，此帖包括《太上皇帝閣》、《太上皇后閣》、《皇帝閣》、《皇后閣》四類。當年立春在元月九日，作者時為翰林學士。

〔二〕玉燭：指和暢舒適的氣候。古時以為人君德美如玉，可致四時氣候調和。見宋庠《皇帝閣端午帖子詞》其一"吹律葭賓動"注〔三〕。開歲：開始新的一歲。

〔三〕璿杓：即星杓；北斗柄。春天斗柄向寅位（東）。《禮記·月令》："孟春之月，日在營室。"鄭玄注："此云孟春者，日月會於諏訾，而斗建寅之辰也。"見宋庠《皇帝閣端午帖子詞》其五"天關卻暑金為狄"注〔二〕。

〔四〕康壽殿：殿名。在德壽宮中。

〔五〕四序：指春、夏、秋、冬四季。

殿閣無為日[一]，朝廷有道時[二]。椒浮重醖酒[三]，花發萬年枝[四]。

【注釋】

〔一〕殿閣：指宰相。唐宋時大學士皆帶殿閣銜，以崇其資望，如集賢殿、觀文殿、崇政殿之類，故以稱宰執。見清趙翼《陔餘叢考》卷二六"殿閣"。無為：無須作為。指宋高宗禪位後閒居。

〔二〕有道：指政治清明。《論語·衛靈公》："邦有道，則仕；邦無道，則可卷而懷之。"

〔三〕"椒浮"句：指椒酒。古代元旦有以椒實浸酒以祝壽的習俗。見夏竦《內閣春帖子》其二"椒花獻歲良時啟"注〔一〕。重醖酒：多次發酵的酒；指美酒。醖（yùn）：釀酒。張衡《南都賦》："酒則九醖甘醴，十旬兼清。"九醖、十旬，皆以釀法為酒名。

〔四〕萬年枝：指宮中年代久遠的大樹。

手把蟠桃植[一]，何勞羯鼓催[二]。從今三萬歲，十度看花開[三]。

【注釋】

〔一〕蟠桃：神話中的仙桃。此指桃樹。

〔二〕"何勞"句：反用唐玄宗羯鼓催花事。據唐南卓《羯鼓錄》，唐玄宗好羯鼓，嘗於二月初賞景，"時柳杏將吐。睹而嘆曰：'對此景物，豈得不為他判斷之乎？'左右相目，將命備酒，獨高力士遣取羯鼓。上旋命之臨軒縱擊一曲，曲名《春光好》。神思自得。及顧柳杏，皆已發坼，上指而笑謂嬪御曰：'此一事，不喚我作天公，可乎？'嬪御侍官，皆呼萬歲。"羯鼓：古代打擊樂器。起源於印度，自西域傳入，盛行於唐開元、天寶年間。《通典·樂四》："羯鼓，正如漆桶，兩頭俱擊。以出羯中，故號羯鼓，亦謂之兩杖鼓。"

　　〔三〕十度：十次。《太平廣記》卷三引《漢武帝內傳》載：七月七日，西王母降，以仙桃四顆與帝。帝食輒收其核，王母問帝，帝曰："欲種之。"王母曰："此桃三千年一生實，中夏地薄，種之不生。"三萬歲則言"十度"。

　　七言三首

　　一年好處是初春，十閤爭先奉聖人[一]。綵勝寶幡簪帽巧[二]，蘭芽蔬甲簇盤新[三]。

【注釋】

　　〔一〕十閤：指眾嬪妃。《續資治通鑑長編》卷一八九：嘉祐四年"丁卯，以御侍安定郡君周氏為美人。自溫成之沒，後宮得幸者凡十人，謂之十閤"。泛指後宮眾嬪妃。奉：侍奉。聖人：此指高宗趙構，時為太上皇帝。

　　〔二〕"綵勝"句：寫立春日簪戴彩色幡勝等飾品。見夏竦《內閣春帖子》其四"銀箭初傳暖律延"注〔三〕。

　　〔三〕"蘭芽"句：寫春盤菜肴之珍稀、新鮮、豐盛。簇：聚集。參見宋祁《春帖子詞·夫人閤十首》其九"日照觚稜萬戶春"注〔二〕。

　　官家閱武向茅灘[一]，供帳都亭看凱還[二]。鳳輦過門親獻壽[三]，春風先已滿人間。

【注釋】

〔一〕"官家"句：孝宗在茅灘講習武事。官家：對皇帝的稱呼。見前淳熙三年《太上皇帝閣》其四注〔二〕。閱武：講習武事，屬於軍禮。《宋史·禮志二十四》："閱武，仍前代制。太祖、太宗征伐四方，親講武事，故不盡用定儀，亦不常其處。鑿講武池朱明門外以習水戰。復築講武臺城西楊村，秋九月大閱，與從臣登臺觀焉。"真宗、神宗、高宗、孝宗、寧宗、理宗皆有閱武，孝宗在位閱武五次。此所寫為第三次，即淳熙四年十二月在茅灘的閱武。《建炎以來朝野雜記》："淳熙丁酉（1177）季冬之乙亥，復大閱殿、步二司之軍於茅灘。"茅灘：地名，在錢塘江岸以東，乾道四年建為校場。

〔二〕供帳：指為閱武臨時搭建帳篷、陳設用具、飲食等。據《宋史·禮志二十四》，閱武前諸軍人馬前一日於教場東列幕宿營；閱武結束後，舉行簡單的飲宴。都亭：秦時指都邑中的傳舍。此指臨時搭建供宿營之所。

〔三〕"鳳輦"句：寫孝宗親自到德壽宮為二親獻壽。鳳輦：指皇帝的車駕，借指皇帝。見劉才邵《立春內中帖子詞·皇后閣五首》其二"瓊畢深浮柏"注〔三〕。

　　湖上春光次第還[一]，夾街新展集芳園[二]。定知花木開偏早，慣識東皇造化恩[三]。

【校注】

第三句"早"字，四庫本作"蚤"。蚤，通"早"。

【注釋】

〔一〕湖：指杭州西湖。

〔二〕集芳園：南宋時名園，在北山，為高宗所修。《武林舊事》卷四"集芳園"："葛嶺。元係張婉儀園，後歸太后。殿內有古梅、老松甚多。理宗賜賈平章。舊有清勝堂、望江亭、雪香亭等。"

〔三〕東皇：司春之神。造化：大自然的創造化育。

太上皇后閣淳熙五年[一]

五言三首

綵勝宜春字[二]，流霞曼壽觴[三]。塗歌并里詠[四]，地久對天長。

【注釋】

[一] 太上皇后：指高宗皇后吳氏（1115—1197）。見李清照《貴妃閣春帖子》"金環半后禮"注［一］。此與上組同為淳熙五年（1178）春帖，周必大時為翰林學士。

[二] "綵勝"句：寫立春日佩戴的幡勝之類飾品。見夏竦《內閣春帖子》其四"銀箭初傳暖律延"注［三］。

[三] 流霞：神話中的仙酒，此指美酒。漢王充《論衡·道虛》記載項曼都言其被數仙人帶上天，"口飢欲食，仙人輒飲我以流霞一杯，每飲一杯，數月不飢"。曼壽觴：長壽酒。觴，酒杯。

[四] 塗歌、里詠：道路、里巷之歌。塗：道路。

閬苑紅初露[一]，瑤池碧半涵[二]。春生從太極[三]，化洽本周南[四]。

【注釋】

[一] 閬苑：閬風之苑，仙人所居之境。此指德壽宮中後苑。紅：指花。

[二] 瑤池：喻指後苑中池。見胡宿《夫人閣端午帖子》其六"魚龍曼衍夸宮戲"注［四］。

[三] 太極：指原始混沌之氣。見前乾道八年《太上皇帝閣》其二"莫訝東風早"注［二］。

[四] "化洽"句：《周南》為《詩》"國風"之一，漢以後被作為詩教的典範。見夏竦《淑妃閣端午帖子》其四"宴寢奉朝鳴采玉"注［四］。化洽：教化普及。漢蔡邕《司空文烈侯楊公碑》："功成化洽，景命有傾。帝乃震慟，執書以泣。"

聚景貯壺春[一]，仙關晝不扃[二]。小桃無數發[三]，好幸綵霞亭[四]。

【注釋】

[一] 聚景：即聚景園。在南宋臨安宮城北清波門外。見汪應辰《太上皇帝閣端午帖子詞》十二"冷泉堂上湖山勝"注[二]。壺春：此指聚景園春景之美。壺有二義，一即蓬壺，也作蓬萊，傳說中東海仙人所居之地，為三神山之一。見胡宿《皇后閣端午帖子》其八"靈苗遠採三山藥"注[一]。二即壺天，指仙境，勝境；見前淳熙四年《太上皇后閣》其一"銅史供新曆"注[三]。

[二] 仙關：指門鎖。關：關門的橫木，即門栓。扃：上栓，關門。

[三] 小桃：早春開花的一種桃。見韓維《春貼子·太皇太后閣六首》其二"銅雷消殘凍"注[三]。

[四] 綵霞亭：即彩霞亭。《武林舊事》卷四載其在聚景園中。

七言三首

郁郁紛紛三素雲[一]，元君朝帝慶新春[二]。瓊樓玉女爭迎拜[三]，應許雙成侍給輪[四]。

【校記】

第四句"給"，四庫本作"綵"。

【注釋】

[一] 郁郁紛紛：形容雲氣濃烈盛多。《史記·天官書》："若煙非煙，若雲非雲，郁郁紛紛，蕭索輪囷，是謂卿雲。"三素雲：即慶雲、卿雲，指各色雲烟。見晏殊《立春日詞·御閣》其二"三素雲中曉望時"注[一]。

[二] "元君"句：寫太上皇后朝見太上皇帝以慶新春。元君：道教對女仙人的稱呼；此喻高宗皇后吳氏。

[三] 瓊樓：瑰麗堂皇的樓閣。形容仙宮中的樓臺。此喻指宋皇宮。玉女：神女；此指宮女。

[四] 雙成：董雙成。神話中西王母的侍女。此指宮女。侍給輪：侍給輪轂。謂服侍西王母。輪指王母所乘紫雲之輦，此借喻吳氏。見

《漢武帝內傳》。

　　柳色花光動建章[一]，從今步輦日尋芳[二]。亭亭紅繖隨黃屋[三]，萬里馳驅笑穆王[四]。
【注釋】
　　[一]建章：即建章宮；漢代宮殿名，在長安。《三輔黃圖·漢宮》："武帝太初元年，柏梁殿災。粵巫勇之曰：'粵俗，有火災即復大起屋，以厭勝之。'帝於是作建章宮，度為千門萬戶。宮在未央宮西，長安城外。"此指太上皇所居之德壽宮。
　　[二]步輦：一種由人抬的車，為皇帝、皇后所乘。尋芳：遊賞美景。
　　[三]紅繖：也作紅傘。為皇后所用，此借指高宗皇后吳氏。黃屋：車蓋，以黃繒為裹，故名。為皇帝所用，故代稱皇帝。
　　[四]"萬里"句：用周穆王乘八駿西征崑崙山見西王母事。見《穆天子傳》卷三。

　　早正中闈婦道成[一]，曾裨內禪母儀新[二]。如今永與勛華主[三]，共享千春及萬春。
【校記】
　　第一句"早"字，四庫本作"蚤"。蚤，通"早"。
【注釋】
　　[一]"蚤正"句：追寫吳氏被冊為皇后，謹遵婦道。高宗原配邢皇后被金人俘虜至北方，紹興八年卒；紹興十三年，立吳貴妃為后。中闈：中宮；皇后居住之處，借指皇后。婦道：為婦之道。舊多指貞節、孝敬、卑順、勤謹而言。《宋史·后妃傳下·憲聖慈烈吳皇后傳》："顯仁太后性嚴肅，后身承起居，順適其意。嘗繪《古列女圖》，置坐右為鑒；又取《詩序》之義，扁其堂曰'賢志'。"
　　[二]"曾裨"句：寫吳氏曾輔助高宗禪位於孝宗。裨：補助。內禪：古代帝王讓位於內定的繼承人。母儀：人母的儀範。見汪應辰《太上皇后閣端午帖子詞》其一"周室興王業"注[四]。
　　[三]勛華：堯舜的並稱。勛，放勛，堯名；華，重華，舜名。勛

華主喻指太上皇趙構和皇帝趙眘。

皇帝閣淳熙五年[一]

五言三首

新歷清臺正[二]，寬書薄海同[三]。斯民如草木[四]，一一被和風。

【校記】

題注中"五年"原作"六年"，誤。由其三"新歲階蓂九葉芳"知立春在九日。淳熙五年立春在正月初九日，六年立春則在年前臘月二十一日，知其必為五年春帖，徑改。

【注釋】

[一] 皇帝：指孝宗趙眘（1127—1194）。見曹勛《癸未御前帖子》其一"廣殿薰風日正長"注[一]。此與上二閣同為淳熙五年（1178）春帖，周必大時為翰林學士。

[二] 新歷：指《淳熙歷》。《宋史·孝宗本紀二》：淳熙四年春正月"丁卯，頒《淳熙歷》"。清臺：古代天文臺名。也作青臺。見蘇軾《春帖子詞·皇帝閣六首》其一"暘谷賓初日"注[一]。

[三] 寬書：即寬大書，也稱寬大詔。寬大處理罪犯的詔書。見宋祁《春帖子詞·皇帝閣》其二"瑞福隨春到"注[二]。薄海：接近海邊。《書·益稷》："外薄四海，咸建五長。"孔穎達疏："薄者，逼近之義。……外迫四海，言從京師而至於四海也。"此泛指全國。

[四] 斯民：指老百姓。《孟子·萬章上》："予將以斯道覺斯民也。"

紫禁風光早[一]，深仁奪化工[二]。試看澄碧殿[三]，池凍已全融。

【注釋】

[一] 紫禁：指皇宮。見夏竦《御閣春帖子》其五"青迄布序韶暉盛"注[二]。

[二] 化工：自然的創造力。

〔三〕澄碧殿：即澄碧堂。在南宋臨安皇宮南內。見《宋史·輿服志六》、《武林舊事》卷四《故都宮殿》。

選德庭前柳[一]，朝來漏泄春[二]。等閑施御箭[三]，穿葉捷於神[四]。

【注釋】

〔一〕選德：即選德殿。孝宗所建射殿。見前乾道八年春帖《皇帝閣》其五"延英議政恰朝還"注〔二〕。

〔二〕漏泄春：泄露春意。

〔三〕"等閑"句：寫孝宗於選德殿射箭。孝宗喜射，《宋史》載其多次幸玉津園宴射，乾道五年五月"以射弩弦斷傷目，不視朝"。等閑：尋常，隨便；形容神色姿態從容。

〔四〕"穿葉"句：寫孝宗射術之高明。用春秋時期養由基百步穿楊典。《史記·周本紀》："楚有養由基者，善射者也。去柳葉百步而射之，百發而百中之。左右觀者數千人，皆曰善射。"

七言三首

新歲階蓂九葉芳[一]，乾元用九應春陽[二]。九州元載中興主[三]，九牧行稱萬壽觴[四]。

【注釋】

〔一〕"新歲"句：新年立春在初九日。階蓂：即祥蓂，蓂莢。傳為唐堯時瑞草名。相傳此草每月朔日始一日生一莢，十六日後一日落一莢，月晦而盡，故又名歷莢。見宋庠《皇帝閣端午帖子詞》其四"宮中命縷千絲合"注〔二〕。五葉為初九日。淳熙五年（1178）立春在正月初九。

〔二〕"乾元"句：九日之數恰與春日陽氣相應。乾元：指天。用九：指乾卦六爻皆為九。《易·乾》："大哉乾元，萬物資始，乃統天。"孔穎達疏："乾是卦名，元是乾德之首。"又，"用九：見羣龍無首，吉。"王弼注："九，天之德也。"孔穎達疏："言六爻俱九，乃共成天德，非是一爻之九則為天德也。"高亨注："用九猶通九，謂六爻皆九也。"九為陽數，故曰應春陽。

〔三〕"九州"句：孝宗為九州中興之主。九州：泛指中國。中興主：指孝宗。

〔四〕九牧：九州之長。指地方長官。《周禮·秋官·掌交》："九牧之維。"鄭玄注："九牧，九州之牧。"《禮記·曲禮下》："九州之長，入天子之國曰牧。"鄭玄注："每一州之中，天子選諸侯之賢者以為之牧也。"稱萬壽觴：舉酒祝壽。觴，酒杯。

昕陛延賢日徹曛[一]，金蓮閱奏夜常分[二]。餘閒手點唐文粹[三]，春晝長時分外勤。

【注釋】

〔一〕"昕陛"句：殿堂延請賢能之人問對，常至日暮。昕陛：同軒陛；指殿堂。日徹曛：日暮。

〔二〕"金蓮"句：燈下批閱奏章，常至半夜。金蓮：即金蓮燭；古時宮廷所用蠟燭，燭臺似蓮花瓣，故稱。《宋史·蘇軾傳》："軾嘗鎖宿禁中，召入對便殿，……已而命坐賜茶，徹御前金蓮燭送歸院。"夜常分：即常夜分。《後漢書·光武帝紀下》："〔帝〕數引公、卿、郎、將講論經理，夜分乃寐。"李賢注："分猶半也。"

〔三〕手點：親手批點。唐文粹：宋代姚鉉所編唐人詩文集。

景龍學士賦新詩[一]，剪綵宮花插鬢歸[二]。何似未央深駐輦，教吟春日得春衣[三]。

【注釋】

〔一〕"景龍"句：用唐景龍間學士立春進詩事。景龍：唐中宗李顯的年號（707—710）。景龍二年，修文館置大學士、學士、直學士，天子宴會出遊，皆有屬和。見蘇頌《春帖子·皇帝閣六首》其六"四時嘉節宴游稀"注〔二〕。此指翰林學士撰寫帖子詞。

〔二〕"剪綵"句：寫立春日皇帝賜大臣春幡勝，大臣簪戴以歸。見夏竦《內閣春帖子》其四"銀箭初傳暖律延"注〔三〕。

〔三〕"何似"二句：用柳公權從幸唐文宗并賦詩事。見蘇軾《春帖子詞·皇太后閣六首》其六"邊庭無事羽書稀"注〔四〕。未央：未央宮，唐宮殿名。見宋祁《春帖子詞·夫人閣》其四"銀闕崔嵬對未央"注[一]。駐輦：帝王出行，中途停車。

皇后閣淳熙五年[一]

五言二首

儉德聞中外，徽音繼葛覃[二]。化行人自勸[三]，何待講親蠶[四]。

【校記】

題注中"五年"原作"六年"，誤。由其四"屈指元宵五日中"知此與前《皇帝閣》為同時所作，均為淳熙五年所作，徑改。淳熙五年立春在正月初九日，六年立春則在年前臘月二十一日。

【注釋】

[一] 皇后：指孝宗謝皇后（1134？—1207）。據《建炎以來朝野雜記》乙集卷二、《宋史》《后妃傳下·成肅謝皇后傳》及《寧宗本紀二》，謝氏為丹陽（今江蘇南京）人。幼孤，鞠于翟氏，因冒姓焉。及長，被選入宮。憲聖太后以賜普安郡王，封咸安郡夫人。王即位，進婉容。踰年，進貴妃。成恭皇后崩，中宮虛位，淳熙三年八月立為皇后，復姓謝氏。光宗受禪，上尊號壽成皇后。孝宗崩，尊為皇太后。慶元元年十一月，加號惠慈。嘉泰二年十二月，加慈祐太皇太后。開禧三年五月十六日崩，諡成肅。"后性儉慈，減膳羊，每食必先以進御。服澣濯衣，有數年不易者。弟淵，以后貴授武翼郎。后嘗戒之曰：'主上化行恭儉，吾亦躬服澣濯，爾宜崇謙抑，遠驕侈。'"此與上三閣同為淳熙五年（1178）春帖，周必大時為翰林學士。

[二] "儉德"二句：寫謝皇后節儉的美德。見上注。徽音：即德音；善言、佳音。《詩·大雅·思齊》："大姒嗣徽音，則百斯男。"葛覃：指《詩·周南·葛覃》，中有"為絺為綌，服之無斁"句，常用作后妃節儉之典。見周麟之《春帖子詞·皇后閣五首》其二"繞臂長生縷"注[三]。

[三] 化行：教化施行。自勸：自我勸勉。

[四] 親蠶：古代季春之月皇后躬親蠶事的典禮。見夏竦《內閣春

帖子》其一"青遠布序和風扇"注［四］。

春入坤寧殿[一]，夭桃暖更饒[二]。直緣心不妬，豈有壁塗椒[三]。

【校記】
第二句"更"，四庫本作"正"。第四句"有"，四庫本作"為"。
【注釋】
［一］坤寧殿：皇后所居殿名。
［二］夭桃：桃花。語出《詩·周南·桃夭》："桃之夭夭，灼灼其華。"饒：繁多。
［三］壁塗椒：以花椒和泥塗壁。漢皇后所居宮殿以椒和泥塗壁，取其溫、香、多子之義。此反用之。見夏竦《皇后閣端午帖子》其三"千門朱索迎嘉祉"注［二］。

七言三首

何事新春勝舊春，陰陽順序國安榮[一]。坤元永贊乾元大，月色常修日色新[二]。

【注釋】
［一］陰陽順序：即陰陽和諧順理而有序。陰陽：中國古代哲學認為宇宙中貫通物質和人事的兩大對立面。順序：順理而有序；和諧而不亂。安榮：安定繁榮。
［二］"坤元"二句：喻皇后對皇帝的輔佐之功。坤元：地。乾元：天。見胡宿《皇后閣春帖子》其三"東陸韶光先四序"注［三］。

新年佳節喜相重，屈指元宵五日中[一]。雪柳巧裝金勝綠，燈毬斜映玉釵紅[二]。

【注釋】
［一］"新年"二句：寫立春與新年重和，距離元宵五日。按，淳熙五年立春在正月初九，故云。
［二］"雪柳"二句：寫婦女插戴雪柳、燈毬等飾品以歡度佳節。

雪柳：以絹、紙或金絲等製成的立春、元宵飾品。燈毬：圓燈狀小飾品。毬：同"球"。簪戴雪柳、燈球等飾品為兩宋元宵風俗。《歲時廣記》卷一一"戴燈毬"條引呂希哲《歲時雜記》："都城仕女有神戴燈球燈籠，大如棗栗，加朱茸之類。又賣玉梅、雪柳、菩提葉及蛾、蜂兒等。皆繒楮為之。"周密《武林舊事》卷二"元夕"亦載："元夕節物，婦人皆戴珠翠、鬧蛾、玉梅、雪柳、菩提葉、燈毬、銷金合、蟬貂袖、項帕，而衣多尚白，蓋月下所宜也。"宋人詠元宵的詩詞中非常多見。如李清照《永遇樂》："鋪翠冠兒，撚金雪柳，簇帶爭濟楚。"辛棄疾《青玉案・元夕》："蛾兒雪柳黃金縷，笑語盈盈暗香去。"侯寘《清平樂・詠橄欖燈球兒》："縷金剪彩。茸縮同心帶。整整雲鬟宜簇戴。雪柳鬧蛾難賽。"

　　千柱沉沉外第成[一]，翟車拜廟禮容新[二]。進賢自昔無私謁[三]，錫寵從今不計春[四]。

【注釋】

　　[一] 千柱：形容宮殿之多。蘇軾《春帖子詞・皇太妃閣五首》其二："甲觀開千柱，飛樓擢九層。"外第：后妃家的住宅。

　　[二] 翟車：皇后所乘車，以雉羽為飾。《宋史・輿服志二》："皇后之車，唐制六等：一曰重翟，二曰厭翟，三曰翟車，四曰安車，五曰四望車，六曰金根車。宋因之。……翟車，黃質，其車側飾以翟羽；黃幰衣，黃絲絡網，錦帷絡帶，餘如重翟車。駕黃騮四。"拜廟：拜謁家廟。按，謝后拜家廟事在淳熙四年。《宋會要輯稿》后妃二之二三："（淳熙三年十月）二十五日，詔皇后弟丞信郎閤門祇候謝澄與除右武郎、閤門宣贊舍人，妻趙氏與封安人。既而四年十二月二十四日歸謁家廟，澄特與轉右武大夫，依舊幹辦皇城司。"

　　[三] 私謁：以私事謁見請托。

　　[四] 錫：通"賜"。

端午帖子

太上皇帝閣乾道七年[一]

五言三首

此日天中節[二]，它年赤伏符[三]。只因昭火德[四]，不為記荊吳[五]。

【注釋】

[一] 太上皇帝：指宋高宗趙構（1107—1187），時為太上皇帝。見李清照《皇帝閣春帖子》"莫進黃金簟"注[一]。此為乾道七年（1171）端帖。按，周必大時以秘書少監兼權直院。

[二] 天中節：端午節的別稱。見王珪《端午內中帖子詞·夫人閣》其九"一樣紅裙試舞斜"注[二]。

[三] 赤伏符：寫高宗受符命而立。用光武帝典。見周麟之《端午帖子詞·皇帝閣六首》其一"赤伏題皇運"注[二]。

[四] 昭火德：彰顯火德。火德：帝王受命正值五行的火運。宋國運為火德。見胡宿《夫人閣端午帖子》其三"禁苑年光麗"注[二]。

[五] 荊吳：楚國和吳國。泛指長江以南地區。

浩蕩天同泰[一]，清虛日自長[二]。誕辰纔半月[三]，因以頌無疆。

【注釋】

[一] 浩蕩：廣大曠遠。泰：善，美好。泰為易卦名，卦象為乾下坤上，為上下交通之象。《易·泰》："天地交，泰。"《象》："泰，小往大來吉亨，天地交而萬物通也。"

[二] 清虛：清淨虛無。《文子·自然》："老子曰：'清虛者天之明也，無為者治之常也。'"

[三] "誕辰"句：寫高宗誕辰距離端午僅半月。高宗誕辰在五月二十一，故云。纔：同"才"。

衣進含風葛[一]，觴稱垂露漿[二]。更纏長命縷[三]，仍泛引年菖[四]。

【注釋】

[一]"衣進"句：寫端午進獻衣物。含風葛：語出杜甫《端午賜衣》："宮衣亦有名，端午被恩榮。細葛含風軟，香羅疊雪輕。"

[二]垂露漿：美酒。

[三]長命縷：即續命彩絲。見夏竦《御閣端午帖子》其一"續命彩絲登繭館"注[二]。

[四]引年菖：延年益壽的菖蒲酒。飲菖蒲酒為端午習俗之一。見宋庠《夫人閣端午帖子詞》其一"令月辰標午"注[四]。

七言三首

再興炎祚撫華戎[一]，成就南訛長養功[二]。仁似薰風來不斷[三]，壽如午景恰當中[四]。

【注釋】

[一]"再興"句：寫高宗登基，南宋建立，安撫天下。炎祚：指宋朝國運。五行家謂趙宋以火德王，因以"炎祚"指宋之國統。《宋史·樂志七》："盛德在火，相我炎祚。"華戎：同華夷。指本國和外國。華：華夏，古代指中原地區。《左傳·定公十年》："裔不謀夏，夷不亂華。"孔穎達疏："中國有禮儀之大，故稱夏；有服章之美，謂之華。華夏一也。"戎：古代指西部少數民族。

[二]南訛：掌夏之官。見孫抃《端午日帖子詞·皇帝閣六首》其三"方更仲律清和節"注[二]。長養：撫育培養。《荀子·非十二子》："長養人民，兼利天下。"漢仲長統《昌言·理亂篇》："安居樂業，長養子孫，天下晏然。"（見《後漢書·仲長統傳》）

[三]薰風：夏日和暖的東南風。也作"熏風"。《呂氏春秋·有始》："東南曰熏風。"

[四]"壽如"句：皇帝恰如中午之影，正當中年。午景：即午影；午時。景：通"影"。按，時孝宗四十五歲，故云"恰當中"。此表祝壽之意。

離明自昔照乾坤[一]，太極如今道更尊[二]。和氣致祥禳百沴[三]，艾人桃印謾垂門[四]。

【注釋】

[一] 離明：太陽。見胡宿《皇帝閣端午帖子》其二"曉霽澄天宇"注[一]。

[二] 太極：本指原始混沌之氣。此喻太上皇。見前乾道八年《立春帖子·太上皇帝閣》其二"莫訝東風早"注[二]。

[三] 禳百沴（lì）：消除各種災疫之氣。

[四] "艾人"句：艾人桃印隨意懸掛于門。艾人：端午有門懸艾草人以辟邪之俗。見晏殊《端午詞·御閣》其二"初垂彩艾迎新節"注[一]。桃印：端午門飾。見夏竦《郡王閣端午帖子》其四"崑山瑞玉題真篆"注[二]。謾：通"漫"。

槐夏風清麥已秋[一]，三千珠翠從宸遊[二]。玉階鬭採忘憂草[三]，水殿臨觀競渡舟[四]。

【注釋】

[一] 槐夏：指夏季。槐樹開花於夏，故稱。麥已秋：指麥子已經成熟。指夏季。見歐陽修《端午帖子詞·夫人閣五首》其一"梅黃初過雨"注[二]。

[二] "三千"句：寫後宮隨從太上皇出遊。珠翠：婦女的飾物；此代後宮女性。宸遊：指太上皇出遊。

[三] "玉階"句：寫宮中鬭草之戲。見晏殊《端午詞·內廷》其一"百草鬭餘欣令月"注[二]。忘憂草：即萱草。《說文·艸部》："蕿，令人忘憂草也。或從宣。"《太平御覽》卷九九六引南朝梁任昉《述異記》："萱草，一名紫萱，又呼曰忘憂草，吳中書生呼為療愁花。"今俗稱金針菜、黃花菜。

[四] "水殿"句：寫觀看划船比賽。水殿：建於水上的殿宇。競渡：划船比賽。見晏殊《端午詞·御閣》其四"仙家既有靈符術"注[二]。

太上皇后閣乾道七年[一]

五言三首

艾葉雙人巧[二]，菖花九節榮[三]。玉皇膺曼壽[四]，金母共長生[五]。

【注釋】

[一] 太上皇后：指高宗皇后吳氏（1115—1197），時為太上皇后。見李清照《貴妃閣春帖子》"金環半后禮"注[一]。此亦為乾道七年（1171）端帖，時周必大以秘書少監兼權直院。

[二] 艾葉雙人：寫端午宮門兩側懸掛的艾草人。俗以為可辟邪。見晏殊《端午詞·御閣》其二"初垂彩艾迎新節"注[一]。

[三] 菖花九節：即九節菖蒲。端午掛菖蒲。見宋庠《夫人閣端午帖子詞》其一"令月辰標午"注[四]。榮：茂盛。

[四] 玉皇：道教天帝玉皇大帝之簡稱；此喻指皇帝。膺曼壽：當長壽。曼壽：長壽。《漢書·禮樂志·安世房中歌》："德施大，世曼壽。"顏師古注："曼，延也。"

[五] 金母：西王母；此喻指太上皇后。

池籞風烟凈[一]，壺天日月長[二]。寶書繙蘂笈[三]，碧穗裊爐香[四]。

【注釋】

[一] 池籞：指宮中池苑。唐李匡文《資暇集》辨"藥欄"引《漢書》"池籞未御幸者，假與貧民"句認為"藥"即"欄"。宋吳仁傑《兩漢刊誤補遺》卷二"池籞"："今本作'池籞'，顏注引諸家說皆同，惟《漢紀》作'池苑'，亦不云藥也。"池籞一詞或源於此。風煙凈：雲烟消散。語出梁吳均《與朱元思書》："風煙俱凈，天山共色。"

[二] 壺天：仙境，勝境；此指德壽宮中。見前淳熙四年春帖《太上皇后閣》其一"銅史供新歷"注[三]。日月：時光。

[三] "寶書"句：寫吳氏翻閱道教書籍。寶書：即道書。蘂笈：指道書。見王安中《春帖子·皇后閣》"蘂笈琅函受祕文"注[二]。

［四］"碧穗"句：寫爐中香煙繚繞。碧穗：指爐香之青煙。煙飄如穗，故云。

得道本無為[一]，加餐亦應時[二]。瑚盤初薦冰[三]，玉食更菹龜[四]。

【注釋】

［一］"得道"句：得道在於無所作為，順應自然。得道：道家所謂順應自然、與天合一的境界。《莊子·知北遊》："無思無慮始知道，無處無服始安道，無從無道始得道。"無為：道家指順應自然，不求有所作為。《老子·三章》："是以聖人之治，虛其心，實其腹；弱其志，強其骨。常使民無知無欲，使夫知者不敢為也，無為，則無不治。"

［二］加餐：猶進餐。

［三］瑚盤：也作雕盤，刻畫花紋的精美盤子。薦冰：本指二月太廟祭享進獻冰。此指夏日為吳氏進獻冰，用以消暑。

［四］玉食：美食。菹龜：指角黍、龜等端午應時菜肴。見元絳《端午帖子》"壽朮先供餌"注［二］。

七言三首

檻有榴花沼有蓮[一]，瑤池歡宴晚涼天[二]。一年一度為重午[三]，此去應須過萬年。

【注釋】

［一］"檻有"句：宮苑中欄杆旁、池沼中的榴花、蓮花正在開放。檻（jiàn）：欄杆。沼：苑中池。

［二］瑤池：喻指德壽宮。見胡宿《夫人閤端午帖子》其六"魚龍曼衍夸宮戲"注［四］。

［三］重午：也作重五，即端午節；農曆五月初五日。宋王楙《野客叢書·重三》："今言五月五日曰重五，九月九日曰重九。"

暑衣初進滿宮牀，霧縠雲綃五月涼[一]。化洽周南無一事[二]，尚吟絺綌葛覃章[三]。

【注釋】

[一] 霧縠雲綃：寫暑衣之輕美。縠：有皺紋的紗。綃：生絲織成的薄紗、薄絹。

[二] "化洽"句：後宮教化普及，別無他事。化洽：教化普及。《周南》：《詩》"國風"之一，漢以後被作為詩教的典範。見夏竦《淑妃閣端午帖子》其四"宴寢奉朝鳴采玉"注〔四〕。

[三] 絺綌葛覃：《詩·周南·葛覃》有"為絺為綌，服之無斁"句。絺：細葛布；綌：粗葛布。見周麟之《端午帖子詞·皇后閣五首》其二"繞臂長生縷"注〔三〕。

清曉宮中獻綵絲[一]，盤龍結鳳鬭新奇[二]。欲教嬪御知勤儉[三]，閒說當年繭館儀[四]。

【注釋】

[一] 綵絲：端午所佩戴之五色彩絲，俗以為可以延壽。綵：同"彩"。見夏竦《御閣端午帖子》其一"續命彩絲登繭館"注〔二〕。

[二] "盤龍"句：寫所進獻的彩絲品類之新鮮奇特。

[三] 嬪御：皇帝嬪妃及宮女。《左傳·哀公元年》："今聞夫差，次有臺榭陂池焉，宿有妃嬙嬪御焉。"杜預注："妃嬙，貴者；嬪御，賤者，皆內官。"

[四] 繭館儀：指親蠶儀式。繭館：飼蠶之室。見夏竦《內閣春帖子》其一"青逵布序和風扇"注〔四〕。

皇帝閣乾道七年[一]

五言三首

令月初登黍[二]，嘉辰舊沐蘭[三]。宸心思解慍，時取舜琴彈[四]。

【注釋】

[一] 皇帝：指孝宗趙眘（1127—1194）。見曹勛《癸未御前帖子》其一"廣殿薰風日正長"注〔一〕。此亦為乾道七年（1171）端帖。周必大時以秘書少監兼權直院。

〔二〕令月：吉月。此指五月。登黍：穀物成熟。登，成熟。《禮記·月令》"仲夏之月"："農乃登黍。"
　　〔三〕沐蘭：採蘭沐浴。古代端午習俗。見夏竦《御閣端午帖子》十一"浴蘭襲祉良辰啟"注〔一〕。
　　〔四〕"宸心"二句：寫孝宗心念百姓。解慍：消除怨怒。舜琴：即五絃琴，古代樂器。見宋庠《皇帝閣端午帖子詞》其二"寶輅流薰唱"注〔一〕。

　　赫日中天正^[一]，清風養物深^[二]。葵傾多士志，草偃萬方心^[三]。

【注釋】
　　〔一〕"赫日"句：太陽正午時。赫日：紅日。
　　〔二〕養物：養育萬物。
　　〔三〕"葵傾"二句：士人心系皇帝，教化普及四方。葵傾：葵性向日而傾，故以喻向往仰慕之情。多士：士子眾多。《詩·大雅·文王》："濟濟多士，文王以寧。"草偃：草因風而倒，喻教化普及。《論語·顏淵》："草上之風，必偃。"

　　殿閣南薰細^[一]，宮壼晝漏遲^[二]。皇恩隆宰輔，賜扇御書詩^[三]。

【注釋】
　　〔一〕南薰：南風。夏日和暖的東南風。薰，同"熏"。《呂氏春秋·有始》："東南曰熏風。"
　　〔二〕宮壼：同"宮闈"；帝王後宮。此指宮中。晝漏遲：白晝時間長。漏，古時計時器。見夏竦《內閣春帖子》其四"銀箭初傳暖律延"注〔一〕。
　　〔三〕"皇恩"二句：寫孝宗將親筆題詩之扇賜予宰相。隆宰輔：尊崇宰相。時左僕射陳俊卿罷，右僕射為虞允文。賜扇事不見文獻記載，然《玉海》卷三四載高宗多次以御書賜宰執。如"六年八月二十八日御書漢議郎崔寔政論賜宰臣虞允文等"，"七年正月八日癸未，御書郭熙《秋山平遠》詩賜宰臣虞允文等。十一日丙戌，賜左相允文

《養生論》，右相梁克家《長笛賦》，皆太上真書。又賜克家御草書《古柏行》一軸"。

七言三首

縷繒採藥謾區區[一]，誰似君王用意殊。仁政便為醫國艾[二]，德威那假辟兵符[三]。

【注釋】

[一] 縷繒：即續命彩絲。見夏竦《御閣端午帖子》其一"續命彩絲登繭館"注[二]。採藥：端午有採集百藥之習俗。見夏竦《御閣端午帖子》其三"仙園采藥回彫輦"注[一]。謾區區：任其自然。區區，自得的樣子。

[二] "仁政"句：以艾草醫病喻仁政醫國。醫國：《國語》："上醫醫國。"此化用蘇軾《端午帖子詞·太皇太后閣六首》其四"願儲醫國三年艾"句。

[三] 德威：以德行威。《書·呂刑》："德威惟畏。"孔穎達疏："以德行其威罰，則民畏之而不敢為非。"假：借。辟兵符：古代端午佩飾，俗以為可避兵禍鬼氣。見晏殊《端午詞·御閣》其三"獻壽競為長命縷"注[二]。

御前曾刻百篇書[一]，可但常披無逸圖[二]。二帝三王俱寶鑑[三]，江心百鍊定何須[四]。

【注釋】

[一] 百篇書：指《尚書》。原有百篇。

[二] 可但：豈止。唐嚴武《巴嶺答杜二見憶》詩："可但步兵偏愛酒，也知光祿最能詩。"披：披閱；觀看。無逸圖：《書·周書》有《無逸》篇，為周公告誡成王勿耽於享樂之詞；玄宗時宋璟曾寫文並繪圖，名為《無逸圖》。《舊唐書·崔植傳》：開元中"（宋）璟嘗手寫《書·無逸》一篇，為圖以獻。玄宗置之內殿，出入觀省，成誦在心。每嘆古人至言，後代莫及，故任賢誡慾，心歸沖漠。開元之末，因《無逸圖》朽壞，始以山水圖代之"。

[三]二帝三王：指古代五位賢明的帝王，通常指唐堯、虞舜、夏禹、商湯、周文王（或周武王）。二帝指唐堯、虞舜；三王指夏、商、周三代之君。具體說法不一：一說為夏禹、商湯、周武王。《穀梁傳·隱公八年》：「盟詛不及三王。」范甯注：「三王，謂夏、殷、周也。」一說為夏禹、商湯、周文王。《孟子·告子下》：「五霸者，三王之罪人也。」趙岐注：「三王，夏禹、商湯、周文王是也。」一說為商湯、周文王、周武王。《尸子》：「湯復於湯丘，文王幽於羑里，武王羈於王門，越王棲於會稽，秦穆公敗於殽塞，齊桓公遇賊，晉文公出走，故三王資於辱，而五霸得於困也。」

　　[四]「江心」句：反用唐端午揚州江心鑄鏡進貢事。百鍊：即百煉；久煉而成的銅，特指銅鏡。見晏殊《端午詞·東宮閣》其一「揚子江心鑄鑑成」注[二]。

　　嘗記唐家逢五日[一]，近臣藩鎮貢衿鞶[二]。吾君敦樸毋來獻[三]，却叠香羅賜百官[四]。

【校記】

第二句「衿鞶」，四庫本作「衿盤」。第三句「毋」，原作「無」，四庫本作「母」，乃「毋」字之誤，徑改。

【注釋】

　　[一]五日：指端五；端午。

　　[二]「近臣」句：唐時端午節朝廷大臣和地方官員要給皇帝進貢絲織品等。《舊唐書·文宗本紀下》：「（大和五年正月）癸亥，詔端午節辰，方鎮例有進奉，其雜綵匹段，許進生白綾絹。」近臣：朝廷大臣。藩鎮：唐時指節度使，泛指地方長官。衿鞶：本指古代繫於衣帶上用以盛佩巾的革囊或絲囊。《儀禮·士昏禮》：「庶母及門內施鞶，申之以父母之命，命之曰：『敬恭聽宗爾父母之言，夙夜無愆，視諸衿鞶。』」鄭玄注：「鞶，鞶囊也。男鞶革，女鞶絲，所以盛帨巾之屬，為謹敬。」此指五彩絲或絲織品。

　　[三]敦樸：淳厚樸素。《史記·孝文本紀》：「上常衣綈衣，所幸慎夫人，令衣不得曳地，幃帳不得文繡，以示敦樸，為天下先。」

　　[四]「却叠」句：朝廷却賜百官紗羅衣物。唐時端午宮中有賜大

臣香羅衣物的習俗，杜甫《端午日賜衣》："細葛含風軟，香羅疊雪輕。"宋時端午賜百官公服。見王珪《端午內中帖子詞·皇帝閣》其七"采絲纏糭動嘉辰"注〔三〕。

皇帝閣淳熙三年^[一]

五言三首

扇暍仁風廣^[二]，蠲煩瑞露瀼^[三]。萬方沾潤澤^[四]，安用沐蘭湯^[五]。

【注釋】

〔一〕皇帝：指孝宗趙昚（1127—1194）。見曹勛《癸未御前帖子》其一"廣殿薰風日正長"注〔一〕。此組為淳熙三年（1176）端帖。按，時周必大以兵部侍郎兼直院。

〔二〕"扇暍"句：頌揚帝王德政。扇暍（yè）：用扇為苦熱中暑之人解暑。暍：傷暑，中暑。語本《淮南子·人間訓》："武王蔭暍人於樾下，左擁而右扇之，而天下懷其德。"仁風：形容恩澤如風之流布。

〔三〕蠲（juān）煩：消除煩惱。瑞露瀼（ráng）：甘露多。瑞露：甘露；甘美的露水。古以甘露降為太平之兆。

〔四〕潤澤：恩澤。

〔五〕沐蘭湯：端午有採蘭沐浴的習俗。見夏竦《御閣端午帖子》十一"浴蘭襲祉良辰啟"注〔一〕。

唐代重茲辰，王公各貢珍^[一]。忠誠惟李泌，只欲獻其身^[二]。

【注釋】

〔一〕"唐代"二句：寫唐時端午官員要進貢各類珍寶。茲辰：指端午日。王公：泛指達官貴人。

〔二〕"忠誠"二句：用唐代李泌事。李泌（722—789），字長源，唐京兆（今西安市）人。歷仕玄宗、肅宗、代宗、德宗四朝，德宗時，官至宰相，封鄴縣侯。李泌謹直忠誠，為楊國忠、李輔國、元載、常袞所忌。獻身之説不詳。

講勸停西學，番休寓北門[一]。隆儒心不倦，夜夜賜冰盆[二]。

【注釋】

[一]"講勸"二句：翰林學士端午日結束侍講的工作，輪流在學士院值班。講勸：講業勸學。北宋設侍講侍讀學士，多為翰林學士兼，説書春自二月至端午，秋八月至長至日。見蘇軾《端午帖子詞·皇帝閣六首》其五："講餘交翟轉迴廊"注[一]。西學：周代小學名。《禮記·祭義》："祀先賢於西學。"鄭玄注："西學，周小學也。"孔穎達疏："周之小學在西郊。"《大戴禮·保傅》："帝如西學，上賢而貴德。"番休：輪流休息。寓：寓直；夜間於官署值班。北門：指學士院。唐宋學士院在禁中北門，故稱。

[二]"隆儒"二句：寫孝宗尊崇儒士，夏日為侍講學士賜冰以消暑。隆儒：尊崇儒士。賜冰盆：宋時夏日賜冰於近臣以示恩。見宋庠《端午內中帖子詞·皇帝閣》其十"禁幕無風日正亭"注[二]。按，周必大《玉堂雜記》卷下："南渡以來，朝臣遇節序賜予多權停。今經筵寒食、重午、冬至尚賜節料錢酒，其他侍從則三大節客省簽賜羊酒米麪，而學士院官若侍從以上兼領。自從本官或庶僚權直院，獨三伏賜冰一擔，時果五品，品纔一楪，亦因與經筵官輪宿而得之（書局自有中官承受，凡遇時節例賜茶酒，學士院無承受故也）。淳熙乙未初伏，必大以待制侍講賜流香酒四斗（後二年減半），時果七楪，冰一擔，視庶官直院為稍增。以短表謝。支快行家食錢三千，又折酒錢三百，別賜冰一擔（翰林司關子云：限日下支，不許次日）。支食錢一千，蓋侍從所得者。"淳熙乙未即淳熙二年（1175），為此帖前一年事。

七言三首

暑衣先進聖皇宮[一]，時服分頒百執同[二]。惟有清躬衣澣濯[三]，更令蠶織被華戎[四]。

【注釋】

[一] 聖皇宮：指皇帝所居宮。

[二] "時服"句：給百官賞賜夏服。時服：應時的衣服，此指夏衣。百執：百執事的省稱；百官。《書·盤庚下》："邦伯、師長、百執事之人，尚皆隱哉。"《國語·吳語》："王總其百執事，以奉其社稷之祭。"韋昭注引賈逵曰："百執事，百官。"

[三] "惟有"句：寫孝宗皇帝之節儉。清躬：自身。澣濯：同"浣濯"。洗滌。此指經過多次洗滌的舊衣服。

[四] "更令"句：更是讓天下所有人都穿上絲織品的衣服。蠶織：蠶桑和紡織。《詩·大雅·瞻卬》："婦無公事，休其蠶織。"毛傳："休，息也。婦人無與外政，雖王后猶以蠶織為事。"此指絲織品的衣物。被：遍及。華戎：同華夷。見前乾道七年《端午帖子·太上皇帝閣》其四"再興炎祚撫華戎"注[一]。

東城謾祀漢蒼梧[一]，南楚空憐屈大夫[二]。何似賢才徧中外[三]，自然朝野足歡娛。

【校記】

第三句"似"，原作"以"，據四庫本改。

【注釋】

[一] "東城"句：用漢代端午日蒼梧人於東城祭祀太守陳臨事。《太平御覽》卷三一引謝承《後漢書》曰："陳臨為蒼梧太守，推誠而理，導人以孝弟。臨徵去後，本郡以五月五日祠臨東城門上，令小童潔服舞之。"謾：徒勞，空。

[二] "南楚"句：用楚人懷念祭祀屈原之事。屈大夫：屈原。他曾任楚國三閭大夫，故稱。端午食粽與競渡傳說都與屈原有關。參見夏竦《御閣端午帖子》其六"太官角黍迎嘉節"注[一]、晏殊《端午詞·御閣》其四"仙家既有靈符術"注[二]。

[三] 徧：同"遍"。

水殿開筵酒泛蒲[一]，冰盤進膳黍纏菰[二]。六宮莫度新翻曲[三]，只詠明州瑞麥圖[四]。

【注釋】

［一］水殿：建於水上的殿宇。酒泛蒲：即菖蒲酒。見宋庠《夫人閣端午帖子詞》其一"令月辰標午"注［四］。

［二］冰盤：內置碎冰，上擺列藕菱瓜果等食品的盤，夏季用以解渴消暑。黍纏菰：即角黍，粽子。以菰葉包裹，故稱。見夏竦《御閣端午帖子》其六"太官角黍迎嘉節"注［一］。

［三］六宮：指后妃。見夏竦《內閣春帖子》其六"緹室葭灰飛候管"注［三］。

［四］明州：州名，唐代所置，北宋建隆元年（960）稱明州奉國軍。南宋紹興三年（1133）置沿海制置使，轄溫、台、明、越四郡。瑞麥圖：即瑞麥，多穗的麥。多穗麥很少見，古人以為祥瑞之兆。《宋史·五行志》多載各地獻祥瑞之事，其獻瑞麥圖有三：乾興六年六月陳州獻瑞麥圖，皇祐三年五月彭山上瑞麥圖，嘉祐三年七月泰山上瑞麥圖。不載明州獻瑞麥圖事，卻載大中祥符八年四月明州獻芝草事。

太上皇帝閣淳熙四年[一]

五言三首

剪舌雙鴝鵒，朝來學語新[二]。祝堯千萬壽，歲歲樂端辰[三]。

【注釋】

［一］太上皇帝：指宋高宗趙構（1170—1187）。見李清照《皇帝閣春帖子》"莫進黃金簟"注［一］。此組為淳熙四年（1177）端帖。按，周必大時以吏部侍郎兼直院。

［二］"剪舌"二句：古時端午有抓養鴝鵒，剪去舌尖并教其說話的習俗。《荊楚歲時記》："（端午）取鴝鵒教之語。"杜公瞻注："此月鴝鵒子毛羽新成，俗好登巢取養之。必先剪去舌尖，以教其語。"鴝鵒（qú yù）：俗稱八哥。

［三］端辰：即端午日。

桃結千年實，蓮開十丈花。蘆香并槿茂[一]，應笑阿瞞家[二]。

【注釋】

[一]"蘆香"句：並前二句共寫德壽宮苑中景色。

[二]阿瞞：指唐玄宗李隆基。唐玄宗自稱阿瞞。唐南卓《羯鼓錄》："上笑曰：大哥不必過慮，阿瞞自是相師，夫帝王之相，且須有英特越逸之氣，不然有深沈包育之度，若花奴但端秀過人，悉無此相，固無猜也。"錢熙祚校："上於諸親常自稱此號。"

寶箑裁新樣[一]，團團玉柄寒[二]。御書真蹟鳳，仙女莫乘鸞[三]。

【注釋】

[一]寶箑（shà）：寶扇；指團扇。箑：扇子。揚雄《方言》："扇，自關而東謂之箑。"

[二]團團：形容扇之圓。玉柄：指玉製或玉飾的扇柄。

[三]"御書"二句：扇面上由太上皇御書真跡，而不畫美女乘鸞之圖。見晏殊《端午詞·內廷》其四"一一雕盤分楚粽"注[二]。

七言三首

康壽高居德壽宮[一]，天申元自近天中[二]。千秋行獻開元鏡，五日先供揚子銅[三]。

【注釋】

[一]康壽：指康壽殿，在德壽宮中。亦指太上皇康泰長壽。德壽宮：高宗禪位後所居宮，修建於紹興三十二年。見曹勛《德壽春帖子》其一"曉來簾幕捲東風"注[一]。

[二]天申：即天申節；農曆五月二十一日。見劉才邵《端午內中帖子詞·皇帝閣》其五"天申佳節繼天中"注[一]。天中：即天中節；端午節的別稱。見王珪《端午內中帖子詞·夫人閣》其九"一樣紅裙試舞斜"注[二]。

[三]"千秋"二句：用唐端午揚州江心鑄鏡進貢事。千秋：指千秋節，後改為天長節，唐玄宗生日之節，在八月初五。《唐會要》卷二

九"節日":"開元十七年八月五日,左丞相源乾曜、右丞相張説等上表,請以是日為千秋節……至天寶二年八月一日,刑部尚書、兼京兆尹蕭炅及百寮請改千秋節為天長節。"五日:指端午日。揚子銅:即揚州所鑄銅鏡。見晏殊《端午詞·東宮閣》其一"揚子江心鑄鑑成"注[二]。

美景良辰二聖歡[一],時新絡繹走琱盤[二]。固應慈孝移風俗[三],安用梟羹賜百官[四]。

【注釋】

[一] 二聖:此指太上皇帝趙構和孝宗皇帝趙昚。

[二] "時新"句:寫孝宗孝敬高宗飲食之豐盛。時新:指應時而鮮美的食物。絡繹:連續不斷;往來不絕。琱盤:也作雕盤,刻畫花紋的精美盤子。

[三] 慈孝:孝敬。移風俗:即移風易俗。

[四] "安用"句:漢代有以梟肉製羹湯賜百官之習俗,寓除絕邪惡之意。此反用之。見夏竦《御閣端午帖子》其七"賜羹佳事傳青簡"注[一]。

抱朴傳方定不虛,日中試覓小蟾蜍。君王萬歲從今數,看汝多年頷下書[一]。

【校記】

第四句"多",四庫本作"他"。

【注釋】

[一] "抱朴"四句:寫端午日中午捕捉頷下有八字重文的蟾蜍之俗。《抱朴子内篇·仙藥》:"肉芝者,謂萬歲蟾蜍,頭上有角,頷下有丹書八字再重,以五月五日日中時取之,陰乾百日,以其左足畫地,即為流水,帶其左手於身,辟五兵,若敵人射己者,弓弩矢皆反還自向也。"《歲時廣記》卷二三"捕蟾蜍"條引《荊楚歲時記》:"五月五日,俗以此日取蟾蜍為辟兵。六日則不中用。"抱朴:即《抱朴子》。頷下書:即蟾蜍頷下"丹書八字再重"。此詩表祝壽意,知宋時頷下八字重文蟾蜍既可辟兵,亦可延壽。

太上皇后閤淳熙四年[一]

五言三首

霧縠含風細，雲綃叠雪香[二]。雖膺天下養[三]，猶服澣衣裳[四]。

【注釋】

[一] 太上皇后：指高宗皇后吳氏（1115—1197），時為太上皇后。見李清照《貴妃閤春帖子》"金環半后禮"注[一]。此與上閤同為淳熙四年（1177）端帖，周必大時以吏部侍郎兼權直院。

[二] "霧縠"二句：言暑衣之輕美。霧縠、雲綃：指用生絲織成的如雲似霧般的薄紗、薄絹。叠雪：形容輕柔潔白。語出杜甫《端午日賜衣》："細葛含風軟，香羅叠雪輕。"

[三] 膺：當，受。

[四] 澣衣裳：經多次洗過的舊衣服。澣：同"浣"；洗。

椒殿南薰遠[一]，蓬壺清晝長[二]。黃庭書繭紙[三]，筆法似慈皇[四]。

【注釋】

[一] 椒殿：即椒房，漢宮殿名。此指太上皇后所居宮殿。見夏竦《皇后閤端午帖子》其三"千門朱索迎嘉祉"注[二]。南薰：南風。夏日和暖的東南風。薰，同"熏"。《呂氏春秋·有始》："東南曰熏風。"

[二] 蓬壺：即蓬萊；傳說中東海仙人所居之神山。喻指德壽宮。見胡宿《皇后閤端午帖子》其八"靈苗遠採三山藥"注[一]。

[三] 黃庭：即《黃庭經》。本為道家養生修煉之書，有相傳魏夫人所作《黃庭內景經》、老子所作《黃庭外景經》以及《黃庭遁甲緣身經》、《黃庭玉軸經》等。相傳晉王羲之書《黃庭經》換白鵝，所寫為《黃庭外景經》，故後人所稱《黃庭經》或指此法帖，然宋人黃伯思以為乃南朝宋齊人所書。參唐張彥遠《法書要錄》卷三褚遂良《晉王右軍王羲之書目》，宋黃伯思《東觀餘論》卷下《跋黃庭經後》。繭紙：

用蠶繭制作的紙。蠒：同"繭"。

［四］"筆法"句：太皇太后吳氏的筆法與高宗近似。慈皇：指太上皇趙構。陶宗儀《書史會要》："憲聖慈烈皇后吳氏，開封人，吳宣靖王近之女，高宗后。博習書史，妙於翰墨。帝嘗書六經賜國子監刊石，稍倦，即命后續書，人莫能辨。"《池北偶談》卷一四"吳皇后臨蘭亭"："唐文皇後，惟宋高宗最愛《蘭亭序》，常御筆臨賜群臣，至宮闈亦化之。按，宋桑世昌《蘭亭考》云：'憲聖慈烈皇后嘗臨《蘭亭帖》，佚在人間。咸寧郡王韓世忠得之，表獻。上驗璽文，知是中宮臨本，賜保康軍節度使吳益刊於石，時紹興十七年秋七月丙寅。'又云：'太后居中宮時，嘗臨《蘭亭》，山陰陸升之代劉珙春帖子云："內仗朝初退，朝曦滿翠屏。硯池渾不凍，端為寫蘭亭。"刻吳琚家。'琚亦善書，北固寺'天下第一江山'六大字，琚筆也。"劉後村《跋高宗宸翰》云："大將韓蘄王高價得硬黃本，以為逸少真跡，馳獻，不知其為椒殿所書也。周必大在翰苑時，作《太皇閣帖子》云'筆法似慈皇'，信哉！"

瑞雀巢珍木，雙雙枕石圓[一]。翠娥誰採得[二]，傳旨賜金錢[三]。

【注釋】

［一］枕石：可枕的石頭。

［二］翠娥：指宮女。

［三］"傳旨"句：寫節日賜予宮女金錢。此與唐王建《宮詞》"寒食內人長白打，庫中先散與金錢"同。

七言三首

聚遠樓頭面面風，冷泉亭下水溶溶[一]。人間炎熱何由到，真是瑤臺第一重[二]。

【注釋】

［一］聚遠樓、冷泉亭：俱在德壽宮中。見汪應辰《太上皇帝閣端午帖子詞》十二"冷泉堂上湖山勝"注［一］。

〔二〕瑤臺第一重：即瑤臺最高處；此言德壽宮之清涼。瑤臺：傳說中的神仙居處，據言在崑崙山第九層。見宋祁《春帖子詞·皇后閣十首》其五"誰道春從何處來"注〔一〕。按，此詩所寫為紀實。《武林舊事》卷四"故都宮殿·聚遠樓"："高宗雅愛湖山之勝，恐數蹕煩民，乃於宮內鑿大池，引水注之，以象西湖泠泉，壘石為山，作飛來峰，因取坡詩'賴有高樓能聚遠，一時收拾與閒人'名之。周益公進《端午帖子》云：（詩略）。孝宗御製泠泉堂詩以進，高宗和韻，真盛事也。"卷七"乾淳奉親"亦載。見汪應辰《太上皇帝閣端午帖子詞》其六"飛來峰下水泉清"注〔一〕。

十椽水殿枕湖流[一]，時從東皇御畫舟[二]。楚俗不須誇競渡[三]，新荷香處且夷猶[四]。

【注釋】

〔一〕十椽水殿：十椽規格的近水殿宇。十椽，形容殿的規模大。椽為古代房屋間數的代稱。宋李誡《營造法式》卷五"陽馬"："凡造四阿殿閣，若四椽、六椽五間，及八椽七間，或十椽九間以上。其角梁相續，直至脊槫，各以逐架斜長加之，如八椽五間至十椽七間，並兩頭增出，即槫各三尺。"枕湖流：臨近西湖。

〔二〕"時從"句：吳氏不時隨從太上皇乘舟遊樂。東皇：天神名。喻指太上皇帝趙構。畫舟：有彩繪裝飾的船。《武林舊事》卷三"西湖游幸"："淳熙間，壽皇以天下養，每奉德壽三殿，遊幸湖山，御大龍舟。"

〔三〕競渡：划船比賽。見晏殊《端午詞·御閣》其四"仙家既有靈符術"注〔二〕。

〔四〕夷猶：從容自得。

午節人傳百藥良[一]，三千玉女鬭羣芳[二]。銷憂萱草名空美[三]，長樂宮中樂更長[四]。

【注釋】

〔一〕"午節"句：人們傳說端午採摘的藥物最好。端午有採集雜藥的習俗。見夏竦《御閣端午帖子》其三"仙園采藥回彤輦"注

[一]。

[二]"三千"句：端午節宮女們玩鬭草遊戲。玉女：美女；指宮女。鬭羣芳：即鬭百草。見晏殊《端午詞·內廷》其一"百草鬭餘欣令月"注[二]。

[三]銷憂萱草：古以為萱草可以消除憂愁，故名忘憂草。見前乾道七年《端午帖子·太上皇帝閣》其六"槐夏風清麥已秋"注[三]。

[四]長樂宮：漢高帝所建宮，惠帝以後為太后居處。此指太上皇后所居宮。

太上皇帝閣淳熙五年[一]

五言三首

令月三長正，昌辰五日端[二]。艾髯張繡戶[三]，菰黍簇金盤[四]。

【校注】

第一句"令"，原作"今"，據四庫本改。

【注釋】

[一]太上皇帝：指宋高宗趙構（1107—1187），時為太上皇。見李清照《皇帝閣春帖子》"莫進黃金簰"注[一]。按，此為淳熙五年（1178）端帖，作者時為翰林學士。

[二]"令月"二句：今年端午佳節恰為戊戌年戊午月戊戌日。三長：陰陽家指年、月、日之首。《隋書·藝術傳·蕭吉》："《陰陽書》云：'年命與歲月合德者，必有福慶。'《洪範傳》云：'歲之朝，月之朝，日之朝，主王者。'經書並謂三長，應之者，延年福吉。"淳熙五年端午為戊戌年戊午月戊戌日。端：正。

[三]艾髯：指天師艾，以艾草等做成的人形門飾，懸掛以辟邪。見晏殊《端午詞·御閣》其二"初垂彩艾迎新節"注[一]。

[四]菰黍：角黍；粽子。以菰葉包裹，故稱。見夏竦《御閣端午帖子》其六"太官角黍迎嘉節"注[一]。

午位符炎德[一]，真人感赤精[二]。誕彌佳節近[三]，四海祝長生。

【注釋】

[一]"午位"句：南方午位正符合火德。午位：指南方。端午之時，斗柄指向南方午位。《北堂書鈔》卷一五五"夏至"："斗指午為夏至。"注引《孝經緯》云："芒種後十五日，斗指午為夏至。"炎德：火德。宋朝以國運為火德。見胡宿《夫人閣端午帖子》其三"禁苑年光麗"注[二]。

[二]"真人"句：相傳漢高祖劉邦為赤精子。《漢書·哀帝紀》："待詔夏賀良等言赤精子之讖。"顏師古注引應劭曰："高祖感赤龍而生，自謂赤帝之精。"真人：指真命天子。《史記·秦始皇本紀》："始皇曰：吾慕真人，自謂'真人'，不稱朕。"赤精亦為南方之神，古代天子於立夏之日祭之南郊。《周禮·春官·大宗伯》："以赤璋禮南方。"鄭玄注："禮南方以立夏，謂赤精之帝，而炎帝、祝融食焉。"《禮記·月令》"仲夏之月"："其帝炎帝，其神祝融。"鄭玄注："此赤精之君，火官之臣……炎帝，大庭氏也；祝融，顓頊氏之子，曰黎，為火官。"

[三]誕彌佳節：指高宗生日聖節，即天申節，在五月二十一日。誕彌：生日。

嘒嘒蜩鳴柳[一]，飛飛燕拂簾。堯階無一事[二]，象戲戰斜尖[三]。

【注釋】

[一]嘒嘒：蟬的鳴叫聲。《詩·小雅·小弁》："菀彼柳斯，鳴蜩嘒嘒。"毛傳："蜩，蟬也。嘒嘒，聲也。"

[二]堯階：借指德壽宮中。

[三]象戲：象棋。斜尖：象棋中"士"的走法。《古今事文類聚》前集卷四二載程顥《象戲》："大都博弈皆戲劇，象戲翻能學用兵。車馬尚存周戰法，偏裨曾備漢官名。中軍八面將軍重，河外斜尖步卒輕。却憑文楸聊自笑，雄如劉項亦閑爭。"今日象棋亦有歌訣曰："馬走日字，象飛田。車走直路，炮翻山。士走斜路護將邊，小卒一去不回還。"

七言三首

日到蓬户已自長[一]，身閒那更傲羲皇[二]。薰絃舊解無窮愠[三]，箑脯今摇不盡涼[四]。

【校記】

第四句"箑"，四庫本作"翣"。

【注釋】

[一] 蓬户：用蓬草編成的門户；指窮人居住的房屋。《莊子·讓王》："原憲居魯，環堵之室，茨以生草，蓬户不完，桑以爲樞。"

[二] 那更：況更；更加。羲皇：指羲皇上人；太古之人。晉陶潛《與子儼等疏》："常言五、六月中，北窗下臥，遇涼風暫至，自謂是羲皇上人。"

[三] "薰絃"句：用舜彈五弦琴事。薰絃：即五絃琴，五弦琴。見宋庠《皇帝閣端午帖子詞》其二"寶軫流薰唱"注[一]。

[四] 箑脯：本指扇狀肉脯，此指扇。傳説堯時廚中自生之肉脯。形薄如扇，故稱。《竹書紀年》卷上："廚中自生肉，其薄如箑，摇動則風生，食物寒而不臭，名曰箑脯。"箑（shà）：扇子。揚雄《方言》："扇，自關而東謂之箑。"

昌歜隨宜泛緑醽[一]，繭光依舊寫黄庭[二]。壽康莫採三年艾[三]，瑞應從敷五荚蓂[四]。

【注釋】

[一] 昌歜（chú）：即菖歜。本指用菖蒲根切製成的醃菜，此指菖蒲根。古時端午有以菖蒲浸酒而飲的習俗。見宋庠《夫人閣端午帖子詞》其一"令月辰標午"注[四]。緑醽（lù líng）：即醽醁，或作醽醁、醽淥，美酒名。此爲泛指。

[二] 繭光：指繭紙。黄庭：即《黄庭經》；相傳爲王羲之所書法帖。見前淳熙四年端帖《太上皇后閣》其二"椒殿南薰遠"注[三]。

[三] "壽康"句：古時端午有採艾習俗，此反用之。三年艾：多年艾。見蘇軾《端午帖子詞·太皇太后閣六首》其四"令節陳詩歲歲新"注[三]。

[四]"瑞應"句：吉祥的瑞兆遍布端午。瑞應：古代迷信認爲天降祥瑞以應人君之德。敷：遍布。五荚蓂：即五日。荚蓂，即祥荚，蓂荚。見宋庠《皇帝閣端午帖子詞》其四"宫中命縷千絲合"注[二]。

清暉亭畔吸光亭[一]，入眼湖光分外明。豈是荷花似雲錦，都緣寶墨照簷楹[二]。　自注：二亭在西湖，太上御書牌[三]。

【注釋】

[一]清暉亭、吸光亭：亭名，皆在杭州西湖邊。《咸淳臨安志》卷八六："清暉亭：在水南道院東，舊名步虛，令錢啟易今名。中廢，淳祐七年，令趙希倩重建。"宋陳傅良《止齋集》卷八有《題錢宰吸光亭圖》詩，知吸光亭亦爲錢氏所修。錢啟即錢孜。《浙江通志》卷四〇："清暉亭：《咸淳臨安志》在昌化縣水南道院東，令錢孜建。"《萬姓統譜》卷二七："錢孜，嘉禾人，淳熙四年爲昌化令，興舉學校，與錢水卞園齊名，元凌緯《唐山紀事》有'美政思錢卞'之句。"

[二]寶墨：皇帝寫的字。此指太上皇趙構所書字。簷楹：屋檐下廳堂前部的梁柱。此爲懸掛匾額處。簷：同"檐"。

[三]御書：皇帝書寫。此指太上皇書寫。按，此事未見其他文獻記載。

太上皇后閣淳熙五年[一]

五言三首

命縷五絲長[二]，菖醑九節香[三]。堯年方有永[四]，文母共無疆[五]。

【注釋】

[一]太上皇后：指高宗皇后吴氏（1115—1197），時爲太上皇后。見李清照《貴妃閣春帖子》"金環半後禮"注[一]。此亦爲淳熙五年（1178）端帖，作者時爲翰林學士。

[二]命縷五絲：即續命彩絲。見夏竦《御閣端午帖子》其一"續命彩絲登繭館"注[二]。

[三] 菖醑九節：即以九節菖蒲浸泡的酒。見宋庠《夫人閤端午帖子詞》其一"令月辰標午"注［四］。
　　[四] 堯年：傳說堯時天下太平，此喻太平盛世。
　　[五] 文母：文德之母。語出《詩·周頌·雝》："既右烈考，亦右文母。"毛傳："文母，大姒也。"鄭玄箋："文德之母。"此指太上皇后吳氏。

　　赫奕蕤賓月[一]，宮庭樂事頻。便從端午節，排當過天申[二]。自注：禁中以置酒為排當。當字去聲。
　　【注釋】
　　[一] 赫奕：光輝炫耀。形容熱。蕤賓月：五月。蕤賓：古樂十二律之一。位於午，在五月，故為夏曆五月的別稱。見夏竦《淑妃閤端午帖子》其一"蕤賓布序逢良月"注［二］。
　　[二] 排當：宮中設宴。《續資治通鑑長編》卷一四八："故事，宮中飲宴，名曰'排當'。"天申：即天申節；農曆五月二十一日。見劉才邵《端午內中帖子詞·皇帝閤》其五"天申佳節繼天中"注［一］。

　　對席瑤池宴[一]，憑欄競渡船[二]。薰風清漏坐[三]，鈎月夕侵筵[四]。
　　【注釋】
　　[一] 瑤池宴：宮中宴。瑤池：傳說在崑崙山上，為西王母所居。此喻指德壽宮。見胡宿《夫人閤端午帖子》其六"魚龍曼衍夸宮戲"注［四］。
　　[二] 競渡：划船比賽。見晏殊《端午詞·御閤》其四"仙家既有靈符術"注［二］。
　　[三] 薰風：夏日和暖的東南風。也作"熏風"。《呂氏春秋·有始》："東南曰熏風。"清漏：清晰的滴漏聲。古代以漏壺滴漏計時。見夏竦《內閤春帖子》其四"銀箭初傳暖律延"注［一］。
　　[四] 鈎月：彎月。指初五時的上弦月。

七言三首

水晶宮闕净無塵[一]，姑射神仙綽有真[二]。寶録自應表萬善[三]，冰臺安用結雙人[四]。

【注釋】

[一] 水晶宮闕：用水晶構成的宮殿。此形容吳氏所居宮殿之清涼潔淨。

[二] 姑射神仙：《莊子·逍遥遊》："藐姑射之山，有神人居焉，肌膚若冰雪，綽約若處子。"此喻宮中后妃宮女等。綽有真：語出白居易《長恨歌》："忽聞海上有仙山，山在虛無飄渺間。樓閣玲瓏五雲起，其中綽約多仙子。"

[三] 寶録：即寶籙，圖籙。象徵天命的圖讖符命。《宋史·樂志十五》："寶籙降，飈遊至，瑞命慶惟。"見汪應辰《皇帝閣端午帖子詞》其四"躬行盛德基王化"注[二]。

[四] "冰臺"句：反用端午懸掛艾草事。冰臺：艾草的別名。《爾雅·釋草》："艾，冰臺。"郭璞注："今艾蒿。"結雙人：指縛扎的艾草人，門兩旁懸掛，故為雙人。

兩宮眉壽古來稀[一]，節物年年盛禁闈[二]。桃印巧鎸蟲篆古[三]，艾釵斜映虎形威[四]。

【注釋】

[一] 兩宮眉壽：指太上皇與太上皇后皆高壽。時二人分別為七十二、六十四歲。眉壽：長壽。見蘇頌《春帖子詞·皇太后閣六首》其一"九扈方司啟"注[五]。

[二] 節物：節日食用之物。見宋庠《皇帝閣端午帖子詞》其五"天關卻暑金為狄"注[三]。禁闈：宮廷門户；此指宮中。

[三] "桃印"句：寫端午門懸桃印之俗。桃印：端午門飾，上刻篆文，用以辟邪。蟲篆：印上的蟲書和篆文。秦八體書有蟲書，又名鳥蟲書；王莽變為六體。《漢書·藝文志》："六體者：古文、奇字、篆書、隸書、繆篆、蟲書。"顏師古注："蟲書，謂為蟲鳥之形，所以書幡信也。"見夏竦《郡王閣端午帖子》其四"崑山瑞玉題真篆"注

［二］。

　　［四］"艾釵"句：寫端午簪戴釵頭符、艾虎等飾品。艾釵：即釵頭符。虎：指艾虎。見胡宿《皇后閣端午帖子》其一"川館親蠶後"注［四］。

　　　炎官火傘謾高張[一]，心靜何妨五月涼[二]。百和暖添香篆永[三]，一編徐展道經長[四]。
【注釋】
　　［一］"炎官"句：寫夏五月氣候炎熱。炎官：火神。火傘：喻烈日。謾高張：任憑高高張掛。
　　［二］何妨：無礙；不妨。
　　［三］百和：即百和香，由各種香料和成的香。《漢武帝內傳》：七月七日，武帝"以紫羅薦地，燔百和之香，張雲錦之幃，然九光之燈，列玉門之棗，酌葡萄之醴"，以待西王母。香篆：香炷。因香點燃時煙上升繚繞如篆文，故稱。
　　［四］一編：指一冊，一本。

皇帝閣淳熙五年[一]

五言三首

　　　令節傳千古，休祥屬聖時[二]。炎圖如日永[三]，赫赫照華夷[四]。
【注釋】
　　［一］皇帝：指孝宗趙昚（1127—1194）。見曹勛《癸未御前帖子》其一"廣殿薰風日正長"注［一］。亦為淳熙五年（1178）端帖，作者時為翰林學士。
　　［二］休祥：吉祥。聖時：聖明之時。
　　［三］炎圖：指因火德而興的帝業。宋國運為火德，此指宋朝國運。《宋史・樂志八》："神之言歸，化斯有光；相我炎圖，萬世無疆。"
　　［四］赫赫：光明炫耀的樣子。揚雄《法言・五百》："赫赫乎日之光，羣目之用也。"華夷：漢族和少數民族；此指本國和外國。見前乾

道七年《端午帖子·太上皇帝閣》其四"再興炎祚撫華戎"注〔一〕。

民壽休頒朮[一]，人淳罷賜梟[二]。堯賢不遺野[三]，楚些豈勞招[四]。

【注釋】

〔一〕"民壽"句：古以為食朮有助長壽，故有賜送朮之俗；此反用之。見王珪《端午內中帖子詞·太上皇后閣》其四"有德名終大"注〔四〕。

〔二〕"人淳"句：漢代端午有以梟肉製羹湯賜百官之習俗，寓除絕邪惡之意；此反用其意。見夏竦《御閣端午帖子》其七"賜羹佳事傳青簡"注〔一〕。

〔三〕"堯賢"句：帝王賢明，使得民間沒有被棄置不用的人才。此頌孝宗之聖明。《書·大禹謨》："野無遺賢，萬邦咸寧。"

〔四〕"楚些"句：屈原忠而被謗，疏遠流放，宋玉哀憐而作《招魂》；此反用之，承上句以寫帝王賢明。漢王逸為《招魂》篇作《題解》："《招魂》者，宋玉之所作也……宋玉憐哀屈原，忠而斥棄，愁懣山澤，魂魄放佚，厥命將落。故作《招魂》，欲以復其精神，延其年壽。"楚些：《楚辭·招魂》句尾皆有"些"字，故"楚些"指招魂歌，亦泛指楚地的樂調或《楚辭》。

薰殿午風清[一]，金盤滿貯冰。願言均此施[二]，四海滌煩蒸[三]。

【注釋】

〔一〕薰殿：指南薰殿。唐宮殿名。《長安志》卷九："（興慶宮）宮內正殿曰興慶殿，其後曰文泰殿，前有瀛州門，內有南薰殿，北有龍池。"此指宋宮內偏殿。

〔二〕"願言"句：希望皇帝廣泛施恩於民。語出蘇軾《補唐文宗柳公權聯句》："願言均此施，清陰分四方。"見蘇軾《端午帖子詞·皇帝閣六首》其三"微涼生殿閣"注〔三〕。

〔三〕滌：洗；除去。煩蒸：悶熱。

七言三首

日長珠箔漏聲疎[一]，案上蘇文恣卷舒[二]。時有佳篇符睿思[三]，便將團扇作行書[四]。

【注釋】

[一] 珠箔：珠簾。漏聲疎：銅壺滴漏之聲稀。漏：古代計時器。見夏竦《內閣春帖子》其四"銀箭初傳暖律延"注[一]。

[二] 蘇文：蘇軾的文章。

[三] 符睿思：符合皇帝的心意。睿思：聖明的思慮。

[四] 行書：介於草書和楷書之間的一種漢字字體。按，孝宗喜讀蘇軾詩文，並多次書寫其詩文以賜大臣。《玉海》卷三四"淳熙書蘇軾蘇轍詩"載："七年十二月十五日，書蘇軾《蟠龍寺》詩，賜步帥岳建壽。十七日書軾《和雪》詩，賜殿帥郭棣。八年閏月既望，以御書蘇軾四詩賜范成大。十五年十二月，又賜損齋。"周必大集亦載七年四月《御書蘇軾和唐人惠山泉詩跋》。

攬衣切切念絲棼，當饋孜孜恤暑耘[一]。今歲麥收鹽又熟，萬方何以答吾君[二]。

【注釋】

[一]"攬衣"二句：提起衣衫就想到理絲之不易，面對美食則想到暑天耕作的農民。切切：深切、真摯。絲棼：理絲而亂。語出《左傳·隱公四年》："臣聞以德和民，不聞以亂。以亂，猶治絲而棼之也。"楊伯峻注："棼，音汾，紛亂之意。"常喻繁雜紛亂的政事。此指理絲織布麻。當饋：面對著進獻的美食。孜孜：急切，懇切。暑耘：指夏日勞作的農民。

[二] 答：報答、感謝。

三殿晨開錫宴初[一]，太官順節進鼃魚[二]。微臣筆力慚燕許[三]，謾賦羣官上玉除[四]。

【校記】

第二句"太"，四庫本作"大"。

【注釋】

［一］三殿：皇宮中的三大殿，此借指皇宮。錫：通"賜"。

［二］太官：官名，掌皇帝及百官膳食。見夏竦《御閣端午帖子》其六"太官角黍迎嘉節"注［一］。龜魚：端午有食龜的習俗。見元絳《端午帖子》"壽尤先供餌"注［二］。

［三］燕許：燕國公張説和許國公蘇頲。二人為唐玄宗時名臣，皆以文章顯世，時號"燕許大手筆"。見《新唐書·蘇頲傳》。

［四］謾賦：且賦。羣官上玉除：語出張説《端午三殿侍宴應制》："三殿褰珠箔，羣官上玉除。助陽嘗麥䴷，順節進龜魚。"

皇后閤淳熙五年[一]

五言三首

寶典推重五[二]，歡聲沸六宮[三]。等閒調玉瑟[四]，聊助舜琴風[五]。

【校記】

第三句"玉瑟"，四庫本作"寶瑟"。

【注釋】

［一］皇后：指孝宗皇后謝氏（1134？—1207）。見前淳熙五年春帖《皇后閤》其一"儉德聞中外"注［一］。此亦為淳熙五年（1178）端帖，作者時為翰林學士。

［二］寶典：珍貴的書籍。此指隋杜臺卿《玉燭寶典》，此書主要記載歲時節俗。重五：也稱重午，即端五，端午。宋王楙《野客叢書·重三》："今言五月五日曰重五，九月九日曰重九。"

［三］六宮：指后妃。見夏竦《內閣春帖子》其六"緹室葭灰飛候管"注［三］。

［四］玉瑟：瑟的美稱。瑟：弦樂器，似琴。長近三米，古有五十根弦，後為二十五根或十六根弦。

［五］舜琴風：語出《禮記·樂記》："昔者舜作五弦之琴，以歌《南風》。"

何處宜佳節，風光大內家[一]。争新九子糉[二]，競巧五時花[三]。

【注釋】

[一] 大內家：皇家。舊時稱皇宮為大內。

[二] 九子糉：即九子粽。見晏殊《端午詞·內廷》其二"披風別殿地無塵"注[三]。

[三] "競巧"句：用北朝端午進五時花事。見傅墨卿《端午帖子詞》注[三]。

七言三首

筒黍嘗時思獻稑[一]，綵絲繫處憶親蠶[二]。女紅躬儉今猶昔[三]，應有詩人賦二南[四]。

【注釋】

[一] 筒黍：筒粽角黍；粽子。獻稑（lù）：進獻穜稑之種。據《周禮》，后妃在孟春要獻穜稑之種以供天子籍田之用。稑：穜稑的省稱。穜指先種後熟的穀類，稑指後種先熟的穀類。見司馬光《春帖子詞·皇后閣五首》其一"穜稑獻新種"注[二]。

[二] 綵絲：即五彩絲。見夏竦《御閣端午帖子》其一"續命彩絲登繭館"注[二]。親蠶：古代季春之月皇后躬親蠶事的典禮。見夏竦《內閣春帖子》其一"青逵布序和風扇"注[四]。

[三] 女紅：女性的紡織、刺繡、縫紉等工作。躬儉：親身實踐節儉。

[四] 二南：指《詩》中的《周南》和《召南》。漢以後被作為詩教的典範。見夏竦《淑妃閣端午帖子》其四"宴寢奉朝鳴采玉"注[四]。

逮下深恩浹後宮[一]，斯螽五月詠豳風[二]。麝香草闘宜男綠[三]，安石榴簪多子紅[四]。

【注釋】

[一] "逮下"句：謂謝氏恩惠及後宮。《詩·周南·樛木序》：

"《樛木》，后妃逮下也，言能逮下而無嫉妒之心焉。"浹：浹洽；遍及。後宮：宮中妃嬪所居；此指內宮眾人。

[二]"斯螽"句：《詩·豳風·七月》："五月斯螽動股。"言謝皇后深知百姓勞作艱苦。

[三]"麝香"句：寫鬥草遊戲。鬥草為古代一種流行於清明、端午之際的遊戲。見晏殊《端午詞·內廷》其一"百草鬥餘欣令月"注[二]。麝香草：一說為紫述香，南朝梁任昉《述異記》卷下："紫述香一名紅蘭香，一名金桂香，亦名麝香草，出蒼梧桂林上郡界，今吳中有麝香草，香似紅藍而甚芳香。"一說為蒜的別名。宋陶穀《清異錄·麝香草》："蒜，五代宮中呼麝香草。"宜男：即萱草。見元絳《端午帖子》"五日看花憐並蒂"注[二]。

[四]安石榴：石榴為漢武帝時張騫自西域安國傳入內地，也稱安石榴。夏月開花，紅色。石榴多籽，寓意多子。

尚醞潑醅瓊作液[一]，湯官屑粉玉為團[二]。常娥應侍天公宴[三]，一曲霓裳即廣寒[四]。

【注釋】

[一]醞（yùn）：釀酒。潑醅：即醱醅；重釀未濾的酒。瓊作液：瓊漿，美酒。

[二]湯官：官名。秦漢時少府屬官，主管供應餅餌的事務。見《漢書·百官公卿表上》。此指宮中置辦飲食之官。屑粉玉為團：即水團、粉團之類。見蘇軾《端午帖子詞·皇太后閣六首》其一"露簟琴書冷"注[三]。

[三]常娥：即"嫦娥"，也作"姮娥"。傳說中羿的妻子，後飛升至月宮，成為仙人。《淮南子·覽冥訓》："羿請不死之藥於西王母，姮娥竊之以奔月。"此喻謝皇后。天公：天的敬稱。此喻孝宗皇帝。

[四]霓裳：即《霓裳羽衣曲》，傳為唐玄宗所作。廣寒：即廣寒宮；月宮。見宋庠《皇后閣端午帖子詞》其五"篆桃刻印神圖術"注[四]。

太上皇帝閣淳熙六年[一]

五言三首

午節由來重，今符火德昌[二]。炎圖常有赫[三]，聖壽共無疆[四]。

【注釋】

[一] 太上皇帝：指宋高宗趙構（1107—1187），時為太上皇帝。見李清照《皇帝閣春帖子》"莫進黃金簪"注[一]。按，此為淳熙六年（1179）端帖，作者時為禮部尚書兼翰林學士。

[二] 火德：帝王受命正值五行的火運。宋國運為火德。見胡宿《夫人閣端午帖子》其三"禁苑年光麗"注[二]。

[三] "炎圖"句：頌大宋國運昌盛。炎圖：指宋朝國運。有赫：赫赫；光明炫耀。前見淳熙五年端帖《皇帝閣》其一"令節傳千古"注[三]。

[四] 聖壽：皇帝的年壽；祝壽之詞。

甲庫供團扇[一]，宸毫御古詩[二]。龍蟠仍鳳翥[三]，誰數晉羲之[四]。

【注釋】

[一] 甲庫：收藏敕令文書檔案的地方。宋程大昌《演繁露》卷十二"甲庫"："太和九年，勅令後應六品□已下，凡自稱舊嘗有官，皆下甲庫，檢勘有無……則甲庫也者，正收藏奏鈔之地，非甲乙之甲也。"南宋高宗時有御前甲庫，專供皇帝所需圖畫等用品。《宋史·張燾傳》："先是，御前置甲庫，凡乘輿所需圖畫什物，有司不能供者悉聚焉，日費不貲。禁中既有內酒庫，釀殊勝，酤賣其餘，頗侵大農。燾因對，言甲庫萃工巧以蕩上心，酒庫酤良醞以奪官課。且乞罷減教坊樂工人數。上（指高宗）曰：'卿言可謂責難於君。'明日悉詔罷之。"

[二] 宸毫：此指太上皇帝的筆。御：指御書；書寫。

[三] 龍蟠、鳳翥：形容高宗書法飛動而蒼勁有力，如龍之盤臥，鳳之飛舉。語出《晉書·王羲之傳論》："煙霏露結，狀若斷而還連；

鳳翥龍蟠，勢如斜而反直。"

　　[四]"誰數"句：哪裏數得上晉代的王羲之。頌太上皇書法高妙。王羲之為東晉著名書法家，被稱為書聖，代表作有行書《蘭亭集序》、《快雪時晴帖》、草書《初月帖》、正書《黃庭經》、《樂毅論》等。

　　境勝日偏長[一]，心清夏更涼。超然遠覽處，何止傲羲皇[二]。

【注釋】

　　[一]勝：優美。

　　[二]羲皇：指羲皇上人；太古之人。見前淳熙五年端帖《太上皇帝閣》其四"日到蓬戶已自長"注[二]。

　　七言三首

　　三紀躋民壽域中[一]，艾人桃印本何功[二]。如今坐享無窮報，幾看龜巢蓮葉紅[三]。

【注釋】

　　[一]"三紀"句：指高宗在位三十六年。十二年為一紀。《書·畢命》："既歷三紀。"孔安國傳："十二年曰紀。"高宗自建炎元年（1127）五月登基，至紹興三十二年（1162）六月禪位，在位三十五年餘。躋民壽域：語出《漢書·禮樂志》："驅一世之民，躋之仁壽之域。"喻太平盛世。

　　[二]艾人：以艾草縛扎的人形門飾，端午懸挂以辟邪。見晏殊《端午詞·御閣》其二"初垂彩艾迎新節"注[一]。神印：端午門飾，用以辟邪。見夏竦《郡王閣端午帖子》其四"崑山瑞玉題真篆"注[二]。

　　[三]龜巢蓮葉：語本《史記·龜策列傳》："有神龜在江南嘉林中。嘉林者……龜在其中，常巢於芳蓮之上。"此指蓮花。

　　聞道天公近效奇[一]，澗松特長萬年枝[二]。蜿蜒正作祥龍舞[三]，移得清陰覆玉墀[四]。自注：近自平江移古松甚奇怪[五]，正如龍形。

【注釋】

[一] 天公：天的敬稱。

[二] 萬年枝：指年代久遠的大松樹。

[三] "蜿蜒"句：形容大松樹形曲折延伸如龍。

[四] 玉墀：宮殿前的石階。漢武帝《落葉哀蟬曲》："羅袂兮無聲，玉墀兮塵生。"

[五] 平江：即平江府。治所在今江蘇吳縣。

節邇天申競祝堯[一]，官家重叠賜輕綃[二]。自然舜孝移風俗[三]，寓意梟羹鄙漢朝[四]。

【注釋】

[一] 邇：近。天申：即天申節；農曆五月二十一日。見劉才邵《端午內中帖子詞·皇帝閣》其五"天申佳節繼天中"注[一]。

[二] 官家：皇帝。見前淳熙三年春帖《太上皇帝閣》其四注[二]。重叠賜輕綃：指端午日皇帝賞賜百官衣物。語出杜甫《端午賜衣》："宮衣亦有名，端午被恩榮。細葛含風軟，香羅叠雪輕。"綃：生絲織成的薄紗、薄絹。

[三] 舜孝：舜以孝著稱，居二十四孝之首。此喻孝宗。

[四] "寓意"句：反用漢代端午賜梟羹之事。梟羹：以梟肉製作的羹湯。見夏竦《御閣端午帖子》其七"賜羹佳事傳青簡"注[一]。

太上皇后閣淳熙六年[一]

五言三首

令節仍豐歲，宮闈樂事全[二]。千祥并萬壽，善頌入薰絃[三]。

【注釋】

[一] 太上皇后：指高宗皇后吳氏（1115—1197），時為太上皇后。見李清照《貴妃閣春帖子》"金環半后禮"注[一]。按，此亦為淳熙六年（1179）端帖，作者時為禮部尚書兼翰林學士。

［二］宮闈：宮門。此指皇宮。
　　［三］薰絃：五弦琴。絃，同"弦"。見宋庠《皇帝閤端午帖子詞》其二"寶轄流薰唱"注［一］。

　　積雨收梅夏[一]，清風度麥秋[二]。六宮爭獻壽[三]，不覺月沉鈎[四]。
　　【注釋】
　　［一］梅夏：指夏季。梅熟於夏，故稱。
　　［二］麥秋：指夏季。麥子成熟於夏，故稱。見歐陽修《端午帖子詞·夫人閤五首》其一"梅黃初過雨"注［二］。
　　［三］六宮：指后妃。見夏竦《內閤春帖子》其六"緹室葭灰飛候管"注［三］。
　　［四］月沉鈎：月落。初五月如鈎，亥時即落。

　　丹篆釵符小[一]，朱絲臂縷鮮[二]。都無邪可辟，祇有壽方延[三]。
　　【注釋】
　　［一］丹篆釵符：端午簪戴釵頭符、艾虎等飾品。見胡宿《皇后閤端午帖子》其一"川館親蠶後"注［四］。
　　［二］朱絲臂縷：即五彩絲。見夏竦《御閤端午帖子》其一"續命彩絲登繭館"注［二］。
　　［三］"都無"二句：俗以為釵符彩絲可辟邪延壽，此前句反用，後句正用。祇：同"只"。方：正。

七言三首

　　問安勅使馬如飛[一]，絡繹時新奉母慈[二]。蜀產吳包何足道[三]，蟠桃熟處是瑤池[四]。
　　【注釋】
　　［一］"問安"句：寫孝宗派人來問候太上皇后。勅使：皇帝的使者。

［二］"絡繹"句：寫孝宗為太上皇后進獻時令飲食。絡繹：連續不斷；往來不絕。時新：指應時而鮮美的食物。
　　［三］蜀產、吳包：指南方所產的時令水果。蘇軾《端午帖子詞·皇太后閣六首》其五："蜀產吳包萬里來。"
　　［四］"蟠桃"句：神話中的仙桃。此泛指桃子。瑤池：傳說在崑崙山上，為西王母所居。此指太上皇后所居之德壽宮。見胡宿《夫人閣端午帖子》其六"魚龍曼衍夸宮戲"注［四］。

　　揮箑將如解慍何[一]，層冰列鑑謾峨峨[二]。要知心地清無暑[三]，端為全鍾四氣和[四]。
　　【注釋】
　　［一］箑（shà）：扇子。揚雄《方言》："扇，自關而東謂之箑。"將如解慍何：將如何解慍。將如何消除暑熱之氣。
　　［二］層冰列鑑：任冰塊在盤中堆列如山。鑑：古陶器名。用來盛水或冰。《周禮·天官·凌人》："春始治鑑。"鄭玄注："鑑，如甄，大口，以盛冰，置食物于中，以禦溫氣。"峨峨：同"峨峨"，高聳的樣子。《楚辭·招魂》："層冰峨峨，飛雪千里些。"
　　［三］心地：心情，心境。
　　［四］端：正。全鍾四氣和：全部聚集了四時調和之氣。四氣：指春、夏、秋、冬四時的溫、熱、冷、寒之氣。《禮記·樂記》："奮至德之光，動四氣之和，以著萬物之理。"孔穎達疏："動四氣之和，謂感動四時之氣，序之和平，使陰陽順序也。"

　　粉團菰黍簇金盤[一]，仙朮昌陽灩玉樽[二]。小小角弓誇射中，兩宮歡燕似開元[三]。
　　【校記】
　　第一句"簇"，原作"族"，據四庫本改。
　　【注釋】
　　［一］粉團：唐宋時一種以米粉製作的元宵食品。見蘇軾《端午帖子詞·皇太后閣六首》其一"露簟琴書冷"注［三］。菰黍：粽子。見夏竦《御閣端午帖子》其六"太官角黍迎嘉節"注［一］。

[二]仙朮（zhǔ）：朮。一種藥材，有白朮、倉朮，根莖可入藥，古人以為食朮有助長壽。見王珪《端午內中帖子詞·太上皇后閣》其四"有德名終大"注[四]。昌陽：菖蒲的別名。昌：通"菖"。《呂氏春秋·任地》謂冬至後五十七日，菖蒲始生，大概因得陽氣而昌盛，故名昌陽。宋吳曾《能改齋漫錄》卷一五"方物·昌蒲昌陽"認為二者非一物。古時端午有以菖蒲浸酒而飲的習俗。見宋庠《夫人閣端午帖子詞》其一"令月辰標午"注[四]。

　　[三]"小小"二句：宮中端午玩射粉團之戲，兩宮歡樂如同玄宗開元間。角弓：用角裝飾的弓。開元：唐玄宗的年號（713—741）。見蘇軾《端午帖子詞·皇太后閣六首》其一"露簟琴書冷"注[三]。

崔敦詩

崔敦詩（1139—1182），字大雅，通州靜海（今江蘇南通）人。高宗紹興三十年（1160）年進士，調揚州高郵簿，遷兩浙轉運使幹辦公事。孝宗乾道九年（1173）二月除秘書省正字兼翰林權直，淳熙元年（1174）十二月丁父憂。淳熙五年五月除著作郎，權直學士院。九月除樞密院編修官兼學士院權直，六年正月除秘書省著作郎，兼直學士院。七年七月，進國子司業兼權直院。八年九月，拜中書舍人、兼直學士院。九年卒，年四十四。著有《崔舍人玉堂類稿》二十八卷。《景定建康志》卷四九、《琴川志》卷八有傳。

崔敦詩有帖子八十七首，其中春帖子四十七首，端午帖子詞四十首，為八次所作，均見載於其集。《全宋詩》卷二五六八亦收錄。

春端貼子

淳熙元年端午貼子詞[一]

皇帝閤六首[二]

五言

雙秀雲牟實[三]，三眠雪繭豐[四]。無人知帝力[五]，渾在舜弦中[六]。

【校記】

崔敦詩帖子詞均錄自《崔舍人玉堂類稿》卷一七。此以上海涵芬樓刊日本《佚存叢書》本為底本，校以宛委別藏本、叢書集成初編本。按，宛委別藏本與叢書集成初編本皆據《佚存叢書》本排印，然文字有異。

【注釋】

　　[一] 淳熙元年：即公元1174年。淳熙為宋孝宗年號（1174—1189）。按，此組詩僅此一類，作者時為秘書省正字兼翰林權直。

　　[二] 皇帝：指孝宗趙昚（1127—1194）。見曹勛《癸未御前帖子》其一"廣殿薰風日正長"注［一］。

　　[三] "雙秀"句：寫糧食豐收。雙秀雲牟：即雙岐麥，兩岐麥，兩歧麥。指穗分兩枝的麥子，古人以為祥瑞之兆。秀：穀類抽穗開花。雲牟（móu）：大麥。牟：通"麰"。見劉才邵《端午內中帖子詞·皇帝閣》其三"兩岐呈瑞麥"注［一］。

　　[四] "三眠"句：寫蠶繭豐收。三眠：蠶自初生至成蛹，蛻皮三四次。蛻皮時不食不動，其狀如眠，故曰"三眠"。宋葉茵《蠶婦吟二首》其一："九日三眠火力齊，五朝又報四眠時。辛勤一月方能繭，繰得成絲卻賣絲。"元王禎《王氏農書》卷六"蠶繅篇"："蠶自大眠後十五六頓即老，得絲多少全在此數。北蠶多是三眠，南蠶俱是四眠。日見有老者，量分數減飼，候十蠶九老方可入簇。"雪繭：如雪般的蠶繭。

　　[五] 帝力：帝王的作用或恩德。見胡宿《皇帝閣春帖子》其五"春官青鳥司開啟"注［三］。

　　[六] 舜弦：即五弦琴；古代樂器。語出《禮記·樂記》："昔者舜作五弦之琴，以歌《南風》。"

　　又

　　御柳垂波綠，宮槐覆幄涼[一]。香風隨步輦[二]，偏到殿中央。

【注釋】

　　[一] 幄：帳篷、帳幕。此當指幄殿，即張帷幕而成的臨時宮殿。

　　[二] 步輦：一種由人抬的車。此借指皇帝。

　　又

　　采縷縈朱戶[一]，芳菰剪翠筒[二]。風光天上別，景物世間同。

【注釋】

［一］"采縷"句：寫端午宮門懸彩縷。采縷：即朱索、綵縷。采：同"彩"。見夏竦《皇后閣端午帖子》其三"千門朱索迎嘉祉"注［一］。朱戶：以朱紅所漆之門。此指皇宮之門戶。

［二］"芳菰"句：寫端午所食粽子。芳菰：粽子。粽子以菰葉包裹，故云。翠筒：竹筒。楚人端午有以竹筒盛米投江祭祀屈原之俗。見夏竦《御閣端午帖子》其六"太官角黍迎嘉節"注［一］。

七言三首

千年桃印明金殿［一］，百子榴房照綺疏［二］。清曉宮門放魚鑰［三］，內家催進恤刑書［四］。

【注釋】

［一］桃印：端午門飾，用以辟邪。見夏竦《郡王閣端午帖子》其四"崑山瑞玉題真篆"注［二］。

［二］百子榴房：指石榴。石榴為漢武帝時張騫自西域安國傳入內地，果實如毬，內有很多籽粒，故言。綺疏：即綺窗。雕飾有花紋的窗戶。

［三］魚鑰：魚形的門鎖。見夏竦《御閣春帖子》其四"九門和氣衝魚鑰"注［一］。

［四］內家：皇家。舊時皇宮稱大內，故稱。此指皇帝。恤刑書：減刑的詔書。李燾《續資治通鑑長編》卷一八"宋太宗太平興國二年"："降詔恤刑。自是每歲夏首常舉行之。"

又

幽芳拂拂朝香度［一］，密葉陰陰晝影圓。玉食未應須角黍［二］，君王端是念忠賢［三］。

【注釋】

［一］拂拂：散布貌。

［二］玉食：美食。角黍：粽子。見夏竦《御閣端午帖子》其六"太官角黍迎嘉節"注［一］。

［三］端是：正是。忠賢：指屈原。傳說角黍因紀念屈原而來。

又

雙人綠艾消民沴[一]，五色朱絲奉帝齡[二]。向晚封章都閱遍[三]，翠輿初過水心亭[四]。

【注釋】

[一] 雙人綠艾：指艾人。端午有門兩側懸艾草人以辟邪之俗。見晏殊《端午詞·御閣》其二"初垂彩艾迎新節"注[一]。民沴(lì)：民眾的災疫之氣。

[二] "五色"句：寫進獻五彩絲為皇帝祝壽。五色朱絲：即五彩絲。五色：青、黃、赤、白、黑。見夏竦《御閣端午帖子》其一"續命彩絲登繭館"注[二]。

[三] 向晚：天色將晚，傍晚。封章：機密的奏章。亦稱封事。因機密事之章奏皆用皁囊重封以進，故名。

[四] 翠輿：皇帝的車駕。此借指皇帝。水心亭：建於水中的亭子。

淳熙二年春貼子詞[一]

光堯壽聖憲天體道太上皇帝閣六首[二]

五言三首

嶰管今朝應[三]，璿杓昨夜旋[四]。耕桑三萬里，一樣樂堯天[五]。

【注釋】

[一] 淳熙二年：即公元1175年。淳熙為宋孝宗年號（1174—1189）。按，此帖包括《皇帝閣》、《皇后閣》兩類。當年立春在正月六日。據《宋中興學士院題名》，崔敦詩"乾道九年十二月以秘書省正字兼翰林權直，淳熙元年十二月丁父憂"，則詩為提前所作。

[二] 光堯壽聖憲天體道太上皇帝：指高宗趙構（1107—1187），時為太上皇帝。此為乾道六年（1170）所加尊號。《宋史·孝宗本紀二》：乾道六年十一月"丁酉，加上光堯壽聖太上皇帝尊號曰光堯壽聖憲天體道太上皇帝"。見李清照《皇帝閣春帖子》"莫進黃金簟"注[一]。

［三］嶰（xiè）管：竹製樂器。古人用以觀測氣候，亦稱律管、候管。見夏竦《內閣春帖子》其六"緹室葭灰飛候管"注［一］。

［四］璿杓：即星杓；北斗柄。春天斗柄旋轉向東。見宋庠《皇帝閣端午帖子詞》其五"天關卻暑金為狄"注［二］。

［五］堯天：喻太平盛世。語出《論語·泰伯》："子曰：大哉，堯之為君也。巍巍乎，惟天為大，惟堯則之。"

又

事已高超古[一]，心猶切為民[二]。慈顏應有喜[三]，房宿正當晨[四]。

【注釋】

［一］"事已"句：寫太上皇趙構年事已高。按，趙構時六十九歲。

［二］切：迫切，急切。

［三］慈顏：慈祥和藹的容顏。稱尊上的音容。此指太上皇帝。

［四］"房宿"句：寫房星早晨時正位於午位（南方）。此為立春日景象。房宿：即房星，二十八宿之一，蒼龍七宿之第四宿。當晨：指房宿晨時正在某一方位。房星晨正時農事開始，故也稱農祥。見胡宿《皇帝閣春帖子》其二"蒼玉新旂祀木神"注［三］。

又

采柏浮仙醁[一]，凝酥點壽盤[二]。君王千萬歲，長奉兩宮歡[三]。

【注釋】

［一］"采柏"句：寫正月飲柏酒習俗。柏：柏葉。仙醁（lù）：美酒。見晏殊《元日詞·東宮閣》其一"銅龍樓下早春歸"注［四］。

［二］"凝酥"句：寫正月上酥盤習俗。點酥為唐宋流行的飲食技藝。見王珪《立春內中帖子詞·夫人閣》其一"翠縷爭垂柳"注［三］。

［三］奉：奉養，侍奉。兩宮：指太上皇帝趙構和太上皇后吳氏。

七言三首

九重雲氣鬱崔嵬[一]，日轉青旗瑞色開[二]。晨蹕一聲春又到[三]，太平天子上瑤盃[四]。

【注釋】

[一]"九重"句：雲氣濃烈盛大。

[二]青旗：即青幡。古時立春表示應候、勸耕的旗。見晏殊《立春日詞·御閣》其一"令月歸餘屆早春"注[五]。

[三]晨蹕：早晨帝王出行。蹕：帝王出行時清道，禁止行人來往。後借指帝王的車輦。

[四]太平天子：指孝宗皇帝趙昚。瑤盃：玉杯。盃：同"杯"。

又

樓閣隔年餘舊雪[一]，園林連夜著新花。東皇儗作行春計[二]，先到長生大帝家[三]。

【注釋】

[一]隔年餘舊雪：淳熙二年立春在正月初六，雪為臘日所下，故云。

[二]東皇：司春之神。儗：通"擬"。準備，打算。

[三]長生大帝家：喻指皇家。長生大帝：即長生大帝君，神名。見王安中《妃嬪閣》"玉燕翩翩入鬢雲"注[四]。

又

景龍門上華燈動[一]，黃鵠池邊翠浪通[二]。一一春光須作主，從今二十四番風[三]。

【注釋】

[一]"景龍"句：寫預賞元宵活動。《武林舊事》卷二"元夕"："禁中自去歲九月賞菊燈之後，迤邐試燈，謂之'預賞'。一入新正，燈火日盛，皆修內司諸璫分主之，競出新意，年異而歲不同。往往於復古、膺福、清熙、明華等殿張掛，及宣德門、梅堂、三間臺等處臨時取旨，起立鰲山。燈之品極多，每以'蘇燈'為最，圈片大者徑三四尺，

皆五色琉璃所成，山水人物，花竹翎毛，種種奇妙，儼然著色便面也。"景龍門：北宋汴京北門。徽宗宣和年間，景龍門外設燈，自臘月即開始張燈，謂之預賞。此當指宣德門。參見王安中《春帖子·皇帝閣》"彤霞蒨霧繞觚稜"注〔五〕。華燈：雕飾精美的燈；彩燈。《武林舊事》卷二"燈品"所載著名者有無骨燈、魫燈、珠子燈、羊皮燈、羅帛燈等，皆精妙絕倫。魫燈"刻鏤金珀玳瑁以飾之"；珠子燈"以五色珠為網，下垂流蘇，或為龍船、鳳輦、樓臺故事"；羊皮燈"簇縷精巧，五色粧染，如影戲之法"；羅帛燈"或為百花，或細眼，間以紅白，號'萬眼羅'者，此種最奇"。

〔二〕黃鵠池：本指漢太液池。此指德壽宮中大池。見夏竦《御閣春帖子》其二"冰消太液生春水"注〔一〕。翠浪：碧波。《武林舊事》卷七"乾淳奉親"："自此官裏知太上聖意不欲頻出勞人，遂奏知太上，命修內司日下於北內後苑建造冷泉堂，疊巧石為飛來峰，開展大池，引注湖水，景物並如西湖。"因引湖水灌注，故云"翠浪通"。

〔三〕二十四番風：即二十四番花信風。見蘇軾《春帖子詞·皇帝閣六首》其一"暘谷賓初日"注〔二〕。

壽聖明慈太上皇后閣六首[一]

五言三首

玉筦和聲度[二]，金鋪麗景遲[三]。思齊文母聖[四]，春日受春祺[五]。

【注釋】

〔一〕壽聖明慈太上皇后：指高宗皇后吳氏（1115—1197），時為太上皇后。此為乾道六年所上尊號。《宋史·孝宗本紀二》：乾道六年十一月丁酉，加上"壽聖太上皇后尊號曰壽聖明慈太上皇后"。見李清照《貴妃閣春帖子》"金環半后禮"注〔一〕。按，此亦為淳熙二年（1175）春帖，作者時為秘書省正字兼翰林權直。

〔二〕玉筦：即玉管。玉製的標準定音器，古人用以觀測節候。見夏竦《內閣春帖子》其六"緹室葭灰飛候管"注〔一〕。

〔三〕金鋪：金飾鋪首。見司馬光《春貼子詞·夫人閣四首》其一"璧帶非煙潤"注〔二〕。

[四]"思齊"句：頌美吳氏之德。思齊：《詩·大雅》中的篇章。文母：文王之母；此指太上皇后吳氏。《詩·大雅·思齊》："思齊大任，文王之母。"毛傳："齊，莊也。"鄭玄箋："常思莊敬者，大任也，乃為文王之母。"後以"思齊"贊美母教及內助。

　　[五]春祺：春福。祺：吉祥。

又

　　寶殿春朝退[一]，瑤池夜宴深[二]。明朝是人日[三]，時復問晴陰[四]。

【注釋】

　　[一]"寶殿"句：宮中立春日早朝退。

　　[二]"瑤池"句：德壽宮中宴會至深夜。瑤池：喻指德壽宮。見胡宿《夫人閣端午帖子》其六"魚龍曼衍夸宮戲"注[四]。

　　[三]人日：正月初七。《荊楚歲時記》："正月七日為人日，以七種菜為羹。"淳熙二年立春在正月初六日。故云"明朝是人日"。

　　[四]"時復"句：寫太上皇后對農事的關注。古代占書以為人日晴則主豐收。洪邁《容齋三筆》卷一六"歲後八日"："東方朔《占書》：歲後八日，一為雞，二為犬，三為豕，四為羊，五為牛，六為馬，七為人，八為穀。謂其日晴則所主之物育，陰則災。杜詩云：'元日到人日，未有不陰時。'用此也。"

又

　　翠輦西湖路[一]，雕盤北苑花[二]。時平無外事[三]，隨意趁年華[四]。

【注釋】

　　[一]翠輦：指太上皇后的車。西湖：杭州西湖。

　　[二]雕盤：刻畫花紋的精美盤子。北苑：指德壽宮中後苑，在南宋宮城北。

　　[三]外事：此指對外用兵之事。

　　[四]年華：一年中的好時節。

七言三首

扇開雉影紅雲起[一]，簾卷蝦鬚畫燭明[二]。三十六宮齊進酒[三]，盤金小勝縷長生[四]。

【注釋】

[一]"扇開"句：寫皇帝出行。扇開雉影：雉尾扇打開。雉尾扇為皇帝出行時的儀仗之一。見宋庠《夫人閤端午帖子詞》其四"金徒漏永烏猶渴"注[二]。紅雲：喻指孝宗出行時的隨從。《武林舊事》卷一"恭謝"言恭謝禮後設宴，"御筵畢，百官侍衛吏卒等並賜簪花從駕，縷翠滴金，各競華麗，望之如錦繡"，并引姜白石詩形容："萬數簪花滿御街，聖人先自景靈回。不知後面花多少，但見紅雲冉冉來。"

[二]蝦鬚：簾子的流蘇；後為簾子的別稱。唐陸暢《詠簾》詩："勞將素手捲蝦鬚，瓊室流光更綴珠。"畫燭：有畫飾的蠟燭。

[三]三十六宮：本言宮殿之多，語出班固《西都賦》："離宮別館，三十六所。"此指後宮女性。

[四]盤金小勝：即彩幡、彩勝之類。見夏竦《內閤春帖子》其四"銀箭初傳暖律延"注[三]。縷：彩縷，古時端午佩戴，俗以為有助於延壽。見夏竦《御閣端午帖子》其一"續命彩絲登繭館"注[二]。

又

日溶鳳沼搖波暖[一]，雲護龍樓倒影長[二]。讀罷黃庭無一事[三]，好風吹動百花香。

【注釋】

[一]鳳沼：即鳳池，亦稱鳳凰池。此指宮中池沼。

[二]雲護龍樓：雲繞宮門。龍樓：指宮門樓上飾有銅龍。此借指太上皇后所居宮。

[三]黃庭：即《黃庭經》；為道教經典著作。講述道家養生修煉之道。因稱脾臟為中央黃庭，於五臟中特重脾土，故名《黃庭經》。《黃庭經》有《黃庭內景經》、《黃庭外景經》、《黃庭遁甲緣身經》、《黃庭玉軸經》等多種。參清李光暎《金石文考略》卷三。

又

院落韶光歸柳色，郊原耕信到菖芽[一]。望春臺下□□軟[二]，不見游龍有外家[三]。

【注釋】

[一] 耕信到菖芽：春耕的信息從菖蒲之芽可見。《呂氏春秋·任地》："冬至後五旬七日，菖始生。菖者，百草之先生者也。於是始耕。"菖：菖蒲。

[二] 望春臺：宮中可以登眺遊覽的勝處。《老子·二十章》："眾人熙熙，如享太牢，如春登臺。"

[三] "不見"句：反用東漢明德馬皇后事，寫太皇太后吳氏約束外家之嚴格。游龍：遊動的蛟龍，形容人馬之多。見王珪《端午內中帖子詞·太上皇后閣》其八"水風吹殿送微涼"注 [二]。

淳熙六年春貼子詞[一]

皇帝閣六首[二]

五言三首

今歲韶光好[三]，時逢大有年[四]。條風方被物[五]，菖葉又催田[六]。

【注釋】

[一] 淳熙六年：即公元1179年。淳熙為宋孝宗年號（1174—1189）。按，此帖包括《皇帝閣》、《皇后閣》兩類。當年立春在上年臘月二十一日。據《宋中興學士院題名》，作者時為樞密院編修官兼學士院權直。

[二] 韶光：春光。

[三] 皇帝：指孝宗趙昚（1127—1194）。見曹勛《癸未御前帖子》其一"廣殿薰風日正長"注 [一]。

[四] 大有年：五穀豐登。《春秋·宣公十六年》："冬，大有年。"

[五] "條風"句：春風剛吹拂萬物。條風；春天的東北風。八風之一。見胡宿《夫人閣春帖子》其三"釀酒淳神水"注 [三]。

［六］"菖葉"句：菖葉生出催促人們開始耕種。菖葉出為農耕開始。《呂氏春秋·任地》："冬至後五旬七日，菖始生。菖者，百草之先生者也。於是始耕。"菖：菖蒲。

又

今歲韶光好，年中兩見春[一]。餘寒九日在[二]，芳意一朝新[三]。

【注釋】

［一］"年中"句：淳熙六年（1179）兩見立春。按，首次在正月初九，第二次在臘月二十一。

［二］"餘寒"句：言淳熙六年立春距離新年元日尚有九日。因立春在臘月二十一，故云。

［三］芳意：春意。

又

今歲韶光好，田間氣象淳[一]。政平無橫賦[二]，粟賤少窮民[三]。

【注釋】

［一］田間：猶田間，鄉間。氣象淳：指民風淳厚。氣象：跡象。淳：質樸，惇厚，與"澆"相對。《淮南子·齊俗》："衰世之俗，……澆天下之淳，析天下之樸。"注："淳，厚也。"

［二］"政平"句：政事平穩，沒有額外的賦稅。

［三］粟賤：泛指糧食價格低。粟：即穀子，去皮後稱"小米"。

七言 三首

東風先滿殿前旗[一]，御柳宮花次第知[二]。連夜芳心相待發[三]，侵朝柔思不勝垂[四]。

【注釋】

［一］東風：春風。

［二］宮花：皇宮庭苑中的花木。次第：一个挨一个地。

〔三〕"連夜"句：寫花兒含苞待放。芳心：指花。
　　〔四〕"侵朝"句：寫柳枝下垂。侵朝：早晨，拂曉。

又

　　千門曉日山河麗，萬國春風草木香。造化無私隨發育[一]，聖明天子是東皇[二]。

【注釋】

　　〔一〕造化：指大自然。發育：萌發生長。
　　〔二〕聖明天子：指孝宗皇帝趙昚。聖明：英明聖哲，無所不曉。為稱頌皇帝的套詞。東皇：司春之神。

又

　　彤庭清蹕轉輕雷[一]，鳳管吹春入仗來[二]。萬籟有聲皆善頌，八荒無地不熙臺[三]。

【注釋】

　　〔一〕彤庭：即"彤廷"。漢代皇宮以朱漆塗飾，故稱。此泛指皇宮。清蹕：本指帝王出行，清除道路，禁止行人。後借指帝王的車輦。輕雷：指車輦的聲音。
　　〔二〕鳳管：笙簫或笙簫之樂的美稱。《洞冥記》："〔漢武帝〕見雙白鵠集臺之上，倏忽變為二神女舞於臺，握鳳管之簫。"仗：儀衛、儀仗。
　　〔三〕八荒：八方荒遠的地方。見周必大乾道八年《立春帖子·皇帝閤》其一"日向皇都永"注〔四〕。熙臺：即春臺。語出《老子·二十章》："眾人熙熙，如享太牢，如春登臺。"

皇后閤五首[一]

五言二首

　　何處春來早，光風入九門[二]。未翻池荇翠[三]，先著壁椒溫[四]。

【注釋】

　　[一] 皇后：指孝宗皇后謝氏（1134？—1207）。見周必大淳熙五年春帖《皇后閣》其一"儉德聞中外"注[一]。按，此與上閣同為淳熙六年（1179）年春帖。作者時為樞密院編修官兼學士院權直。

　　[二] 光風：雨止日出時的和風。見歐陽修《端午帖子詞·皇后閣五首》其四"紫蘭淅淅光風轉"注[一]。九門：宮中九門。泛指宮禁。見夏竦《御閣春帖子》其四"九門和氣衝魚鑰"注[一]。

　　[三] "未翻"句：池中水草還未泛綠。荇：荇菜。見夏竦《皇后閣端午帖子》其五"日記采蘭追楚俗"注[二]。

　　[四] "先著"句：先使椒殿溫暖起來。壁椒：漢皇后所居宮殿以椒和泥塗壁，故以稱皇后所居之宮。見夏竦《皇后閣端午帖子》其三"千門朱索迎嘉祉"注[二]。

又

何處春來早，坤儀物意熙[一]。煙生金屋重[二]，日上玉階遲。

【注釋】

　　[一] "坤儀"句：大地景物一新。坤儀：大地。晉劉琨《答盧諶》詩："乾象棟傾，坤儀舟覆。"物意：景物的情態。熙：和樂。

　　[二] 金屋：華美之屋。此用"金屋貯嬌"故事以指皇后所居宮殿。見晏殊《立春日詞·內廷四首》其一"朱戶未聞迎綵燕"注[五]。

七言三首

明朝嘉氣滿慈闈[一]，親侍君王獻玉卮[二]。一樣酥盤俱手製[三]，百般綵勝總春宜[四]。

【注釋】

　　[一] 慈闈：亦作"慈幃"、"慈帷"，舊時母親的代稱。此指皇后謝氏居處。

　　[二] 玉卮：玉製的酒杯。

[三]"一樣"句：寫酥盤所進酥皆為皇后親手所製作。酥盤：盛放有酥的盤。酥為唐宋時元旦立春食品。見王珪《立春內中帖子詞·夫人閣》其一"翠縷爭垂柳"注[三]。

　　[四]綵勝：古代立春飾品。見夏竦《內閣春帖子》其四"銀箭初傳暖律延"注[三]。春宜：宜春；適宜於春天。

又

　　風光天上倍常殊，花壓闌干畫影舒[一]。虛几自臨中令帖[二]，明窗時展大家書[三]。

【注釋】

　　[一]闌干：即欄杆。舒：長。

　　[二]中令帖：指王獻之的法帖。王獻之曾任中書令之職，人稱王中令，大中令。晉檀道鸞《續晉陽秋》："王獻之為中令。獻之少而標邁，不尋常貫，為一時風流之冠。獻之卒，以王珉為中書令。世謂之大王令、小王令也。"（《說郛》卷五九下）明清人多載王獻之有《辭中令帖》，董其昌《畫禪室隨筆》卷一"題獻之帖後"："大令《辭中令帖》，評書家不甚傳，或出於米元章、黃長睿之後耳。觀其運筆，則所謂鳳翥鸞翔，似奇反正者，深為漏洩家風。必非唐以後諸人所能夢見也。李北海似得其意。"

　　[三]時展大家書：時時觀賞孝宗的書法。大家：宮中近臣或后妃對皇帝的稱呼。漢蔡邕《獨斷》上："親近侍從官稱（天子）曰大家，百官小吏稱曰天家。"

又

　　清明小苑條桑地[一]，和暖平川浴種天[二]。聖主儉勤游樂少[三]，只將敦朴示民先[四]。

【注釋】

　　[一]清明：清淨明潔。小苑：指宮中後苑。條桑：即採桑；挑取桑葉。《詩·豳風·七月》："蠶月條桑。"鄭玄箋："條桑，枝落之采其葉也。"

[二] 平川：廣闊平坦之地。浴種天：指立春。浴種：即浴蠶。浴蠶選種之法。浴種多於立春日進行。見胡宿《皇后閣春帖子》其四"東風初入長春殿"注[四]。

　　[三] 聖主：指孝宗趙昚。儉勤：節儉、勤政。

　　[四] 敦樸：淳厚樸素。《史記·孝文本紀》："上常衣綈衣，所幸慎夫人，令衣不得曳地，幃帳不得文繡，以示敦樸，為天下先。"

淳熙六年端午貼子詞[一]

皇帝閣六首[二]

五言三首

　　玉斝浮菖細[三]，金盤薦朮香[四]。皇齡千萬壽，高拱舜衣裳[五]。

【注釋】

　　[一] 淳熙六年：即公元1179年。淳熙為宋孝宗年號（1174—1189）。按，此帖包括《皇帝閣》、《皇后閣》兩類，作者時為秘書省著作郎兼直學士院。

　　[二] 皇帝：指孝宗趙昚（1127—1194）。見曹勛《癸未御前帖子》其一"廣殿薰風日正長"注[一]。

　　[三] "玉斝"句：寫端午飲菖蒲酒之俗。見宋庠《夫人閣端午帖子詞》其一"令月辰標午"注[四]。玉斝：玉製的斝。此為酒杯之美稱。

　　[四] "金盤"句：寫端午進獻朮之俗。薦：進獻。朮：一種藥材，古人以為可助長壽。見王珪《端午內中帖子詞·太上皇后閣》其四"有德名終大"注[四]。

　　[五] "高拱"句：即垂衣裳；頌帝王無為而治。高拱：兩手相抱，高擎於胸前，為安坐時的姿勢。見夏竦《御閣春帖子》其二"冰消太液生春水"注[四]。

又

蘭氣浮丹殿^[一],槐陰被紫宸^[二]。薰琴多在御^[三],揮拂寄深仁。

【注釋】

[一] 蘭氣:蘭草的香氣。丹殿:帝王所居的宮殿。

[二] 紫宸:即紫宸殿,為皇帝接見群臣、外國使者朝見慶賀的內朝正殿。見劉才邵《立春內中帖子詞·皇帝閣六首》其一"一氣回蒼陸"注[三]。

[三] 薰琴:指五弦琴。見宋庠《皇帝閣端午帖子詞》其二"寶軫流薰唱"注[一]。御:指彈奏。

又

清曉開魚鑰^[一],紅雲縹緲間^[二]。催裁恤刑詔^[三],傳放謝衣班^[四]。

【注釋】

[一] 魚鑰:魚形的門鎖。見夏竦《御閣春帖子》之四"九門和氣衝魚鑰"注[一]。

[二] "紅雲"句:寫皇帝出行。紅雲:喻指皇帝出行時的隨從。見前《淳熙二年春帖子詞·壽聖明慈太上皇后閣》其四"扇開雉影紅雲起"注[一]。

[三] "催裁"句:寫皇帝催促有關官員起草恤刑詔書。恤刑詔:減刑的詔書。李燾《續資治通鑑長編》卷一八"宋太宗太平興國二年":"降詔恤刑。自是每歲夏首常舉行之。"

[四] "傳放"句:寫端午賜衣後傳語放班。唐宋時端午賜夏衣。見王珪《端午內中帖子詞·皇帝閣》其七"采絲纏糉動嘉辰"注[三]。

七言三首

夜披章奏涼生扇^[一],午對臣鄰汗浹衣^[二]。水閣風亭松竹邃^[三],翠輿臨幸日來稀^[四]。

【注釋】

［一］披：披閱。

［二］臣鄰：指大臣。語出《書·益稷》："臣哉鄰哉，鄰哉臣哉。"孔安國傳："鄰，近也。言君臣道近，相須而成。"本謂君臣應相親近，後泛指臣庶。汗浹衣：汗水濕透衣服。浹：通，透。

［三］水閣風亭：宮中可供辟暑的樓閣亭臺。

［四］翠輿：皇帝的車駕。此借指皇帝。

又

仁風長養羣生遂[一]，化日清明百沴驅[二]。桃印艾人消底用[三]，殿心高設敬天圖[四]。

【注釋】

［一］"仁風"句：頌揚帝王的德政。仁風：形容恩澤如風之流布。羣生遂：民眾生活如意。遂：順，如意。

［二］"化日"句：太平盛世，政治清明，沒有災異之氣。化日：化國之日。指陽光，引申為白畫。《後漢書·王符傳》引其《愛日篇》："化國之日舒以長，故其民閑暇而力有餘。"《宋史·樂志》："化日初長，時當暮春。蠶事方興，惟后惟嬪。"清明：清澈明朗。此指朝政清明，即政治有法度，有條理。《詩·大雅·大明》："肆伐大商，會朝清明。"毛傳："不崇朝而天下清明。"百沴（lì）：各種災疫之氣。

［三］"桃印"句：門懸桃印、艾人能有什麽用呢？端午有門懸桃印、艾人辟邪的習俗，此反用之。見夏竦《郡王閣端午帖子》其四"崑山瑞玉題真篆"注［二］、晏殊《端午詞·御閣》其二"初垂彩艾迎新節"注［一］。底用：何用。

［四］敬天圖：孝宗所編圖，取《書》敬天之事而成。清徐乾學《資治通鑑後編》卷一二三"孝宗"："帝作《敬天圖》，謂輔臣曰：'《無逸》一篇，享國長久，皆本于寅畏。朕近日取《尚書》所載敬天事，編為兩圖，朝夕觀覽，以自警省。'"

又

避暑深宮消永畫，函風廣殿起涼秋[一]。宸心未愜高明適[二]，志在山東二百州[三]。

【注釋】

　　[一] "函風"句：寫宮中殿閣之清涼。函風：即含風；帶著風，被風吹拂著。函：包含，容納。此句所寫非虛。《武林舊事》卷三"禁中納涼"："禁中避暑，多御復古、選德等殿，及翠寒堂納涼。長松修竹，濃翠蔽日，層巒奇岫，靜窈縈深，寒瀑飛空，下注大池可十畝。池中紅白菡萏萬柄，蓋園丁以瓦盎別種，分列水底，時易新者，庶幾美觀。又置茉莉、素馨、建蘭、麝香藤、朱槿、玉桂、紅蕉、闍婆、簷蔔等南花數百盆於廣庭，鼓以風輪，清芬滿殿，御笁兩旁，各設金盆數十架，積雪如山。紗廚後先皆懸掛伽蘭木、真蠟龍涎等香珠百斛。蔗漿金盌，珍果玉壺，初不知人間有塵暑也。聞洪景盧學士嘗賜對於翠寒堂，三伏中體粟戰慄，不可久立，上問故，笑遣中貴人以北綾半臂賜之，則境界可想見矣。"

　　[二] "宸心"句：孝宗並不為居此高樓清涼舒適而心滿意足。愜：滿足，稱心。高明：指宮中的廣殿高樓。《禮記·月令》"仲夏之月"："是月也，毋用火南方，可以居高明，可以遠眺望，可以升山陵。"鄭玄注："高明，謂樓觀也。"適：舒服，閒適。

　　[三] "志在"句：寫孝宗志在收復北方淪陷的土地。山東二百州：語出杜甫《兵車行》："君不聞漢家山東二百州，千村萬落生荊杞。"山東所指非一。仇兆鰲《杜詩詳注》："黃希曰：古所謂山東，即今之河北晉地是也。今所謂山東，古之齊地，青齊是也。閻璩曰：此謂華山以東，不指泰山之東，亦不指太行之東。秦時，河山以東，強國六，皆山東地。《十道四蕃志》：關以東七道，凡二百一十七州。《杜臆》云：隋得天下，改郡為州，唐又改州為郡，凡一百九十二郡。曰州，仍舊名也，曰二百州，已盡天下矣。"此泛指北方地區。

皇后閣五首[一]

五言二首

　　剪玉菰筒翠[二]，盤金綵縷長[三]。宮中多燕喜[四]，天下正明昌[五]。

【注釋】

［一］皇后：指孝宗皇后謝氏（1134？—1207）。見周必大淳熙五年《春帖子詞·皇后閣》其一"儉德聞中外"注［一］。按，此與上閣同為淳熙六年（1179）端帖。作者時為秘書省著作郎兼直學士院。

［二］"剪玉"句：寫端午食粽之俗。剪玉菰筒：指角黍，粽子。剪玉形容米白。見夏竦《御閣端午帖子》其六"太官角黍迎嘉節"注［一］。

［三］"盤金"句：寫端午用五彩絲之俗。綵縷：即續命彩絲。見夏竦《御閣端午帖子》其一"續命彩絲登繭館"注［二］。

［四］燕喜：宴飲喜樂。語出《詩·小雅·六月》："吉甫燕喜，既多受祉。"朱熹《集傳》："此言吉甫燕飲喜樂，多受福祉。"

［五］明昌：昌明；昌盛發達。

又

瑞麥登時物^{［一］}，香蒲薦壽祺^{［二］}。珠囊新樣小^{［三］}，靨就葛覃詩^{［四］}。

【注釋】

［一］瑞麥：多穗的麥。多穗麥罕見，古人以為祥瑞之兆。此泛指麥子。

［二］"香蒲"句：寫進獻菖蒲酒以祝壽。香蒲：指菖蒲。古時端午有以菖蒲浸酒而飲的習俗。見宋庠《夫人閣端午帖子詞》其一"令月辰標午"注［四］。薦：進獻。壽祺：長壽吉祥。

［三］珠囊：以珠編綴的袋子，言其華美。此或即赤白囊之類端午飾品。《歲時廣記》卷二一"赤白囊"條引《歲時雜記》："端五以赤白綵造如囊，以綵線貫之，搯使如花形，或帶或釘門上，以禳赤口白舌，又謂之搯錢。"

［四］"靨就"句：意在珠囊上繡上《葛覃》詩。靨就：繡完。靨：一種刺繡方法。唐戎昱《贈別張駙馬》詩："從奴斜抱敕賜錦，雙雙靨出金麒麟。"葛覃：《詩·周南》中的篇章。為讚頌后妃節儉美德之常典。見周麟之《端午貼子詞·皇后閣五首》其二"繞臂長生縷"注［三］。

七言三首

鬥草人歸午漏徐[一]，宮簾不動玉窗虛[二]。旋開藥笈尋仙典[三]，閑點松腴試法書[四]。

【注釋】

[一] 鬥草：即鬥百草，古代清明至端午流行的一種遊戲。見晏殊《端午詞·內廷》其一"百草鬥餘欣令月"注[二]。午漏徐：指中午時間長。漏：古代計時器。見夏竦《內閣春帖子》其四"銀箭初傳暖律延"注[一]。

[二] 玉窗：窗的美稱。

[三] 藥笈：書匣的美稱。見王安中《春帖子·皇后閣》"藥笈琅函受祕文"注[二]。仙典：道教典籍。

[四] 松腴：指松煙墨。宋蘇軾《六觀堂老人草書》詩："落筆已喚周越奴，蒼鼠奮髯飲松腴。"王十朋注："松腴，墨也。"法書：此為對皇后書法的美稱。

又

蠶館風清下箔時[一]，六宮□從獻絲歸[二]。便教淵室催機織，要及明堂製袞衣[三]。

【注釋】

[一] "蠶館"句：寫五月蠶繭已從箔上取下。蠶館：即繭館；飼蠶的蠶室。見夏竦《內閣春帖子》其一"青遙布序和風扇"注[四]。箔：即蠶箔，一種以竹篾或葦子等編成的養蠶器具。

[二] "六宮"句：寫后妃進獻蠶絲。古代夏日要分繭稱絲作郊廟之服。見胡宿《皇后端午帖子》其一"川館親蠶後"注[三]。六宮：指后妃。見夏竦《內閣春帖子》其六"緹室葭灰飛候管"注[三]。

[三] "便教"二句：寫皇后督促相關機構製作皇帝祭祀所穿的袞衣。淵室：即泉室。傳說為鮫人在海裏的居室。《文選·左思〈吳都賦〉》："泉室潛織而卷綃，淵客慷慨而泣珠。"唐劉良注："俗傳鮫人從水中出，曾寄寓人家，積日賣綃。綃者，竹孚俞也。鮫人臨去，從主人索器，泣而出珠滿盤以與主人。"《白孔六帖》卷八二"織紝·淵室之

人雖聞潛織"注："淵室潛織以卷綃。淵室，鮫人之所居。"南朝梁任昉《述異記》卷上："南海出鮫綃紗，泉室潛織，一名龍紗。其價百餘金，以為服，入水不濡。"明堂：古代帝王宣明政教的地方。凡朝會、祭祀、慶賞、選士、養老、教學等大典，都在此舉行。此指舉行祭祀典禮。見注［二］。袞衣：即袞服。見王珪《端午內中帖子詞‧皇后閣》其二"繭館桑陰合"注［三］。

又

聖主恭勤少燕遊[一]，生衣趁得未明求[二]。隨時但獻長生縷[三]，當午猶閑競渡舟[四]。

【注釋】

［一］聖主：指孝宗皇帝。恭勤：肅敬勤勉。燕遊：宴飲遊樂。

［二］"生衣"句：寫皇帝起床之早，點首句之恭勤。生衣：絹製的夏衣。

［三］長生縷：即續命彩絲。見夏竦《御閣端午帖子》其一"續命彩絲登繭館"注［二］。

［四］"當午"句：寫不再有競渡活動。競渡：划船比賽。見晏殊《端午詞‧御閣》其四"仙家既有靈符術"注［二］。

淳熙七年春貼子[一]

光堯壽聖憲天體道性仁誠德經武緯文太上皇帝閣六首[二]

五言三首

欲識春回處，長生大帝家[三]。萬年枝聳翠[四]，千歲果開花[五]。

【注釋】

［一］淳熙七年：即公元1180年。淳熙為宋孝宗年號（1174—1189）。按，此帖包括《皇帝閣》、《皇后閣》兩類，當年立春在正月初二，作者時為秘書省著作郎兼直院。

［二］光堯壽聖憲天體道性仁誠德經武緯文太上皇帝：指宋高宗趙

構。此為淳熙二年所上尊號。《宋史·孝宗本紀二》：淳熙二年十一月"壬午，詣德壽宮，加上光堯壽聖憲天體道太上皇帝尊號曰光堯壽聖憲天體道性仁誠德經武緯文太上皇帝"。見李清照《皇帝閣春帖子》"莫進黃金簟"注［一］。

［三］長生大帝家：喻指皇家。長生大帝：即長生大帝君：神名。見王安中《妃嬪閣》"玉燕翩翩入鬢雲"注［四］。

［四］萬年枝：指宮中年代久遠的大樹。聳翠：高聳蒼翠。

［五］"千歲"句：指桃樹開花。千歲果：蟠桃。《漢武帝內傳》載：七月七日，西王母降，以仙桃四顆與帝，三顆自食。桃味甘美，口有盈味。帝食輒收其核，王母問帝，帝曰："欲種之。"王母曰："此桃三千年一生實，中夏地薄，種之不生。"帝乃止。此泛指桃樹。

又

欲識春回處，君王獻壽時[一]。矞雲扶寶座[二]，和氣入瑤卮[三]。

【注釋】

［一］"君王"句：寫孝宗趙昚為太上皇獻壽。

［二］矞（yù）雲：三色彩雲；古代以為祥瑞之徵。語本漢董仲舒《雨雹對》："雲則五色而為慶，三色而成矞。"

［三］瑤卮：玉杯。

又

欲識春回處，晴峰俯碧泉。巖巒猶積雪，草木已生煙[一]。

【注釋】

［一］"草木"句：草木已經泛出綠意。

七言三首

冰消宿沼悠揚動[一]，煙暖寒林約略青[二]。試上龍樓回遠望[三]，朝來生綠畫羅屏[四]。

【注釋】

［一］宿沼：池沼。悠揚：蕩漾。

［二］約略：略微，輕微。

［三］龍樓：雕飾有銅龍的門樓。

［四］畫羅屏：有畫飾的羅質屏風。

又

聚景園中芳意換[一]，望湖樓下綠波長[二]。厖眉自識車音美[三]，時有絪緼夾道香[四]。

【注釋】

［一］聚景園：苑名，在南宋臨安宮城北清波門外。見汪應辰《太上皇帝閣端午帖子詞》十二"冷泉堂上湖山勝"注［二］。芳意：春意。

［二］望湖樓：古樓名，在杭州。吳越國王錢鏐於公元967年所建。《乾淳臨安志》卷三二"望湖樓"："望湖樓在錢塘門外一里。一名看經樓，乾德五年錢忠懿王建。"蘇軾《六月二十七日望湖樓醉書五絕》其二："卷地風來忽吹散，望湖樓下水如天。"

［三］厖（máng）眉：眉毛花白，形容人之老態。此借指老者。《文選·王褒〈四子講德論〉》："厖眉耆耇之老，咸愛惜朝夕，願濟須臾。"李善注："厖，雜也，謂眉有白黑雜色。"車音：車子行進發出的聲音。此為追憶太上皇出行。

［四］絪緼：亦作"絪氳"。形容當年太上皇帝出行時氣氛濃盛的景象。

又

一氣暗隨鸞輅動[一]，萬祥紿會袞衣朝[二]。康衢歌吹東風裏，滿聽兒童善祝堯[三]。

【注釋】

［一］"一氣"句：寫春氣隨著迎春的車駕而萌動。鸞輅：天子王侯所乘之車。見司馬光《春帖子詞·皇帝閣六首》其二"鸞路迎長日"

注［一］。

　　［二］餞會：會集。袞衣朝：指朝會。袞衣：袞服，帝王禮服。見王珪《端午內中帖子詞·皇后閣》其二"繭館桑陰合"注［三］。

　　［三］"康衢"二句：頌天下太平。康衢歌吹：即康衢謠。《列子·仲尼》："堯治天下五十年，不知天下治歟，不治歟；不知億兆之願戴己歟，不願戴己歟……堯乃微服遊於康衢，聞兒童謠曰：'立我烝民，莫非爾極。不識不知，順帝之則。'堯喜問曰：'誰教爾為此言？'童兒曰：'我聞之大夫。'問大夫，大夫曰：'古詩也。'"後以"康衢謠"為歌頌盛世之歌。康衢：四通八達的大路。歌吹：歌聲和樂聲。東風：春風。

壽聖齊明廣慈太上皇后閣六首[一]

五言三首

　　天上春光別，東皇管領來[二]。初從旗氣轉[三]，旋逐蹕聲回[四]。

【注釋】

　　［一］壽聖齊明廣慈太上皇后：指高宗皇后吳氏（1115—1197），時為太上皇后，此為淳熙二年所上尊號。《宋史·孝宗本紀二》：淳熙二年十一月"壬午，詣德壽宮，加上……壽聖明慈太上皇后尊號曰壽聖齊明廣慈太上皇后。"見李清照《貴妃閣春帖子》"金環半后禮"注［一］。按，此與上閣詩同為淳熙七年（1180）春帖，當年立春在正月初二，作者時為秘書省著作郎兼直院。

　　［二］東皇：司春之神。

　　［三］旗氣轉：漢代四時迎氣，旗幟顏色不同，迎春氣用青旗，故云。見晏殊《立春日詞·御閣》其一"令月歸餘届早春"注［五］。

　　［四］蹕聲：皇帝車駕的聲音。漢唐包括宋初，皇帝立春日要出東郊迎氣，故云"旋逐蹕聲回"。

又

　　天上春光別，融融物態宜[一]。彤庭花氣暖[二]，黃道日輪遲[三]。

【注釋】

[一] 融融：明亮熾盛貌。

[二] 彤庭：亦作"彤廷"，指皇宮。漢代皇宮以朱漆塗飾，故稱。

[三] "黃道"句：寫春天白晝增長。黃道：古人認為太陽繞地而行的軌道。日輪：太陽。日形如車輪而運行不息，故名。

又

天上春光別，時康樂事繁。煙花浮閬苑[一]，露葉簇金盤[二]。

【注釋】

[一] 煙花：霧靄中的花；泛指綺麗的春景。閬苑：閬風之苑，仙人所居之境。此指德壽宮中後苑。

[二] "露葉"句：採摘鮮花插放在盤中。露葉：帶露水的葉。此指清晨採摘的帶露水的花。簇：聚集。

七言三首

蒼龍駕輦道春同[一]，盡把韶華入酒盃[二]。但見殿前移仗退[三]，已聞苑內奏花開[四]。

【注釋】

[一] 蒼龍駕輦：青色駿馬拉的車。輦：皇帝所乘車。古代立春迎氣駕蒼龍，乘青輅。見夏竦《內閣春帖子》其五"青陽乍整蒼龍駕"注[一]。

[二] 盃：同"杯"。

[三] "但見"句：寫早朝結束。移仗退：儀仗撤下。

[四] 苑：宮中後苑。

又

玉壓闌干日影長[一]，雲窗侍女畫焚香[二]。琅函自檢長生籙[三]，金管時書急就章[四]。

【注釋】

　　[一]"玉壓"句：謂立春後白晝增長。與前淳熙二年《皇后閣》其四"花壓闌干晝影舒"同。玉指白色的花。闌干：即欄杆。

　　[二]雲窗：華美的窗戶。此指太上皇后居處。

　　[三]琅函：書匣的美稱。亦代指道書。明彭大翼《山堂肆考》卷二三三"藻笈琅函"："瓊文、藻笈、琳篆、琅函，皆指道書也。"自檢：自己找尋。長生籙：道教所謂天帝詔書。此指道教書籍或辟邪祈福祝壽的道教符籙。

　　[四]金管：金管的毛筆。金，言其華貴。急就章：也作《急就篇》，古代字書名；漢史遊作。《漢書·藝文志》："元帝時，黃門令史遊作《急就篇》。"此書首句有"急就"二字，因以名篇。書三十四章，以韻語做成，常為書法家取為寫作內容。《魏書·崔浩傳》："浩既工書，人多託寫《急就章》。從少至老，初不憚勞，所書蓋以百數。"

又

　　花邊破日紅千疊，柳際勻煙翠一層。閱盡風光長不老，綠車當見從雲仍[一]。

【注釋】

　　[一]"綠車"句：寫太上皇后出遊時皇孫相從。綠車：漢代皇孫所乘車，亦稱皇孫車。雲仍：指皇孫。《通典·禮二十五》："漢皇太子、皇子皆安車，……皇子為王，錫以乘之。皇孫綠車以從。"注："名皇孫車。"漢蔡邕《獨斷》卷下："綠車名曰皇孫車，天子孫乘之以從。"雲仍：遠孫。《爾雅·釋親》："晜孫之子為仍孫，仍孫之子為雲孫。"郭璞注："言輕遠如浮雲。"

淳熙七年端午帖子詞[一]

皇帝閣六首[二]

五言三首

　　赤伏祥暉盛[三]，黃離治象亨[四]。天時四序正[五]，君德萬方明。

【注釋】

〔一〕淳熙七年：即公元1180年。淳熙為宋孝宗年號（1174—1189）。按，此帖包括《皇帝閣》、《皇后閣》兩類，作者時為秘書省著作郎兼直院。

〔二〕皇帝：指孝宗趙昚（1127—1194）。見曹勛《癸未御前帖子》其一"廣殿薰風日正長"注〔一〕。

〔三〕"赤伏"句：頌美趙宋帝業興旺。赤符：即赤伏符。見周麟之《皇帝閣六首》其一"赤伏題皇運"注〔二〕。祥暉：祥光。

〔四〕"黃離"句：頌美朝廷政事通達。黃離：指帝王中和之道。《易‧離》："六二：黃離，元吉。象曰：黃離元吉，得中道也。"黃離本為日旁之黃色雲彩，因黃為中色，故引申為中和之道。治象亨：政事通達。治象：古代記載政教法令的文字。《周禮‧天官‧大宰》："正月之吉，始和布治於邦國都鄙，乃縣治象之灋于象魏，使萬民觀治象，挾日而斂之。"孫詒讓正義："凡書著文字，通謂之象。"此指朝政。

〔五〕四序：四時，四季。

又

采縷盤金麗[一]，香蒲鏤玉勻[二]。君王千萬壽，歲歲樂茲辰[三]。

【注釋】

〔一〕"采縷"句：寫端午進獻彩縷之俗。采縷：即綵縷、續命彩絲。見夏竦《御閣端午帖子》其一"續命彩絲登繭館"注〔二〕。

〔二〕"香蒲"句：寫端午屑菖蒲飲酒之俗。見宋庠《夫人閣端午帖子詞》其一"令月辰標午"注〔四〕。

〔三〕茲辰：指端午節。

又

日御秋秋永[一]，雲峰疊疊繁。宸心定忘暑，長算入中原[二]。

【注釋】

〔一〕"日御"句：寫夏日暑熱，白晝時間長。日御：古代神話中為太陽駕車的神，名羲和。御：通"馭"。《楚辭·離騷》："吾令羲和弭節兮。"漢王逸注："羲和，日御也。"此指太陽。秋秋：飛舞貌；奔騰貌。《荀子·解蔽》："鳳凰秋秋，其翼若干，其聲若簫。"楊倞注："秋秋，猶蹌蹌，謂舞也。"《漢書·揚雄傳上》："秋秋蹌蹌，入西園，切神光。"顏師古注："秋秋蹌蹌，騰驤之貌。"

〔二〕"宸心"二句：言孝宗忘了夏日暑熱，打算收復中原失地。長算：長遠之計。中原：廣義指整個黃河流域，狹義指今河南一帶。此指後者。

七言三首

光浮水檻虛黃蓋[一]，涼滿冰臺待翠輿[二]。日轉槐龍天近午，汗衣猶聽講筵書[三]。

【注釋】

〔一〕水檻（jiàn）：臨水的欄杆。黃蓋：即黃羅傘蓋，為皇帝儀仗之一。此借指孝宗皇帝。明王圻《三才圖會·儀制四·黃蓋》："按漢乘輿黃屋左纛，黃屋者，車蓋也，後世因為黃蓋，乃其遺制也，元制黃繒，上加金浮屠。"

〔二〕冰臺：即冰井臺。曹操所建臺名。此指宮中避暑的亭臺。翠輿：皇帝的車駕。借指孝宗皇帝。按，一、二句以車駕亭臺虛待寫孝宗不事遊樂。

〔三〕"日轉"二句：寫時近中午，孝宗仍在聽侍講講書。槐龍：宮中有松樹如龍，見周必大淳熙六年端帖《太上皇帝閣》其五"聞道天公近效奇"。講筵：天子所設講經、講學的處所。北宋初設侍讀，哲宗時廢，南宋時或有之。見蘇軾《端午帖子詞·皇帝閣六首》其五："講餘交翠轉迴廊"注〔一〕。

又

松碧涵風清度曲[一]，梅黃過雨密留陰[二]。翠寒堂上全無暑[三]，定起人間扇暍心[四]。

【注釋】

[一] 涵風：即含風；帶著風。

[二] 梅黃：梅子成熟。

[三] 翠寒堂：堂名，在南宋大內。《宋史·地理志一》："翠寒堂。"注曰："孝宗作。"翠寒堂為宮中避暑勝地，有大松。《武林舊事》卷四"故都宮殿·堂"有"翠寒"，自注："高宗以日本羅木建古松數十株。"田汝成《西湖遊覽志》卷七："以日本國松木為翠寒堂，不施丹臒，白如象齒，環以古松。"又，卷三"禁中納涼"言此處盛夏極涼。見前淳熙六年端帖《皇帝閤六首》其六"避暑深宮消永晝"注[一]。

[四] 扇暍（yè）心：指仁心。扇暍：用扇為苦熱中暑之人解暑。暍：傷暑，中暑。語本《淮南子·人間訓》："武王蔭暍人於樾下，左擁而右扇之，而天下懷其德。"

又

黃道星辰移企翼[一]，青冥風露近飛簷[二]。翠華晚過凌虛殿[三]，一色明珠十二簾[四]。

【校記】

第二句"近"字，宛委別藏本作"過"。

【注釋】

[一]"黃道"句：夜晚星辰經過宮殿的屋簷。黃道星辰：當指北斗。黃道：古人認為太陽繞地而行的軌道。企翼：即飛檐。崔敦禮《丁亥歲，予留建康，夢登大橋，仰視霄漢有金書閣字，北斗落落布列其側。昨夕夜直，坐石渠橋，忽見七星低昂，正倚秘閣，而金書大字儼然夢中所見。信知世事皆有定分，非偶然也》其二："青冥風露飛簷外，黃道星辰企翼邊。獨倚梧陰心自省，十年清夢故依然。"

[二] 青冥：天空。唐李白《夢遊天姥吟留別》："青冥浩蕩不見底。"

[三] 翠華：本指天子儀仗中以翠羽為飾的旗幟或車蓋。此代指御車、帝王。凌虛殿：唐五代殿名。花蕊夫人《宮詞》："太虛高閣凌虛

殿，背倚城牆面枕池。"《武林舊事》卷四"故都宮殿"載南宋大內有凌虛閣。

[四]"一色"句：言簾之精美。宋徐積《富貴篇答李令》詩："十二簾捲珠熒煌，雙姬扶起坐牙牀。"

皇后閣五首[一]

五言二首

玉燕垂符小，珠囊結艾青[二]。更將長命縷[三]，侵曉奉慈庭[四]。

【校記】

題原作"六首"，逕改。

【注釋】

[一]皇后：指孝宗皇后謝氏（1134？—1207）。見周必大淳熙五年《春帖子詞·皇后閣》其一"儉德聞中外"注[一]。按，此與上《皇帝閣》同為淳熙七年（1180）端帖。作者時為秘書省著作郎兼直院。

[二]"玉燕"二句：寫端午佩飾。玉燕：釵名。見元絳帖子"花陰轉午清風細"注[二]。符：指釵頭符。珠囊：以珠編綴的袋子。此指艾虎之類。并見胡宿《皇后閣端午帖子》其一"川館親蠶後"注[四]。

[三]長命縷：即續命彩絲。見夏竦《御閣端午帖子》其一"續命彩絲登繭館"注[二]。

[四]侵曉：拂曉，凌晨。奉：進獻。慈庭：指慈母居處。此指太上皇后。

又

厚德承三殿[一]，柔風被八紘[二]。欲知勤儉化，當暑澣衣清[三]。

【校記】

第二句"八紘"，本作"八絃"，因形似而誤，逕改。

【注釋】

［一］厚德：大德。《易·坤》："地勢坤，君子以厚德載物。"此指皇后之德。三殿：皇宮中的三大殿，泛指皇宮。

［二］柔風：和風，春風。八紘：八方極遠之地。《淮南子·墜形訓》："九州之外，乃有八殥……八殥之外，而有八紘，亦方千里。"高誘注："紘，維也。維落天地而為之表，故曰紘也。"泛指天下。

［三］澣衣：洗過的舊衣服。澣：同"浣"。

七言三首

玉斝浮菖追令節[一]，寶箱儲藥趁靈辰[二]。細開角黍詢前事[三]，應助吾皇念直臣。

【注釋】

［一］"玉斝"句：寫端午飲菖蒲酒之俗。玉斝：玉製的斝。常為酒杯之美稱。菖：指菖蒲酒。見宋庠《夫人閣端午帖子詞》其一"令月辰標午"注［四］。

［二］"寶箱"句：寫端午採摘儲蓄雜藥習俗。見夏竦《御閣端午帖子》其三"仙園采藥回彫輦"注［一］。

［三］角黍：粽子。見夏竦《御閣端午帖子》其六"太官角黍迎嘉節"注［一］。前事：前代之事。此指角黍之來歷。相傳角黍因屈原而來，故有下句。

又

日永荇池閑畫舫[一]，風清蠶館入新絲[二]。內人鬥草歸能說[三]，今歲山中艾出遲[四]。

【注釋】

［一］"日永"句：寫後宮不事遊樂。荇池：指苑中大池。荇：荇菜。見夏竦《皇后閣端午帖子》其五"日記采蘭追楚俗"注［二］。畫舫：裝飾華麗的遊船。

［二］"風清"句：寫五月蠶館收穫新絲。蠶館：即繭館；飼蠶的蠶室。見夏竦《內閣春帖子》其一"青逵布序和風扇"注［四］。

[三]"內人"句：寫宮中端午鬥草遊戲。內人：指宮女。《周禮·天官·寺人》："掌王之內人即女宮之戒令。"鄭玄注："內人，女御也。"鬥草：古代清明至端午流行的一種遊戲。見晏殊《端午詞·內廷》其一"百草鬭餘欣令月"注[二]。能說：猶如真的說。
　　[四]"今歲"句：意謂年歲吉祥無疫，艾草生遲。《荊楚歲時記》引《師曠占》曰："歲多病，則艾草先生也。"此反用之。

又

　　翠雲幕卷迎風殿[一]，零露盤高待月臺[二]。應上君王千萬壽，霓裳吹下九天來[三]。

【注釋】

　　[一]迎風殿：宮中避暑之殿。梁江洪《樂府秋風曲》："先拂連雲臺，罷入迎風殿。"
　　[二]"零露"句：用漢武帝建承露盤以接甘露事。見夏竦《御閣春帖子》其一"金盤曉日融春露"注[二]。零露：降落的露水。《詩·鄭風·野有蔓草》："野有蔓草，零露溥兮。"鄭玄箋："零，落也。"待月臺：指宮中高臺。
　　[三]"霓裳"句：寫宮中演奏音樂。霓裳：即《霓裳羽衣曲》，民間相傳為唐玄宗所聽記月宮仙女之歌。見胡宿《夫人閣端午帖子》其九"宮中應節垂金縷"注[三]。九天：高空，極言其高。

淳熙八年春貼子詞[一]

太上皇帝閣六首[二]

五言三首

　　翠管吹寒去[三]，青旗卷仗來[四]。慈皇千萬壽[五]，春日上春盃[六]。

【校記】

　　第四句"盃"，宛委別藏本作"臺"第四句"盃"，宛委別藏本作"臺"。

【注釋】

[一] 淳熙八年：即公元1181年。淳熙為宋孝宗年號（1174—1189）。按，此帖包括《太上皇帝閣》與《太上皇后閣》兩類。按，當年立春在正月十三，作者時為國子司業兼權直院。

[二] 太上皇帝：指宋高宗趙構（1107—1187），時為太上皇。見李清照《皇帝閣春帖子》"莫進黃金簺"注[一]。

[三] 翠管：即管，律管。見夏竦《內閣春帖子》其六"緹室葭灰飛候管"注[一]。

[四] 青旗：青色的旗幟。古時立春表示應候、勸耕用青旗。見晏殊《立春日詞·御閣》其一"令月歸餘屆早春"注[五]。

[五] 慈皇：指太上皇帝趙構。

[六] 盃：同"杯"。

又

剪玉酥花細[一]，盤金綵勝宜[二]。六宮呈妙巧[三]，春日頌春祺[四]。

【注釋】

[一] "剪玉"句：寫剪裁布帛而製作的春花。見宋祁《皇帝閣》其四"日華初麗上林天"注[二]。

[二] 綵勝：古代立春日飾品。見夏竦《內閣春帖子》其四"銀箭初傳暖律延"注[三]。

[三] 六宮：指后妃。見夏竦《內閣春帖子》其六"緹室葭灰飛候管"注[三]。

[四] 春祺：春福。祺：吉祥。

又

鳳苑開丹燕[一]，龍樓下翠華[二]。天工不敢住，春日著春花[三]。

【注釋】

[一] 鳳苑：即苑；此指德壽宮後苑。丹燕：當為彩燕之一種。參

見夏竦《內閣春帖子》其二"椒花獻歲良時啟"注〔二〕。

〔二〕"龍樓"句：寫太上皇出行。龍樓：指宮門樓上飾有銅龍。此借指太上皇所居宮。翠華：本指天子儀仗中以翠羽為飾的旗幟或車蓋。此借指太上皇。

〔三〕"天工"二句：用唐玄宗羯鼓催花事。天工：猶"天公"。造物者。見周必大淳熙五年《立春帖子·太上皇帝閣》其三"手把蟠桃植"注〔二〕。

七言三首

親提神器授今皇[一]，帝德王功日日昌。萬宇熙臺無一事[二]，湖山好處賞風光。

【注釋】

〔一〕"親提"句：謂高宗將皇位禪讓於孝宗。神器：指帝位。

〔二〕熙臺：即春臺。語出《老子·二十章》："眾人熙熙，如享太牢，如春登臺。"

又

今歲東皇作意遲[一]，春朝恰近上元期[二]。長生宮殿花開了[三]，便放人間十萬枝。

【注釋】

〔一〕"今歲"句：言當年立春遲。淳熙八年立春在正月十三，故言遲。東皇：司春之神。

〔二〕春朝：立春日。上元：即元宵節，在夏曆正月十五。

〔三〕長生宮殿：即長生殿。此指太上皇所居德壽宮。見孫抃《端午日帖子詞·夫人閣五首》其二"交飛壽斝長生殿"注〔一〕。

又

高蹈殊庭二十春[一]，隨時遊樂為同民[二]。翠輿黃傘西湖路[三]，老穉年年喜望塵[四]。

【注釋】

〔一〕"高蹈"句：寫高宗禪位於孝宗已二十年。自紹興三十二年至淳熙八年（1162—1181），為二十年。高蹈：本指隱居，此指退位。殊庭：異域。本指仙人的居處，此喻宮廷。《史記·孝武本紀》："上親禪高里，祠后土。臨渤海，將以望祠蓬萊之屬，冀至殊庭焉。"司馬貞索隱引服虔曰："殊庭者，異也。言入仙人異域也。"

〔二〕"隨時"句：言高宗出遊以示與民同樂。《孟子·梁惠王下·莊暴見孟子》："今王田獵於此，百姓聞王車馬之音，見羽旄之美，舉欣欣然有喜色而相告曰：'吾王庶幾無疾病與，何以能田獵也？'此無他，與民同樂也。"

〔三〕翠輿黃傘：指太上皇帝的車駕及儀仗。

〔四〕"老耨"句：百姓年年盼望太上皇帝遊覽西湖。老耨（nòu）：指百姓。耨：同"耨"，古代鋤草的農具。望塵：望著車輛行走揚起的塵土。

太上皇后閤六首[一]

五言三首

春曉慈闈啟[二]，君王奏問安[三]。和聲調嶰管[四]，歡頌獻椒盤[五]。

【注釋】

〔一〕太上皇后：指高宗皇后吳氏（1115—1197），時為太上皇后。見李清照《貴妃閤春帖子》"金環半后禮"注〔一〕。按，此與上閤同為淳熙八年（1181）春帖，作者時為國子司業兼權直院。

〔二〕慈闈：亦作"慈幃"，"慈帷"，舊時代稱母親。此指太皇太后吳氏所居德壽宮康壽殿。

〔三〕君王：指孝宗趙昚。

〔四〕嶰（xiè）管：竹製樂器。古人用以定音和候氣，也稱律管、候管。見夏竦《內閣春帖子》其六"緹室葭灰飛候管"注〔一〕。

〔五〕"歡頌"句：寫元日飲椒酒祝壽習俗。椒盤：盛花椒的盤子。見夏竦《內閣春帖子》其二"椒花獻歲良時啟"注〔一〕。

又

春晝慈闈靜，宮簾日上徐。焚香開竺典[一]，滴露寫仙書[二]。

【注釋】

[一] 竺典：佛教經典。

[二] 滴露：指滴水研墨。仙書：此為對太上皇后書法的美稱。

又

春夕慈闈永，瑤池樂未央[一]。管弦聲合奏，燈月影交光。

【注釋】

[一] "瑤池"句：德壽宮中正在舉行夜宴。瑤池：古代傳說中崑崙山上西王母所居池名。此指德壽宮。見胡宿《夫人閣端午帖子》其六"魚龍曼衍夸宮戲"注[四]。樂未央：樂未盡。見歐陽修《端午帖子·皇后閣五首》其四"玉壺冰綵瑩寒光"注[二]。

七言三首

昨夜三更斗柄旋[一]，東風催放百花鮮[二]。飛來峯下溶新綠[三]，流得春光到外邊。

【注釋】

[一] "昨夜"句：寫昨日夜半立春。三更：一夜分為五更，半夜子時為三更，即夜間十一時至凌晨一時。斗柄：北斗柄。春天斗柄向東。見宋庠《皇帝閣端午帖子詞》其五"天關卻暑金為狄"注[二]。

[二] 東風：春風。

[三] 飛來峯：此指德壽宮中的人造山。見汪應辰《太上皇帝閣端午帖子詞》其六"飛來峰下水泉清"注[一]。

又

鬱葱嘉氣滿蓬萊[一]，天子雙稱萬壽盃[二]。朝罷樂音迎複道[三]，珦輿同上望春臺[四]。

【注釋】

［一］"鬱蔥"句：言宮中祥雲籠罩。蓬萊：仙人所居之地，為三神山之一。見宋庠《皇帝閣端午帖子詞》其二"寶斝流薰唱"注［二］。此喻指德壽宮。

［二］"天子"句：言孝宗為二老舉酒祝壽。盃：同"杯"。

［三］複道：也作復道。即閣道；泛指通道。見王珪《端午內中帖子詞·太上皇后閣》其六"復道青槐合"注［一］。

［四］瑚輿：即雕輿，車駕的美稱。指太上皇、太上皇后、皇帝等所乘車駕。望春臺：宮中可以登眺遊覽的勝處。語出《老子·二十章》："眾人熙熙，如享太牢，如春登臺。"

又

有象升平屬好春［一］，九衢歌舞樂芳辰［二］。濯龍門外車如水，應笑豪華漢外親［三］。

【校記】

第一句"升平"，原作"并平"，宛委別藏本、叢書集成初編本均作"鮮妍"，《全宋詩》作"升平"，據以改。

【注釋】

［一］有象升平：謂太平盛世有一定標誌。亦即太平有象。

［二］"九衢"句：頌天下太平。九衢歌舞：即康衢謠。九衢：縱橫交叉的大道；繁華的街市。《楚辭·天問》："靡蓱九衢，枲華安居。"王逸注："九交道曰衢。"見前《淳熙七年春帖子·光堯壽聖憲天體道性仁誠德經武緯文太上皇帝閣六首》其六"一氣暗隨鸞輅動"注［三］。芳辰：美好的時光。指春季。

［三］"濯龍"二句：寫太上皇后吳氏之節儉及約束外家之嚴格。反用東漢明德馬皇后事。見王珪《端午內中帖子詞·太上皇后閣》其八"水風吹殿送微涼"注［二］。

淳熙八年端午帖子詞[一]

太上皇帝閣六首[二]

五言三首

待月長生殿[三]，迎風太液池[四]。慈顏歡樂日[五]，聖德盛明時[六]。

【注釋】

[一] 淳熙八年：即公元1181年。淳熙為宋孝宗年號（1174—1189）。按，此帖包括《太上皇帝閣》與《太上皇后閣》兩類。作者時為國子司業兼權直院。

[二] 太上皇帝：指宋高宗趙構（1107—1187），時為太上皇帝。見李清照《皇帝閣春帖子》"莫進黃金簟"注〔一〕。

[三] 長生殿：唐宮殿名。此指太上皇所居殿。見孫抃《端午日帖子詞·夫人五首》其二"交飛壽斝長生殿"注〔一〕。

[四] 太液池：漢池名，此指德壽宮中大池。見夏竦《御閣春帖子》其二"冰消太液生春水"注〔一〕。

[五] 慈顏：慈祥和藹的容顏。稱尊上的音容。此指太上皇帝。

[六] 盛德：指帝德。盛明：昌盛，昌明。

又

濯濯風涵柳[一]，英英露瀉荷[二]。微涼無限意，分付舜弦歌[三]。

【注釋】

[一] 濯濯：明淨清朗貌。《詩·大雅·崧高》："四牡蹻蹻，鉤膺濯濯。"毛傳："濯濯，光明也。"《晉書·王恭傳》："恭美姿儀，人多愛悅，或目之云：'濯濯如春月柳。'"風涵柳：即柳涵風。

[二] 英英：晶瑩鮮亮貌。露瀉荷：即荷瀉露。語出白居易《東林寺白蓮》詩："泄香銀囊破，瀉露玉盤傾。"南宋宮池中多種荷花，南內"池中紅白菡萏萬柄"，德壽宮中香遠堂、臨賦等皆以荷著稱。見

《武林舊事》卷三、卷四。

[三]"微涼"二句：用舜彈五弦琴造《南風》歌事。見宋庠《皇帝閣端午帖子詞》其二"寶軫流薰唱"注[一]。

又

蓮葉看龜上[一]，桐花引鳳棲。聖人千萬壽[二]，福祿與天齊。

【注釋】

[一]"蓮葉"句：寫池中蓮花。語本《史記·龜策列傳》："有神龜在江南嘉林中。嘉林者……龜在其中，常巢於芳蓮之上。"

[二]聖人：此為對太上皇帝的尊稱。

七言三首

采索謾縈長命縷[一]，紫芽安用引年菖[二]。只將三紀休兵德[三]，聖壽宜同泰華長[四]。

【注釋】

[一]采索、長命縷：即續命彩絲。采索：同"綵索"。見夏竦《御閣端午帖子》其一"續命彩絲登繭館"注[二]。謾：聊且。

[二]紫芽：即紫茸。指菖蒲。李白《送楊山人歸嵩山》詩："爾去掇仙草，菖蒲花紫茸。"引年菖：指菖蒲。菖蒲被認為具有延年益壽的作用，古時端午常以其浸酒而飲。見宋庠《夫人閣端午帖子詞》其一"令月辰標午"注[四]。

[三]三紀：三十六年。見周必大乾道七年《立春帖子·太上皇帝閣》其四"青陽布治周三紀"注[一]。

[四]"聖壽"句：為太上皇祝壽語。聖壽：指太上皇的年壽。泰華：泰山和華山。

又

了無塵累可關情[一]，坐見寰區樂太平[二]。弄水看花聊燕適，倚松餐菊偶經行[三]。

【注釋】

［一］ 塵累：塵世事物的煩擾、拖累。可關情：值得注意、重視。

［二］ 寰區：即寰宇。天下。

［三］ "弄水"二句：寫太上皇閒適的生活。燕適：安閒自適。倚：靠。餐菊：以菊花為食；言生活之高雅。語出屈原《離騷》："朝飲木蘭之墜露兮，夕餐秋菊之落英。"《武林舊事》卷四載德壽宮中有"松菊三徑"，種植有菊、芙蓉、竹。

又

竹殿陰陰間綠槐[一]，日長棋罷看流盃[二]。北窗風味沈沈靜[三]，南內時新節節來[四]。

【注釋】

［一］ 竹殿：德壽宮中有清深堂，堂前有竹，蓋指此。

［二］ 流盃：猶流觴。盃：同"杯"。北周庾信《春賦》："樹下流杯客，沙頭渡水人。"宋李格非《洛陽名園記·呂文穆園》："流盃，水雖急，不旁觸為異。"古時每逢夏曆三月上旬的巳日（三國魏以後定為夏曆三月初三日），人們於水邊相聚宴飲，認為可被除不祥。後人仿行，於環曲的水流旁宴集，在水的上流放置酒杯，任其順流而下，杯停在誰的面前，誰就取飲，稱為"流觴曲水"。晉王羲之《蘭亭集序》："又有清流激湍，映帶左右，引以為流觴曲水。"

［三］ 北窗風味：指閒適的情趣。北窗：語出陶淵明《與子儼等疏》："常言五六月中北窗下臥，遇涼風暫至，自謂是羲皇上人。"

［四］ "南內"句：寫孝宗孝養二老，時時進獻時令新鮮之物。南內：皇帝住的地方。因太上皇所居德壽宮在正宮之北，稱北內，皇帝所居宮則稱為南內。《宋史·輿服志六》："皇帝之居曰殿，總曰大內，又曰南內。本杭州治也，紹興初創為之。"

太上皇后閤六首[一]

五言三首

菰黍團雲白[二]，菖花剪玉長[三]。晚涼新月上[四]，水殿按霓裳[五]。

【注釋】

　　［一］太上皇后：指高宗皇后吳氏（1115—1197），時為太上皇后。見李清照《貴妃閣春帖子》"金環半后禮"注［一］。按，此與上閣同為淳熙八年（1181）端帖，作者時為國子司業兼權直院。

　　［二］菰黍：即角黍，粽子。見夏竦《御閣端午帖子》其六"太官角黍迎嘉節"注［一］。

　　［三］菖花：菖蒲花。此指剪切菖蒲以浸酒。端午有飲菖蒲酒之俗。見宋庠《夫人閣端午帖子詞》其一"令月辰標午"注［四］。

　　［四］新月：端午時月為新月。

　　［五］水殿：建於水上的殿宇。霓裳：即《霓裳羽衣曲》。見胡宿《夫人閣端午帖子》其九"宮中應節垂金縷"注［三］。

又

　　海上千年實［一］，峯頭十丈花［二］。年年當令節，同獻玉皇家［三］。

【注釋】

　　［一］"海上"句：雜用滄海有大桃木及西王母蟠桃故事。海上：指神仙居住處。白居易《長恨歌》："忽聞海上有仙山。"千年實：即千歲果，蟠桃。此指桃子。見前《淳熙七年春帖子·光堯壽聖憲天體道性仁誠德經武緯文太上皇帝閣六首》其一"欲識春囘處"注［五］。

　　［二］"峯頭"句：用老子所見蓮花典故。《駢志》卷一七"花徑十丈"："真人關令尹喜傳老子語。喜曰：天涯之淵，真人所遊，各各坐蓮花之上，一花輒徑十丈，有返生香，逆風聞十里。"後指蓮花。《安陽集》卷一二《題雲臺觀》："仙掌峯前羽客家，玉虛宮殿倚雲霞。最高頂上誰曾到，得見蓮開十丈花。"

　　［三］玉皇：道教天帝玉皇大帝之簡稱。此喻指帝家。

又

　　翰墨消長日［一］，尊罍占遠風［二］。纖塵吹不到，人在玉壺中［三］。

【注釋】

［一］"翰墨"句：以讀書寫字消磨長長的夏日時光。翰墨：筆墨。借指文章書畫。

［二］尊罍：酒器。借指飲酒。占：候。

［三］玉壺：指仙境，勝境。即"壺天"。見周必大淳熙四年《春帖子詞·太上皇后閣》其一"銅史供新歷"注［三］。

七言三首

寶月驂鸞采結垂，朝來新寫上皇詩[一]。金盤有露涼生早[二]，玉宇無塵凍解遲[三]。

【注釋】

［一］"寶月"二句：寫太上皇后吳氏在畫有仙人駕鸞鳥飛行、繫有彩索為飾品的扇上題寫上太上皇的詩句。驂鸞：謂仙人駕馭鸞鳥雲遊。《文選·江淹〈別賦〉》："駕鶴上漢，驂鸞騰天。"呂向注："御鸞鶴而升天漢。"采結垂：即彩索下垂。采：同"綵"。此指扇上裝飾。上皇：指太上皇帝趙構。

［二］金盤有露：用漢武帝建承露盤以接甘露事。見夏竦《御閣春帖子》其一"金盤曉日融春露"注［二］。

［三］玉宇：指天空。

又

水晶宮闕淨涵虛[一]，歷歷南風度玉除[二]。金井轆轤聲欲曉[三]，內人來奏問安書[四]。

【注釋】

［一］水晶宮闕：用水晶構成的宮殿。此指四面環水的宮殿。

［二］玉除：玉階。

［三］金井轆轤：指宮中井上轆轤汲水發出的聲音。金井：施有雕欄之井。此為宮中水井的美稱。轆轤：利用輪軸原理製成的井上汲水的起重裝置。北魏賈思勰《齊民要術·種葵》："井別作桔橰、轆轤。"原注："井深用轆轤，井淺用桔橰。"

［四］內人：宮女。見前《淳熙七年端午帖子詞·皇后閤六首》其四"日永荇池閑畫舫"注［三］。

又

萬年枝下緑陰長[一]，拂石時來坐晚涼。別殿笙歌催宴早[二]，千門鋪月靜焚香。

【注釋】

［一］萬年枝：指宮中年代久遠的大樹。

［二］別殿：正殿以外的殿堂。笙歌：泛指奏樂唱歌。

洪　邁

　　洪邁（1123—1202），字景盧，號容齋，鄱陽（今屬江西波陽）人。皓子，适、遵弟。高宗紹興十五年（1145）進士，授兩浙轉運司幹辦公事。入爲敕令所删定官。以父忤秦檜，出爲福州教授。歷禮部員外郎、左司員外郎、起居舍人、知泉州。孝宗時以起居舍人兼權直院，除中書舍人兼直院，知贛州，建寧府，婺州。進敷文閣直學士，直學士院，拜翰林學士。光宗紹熙元年（1190），知紹興府，提舉玉隆萬壽宮。二年，以端明殿學士致仕。寧宗嘉泰二年卒，年八十。謚文敏。《宋史》卷三七三有傳。洪邁著述甚多，但詩散佚嚴重，今存詩一百餘首。

　　洪邁帖子詞僅存《端午帖子詞》七絶斷句一，載其《容齋五筆》，《全宋詩》卷二一二三收録。

端午帖子詞[一]

　　願儲醫國三年艾[二]，不博江心百鍊銅[三]。

【校記】

録自叢書集成初編本洪邁《容齋五筆》卷九。

【注釋】

　　[一]按，題目爲編者所加。此詩寫作具體時間不詳。據《宋中興學士院題名》，洪邁三次入院，"乾道二年十月以起居舍人兼權直院，三年五月除起居郎，七月除中書舍人兼直院，四年六月除集英殿修撰、宫觀"，"淳熙十三年（1186）四月以敷文閣直學士兼直院，九月除翰林學士，十五年四月差知鎮江府"。三次都有寫作春端帖的時間，其中乾道三年、四年、淳熙十三、十四年端午，洪氏都在學士院，具備寫作

時間。詳情待考。

　　〔二〕"願儲"句：化用蘇軾詩句。見蘇軾《端午帖子詞·太皇太后閣六首》其四"令節陳詩歲歲新"注〔三〕。

　　〔三〕"不博"句：反用唐端午揚州江心鑄鏡進貢事。百鍊銅：久煉而成的銅，特指銅鏡。見晏殊《端午詞·東宮閣》其一"揚子江心鑄鑑成"注〔二〕。

許及之

許及之（1141—1209），字深甫，溫州永嘉（今浙江溫州）人。孝宗隆興元年（1163）進士。知袁州分宜縣，遷宗正簿，拾遺。光宗受禪，除軍器監、遷太常少卿，以言者罷。紹熙元年（1190）除淮南東路運判兼提刑，以事貶知廬州。召除大理少卿。寧宗即位，除吏部尚書兼給事中。以諂事韓侂胄，嘉泰二年（1202）拜參知政事，進知樞密院兼參政。韓敗，降兩官，泉州居住。嘉定二年卒。《宋史》卷三九四有傳。《宋史·藝文志》載其有文集三十卷及《涉齋課藁》九卷，已佚。四庫館臣據《永樂大典》錄《涉齋集》十八卷，題為許綸。四庫館臣雖提出懷疑，以為"《永樂大典》所題不知何據"，但又不知及之與綸為何關系，以為"或及之初名綸，史偶未載更名事歟"？《全宋詩》編者以為"綸為及之子，集中卷二有《綸子效靖節止酒體賦筠齋余亦和而勉之》可證。綸當為及之詩的編集者，《永樂大典》誤署為作者"。所言極是。

許及之今存帖子詞二十七首。其中春帖子詞十五首，端午帖子詞十二首，見載於其集。《全宋詩》卷二四五七收錄。

太上皇帝閣春帖子[一]

底須東海覓三山[二]，一片仁心壽八寰[三]，天上有天長不老[四]，每將春色施人間。

【校記】

此組帖子錄自影印文淵閣《四庫全書》本《涉齋集》卷一五。組詩僅三首七絕，依例當另有三首五絕，蓋已佚。依照慣例，帖子詞排列以《太上皇帝閣》為首，故置前。

【注釋】

[一] 太上皇帝：指宋高宗趙構（1107—1187）。見李清照《皇帝閣春帖子》"莫進黃金簪"注［一］。按，此組詩包括《太上皇帝閣》、《太上皇后閣》、《皇帝閣》與《皇后閣》四類，當作於淳熙十四年（1187）。許氏春端帖皆有《太上皇帝閣》，知其當作於高宗禪位後的孝宗隆興元年六月至去世的淳熙十四年十月之間。《皇帝閣春帖子》其二"流虹"、"甲子一周"知當年與孝宗生年同，孝宗當為六十一歲。據《宋史・孝宗本紀一》，孝宗生於"建炎元年（1127）十月戊寅（22日）"，則時為孝宗淳熙十四年。此春帖含四類，閣類完整，惜其中《太上皇帝閣》、《皇帝閣》、《皇后閣》皆僅存三首七絕，五絕皆散佚。淳熙十四年立春在年前臘月十九日。許氏時為右拾遺，應無寫作身份；然其集有作於慶元年間的《玉堂宿直次高內翰九日前一日草妃子麻畢題案上韻》、《三月二十七日玉堂夜宿》詩，則其曾直院。詳情待考。

[二] "底須"句：反用秦始皇三山尋仙藥故事。三山：蓬萊、方丈、瀛洲三神山。見胡宿《皇后閣端午帖子》其八"靈苗遠採三山藥"注［一］。底須：何須；何必。

[三] 八寰：同八宇，八方之境。

[四] 天上有天：喻皇帝之上有太上皇帝。

一聲清蹕乘輿來，來獻雙親萬壽杯[一]。想見瑤池同宴處[二]，要花開後便花開[三]。

【注釋】

[一] "一聲"二句：言孝宗來到德壽宮為二老祝壽。清蹕：指帝王出行，清除道路，禁止行人。乘輿：指皇帝的車駕；此借指孝宗皇帝。雙親：即太上皇帝趙構與太上皇后吳氏。

[二] 瑤池：古代傳說中崑崙山上有瑤池，為西王母所居。此借指太上皇所居之德壽宮，宮中有池。見胡宿《夫人閣端午帖子》其六"魚龍曼衍夸宮戲"注［四］。

[三] "要花"句：用唐明皇羯鼓催花事。見周必大淳熙五年《立春帖子・太上皇帝閣》其三"手把蟠桃植"注［二］。

仙家樂事有常程[一]，不寫羲經即道經[二]。春日漸和風漸暖，不妨排比冷泉亭[三]。

【注釋】

[一] 仙家：喻指皇家。常程：通常的程序。此指日常的事情。

[二] "不寫"句：不是寫《易經》就是寫道經。羲經：即《易經》。相傳《周易》八卦為伏羲所作，故稱。

[三] "春日"二句：意謂天氣晴暖，不妨在冷泉亭安排活動。排比：亦作"排批"、"排枇"。安排，準備。冷泉亭：此指德壽宮中之亭名，也作冷泉堂。見汪應辰《太上皇帝閣端午帖子詞》十二"冷泉堂上湖山勝"注[一]。

太上皇后閣春帖子[一]

壽擬南山祝[二]，春從北斗回[三]。物華欣向泰[四]，厚德發生來[五]。

【校記】

此組帖子前三首錄自影印文淵閣《四庫全書》本《涉齋集》卷一三，後三首錄自卷一五。從題目、數量看，當為一組，故合二為一。

【注釋】

[一] 太上皇后：指高宗皇后吳氏（1115—1197）。見李清照《貴妃閣春帖子》"金環半后禮"注[一]。按，此亦為淳熙十四年（1187）春帖。見前《太上皇帝閣春帖子》其一"底須東海覓三山"注[一]。

[二] 南山壽：即壽比南山；祝頌語。見夏竦《御閣春帖子》其一"金盤曉日融春露"注[四]。

[三] 春從北斗回：春天隨著北斗柄指向東面而回。春天斗柄向東。見宋庠《皇帝閣端午帖子詞》其五"天關卻暑金為狄"注[二]。

[四] "物華"句：自然景物展現出欣欣向榮的景象。物華：自然景物。泰：佳，美好。

[五] "厚德"句：語出《易·坤》："地勢坤，君子以厚德載物。"此指皇后之大德。發生：使萌發、滋長。春主發生。見胡宿《皇帝閣春

帖子》其五"春官青鳥司開啟"注［二］。

  母道齊皇極[一]，韶光傍壽觴[二]。徽音家慶集[三]，隨輦奉尊章[四]。

【注釋】

  ［一］"母道"句：言太上皇后品德與太上皇等齊。皇極：指帝王之位。此借指太上皇。母道：為母之道。道，指道德、天性、天職等。《禮記·昏義》："天子脩男教，父道也；后脩女順，母道也。"漢劉向《列女傳》卷一《棄母姜嫄》："棄母姜嫄，清靜專一。履蹟而孕，懼棄於野。鳥獸覆翼，乃復收恤。卒為帝佐，母道既畢。"

  ［二］韶光：春光。壽觴：壽酒。觴，酒杯。

  ［三］徽音：佳音。家慶集：皇家宴集。家慶：家中的喜慶事。

  ［四］"隨輦"句：寫皇帝侍奉二老。輦：天子所乘之車；此借指孝宗皇帝。尊章：亦作"尊嫜"。舅姑。對丈夫父母或對人公婆的敬稱。《漢書·廣川惠王劉越傳》："背尊章，嫖以忽，謀屈奇，起自絕。"顏師古注："尊章猶言舅姑也。今關中俗婦呼舅為鍾。鍾者，尊聲之轉也。"

  風簾回翡翠[一]，冰研伴蟾蜍[二]。親寫迎春帖[三]，真符太上書[四]。

【注釋】

  ［一］"風簾"句：風吹動著翡翠裝飾的簾子。翡翠：鳥名。嘴長而直，生活在水邊。羽毛有藍、綠、赤、棕等色，可做裝飾品。《逸周書·王會》："倉吾翡翠，翡翠者所以取羽。"《楚辭·招魂》："翡翠珠被，爛齊光些。"王逸注："雄曰翡，雌曰翠。"洪興祖補注："翡，赤羽雀；翠，青羽雀。"此指用翡翠羽編織的簾子。唐羅隱《簾》詩之二："翡翠佳名世共稀，玉堂高下巧相宜。"宋張孝祥《鷓鴣天·上元設醮》詞："何人曾侍傳柑宴，翡翠簾開識聖顏。"

  ［二］"冰研"句：寫研磨。蟾蜍：即玉蟾蜍。見周麟之《端午帖子詞·皇后閣五首》其四"不貪鬥草事詩書"注［三］。

  ［三］迎春帖：即春帖。

［四］"真符"句：指吳氏所寫迎春帖字體類似太上皇趙構所書。真符：確實相合。

　　補天立極寄何言[一]，媲德同歸太極尊[二]。德壽宮中康壽殿[三]，春來別有一乾坤。
【注釋】
　　［一］補天立極：用女媧煉石補天事以頌高宗建立南宋之功德。《淮南子·覽冥訓》："往古之時，四極廢，九州裂，天不兼覆，地不周載……於是女媧鍊五色石以補蒼天，斷鼇足以立四極。"此喻挽回世運。
　　［二］"媲德"句：贊太上皇后品德與太上皇等同。媲：配偶，比配。此指太上皇后。太極：本指原始混沌之氣，此喻指太上皇。見周必大乾道八年《立春帖子·太上皇帝閣》其二"莫訝東風早"注［二］。
　　［三］德壽宮：高宗禪位後所居宮。康壽殿在德壽宮中，為太上皇后居處。見曹勛《德壽春帖子》其一"曉來簾幕捲東風"注［一］。

　　廣成得道自崆峒[一]，少廣功成閬苑中[二]。自是仙家春不老[三]，蟠桃枝上又春風[四]。
【注釋】
　　［一］"廣成"句：用廣成子崆峒山得道事。廣成：即廣成子，古代傳說中的仙人。晉葛洪《神仙傳·廣成子》："廣成子者，古之仙人也。居崆峒之山石室之中。黃帝聞而造焉。"一説即老子。《莊子·在宥》："黃帝立為天子十九年，令行天下，聞廣成子在於空同之山，故往見之。"陸德明釋文："廣成子，或云即老子。"
　　［二］"少廣"句：用西王母得道少廣事。《莊子·大宗師》："西王母得之，坐乎少廣。"少廣：巖穴名，一説山名。唐陸德明《經典釋文》卷二十六："司馬（彪）云穴名。崔（譔）云山名。或云西方空界之名。"閬苑：閬風之苑，仙人所居之境。按，一、二句喻太上皇與太上皇后得長壽之道。
　　［三］仙家：此指皇宮。
　　［四］蟠桃：神話中的仙桃。此指桃樹。

金花綵勝一番新[一]，白玉巵旁祝聖人[二]。聞道瑤臺花有信[三]，宜春更有八千春[四]。

【注釋】

[一] 金花綵勝：古代立春日飾品。見夏竦《內閣春帖子》其四"銀箭初傳暖律延"注[三]。

[二] 白玉巵：白玉製的酒杯。聖人：此為對太上皇后的尊稱。

[三] 瑤臺：傳說中的神仙居處。見宋祁《春帖子詞·皇后閣十首》其五"誰道春從何處來"注[一]。花有信：謂花開有規律，按時開放。有信：謂有規律；按時。宋蘇軾《次韻張十七九日贈子由》："官事無窮何日了，菊花有信不吾期。"

[四] 八千春：祝壽語。語出《莊子·逍遥遊》："上古有大椿者，以八千歲為春，八千歲為秋。"

皇帝閣春帖子[一]

紫宸殿下迎春仗[二]，德壽宮中家慶圖[三]。帝有雙親齊萬壽，天教五嶽總三呼[四]。

【校記】

此組帖子錄自影印文淵閣《四庫全書》本《涉齋集》卷一五。組詩僅三首七絕，依例當另有三首五絕，蓋已佚。

【注釋】

[一] 皇帝：指孝宗趙昚（1127—1194）。見曹勛《癸未御前帖子》其一"廣殿薰風日正長"注[一]。此亦為淳熙十四年（1187）春帖。見前《太上皇帝閣春帖子》其一"底須東海覓三山"注[一]。

[二] 紫宸殿：殿名。為皇帝接見群臣、外國使者朝見慶賀的內朝正殿。見劉才邵《立春內中帖子詞·皇帝閣六首》其一"一氣回蒼陸"注[三]。迎春仗：迎春的儀仗。

[三] 德壽宮：高宗禪位後所居宮。見曹勛《德壽春帖子》其一"曉來簾幕捲東風"注[一]。家慶圖：皇家喜慶宴集之圖。

[四] 五嶽：我國五大名山的總稱。古書中記述略有不同。一指泰山、衡山、華山、恒山、嵩山。《周禮·春官·大宗伯》："以血祭祭社

稷、五祀、五嶽。"鄭玄注："五嶽，東曰岱宗、南曰衡山、西曰華山、北曰恒山、中曰嵩高山。"二指泰山、霍山、華山、恒山、嵩山。《爾雅·釋山》："泰山為東嶽，華山為西嶽，霍山為南嶽，恒山為北嶽，嵩高為中嶽。"三指泰山、衡山、華山、嶽山、恒山。《周禮·春官·大司樂》："凡日月食，四鎮、五嶽崩。"鄭玄注："五嶽，岱在兗州、衡在荊州、華在豫州、嶽在雍州、恒在并州。"《爾雅·釋山》："河南，華；河西，嶽；河東，岱；河北，恒；江南，衡。"三呼：即三呼萬歲，以表祝壽之意。

協風初轉斗杓旋[一]，即是流虹紀瑞年[二]。甲子一周天啟運[三]，威儀重見漢中天[四]。

【注釋】

[一] 協風：春日的和風。見蘇軾《春帖子詞·皇帝閤六首》其一"暘谷賓初日"注[二]。斗杓旋：指斗柄向東。斗杓：北斗柄。見宋庠《皇帝閤端午帖子詞》其五"天關卻暑金為狄"注[二]。

[二] 流虹：指生日。《初學記》卷十"流虹"引《河圖》曰："帝摯少昊氏母曰女節，見大星如虹，下流華渚，既而夢接意感，生白帝。"後多用於指帝王生日，如張說《請八月五日為千秋節表》云："故少昊著流虹之感，商湯本玄鳥之命。"此句言當年與孝宗生年相同。孝宗生於建炎丁未年，而淳熙十四年亦為丁未年，故云。

[三] 甲子一周：指建炎元年至淳熙十三年（1127—1186）。甲子：甲為天干首位，子為地支的首位；古以天干和地支遞次相配，如甲子、乙丑、丙寅……統稱甲子。從甲子起至癸亥止，共六十，故又稱為六十甲子。甲子一周為六十年。啟運：開啟世運。

[四] "威儀"句：言禮儀之盛，猶如漢世。威儀：古代祭享等典禮中的動作儀節及待人接物的禮儀。《禮記·中庸》："禮儀三百，威儀三千。"孔穎達疏："威儀三千者，即《儀禮》中行事之威儀。"《後漢書·儒林傳下·董鈞傳》："時草創五郊祭祀，及宗廟禮樂，威儀章服，輒令鈞參議。"漢中天：猶漢世。中天：天運正中。喻盛世。《後漢書·劉陶傳》："伏惟陛下年隆德茂，中天稱號。"

清臺方奏五星明[一]，又見春盤憶兩京[二]。見説黃河方混混，翠華來復始教清[三]。

【注釋】

[一] 清臺：也作"青臺"。古代天文臺名。見蘇軾《春帖子詞·皇帝閣六首》其一"暘谷賓初日"注[一]。五星明：意天象吉祥。鄭樵《通志》卷三九引張衡云："北極五星明大則吉，變動則憂。"五星：指木、火、土、金、水五大行星，即東方歲星（木星）、南方熒惑（火星）、中央鎮星（土星）、西方太白（金星）、北方辰星（水星）。漢劉向《説苑·辨物》："所謂五星者，一曰歲星，二曰熒惑，三曰鎮星，四曰太白，五曰辰星。"《宋史·孝宗本紀三》："（淳熙十三年）八月乙亥朔，日、月、五星聚於軫。"所寫或為此。

[二] 春盤：古時立春所用食物。見宋祁《春帖子詞·夫人閣十首》其九"日照觚稜萬户春"注[二]。兩京：兩個京城；兩個首都。指宋代的開封府與河南府。

[三] "見説"二句：言中原混亂，人民期望南宋皇帝能夠收復而使之變為清平世界。因黃河水濁，少有清時，古人以"河清"為升平祥瑞的象徵。翠華：本指天子儀仗中以翠羽為飾的旗幟或車蓋。此代指御車、帝王。

皇后閣春帖子[一]

雪融鳷鵲金鋪暖[二]，冰泮蟾蜍玉漏遲[三]。壽却兩宮春日酒[四]，自書卷耳進賢詩[五]。

【校記】

此組帖子録自影印文淵閣《四庫全書》本《涉齋集》卷一五。組詩僅三首七絶，依例當另有三首五絶，蓋已佚。

【注釋】

[一] 皇后：指孝宗皇后謝氏（1134？—1207）。見周必大淳熙五年《春帖子詞·皇后閣》其一"儉德聞中外"注[一]。

[二] 鳷（zhī）鵲：漢宮觀名。漢武帝建元中建，在長安甘泉宮外。此指宋宮殿。金鋪：金飾鋪首。見司馬光《春帖子詞·夫人閣四

首》其一"璧帶非煙潤"注〔二〕。按,《宋史·孝宗本紀三》載,淳熙十三年冬十二月"辛丑,再賜軍士雪寒錢",則是年冬有雪。

〔三〕冰泮:冰融,解凍。蟾蜍:指蟾蜍形的硯滴。玉漏遲:言白晝變長。漏為古代計時器。見夏竦《內閣春帖子》其四"銀箭初傳暖律延"注〔一〕。

〔四〕兩宮:指太上皇趙構和宋孝宗趙昚。

〔五〕"自書"句:贊謝皇后之賢德。《卷耳》:《詩·周南》篇名。《詩序》:"《卷耳》,后妃之志也。又當輔佐君子求賢審官,知臣下之勤勞,內有進賢之志,而外無險詖私謁之心。朝夕思念,至於憂勤也。"

龍樓問寢正雞鳴[一],玉佩丁東曉氣清[二]。春入椒房偏起早[三],三茅觀裏未鐘聲[四]。

【注釋】

〔一〕"龍樓"句:寫謝皇后清晨問候尊長起居。龍樓:指宮門樓上飾有銅龍。此借指太上皇與太上皇后所居宮。

〔二〕丁東:即叮咚。擬聲詞。形容玉佩的撞擊聲。佩玉以比德。參見夏竦《皇后閤端午帖子》其五"中闈正肅鳴環節"注〔一〕。

〔三〕椒房:指謝皇后所居宮殿。見夏竦《皇后閤端午帖子》其三"千門朱索迎嘉祉"注〔二〕。

〔四〕三茅觀:即三茅寧壽觀,在南宋臨安城內。《西湖遊覽志》卷一二:"三茅寧壽觀,在七寶山東北,本三茅堂,相傳三茅君長盈、次固、季衷,秦初咸陽人,得道成僊,自漢以來崇祀之。宋紹興二十年,因東京舊名,賜額曰寧壽觀。"觀內有鐘,據言後來理宗修道時,每聽三茅觀鐘鳴而行。同書卷七"臨安":"理宗時,吳知古掌焚修,每三茅觀鐘鳴,觀堂之鐘應之,則駕興。"

不要梅花比玉容[一],柔桑枝上要春風[二]。聖人見說常躬儉[三],擬助君王賞戰功[四]。

【注釋】

〔一〕玉容:美好的容貌。

〔二〕柔桑:初發芽的桑樹。

［三］聖人：此為對皇后的尊稱。《武林舊事》卷一"恭謝"引姜白石詩："萬數簪花滿御街，聖人先自景靈回。不知後面花多少，但見紅雲冉冉來。"自注："是日皇后及內中車馬先還。宮中呼后為聖人。"

　　［四］"擬助"句：據《宋史·孝宗本紀三》："十三年春正月庚辰朔，率群臣詣德壽宮行慶壽禮。大赦，文武臣僚並理三年磨勘，免貧民丁身錢之半為一百一十餘萬緡，內外諸軍犒賜共一百六十萬緡。"十二月"辛丑，再賜軍士雪寒錢"。所寫蓋為此。

太上閣端午帖子^[一]

　　自得廣成道^[二]，長居不老天。底須桃辟惡，何用木延年^[三]。

【校記】

　　此組帖子前三首錄自影印文淵閣《四庫全書》本《涉齋集》卷一三；後三首錄自卷一五。從題目、數量看，當為一組，故合二為一。

【注釋】

　　［一］太上：指太上皇趙構（1107—1187）。見李清照《皇帝閣春帖子》"莫進黃金簟"注［一］。按，此組端帖僅"太上閣"和"聖壽閣"兩類，分別為太上皇帝和太上皇后所作。疑為淳熙十四年端帖。

　　［二］"自得"二句：用廣成得道成仙喻皇太后之長壽。見前《太上皇后閣春帖子》其五"廣成得道自崆峒"注［一］。

　　［三］"底須"二句：民間端午常門懸桃印以辟邪，飲菖蒲酒以延年，此反其意而用之。見夏竦《郡王閣端午帖子》其四"崑山瑞玉題真篆"注［二］、宋庠《夫人閣端午帖子詞》其一"令月辰標午"注［四］。底須：何須；何必。

　　人艾休教采^[一]，仙丹久養成^[二]。六宮爭結縷^[三]，再拜學長生^[四]。

【注釋】

　　［一］"人艾"句：端午有採摘艾草縛扎為人形懸於門戶以禳毒氣的習俗，此反用之。見晏殊《端午詞·御閣》其二"初垂彩艾迎新節"

注〔一〕。

　　〔二〕仙丹：道教為追求長生不死和成仙所煉製的丹藥。丹藥以礦物元素煉製，被認為勝於僅可延壽的草木之藥。《抱朴子内篇》卷二："《僊經》曰：'雖服草木之葉，已得數百歲，忽怠於神丹，終不能僊。'以此論之，草木延年而已，非長生之藥可知也，未得作丹，且可服之，以自捀持耳。"

　　〔三〕"六宮"句：寫后妃們爭相縮結製作端午彩索。六宮：指后妃。見夏竦《内閣春帖子》其六"緹室葭灰飛候管"注〔三〕。縷：指長生縷、續命彩絲。見夏竦《御閣端午帖子》其一"續命彩絲登繭館"注〔二〕。

　　〔四〕再拜：拜了又拜，古代一種表示恭敬的禮節。學長生：指向太上皇學習長生不老之術。

　　柈獻千年實[一]，杯行九節蒲[二]。至尊親上壽[三]，家慶列成圖[四]。

【注釋】

　　〔一〕"柈獻"句：指進獻桃子。柈：同"盤"。千年實：即千歲果。桃子。見崔敦詩《淳熙七年春帖子·光堯壽聖憲天體道性仁誠德經武緯文太上皇帝閣六首》其一"欲識春回處"注〔五〕。

　　〔二〕"杯行"句：寫舉酒祝壽。九節蒲：指菖蒲酒。見宋庠《夫人閣端午帖子詞》其一"令月辰標午"注〔四〕。

　　〔三〕"至尊"句：指孝宗趙昚親自為二老舉酒祝壽。至尊：指皇帝。見歐陽修《端午帖子詞·皇后閣五首》其三"覆檻午陰黃鳥囀"注〔三〕。

　　〔四〕家慶：家中的喜慶事。

　　久瞻黃屋見堯心[一]，盡把薰風入舜琴[二]。至樂殿中香一炷[三]，靜看周易對槐陰[四]。

【注釋】

　　〔一〕黃屋：車蓋，以黃繒為裏，故名。為皇帝專用，故代稱皇帝。此指太上皇趙構。

[二]"盡把"句：指彈奏樂曲。用舜彈五弦琴事。見宋庠《皇帝閣端午帖子詞》其二"寶軫流薰唱"注[一]。
　　[三]至樂殿：當指至樂堂，在德壽宮中。見《武林舊事》卷四。
　　[四]周易：古書名。也叫《易經》，為儒家經典。

　　艾枝簇虎鬭時新[一]，荷葉巢龜薦瑞頻[二]。自是仙家多樂事[三]，天中佳節近天申[四]。
【注釋】
　　[一]艾枝簇虎：端午門上所懸掛之艾人、虎頭之類。見蘇轍《學士院端午帖子‧皇太妃閣五首》其三"九夏清齋奉至尊"注[三]。
　　[二]"荷葉"句：指頻繁進獻龜等祥瑞之物。荷葉龜巢：語本《史記‧龜策列傳》："有神龜在江南嘉林中。嘉林者……龜在其中，常巢於芳蓮之上。"薦：進，獻。按，唐宋端午有食龜習俗。見元絳《端午帖子》"壽尤先供餌"注[二]。
　　[三]仙家：喻指皇家。
　　[四]天中佳節：即天中節；端午節的別稱。見王珪《端午內中帖子詞‧夫人閣》其九"一樣紅裙試舞斜"注[二]。天申：即天申節；為農曆五月二十一日。見劉才邵《端午內中帖子詞‧皇帝閣六首》其五"天申佳節繼天中"注[一]。

　　傍階葵萼傾紅日[一]，映水榴花染絳雲。魚戲亦知天意樂[二]，行行吹起碧波紋。
【注釋】
　　[一]葵萼：葵之花。葵菜性向日。《三國志‧魏志‧陳思王植傳》："若葵藿之傾葉，太陽雖不為之回光，然向之者誠也。"
　　[二]天意：此喻指太上皇的心意。

聖壽閣端午帖子[一]

　　有德天同壽，無為日更長[二]。每逢端午節，雙上萬年觴[三]。

【校記】

此組帖子前三首録自影印文淵閣《四庫全書》本《涉齋集》卷一三；後三首録自卷一五。從題目、數量看，當為一組，故合二為一。

【注釋】

[一] 聖壽：即"壽聖"。太上皇后吳氏之尊號。據《宋史》，吳氏被多次加尊號，孝宗即位，上尊號曰"壽聖太上皇后"，乾道七年，加號"壽聖明慈"，淳熙二年，復加"壽聖齊明廣慈"，十二年，加尊號曰"備德"，光宗即位，更號"壽聖皇太后"，紹熙四年，壽八十，加尊號曰"隆慈備福"，慶元元年加號"光祐"。"聖壽"多稱"壽聖"。當為淳熙十四年端帖。

[二] "有德"二句：謂有德者與天同壽，清靜無為更為長壽。為祝壽語。見王珪《端午內中帖子詞·太上皇后閣》其四"有德名終大"注 [一]、[二]。

[三] "雙上"句：寫孝宗為二老舉酒祝壽。

畫扇迎雙鳳[一]，輕衣拂六銖[二]。太清元有籙，抱朴不須符[三]。

【注釋】

[一] "畫扇"句：畫飾有雙鳳的扇子。鳳扇為宮廷儀仗用物。

[二] "輕衣"句：輕盈的夏衣。六銖：即六銖衣。銖，古重量單位，一銖為二十四分之一兩。六銖即四分之一兩。佛經稱忉利天之衣重六銖（見《長阿含經》卷二〇《世紀經忉利天品》）。後泛指極輕極薄的衣服。

[三] "太清"二句：言成仙得道自有其秘方，持守本真無須符籙以延壽。太清：指仙境。籙：謂天賜符命之書。此指道家秘方。見晏殊《端午詞·東宮閣》其二"百藥初收味最良"注 [二]。抱朴：持守本真，不為外物所誘惑。《老子·十九章》："見素抱朴，少私寡欲。"晉葛洪著有《抱朴子》一書，其內篇二十卷，論道家神仙、鍊丹、符籙等事。外篇論時政得失，人事臧否。古以符籙辟邪延壽，此反用其意。

繞臂長生縷[一]，當門五色絲[二]。榴花看結子，葉葉在孫枝[三]。

【注釋】

[一] 長生縷：即五色絲，續命絲。見夏竦《御閣端午帖子》其一"續命彩絲登繭館"注[二]。

[二] "當門"句：用漢代門懸朱索以辟邪之事。見夏竦《皇后閣端午帖子》其三"千門朱索迎嘉祉"注[一]。

[三] "榴花"二句：以榴花結子喻皇家子孫繁衍甚眾。孫枝：從樹幹上長出的新枝。此喻孫子。

宮人晨起靚粧梳[一]，艾葉菖花獻頌餘[二]。團扇裁成留不畫，應時只乞聖人書[三]。

【注釋】

[一] 宮人：妃嬪、宮女的通稱。靚粧梳：指梳洗打扮。《陳書·皇后傳論》："〔張貴妃〕常於閣上靚粧，臨於軒檻，宮中遙望，飄若神仙。"

[二] "艾葉"句：寫進獻菖蒲酒祝壽。菖花：指菖蒲酒。古時端午有飲菖蒲酒之俗。見宋庠《夫人閣端午帖子詞》其一"令月辰標午"注[四]。

[三] 聖人：此指太上皇后吳氏。參見前《皇后閣春帖子》其六"不要梅花比玉容"注[三]。吳氏擅長書法，故云聖人書。

陰陰密葉韻黃鸝[一]，樂事宮中聖得知。永日留連惟史帙[二]，薰風拂掠到琴絲[三]。

【注釋】

[一] 韻黃鸝：指黃鸝鳥發出和諧悅耳的鳴叫聲。韻：形容和諧而有節奏。

[二] 永日：整日；整天。史帙：史籍。泛指書籍。

[三] 薰風：夏日和暖的東南風。薰，同"熏"。《呂氏春秋·有始》："東南曰熏風。"見宋庠《皇帝閣端午帖子詞》其二"寶軫流薰唱"注[一]。

駕言康壽殿中來[一]，排備涼亭與月臺[二]。此去天申纔半月[三]，從今日日要花開。

【校記】

第三句"天申"，原作"天中"，因形似而誤，徑改。天中為端午節，天申為高宗聖節，相距十六日。

【注釋】

[一] 康壽殿：殿名。在德壽宮中，為太上皇后居處。

[二] 排備：安排準備。《東京夢華錄》卷四"筵會假賃"："凡民間吉凶筵會……欲就園館亭榭寺院遊賞命客之類，舉意便辦，亦各有地分；承攬排備，自有則例，亦不敢過越取錢。"涼亭：納涼休息的亭子。月臺：賞月的露天平臺。

[三] 天申：即天申節；農曆五月二十一日。見劉才邵《端午內中帖子詞·皇帝閣》其五"天申佳節繼天中"注[一]。纔：同"才"。

衛涇

衛涇（1160—1226），字清叔，初號拙齋居士，改號西園居士，昆山（今屬江蘇）人。孝宗淳熙十一年（1184）進士，授添差鎮東軍簽判。十四年，除秘書省正字。光宗即位，因應詔上書激切，出提舉淮東、浙東二路。寧宗慶元初，召為尚書郎，以起居舍人假工部尚書使金，還，除沿海制置使，以言者論罷。開禧二年（1206），召為中書舍人兼直學士院，纍遷禮部尚書、御史中丞、簽書樞密院事、參知政事。嘉定元年（1208），出知漳州，歷知隆慶府、福州。理宗寶慶二年卒。有《後樂集》七十卷，已佚。清四庫館臣據《永樂大典》輯為二十卷，詩不足百首。

衛涇今存帖子詞二十一首，其中春帖子詞十首，端午帖子十一首，均見載於其集。《全宋詩》卷二七七二收錄。

皇帝閣春帖子[一]

芳意傳梅信[二]，東風到柳邊[三]。王春在除夜，明日是新年[四]。

【校記】

衛涇詩均錄自影印文淵閣《四庫全書》本《後樂集》卷二〇。依例，組詩當為六首，此僅四首，缺二首。

【注釋】

［一］皇帝：指寧宗趙擴（1168—1224）。據《宋史·光宗本紀》，擴為光宗第二子，母為慈懿皇后李氏。乾道四年十月丙午生於王邸。淳熙五年十月戊午，遷明州觀察使，封英國公。十二年三月乙酉，遷安慶軍節度使，封平陽郡王。十六年二月壬戌，光宗受禪。三月己亥，拜少

保、武寧軍節度使，進封嘉王。紹熙五年五年六月戊戌，孝宗崩，光宗以疾不能出，七月，以擴即帝位。在位三十年。嘉定十七年八月卒，廟號寧宗。按，此詩為開禧三年（1207）春帖。其一云："王春在除夜，明日是新年。"據《三千五百年曆日天象》，開禧三年除夕立春。又，據《宋中興學士院題名》，作者時為禮部侍郎兼侍讀兼直學士院。

〔二〕芳意：春意。梅信：梅花開放傳達春天將至的信息。

〔三〕東風：春風。

〔四〕"王春"二句：寫當年立春在除夕。按，開禧三年立春在上年臘月三十。王春：本指周曆新春，此指立春，此語出《公羊傳·隱公元年》："元年春，王正月……春者何？歲之始也；王者孰謂？謂文王也。"

綵勝黃金縷[一]，青絲白玉盤[二]。內家迎淑節[三]，先奉太皇歡[四]。

【注釋】

〔一〕"綵勝"句：寫古代立春幡勝飾品。彩勝：即春勝，見夏竦《內閣春帖子》其四"銀箭初傳暖律延"注〔三〕。黃金縷：金絲。指續命彩絲之類。見夏竦《御閣端午帖子》其一"續命彩絲登繭館"注〔二〕。

〔二〕青絲：指初生的韭菜。語出杜甫《立春》詩："盤出高門行白玉，菜傳纖手送青絲。"仇兆鰲注："詩言青絲指韭，良是。"古代立春食春盤，韭菜為春盤食材之一。

〔三〕內家：指皇室。舊時皇宮稱大內，故稱。淑節：佳節。

〔四〕太皇：此指太皇太后謝氏。

遲明魚鑰九門開[一]，警蹕聲清繞殿雷[二]。穆穆天顏應有喜[三]，捷書新自北邊來[四]。

【注釋】

〔一〕遲（zhì）明：黎明，天快亮的時候。《史記·衛將軍驃騎列傳》："遲明，行二百餘里，不得單于，頗捕斬首虜萬餘級。"唐司馬貞索隱："（遲）音值，待也。待天欲明，謂平明也。"魚鑰：魚形門鎖。

九門：皇宮各門。皆見夏竦《御閣春帖子》其四"九門和氣衝魚鑰"注[一]。

　　[二] "警蹕"句：寫皇帝上朝。警蹕：古代帝王出入時，於所經路途侍衛警戒，清道止行，謂之"警蹕"。晉崔豹《古今注·輿服》："警蹕，所以戒行徒也。周禮蹕而不警。秦制出警入蹕，謂出軍者皆警戒，入國者皆蹕止也，故云出警入蹕也。至漢朝梁孝王，王出稱警，入稱蹕，降天子一等焉。一曰，蹕，路也，謂行者皆警於塗路也。"

　　[三] 穆穆：肅靜，恭謹。天顏：帝王的容顏。

　　[四] "捷書"句：寫北邊有捷報傳來。此為粉飾之言。當時宋金對抗宋人勝少敗多。據《宋史·寧宗本紀二》，自六月備戰，九月金兵攻奪和尚原。十月圍楚州，十一月破棗陽軍、"犯神馬坡，江陵副都統魏友諒突圍趨襄陽。乙酉，趙淳焚樊城。戊子，金人犯廬州，田琳拒退之。以湖廣總領陳謙為湖北、京西宣撫副使。丙申，金人去廬州。丁酉，金人犯舊岷州，守將王喜遁去。戊戌，金人圍和州，守將周虎拒之。金人破信陽軍。辛丑，金人圍襄陽。壬寅，金人破隨州。……甲辰，金人犯真州。乙巳，金人破西和州。是月，濠州、安豐軍及邊屯皆為金人所破。十二月戊申，金人圍德安府，守將李師尹拒之。庚戌，金人破成州，守臣辛櫨之遁去。吳曦焚河池縣，退屯青野原。……癸丑，金人去和州。甲寅，金人攻六合縣，郭倪遣前軍統制郭僎救之，遇於胥浦橋，大敗，倪棄揚州走。丁巳，金人破大散關。……癸亥，魏友諒軍潰於花泉，走江陵。丁卯，金人犯七方關，興州中軍正將李好義拒却之。戊辰，吳曦還興州。金人自淮南退師，留一軍據濠州"。

　　沈沈廣殿靡遑安[一]，玉食丁寧減太官[二]。野宿貔貅三萬竈[三]，重裘應軫鐵衣寒[四]。

【注釋】

　　[一] "沈沈"句：寫寧宗為戰事而不安。靡遑：無暇，來不及。

　　[二] "玉食"句：寫寧宗減膳。《宋史·寧宗本紀二》載，開禧二年十一月"癸巳，以金人犯淮告於天地、宗廟、社稷。乙未，避正殿，減膳"。此乃寫實。玉食：美食。丁寧：即叮嚀。太官：官名，掌皇帝及百官膳食。見夏竦《御閣端午帖子》其六"太官角黍迎嘉節"注

[一]。

　　[三]"夜宿"句：寫在外作戰的士卒之多。貔貅：古籍中的兩種猛獸；《史記·五帝本紀》："〔軒轅〕教熊羆貔貅貙虎，以與炎帝戰於阪泉之野。"司馬貞索引："此六者猛獸，可以教戰。"徐珂《清稗類鈔·動物·貔貅》："貔貅，形似虎，或曰似熊，毛色灰白，遼東人謂之白熊。雄者曰貔，雌者曰貅，故古人多連舉之。"此喻指勇猛的戰士。

　　[四]"重裘"句：寫對戰士的顧念。重裘：厚毛皮衣；此借指著重裘的高官。漢賈誼《新書·諭誠》："重裘而立，猶懵然有寒氣，將奈我元元之百姓何？"鐵衣：古代戰士所穿用鐵片製成的戰衣；此借指戰士。

壽成惠聖慈祐太皇太后閤春帖子[一]

　　一德坤元厚[二]，三朝母道尊[三]。含飴供樂事[四]，戲綵見重孫[五]。

【注釋】

　　[一]壽成惠聖慈祐太皇太后：指孝宗皇后謝氏（1134？—1207）。此乃寧宗嘉泰二年（1202）冬十月為其所上尊號。見周必大淳熙五年《春帖子詞·皇后閤》其一"儉德聞中外"注[一]。按，此亦當為開禧三年（1207）春帖。據《宋中興學士院題名》，衛涇兼直學士院時間為開禧二年七月至三年十一月，僅具有寫作三年春帖的時間。作者時為禮部侍郎兼侍讀兼直學士院。其五、其六所寫皆開禧二年十一、十二月間事，然其一、其二所言事不合，疑非同一組詩。

　　[二]"一德"句：贊太皇太后之美德。坤元：此喻指太皇太后謝氏。見胡宿《皇后閤春帖子》其三"東陸韶光先四序"注[三]。

　　[三]"三朝"句：寫謝氏歷孝宗、光宗、寧宗三朝，地位尊貴。

　　[四]"含飴"句：寫謝氏含飴弄孫之樂。含飴：即含飴弄孫。見韓維《春帖子·太皇太后閤六首》其三"視膳回天仗"注[二]。按，據三、四句意，當必有皇子降生，與周南《皇太后閤春帖子》"內殿家人禮"中"百世有孫支"相同。據史載，寧宗子皆早卒。寧宗長子生於紹熙四年，不育；次子埈生於慶元二年六月，八月卒；三子坦生於慶

元六年（1200）正月己亥（12日），八月卒；四子增生於慶元六年十一月癸亥（11日），十二月初一卒（《宋史·寧宗本紀一》）；五子坰生於嘉泰二年閏十二月，未逾月而卒（《寧宗本紀二》）；六子墌生於開禧三年正月，尋不育；七子圻生於開禧三年正月丁亥，二月卒（李心傳《建炎以來朝野雜記》卷二）；八子坢生於嘉定元年三月，閏四月卒；九子生於嘉定十六年正月，二月卒。從時間來判斷，此非開禧三年帖，似為嘉泰三年春帖。

〔五〕戲綵：寫謝氏七十得重孫。戲綵：用老萊子典，言謝氏七十歲。司馬光《家範》卷四："老萊子孝奉二親，行年七十，作嬰兒戲，身服采色斑斕之衣。嘗取水上堂，詐跌仆在地，為小兒啼。弄雛於親側，欲親之喜。"按，此言謝氏在七十高齡得喜見重孫，與周南《皇太后閣春帖子》"三朝備福尊壽樂，七秩修齡古更稀"當為同時所作。謝氏生年不見史載。

北內風光別[一]，儷家日月閑[二]。紫皇天下養[三]，金母住人間[四]。

【注釋】

〔一〕北內：指太皇太后所居之壽慈宮。據《建炎以來朝野雜記》乙集卷二，此宮原為高宗與其吳后所居之德壽宮，高宗卒後吳氏仍居，改為慈福宮；孝宗卒後，改為重壽殿，高宗吳后與孝宗謝后所居；吳后卒後，又改名壽慈宮，謝太后居住。此宮在德壽宮中，因在大內之北，故稱北內。開禧二年春二月二日癸丑夜，壽慈宮前殿火，謝氏遂移居南內。此言"北內風光"，疑此首亦非開禧三年春帖。

〔二〕儷家：仙人。此指皇家。

〔三〕紫皇：道教傳說中最高的神仙。《太平御覽》卷六五九引《秘要經》："太清九宮，皆有僚屬，其最高者，稱太皇、紫皇、玉皇。"此喻指皇帝。

〔四〕金母：西王母。喻指太皇太后謝氏。

柳色侵宮瓦，花陰覆綺疏[一]。鵲爐煙馥郁[二]，滕閱妙乘書[三]。

【注釋】

[一] 綺疏：即綺窗。雕飾有花紋的窗戶。

[二] 鵲爐：即鵲尾爐，也作鵲尾鑪。一種長柄香爐。馥郁：形容香氣濃厚。

[三] 賸（shèng）：多。妙乘書：指佛教書籍。

銀旛點綴鬭宮嬪[一]，小字橫斜篆縷新[二]。歲歲詞臣供帖子[三]，從今便數八千春[四]。

【注釋】

[一] "銀旛"句：寫宮嬪簪戴幡勝比美。銀旛：銀色的小旗。此指春幡勝。見夏竦《内閣春帖子》其四"銀箭初傳暖律延"注[三]。

[二] "小字"句：寫繡有篆字的赤靈符。見晏殊《端午詞·御閣》其三"獻壽競為長命縷"注[二]。

[三] "歲歲"句：寫年年由學士院學士撰寫供進帖子詞。

[四] 八千春：祝壽語。語出《莊子·逍遥遊》："上古有大椿者，以八千歲為春，八千歲為秋。"

文孫親上萬年卮[一]，姒婦嚴粧五翟衣[二]。不用都人須數蹕，内庭跬步即重闈[三]。

【注釋】

[一] 文孫：指寧宗。文孫：周文王之孫。《書·立政》："繼自今文子文孫。"孔安國傳："文子文孫，文王之子孫。"後為他人之孫的美稱。

[二] "姒婦"句：寫謝氏著五色翟文之褘衣。姒婦：指謝氏。姒：太姒；周文王妻，周武王母。嚴粧：整齊妝束。五翟衣：指褘衣。織有翟羽紋樣的禮服。《政和五禮新儀》卷一二"皇后冠服"："首飾花一十二株，小花如大花之數，并兩博鬢。冠飾以九龍四鳳。褘之衣，深青織成，翟文赤質，五色十二等。青紗中單，黼領，羅縠褾襈，蔽膝隨裳色，以緅為領緣。用翟為章，三等。大帶隨衣色，朱裏，紕其外。上以朱錦，下以綠錦，紐約用青組，以青衣帶革，白玉雙佩，黑組，雙大綬，小綬三，間施玉環三，青襪赤舄，加金飾。受冊、朝謁景靈宮

服之。"

[三]"不用"二句：寫謝氏不去宮外遊樂，活動只在宮內。數蹕：因帝王出行而多次清道，禁止行人來往。內庭：宮禁以內。跬步：跬為步之半，今稱一步。形容距離很近。《大戴禮記·勸學》："是故不積跬步，無以致千里；不積小流，無以成江海。"重闈：重重宮門。指深宮。此指謝氏所居宮。按，宋李心傳《建炎以來朝野雜記》乙集卷二："開禧二年春二月二日癸丑夜，壽慈宮前殿火，逮曉始息，於是太皇太后復歸大內。"《宋史·寧宗本紀二》亦載："二月癸丑，壽慈宮火。甲寅，太皇太后移居大內，車駕月四朝。"因同居大內，故言。

　　刁斗轅門五夜深[一]，思齊文母正關心[二]。身臨大練無他費[三]，湯沐先捐鉅萬金[四]。

【注釋】

[一]"刁斗"句：寫邊關戰事緊張。刁斗：古代行軍用具。銅質；白天用作炊具，晚上擊以巡更。一說斗形有柄，一說鈴形。《史記·李將軍列傳》："及出擊胡，而廣行無部伍行陳，就善水草屯，舍止，人人自便，不擊刁斗以自衛。"裴駰集解引孟康曰："以銅作鐎器，受一斗，晝炊飯食，夜擊持行，名曰刁斗。"司馬貞索隱引荀悅："刁斗，小鈴，如宮中傳夜鈴也。"轅門：古代帝王巡狩、田獵的止宿處，以車為藩；出入之處，仰起兩車，車轅相向以表示門，稱轅門。《周禮·天官·掌舍》："設車宮、轅門。"鄭玄注引鄭司農云："王行止宿阻險之處，備非常。次車以為藩，則仰車以其轅表門。"并注曰："言仰車以其轅表門者，謂仰兩乘，車轅相向，以表門，故名曰轅門。"此指領兵將帥的營門。五夜：即五更。一夜分甲、乙、丙、丁、戊五段。《文選·陸倕〈新刻漏銘〉》："六日不辨，五夜不分。"李善注引衛宏《漢舊儀》："晝夜漏起，省中用火，中黃門持五夜。五夜者，甲夜、乙夜、丙夜、丁夜、戊夜也。"

[二]"思齊"句：寫謝氏對邊關戰事的關注。思齊文母：《詩·大雅·思齊》首章云："思齊大任，文王之母。"毛傳："齊，莊也。"鄭玄箋："常思莊敬者，大任也，乃為文王之母。"後因以"思齊"贊美母教。文母即文德之母；此指太皇太后。

[三]"身臨"句：寫太皇太后之節儉。用東漢馬皇后典。大練：厚繒。見王珪《端午內中帖子詞·太上皇后閣》其八"水風吹殿送微涼"注[二]。

　　[四]"湯沐"句：寫謝氏賜錢犒賞軍士事。《宋史·寧宗本紀二》：開禧二年十一月"戊戌，金人圍和州，守將周虎拒之。金人破信陽軍。辛丑，金人圍襄陽。壬寅，金人破隨州。癸丑，太皇太后賜錢一百萬緡犒賞軍士。"所寫即此事。湯沐：沐浴。《公羊傳·隱公八年》："邴者何？鄭湯沐之邑也。天子有事於泰山，諸侯皆從，泰山之下，諸侯皆有湯沐之邑焉。"何休注："有事者，巡守祭天告至之禮也，當沐浴絜齊以致其敬，故謂之湯沐邑也。"此為犒賞軍士的含蓄說法。鉅（jù）：通"巨"，大。形容錢之多。

皇帝閣端午帖子[一]

　　五日天中候[二]，南風物阜時[三]。三邊寬大詔[四]，億載太平期。

【校記】

依例，《皇帝閣》當有六首，此僅五首，缺七絕一首。

【注釋】

　　[一]皇帝：指寧宗趙擴（1168—1224）。見衛涇《皇帝閣春帖子》其一"芳意傳梅信"注[一]。按，從詩題、內容、衛涇在院時間綜合判斷，此乃開禧三年（1207）端帖，作者時為吏部侍郎兼侍讀兼直學士院。

　　[二]天中候：即天中節；端午節。見王珪《端午內中帖子詞·夫人閣》其九"一樣紅裙試舞斜"注[二]。

　　[三]"南風"句：寫五月乃豐收之時。物阜：物產豐富。語出《孔子家語·辯樂解》："昔者舜彈五弦之琴，造《南風》之詩。其詩曰：'南風之薰兮，可以解吾民之慍兮；南風之時兮，可以阜吾民之財兮。'"

　　[四]"三邊"句：寫朝廷撫恤邊地。三邊：漢代指地處邊疆的幽州、并州、涼州三地，後泛稱邊陲之地。寬大詔：此泛指減免賦稅，寬

大處理罪犯等的詔書。見宋祁《春帖子詞·皇帝閣》其二"瑞福隨春到"注〔二〕。據《宋史·寧宗本紀二》，開禧三年二月"辛未，以旱，禱於天地、宗廟、社稷。命有司舉行寬恤之政八條，蠲兩淮被兵諸州今年租賦。乙亥，釋兩浙路杖以下囚"，"三月丙子朔，蠲兩淮被兵州郡役錢"，"辛丑，曲赦四川，減雜犯死罪囚，釋杖以下"，四月"癸丑，赦兩淮、湖北、京西被兵諸州，減雜犯死罪囚，釋流以下。蠲湖北、京西諸郡今年租賦"等，詩所寫或為此。

御服齊宮獻，生衣暴室供[一]。金箱初進入，一一耀黃封[二]。

【校記】
第一句"宮"，原作"官"。因形似而誤，徑改。
【注釋】
〔一〕"御服"兩句：寫有司進獻皇帝祭祀所用夏服。齊宮：供齋戒用的宮室。齊：同"齋"。見宋庠《皇后閣端午帖子詞》其一"魏井開冰潔"注〔三〕。生衣：夏衣。暴室：漢代負責織染的官署名。見蘇轍《學士院端午帖子·皇太后閣六首》其三"蠶宮罷採擷"注〔二〕。
〔二〕黃封：封禮物所用的黃羅帕。

日轂過亭午[一]，金徒緩報衙[二]。邇英催晚講[三]，分賜壑源茶[四]。

【注釋】
〔一〕"日轂"句：寫時已過午。日轂：太陽。亭午：正午，中午。
〔二〕金徒：計時器上金鑄的胥徒像，也稱金胥。此指漏箭。見晏殊《端午詞·東宮閣》其二"百藥初收味最良"注〔四〕。報衙：古時官吏升堂治事時，官衙鳴鼓以告眾，謂"報衙"。
〔三〕"邇英"句：寫皇帝聽侍講講學。邇英閣：北宋所建侍讀之所，南宋因襲，稱邇英殿。宋趙升《朝野類要·班朝》："本朝殿名最多，……又有内殿，如萬歲、復古、邇英、藥珠、凝華、福寧、睿思殿，北宮後宮之殿又不一也。"宋陸遊《程君墓志銘》："紹興初，尚書以給事中勸講邇英殿。"參見蘇軾《端午帖子詞·皇帝閣六首》其四

"西檻新來玉宇風"注〔一〕。

　　〔四〕"分賜"句：寫賜侍講壑源茶。壑源茶産於福建壑源。《苕溪漁隱叢話》後集卷一一"玉山子"："建安北苑茶，始於太宗朝，太平興國二年，遣使造之，取像於龍鳳，以別庶飲，由此入貢。……第所造之茶不許過數，入貢之後，市無貨者，人所罕得。惟壑源諸處私焙茶，其絕品亦可敵官焙，自昔至今，亦皆入貢其，流販四方，悉私焙茶耳。蘇黃皆有詩稱道壑源茶，蓋壑源與北苑為鄰，山阜相接，才二里餘。其茶甘香，特在諸私焙之上。"按，北苑：在建州（今福建建甌縣），所産茶稱"北苑茶"。為宋代最好的貢茶，宋趙汝礪《北苑別錄》："厥今，茶自北苑上者，獨冠天下，非人間所可得也。"沈括《夢溪補筆談·故事》："建茶之美者，號北苑茶。"因其量少，也以壑源茶進貢。壑源在北苑之東北，章炳文撰有《壑源茶錄》一卷。宋宋子安《東溪試茶錄》："壑源口者，在北苑之東北。……其茶甘香特勝。"米芾《將之苕溪戲作呈諸友》詩："懶傾惠泉酒，點盡壑源茶。"宋時常以茶賜侍讀官。見蘇軾《端午帖子詞·皇帝閣六首》其四"西檻新來玉宇風"注〔二〕。

　　靈開玉壘靜無塵[一]，聖澤新覃雨露勻[二]。束縛仇頭藏武庫[三]，梟羹不用賜羣臣[四]。

【注釋】

　　〔一〕"靈開"句：寫四川對吳曦的戰事平定。靈：威靈。玉壘：指玉壘山。在四川省理縣東南，此代指四川。

　　〔二〕"聖澤"句：皇帝剛剛廣施恩惠。聖澤：皇恩。覃雨露：即覃恩。廣施恩惠。指帝王普行封賞或赦免。此指因誅殺吳曦所進行的封賞。《宋史·寧宗本紀二》："（開禧三年）五月丁丑，賞誅吳曦功。"丁丑乃初二，所言蓋此事。

　　〔三〕"束縛"句：指誅殺吳曦事。吳曦（1162—1207），德順軍隴干（今甘肅靜寧）人。南宋抗金名將信王吳璘之孫，太尉吳挺之子。以祖蔭補右承奉郎，累遷武寧軍承宣使。嘉泰年間，韓侂胄準備北伐。吳曦依附，任興州（今陝西略陽）駐劄御前諸軍都統制兼知興州、利州（今四川廣元）西路安撫使。開禧二年任四川宣撫副使，兼陝西、河東招撫使。韓侂胄北伐，而吳曦按兵不動，且將階（今甘肅武都）、成（今甘肅成縣）、和（今甘肅西和）、鳳（今陝西鳳縣）四州地獻於金國，求金封蜀王，並遣部將利吉引金兵入鳳州。開禧三年，在興州僭稱王位，年號轉運，統軍十萬沿嘉陵江而下，宣稱約金兵夾擊襄陽。二月乙亥，"四川宣撫副使司隨軍轉運安丙及興州中軍正將李好義、監四川總領所興州合江倉楊巨源等共誅吳曦，傳首詣行在，獻於廟社，梟三日，四川平"（《宋史·寧宗本紀二》）。束縛：捆綁；拘囚。武庫：儲藏武器的倉庫。

[四]"梟羹"句：反用漢時端午賜百官梟羹事。見夏竦《御閣端午帖子》其七"賜羹佳事傳青簡"注[一]。

　　遠人新有約和書，並塞狼煙指日無[一]。聖主憂民軫宵旰[二]，宮中猶縮辟兵繻[三]。

【注釋】

[一]"遠人"二句：指宋準備與金和談，期望戰爭早日結束。《宋史·寧宗本紀二》："（開禧三年四月）己未，奉使金國通謝、國信所參議官方信孺發行在。"方信孺此行乃奉命和談。十一月韓侂胄被誅；後又經王柟等的談判，最終於嘉定元年達成和議，史稱"嘉定和議"，戰爭停止。並塞：靠近邊塞。狼煙：燃狼糞升起的煙；古時邊防用作軍事上的報警信號。此指宋金戰爭。指日：為期不遠。

[二]宵旰：宵衣旰食的省稱。天不亮就穿衣起身，天晚了才吃飯，形容工作繁忙而勤勉。稱頌寧宗憂勤為民。

[三]辟兵繻：即辟兵繒、辟兵符之類。古代端午佩飾，俗以為可避兵禍鬼氣。見晏殊《端午詞·御閣》其三"獻壽競為長命縷"注[二]。

壽成惠聖慈祐太皇太后閤端午帖子[一]

　　清禁傳呼近[二]，紅雲擁紫皇[三]。菖花浮九醞[四]，請祝壽無疆。

【注釋】

〔一〕壽成惠聖慈祐太皇太后：指孝宗皇后謝氏（1134？—1207）。此乃寧宗嘉泰二年（1202）冬十月為其所上尊號。見周必大淳熙五年《春帖子詞·皇后閣》其一"儉德聞中外"注〔一〕。此亦為開禧三年（1207）端帖，謝氏於卒於當年五月十六日。作者時為吏部侍郎兼侍讀兼直學士院。

〔二〕清禁：指皇宮。皇宮中清靜嚴肅，故稱。傳呼：傳聲呼喊。《漢書·蕭望之傳》："仲翁出入從倉頭廬兒，下車趨門，傳呼甚寵。"顏師古注："傳聲而呼侍從者，甚有尊寵也。"按，因開禧二年壽慈宮火，謝氏移居大內，故云"傳呼近"。見上《壽成惠聖慈祐太皇太后閣春帖子》其五"文孫親上萬年卮"注〔三〕。

〔三〕"紅雲"句：寫皇帝出行拜見太皇太后謝氏。紅雲：喻指皇帝出行時的隨從。見崔敦詩《淳熙二年春帖子詞·壽聖明慈太上皇后閣六首》其四"扇開雉影紅雲起"注〔一〕。紫皇：喻指寧宗趙擴。見前《壽成惠聖慈祐太皇太后閣春帖子》其二"北內風光別"注〔三〕。

〔四〕"菖花"句：寫端午飲菖蒲酒習俗。見宋庠《夫人閣端午帖子詞》其一"令月辰標午"注〔四〕。九醖：酒名。此泛指美酒。《西京雜記》卷一："漢制，宗廟八月飲酎，用九醖、太牢。皇帝侍祠，以正月旦作酒，八月成，名曰酎，一曰九醖，一名醇酎。"此酒經重釀而成，味美。漢張衡《南都賦》："酒則九醖甘醴，十旬兼清。"《拾遺記·晉時事》："張華為九醖酒，以三薇漬麴蘗……蘗用水漬麴三夕而萌芽，平旦雞鳴而用之，俗人呼為'雞鳴麥'。以之釀酒，醇美，久含令人齒動；若大醉，不叫笑搖蕩，令人肝腸消爛，俗人謂為'消腸酒'。或云醇酒可為長宵之樂。"

邊頭傳吉語，井絡報平安〔一〕。今歲端辰別〔二〕，慈顏一笑歡〔三〕。

【注釋】

〔一〕"邊頭"二句：寫蜀地傳來好消息。指誅殺吳曦事。開禧三年五月宋金仍交戰，時已派方信孺去和談。此乃誇飾語。邊頭：邊疆，邊地。井絡：井宿區域。《文選·左思〈蜀都賦〉》："遠則岷山之精，上為井絡。"李善注:"《河圖括地象》曰:岷山之地,上為井絡,帝以會昌,神以建福。上為天井,言岷山之地,上為東井維絡,岷山之精,上為天之井星也。"此指蜀地。

[二] 端辰:端午。別:特別,不同。

[三] 慈顏:慈祥和藹的容顏。稱尊上的音容。此指太皇太后謝氏。

綵縷新纏臂[一],靈符穩插釵[二]。承平多舊事[三],閑教小宮娃[四]。

【注釋】

[一] "彩縷"句:寫端午臂纏彩索。見夏竦《御閣端午帖子》其一"續命彩絲登繭館"注[二]。

[二] "靈符"句:寫端午插戴釵頭符之類習俗。見晏殊《端午詞·御閣》其三"獻壽競為長命縷"注[二]。

[三] 承平:太平,治平相承。

[四] 宮娃:宮女。

雙人翠艾垂朱戶[一],三角瓊糜護箬衣[二]。聞道內家行樂祕[三],先將節物奉重闈[四]。

【注釋】

[一] "雙人"句:寫端午門懸艾草以辟邪之俗。見晏殊《端午詞·御閣》其二"初垂彩艾迎新節"注[一]。朱戶:以朱紅所漆之門。此指皇宮之門戶。

[二] "三角"句:寫端午食粽之俗。三角瓊糜:即角黍,粽子。瓊糜:亦作"瓊靡"。玉屑。傳說食之可以延年。《楚辭·離騷》:"折瓊枝以為羞兮,精瓊靡以為粻。"王逸注:"精,鑿也;靡,屑也;粻,糧也……言我將行,乃折取瓊枝以為脯臘,精鑿玉屑以為儲糧。"漢揚雄《反離騷》:"精瓊靡與秋菊兮,將以延夫天年。"護箬衣:指粽子由箬葉包裹。

[三] 內家:皇家。舊時皇宮稱大內,故稱。行樂祕:消遣娛樂不為外人所知。唐杜甫《宿昔》詩:"宮中行樂秘,少有外人知。"

[四] "先將"句:寫為謝氏進獻節日禮物。奉:進獻。重闈:重

重宮門。指深宮。此指謝氏居處。節物：節日食用之物。見宋庠《皇帝閣端午帖子詞》其五"天關卻暑金為狄"注〔三〕。

深宮永日鎮長閑[一]，心靜多繙藥笈篇[二]。侍女身留香案側，旋燔金餅炷爐煙[三]。

【注釋】

〔一〕永日：整日；整天。鎮：即鎮日，一整天。

〔二〕繙：同"翻"。藥笈：指道書。見王安中《春帖子·皇后閣》"藥笈琅函受祕文"注〔二〕。

〔三〕"侍女"二句：寫宮女焚香。燔：燒。金餅：指香餅。古時香作為小餅形，置于香爐中，借微火烘烤以散發香氣，需不時用火箸撥動爐灰，使空氣流通，以免火滅香息；也要翻動香餅，以使其兩面受熱，香氣得以充分散發。見宋洪芻《香譜·造香餅子法》。炷：燒，燃香。

人間無處避炎蒸[一]，身在瑤臺最上層[二]。學士大書金字帖，宮中巧篆絳綃繒[三]。

【注釋】

〔一〕炎蒸：即溽暑、酷暑。

〔二〕瑤臺最上層：傳說瑤臺在崑崙山第九層。此指內宮。見宋祁《春帖子詞·皇后閣十首》其五"誰道春從何處來"注〔一〕。

〔三〕"學士"二句：寫翰林學士撰寫帖子詞，後苑製作帖子事。見蘇頌《春帖子·皇帝閣》其六"四時嘉節宴游稀"注〔一〕。春端帖子皆以絳色絲羅製作，故曰絳綃繒。綃繒：指絲織品。

周　南

　　周南（1159—1213），字南仲，平江（今江蘇蘇州）人。光宗紹熙元年（1190）進士，調池州教授。寧宗慶元初，韓侂胄用事，周南岳父黃度以忤意罷右正言，南亦罷，俱入偽學黨。開禧三年（1207），召試館職，為秘書省正字。未幾，又以對策詆權要罷。嘉定六年（1213），卒於家，年五十五。有《山房集》二十卷、《後集》二十卷，已佚。清四庫館臣據《永樂大典》輯為《山房集》八卷、《山房後稿》一卷。《宋史》卷三九三有傳。

　　周南今存春帖子十二首，包括《皇帝閣春帖子》六首、《皇太后閣春帖子》六首，見載於其集。《全宋詩》錄於卷二七三九。

皇帝閣春帖子[一]

　　路寢朝元早[二]，條風應律初[三]。八荒躋壽域[四]，一札下寬書[五]。

【校記】

周南詩均錄自影印文淵閣《四庫全書》本《山房集》卷一。按，此閣詩今存五絕三首，缺七絕三首。

【注釋】

　　[一] 皇帝：指宋寧宗趙擴（1168—1224）。見衛涇《皇帝閣春帖子》其一"芳意傳梅信"注[一]。按，據《宋史·黃度傳附周南傳》，周南"自賜第授文林郎，終身不進官。兩為館職，數月止"。《南宋館閣續錄》卷九載其首次任秘書省正字，在寧宗開禧三年（1207），"五月除，七月丁母憂"罷，再任在嘉定二年（1209），"十月服闋再除，三年二月罷"。其終身未為學士，疑為代人所寫。詩中有《皇太后

閣春帖子》，乃為孝宗謝后所作，謝氏去世前的最後一個立春——開禧三年立春之時，周南尚未任秘書省正字之職。據《宋史》本傳，周南"為文詞雅麗精切，而皆達於時用。每以世道興廢為己任"，宋吳子良《荊溪林下偶談》卷三《水心薦周南仲》載："韓侂胄當國，欲以水心直學士院，草用兵詔，水心謝不能為四六，易彥章。見水心，言：'院吏自有見成本子，何難？'蓋兒童之論，非知水心者。既而衛清叔被命草詔，云：'百年為墟，誰任諸人之責；一日縱敵，遂貽數世之憂。'清叔見水心，舉似誤。以'為墟'為'成墟'。水心問之，衛憫然。他日，周南仲至水心。謂清叔文字近頗長進，然成墟字可疑。南仲愕曰：'本為墟字，何改也？'水心方知南仲實代作。蓋南仲其姻家也。水心因薦南仲宜為文字，官遂召試館職。"可見周南文采著名，曾代衛涇寫貶秦檜草詞，其與衛涇有姻親關係，或即代衛涇所寫。據詩意，此三首當為慶元六年（1200）或嘉泰元年（1201）間春帖，另一組三首則為開禧三年春帖，然與衛涇春帖重復，甚為費解。存疑待考。

[二]"路寢"句：寫元日清早百官在正殿朝見皇帝。路寢：天子、諸侯的正廳。此指皇宮正殿。《詩·魯頌·閟宮》："松桷有舄，路寢孔碩。"毛傳："路寢，正寢也。"陸遊《老學庵筆記》卷十："古所謂路寢，猶今言正廳也。"朝元：即朝正。指元日朝見皇帝。見曹勛《德壽春帖子》其五"椒房懿德慶源同"注[三]。

[三]條風：春天的東北風。見胡宿《夫人閣春帖子》其三"釀酒湛神水"注[三]。律：指律管。見夏竦《內閣春帖子》其六"緹室葭灰飛候管"注[一]。

[四]"八荒"句：頌天下太平。見周必大乾道八年《立春帖子·皇帝閣》其一"日向皇都永"注[四]。

[五]寬書：即寬大書，寬大詔。寬大處理罪犯的詔書。見宋祁《春帖子詞·皇帝閣》其二"瑞福隨春到"注[二]。

　　玉燭天時正[一]，金穰歲兆豐[二]。華封遙上祝[三]，聖德與天通。

【注釋】
[一]玉燭：指和暢舒適的氣候。見宋庠《皇帝閣端午帖子詞》其

一"吹律蕤賓動"注［三］。天時正：時序氣候正常。

［二］"金穰"句：太歲在金，預示著豐年。古代根據太歲星運行的方位來預測年成的豐歉，太歲星運行至西方稱"歲在金"，預示農業豐收。語出《史記·天官書》："然必察太歲所在：在金，穰；水，毀；木，饑；火，旱。此其大較也。"按，太歲，又稱歲陰、太陰。古代天文學中假設的與歲星相應的星名。歲星即木星。古人認為歲星十二年一周天，因此將黃道分為十二等分，以歲星所在位置作為歲名。由於歲星運行的方向是自西向東，為避免不便，假設太歲作與歲星運行方向相反的運動，以每年太歲所在的位置來紀年。此言太歲在金，即在金所對應的西方申、酉年，慶元六年（1200）、嘉泰元年（1201）分別為庚申、辛酉。當作於此間。

［三］"華封"句：用華封三祝事，以示祝頌。《莊子·天地》："堯觀乎華，華封人曰：'嘻！聖人。請祝聖人，使聖人壽。'堯曰：'辭。''使聖人富。'堯曰：'辭。''使聖人多男子。'堯曰：'辭。'封人曰：'壽、富、多男子，人之所欲也，女獨不欲，何邪？'堯曰：'多男子則多懼，富則多事，壽則多辱。是三者非所以養德也，故辭。'"成玄英疏："華，地名也，今華州也。封人者，謂華地守封疆之人也。"

禁籞希臨幸［一］，宵衣戒未明［二］。餘閒寓弧矢［三］，勸講只儒生［四］。

【注釋】

［一］"禁籞"句：寫寧宗很少遊樂。禁籞：禁苑周圍的藩籬。借指禁苑。希：稀少。

［二］"宵衣"句：稱頌寧宗勤於政事。宵衣：天不亮就穿衣起身。戒：準備。

［三］"餘閒"句：寫寧宗習射。弧矢：弓箭。《易·繫辭下》："弦木為弧，剡木為矢，弧矢之利，以威天下。"

［四］"勸講"句：寫寧宗聽侍講官講學。儒生：即儒士。

皇太后閣春帖子[一]

遲日回蒼陸[二]，祥霏下慶霄[三]。靈椿儲壽嘏[四]，寶冊迨瓊瑤[五]。

【校記】

此閣詩存五絕三首，缺七絕三首。

【注釋】

[一] 皇太后：指孝宗皇后謝氏（1134？—1207）。按，周南兩組各三首帖子詞，從"三朝備福尊壽樂，七秩修齡古更稀"中"三朝""七秩修齡"可知，所寫非光宗皇后李鳳娘（1145—1200），而為孝宗謝后。謝氏歷高宗、孝宗、光宗三朝，累加尊號。另"太母如任姒，深居寶儉慈"、"侍女不持珠玉玩，爭傳文母浣衣圖"與《宋史》本傳"后性儉慈，減膳羞，每食必先以進御，服浣濯衣有數年不易者"的記載一致。參見周必大淳熙五年春帖《皇后閣》其一"儉德聞中外"注[一]。據詩意，此組當為嘉泰三年（1203）春帖，然謝氏時為皇太后，此稱皇太后，不合。待考。

[二] "遲日"句：寫立春時節到。遲日：春日。語出《詩·豳風·七月》："春日遲遲。"蒼陸：即青陸，月亮運行的軌道。見劉才邵《立春內中帖子詞·皇帝閣六首》其一"一氣回蒼陸"注[二]。

[三] 祥霏：瑞雲。慶霄：慶雲煥彩的天宇。

[四] 靈椿：古代傳說中的長壽之樹。《莊子·逍遙遊》："上古有大椿者，以八千歲為春，八千歲為秋。"壽嘏：福壽。嘏，福。

[五] "寶冊"句：寫寧宗為皇太后謝氏加尊號及舉行冊寶之事。冊寶在嘉泰二年（1202）十二月，見周必大淳熙五年春帖《皇后閣》其一"儉德聞中外"注[一]。寶冊：指玉製的璽印與簡冊。迨：趁。瓊瑤：美玉。見周必大乾道七年《立春帖子·太上皇后閣》其二"白玉重鐫冊"注[一]。

官梅猶注萼[一]，御柳漸垂絲。太母如任姒，深居寶儉慈[二]。

【注釋】

[一]"官梅"句：寫梅花尚未開放。官梅：官府所種的梅。杜甫《和裴迪登蜀州東亭送客逢早梅相憶見寄》："東閣官梅動詩興，還如何遜在揚州。"按，南朝梁何遜為官揚州時，官府中有梅，常吟詠其下。

[二]"太母"二句：宋謝氏節儉之賢德。太母：祖母。陸遊《老學庵筆記》卷四："太母，祖母也，猶謂祖為大父。熙寧元豐間稱曹太皇為太母。元祐中，稱高太皇為太母。皆謂帝之祖母爾。"按，謝氏為寧宗祖母。任姒：太任、太姒。太任為周文王之母，太姒為周文王妻，周武王母。寶儉慈：寫謝氏節儉。按，謝氏所居宮名為慈福宮。即高宗所修德壽宮，孝宗內禪後居此，改為重華宮；憲聖、壽成二太后居時，又改為慈福宮。

內殿家人禮[一]，猩袍奉玉巵[二]。椒盤勤盥饋[三]，百世有孫支[四]。

【注釋】

[一]內殿：皇帝召見大臣和處理國事之處。因在皇宮內進，故稱。此指謝氏所居宮。

[二]"猩袍"句：寫寧宗為皇太后進酒祝壽。猩袍：皇帝所服絳袍；此代指寧宗。見周必大淳熙四年《立春帖子·太上皇帝閣》其二"欲識通明殿"注[四]。奉：進獻。玉巵：玉杯。

[三]椒盤：盛花椒的盤子。見夏竦《內閣春帖子》其二"椒花獻歲良時啟"注[一]。

[四]百世：百代。歷時長久之意。孫支：同孫枝，樹的子幹所生的枝條，喻孫子。按，此詩與衛涇《壽成惠慈太皇太后閣春帖子》其一"戲綵見重孫"義同，參見其注[四]。疑此所言為嘉泰二年閏十二月所生皇五子坰。當年立春在年前閏十二月十五日，故言及。

皇帝閣春帖子[一]

曉漏催班拱至尊[二]，千官綺勝簇金幡[三]。紫皇恭儉憂民切[四]，未祝椒盤祝獸樽[五]。原注：《晉·禮志》：正旦元會，設白獸樽於殿庭，能獻者發此樽飲酒[六]。

【校記】
此閣今存七絕三首，缺五絕三首。與上三首非同時所作。

【注釋】
[一] 皇帝：指宋寧宗趙擴（1168—1224）。見衛涇《皇帝閣春帖子》其一"芳意傳梅信"注[一]。按，據詩意，當為開禧三年（1207）春帖。見上《皇帝閣春帖子》其一"路寢朝元早"注[一]。

[二] "曉漏"句：寫元日朝會。漏：計時器。見夏竦《內閣春帖子》其四"銀箭初傳暖律延"注[一]。催班：催促大臣按照班次站列的禮儀。見韓維《春帖子·夫人閣四首》其四"宮娃拂曉已催班"注[一]。拱至尊：指朝見皇帝。拱：兩手抱拳上舉，以表敬意。至尊：皇帝。此指寧宗趙擴。見歐陽修《端午帖子詞·皇后閣五首》其三"覆檻午陰黃鳥囀"注[三]。

[三] "千官"句：寫立春賜百官春幡勝。綺勝：華美的彩勝。金旛：也作金幡。見夏竦《內閣春帖子》其四"銀箭初傳暖律延"注[三]。

[四] "紫皇"句：寫寧宗勤儉愛民。見衛涇《壽成惠聖慈祐太皇太后閣春帖子》其二"北內風光別"注[三]。

[五] 椒盤：盛花椒的盤子。見夏竦《內閣春帖子》其二"椒花獻歲良時啟"注[一]。獸樽：即白獸樽，酒器名，蓋上雕飾有獸形。

[六] 語出《晉書·禮志二》，原作："正旦元會，設白獸樽於殿庭，樽蓋上施白獸，若有能獻直言者，則發此樽飲酒。案禮，白獸樽乃杜舉之遺式也，為白獸蓋，是後代所為，示忌憚也。"中華書局本校記曰："'示忌憚也''忌憚'上當有'無'字或'不'字。《宋志》一作'無所忌憚也'，《御覽》二九引臧榮緒《晉書》作'示不忌憚也'，皆可證。"知白獸樽源自杜舉。據《禮記·檀弓下》記載，春秋時，晉大夫知悼子（荀盈）卒，平公飲酒、擊鐘。宰夫杜蕢責以大臣喪日，不應舉樂。平公引過自責，飲酒示罰，杜蕢洗而揚觶。平公曰："如我死則必無廢斯爵也。"以戒後世。後稱享宴禮畢而舉杯為杜舉，表明此杯乃昔者杜蕢之所舉。晉時上加白獸，表示不加忌憚、敢於直言之意。開禧三年立春在除夕，故用此典。

玉宇朝來變好春[一]，都傳塞上已和親[二]。中天日月無私照，萬國耕桑雨露均。

【注釋】

[一] 玉宇：天空。

[二] "都傳"句：寫宋金和談事。據宋劉時舉《續宋編年資治通鑑》卷一三《寧宗二》、《宋史·寧宗本紀三》，開禧二年，韓侂冑用事，五月下伐金詔。十一月，韓侂冑罷相，次日，被誅。十二月金人陷成州，攻六合縣，官軍大敗，郭倪棄揚州、走瓜洲渡督府。嘉定元年春正月，以許奕為金國通謝使，與金人言和好，九月達成和議。詩所寫當為此。和親：本指與敵議和，皆為姻親。此指和談。另如陸遊《感憤》"諸公尚守和親策"、《山頭鹿》"漢家方和親，將軍灞陵老"、《隴頭水》"生逢和親最可傷，歲輦金絮輸胡羌"等。

萬里長城漢有人[一]，羽書漸少捷書頻[二]。君王軫念春寒重[三]，更解貂裘賜將臣[四]。

【注釋】

[一] 萬里長城：喻指國家所依賴的戰將。

[二] 羽書：指緊急的軍事文書。見蘇軾《春帖子詞·皇太后閣六首》其六"邊庭無事羽書稀"注[一]。捷書：軍事捷報。此乃誇飾之言。據《續宋編年資治通鑑》卷一三《寧宗二》，十二月戊申，金人圍德安府，守將李師尹拒之，再攻襄陽東南西門，為國兵所敗。庚戌，陷成州，守臣辛櫺之遁，王師攻城不下，明年二月始解圍去。甲寅，金人攻六合縣，郭倪遣前軍統制郭僎救之，遇於湑浦橋，官軍大敗，郭倪棄揚州、走瓜洲渡督府，復遣書金人言和好。

[三] 軫念：深切顧念和憐憫。

[四] 貂裘：貂皮製成的衣裘。貂裘極輕暖，非常貴重。《戰國策·趙一》："（蘇秦）明日來，抵掌而談。李兑送蘇秦明月之珠，和氏之璧，黑貂之裘，黃金百鎰。蘇秦得以為用，西入於秦。"明宋應星《天工開物·裘》："服貂裘者，立風雪中，更暖於宇下；眯入目中，拭之即出，所以貴也。"

皇太后閣春帖子[一]

三朝備福尊壽樂[二],七秩修齡古更稀[三]。問寢龍樓家法在,雞鳴步輦過慈幃[四]。

【校記】

此閣詩今存七絕三首,缺五絕三首,疑與前《皇太后閣春帖子》為同組詩。

【注釋】

[一] 皇太后:指孝宗皇后謝氏(1134?—1207)。見周必大淳熙五年春帖《皇后閣》其一"儉德聞中外"注[一]。按,此詩似亦為嘉泰三年(1203)春帖。

[二] 三朝:指孝宗、光宗、寧宗三朝。

[三] "七秩"句:寫謝氏年已七十。七秩:七十。修齡:長壽。見周麟之《端午帖子詞·皇太后閣六首》其六云:"方開八裒慶修齡"注[一]。按,謝氏生年不見史載,以此詩判斷,當生於紹興四年(1134)。

[四] "問寢"二句:寫寧宗清晨問候太皇太后謝氏起居。龍樓:指宮門樓上飾有銅龍;此借指謝氏所居宮。家法:治家的禮法。步輦:一種由人抬的車;此借指寧宗皇帝。慈幃:母親的代稱。此指太上皇后謝氏。

當年三殿瑤池會[一],天仗將回樂未央[二]。獻歲東朝還大內[三],仙韶遲上萬年觴[四]。

【校記】

第一句"三殿",原校:當作"合殿"。按,校語誤。三殿指宮中三大殿,借指皇宮或宮中三人,此為宋人所常用。

【注釋】

[一] 當年:本年。三殿:皇宮中的三大殿。此借指太皇太后、皇帝和皇后。見王珪《端午內中帖子詞·皇帝閣》其八"沈沈三殿燕華紳"注[一]。瑤池會:此喻指慈福宮宴會。見胡宿《夫人閣端午帖

子》其六"魚龍曼衍夸宮戲"注〔四〕。

〔二〕天仗：皇帝的儀仗。借指皇帝。樂未央：歡樂無極。樂未盡。見歐陽修《端午帖子·皇后閣五首》其四"玉壺冰綵瑩寒光"注〔二〕。

〔三〕"獻歲"句：寫新年皇帝在太后宮為皇太后祝壽後回宮。獻歲東朝：為皇太后祝壽。獻歲：進入新的一年；歲首正月。《楚辭·招魂》："獻歲發春兮，汨吾南征。"王逸注："獻，進；征，行也。言歲始來進，春氣奮揚，萬物皆感氣而生。"《初學記》卷三引南朝梁元帝《纂要》："正月孟春，亦曰……獻歲。"東朝：借指太后。見蘇軾元祐三年《春帖子詞·皇太妃閣五首》其三"孝心日奉東朝養"注〔一〕。大內：指皇帝所居正宮。也稱南內。見崔敦詩《淳熙八年端午帖子詞·太上皇帝閣六首》其六"竹殿陰陰間綠槐"注〔四〕。按，此言"還大內"，則謝氏時居北內。開禧二年二月壽慈宮火，謝后遂移居大內，則此詩作於此之前。

〔四〕"仙韶"句：寫奏樂宴飲。仙韶：本為法曲，此泛指樂曲。見周必大乾道七年《立春帖子·太上皇后閣》其一"化國春偏好"注〔四〕。

濯龍宮館漏聲徐[一]，閒把黃庭味道腴[二]。侍女不持珠玉玩，爭傳文母澣衣圖[三]。

【注釋】

〔一〕濯龍宮館：漢代有濯龍宮；此指太皇太后謝氏所居慈福宮。漏：古代計時器。見夏竦《內閣春帖子》其四"銀箭初傳暖律延"注〔一〕。

〔二〕黃庭：即《黃庭經》。見崔敦詩《淳熙二年春貼子詞·壽聖明慈太上皇后閣六首》其五"日溶鳳沼搖波暖"注〔三〕。

〔三〕"侍女"二句：贊謝氏節儉之美德。文母：文德之母，喻指謝氏。見周必大淳熙五年《端午帖子·太上皇后閣》其一"命縷五絲長"注〔五〕。澣衣裳：洗過的舊衣服。澣：同"浣"。《宋史》本傳載："后性儉慈，……服浣濯衣有數年不易者。"見周必大淳熙五年春帖《皇后閣》其一"儉德聞中外"注〔一〕。

真德秀

真德秀（1178—1235），字景元，後更爲景希，號西山，浦城（今屬福建）人。南宋寧宗慶元五年（1199）進士，嘉定元年（1208）召爲太學博士，纍遷秘書郎、學士院權直、秘書郎、著作佐郎、知隆興府、潭州。理宗即位，召爲中書舍人，擢禮部侍郎，直學士院，進徽猷閣知泉州、福州。理宗端平元年（1234）召爲戶部尚書，十月改翰林學士、知制誥，二年，拜參知政事，尋卒，年五十八。諡文忠。有《西山先生真文忠公文集》。《宋史》卷四三七有傳。

真德秀今存春、端帖子五十七首，其中春帖子二十六首，端午帖子三十一首，均見載於其集，《全宋詩》卷二九二二收錄。

劉爚《雲莊集》卷一六載四十首春、端帖子，皆爲真德秀作品。《全宋詩》卷二六四八劉爚小傳以爲"集中所收詩及帖子詞等，均見諸真德秀《西山文集》，顯非劉作"。所言極是。

春端貼子

端午貼子詞[一]

皇帝閣六首[二]

五言三首

庚午仍重午[三]，離明正繼明[四]。炎圖千萬歲，從此愈光亨[五]。

【校記】

真德秀春端帖子皆錄自《西山先生真文忠公文集》卷二三。此以

《四部叢刊》本影印《西山先生真文忠公文集》為底本，校以影印文淵閣《四庫全書》本《西山文集》。題中"貼"，四庫本作"帖"。

【注釋】

[一] 此組詩包括《皇帝閣》、《皇后閣》與《太子宮》三類。按，此乃嘉定三年（1210）端帖。據《宋中興學士院題名》，真德秀"嘉定二年十二月以秘書省校書郎兼玉牒所檢討官、兼沂王府小學教授、兼翰林權直"。

[二] 皇帝：指宋寧宗趙擴（1168—1224）。見衛涇《皇帝閣春帖子》其一"芳意傳梅信"注［一］。

[三] 庚午：指嘉定庚午年，即嘉定三年。仍：依然，還。重午：端午。

[四] 離明：太陽。見胡宿《皇帝閣端午帖子》其二"曉霽澄天宇"注［一］。繼明：持續不斷的光明。

[五] "炎圖"二句：頌大宋國運昌盛永遠。炎圖：指因火德而興的帝業。宋國運為火德，此指宋朝國運。見周必大淳熙五年端帖《皇帝閣》其一"令節傳千古"注［三］。光亨：光顯。

又

玉帛交鄰後，清陰滿塞榆［一］。苞桑存至戒［二］，猶佩辟兵符［三］。

【注釋】

[一] "玉帛"二句：寫宋金嘉定和議後，邊關無戰事。宋金於嘉定元年（1208）達成和議，金宋為"伯侄之國"，宋輸金歲幣銀絹三十萬兩、疋，並另給金犒軍錢三百萬貫；金歸還新侵的土地，雙方維持舊疆界；宋獻金韓侂胄等首級。玉帛：瑞玉和縑帛。此指銀絹。清陰滿塞榆：用王珪端帖句。見王珪《端午內中帖子詞·皇帝閣》其一"萬里關山靜"詩並注［三］。

[二] "苞桑"句：寫皇帝心存深戒。苞桑：桑樹的本幹。比喻牢固的根基；根深柢固。《易·否》："其亡其亡，繫於苞桑。"孔穎達疏："苞，本也。凡物繫於桑之苞本，則牢固也。若能其亡其亡，以自戒慎，則有繫於苞桑之固，無傾危也。"言帝王能經常思危而不自安，國家就

能鞏固。

[三] 辟兵符：端午佩飾，俗以為可避兵禍鬼氣。見晏殊《端午詞·御閣》其三"獻壽競為長命縷"注[二]。

又

有意甦民瘼，無心玩物華[一]。秖求三歲艾[二]，休進五時花[三]。

【注釋】

[一] "有意"二句：寫寧宗關心百姓疾苦，不事遊樂。甦：緩解，解除。民瘼：民眾的疾苦。物華：自然景物。

[二] 秖：通"祇"。只，僅僅。三歲艾：即三年艾。見蘇軾《端午帖子詞·太皇太后閣六首》其四"令節陳詩歲歲新"注[三]

[三] "休進"句：用北朝端午進五時花事。見傅墨卿《端午帖子》注[三]。

七言三首

當宁求賢軫慮長[一]，每因佳節憶沈湘[二]。不須五色紉成線，自有忠言補舜裳[三]。

【注釋】

[一] "當宁"句：寫寧宗求賢若渴。當宁：處於路門外門屏之間。宁，古代路門（宮室最內的正門）外門屏之間。天子在此接受諸侯的朝見。《禮記·曲禮下》："天子當宁而立，諸公東面，諸侯西面，曰朝。"孔穎達疏："天子當宁而立者，此為春夏受朝時也。宁者，《爾雅》云：'門屏之間謂之宁。'郭注云：'人君視朝所宁立處。'"故以"當宁"指皇帝。軫慮：憂慮，思慮。

[二] 憶沈湘：指想起端午日沈於汨羅江的屈原。

[三] "不須"二句：古時臣下規諫皇帝的過失稱補袞，補袞用五色線。另端午有臂纏五彩絲縷的習俗，此反其意用之。唐杜牧《郡齋獨酌》詩："平生五色線，愿補舜衣裳。"

又

延英晝永汗霑衣[一]，正是君王訪問時[二]。應笑開元恣驕樂，粉團爭射學兒嬉[三]。

【注釋】

［一］延英：即延英殿。此指延和殿。見周必大乾道八年《立春帖子·皇帝閣》其五"延英議政恰朝還"注［一］。霑：沾濕。

［二］訪問：咨詢；求教。語出《左傳·昭公元年》："僑聞之，君子有四時，朝以聽政，晝以訪問，夕以脩令，夜以安身。"

［三］"應笑"二句：反用唐時端午射粉團事。開元：唐玄宗的年號（713—741）。粉團爭射：即射粉團遊戲。見蘇軾《端午帖子詞·皇太后閣六首》其一"露簟琴書冷"注［三］。

又

聖心日日望豐年，清曉鑪熏徹九天[一]。二麥登場蠶着繭[二]，平疇新綠又連阡[三]。

【注釋】

［一］鑪熏：香爐中的煙。鑪，同"爐"。九天：高空，極言其高。按，此句所寫當為因當年大旱祈禱豐收而燃香。《宋史·寧宗本紀三》："（五月）丁酉，以旱，詔諸路監司決系囚，劾守令之貪殘者，……己未，以旱，詔群臣上封事。庚申，禱於天地、宗廟、社稷。"

［二］二麥登場：大麥、小麥收割後運上場。

［三］"平疇"句：寫夏收後所播種的秋季農作物。平疇：平坦的田野。連阡：田埂相連；田地連片。

皇后閣五首[一]

五言二首

仙木浮瓊醴[二]，香菰薦寶榮[三]。漢宮三十六，爭奉聖人歡[四]。

【注釋】

［一］皇后：指寧宗皇后楊氏（1162—1232）。據《宋史·后妃傳

下·恭聖仁烈楊皇后傳》及《寧宗本紀二》,楊氏少以姿容選入宮,忘其姓氏,或云會稽人。慶元元年三月,封平樂郡夫人,三年四月進封婕妤。有楊次山者亦會稽人,后自謂其兄也,遂姓楊氏。五年,進婉儀。六年,進貴妃。慶元六年恭淑韓皇后崩,嘉泰二年十一月被立為皇后。因韓侂冑曾勸寧宗立曹美人,故聯合史彌遠而誅韓。理宗即位,尊為皇太后。寶慶二年十一月,加尊號壽明,紹定元年正月,復加慈睿。四年正月,壽七十,加尊號壽明仁福慈睿皇太后。紹定五年卒。楊氏"任權術","頗涉書史,知古今,性復機警"。另據《書史會要》卷六,楊氏"書法類寧宗"。按,此為嘉定三年(1210)端帖。

　　〔二〕"仙木"句:寫端午飲菖蒲酒習俗。仙木:指菖蒲。瓊醴:喻美酒。見宋庠《夫人閣端午帖子詞》其一"令月辰標午"注〔四〕。

　　〔三〕"香菰"句:寫端午食粽子之俗。香菰:茭白。秋結實,曰菰米,又稱雕胡米。此指粽子。見夏竦《御閣端午帖子》其六"太官角黍迎嘉節"注〔一〕。

　　〔四〕"漢宮"二句:寫宮中妃嬪們為皇后祝壽。三十六宮:本言宮殿之多,此指後宮女性。語出班固《西都賦》:"離宮別館,三十六所。"聖人:此為對皇后的尊稱。見許及之《皇后閣春帖子》其六"不要梅花比玉容"注〔三〕。

又

槐影綠成圍,腰輦繭館歸[一]。我躬惟服澣[二],先織袞龍衣[三]。

【注釋】

　　〔一〕腰輦:即腰輿,龍肩輿。皇后所乘車。《宋史·輿服志二》:"龍肩輿。一名椶檐子,一名龍檐子,舁以二竿,故名檐子。南渡後所製也。東都皇后備厭翟車,常乘則白藤輿。中興,以太后用龍輿,后惟用檐子,示有所尊也。其制方質,椶頂,施走脊龍四,走脊雲子六,朱漆紅黃藤織百花龍為障;緋門簾,看牕簾,朱漆藤坐椅,踏子,紅羅裀褥,軟屏,夾幔。"繭館:飼蠶之室。見夏竦《內閣春帖子》其一"青逵布序和風扇"注〔四〕。

　　〔二〕"我躬"句:寫楊氏節儉之美德。服澣:穿洗過的舊衣服。

澣：同"浣"。

［三］袞龍衣：即袞服。見王珪《端午內中帖子詞·皇后閣》其二"繭館桑陰合"注［三］。

七言三首

披香殿裏繡筵開[一]，九節菖蒲七寶杯[二]。應念臣勞如卷耳[三]，欲將厚意酌金罍[四]。

【注釋】

［一］披香殿：漢宮殿名。此指皇后所居之坤寧殿。見夏竦《御閣春帖子》其二"冰消太液生春水"注［二］。繡筵：華筵；盛美的筵席。

［二］"九節"句：寫端午飲菖蒲酒習俗。九節菖蒲：指菖蒲酒。見宋庠《夫人閣端午帖子詞》其一"令月辰標午"注［四］。七寶杯：此指酒杯。鄭獬《觥記注》："隋文帝時突厥獻玻瓈七寶杯，唐玄宗以酌李白。"（見《說郛》卷九四下）宋計有功《唐詩紀事》卷一八："禁中木芍藥開，上賞之，妃子從。帝曰：'賞名花，對妃子，焉用舊樂詞為！'命李龜年持金花牋賜白，為《清平樂》詞三章，梨園子弟撫絲竹，李龜年歌之。上親調玉笛以倚曲，每曲遍將換，則遲其聲以媚之。太真以玻璃七寶盃，酌西涼蒲萄酒笑飲。"

［三］"應念"句：寫楊氏知臣下之勤勞，贊其賢德。卷耳：《詩·周南》篇名。見許及之《皇后閣春帖子》其一"雪融鵁鶄金鋪暖"注［五］。

［四］金罍：酒器名。罇形，飾以金，刻有雲雷之象。《詩·周南·卷耳》："我姑酌彼金罍，維以不永懷。"孔穎達疏："《毛詩》說：金罍，酒器也。諸臣之所酢，人君以黃金飾尊。大一碩，金飾龜目，蓋刻為雲雷之象。"此指酒盞。

又

愛民一念徹淵泉[一]，內府時時出禁錢[二]。只此自添無量壽，何須彩索頌長年[三]。

【注釋】

［一］一念：一個念頭；一動念間；佛家指極短促的時間。淵泉：深泉。喻思慮深遠。語出《禮記·中庸》："溥博淵泉，而時出之。"

［二］內府：皇宮的府庫。《宋史·寧宗本紀三》：嘉定二年三月"庚申，命浙西及沿江諸州給流民病者藥"，"壬戌，出內庫錢十萬緡為臨安貧民棺槨費"，四月"甲申，賜臨安諸軍死者棺錢"。所寫蓋為此。

［三］"只此"二句：反用端午繫彩索以延壽之說。無量壽：無窮壽。無量：不可計算；沒有限度。佛教有無量壽佛。彩索：見夏竦《御閣端午帖子》其一"續命彩絲登繭館"注［二］。

又

珠箔輕明暑氣微[一]，靜披圖史監前徽[二]。堪嗤唐室耽遊燕，謾借裙襦作妓衣[三]。

【注釋】

［一］珠箔：珠簾。

［二］披：閱讀。圖史：地圖和史籍。泛指書籍。監前徽：借鑒前人美好的德行。監：同"鑒"。

［三］"堪嗤"二句：反用唐事以寫謝氏之節儉。《舊唐書·孫伏伽傳》：武德元年初以三事上諫，其二曰："百戲散樂，本非正聲，有隋之末，大見崇用，此謂淫風，不可不改。近者，太常官司於人間借婦女裙襦五百餘具，以充散妓之服，云擬五月五日於玄武門遊戲。臣竊思審，實損皇猷，亦非貽厥子孫謀，為後代法也。"謾：姑且。裙襦：裙子與短襖。

皇太子宮五首[一]

五言二首

彩索金為縷[二]，香秔玉作團[三]。從今逢午節，歲歲奉親歡。

【注釋】

［一］皇太子：指景獻太子趙詢（1192—1220）。據《宋史》《宗室

列傳三》、《寧宗本紀》，趙詢為燕懿王後，藝祖十一世孫也，初名趙與愿。養于宮中，年六歲，賜名曧，除福州觀察使。嘉泰二年（1202），拜威武軍節度使，封衛國公，聽讀資善堂。開禧三年十一月立為皇太子，拜開府儀同三司，封榮王，更名𬙊。嘉定元年四月，詔御朝太子侍立，宰執日赴資善堂會議。尋用天禧故事，宰輔大臣並兼師傅、賓客。嘉定二年八月冊為皇太子，出居東宮，更名詢。嘉定十三年八月薨，年二十九，諡景獻。另據《書史會要》、《圖繪寶鑑》，趙詢善書畫，書法學高宗、孝宗，尤善畫竹石。按，此亦為嘉定三年端帖。

〔二〕彩索：寫端午繫續命彩縷習俗。見夏竦《御閣端午帖子》其一"續命彩絲登繭館"注〔二〕。

〔三〕"香秔"句：寫端午食粽子、粉團之俗。秔：同"粳"。此言以粳米所作的粽子、粉團之類。參見蘇軾《端午帖子詞·皇太后閣六首》其一"露簟琴書冷"注〔三〕。

又

銀牓青宮裏[一]，天風五月秋[二]。應憐耦耕者[三]，曝背向農疇[四]。

【注釋】

〔一〕"銀牓"句：寫太子所居宮室。銀牓：銀製匾額。牓：同"榜"。青宮：太子所居之宮，即東宮。東方色為青，故稱。

〔二〕"天風"句：寫時當五月。五月秋：即麥秋。麥子成熟之時。見歐陽修《端午帖子詞·夫人閣五首》其一"梅黃初過雨"注〔二〕。

〔三〕耦耕：二人並耕。此泛指務農。語出《禮記·月令》"季冬之月"："命農計耦耕事，脩耒耜，具田器。"

〔四〕"曝背"句：寫農民耕作之辛苦。曝背：背朝烈日。借指耕作。農疇：農田。

七言三首

午漏遲遲滴玉壺[一]，清陰冪冪布庭除[二]。只將底事銷長日，大學中庸兩卷書[三]。自注：東宮雅好《大學》、《中庸》，常命制漕黃顯謨書之[四]。

【注釋】

[一] 玉壺：即宮漏；計時器。見夏竦《內閣春帖子》其四"銀箭初傳暖律延"注[一]。

[二] "清陰"句：寫陰雲籠罩。冪冪：濃深貌。庭除：庭階。泛指庭院。

[三] "只將"二句：寫太子之勤學。底事：何事。銷：度。《大學》、《中庸》：本為《禮記》中的兩篇，亦單篇通行，南宋朱熹將其與《論語》、《孟子》編在一起，稱"四書"。宋代理學家認為《大學》是孔子講授"初學入德之門"的要籍，《中庸》是"孔門傳授心法"之書，是儒家的重要經典。

[四] 常：同"嘗"。曾經。黃顯謨：當指黃度（1138—1213）。據《宋史·黃度傳》，度字文叔，號遂初，南宋紹興新昌（今屬浙江）人。自幼好學，才思穎敏，文似曾鞏。隆興元年（1163）進士，歷任嘉興知縣、監察御史、太常少卿兼國史院編修、禮部尚書等職。寧宗即位，累官右正言，韓侂胄當政，黃度因欲具疏論韓侂胄之奸，為侂胄所覺，遽除度直顯謨閣、知平江府。後知建康府兼江淮制置使。故稱"制漕黃顯謨"。《南宋館閣續錄》卷九載其於"嘉定三年正月除太子詹事"，故有為東宮書之之事。按，自注當為後來所加。此詩微含諷諫，蔡正孫《詩林廣記》卷一錄此詩，以為"西山此帖，正是用司馬公《太皇太后閣春帖》中語意也"。

又

居仁堂上薰風滿[一]，閒把騷章子細看[二]。令節豈徒供黍棟[三]，巧言端欲戒椒蘭[四]。

【注釋】

[一] 居仁堂：東宮講堂。《玉海》卷一二九"嘉定御書居仁堂"："寧宗朝景定東宮講堂名，新益'御書'二字。"宋樓鑰《攻媿集》卷三三有《賀東宮上御書居仁牌劄子》。居仁取義於《論語·里仁》："里仁為美。"何晏集解引鄭玄曰："里者，仁之所居。居於仁者之里，是為美。"陸德明釋文："里，猶鄰也。言君子擇鄰而居，居於仁者之

里。"薰風：夏日和暖的東南風。也作"熏風"。《呂氏春秋·有始》："東南曰熏風。"

〔二〕騷章：指《離騷》。子細：細心，認真。也作"仔細"。

〔三〕黍楝：指角黍；粽子。以楝葉包裹，故稱。見夏竦《御閣端午帖子》其六"太官角黍迎嘉節"注〔一〕。

〔四〕"巧言"句：諷諫太子要警戒巧言令色之奸佞小人。屈原《離騷》："余以蘭為可恃兮，羌無實而容長。……椒專佞以慢慆兮，樧又欲充夫佩幃。"王逸注："蘭，楚懷王少弟司馬子蘭也。……椒，楚大夫子椒也。"後以椒蘭借指奸佞之人。端：正好。

又

焜煌八字彩毫書，鐵畫銀鉤炤坐隅〔一〕。心正自能袪百厲，辟邪安用道家符〔二〕。自注：東宮嘗大書八字，曰"格物致知，正心誠意"〔三〕，分榜于藏書之室。詹事戴大蓬嘗以語館閣同舍〔四〕，故此詞及之。

【注釋】

〔一〕"焜煌"二句：寫趙詢所書"格物致知，正心誠意"八字輝煌大氣，筆勢遒勁有力。焜煌：明亮，輝煌。彩毫：彩筆。銀鉤：形如銀製之鉤的書法，狀其筆勢遒勁之美。炤：同"照"。

〔二〕"心正"二句：反用宋時佩戴辟兵符以辟邪之俗。袪百厲：袪除多種災疫。厲：通"癘"。道家符：道家符籙；即辟兵符之類。見晏殊《端午詞·御閣》其三"獻壽競為長命縷"注〔二〕。

〔三〕"格物"八字：語出《禮記·大學》："古之欲明明德於天下者，先治其國；欲治其國者，先齊其家；欲齊其家者，先脩其身；欲脩其身者，先正其心；欲正其心者，先誠其意；欲誠其意者，先致其知，致知在格物。"這是儒家對提高道德修養所提出的四種具體方法，即研究事物原理而獲得知識，心術正，意念誠。

〔四〕詹事戴大蓬：即太子詹事戴溪（1141—1215）。據《宋史·戴溪本傳》，戴溪，字肖望，永嘉人。開禧間召為資善堂說書。由禮部郎中凡六轉為太子詹事兼秘書監。景獻太子命溪講《中庸》、《大學》，溪辭以講讀非詹事職，懼侵官。太子曰："講退便服說書，非公禮，毋嫌也。"復命類《易》、《詩》、《書》、《春秋》、《論語》、《孟子》、《資治通鑑》，各為說以進。戴溪除太子詹事在嘉定三年正月（《南宋館閣續錄》卷九）。大蓬：秘書監的別稱。洪邁《容齋四筆·官稱別名》："唐人好以他名標牓官稱……秘書監為大蓬。"館閣：北宋有昭文館、史館、集賢院三館和秘閣、龍圖閣等閣，分掌圖書經籍和編修國史等事務，通稱"館閣"。葉夢得《石林燕語》卷二："端拱中，始分三館，書萬餘卷，別為祕閣，命李至兼祕書監，宋泌兼直閣，杜鎬兼校理，三館與祕閣始合為一，故謂之'館閣'。"

春貼子詞[一]

皇后閣五首[二]

五言二首

寶扇彩雲開[三]，宮粧襯玉梅[四]。共持千歲柏，爭獻萬年杯[五]。

【校記】

題中"貼"字，四庫本作"帖"。

【注釋】

[一] 這組詩僅《皇后閣》一類。當為嘉定四年（1211）春帖。其一，以真德秀在學士院的時間及作品排序判斷，當為嘉定四年立春所作；其二，組詩僅《皇后閣》一類，蓋因嘉定四年立春時學士院有學士二人，帖子由二人合作，故真氏僅撰此一閣類；其三，此詩其一"宮粧襯玉梅"中的"玉梅"乃元宵飾品，立春當距離元宵近，而嘉定四年立春恰在正月十三。作者時為秘書省著作佐郎兼翰林權直。

[二] 皇后：指寧宗皇后楊氏（1062—1232）。見前《端午帖子詞·皇后閣五首》其一"仙木浮瓊醴"注[一]。

[三] 寶扇：即雉尾扇；皇帝出行時的儀仗之一。見宋庠《夫人閣端午帖子詞》其四"金徒漏永烏猶渴"注[二]。

[四] "宮粧"句：寫皇后盛裝并簪戴玉梅。宮粧：宮中女子的妝束。玉梅：以紙帛剪裁製作的白色梅花，為元宵飾品，兩宋極盛行。陳元靚《歲時廣記》卷一一一"上元"引呂希哲《歲時雜記》："又賣玉

梅、雪柳、菩提葉及蛾、蜂兒等。皆繪楮為之。"南宋孟元老《東京夢華錄》卷六"十六日"亦載："市人賣玉梅、夜蛾、蜂兒、雪柳、菩提葉。"吳自牧《夢粱錄》卷一三《夜市》載有"春冬撲買玉柵小球燈、……鬧蛾兒、玉梅花"。周密《武林舊事》卷二"元夕"記載更為詳盡："元夕節物，婦人皆戴珠翠、鬧蛾、玉梅、雪柳、菩提葉、燈毬、銷金合、蟬貂袖、項帕，而衣多尚白，蓋月下所宜也。"宋人元宵詩詞中多見。按，因嘉定四年立春在正月十三，已近元宵，故及此。

〔五〕"共持"二句：寫獻酒祝壽。千歲柏：指柏酒。古人常於元旦飲之。見晏殊《元日詞·東宮閣》其一"銅龍樓下早春歸"注〔四〕。

寶字泥金帖，工夫剪刻新[一]。原注：犯御名[二]。四時俱百順，可但慶宜春[三]。

【校記】
第二句"新"字原缺，據四庫本補。《全宋詩》作"純"。
【注釋】
〔一〕"寶字"二句：寫立春貼宜春帖之俗。此即指立春帖子及其製作。見蘇頌《春帖子·皇帝閣》其六"四時嘉節宴游稀"注〔一〕。
〔二〕犯御名：犯寧宗趙擴之名。按，寧宗名擴。《宋史·寧宗本紀一》載："其乾道四年十月丙午生帝于王邸，五年五月賜今名。"此蓋為其初名，史書不載。
〔三〕可但：豈止。

七言三首

曉來寬大詔初頒[一]，物物咸霑雨露恩[二]。共仰生成歸帝力[三]，誰知輔佐屬坤元[四]。
【注釋】
〔一〕"曉來"句：用漢代立春頒寬大詔事。見宋祁《春帖子詞·皇帝閣》其二"瑞福隨春到"注〔二〕。
〔二〕咸霑雨露恩：全都受了皇恩。霑：沾濕。喻受皇恩。
〔三〕帝力：帝王的作用或恩德。見胡宿《皇帝閣春帖子》其五"春官青鳥司開啟"注〔三〕。

　　〔四〕"誰知"句：寫皇后輔佐之功德。坤元：喻指皇后。見胡宿《皇后閣春帖子》其三"東陸韶光先四序"注〔三〕。

又

　　笙歌北院連南院[一]，景物新年勝舊年。梅柳也知天意好，十分粧點鬭春妍[二]。

【注釋】

　　〔一〕"笙歌"句：宮中處處歌舞宴飲。笙歌：合笙之歌。亦謂吹笙唱歌。《禮記·檀弓上》："孔子既祥五日，彈琴而不成聲，十日而成笙歌。"泛指奏樂唱歌。北院、南院：南宋除皇宮大內（即南內）外，高宗時修有德壽宮，稱北內，後孝宗（改為"重華宮"）、光宗（改為"慈福宮"）及壽成謝太后（改"壽慈宮"）均居此；此時謝氏已去世，北內空置。此泛指宮中。

　　〔二〕"梅柳"二句：寫梅花盛開，柳樹泛綠。粧點：妝飾點綴。

又

　　御沼春融冰半澌[一]，偶觀流荇已參差[二]。因時有感關雎詠，寤寐難忘窈窕思[三]。

【注釋】

　　〔一〕"御沼"句：寫御池冰已半解。澌：解凍時流動的水。

　　〔二〕流荇已參差：水上荇草已生。荇：荇菜。見夏竦《皇后閣端午帖子》其五"日記采蘭追楚俗"注〔二〕。

　　〔三〕"因時"二句：頌皇后之美德。用《詩·周南·關雎》典。見夏竦《內閣春帖子》其六"緹室葭灰飛候管"注〔三〕。

端午貼子詞[一]

皇后閣五首[二]

五言二首

　　翠浪兩岐麥[三]，冰絲八繭蠶[四]。今年收倍好，歌頌滿周南[五]。

【校記】

題中"貼"字,四庫本作"帖"。

【注釋】

[一] 此組僅《皇后閣》一類。按,從真氏在院時間與作品排序看,當為嘉定四年(1211)端帖。作者時為權禮部郎官兼翰林權直。

[二] 皇后:指寧宗皇后楊氏(1062—1232)。見前《端午帖子詞·皇后閣五首》其一"仙木浮瓊醴"注[一]。

[三] "翠浪"句:寫麥穫豐收。翠浪:指麥浪。兩岐麥:穗分兩枝的麥子。見劉才邵《端午內中帖子詞·皇帝閣》其三"兩岐呈瑞麥"注[一]。

[四] "冰絲"句:寫蠶穫豐收。冰絲:冰蠶所吐的絲。此為蠶絲的美稱。八繭蠶:即八蠶。指一年八熟的蠶。《文選·左思〈吳都賦〉》:"國稅再熟之稻,鄉貢八蠶之綿。"李善注:"劉欣期《交州記》曰:'一歲八蠶繭,出日南也。'"張銑注:"南人種稻一歲再熟,有蠶一歲八育。"

[五] "歌頌"句:頌楊氏之美德。《周南》:《詩》"國風"之一。見夏竦《淑妃閣端午帖子》其四"宴寢奉朝鳴采玉"注[四]。

又

日永坤寧殿[一],時將萬卷看[二]。從容聊灑翰[三],寶扇舞龍鸞[四]。

【注釋】

[一] 日永:日長。坤寧殿:南宋皇后所居殿;此即楊皇后居處。

[二] 萬卷:指書籍。

[三] 從容:悠閑舒緩,不慌不忙。灑翰:揮毫書寫。

[四] "寶扇"句:寫楊皇后為扇題字。舞龍鸞:形容楊氏之書法高妙。《晉書·索靖傳》:"草書之為狀也,婉如銀鉤,飄若驚鸞。"按,楊氏頗涉書史、善書法,故此詩言之。

七言三首

紅榴紫槿映池臺,玳席還當水殿開[一]。借問天顏何大喜[二]，皇儲親奉萬年杯[三]。

【注釋】

[一] 玳席：即玳瑁筵，或作瑇瑁筵。指豪華、珍貴的宴席。水殿：建於水上的殿宇。

[二] 天顏：帝王的容顏。

[三]"皇儲"句：寫太子進酒。皇儲：指景獻太子趙詢。奉：進獻。見前《端午帖子詞·皇太子宮五首》其一"彩索金為縷"注[一]。

又

水晶簾捲午風輕[一]，萬籟清寒凌室冰[二]。閒奏薰絃思解慍[三]，肯教人世獨炎蒸[四]。

【注釋】

[一] 水精簾：用水晶製成的簾子。也指質地精美且色澤晶瑩的簾子。

[二] 凌室：古代藏冰之所。見蘇轍《學士院端午帖子·皇帝閣六首》其四"九門已散秦醫藥"注[二]。

[三]"閒奏"二句：用舜彈五弦琴典。絃：同"弦"。解慍：解除暑熱。見宋庠《皇帝閣端午帖子詞》其二"寶軫流薰唱"注[一]。

[四] 炎蒸：即溽暑，酷暑。

又

纔過端辰又誕辰[一]，天家風物鎮長新[二]。六宮競獻長生縷，一縷應期一萬春[三]。

【注釋】

[一] 纔：同"才"。端辰：端午。誕辰：指楊皇后生日，在五月十六日。《宋史全文》卷三一："（嘉定十七年十一月）戊子，丞相史彌遠等乞參天聖元祐故典，以五月十六日皇太后生辰為壽慶節。表請者三，皇帝奏請者再，皇太后乃從。"

[二] 風物：風光，景物。鎮：常，久。

[三]"六宮"二句：寫端午進獻彩絲祝壽之俗。六宮：指后妃。見

夏竦《内閣春帖子》其六"緹室葭灰飛候管"注[三]。長生縷：即續命彩縷。見夏竦《御閣端午帖子》其一"續命彩絲登繭館"注[二]。

春貼子[一]

皇帝閣六首[二]

五言三首

嘉定無疆曆，纔開第五春[三]。金穰端有兆，太歲恰居申[四]。

【校記】

題中"貼"字，四庫本作"帖"。

【注釋】

[一] 此組詩包括《皇帝閣》、《皇后閣》與《東宮閣》三類，為嘉定五年（1212）春帖。按，當年立春在年前臘月二十五日。據《南宋館閣續錄》，作者時為權禮部郎官兼翰林權直。

[二] 皇帝：指寧宗趙擴（1168—1244）。見衛涇《皇帝閣春帖子》其一"芳意傳梅信"注[一]。

[三] "嘉定"二句：言當年為嘉定五年立春。嘉定：宋寧宗趙擴年號（1208—1224）。纔：同"才"。

[四] "金穰"句：寫太歲在申，主獲豐收。端：正好。嘉定五年為壬申年，故云太歲恰居申。申屬金，主豐收，故曰"金穰"。見周南《皇帝閣春帖子》其二"玉燭天時正"注[二]。

又

新歲朝元使，龍荒萬里來[一]。至仁天廣大，朔漠亦春臺[二]。

【注釋】

[一] "新歲"二句：寫金國遣使來賀宋正旦。《宋史·寧宗本紀三》："（嘉定四年）十一月己酉朔，……乙巳，金遣使來賀明年正旦。"按，此乙巳有誤。臘月無乙巳，當為己巳（21日）。龍荒：漠北。龍，指

匈奴祭天處龍城；荒，謂荒服。《漢書·敘傳下》："龍荒幕朔，莫不來庭。"後泛指荒漠之地或處於荒漠之地的少數民族國家。此指金。

[二]"朔漠"句：承上寫北方亦春至。朔漠：北方沙漠地帶；泛指北方。春臺：宮中可以登眺遊覽的勝處。語出《老子·二十章》："眾人熙熙，如享太牢，如春登臺。"

又

雉扇開金殿[一]，雲韶奏紫庭[二]。天顏知有喜[三]，班首是前星[四]。

【注釋】

[一] 雉扇：即雉尾扇，一種儀仗。見宋庠《夫人閣端午帖子詞》其四"金徒漏永鳥猶渴"注[二]。

[二]"雲韶"句：寫朝會時宮中奏樂。雲韶：指黃帝《雲門》樂和虞舜《大韶》樂。此泛指宮廷音樂。紫庭：帝王宮廷，即紫宮。

[三] 天顏：帝王的容顏。此指寧宗。

[四]"班首"句：寫排班站列最前的是太子趙詢。班首：班列之首。前星：心宿前一星，喻指太子。《漢書·五行志下之下》："心，大星，天王也。其前星，太子；後星，庶子也。"

七言三首

萬宇新歌大有年[一]，又看瑞雪粲瓊田[二]。太平和氣隨春轉，斗米從今三四錢[三]。

【注釋】

[一] 大有年：五穀豐登。語出《春秋·宣公十六年》："冬，大有年。"

[二]"又看"句：寓瑞雪兆豐年之意。瓊田：雪蓋的田地。

[三]"斗米"句：寫豐年米賤，人民生活安康。《資治通鑑·唐紀·太宗紀》載，貞觀"元年，關中饑，米斗直絹一疋；二年，天下蝗；三年，大水。上勤而撫之，民雖東西就食，未嘗嗟怨。是歲，天下大稔，流散者咸歸鄉里，米斗不過三四錢，終歲斷死刑，纔二十九人"。

又

東風昨夜入簾帷，便覺深宮漏影遲[一]。一曲涼州花盡放，不須先作報春詩[二]。

【注釋】

[一] 漏影遲：指白晝時間增長。見夏竦《內閣春帖子》其四"銀箭初傳暖律延"注[一]。

[二] "一曲"二句：用唐武則天事。《錦繡萬花谷》前集卷三"武后宣詔花發"引《卓異記》：武后天授二年，將遊上苑，遣宣詔曰：'明朝遊上苑，火急報春知。花須連夜發，莫待曉風吹。'於是凌晨名花瑞草布苑而開，若有神助。"《詩話總龜·奇怪門》亦引，文略有不同："天授二年臘，卿相等詐稱上苑花開請幸，則天許之，乃遣使宣詔曰：（詩略）於是凌晨名花瑞草皆發，羣臣並咸服其異。"按，今本《卓異記》無此條。涼州：樂府《近代曲》名，屬宮調曲。原是涼州一帶的地方歌曲，唐開元中由西涼府都督郭知運進。《新唐書·禮樂志十二》："而天寶樂曲，皆以邊地名，若《涼州》、《伊州》、《甘州》之類。"

又

陽進陰消屬此時[一]，凝旒南面盍深思[二]。微臣自媿無規諫[三]，願獻元朝學士詩[四]。

【注釋】

[一] 陽進陰消：立春時陽氣增長而陰氣消退。

[二] 凝旒南面：帝王統治天下。凝旒本為冕旒靜止不動。形容帝王態度肅穆專注。後代指帝王。見歐陽修《春帖子詞·皇帝閣六首》其二"陽進升君子"注[二]。盍：何故，為何。

[三] "微臣"句：反用歐陽修帖子寓規諫事。歐陽發："先公在翰林，嘗草春帖子詞。一日，仁宗因閒行，舉首見《御閣帖子》，讀而愛之，問何人作，左右以公對。即悉取皇后、夫人諸閣中者閱之，見其篇篇有意，嘆曰：'舉筆不忘規諫，真侍從之臣也！'"（《歐陽修全集》"附錄二"）

[四] "願獻"句：用唐時節日令學士進詩事。見蘇頌《春帖子·

皇帝閣六首》其六"四時嘉節宴游稀"注〔二〕。元朝：元日的早晨。

皇后閣五首[一]

五言二首

寶勝千春字[二]，瓊樽九醞香[三]。六宮齊上壽，地久配天長[四]。

【注釋】

〔一〕皇后：指寧宗皇后楊氏（1162—1232）。見前《端午帖子詞·皇后閣五首》其一"仙木浮瓊醴"注〔一〕。按，此亦為嘉定五年（1212）春帖，見上《皇帝閣六首》其一"嘉定無疆曆"注〔一〕。

〔二〕"寶勝"句：寫立春貼宜春字習俗。寶勝：即幡勝，即彩勝。見夏竦《內閣春帖子》其四"銀箭初傳暖律延"注〔三〕。

〔三〕瓊樽：玉樽；玉杯。九醞：美酒。見衛涇《壽成惠聖慈祐太皇太后閣端午帖子》其二"清禁傳呼近"注〔四〕。

〔四〕"六宮"二句：寫後宮眾人為皇帝皇后祝壽。六宮：后妃。見夏竦《內閣春帖子》其六"緹室葭灰飛候管"注〔三〕。

又

金屋春容早[一]，銅樓曉色分[二]。奉觴天一笑[三]，聖子似周文[四]。

【注釋】

〔一〕金屋：華美之屋。此用"金屋貯嬌"故事以指楊皇后所居宮殿。見晏殊《立春日詞·內廷四首》其一"朱戶未聞迎綵燕"注〔五〕。

〔二〕銅樓：即銅龍樓。宮門樓上飾有銅龍。此指皇后居處。見晏殊《元日詞·東宮閣》其一"銅龍樓下早春歸"注〔二〕。

〔三〕奉觴：舉杯敬酒。

〔四〕聖子：指景獻太子趙詢。周文：周文王。

七言三首

柳眼窺春煖欲眠[一]，梅粧點雪鬭新妍[二]。一年好處如今是，遠勝清明寒食天[三]。

【注釋】

[一] 柳眼：早春初生的柳葉如人睡眼初展，故稱。煖：同"暖"。唐元稹《生春》詩之九："何處生春早，春生柳眼中。"

[二] "梅粧"句：寫梅花在雪的映襯下更為妍麗。梅粧：即梅花粧。此指梅花。見元絳《春帖子詞》"太極侍臣皆賀雪"注[二]。

[三] "一年"二句：寫立春天氣就已經很好，勝過清明寒食之時。古人視清明之時為養花天，此反用之。見韓維《春帖子·夫人閤四首》其三"薄暖正當挑菜日"注[二]。

又

誰贊東皇轉化鈞[一]，宮中堯舜亦深仁[二]。秖將一點陽和意[三]，散作乾坤浩蕩春。

【注釋】

[一] "誰贊"句：誰在贊美皇帝的教化之功，皇后也有大仁。東皇：司春之神。喻指皇帝。轉化鈞：轉變造化之力。化鈞：造化之力，教化之權。《史記·鄒陽列傳》："是以聖王制世御俗，獨化於陶鈞之上。"裴駰集解引崔浩曰："以鈞制器萬殊，故如造化也。"

[二] 宮中堯舜：即女中堯舜。喻指楊皇后。

[三] 秖：通"祇"。只，僅僅。一點陽和：一點春天的暖氣。因立春時陽氣始生，故云。

又

煙花萬匝繞坤寧[一]，獨把牙籤手不停[二]。為要八荒皆壽域[三]，彩毫親跋度人經[四]。

【注釋】

[一] "煙花"句：寫宮中燃放煙花之情景。坤寧：坤寧殿；南宋皇后所居宮殿。按，因近元宵，故有此。

[二] "獨把"句：寫楊皇后勤於讀書。牙籤：象牙製作的圖書標籤。《舊唐書·經籍志下》："其集賢院御書：經庫皆鈿白牙軸，黃縹

帶，紅牙籤；史書庫鈿青牙軸，縹帶，綠牙籤；子庫皆雕紫檀軸，紫帶，碧牙籤；集庫皆綠牙軸，朱帶，白牙籤，以分別之。"

　　[三]"為要"句：為使天下太平。見周必大乾道八年《立春帖子·皇帝閣》其一"日向皇都永"注[四]。

　　[四]"彩毫"句：寫楊皇后親為經書題跋。彩毫：彩筆。跋：題詞於文字之後。度人經：道教經書名。晁公武《郡齋讀書志》有《御序集注無量度人經》二卷；《宋史·選舉志三》："補道職，舊無試，元豐三年始差官考試，以《道德經》、《靈寶度人經》、《南華真經》等命題。"高宗曾御書《黃庭度人經》賜宮觀。按，此詩所寫事不詳。

東宮五首[一]

五言二首

　　薄薄瓯稜雪[二]，融融甲觀風[三]。晴光挾和氣，先到少陽宮[四]。

【注釋】

　　[一]東宮：此指景獻太子趙詢所居之宮。見前《端午帖子詞·皇太子宮五首》其一"彩索金為縷"注[一]。按，此亦為嘉定五年（1212）春帖，見前《皇帝閣六首》其一"嘉定無疆曆"注[一]。

　　[二]瓯稜：宮殿屋角的瓦脊，因呈角稜之形，故名。

　　[三]融融：和暖。甲觀：漢代樓觀名；此指太子居處。見蘇軾《春帖子詞·皇太妃閣五首》其二"甲觀開千柱"注[一]。

　　[四]少陽宮：東宮。少陽：東方。《史記·司馬相如列傳》："邪絕少陽而登太陰兮，與真人乎相求。"裴駰集解引《漢書音義》："少陽，東極。"晉張華《博物志》卷一："東方少陽，日月所出。"

　　又

　　燈市千門月[一]，花時萬井春[二]。朝來資善議，猶自問窮民[三]。

【注釋】

　　[一]燈市：上元節前後售賣燈的街市。《武林舊事》卷二："都城

自舊歲冬孟駕回，……而天街茶肆，漸已羅列燈毬等求售，謂之'燈市'。"

　　［二］花時：百花盛開的時節。此指春日。萬井：千家萬户。

　　［三］"朝來"二句：寫太子在資善堂向大臣詢問百姓疾苦。資善：即資善堂；宋代皇子就學之所。資：通"咨"；詢問。《宋史·真宗本紀三》："（大中祥符九年春二月）甲午，詔以皇子就學之所名資善堂。"《寧宗本紀二》："（嘉泰元年二月）壬辰，開資善堂。"

　　七言三首

　　畫堂金榜揭居仁［一］，萬物知關念慮深［二］。一點陽和從震出［三］，助成天地發生心［四］。

【校記】

　　題中"七言"，原作"十言"，據四庫本改。

【注釋】

　　［一］"畫堂"句：寫東宮講堂掛上"居仁"的牌匾。畫堂：《漢書·元后傳》："甘露三年，生成帝於甲館畫堂。"此指東宮講堂。見前《端午貼子詞·皇太子宫》其四"居仁堂上薰風滿"注［一］。

　　［二］念慮：思慮。

　　［三］"一點"句：寫春氣自東方而出。陽和：春天的暖氣。震：《易》卦名。《易·説》："萬物出乎震。震，東方也。"指東方，亦指太子。

　　［四］發生：使萌發、滋長。春主發生。見胡宿《皇帝閣春帖子》其五"春官青鳥司開啟"注［二］。

　　又

　　鶴駕通宵入問安［一］，龍墀清晚押朝班［二］。天顏喜見重輪月［三］，春色先回萬歲山［四］。

【注釋】

　　［一］鶴駕：太子所乘之車；借指太子。漢劉向《列仙傳·王子喬》載："王子喬者，周靈王太子晉也。好吹笙作鳳凰鳴，遊伊、洛之間，道士浮邱公接以上嵩高山。三十餘年後……果乘白鶴駐山頭，望之

不得到，舉首謝時人，數日而去。"後因稱太子的車駕為鶴駕。唐杜甫《洗兵馬》："鶴駕通宵鳳輦備，雞鳴問寢龍樓曉。"仇兆鰲注："鶴駕，東宮所乘。"

〔二〕"龍墀"句：寫太子押班。《宋史·寧宗本紀三》："（嘉定元年閏四月）甲申，詔自今視事，令皇太子侍立。"押朝班：百官朝會時領班，管理百官朝會位次。唐制，以監察御史二人任其事。宋制，由參知政事、宰相分日押班。《新唐書·百官志三》："朝會，則率其屬正百官之班序，遲明列於兩觀，監察御史二人押班，侍御史顓舉不如法者。"

〔三〕天顏：帝王的容顏；此指寧宗。重輪月：指太子。本為月周圍光線經雲層冰晶的折射而形成的光圈，古代以為祥瑞之象；漢代有樂府曲名《月重輪》，相傳漢明帝為太子時，樂人作歌詩四章以贊其德，其二即《月重輪》，故以喻太子。見晏殊《元日詞·東宮閣》其二"條風發動協初辰注"〔四〕。

〔四〕萬歲山：南宋宮中山。《武林舊事》卷四："禁中及德壽宮皆有大龍池、萬歲山，擬西湖冷泉、飛來峰。"此山名沿襲宋徽宗政和七年於東京所作萬歲山，即艮嶽。元陳桱《通鑑續編》卷一二"（宣和四年十二月）萬歲山成，更名曰艮嶽"。

又

濟濟儒冠萃講庭，韋編竟日共研精〔一〕。還將泰象參人事，要使羣陽更彙征〔二〕。

【注釋】

〔一〕"濟濟"二句：寫東宮屬官為太子講學。儒冠：指東宮屬官。《寧宗本紀三》："（嘉定元年閏四月）乙酉，以錢象祖兼太子少傅，衛涇、雷孝友、林大中並兼太子賓客。"韋編：特指《易》經，也泛指書籍。古代用竹簡書寫，用繩編綴，稱"韋編"。語出《史記·孔子世家》："讀《易》，韋編三絕。"研精：窮究精義。

〔二〕"還將"二句：諷諫太子要進用君子而退却小人。泰象：即泰卦。泰為六十四卦之一，卦象為乾下坤上，為上下交通之象。《易·泰》："天地交，泰。"引申為安寧和平。《易·說》："履而泰，然後安。"《漢書·楚元王傳》附劉向上封事："君子道長，小人道消，小人道消，則政日治，故為泰。泰者，通而治也。"參人事：參核人事。彙征：語出《易·泰》："初九：拔茅茹，以其彙，征吉。"孔穎達疏："彙，類也，以類相從……征，行也。"由連類而進引申指進用賢者。

皇后閣端午貼子詞[一]

五言二首

夢月佳辰近[二]，端陽令節新。何須纏綵縷，金母自千春[三]。

【校記】

題中"貼"字，四庫本作"帖"。

【注釋】

[一] 皇后：指寧宗皇后楊氏（1162—1232）。見前《端午帖子詞·皇后閣五首》其一"仙木浮瓊醴"注[一]。按，以作者在院時間和作品排序而言，此當為嘉定五年（1212）端帖。此組詩僅此一閣類，作者時為權禮部郎官兼翰林權直。

[二]"夢月"句：寫皇后生日近。夢月：古以夢月為生大貴子女的吉兆。多指生日。《漢書·元后傳》："初李親任政君在身，夢月入其懷。"晉干寶《搜神記》卷十："孫堅夫人吳氏，孕而夢月入懷，已而生策。"《南史·梁紀下·元帝》："初武帝夢眇目僧執香鑪，稱託生王宮。既而帝母在采女次侍，始褰戶幔，有風回裾，武帝意感幸之。采女夢月墮懷中，遂孕。"楊氏生日在五月十六，故云。見前《端午帖子詞·皇后閣五首》其五"纔過端辰又誕辰"注[一]。

[三]"何須"二句：反用端午纏彩縷以延壽之俗。綵縷：即續命彩縷，見夏竦《御閣端午帖子》其一"續命彩絲登繭館"注[二]。金母：西王母。此喻指皇后。千春：語出《莊子·逍遙遊》："上古有大椿者，以八千歲為春，八千歲為秋。"

又

艾虎垂朱户[一]，槐龍舞玉墀[二]。晝長無一事，秖誦二南詩[三]。

【注釋】

[一]"艾虎"句：寫端午門懸艾草以辟邪之俗。艾虎：即縛紮為虎形的艾。見晏殊《端午詞·御閣》其二"初垂彩艾迎新節"注[一]。朱户：以朱紅所漆之門。此指皇宫之門户。

[二] 槐龍：寫宫中松樹如龍。見周必大淳熙六年端帖《太上皇帝閣》其五"聞道天公近效奇"詩注。玉墀：宫殿前的石階。漢武帝《落葉哀蟬曲》："羅袂兮無聲，玉墀兮塵生。"

[三] 秖：同"衹"，僅僅。二南詩：指《詩》國風中的《周南》與《召南》，漢以後被作為詩教的典範。見夏竦《淑妃閣端午帖子》其四"宴寢奉朝鳴采玉"注[四]。

七言三首

三盆繭已繰冰縷[一]，五色絲新織海鮫[二]。不但綵繒華節物[三]，要成龍衮待親郊[四]。

【注釋】

[一] "三盆"句：寫加工蠶繭。《禮記·祭義》："及良日，夫人繅三盆手，遂布於三宫夫人、世婦之吉者，使繅。"孔穎達疏："三盆手者，猶三淹也。手者，每淹以手振出其緒，故云三盆手。"指三次浸繭用手抽其絲緒。繰：同"繅"，抽繭出絲。冰縷：即蠶絲。《文苑英華》卷一〇九引李君房《海人獻文錦賦》："彼潛織兮泉室之人，曳文綃兮結冰縷。"

[二] "五色"句：五色絲織成極薄的絲織品。海鮫：神話傳説中居住在海底的怪人名鮫人，每日織絹、綃之類。張華《博物志》："南海水有鮫人，水居如魚，不廢織績。"借指極薄的絲織品。

[三] 不但：不只是。綵繒：即彩絲。見夏竦《御閣端午帖子》其一"續命彩絲登繭館"注[二]。節物：節日食用之物。見宋庠《皇帝閣端午帖子詞》其五"天闕卻暑金為狄"注[三]。

［四］龍衮：即衮服。見王珪《端午內中帖子詞·皇后閣》其二"繭館桑陰合"注［三］。親郊：帝王親自舉行郊祀。《晉書·石季龍載記》下附《冉閔載記》："射聲校尉張艾勸閔親郊，以安衆心，閔從之，訛言乃止。"《資治通鑑·晉穆帝永和七年》引此文，胡三省注曰："親郊，親出郊祀也。"

又

曉來金殿沐蘭湯，因感騷人興寄長[一]。重勸君王勤采善，由來香草比忠良[二]。

【注釋】

［一］"曉來"二句：寫古代端午採蘭沐浴之俗及對屈原的懷念。見夏竦《御閣端午帖子》十一"浴蘭襲祉良辰啓"注［一］。騷人：指屈原。興寄：寄托在作品中的思想感情。

［二］"重勸"二句：勸勉君王進用忠良。采善：采錄善行。香草比忠良：屈原《離騷》以香草比忠良。王逸《離騷序》："離騷之文，依詩取興，引類譬諭。故善鳥香草，以配忠貞。惡禽臭物，以比讒佞。"

又

玄武門前羅百戲[一]，昆明池上鬭千艘[二]。聖人不事遊觀樂，翻笑前朝侈燕敖[三]。

【校記】

第一句中"玄"字，原作"元"，因避諱而改，徑改。

【注釋】

［一］"玄武"句：寫唐代宮中戲樂。玄武門：唐長安大內北面正門。此借指唐宮。百戲：古代散樂雜技，如扛鼎、尋橦、吞刀、爬竿、履火、耍龍燈之類。《後漢書·安帝紀》："（延平元年）乙酉，罷魚龍曼延百戲。"《舊唐書·敬宗紀》："（寶慶二年）九月丁丑朔，大合宴於宣和殿，陳百戲，自甲戌至丙子方已。"

［二］"昆明"句：寫漢代昆明池舟船競渡。昆明池：湖沼名。漢武帝元狩三年於長安西南郊所鑿，以習水戰。池周圍四十里，廣三百三

十二頃。《漢書·武帝紀》："〔元狩三年春〕發謫吏穿昆明池。"顏師古注引臣瓚曰："《西南夷傳》有越巂、昆明國，有滇池，方三百里。漢使求身毒國，而為昆明所閉。今欲伐之，故作昆明池象之，以習水戰，在長安西南，周回四十里。"

〔三〕"聖人"二句：反用前代戲樂故事，頌寧宗之不事遊樂。燕敖：宴飲遨遊。燕，通"宴"。語出《詩·小雅·鹿鳴》："我有旨酒，嘉賓式燕以敖。"鄭玄箋："敖，遊也。"《詩·邶風·柏舟》："微我無酒，以敖以遊。"

嘉定六年春貼子詞

皇后閣五首[一]

五言二首

聖德天同大[二]，熙然萬物春[三]。誰知坤載厚，發育輔深仁[四]。

【校記】

題中"貼"字，四庫本作"帖"。

【校記】

第三句"坤"字原缺，據四庫本補。

【注釋】

〔一〕皇后：指寧宗皇后楊氏（1162—1232）。見前《端午帖子詞·皇后閣五首》其一"仙木浮瓊醴"注〔一〕。按，此組詩僅一閣類，嘉定六年（1213）立春在正月六日，作者時為軍器少監兼直學士院。

〔二〕聖德：至高無上的道德。此稱帝德。

〔三〕熙然：和樂狀。

〔四〕"誰知"二句：寫楊皇后輔佐之功。見胡宿《皇后閣春帖子》其三"東陸韶光先四序"注〔三〕。發育：使萌發生長。

又

　　內殿稱觴早[一]，仙班擁翠翹[二]。春來多樂事，人日是明朝[三]。

【注釋】

　　[一] 內殿：皇帝召見大臣和處理國事之處。因在皇宮內進，故稱。此指皇后所居宮。稱觴：舉酒祝壽。

　　[二] 仙班：仙人的行列。喻指朝班。翠翹，古代婦女首飾的一種，狀似翠鳥尾上的長羽，故名。唐韋應物《長安道》詩："麗人綺閣情飄颻，頭上鴛釵雙翠翹。"

　　[三] "人日"句：嘉定六年立春在正月初六，故云。人日：正月初七。《荊楚歲時記》："正月七日為人日，以七種菜為羹。"

七言

　　翠輦迴從五福宮，管絃聲裏萬花紅[一]。熙熙和氣皇州滿[二]，都在乾坤橐籥中[三]。

【注釋】

　　[一] "翠輦"句：寫皇后隨皇帝朝獻景靈宮後回宮時的盛大場面。五福宮：宮名。在景靈宮內。取義於五福，即五種幸福。具體所指有所不同。《書·洪範》："五福：一曰壽，二曰富，三曰康寧，四曰攸好德，五曰考終命。"漢桓譚《新論》："五福：壽、富、貴、安樂、子孫眾多。"（馬總《意林》卷三）《武林舊事》卷一"恭謝"載："大禮后，擇日行恭謝禮。……將至太乙宮，道士率眾執威儀於萬壽觀前，入圍子內迎駕起居作法事，前導入太乙宮門降輦，候班齊，詣靈休殿參神，次詣五福、十神太乙，次詣申佑殿、北辰殿、通真殿、順福殿、延壽殿、火德殿，禮畢，宣宰臣以下合赴坐官並簪花，對御賜宴。上服幞頭，紅上蓋，玉束帶，不簪花。……御筵畢，百官侍衛吏卒等並賜簪花從駕，縷翠滴金，各競華麗，望之如錦繡。"並引姜白石詩："萬數簪花滿御街，聖人先自景靈回。不知後面花多少，但見紅雲冉冉來。"據《宋史·寧宗本紀三》："（嘉定五年）十一月庚申，朝獻於景靈宮。辛酉，朝饗於太廟。壬戌，祀天地於圜丘，大赦。"故詩及此。

[二] 熙熙：和樂狀。《老子·二十章》："眾人熙熙，如享太牢，如春登臺。"

　　[三] 橐籥：古代冶煉時用以鼓風吹火的裝置，猶今之風箱。《老子·五章》："天地之間，其猶橐籥乎？虛而不屈，動而愈出。"吳澄《道德真經注》："橐籥，冶鑄所以吹風熾火之器也。為函以周罩於外者，橐也；為轄以鼓扇於內者，籥也。"此喻指造化，大自然。

又

　　玉梭織就袞龍衣[一]，已奉君王泰畤祠[二]。準擬腰轝臨繭館[三]，清明前後浴蠶時[四]。

　　【注釋】

　　[一] 袞龍衣：即袞服。見王珪《端午內中帖子詞·皇后閣》其二"繭館桑陰合"注[三]。

　　[二] "已奉"句：寫皇后所製作的袞龍衣已經進獻給皇帝用於祭祀天地之大典了。泰畤祠：指上年十一月的祀天地之大典。見上詩注[一]。泰畤：天子祭祀天神之處。

　　[三] "準擬"句：寫皇后擬將親蠶。腰轝：皇后所乘龍肩輿。轝，同"輿"。見前《端午帖子詞·皇后閣五首》其二"槐影綠成圍"注[二]。繭館：飼蠶之室。見夏竦《內閣春帖子》其一"青遶布序和風扇"注[四]。

　　[四] "清明"句：清明前後為洗浴蠶子之時。浴蠶：古代育蠶選種的一種方法。見胡宿《皇后閣春帖子》其四"東風初入長春殿"注[四]。

又

　　一夜東風到集芳[一]，滿園紅紫已低昂。尋花問柳非吾事，燕坐坤寧春晝長[二]。

　　【注釋】

　　[一] 東風：春風。集芳：指集芳園。見周必大淳熙五年《立春帖子·太上皇帝閣》其六"湖上春光次第還"注[二]。

〔二〕"尋花"二句：寫楊皇后之不事遊樂。尋花問柳：遊賞風景。語本杜甫《嚴中丞枉駕見過》詩："元戎小隊出郊坰，問柳尋花到野亭。"燕坐：閒坐。坤寧：坤寧宮；南宋皇后所居宮。

皇后閣端午貼子詞[一]

五言

玉佩響瓊樓[二]，天風五月秋[三]。人間正炎熱，猶軫聖情憂[四]。

【注釋】

〔一〕皇后：指寧宗皇后楊氏（1162—1232）。見前《端午帖子詞·皇后閣五首》其一"仙木浮瓊醴"注〔一〕。按，此當為嘉定六年（1213）端帖。作者時為起居舍人兼直學士院。

〔二〕瓊樓：仙宮中瑰麗堂皇的樓閣。此喻指宋皇宮。

〔三〕"天風"句：寫時當五月。五月秋：即麥秋。麥子成熟之時。見歐陽修《端午帖子詞·夫人閣五首》其一"梅黃初過雨"注〔二〕。

〔四〕軫：念。

又

讀罷懷沙賦[一]，重哦卷耳篇[二]。殷勤勸明主，屬意在求賢[三]。

【注釋】

〔一〕懷沙：《楚辭·九章》篇名，相傳為屈原所作絕命詞。一說為屈原懷抱沙石自沉，一說為屈原被放逐後懷念長沙而作。

〔二〕卷耳：《詩·周南》篇名。見許及之《皇后閣春帖子》其一"雪融鳷鵲金鋪暖"注〔五〕。

〔三〕"殷勤"二句：承前《卷耳》詩意，寫楊皇后勸勉寧宗注意求取賢才。屬意：注意。

七言

記得當年夢月符，浴蘭節後恰旬餘[一]。欲知天錫無疆壽，認取仙蜍頷下書[二]。
　【注釋】
　　[一]"記得"二句：寫皇后生日在端午節十餘天後。夢月：指生日。見前《皇后閣端午帖子詞》其一"夢月佳辰近"注[二]。浴蘭節：端午節。見夏竦《御閣端午帖子》十一"浴蘭襲祉良辰啟"注[一]。
　　[二]"欲知"二句：寫端午捕取頷下有八字的蟾蜍以祝壽。錫：同"賜"。仙蜍：蟾蜍。見周必大淳熙四年《端午帖子·太上皇帝閣》其六"抱朴傳方定不虛"注[一]。

　又
　貝葉新傳寶藏經[一]，聖心端為福群生[二]。從今物自無疵癘[三]，安用桐君紀藥名[四]。
　【注釋】
　　[一]"貝葉"句：寫佛經。貝葉：古代印度人用以寫經的樹葉。借指佛經。唐玄奘《謝敕賚經序啟》："遂使給園精舍，並入提封；貝葉靈文，咸歸冊府。"（唐釋道宣《廣弘明集》卷二二）
　　[二]端為：正為。福：祈福，造福。群生：眾生；一切生物。《莊子·在宥》："今我願合六氣之精，以育羣生。"
　　[三]疵癘：災害疫病。
　　[四]"安用"句：反用桐君品題藥名事。桐君：相傳為黃帝時醫師。曾結廬采藥於浙江桐廬東山桐樹下，人問其姓名，則指桐樹示意，遂被稱為桐君。桐君識草木金石性味，定為三品。有《采藥錄》、《藥性》等。南朝梁陶弘景《本草序》："有桐君《採藥錄》說其花葉形色。"（《漢魏六朝百三家集》卷八九）今人以為乃後人偽託。

　又
　瑤池十丈藕花香[一]，清賞尤便水殿涼[二]。聞說內家多樂事[三]，前星親自捧霞觴[四]。

【注釋】

〔一〕瑤池：喻指宮中大池。見胡宿《夫人閣端午帖子》其六"魚龍曼衍夸宮戲"注〔四〕。

〔二〕水殿：建於宮中水池上的殿宇。

〔三〕內家：指皇室。舊時皇宮稱大內，故稱。

〔四〕前星：心宿前一星，喻指太子。見前《春帖子・皇帝閣六首》其三"雉扇開金殿"注〔四〕。霞觴：即九霞觴。酒杯名，亦稱"九霞巵"；借指美酒。見周麟之《端午貼子詞・皇太后閣六首》其二"柳映金鋪麗"注〔四〕。

洪咨夔

洪咨夔（1176—1236），字舜俞，號平齋，於潛（今屬浙江）人。寧宗嘉泰二年（1202）進士，授如皋主簿。調饒州教授。以言去。丁母憂，服除，應博學宏詞科，直院莊夏舉自代。入崔與之幕府，歷通判成都府，知龍州。理宗朝，召為秘書郎，理宗寶慶元年（1225）因忤史彌遠罷。彌遠卒（1233），以禮部員外郎召，遷監察御史，殿中侍御史，吏部侍郎、給事中，擢中書舍人。尋兼權吏部侍郎，俄兼直學士院。官至刑部尚書，翰林學士、知制誥。端平三年六月卒，年六十一，諡文忠。《宋史》卷四〇六有傳。有《平齋文集》三十二卷。

　　洪咨夔今存帖子詞二十七首，其中《端平三年春帖子詞》十六首，《端平二年端午帖子》十一首，均載於其集。《全宋詩》卷二八九七收錄。

端平二年端午貼子詞[一]

皇帝閣[二]

五言三首

　　更化開皇極，中興兆赤符[三]。節摽千歲曆[四]，氣協五時圖[五]。

【校記】

洪咨夔帖子皆錄自《平齋文集》卷一六。此以《四部叢刊》影印宋刻本為底本，校以影印文淵閣《四庫全書》本。

【注釋】

　　[一] 端平二年，即公元1235年。端平為宋理宗年號（1234—

1236）。按，此端帖包括《皇帝閣》與《貴妃閣》兩類，作者時為中書舍人兼直學士院。

［二］皇帝：指宋理宗趙昀（1205—1264），據《宋史·理宗本紀》，本名趙與莒，太祖十世孫。父希瓐，母全氏，開禧元年正月癸亥生於紹興山陰虹橋里第。是時，寧宗弟沂靖惠王薨，無嗣，以宗室希瞿子賜名均為沂王後，尋改賜名貴和。嘉定十三（1220）年八月，景獻太子薨，寧宗以國本未立，遂以十四年六月丙寅立貴和為皇子，改賜名竑，而以其嗣沂王。六月乙亥，補秉義郎。八月甲子，授右監門衛大將軍，賜名貴誠。十五年五月己未，為邵州防禦使。嘉定十七年八月壬辰，寧宗疾篤，史彌遠稱詔以貴誠為皇子，改賜名昀，授武泰軍節度使，封成國公。閏月丁酉，寧宗崩於福寧殿。彌遠使楊谷、楊石入白楊皇后，稱遺旨以皇子竑開府儀同三司，進封濟陽郡王、判寧國府，命子昀嗣皇帝位。在位四十年。廟號理宗。

［三］"更化"句：頌美理宗改革，振興王業。更化：改制；改革。《漢書·禮樂志》："為政而不行，甚者必變而更化之，乃可理也。"紹定六年（1233）史彌遠病死，宋理宗親政改元端平，實施改革，革除了史彌遠時期的諸多弊端，也使理學成為官方哲學，史稱"端平更化"。皇極：指帝王之位。中興：指南宋建立。見汪應辰《太上皇后閣端午帖子詞》其七"中興雖帝業"注［一］。赤符：即赤伏符。見周麟之《端午帖子詞·皇帝閣六首》其一"赤伏題皇運"注［二］。

［四］摽：同"標"，標識。

［五］五時圖：四季圖。五時：春、夏、季夏、秋、冬五個時令。泛指一年四季。見蘇頌《春帖子·皇帝閣六首》其五"五時讀令王春禮"注［一］。段成式《酉陽雜俎》卷一："北朝婦人……五月進五時圖、五時花，施帳之上。是日又進長命縷，宛轉繩皆結為人像帶之。"

又

雨足秧分甽，風清麥弄岐[一]。聖心涵水鏡，即是太平基[二]。

【注釋】

［一］"雨足"二句：寫風調雨順，莊稼長勢喜人。甽（quán）：同

"畎"；田中之溝。此指田。麥弄岐：寫麥穗分枝。古人以為一枝多穗之麥為祥瑞之兆。見劉才邵《端午內中帖子詞·皇帝閣》其三"兩岐呈瑞麥"注[一]。

［二］"聖心"句：勸諫皇帝明鑒豁達如鏡即為國家安寧和平的根本。水鏡：水和鏡，喻人明鑒或性格爽朗。

又

明進離方午[一]，柔生遇巳陰[二]。妙參三聖易[三]，細測兩儀心[四]。

【校記】

第四句"細"字，四庫本作"理"。

【注釋】

［一］"明進"二句：點明時值端午午時。《易·離》："明兩作離，大人以繼明照於四方。"孔穎達疏："明兩作離者，離為日，日為明。今有上下二體，故云明兩作離也。"後以"明離"指太陽。

［二］"柔生"句：寫端午微陰已生。參見呂惠卿《端午門帖子》"虛心清暑殿"注［三］。

［三］三聖易：指《易》經。三聖：指伏羲、文王、孔子。《漢書·藝文志》："人更三聖，世歷三古。"顏師古注引韋昭曰："伏羲、文王、孔子。"清王鳴盛《蛾術編》卷三："伏羲畫六十四卦，文王作卦辭，爻辭，孔子作十翼……歷數三聖。"

［四］兩儀：指天地。《易·繫辭上》："是故易有太極，是生兩儀。"孔穎達疏："不言天地而言兩儀者，指其物體；下與四象相對，故曰兩儀，謂兩體容儀也。"

七言三首

緝熙虛敞薰颸細[一]，清燕深明晝晷長[二]。大學中庸繙詠久[三]，金猊幾度手添香[四]。

【注釋】

［一］緝熙：緝熙殿。原為講殿，為南宋各朝皇帝經筵開講經史之

所。理宗紹定五年（1232）十一月始改建，次年六月竣工，為理宗讀書宴息之所，藏有大量圖書。理宗御書"緝熙"二字並親撰《記》。《記》稱："款對儒臣，商略經史，迺即講殿闢舊廬，採成王日就月將之意，扁以緝熙。屏去長物，裒置編簡，燕閒怡愉。"據《咸淳臨安志》卷一"緝熙殿"載，端平三年給事中兼侍讀臣洪咨夔進《緝熙箴》。按，緝熙取義於《詩經》。《詩·大雅·文王》："穆穆文王，於緝熙敬止。"毛傳："緝熙，光明也。"又《周頌·敬之》："日就月將，學有緝熙於光明。"鄭玄箋："緝熙，光明也。"薰颸：薰風，夏日的暖風。薰，同"熏"；暖和。

〔二〕清燕：清閑；安逸。畫晷長：白畫時間長。晷：指時間，光陰。

〔三〕大學、中庸：《禮記》中的兩篇。見真德秀《端午帖子詞·皇太子宮五首》其三"午漏遲遲滴玉壺"注〔三〕。繙詠：翻閱吟詠。繙：同"翻"。按，理宗崇尚理學，據《宋史紀事本末·道學崇黜》："寶慶三年（1227）春正月，詔曰：'朕觀朱熹集注《大學》、《論語》、《孟子》、《中庸》，發揮聖賢蘊奧，有補治道，朕方勵志講學，緬懷典刑，深用嘆慕。可特贈熹太師，追封信國公。'三月，朱熹之子工部侍郎朱在入對，言人主學問之要。帝曰：'先卿（即朱熹）《中庸序》言之甚詳，朕讀之不忍釋手，恨不與之同時。'紹定二年（1229）九月，改封朱熹為徽國公。"

〔四〕金猊：狻猊狀的金香爐。相傳狻猊性好煙火，故製作為香爐，燃香於其腹中，香煙自口而出。《香譜》卷下："以塗金為狻猊、麒麟、鳧鴨之狀，空中以然香，使煙自口出。"

又

登進英才追慶曆，開延正論踵咸平[一]。朝廷有道長如此，拜賜宮衣信是榮[二]。

【注釋】

〔一〕"登進"句：寫理宗選拔進用傑出人才，開啟賢路可上追英宗咸平、仁宗慶曆之時。登進：選拔進用。慶曆：宋仁宗年號（1041—1048），是宋代人才輩出的時代。開延：開啟賢路，延攬人才。正論：

正直地議論事情。《漢書·夏侯勝傳》："人臣之誼，宜直言正論，非苟阿意順指。"踵：追隨，繼承。咸平：宋真宗年號（998—1003）。咸平間始置翰林侍讀、侍講學士。《宋史·真宗本紀二》："（咸平二年七月）丙午，置翰林侍讀學士，以兵部侍郎楊徽之等為之；置翰林侍講學士，以國子祭酒邢昺為之。"據《宋史·理宗本紀》，理宗即位一月，即以禮部侍郎程玘、吏部侍郎朱著、中書舍人真德秀兼侍讀；工部侍郎葛洪、起居郎喬行簡、宗正少卿陳貴誼、軍器監王塈兼侍講。不久，葛洪升兼侍讀"，紹定六年（1233）趙葵為秘書監兼侍講，余天錫為禮部侍郎兼侍讀。端平元年正月，詔求直言，以徐清叟、黃樸、李大同、葉味道並兼崇政殿說書。所寫當為此。

[二]"拜賜"句：寫端午賜大臣夏衣之俗。語出杜甫《端午賜衣》："宮衣亦有名，端午被恩榮。"見王珪《端午內中帖子詞·皇帝閣》其七"采絲纏糭動嘉辰"注[三]。信：的確。

又

王師一舉下河東[一]，好定規摹繼伐功[二]。入眼宮槐宜夏日，轉頭關柳易秋風。

【注釋】

[一]"王師"句：寫南宋軍隊將收復失地。河東：本指山西境內黃河以東地區。此借指中原。

[二]規摹：規劃；籌謀；計劃。繼伐功：繼承北伐大業。按，此指宋與元合作以北伐事。《宋史·理宗本紀二》："（端平二年正月）丙辰，詔主管侍衛馬軍孟珙黃州駐劄，措置邊防"，"辛酉，以御前寧淮軍統制、借和州防禦史程芾為大元通好使，從義郎王全副之，尋以武功郎杜顯為添差通好副使。"所言即此。

貴妃閣[一]

五言二首

珮襲芳蘭碧[二]，釵明寶篆紅[三]。深宮三十六[四]，同被二南風[五]。

【注釋】

[一] 貴妃：皇帝妾之位號，為內命婦夫人階，正一品。此指理宗貴妃賈氏（？—1247）。據《宋史·理宗本紀》及明柯維騏《宋史新編》，賈氏為台州（今浙江臨海）人，父賈涉。幼即貌美，紹定四年（1231）七月入侍後宮，封文安郡夫人，有寵。八月進封才人，五年十二月朔進封貴妃，幾欲廢謝后，以妃代之。生一女封周漢國公主；弟賈似道因其而顯赫。按，此亦為端平二年（1235）端帖，作者時為中書舍人兼直學士院。

[二] "珮襲"句：寫賈氏之佩飾。語出《楚辭·離騷》："扈江離與辟芷兮，紉秋蘭以為佩。"

[三] "釵明"句：寫賈氏之首飾。寶篆：指釵頭符。見胡宿《皇后閤端午帖子》其一"川館親蠶後"注[四]。

[四] 三十六：指三十六宮；借指後宮女性。語出班固《西都賦》："離宮別館，三十六所。"

[五] 二南：指《詩》國風中的《周南》與《召南》，漢以後被作為詩教的典範。見夏竦《淑妃閤端午帖子》其四"宴寢奉朝鳴采玉"注[四]。

又

萱長宜男草[一]，榴開結子花。歡聲喧令節，慶事屬天家[二]。

【注釋】

[一] "萱長"句：寫萱草已長。宜男草：即萱草。見元絳《端午帖子》"五日看花憐並蒂"注[二]。

[二] 天家：皇家。

七言三首

綺疏浸影槐龍轉[一]，繡戶浮香艾虎垂[二]。硯冷玉蟾金井水[三]，手抄警戒愛君詩[四]。

【注釋】

〔一〕綺疏：即綺窗。雕刻成空心花紋的窗戶。槐龍：宮中有槐樹似龍。見周必大淳熙六年端帖《太上皇帝閣》其五"聞道天公近效奇"詩。

〔二〕"繡戶"句：寫端午門懸艾草以辟邪之俗。艾虎：縛扎為虎形的艾。見晏殊《端午詞·御閣》其二"初垂彩艾迎新節"注〔一〕。

〔三〕玉蜍：即玉蟾蜍。見周麟之《端午帖子詞·皇后閣五首》其四"不貪鬥草事詩書"注〔三〕。金井水：井水。古人稱施有雕欄之井為金井。或以為金生水，故曰金井。

〔四〕警戒愛君詩：當指《詩》中"二南"之篇目。

又

裁成寶月翻宮扇[一]，織就祥雲製御衣[二]。朝賀歸來無點暑[三]，坐看燕子引雛飛。

【注釋】

〔一〕"裁成"句：寫裁製團扇。寶月：明月。此指圓月形。翻：飛。宮扇：團扇。

〔二〕"織就"句：織成雲紋絲帛以製作御衣。祥雲：瑞雲。此指有瑞雲圖案的絲織品。

〔三〕朝賀：朝覲慶賀。

又

穿蓮漏永金鋪邃[一]，雪藕衣輕玉殿涼[二]。好把無邪毋不敬，細挑綵字壽君王[三]。

【校記】

第三句"無"，四庫本作"毋"。

【注釋】

〔一〕"穿蓮"句：寫夏日晝長，宮禁深深。穿蓮漏：即蓮花漏。古代計時器。唐李肇《唐國史補》卷中："初，惠遠以山中不知更漏，乃取銅葉製器，狀如蓮花，置盆水之上，底孔漏水，半之則沈。每晝夜十二沈,為行道之節,雖冬夏短長,雲陰月黑,亦無差也。"參見夏竦《內閣春帖子》其四"銀箭初傳暖律延"注〔一〕。金鋪:金飾鋪首。見司馬光《春帖子詞・夫人閣四首》其一"璧帶非煙潤"注〔三〕。

〔二〕雪藕:嫩藕。嫩藕色白,故稱。此指衣色為白。

〔三〕"好把"二句:寫貴妃繡字為理宗祝壽。無邪:無邪僻,無邪曲。《禮記・樂記》:"中正無邪,禮之質也。"毋不敬:莫不敬重。語出《禮記・曲禮》。

端平三年春帖子詞[一]

皇帝閣[二]

五言三首

歔鳳東風轉[三],攜龍北斗回[四]。人間道鐸振[五],天上獸樽開[六]。

【注釋】

〔一〕端平三年,即公元1236年。端平為宋理宗年號(1234—1236)。按,此端帖包括《皇帝閣》、《皇后閣》與《貴妃閣》三類。三年立春在年前臘月二十,作者時為給事中兼直學士院。

〔二〕皇帝:指理宗趙昀(1205—1264)。見前《端平二年端午帖子詞・皇帝閣》其一注〔一〕。

〔三〕"歔鳳"句:寫春日來臨。歔(chuī)鳳:吹奏樂器。歔,古同"吹"。漢劉向《列仙傳・王子喬》:"王子喬者,周靈王太子晉也,好吹笙作鳳凰鳴。"又《蕭史》:"蕭史者,秦穆公時人也。善吹簫,能致孔雀白鶴於庭。穆公有女字弄玉好之,公遂以女妻焉。日教弄玉作鳳鳴,居數年,吹似鳳聲,鳳凰來止其屋。"後因以"吹鳳"指吹奏笙簫等樂器。此言春風吹動了律管中的灰。見夏竦《內閣春帖子》其六"緹室葭灰飛候管"注〔一〕。東風:春風。

〔四〕龍:即蒼龍。二十八宿中的東方七宿,形似龍。北斗回:指北斗柄轉向東方。見宋庠《皇帝閣端午帖子詞》其五"天關卻暑金為狄"注〔二〕。

［五］"人間"句：用古時孟春遒人沿路搖動木鐸以宣教事。見蘇軾《春帖子詞·皇帝閣六首》其一"靄靄龍旂色"注［四］。

　　［六］"天上"句：用晉代元日設白獸尊以求直言事。見周南《皇帝閣春帖子》其一"曉漏催班拱至尊"注［五］。

又

冰天寒色餞，暘谷霽華賓[一]。生意乾坤滿[二]，宸襟一點春[三]。

【校記】

第一句"色"字，四庫本作"雪"。第二句"霽"字，四庫本作"齊"。

【注釋】

　　［一］"冰天"二句：寫寒冷的冬天過去了，春天已來臨。餞：送行；此指離開。暘谷：古代神話傳說中日出日浴的地方。華賓：即寅賓。恭敬導引。見胡宿《皇后閣春帖子》其一"羲仲司暘谷"注［二］。

　　［二］生意：生機，生命力。

　　［三］宸襟：帝王的思慮、判斷。借指帝王。

又

寬大朝廷詔[一]，中和郡國詩[二]。欲求躋慶曆[三]，先使見淳熙[四]。

【注釋】

　　［一］寬大朝廷詔：即寬大詔，寬大處理罪犯的詔書。見宋祁《春帖子詞·皇帝閣》其二"瑞福隨春到"注［二］。

　　［二］中和郡國詩：即中和節詩。《新唐書·戴叔倫傳》："戴叔倫，字幼公，潤州金壇人。……遷容管經畧使，綏徠夷落，威名流聞。其治清明仁恕，多方畧，故所至稱最。德宗嘗賦《中和節詩》，遣使者寵賜。"此所寫何事不詳。中和：中正平和；為中庸之道的主要內涵。儒家認為能"致中和"，則天地萬物均能各得其所，達於和諧境界。《禮記·中庸》："喜怒哀樂之未發謂之中，發而皆中節謂之和；中也者，

天下之大本也，和也者，天下之達道也。致中和，天地位焉，萬物育焉。"

　　[三] 躋：登。此指趕上。慶曆：宋仁宗年號（1041—1048）。為北宋人才輩出、穩定繁榮的時期。

　　[四] 淳熙：宋孝宗年號（1174—1189）。為南宋最為興盛的時期。

七言三首

　　喚仗紫宸披曉靄[一]，退朝清燕坐晴霏[二]。簡編有味爐熏永[三]，鈴索無聲漏箭稀[四]。

【注釋】

　　[一] "喚仗"句：寫皇帝清晨上朝。喚仗：也叫入閣，是唐宋皇帝上朝的一種儀式。宋龐元英《文昌雜錄》卷六："方唐盛時，立仗於宣政，天子坐紫宸，而金吾殿中細仗自東西上閣門入，謂之喚仗。"《宋史·禮志二〇》："入閣儀。唐制：天子日御正衙以見群臣，必立仗。朔望薦食陵寢，不能臨前殿，則御便殿，乃自正衙喚仗由宣政兩門而入，是謂東、西上閣門，群臣俟於正衙者因隨以入，故謂之入閣。"紫宸：即紫宸殿，為皇帝接見群臣、外國使者朝見慶賀的內朝正殿。見劉才邵《立春內中帖子詞·皇帝閣六首》其一"一氣回蒼陸"注[三]。披曉靄：披著早晨的霧靄。形容早。

　　[二] "退朝"句：寫皇帝退朝後的閒適生活。清燕：清閑。

　　[三] 簡編：寫理宗退朝後讀書。簡編：書籍。因古人書於簡策或紙帛，編次成書，故稱。爐熏：熏香。

　　[四] "鈴索"句：寫宮中安靜。鈴索：繫鈴的繩索。唐制翰林院禁署嚴密，內外不得隨意出入，須掣鈴索打鈴以傳呼或通報。漏箭：古代計時器。見夏竦《內閣春帖子》其四"銀箭初傳暖律延"注[一]。

又

　　東風送喜上天顏[一]，吉語飛來井畛間[二]。榆塞雪消鳴鏑靜，柳營月暖擊刁閑[三]。

【注釋】

〔一〕東風：春風。天顏：帝王的容顏。

〔二〕"吉語"句：南方傳來好消息。《宋史·理宗本紀二》："（十二月）癸巳，四川制置司遣將斬叛軍首賊蒲世興於萬州。"萬州今屬重慶。所寫當為此事。井軫：二十八宿中南方七宿為井、鬼、柳、星、張、翼、軫。以首尾二宿代指南方。此代指四川。

〔三〕"榆塞"二句：寫邊防無事。榆塞：指邊境。語出《漢書·韓安國傳》："後蒙恬為秦侵胡，辟數千里，以河為竟。累石為城，樹榆為塞，匈奴不敢飲馬於河。"鳴鏑：響箭。矢發射時有聲，故稱。此借指戰亂。柳營：漢周亞夫為將軍，治軍謹嚴，駐軍細柳，號細柳營。後稱嚴整的軍營為柳營。擊刁：擊刁斗。刁斗為古代行軍用具。見衛涇《壽成惠聖慈祐太皇太后閤春帖子》其六"刁斗轅門五夜深"注〔一〕。按，《宋史·寧宗本紀二》載："十一月乙丑，以曾從龍為樞密使，督視江淮軍馬；魏了翁同簽書樞密院事、督視京湖軍馬，……戊辰，詔兩督府各給金千兩、銀五萬兩、度牒千、緡錢五百萬為隨軍資。"則當時備邊，故及此。

又

麥苗培秀臘前雪〔一〕，稻種浸芽春後晴〔二〕。野老田夫觀治象〔三〕，便從新歲賀昇平〔四〕。

【校記】

第四句"昇"，原作"升"，據四庫本改。

【注釋】

〔一〕"麥苗"句：寫小麥因臘月有雪而將穫豐收。秀：花。

〔二〕"稻種"句：春後晴天將有利於水稻的生長。浸芽：水稻種植先要育苗，然後插播在水田中。故云。

〔三〕治象：指朝政。見崔敦詩《淳熙七年端午帖子詞·皇帝閤六首》其一"赤伏祥暉盛"注〔四〕。

〔四〕新歲：指端平三年（1236）。

皇后閣^[一]

五言二首

太液輕澌泮^[二]，溫明霽日融^[三]。菜流芳荇碧^[四]，花頌瑞椒紅^[五]。

【注釋】

[一] 皇后：指理宗皇后謝道清（1210—1283）。據《宋史·后妃傳下·謝皇后傳》，謝氏父渠伯，祖深甫。謝深甫為相，因援立楊太后功，太后德之，因命選謝氏諸女入宮，謝氏被選。初封通義郡夫人，寶慶三年（1227）九月，進貴妃，十二月，冊為皇后。時宮中賈貴妃、閻貴妃相繼得寵，謝氏皆能和睦相處，為人稱道。度宗即位，咸淳三年，尊為皇太后，號壽和聖福。恭帝初即位，尊為太皇太后，垂簾聽政。元軍攻克臨安，被擄至燕京，七年後卒，年七十四歲。謝氏生活儉樸，"以兵興費繁，痛自裁節，汰慈元殿提舉已下官，省汎索錢繒月萬"。按，此亦為端平三年（1236）春帖，當年立春在年前臘月二十，作者時為給事中兼直學士院。

[二] "太液"句：寫宮中大池中冰融。澌：解凍時流動的水。太液：此指宮中大池。見夏竦《御閣春帖子》其二"冰消太液生春水"注[一]。

[三] 溫明：即溫明殿。漢代殿名。《後漢書·耿弇傳》："時光武居邯鄲宮，晝臥溫明殿。"李賢注："漢趙王如意之殿也，故基在今洺州邯鄲縣內。"此指宋宮殿。霽日：晴日。

[四] "菜流"句：寫池中荇草泛碧。芳荇：荇菜。見夏竦《皇后閣端午帖子》其五"日記采蘭追楚俗"注[二]。

[五] "花頌"句：寫舉酒祝壽。見夏竦《內閣春帖子》其二"椒花獻歲良時啟"注[一]。

又

甲觀韶光集^[一]，褖壇好語傳^[二]。思齊男慶百，假樂子宜千^[三]。

【注釋】

　　〔一〕甲觀：漢代樓觀名；此指謝后居處。見蘇軾《春帖子詞·皇太妃閣五首》其二"甲觀開千柱"注〔一〕。韶光：春光。

　　〔二〕禖壇：祭祀禖神之壇。見夏竦《皇后閣端午帖子》其四"六宮點畫呈新巧"注〔四〕。

　　〔三〕"思齊"二句：祈祝皇后多子。思齊：語出《詩·大雅·思齊》："大姒嗣徽音，則百斯男。"朱熹集注："百男，舉成數而言其多也。"假樂：語出《詩·大雅·假樂》："干祿百福，子孫千億。"《箋》云："干，求也。十萬曰億。"

七言三首

　　塗山陰贊夏王化[一]，嬀汭密裨虞帝仁[二]。保合大和無間斷[三]，際天蟠地一般春[四]。

【校記】

　　第二句"裨"，四庫本作"娩"。

【注釋】

　　〔一〕"塗山"句：以塗山氏輔助夏禹喻謝氏輔佐理宗之功。贊：幫助，輔佐。見胡宿《皇后閣春帖子》其一"羲仲司暘谷"注〔三〕。

　　〔二〕"嬀汭"句：以娥皇女英輔佐虞舜喻謝氏輔佐理宗之功。嬀汭（guī ruì）：嬀水隈曲之處。嬀水在山西省永濟縣南，源出歷山，西流入黃河。傳說舜居於此，堯將兩個女兒嫁給他。《書·堯典》："釐降二女于嬀汭，嬪于虞。"孔安國傳："舜為匹夫，能以義理下帝女之心，於所居嬀水之汭，使行婦道於虞氏。"陸德明釋文："汭，音如銳反，水之內也。杜預注《左傳》云：'水之隈曲曰汭。'"孔穎達疏："嬀水在河東虞鄉縣歷山西，西流至蒲阪縣南入於河。舜居其旁。"一說"嬀""汭"皆水名。北魏酈道元《水經注·河水四》："〔河東〕郡南有歷山，謂之歷觀，舜所耕處也，有舜井，嬀汭二水出焉。南曰嬀水，北曰汭水……異源同歸，渾流西注，入於河。"借指娥皇和女英。此喻指謝氏。

　　〔三〕保合：安定、融洽。大和：即太和，太平。三國魏曹植《七啟》："吾子為太和之民，不欲仕陶唐之世乎。"《文選·顏延之〈宋文皇帝元皇后哀策文〉》："太和既融，收華委世。"李善注："太和，謂太平也。"

[四] 際天蟠地：指處處，到處。際：至，接近。蟠：充滿。語出《莊子·刻意》："精神四達并流，無所不極，上際於天，下蟠於地。"

又

關雎風化冠周南[一]，次第桃夭及葛覃[二]。農事未興先獻種[三]，女紅方起又親蠶[四]。

【注釋】

[一]"關雎"句：寫《關雎》在宣揚后妃教化方面是《周南》之首。《關雎》是《詩·周南》中的第一篇，漢以後被作為詩教的典範。見夏竦《淑妃閣端午帖子》其四"宴寢奉朝鳴采玉"注[四]。風化：風俗，教化。

[二]"次第"句：依次是《桃夭》和《葛覃》篇。《桃夭》《葛覃》皆為《詩·周南》中的篇章，亦被認為有關后妃教化。《詩序》："《桃夭》，后妃之所致也。不妒忌則男女以正，婚姻以時，國無鰥民也。""《葛覃》，后妃之本也。后妃在父母家，則志在於女功之事，躬儉節用，服澣濯之衣，尊敬師傅，則可以歸安父母，化天下以婦道也。"此句寫謝后之不嫉妒、勤儉節用。據《宋史本傳》，"后既立，賈貴妃專寵；貴妃薨，閻貴妃又以色進。后處之裕如，略不介懷"。

[三] 獻種：即進獻皇帝籍田所用種子。見司馬光《春帖子詞·皇后閣五首》其一"種稑獻新種"注[二]。

[四] 女紅：女性紡織、刺繡、縫紉等工作。親蠶：古代季春之月皇后躬親蠶事的典禮。見夏竦《內閣春帖子》其一"青逵布序和風扇"注[四]。

又

殷雷金鑰千門邃[一]，斜月璇題六寢深[二]。禁柳護寒鴉未起，求衣已獻晚朝箴[三]。

【注釋】

［一］殷雷：寫出行時車騎所發出的巨大的轟鳴聲。《文選·司馬長卿〈上林賦〉》："車騎雷起，殷天動地。"李善注引晉郭璞曰："殷，猶震也。"金鑰：銅質門鎖。通常為魚形，稱魚鑰。見夏竦《御閣春帖子》其四"九門和氣衝魚鑰"注［一］。

［二］斜月璇題：斜月照在宮殿的橡頭上。因端平三年立春在臘月二十，月亮晚二十二時方升起，次日凌晨十時方落下。故云。璇題：玉飾的橡頭；也作琁題。《文選·揚雄〈甘泉賦〉》："珍臺閒館，琁題玉英。"李善注引應劭曰："題，頭也。榱橡之頭，皆以玉飾，言其英華相爛也。"六寢：即六宮。借指后妃。見夏竦《內閣春帖子》其六"緹室葭灰飛候管"注［三］。

［三］求衣：索衣。指起床。晚朝箴：勸勉君王按時上朝。《後漢書·皇后紀序》："故康王晚朝，《關雎》作諷。"箴：古代文體，以告誡規勸為主。

貴妃閣[一]

五言二首

梅試催粧粉[二]，蘭披入夢香[三]。迎春占北斗[四]，受福拜東皇[五]。

【注釋】

［一］貴妃：皇帝妾之位號，為內命婦夫人階，正一品。此指理宗貴妃賈氏（？—1247）。見前《端平二年端午帖子詞·貴妃閣》其一"珮襲芳蘭碧"注［一］。按，此亦為端平三年（1236）春帖，當年立春在年前臘月二十，作者時為給事中兼直學士院。

［二］"梅試"句：寫梅花即將盛開。催粧：舊俗新婦出嫁，要多次催促，始梳妝啟行。或謂此為古代掠奪婚姻的遺跡。唐段成式《酉陽雜俎·禮異》謂北朝婚禮，夫家領人挾車至女家，高呼"新婦子，催出來"，至新婦上車始止。宋時其禮儀又不同。孟元老《東京夢華錄·娶婦》："凡娶媳婦……先一日，或是日早，下催粧冠帔花粉，女家回公裳花襆頭之類。"

[三]"蘭披"句：祝貴妃得子。《左傳·宣公三年》："初，鄭文公有賤妾曰燕姞，夢天使與己蘭，曰：'余為伯鰷。余，而祖也；以是為而子。'……生穆公，名之曰蘭。"故後"蘭夢"為得子之徵兆。

[四] 占北斗：古人以北斗星斗柄所在的方位來判斷季節，斗柄向東為春。見宋庠《皇帝閣端午帖子詞》其五"天關卻暑金為狄"注[二]。

[五] 東皇：司春之神。

又

象應軒龍次[一]，恩承帝座光[二]。燕壇風澹蕩[三]，蠶館日舒長[四]。

【注釋】

[一]"象應"句：寫貴妃地位之尊。唐瞿曇悉達《唐開元占經》卷六六引《黃帝占》曰："軒轅十七星，主后妃黃龍之體，以應主。南第一星，皇后也。次北一星，三夫人。又北一星，九嬪也。次北一星，二十七世婦。其次北一星，八十一御女。……其星主雷雨風霜霧露，虹蜺背璃抱珥，此軒轅之變氣，皆應主之祥。"龍軒次：即龍星次北一星，喻指賈貴妃。

[二]"恩承"句：寫賈氏深得理宗寵愛。帝座：帝王的座位。喻指理宗。

[三] 燕壇：即禖壇。祭祀禖神之壇。漢時有迎接玄鳥，祭祀高禖的儀式。見夏竦《皇后閣端午帖子》其四"六宮點畫呈新巧"注[四]。

[四] 蠶館：即繭館，飼蠶的蠶室。見夏竦《內閣春帖子》其一"青迓布序和風扇"注[四]。

七言三首

春透蓬萊碧玉壺[一]，晴窗恭侍寶奎敷[二]。從容玩畫家人卦[三]，取次題箋列女圖[四]。

【注釋】

[一] 蓬萊碧玉壺：即蓬壺；即蓬萊山。此喻指皇宮。見胡宿《皇

后閣端午帖子》其八"靈苗遠採三山藥"注〔一〕。

〔二〕"晴窗"句：寫賈貴妃侍奉理宗書寫。寶奎：指皇帝所寫的文章或字。奎為二十八宿之一，屬於西方白虎七宿的首宿，有星十六顆，形似胯，故名奎。《初學記》卷二一《孝經·援神契》："奎主文章。……宋均注曰：奎星屈曲相鈎，似文字之畫。"故用以奎稱文章、文字等。敷：寫作。

〔三〕從容：悠閒舒緩，不慌不忙。玩畫：畫。家人卦：《周易》卦名，六十四卦之一，卦象為離下巽上。其內容為論治家之道。《易·家人》："家人，利女貞。"孔穎達疏："家人者，卦名也，明家內之道，正一家之人，故謂之家人。"

〔四〕取次：任意，隨便。題箴：題寫箴言。箴為古代一種文體，以告誡規勸為主的韻文。列女圖：畫名。《宋史·后妃下·憲聖慈烈吳皇后傳》："嘗繪《古列女圖》，置坐右為鑒；又取《詩序》之義。扁其堂曰'賢志'。"

又

鳷鵲雪殘籠霽景[一]，鵁鶄波暖颺紋漪[二]。宮中不用催行樂[三]，草木群生各自熙[四]。

【注釋】

〔一〕鳷（zhī）鵲：漢宮觀名。漢武帝建元中建，在長安甘泉宮外。此指宋宮殿。

〔二〕鵁鶄（jiāo jīng）：即池鷺。颺紋漪：泛起微波。颺：同"揚"。

〔三〕行樂：消遣娛樂；遊戲取樂。

〔四〕熙：和樂。

又

萬年枝上綵裁綠，千葉花頭酥點紅[一]。鏡綬囊絲相映燭[二]，探先半月慶流虹[三]。

【校記】

第一句"裁",四庫本作"綴"。

【注釋】

[一]"萬年"二句:寫立春之日以剪綵花妝扮之俗。萬年枝、千葉花:指枝葉繁多的花樹。綵裁綠、點酥紅:指剪綵而成的花樹。參見宋祁《春帖子詞·皇帝閣》其四"日華初麗上林天"注[二]。

[二]鏡綬囊絲:用來系鏡、囊的絲帶。

[三]流虹:此指理宗生日,在正月初五。端平三年立春在上年臘月二十,故云"探先半月"。參見許及之《皇帝閣春帖子》其二"協風初轉斗杓旋"注[二]。

許應龍

　　許應龍（1169—1249），字恭甫，閩縣（今福建福州）人。寧宗嘉定元年（1208）進士，授婺源尉，調汀州教授，纍遷國子丞，宗學博士。理宗寶慶二年（1226），除秘書郎兼權尚右郎官，遷著作佐郎，知潮州。端平初，兼權直舍人院。遷國子祭酒攝侍右侍郎兼學士院權直。再遷權吏部侍郎兼侍講兼權直學士院，試吏部侍郎，升侍讀、權兵部尚書。嘉熙三年（1239）簽樞密院事。淳祐九年卒，年八十一。《宋史》卷四一九有傳。著作未見著錄，清四庫館臣據《永樂大典》輯為《東澗集》十四卷。

　　許應龍今存帖子兩組三十二首，春、端帖子各十六首，見載於其集。《全宋詩》卷二八三六收錄。

帖子詞

皇帝閤春帖子[一]

　　日向皇都永[二]，冰從太液融[三]。青陽纔轉律[四]，物物被和風。

【校記】
　　許應龍帖子均錄自《東澗集》卷一四。此以影印文淵閣《四庫全書》本為底本，校以乾隆翰林院抄本。

【注釋】
　　[一] 皇帝：指理宗趙昀（1205—1264）。見洪咨夔《端平二年端午帖子詞·皇帝閤》其一"更化開皇極"注[二]。按，此詩當為嘉熙三年（1239）春帖。詩中有《貴妃閤》，知作時在賈氏為貴妃的紹定六

年（1233）至淳祐七年（1247）間；據《宋史》《許應龍傳》、《理宗本紀》，許應龍自端平三年就以攝侍右侍郎兼學士院權直，後"權吏部侍郎兼侍講，兼權直學士院。試吏部侍郎，升侍讀，權兵部尚書"，不久"兼吏部尚書，遷兵部兼中書舍人。三上章丐外，不允。兼給事中、兼吏部尚書。請外，詔免兼中書，拜端明殿學士，簽書樞密院事"。嘉熙二年正月，他仍以"權兵部尚書兼直學士院"身份知貢舉；兼吏部尚書時間不詳，嘉熙三年八月簽樞密院事。其在院時間大致在端平三年至嘉熙三年間；《皇后閣春帖子》其二言"一歲兩逢春"，只能是端平三年（1236）與嘉熙三年；端平三年春帖由洪咨夔撰寫，許氏所寫當為嘉熙三年春帖。另《皇帝閣》其六所寫為嘉熙二年臘月事，亦可證。

　　[二] 皇都：京城，國都。此指臨安（杭州）。

　　[三] 太液：指宮中大池。見夏竦《御閣春帖子》其二"冰消太液生春水"注 [一]。按，一二句全用周必大乾道八年《立春帖子·皇帝閣》其一句。

　　[四] 青陽：春天。見夏竦《內閣春帖子》其五"青陽乍整蒼龍駕"注 [一]。纔：同"才"。律：律管；候管，古代定音和候氣的器具。見夏竦《內閣春帖子》其六"緹室葭灰飛候管"注 [一]。

　　寬大書方布[一]，歡聲四海同。陽春如有腳，造物不言功[二]。

　　【注釋】

　　[一] "寬大"句：剛宣佈了寬大詔書。寬大書：寬大處理罪犯的詔書。也作寬大詔。泛指減免賦稅之類的詔書。見宋祁《春帖子詞·皇帝閣》其二"瑞福隨春到"注 [二]。按，《宋史·理宗本紀二》："（嘉熙二年十二月）乙卯，詔：四川諸州縣鹽酒榷額，自明年始更減免三年，其四路合發總所綱運者亦免。戊辰，詔：諸路和糴給時直，平概量，毋科抑，申嚴收租苛取之禁。己巳，出祠牒、會子共七百萬紙，給四川制司為三年生券。"此所言或指此。

　　[二] 造物：創造萬物。

　　聖德乾坤大[一]，皇圖日月長[二]。遠人咸畏慕，國勢寖安強[三]。

【注釋】

[一] "聖德"句：頌理宗之大德。

[二] 皇圖：頌帝業永固。皇圖：帝王的版圖。

[三] 浸：逐漸。

金華綵勝年年巧[一]，栢酒椒盤歲歲新[二]。恭願吾皇千萬壽，四時無日不陽春。

【注釋】

[一] 金華綵勝：即金花綵勝。立春飾品。見夏竦《內閣春帖子》其四"銀箭初傳暖律延"注[三]。

[二] 栢酒：即柏酒。以柏葉浸製的酒，於元日飲用，寓長壽之意。見晏殊《元日詞·東宮閤》其一"銅龍樓下早春歸"注[四]。椒盤：盛花椒的盤子。見夏竦《內閣春帖子》其二"椒花獻歲良時啟"注[一]。

三白從來兆歲豐，幾看瑞雪舞回風[一]。蒼龍掛闕農祥正[二]，擊壤行歌我稼同[三]。

【注釋】

[一] "三白"二句：寫瑞雪兆豐年。三白：雪。幾看：多次看到。回風：旋風。杜甫《對雪》："亂雲低薄暮，急雪舞迴風。"

[二] "蒼龍"句：寫立春時房星晨時在午位（南方）。蒼龍：指東方蒼龍七宿。農祥：星宿名。即房星。見胡宿《皇帝閤春帖子》其二"蒼玉新旂祀木神"注[三]。

[三] "擊壤"句：歌頌天下太平。見司馬光《春帖子詞·皇帝閤六首》其三"盛德方迎木"注[四]。

東風昨夜掃氛埃[一]，四表咸欣壽域開[二]。都護已飛三捷奏[三]，凌煙同上萬年杯[四]。

【注釋】

〔一〕東風：春風。氛埃：凶氣塵埃。喻指邊境上的威脅。

〔二〕四表：四方極遠之地；泛指天下。語出《書·堯典》："光被四表，格于上下。"孔穎達疏："聖德美名，充滿被溢於四方之外，又至於上天下地。"壽域：《漢書·禮樂志》："驅一世之民，躋之仁壽之域。"喻太平盛世。

〔三〕"都護"句：寫邊關報捷。都護：官名。漢宣帝置西域都護，總監西域諸國，並護南北道，為西域地區最高長官。其後廢置不常。此指邊將。《宋史·孟珙傳》載，嘉熙元年，大元大將忒沒觶入漢陽境，大將口溫不花入淮甸，蘄守張可大、舒州李士達委郡去，光守董堯臣以州降。合三郡人馬糧械攻黃守王鑑，江帥萬文勝戰不利。孟珙入城指揮戰守，卒全其城。御筆以戰功賞將士，特賜珙金碗。二年"十二月壬子（10日），劉全戰於冢頭，戰於樊城，戰於郎神山，屢以捷聞"。《宋史·理宗本紀二》亦載："（嘉熙二年十月）辛未，復光州。……十二月丙午，光州守臣董堯臣伏誅，司户柳臣舉配雷州。"所寫蓋為此。

〔四〕"凌煙"句：寫為功臣行賞。凌煙：凌煙閣。封建王朝為表彰功臣而建築的繪有功臣圖像的高閣。北周庾信《周柱國大將軍紇干弘神道碑》："天子畫凌煙之閣，言念舊臣；出平樂之宮，實思賢傅。"唐太宗貞觀十七年畫功臣像於凌煙閣之事最著名。唐劉肅《大唐新語·褒錫》："貞觀十七年，太宗圖畫太原倡義及秦府功臣趙公長孫無忌、河間王孝恭、蔡公杜如晦、鄭公魏徵、梁公房玄齡、申公高士廉、鄂公尉遲敬德、鄘公張亮、陳公侯君集、盧公程知節、永興公虞（世）南、渝公劉政會、莒公唐儉、英公李勣、胡公秦叔寶等二十四人於凌煙閣，太宗親為之贊，褚遂良題閣，閻立本畫。"

皇后閣春帖子[一]

一氣轉洪鈞[二]，陽和觸處新[三]。上林春更早[四]，草木已精神[五]。

【注釋】

〔一〕皇后：指理宗皇后謝道清（1210—1283）。見洪咨夔《端平三年春帖子詞·皇后閣》其一"太液輕漸泮"注〔一〕。按，此亦為嘉熙三年（1239）春帖，作者時兼直學士院。

［二］"一氣"句：言春天來到。一氣：指陽春之氣。洪鈞：指天。《文選·張華〈答何劭〉詩之二〉》："洪鈞陶萬類，大塊稟羣生。"李善注："洪鈞，大鈞，謂天也；大塊，謂地也。言天地陶化萬類，而羣生稟受其形也。"

［三］觸處：到處，隨處。

［四］上林：即上林苑。指宋宫中後苑。見宋祁《皇帝閤》其四"日華初麗上林天"注［一］。

［五］"草木"句：寫草木已展現出勃勃生氣。

一歲兩逢春[一]，皇都景物新[二]。發生何處早[三]，甲拆驗莊椿[四]。

【注釋】

［一］"一歲"句：當年正月、臘月兩次逢立春。詳見前《皇帝閤》其一"日向皇都永"注［一］。

［二］皇都：京城，國都。此指臨安（杭州）。

［三］發生：萌發、滋長。春主發生。見胡宿《皇帝閤春帖子》其五"春官青鳥司開啟"注［二］。

［四］甲拆：即甲坼；草木發芽時種子外皮裂開。《易·解》："天地解而雷雨作，雷雨作而百果草木皆甲坼。"孔穎達疏："雷雨既作，百果草木皆孚甲開坼，莫不解散也。"莊椿：即靈椿，古代傳說中的長壽之樹。語出《莊子·逍遙遊》："上古有大椿者，以八千歲為春，八千歲為秋。"

椒殿霞觴舉[一]，金花綵勝鮮[二]。年年慶佳節，眉壽祝綿延[三]。

【校記】

第二句"綵"字，原作"拆"，據乾隆翰林院鈔本改。

【注釋】

［一］椒殿：即椒房，漢宮殿名。此指謝皇后居住的坤寧宮。見夏竦《皇后閤端午帖子》其三"千門朱索迎嘉祉"注［二］。霞觴：即九

霞鶬。酒杯名，亦稱"九霞巵"；此借指美酒。見周麟之《端午貼子詞·皇太后閣六首》其二"柳映金鋪麗"注［四］。

［二］金花綵勝：指立春所用彩幡勝。見宋祁《春帖子詞·皇帝閣》其四"日華初麗上林天"注［二］。

［三］眉壽：長壽。見蘇頌《春帖子詞·皇太后閣六首》其一"九扈方司啟"注［五］。

日融閬苑紅初露[一]，冰泮瑤池碧半涵[二]。管取新年多勝事[三]，當知風化自周南[四]。

【注釋】

［一］閬苑：閬風之苑，仙人所居之境。此指皇宮後苑。紅：指花。

［二］冰泮：冰融，解凍。瑤池：喻指宮中大池。見胡宿《夫人閣端午帖子》其六"魚龍曼衍夸宮戲"注［四］。

［三］管取：包管。勝事：美好的事情。

［四］風化：風俗，教化。周南：《詩》"國風"之一，漢以後被作為詩教的典範。見夏竦《淑妃閣端午帖子》其四"宴寢奉朝鳴采玉"注［四］。

按，此詩全取周必大淳熙五年春帖《太上皇后閣》其二詩意。

臘前三白兆年豐[一]，即更彌旬雪滿空[二]。歲籥未經春已到[三]，從今物物被和風。

【注釋】

［一］三白：雪。古有瑞雪兆豐年之說。

［二］彌旬：滿十天。

［三］"歲籥"句：寫立春在年前。歲籥：猶歲月。此指新年。籥，指觀測氣候用的葭琯。

貴妃閣春帖子[一]

木德新回律[二]，瓊壺暖不冰[三]。舉頭聞鵲喜，翔舞下觚稜[四]。

【注釋】

［一］貴妃：皇帝妾之位號，為內命婦夫人階，正一品。此指理宗貴妃賈氏（？—1247）。見洪咨夔《端平二年端午帖子詞·貴妃閣》其一"珮襲芳蘭碧"注［一］。按，此與前《皇帝閣》、《皇后閣》同為嘉熙三年（1239）春帖。

［二］"木德"句：寫春至。木德：春天之德。指春天。春為木，其德在化育萬物。《禮記·月令》"孟春之月"："某日立春，盛德在木。"孔穎達疏："盛德在木者，天以覆蓋生民為德，四時各有盛時，春則為生，天之生育盛德，在於木位。"律：律管，亦稱候管。古代用作定音和候氣的器具。見夏竦《內閣春帖子》其六"緹室葭灰飛候管"注［一］。

［三］瓊壺：玉壺。

［四］"舉頭"二句：寫鳥鵲飛舞。聞鵲喜：俗以鵲噪為喜兆。觚稜：指宮殿屋角的瓦脊，因呈角稜狀，故名。此用蘇軾《春帖子詞·皇太妃閣五首》其二"雪殘烏鵲喜，翔舞下觚稜"詩意。

月射璇題爛[一]，風傳玉漏清[二]。仰瞻雲漢表[三]，輝潤四星明[四]。

【注釋】

［一］"月射"句：月亮照在宮殿的椽頭上。璇題：玉飾的椽頭。見洪咨夔《端平三年春帖子詞·皇后閣》其四"殷雷金鑰千門邃"注［二］。爛：明亮。

［二］玉漏：古代計時器漏的美稱。見夏竦《內閣春帖子》其四"銀箭初傳暖律延"注［一］。

［三］雲漢：銀河。表：外。

［四］"輝潤"句：四星明亮潤澤。意謂賈妃有祥瑞。見蘇軾《春帖子詞·皇太妃閣五首》其三"孝心日奉東朝養"注［四］。

昨夜東風入律新[一]，朝來蕙露净無塵[二]。玉觴椒酒陪歡宴[三]，總道今春勝舊春。

【注釋】

［一］"昨夜"句：寫昨夜立春。東風：春風。律：律管，亦稱候管。古代定音和候氣的器具。見夏竦《內閣春帖子》其六"緹室葭灰飛候管"注［一］。

［二］蕙露：指露水。

［三］玉觴：玉杯。椒酒：椒實浸製的酒。見夏竦《內閣春帖子》其二"椒花獻歲良時啟"注［一］。

賢哉淑德繼雞鳴[一]，密贊關雎美化行[二]。夙夜若為勤警戒[三]，始終一念欲相成。

【注釋】

［一］"賢哉"句：贊賈氏賢淑之德。《詩·鄭風·女曰雞鳴》："女曰雞鳴，士曰昧旦。"鄭玄箋云："此夫婦相警覺以夙興，言不留色也。"

［二］"密贊"句：寫賈貴妃輔助皇后實行教化。密贊：密切輔佐。關雎：《詩·周南》中有《關雎》篇，漢以後常以稱美后妃之德。此借指皇后。美化行：美好的教化得以施行。美化，見蘇頌《春帖子·皇太后閣六首》其五"蓬萊殿裏春開宴"注［三］。

［三］夙夜：朝夕，日夜。指天天、時時。若為：怎樣的。

翠管銀罌舊事傳[一]，新春賸喜在新年[二]。巧裁綵勝迎佳節[三]，更祝君王壽萬千[四]。

【注釋】

［一］"翠管"句：寫立春節宮中依照舊俗宴飲慶賀。見蘇軾《春帖子詞·皇太后閣六首》其四"仙家日月本長閒"注［三］。

［二］賸喜：餘喜。因新春在新年之前，故云。

［三］綵勝：古代立春日飾品。見夏竦《內閣春帖子》其四"銀箭初傳暖律延"注［三］。

［四］君王：指理宗趙昀。

皇帝閣端午帖子[一]

卑服即康功[二]，君王儉德隆。却頒羅與葛，恩渥被羣工^[三]。

【注釋】

[一] 皇帝：指理宗趙昀（1205—1264）。見洪咨夔《端平二年端午帖子詞·皇帝閣》其一"更化開皇極"注〔二〕。按，此組詩包括《皇帝閣》、《皇后閣》與《貴妃閣》三類，當為嘉熙三年（1239）端帖。是時元兵來攻，形勢緊張，故其二、其三有所表現。作者時當為吏部侍郎兼權直學士院。

[二] "卑服"二句：頌理宗生活之節儉。卑服：使衣服粗劣；穿粗劣的衣服。康功：安民之功。語出《書·無逸》："文王卑服，即康功田功。"孔安國傳："文王節儉，卑其衣服，以就其安人之功。"隆：盛，多。

[三] "却頒"二句：寫端午賜大臣衣物。見王珪《端午內中帖子詞·皇帝閣》其七"采絲纏糉動嘉辰"注〔三〕。羅與葛：指絲織品。葛：細軟有孔；葛為藤本植物，纖維可以織布。恩渥：帝王給予的恩澤。羣工：群臣。

內外期無患^[一]，兢兢理萬幾^[二]。延英勤講論^[三]，遑恤汗沾衣^[四]。

【注釋】

[一] 內外：國內國外。

[二] "兢兢"句：寫理宗之勤政。萬幾：指帝王日常所處理的紛繁政務。語出《書·皋陶謨》："無教逸欲有邦，兢兢業業，一日二日萬幾。"孔安國傳："幾，微也，言當戒懼萬事之微。"

[三] 延英：即延英殿。此指宋延和殿。見周必大乾道八年《立春帖子·皇帝閣》其五"延英議政恰朝還"注〔一〕。

[四] 遑恤：擔心憂慮。遑：同"惶"。

清淨無他好，歌風舞舜琴。阜財並解慍，總是愛民心^[一]。

【注釋】

[一] "清淨"四句：用舜奏五弦琴而歌事。舜琴：即五弦琴。阜財：厚積財物。解慍：消除怨怒。見宋庠《皇帝閣端午帖子詞》其二

"寶輅流薰唱"注〔一〕。

　　離明赫赫正當中[一]，萬物咸欣長養風[二]。隴麥已登薑又熟[三]，更多膏澤兆年豐[四]。
【注釋】
　　〔一〕"離明"句：寫太陽正當午時。離明：指太陽。見胡宿《皇帝閣端午帖子》其二"曉霽澄天宇"注〔一〕。赫赫：炎熱的樣子。
　　〔二〕長養：撫育培養。
　　〔三〕隴麥：田間麥子。隴：通"壟"，田埂。登：成熟。
　　〔四〕膏澤：滋潤作物的雨水。

　　誕敷文德洽寰區[一]，赳赳明明運廟謨[二]。自是不爭應善勝，何須更佩辟兵符[三]。
【注釋】
　　〔一〕"誕敷"句：寫文德教化遍天下。誕敷文德：指文德教化。語出《書·大禹謨》："帝乃誕敷文德，舞干羽于兩階，七旬有苗格。"洽：廣博，周遍。寰區：即寰宇。天下。
　　〔二〕"赳赳"句：贊理宗之謀略。廟謨：廟謀。朝廷或帝王對國事、戰事的計謀。語出《後漢書·光武帝紀贊》："明明廟謨，赳赳雄斷。"按，謨，《文選》作"謀"。
　　〔三〕"自是"二句：古俗以為帶辟兵符可辟邪，此反用之。勝：勝利。辟兵符：古代端午佩飾。見晏殊《端午詞·御閣》其三"獻壽競為長命縷"注〔二〕。

　　殿閣涼生晝景長[一]，翠煙縹渺御爐香[二]。經帷講罷看章疏[三]，至昃猶聞食未遑[四]。
【注釋】
　　〔一〕晝景：白晝的日光。
　　〔二〕縹渺：即縹緲。煙隨風飄揚狀。
　　〔三〕經帷：猶經筵。漢代以來帝王為研讀經史而特設的御前講席。宋代稱經筵。每年春二月至端午日，秋八月至冬至日，逢單日由講官輪流入侍講讀。講官以翰林學士或其他官員充任或兼任。參見周必大乾道八年《立春帖子·皇帝閣》其五"延英議政恰朝還"注[一]。章疏：臣下向君上進呈的言事文書。

[四]"至昃"句：寫理宗之勤政。昃：太陽偏西。昃時吃飯，稱昃食；示勤於政事。未遑：沒有閒暇。

皇后閣端午帖子[一]

玉切菖蒲細[二]，金包黍角香[三]。年年慶佳節，燕衎侍君王[四]。

【注釋】

[一] 皇后：指理宗皇后謝道清（1210—1283）。見洪咨夔《端平三年春帖子詞·皇后閣》其一"太液輕漸泮"注[一]。按，此亦為嘉熙三年（1239）端帖，作者時當為吏部侍郎兼權直學士院。

[二] "玉切"句：寫端午飲菖蒲酒習俗。見宋庠《夫人閣端午帖子詞》其一"令月辰標午"注[四]。

[三] "金包"句：寫端午食粽子之俗。見夏竦《御閣端午帖子》其六"太官角黍迎嘉節"注[一]。

[四] 燕衎（kàn）：宴飲行樂。燕，通"宴"。語出《詩·小雅·南有嘉魚》："君子有酒，嘉賓式燕以衎。"毛傳："衎，樂也。"

寶篆煙輕繞[一]，瑤臺日正中[二]。等閑調玉瑟[三]，聊助舜琴風[四]。

【注釋】

[一] 寶篆：指香。古時將香盤繞為篆字狀，稱篆香。李清照《滿庭芳》："篆香燒盡，日影下簾鈎。"

[二] 瑤臺：傳說中的神仙居處，此指宮中雕飾華麗的樓臺。見宋祁《春帖子詞·皇后閣十首》其五"誰道春從何處來"注[一]。

[三] 等閑：從容。調玉瑟：奏瑟。玉瑟：瑟的美稱。瑟為弦樂器，古有五十弦，後為二十五弦。《風俗通義》卷六引《黃帝書》："泰帝使素女鼓瑟而悲，帝禁不止，故破其瑟為二十五絃。"

[四] 舜琴：即五弦琴，古代樂器。《禮記·樂記》："昔者舜作五弦之琴，以歌《南風》。"

重午宮衣賜百工，香羅疊雪葛含風[一]。誰知此日榮恩被，端自稱絲效繭功[二]。
【注釋】
[一] "重午"二句：寫端午賜百官衣物之俗。百工：百官。香羅句：語出杜甫《端午日賜衣》："細葛含風軟，香羅疊雪輕。"見王珪《端午內中帖子詞·皇帝閣》其七"采絲纏糉動嘉辰"注［三］。
[二] "端自"句：寫皇后親自分繭稱絲，為皇帝織就郊廟之服裝。見胡宿《皇后閣端午帖子》其一"川館親蠶後"注［三］。端：正。

辟邪不用符為佩[一]，續命何須綵結絲[二]。逮下徽音繼樛木[三]，穰穰福履已來綏[四]。
【注釋】
[一] "辟邪"句：端午民俗佩辟兵符以辟邪，此反言之。見晏殊《端午詞·御閣》其三"獻壽競為長命縷"注［二］。
[二] "續命"句：端午民俗纏五彩絲以延壽，此亦反言之。見夏竦《御閣端午帖子》其一"續命彩絲登繭館"注［二］。
[三] 逮下：頌謝后無嫉妒之心。《詩·周南》有《樛木》篇，《詩序》曰："《樛木》，后妃逮下也。言能逮下而無嫉妒之心焉。"鄭玄箋："后妃能和諧眾妾，不嫉妒其容貌，恒以善言逮下而安之。"逮下：恩惠及於下人。徽音：即德音；善言、佳音。樛（jiū）木：枝向下彎曲的樹。
[四] 穰穰：繁盛，眾多。福履已來綏：福祿已來到。語出《詩·周南·樛木》："樂只君子，福履綏之。"毛傳："履，祿。綏，安也。"鄭玄箋云："妃妾以禮義相與和合，又能以禮樂樂其君子，使為福祿所安。"

三千玉女鬭羣芳[一]，並蓄兼收百藥良[二]。咸願東皇與西母[三]，無窮眉壽等天長[四]。

【注釋】

［一］"三千"句：寫宮中女性端午鬭草遊戲。玉女：美女。此指宮女。鬭群芳：即鬭百草。見晏殊《端午詞·內廷》其一"百草鬭餘欣令月"注［二］。

［二］"並蓄"句：寫端午採收各種藥物之俗。見夏竦《御閣端午帖子》其三"仙園采藥回彫輦"注［一］。

［三］東皇、西母：東王公、西王母。喻指理宗和謝皇后。

［四］眉壽：長壽。見蘇頌《春帖子詞·皇太后閣六首》其一"九扈方司啟"注［五］。

貴妃閤端午帖子[一]

擷秀鬭羣芳[二]，兼收百藥良[三]。不因仁及物，庶草曷蕃昌[四]。

【注釋】

［一］貴妃：皇帝妾之位號，為內命婦夫人階，正一品。此指理宗貴妃賈氏。見洪咨夔《端平二年端午帖子詞·貴妃閣》其一"珮襲芳蘭碧"注［一］。按，此亦為嘉熙三年（1239）端帖，作者時當為吏部侍郎兼權直學士院。

［二］"擷秀"句：寫端午採摘百草、鬭百草之俗。鬭群芳：即鬭百草。見晏殊《端午詞·內廷》其一"百草鬭餘欣令月"注［二］。

［三］兼收：寫端午採集雜藥之俗。見夏竦《御閣端午帖子》其三"仙園采藥回彫輦"注［一］。

［四］曷：怎麼。蕃昌：繁衍昌盛。

淑德儀宮閫[一]，天教受祉繁[二]。艾人暨桃印，奚用更懸門[三]。

【注釋】

［一］"淑德"句：言賈妃的美德堪為宮中表率。宮閫：帝王後宮。此指宮中。儀：法度，準則。

［二］"天教"句：言上天降下多福。受祉：接受天地神明的降福。《詩·小雅·六月》："吉甫燕喜，既多受祉。"

［三］"艾人"二句：端午有門懸艾草、桃印之俗，此反用之。艾人：以艾草縛扎的人；端午懸門以辟邪。見晏殊《端午詞·御閣》其二"初垂彩艾迎新節"注［一］。桃印：端午門飾，用以辟邪。見夏竦《郡王閣端午帖子》其四"崑山瑞玉題真篆"注［二］。暨：和，及。奚用：何用。

丹篆釵符綵縷鮮[一]，承恩侍宴玉皇前[二]。一年一度為端午，此去應須億萬年。

【注釋】

［一］"丹篆"句：寫端午簪戴釵頭符、艾虎等飾品。艾釵：即釵頭符。見胡宿《皇后閣端午帖子》其一"川館親蠶後"注［四］。

［二］玉皇：道教天帝玉皇大帝之簡稱。此喻指皇帝。

裁成御服進君王[一]，霧縠雲綃疊雪香[二]。却效葛覃躬節用，不忘澣濯舊衣裳[三]。

【注釋】

［一］"裁成"句：寫后妃端午進獻夏衣。見胡宿《皇后閣端午帖子》其一"川館親蠶後"注［三］。

［二］"霧縠"句：言端午進獻紗羅衣服之輕美。語出杜甫《端午日賜衣》："細葛含風軟，香羅疊雪輕。"霧縠雲綃：指用生絲織成的薄紗、薄絹。

［三］"却效"二句：贊賈貴妃之節儉。葛覃：《詩·周南》篇名。詩頌后妃躬儉節用，服澣濯之衣。見周麟之《端午帖子詞·皇后閣五首》其二"繞臂長生縷"注［三］。澣濯舊衣裳：洗滌過多次的舊衣裳。澣：同"浣"。

檻有榴花沼有蓮[一]，南薰拂拂晚涼天[二]。六宮莫度新翻曲[三]，只理雲和伴舜絃[四]。

【注釋】

［一］檻：欄杆。沼：指宮中池。

〔二〕南薰：南風。夏日和暖的東南風。薰，同"熏"。《呂氏春秋·有始》："東南曰熏風。"

〔三〕六宮：指后妃。見夏竦《內閣春帖子》其六"緹室葭灰飛候管"注〔三〕。度：指演奏。新翻曲：新近流行的曲調。

〔四〕雲和：本為山名，以產琴瑟著稱，故為琴瑟琵琶等樂器的通稱。舜絃：五弦琴。

劉克莊

劉克莊（1187—1269），初名灼，字潛夫，號後村，莆田（今屬福建）人。寧宗嘉定二年（1209）以蔭補將仕郎，初仕靖安主簿、真州錄事。十七年知建陽縣，以詠《落梅》詩得禍，閑廢十年。理宗端平初為帥司參議官，除樞密院編修官，兼權侍右郎官，尋罷。淳祐六年（1246），賜同進士出身，除秘書少監，兼國史院編修官、實錄院檢討官。七年出知漳州，遷福建提刑。景定元年（1260）除秘書監，後為起居郎、兼權中書舍人。三年權工部尚書、兼侍讀，旋出知建寧府。五年因目疾以煥章閣學士致仕。度宗咸淳四年（1268）除龍圖閣學士。五年卒，年八十三，諡文定。有《後村居士大全集》二百卷。

劉克莊有帖子詞四十二首。春、端帖子各兩組，皆為二十一首，均見載於其集。《全宋詩》未錄。

春端帖子

春帖子

皇帝閣[一]

五言三首辛酉立春[二]

苑柳抽芽碧，宮花透萼紅[三]。不干青帝事[四]，上自是天公[五]。

【校記】

劉克莊帖子詞均錄自《四部叢刊》影印《後村先生大全集》卷五九《內制》。題原無"春帖子"三字，此依例補。

【注釋】

［一］皇帝：指宋理宗趙昀（1205—1264）。見洪咨夔《端平二年端午帖子詞·皇帝閣》其一"更化開皇極"注［二］。

［二］辛酉：即理宗景定二年（1261）。組詩包括《皇帝閣》與《皇太子宫》兩類。按，當年立春在上年臘月二十六日，作者時為權兵部侍郎兼中書舍人兼直學士院。

［三］"苑柳"二句：寫春來後皇宮庭院中花木萌動。

［四］青帝：東方之神，春神。

［五］天公：天。公，敬稱。以天擬人，故稱天帝為天公。

雪霽長楊館[一]，冰銷太液池[二]。君王勤典學[三]，無暇問花時[四]。

【注釋】

［一］長楊館：指長楊宮，秦漢宮名。故址在今陝西省周至縣東南。《三輔黃圖·秦宮》："長楊宮，在今盩厔縣東南三十里，本秦舊宮，至漢修飾之以備行幸。宮中有垂楊數畝，因為宮名；門曰射熊館，秦、漢遊獵之所。"此喻指南宋皇宮。

［二］太液池：漢代池名。此指宮中大龍池。見夏竦《御閣春帖子》其二"冰消太液生春水"注［一］。

［三］典學：指皇帝致力於學習。《書·說命下》："念終始典于學。"孔穎達疏："念終念始，常在於學。"本為勉勵之言。

［四］問花：觀花。指遊樂。

步輦春遊少[一]，先朝事可師[二]。買燈文館諫[三]，折柳講筵規[四]。

【注釋】

［一］步輦：一種由人抬的車，此為皇帝所乘車。

［二］先朝：前朝。此指北宋。師：效法。

［三］"買燈"句：用蘇軾諫神宗買燈事。熙寧四年（1071）正月，宋神宗要買浙燈四千餘盞，並令減價收買；因此市場上的燈盡數拘收，禁止私賣。蘇軾上書切諫，指出："百姓不可户曉，皆謂陛下以耳目不

急之玩，而奪其口體必用之資。"並說"內帑所儲，孰非民力"，希望神宗於放燈、遊觀苑囿、宴好賜予之類，務從儉約。見蘇軾《諫買浙燈狀》。文館：即文林館；官署名。北齊置，掌著作及校理典籍，兼訓生徒，置學士。北周改稱崇文館。

〔四〕"折柳"句：用程頤諫哲宗折柳事。宋朱熹《伊洛淵源錄》卷四引馬永卿所編劉諫議語，言程頤為講官，"一日講罷未退，上忽起，憑檻戲折柳枝。先生進曰：'方春發生，不可無故摧折。'上不悅。"宋黃震《黃氏日抄》卷四四亦載："哲宗初銳意於學，一日講畢，會茶上，起折柳一枝。有諫以方春萬物生榮，不可無故摧折。上擲之，色不平。"講筵：講經、講學的處所。規：規諫，勸諫。

七言三首

祈年禱雪感而通[一]，黃帕封香出禁中[二]。百姓不知皆帝力[三]，只言解凍是東風[四]。

【注釋】

〔一〕祈年：祈禱豐年和雨雪。《宋史·禮志三》："宋之祀天者凡四：孟春祈穀，孟夏大雩，皆於圜丘或別立壇；季秋大饗明堂；惟冬至之郊，則三歲一舉，合祭天地焉。"

〔二〕黃帕封香：指宮中美酒。宮廷釀造之酒以黃羅帕封口，故稱。

〔三〕帝力：帝王的作用或恩德。見胡宿《皇帝閣春帖子》其五"春官青鳥司開啟"注〔二〕。

〔四〕東風：春風。《禮記·月令》"孟春之月"："東風解凍，蟄蟲始振。"

古來春日寬書下[一]，定有堯言發德音[二]。雨向紅雲傍畔立，最知聖主愛民心。

【注釋】

〔一〕寬書：即寬大書，也稱寬大詔。寬大處理罪犯的詔書。見宋祁《春帖子詞·皇帝閣》其二"瑞福隨春到"注〔二〕。

〔二〕德音：佳音。《詩·大雅·思齊》："大姒嗣徽音，則百斯男。"鄭玄箋:"嗣大任之美音,謂續行其善教令。"

黃符不輟寬農賦[一],黛耜何須幸藉田[二]。野老傳觀臺歷喜[三],乞漿得酒是今年[四]。

【注釋】

[一]"黃符"句:言朝廷不斷地下詔減免農業賦稅。黃符:猶黃紙,黃敕;即黃紙書寫的詔書。程大昌《演繁露》卷四"詔黃":"石林(葉夢得)言制敕用黃紙,始高宗時,非也。晉恭帝時王韶之遷黃門侍郎,凡諸詔黃,皆其辭也(《南史》十四)。則東晉時已用黃紙寫詔矣。"高承《事物紀原》卷四"黃勅":"唐高宗上元三年,以制勅施行既為永式,用白紙多為蟲蛀,自今已後,尚書省頒下諸州諸縣,並用黃紙。勅用黃紙,自高宗始也。"此指皇帝免除災區租稅的詔書。於此相對,宋時地方官的文告用白紙。宋朱繼芳《農桑》:"澹黃竹紙說蠲逋,白紙仍科不稼租。"

[二]黛耜:青黑色的耒耜。古代青色象徵東方和春天,故籍田農器皆取青色。晉潘岳《藉田賦》:"緫轡服於縹軛兮,紺轅綴於黛耜。"藉田:古代天子於春耕前舉行的躬耕籍田儀式,以示對農業的重視。藉,通"籍"。見蘇軾元祐三年《春帖子詞·皇帝閤六首》其四"聖主憂民未解顏"注〔四〕。

[三]"野老"句:用堯典以示天下太平。《藝文類聚》卷一一引晉皇甫謐《帝王世紀》:"〔帝堯之世〕天下大和,百姓無事,有五十老人擊壤於道。觀者歎曰:'大哉,帝之德也!'老人曰:'吾日出而作,日入而息,鑿井而飲,耕田而食,帝何力於我哉?'"

[四]乞漿得酒:喻所得超過所求。唐劉知幾《史通》卷三《五行志》:"語曰'太歲在丑,乞漿得酒。太歲在巳,販妻鬻子。'"又,宋曾慥《類說》卷三五引《意林》:"袁惟正書云:'歲在申酉,乞漿得酒。歲在辰巳,嫁妻賣子。'"又,李石《續博物志》作"太歲在丑,乞漿得酒。"當年為辛酉,故云。

皇太子宮[一]

五言二首立春

朝野俱相慶，元良入震宮[二]。卓然由獨斷，不待茹芝翁[三]。

【注釋】

［一］皇太子：指趙禥（1240—1274），即宋度宗。據《宋史·度宗本紀》，其為太祖十一世孫。父嗣榮王與芮，理宗母弟也。嘉熙四年四月九日生於紹興府榮邸。理宗無子，收其為養子，淳祐六年十月己丑，賜名孟啟，以皇姪授貴州刺史，入內小學。七年正月乙卯，授宜州觀察使，就王邸訓習。九年正月乙巳，授慶遠軍節度使，封益國公。十一年正月壬戌，改賜名孜，進封建安郡王。寶祐元年正月庚辰，詔立為皇子，改賜今名。癸未，授崇慶軍節度使、開府儀同三司，進封永嘉郡王。二年七月，以宗正少卿蔡抗兼翊善。時資善堂初建，理宗制《堂記》，書以賜王。十月癸酉，進封忠王。十一月壬寅，加元服，賜字邦壽。五年十月庚子，授鎮南、遂安軍節度使。景定元年（1260）六月壬寅，立為皇太子，賜字長源，命楊棟、葉夢鼎為太子詹事。七月丁卯，太子入東宮。癸未，行冊禮。景定五年十月即位，在位十年，享年三十五歲。廟號度宗。按，此亦為景定二年春帖。作者時為權兵部侍郎兼中書舍人兼直學士院。

［二］"元良"句：寫趙禥被立為皇太子，入居太子宮。見上注。元良：此指太子。《禮記·文王世子》："一有元良，萬國以貞，世子之謂也。"鄭玄注："一，一人也。元，大也；良，善也。"後因以之代稱太子。震宮：東宮；太子宮。《易·震》為長男，故震指太子。

［三］"卓然"二句：反用漢代呂后借助商山四皓鞏固太子之位，以頌當今太子之立在于理宗的獨斷。茹芝翁：指商山四皓，為漢初四位隱士，名東園公、綺里季、夏黃公、甪里先生。劉邦欲廢太子，呂后用留侯張良的計謀，迎接四皓，使輔佐太子。一日四皓侍太子見高祖，高祖曰："羽翼成矣。"遂罷廢太子之議。

朝退常臨講[一]，春宮樂事稀[二]。儲君勤問寢，聖父尚求衣[三]。

【注釋】

[一]"朝退"句：寫時為皇太子的趙禥在退朝後常入講堂聽講官講經史。

[二] 春宮：東宮，太子所居之宮。

[三]"儲君"二句：寫太子問候宋理宗夫婦起居之早。儲君：被確認為君位的繼承者，指太子。問寢：問候尊長起居。聖父：指理宗趙昀。求衣：索衣。指起床。按，理宗對太子要求甚嚴，此詩所寫皇太子之勤學與仁孝，蓋為寫實。《宋史·度宗本紀》載："七月丁卯，太子入東宮。癸未，行冊禮。時理宗家教甚嚴，雞初鳴問安，再鳴回宮，三鳴往會議所參決庶事。退入講堂，講官講經，次講史，終日手不釋卷。將晡，復至榻前起居，率為常。理宗問今日講何經，答之是，則賜坐賜茶；否，則為之反覆剖析；又不通，則繼以怒，明日須更覆講。"

七言三首

聽雞而起嚴溫凊[一]，踐蟻雖微念發生[二]。海內傳聞皆色喜，宮中仁孝本躬行[三]。

【校記】

第一句"溫凊"原作"溫清"，逕改。

【注釋】

[一]"聽雞"句：以皇太子侍奉理宗夫婦無微不至表現太子之孝。溫凊（qìng）：冬溫夏凊的簡稱。《禮記·曲禮上》："凡為人子之禮，冬溫而夏凊。"清孫希旦《集解》引宋方慤《禮解》："冬則溫之，以禦其寒；夏則凊之，以辟其暑。"此句亦為寫實，見上詩注[三]。

[二]"踐蟻"句：以太子之不踐踏蟲蟻表現太子之仁。發生：萬物。萌發、滋長。春主發生。見胡宿《皇帝閣春帖子》其五"春官青鳥司開啟"注[二]。

[三] 躬行：親身實踐，身體力行。

錯由術進何裨漢，伾以棋親亦誤唐[一]。聖代尊經崇理學[二]，講堂燕子日初長[三]。

【注釋】

[一]"錯由"二句：用漢代鼂錯因術晉升而無益于漢事和唐代王伾因棋事順宗而誤唐事，微諫太子用人要慎重。鼂錯（公元前200—前154），也作晁錯，西漢人，治申商刑名之學，文帝時為太子家令，稱為"智囊"。景帝即位後，貴幸用事，遷為御史大夫，建言削諸侯封地以尊京師，吳楚七國因之而起兵造反，景帝迫不得已用袁盎之言，斬之於東市。伾：即王伾（pī），與王叔文並稱"二王"。王伾善書法，以書待詔翰林入東宮侍書，順宗即位後，遷左散騎常侍待詔。後與王叔文等人推行永貞革新，終因宦官反對而失敗。順宗被迫内禪，憲宗即位，伾被貶為開州司馬，不久病死。見《新唐書》本傳。按，此句用典當有誤。時"二王"中善棋而以棋待詔侍讀東宮者為王叔文而非王伾。

[二]聖代：理宗時代。經：作為典範的書，此指儒家經典。理學：此指宋時周敦頤、邵雍、張載、程顥、程頤、朱熹等人的哲學思想。他們認為"理"是永恒的、先於世界而存在的精神實體，世界萬物只能由"理"派生。宋理宗崇尚理學，故諡號為理。宋周密《齊東野語》卷一六"理度議諡"："理宗未祔，議諡……遂擬曰'理'。蓋以聖性崇尚理學，而天下道理最大，於是人無間言。"

[三]講堂：指資善堂。太子讀書之所。宋時太子讀書之所皆名資善堂。趙禥讀書之所修建於理宗七年正月。見《宋史·理宗本紀三》。

與貴近言常懍恪，待賓師禮極溫恭[一]。新年聽得都人語，盡說儲君肖祖宗[二]。

【注釋】

[一]"與貴"二句：寫太子言談舉止、待人接物之得體。語出《詩·商頌·那》："溫恭朝夕，執事有恪。"貴近：顯貴的近臣。懍恪：嚴肅恭敬。溫恭：溫和恭敬。賓師：太子賓客、太子少師。東宮官員。

[二]儲君：指太子趙禥。祖宗：指宋室祖先。語本《禮記·祭

法》:"(殷人)祖契而宗湯,(周人)祖文王而宗武王。"按,此句化用蘇軾元祐三年《春帖子詞·太皇太后閣六首》其四"春來有喜何人見,好學神孫類祖宗"句。

端午帖子

皇后閣[一]

五言二首端午

香羅兼紬葛,百辟謝恩歸[二]。誰信椒房儉,身惟大練衣[三]。

【校記】

題原無"端午帖子"四字,此依例補。第四句"大練衣"原作"衣練辰",前"歸"為微韻,"辰"乃真韻,不協。徑改。

【注釋】

[一] 皇后:指理宗皇后謝道清(1210—1283)。見洪咨夔《端平三年春帖子詞·皇后閣》其一"太液輕漸泮"注[一]。按,此組詩為景定二年(1261)端帖,包括《皇后閣》與《公主閣》兩類。作者時為兵部侍郎兼直學士院。

[二] "香羅"二句:寫端午日皇帝賜百官紗羅衣物等,百官謝恩。香羅、紬葛:指端午所賜紗羅衣物。香羅:紗羅。紬(chóu)葛:疑本作細葛,語出杜甫《端午日賜衣》:"細葛含風軟,香羅疊雪輕。"紬:同"綢",紬葛指各種紡織品,亦可解。百辟:百官。

[三] "誰信"二句:寫謝皇后生活之節儉。椒房:此指理宗皇后謝氏。漢代有椒房殿,為皇后所居,以花椒和泥塗壁,取其溫、香、多子之義。後因以椒房稱皇后所居之宮。見夏竦《皇后閣端午帖子》其三"千門朱索迎嘉祉"注[二]。大練衣:用東漢明德馬皇后事。見蘇軾《春帖子詞·皇太妃閣五首》其三"孝心日奉東朝養"注[二]。

前星皆貴主[一],佳節值蕤賓[二]。賀卻至尊了[三],同來賀聖人[四]。

【注釋】

[一] 前星：心宿前一星，喻指太子。見真德秀《春帖子詞·皇帝閣六首》其三"雉扇開金殿"注［四］。貴主：尊貴的公主。按，疑"皆"字有誤。

[二] 蕤賓：即蕤賓，古樂十二律之一，位於午，在五月，故為夏曆五月的別稱。見夏竦《淑妃閣端午帖子》其二"蕤賓布序逢良月"注［二］。

[三] 至尊：指理宗趙昀。見歐陽修《端午帖子詞·皇后閣五首》其三"覆檻午陰黃鳥囀"注［三］。

[四] 聖人：此指皇后謝氏。聖人：宮中對皇后的尊稱。見許及之《皇后閣春帖子》其六"不要梅花比玉容"注［三］。

七言三首

掛起艾人存故事[一]，捕他蠅虎累仁心[二]。龍舟閣岸何曾試[三]，且向薰風和舜琴[四]。

【注釋】

[一]"掛起"句：寫宮中端午亦有門懸艾人之俗。見晏殊《端午詞·御閣》其二"初垂彩艾迎新節"注［一］。故事：先例，舊日的典章制度。

[二]"捕他"句：反用淮南王劉安端午捕蠅虎事。崔寔《四民月令》引《淮南子》："五月五日取蠅虎杵碎拌豆，豆自踴躍可以擊蠅。"（見《說郛》卷六九上"捕蠅虎"條）累：妨礙。

[三]"龍舟"句：寫皇后不事遊樂。按，此屬寫實。端午常有龍舟競渡，南宋孝宗時一度罷停，理宗時僅周漢國公主夫婦有泛湖之游。見晏殊《端午詞·御閣》其四"仙家既有靈符術"注［二］。

[四]"且向"句：謝皇后閒暇時彈琴娛樂。薰風：南風。也作"熏風"。《呂氏春秋·有始》："東南曰薰風。"見宋庠《皇帝閣端午帖子詞》其二"寶軫流薰唱"注［一］。

紙上姜任今遠矣[一]，女中堯舜果誰哉[二]。累朝閫範真龜鑑，寄語江心莫鑄來[三]。

【注釋】

[一] 姜任：人之姓名。周太王季歷之妃，周文王之母。

[二] 女中堯舜：婦女中的賢明人物。此為對謝皇后的美頌。

[三] "累朝"二句：意謂前朝婦女的道德皆可作為借鑒，無須江心鑄鏡以進。此反用唐時端午日揚子江心鑄銅鏡進獻皇帝之事。見晏殊《端午詞‧東宮閤》其一"揚子江心鑄鑑成"注[二]。閨範：婦女的道德規範。宋呂祖謙著有《閨範》一書。龜鑑：同"龜鏡"。龜可卜吉凶，鑑能別美惡，故以喻可供人效法的榜樣或引以為戒的教訓。

樛木恩霑群下久[一]，菖蒲飲與六宮同[二]。遙知寶扇輕披拂[三]，散作人間解愠風[四]。

【注釋】

[一] "樛（jiū）木"句：謂謝皇后能和諧後宮，無嫉妒之心，群下得其恩澤。見許應龍《皇后閤端午帖子》其四"辟邪不用符為佩"注[三]。霑：沾濕。喻受皇恩。

[二] "菖蒲"句：寫端午飲菖蒲酒。古時端午有以菖蒲浸酒而飲的習俗。見宋庠《夫人閤端午帖子詞》其一"令月辰標午"注[四]。六宮：指后妃。見夏竦《內閤春帖子》其六"緹室葭灰飛候管"注[三]。

[三] 披拂：拂動。

[四] 解愠：消除怨怒。見宋庠《皇帝閤端午帖子詞》其二"寶軫流薰唱"注[一]。

公主閤[一]

五言二首端午

蟬咽高槐綠[二]，魚吹細浪圓。未皇理粧額[三]，先要和薰絃[四]。

【校記】

題中"五言"，原作"言五"，逕改。

【注釋】

[一] 公主：指周、漢國公主（1241—1262）。據《宋史·周漢國公主本傳》，其為理宗女，母為賈貴妃。帝無子，公主生而甚鍾愛。初封瑞國公主，改昇國。景定二年四月，帝以楊太后擁立功，乃選太后侄孫鎮尚主。擢鎮右領軍衛將軍、駙馬都統，進封公主為周國公主。帝欲時時見之，乃為主起第嘉會門，飛樓閣道，密邇宮苑，帝常御小輦從宮人過公主第。特賜董役官減三年磨勘，工匠犒賞有差。明年，進封周、漢國公主，拜鎮慶遠軍承宣使。七月，主病。有鳥九首大如箕，集主家搗衣石上，是夕薨，年二十二。無子，帝哭之甚哀，謚端孝。另據《宋史·理宗本紀五》，公主進封周國在景定二年二月；進封周、漢國公主在景定三年正月。按，此亦為景定二年（1261）端帖，作者時為兵部侍郎兼直學士院。

[二] 蟬咽（yē）：蟬鳴。咽：聲塞。

[三] 未皇：即未遑。沒有時間顧及；來不及。理粧額：指化妝打扮。粧額：用宋武帝女壽陽公主梅花粧故事。見元絳《春帖子詞》"太極侍臣皆賀雪"注［二］。

[四] 薰絃：指五弦琴。見宋庠《皇帝閣端午帖子詞》其二"寶軫流薰唱"注［一］。

　　左右陳圖史[一]，毋煩鑄古銅[二]。惟應勤與儉，事事監中宮[三]。

【校記】

第二句"毋"，原作"母"。因形近而誤，徑改。

【注釋】

[一] 左右：公主身邊的侍從者。圖史：地圖和史籍。泛指書籍。

[二] "毋煩"句：反用唐端午揚州江心鑄鏡事。見晏殊《端午詞·東宮閣》其一"揚子江心鑄鑑成"注［二］。鑄古銅：鑄鏡。

[三] 監：同"鑒"；借鑒，參考。

七言三首

　　禁籞葵榴隱映紅[一]，一番櫻笋過匆匆[二]。山家有餌菖蒲者，採入瑤卮壽兩宮[三]。

【注釋】

[一] 禁籞：即禁中，宮中。

[二] 櫻笋：即櫻筍。櫻桃與春筍。

[三] "山家"二句：寫宮中採菖蒲以浸酒，端午為皇帝皇后祝壽。古時端午有以菖蒲浸酒而飲的習俗。《荊楚歲時記》："五月五日，……以菖蒲或縷或屑，以泛酒。"餌：食用。瑤卮：玉杯。兩宮：指皇帝和皇后。

有意薰蘭為佩服[一]，無心鬭草較輸贏[二]。何須綵縷祈長命，不待釵符自辟兵[三]。

【注釋】

[一] "有意"句：寫公主以蘭草為佩飾，言其雅潔。薰蘭：指蘭草。佩服：佩戴，佩掛。此指佩飾。《楚辭·離騷》："扈江離與辟芷兮，紉秋蘭以為佩。"

[二] "無心"句：寫公主之嫺靜。鬭草：古代清明至端午流行的一種遊戲。見晏殊《端午詞·內廷》其一"百草鬭餘欣令月"注[二]。

[三] "何須"二句：反用端午繫綵縷以祈長命和佩戴釵符以辟兵的風俗觀念。綵縷：即續命彩絲，見夏竦《御閣端午帖子》其一"續命彩絲登繭館"注[二]。釵符：即釵頭符。蓋宋人以為釵頭符亦可辟兵。見胡宿《皇后閣端午帖子》其一"川館親蠶後"注[四]。

內中車馬稀曾出，上在深宮待燕遊[一]。聖父宵衣臨幸少[二]，垂楊終日蔭龍舟[三]。

【注釋】

[一] "內中"二句：言皇帝不事外出遊玩。禁中，宮中。燕遊：閑遊；漫遊。《禮記·少儀》："朝廷曰退，燕遊曰歸，師役曰罷。"

[二] 聖父：指理宗趙昀。宵衣：宵衣旰食的省稱。天不亮就穿衣起身，天晚了才吃飯，形容工作繁忙而勤勉。稱頌理宗勤於政事。

[三] 蔭：遮蔽，遮蓋。此言龍舟閒置。見晏殊《端午詞·御閣》

其四"仙家既有靈符術"注［二］。

春帖子

皇后閤[一]

五言二首壬戌立春[二]

六宫奉柏酒[三]，同向上前斟。聖主求衣早[四]，椒房儆戒深[五]。

【校記】

此題本無，前總題為"春端帖子"，此依例補。

【注釋】

［一］皇后：指宋理宗皇后謝道清（1210—1283）。見洪咨夔《端平三年春帖子詞·皇后閤》其一"太液輕澌泮"注［一］。

［二］壬戌：即景定三年（1262）。此春帖包括《皇后閤》與《公主位》兩類。按，當年立春在正月初八日，作者時為兵部侍郎兼中書舍人兼直學士院。

［三］六宫：指理宗后妃。見夏竦《內閣春帖子》其六"緹室葭灰飛候管"注［三］。奉柏酒：進獻柏酒。栢：同"柏"。古時以柏葉浸製的酒，於元日飲用，寓長壽之意。見晏殊《元日詞·東宫閤》其一"銅龍樓下早春歸"注［四］。

［四］聖主：指理宗趙昀。求衣：索衣。指起床。

［五］椒房：此指理宗謝皇后。漢代有椒房殿，為皇后所居，後常代稱皇后。見夏竦《皇后閤端午帖子》其三"千門朱索迎嘉祉"注［二］。儆戒：警戒；戒備；戒懼。

往昔端門幸，恩霑戚畹醲[一]。外家今挹損，安有馬如龍[二]。

【注釋】

［一］"往昔"二句：寫謝氏入宫立為皇后，其家族皆得恩異。端門：宫殿南門。戚畹：即戚苑，本指外戚所居之處，引申為外戚親貴。

醲：濃厚，多。

　　［二］"外家"二句：反用東漢明德馬皇后事，贊謝后之節儉與約束外家之嚴格。見王珪《端午內中帖子詞・太上皇后閣》其八"水風吹殿送微涼"注［二］。

七言三首

　　一點陽和默斡旋，枝頭枯槁忽殊妍[一]。人間但見千紅紫，玉指金針妙不傳[二]。

【校記】

　　第一句"斡"，原作"幹"，因形似而誤，徑改。第四句"傳"，原作"得"；前韻"旋"、"妍"為平聲先韻，"得"為入聲職韻，不叶。當因字形相近而誤，徑改。

【注釋】

　　［一］"一點"二句：寫立春之時，陽氣在暗中已潛發，冬日枯槁的枝條忽然煥發出春意。陽和：春天的暖氣。斡旋：扭轉，調解。此指變化。殊妍：特別美麗。

　　［二］"玉指"句：寫自然造化非人力巧手可及。玉指：美人的手指。金針：黃金針；針的美稱。唐馮翊《桂苑叢談・史遺》："鄭代，肅宗時為潤州刺史，兄侃，嫂張氏，女年十六，名采娘，淑貞其儀。七夕夜陳香筵祈於織女，是夕夢雲輿雨蓋，蔽空駐車，命采娘曰：'吾織女，祈何福？'曰：'願丐巧耳。'乃遺一金針長寸餘，綴於紙上，置裙帶中，令三日勿語，汝當奇巧。"

　　春月羅敷少出嬉，陌頭漸及采桑時[一]。中宮尚講親蠶禮[二]，報與人間嬾婦知。

【注釋】

　　［一］"春月"二句：寫春月民間女子很少出遊，因為不久便是採桑季節。羅敷：古代女子名；此泛指民女。晉崔豹《古今注・音樂》："《陌上桑》出秦氏女子。秦氏，邯鄲人，有女名羅敷，為邑人千乘王仁妻。王仁後為越王家令，羅敷出採桑於陌上，趙王登臺見而悦之，因

飲酒欲奪焉。羅敷乃彈箏，乃作《陌上歌》以自明焉。"或謂"羅敷"為女子常用之名，不必實有其人。《孔雀東南飛》即有"東家有賢女，自名為羅敷"句。陌頭：路上；路旁。

[二] 中宮：皇后所居之處，借指皇后。親蠶：古代季春之月皇后躬親蠶事的典禮。見夏竦《內閣春帖子》其一"青繜布序和風扇"注[四]。

太液冰銷寒霽威[一]，新年喜氣靄皇闈[二]。恰聞主第初諧耦，俄報儲宮已冊妃[三]。

【注釋】

[一] "太液"句：言太液冰融，寒氣收斂。太液：即太液池，漢池名；此指南宋宮中大池。見夏竦《御閣春帖子》其二"冰消太液生春水"注[一]。寒霽威：指寒氣收斂。霽威：收斂威怒。《新唐書·魏徵傳》："徵狀貌不逾中人，有志膽，每犯顏進諫，雖逢帝甚怒，神色不徙，而天子亦為霽威。"

[二] 皇闈：皇宮的門；泛指皇宮。

[三] "恰聞"二句：寫剛聽到公主下嫁楊鎮，不久又告知東宮冊妃。《宋史·理宗本紀五》：景定二年十一月"丁丑（19日），下嫁周國公主於楊鎮"，十一月"癸未（25日），封全氏永嘉郡夫人"，十二月"癸卯（15日），冊永嘉郡夫人全氏為皇太子妃"。主第：公主的住宅。諧耦：和合。指公主下嫁。儲宮：太子所居宮室；借指太子。俄報：短時間內告知。因公主下嫁與太子妃冊立時間相距不及一月，故云。

公主位[一]

五言二首

粧閣朝暘暖[二]，書窗晝漏遲[三]。不看列女傳[四]，即誦二南詩[五]。

【注釋】

[一] 公主：指周、漢國公主（1241—1262）；見前景定二年《端

午帖子·公主閣》其一"蟬咽高槐緑"注［一］。位：宫廷中庭左右兩側，相當於"閣"。職位略低稱之。按，此亦為景定三年（1262）春帖，當年立春在正月初八日，作者時為兵部侍郎兼中書舍人兼直學士院。

　　［二］粧閣：婦女梳妝的居室；此指公主所居宫，即周國公主館。《宋史·理宗本紀五》：景定二年八月"壬寅，築周國公主館於安濟橋"，十一月"庚申（2日），周國公主館成"。《齊東野語》卷一八"方大猷獻屋"："楊駙馬賜第清湖，巨璫董宋臣領營建之事，遂拓四旁民居以廣之。"又，卷一九"鬼車鳥"："景定間，周漢國公主下降，賜第嘉會門之左，飛樓複道，近接禁籞。"

　　［三］"書窗"句：寫公主讀書時間之長。晝漏遲：指白晝時間長。漏為古代計時器。見夏竦《内閣春帖子》其四"銀箭初傳暖律延"注［一］。

　　［四］列女傳：書名。西漢劉向所撰，列記古代婦女事跡一百零四則，旨在宣揚婦德，為古代上層女子必讀書。

　　［五］二南詩：指《詩》國風中的《周南》與《召南》，為兩地的民歌，漢以後被作為詩教的典範。見夏竦《淑妃閣端午帖子》其四"宴寢奉朝鳴采玉"注［四］。

　　彤史芳華筆[一]，金爐戒定香[二]。羞談沁園事[三]，肯學壽陽粧[四]。

【注釋】

　　［一］彤史：記載宫史的官員。《新唐書·百官志》："彤史二人，正六品（有女史二人）。"芳華筆：美筆；妙筆。

　　［二］金爐：香爐的美稱。戒定香：即戒香，佛教説戒時所點的香。此泛指香。

　　［三］"羞談"句：反用東漢明帝沁水公主有沁園而贊周漢國公主之儉。沁園：即沁水園，園林名，為東漢明帝女沁水公主所有。建初二年被竇憲所奪。見《後漢書·竇憲傳》。後泛稱公主園林。按，周漢國公主雖無園林，然亦建有主第。此寓含諷諫意。

　　［四］壽陽粧：即梅花粧，簡稱梅粧。見元絳《春帖子詞》"太極

侍臣皆賀雪"注〔二〕。

七言三首

甲第朝參稍折旋,聖恩尚欲便傳宣[一]。內南新創更衣所[二],長近君王尺五天[三]。

【注釋】

〔一〕"甲第"二句:寫公主朝參後剛回宅第,其父理宗便欲傳宣進宮。極言公主之得寵。此為寫實。時公主下嫁,理宗思女,欲時時見之,乃在嘉會門為其修建甲第,飛樓閣道與宮內相通,理宗亦時常坐小輦從宮人過公主第。見前端帖《公主閣》其一"蟬咽高槐綠"注〔一〕。甲第:豪門貴族的宅第,此指公主館。見其一"粧閣朝陽暖"注〔二〕。

〔二〕"內南"句:寫大內南邊為公主又辟一換衣休息之所。按,此事不詳。

〔三〕尺五天:即去天尺五,距離天一尺五寸。極言離高處距離近。此喻公主居所距離理宗很近。語出杜甫《贈韋七贊善》詩:"時論同歸尺五天。"自注:"俚諺曰:'城南韋杜,去天尺五。'"

永晝尤宜對簡編[一],傳聞餘暇到經禪[二]。不須遠覽師前古,吾宋錢家主最賢[三]。

【注釋】

〔一〕永晝:長長的白晝時間。簡編:書籍。因古人書於簡策或紙帛,編次成書,故稱。

〔二〕經禪:指誦讀佛經、參禪打坐之佛教修行行為。

〔三〕吾宋錢家主:指周漢國公主。以錢姓借指趙姓。

端愿所交多勝彥[一],景臻之後至鈞樞[二]。三輿下嫁中興少[三],帝婿親師振古無[四]。

【校記】

第三句"三輿",疑當作"王輿"或"玉輿"。

【注釋】

[一] 端愿：端正恭謹。勝彥：品行高、才學佳的人士。

[二] 景臻：指錢景臻。吳越王錢俶四世孫，尚仁宗第十女秦魯國大長公主。其子錢忱，恩寵三代，高宗御書"忠孝之家"四字賜之。進開府儀同三司，少保，封榮國公。遷少師，卒年八十餘，贈太師。按，秦魯國大長公主，即賢穆明懿大長公主，周貴妃所生。初封魯國，改韓周、燕國，進秦、魏兩國，後改封秦、魯國。見《宋史·錢忱傳》、《宋史·后妃傳上·周貴妃傳》。鈞樞：指國事重任。

[三] "三輿"句：寫周漢國公主之下嫁為南宋中興以來少見。《武林舊事》卷二"公主下降"亦云："南渡以來，公主無及嫁者，獨理宗朝周漢國公主出降慈明太后姪孫楊鎮，禮文頗盛，今撫梗槩於此。"對其房奩及儀式有粗略記載。三輿：當為王輿或玉輿；帝王所乘之車。借指皇帝。《宋史·文苑傳二·夏侯嘉正傳》："元夕，上御乾元門觀燈，嘉正獻五言十韻詩，其末句云：'兩制誠堪羨，青雲侍玉輿。'"中興：指南宋建立以來。見汪應辰《太上皇后閣端午帖子詞》其七"中興雖帝業"注[一]。

[四] "帝婿"句：寫楊鎮任將軍之職為前所未有。《宋史·理宗本紀五》："（四月）丁巳，楊鎮授左領軍衛將軍、駙馬都尉。"振古：遠古；往昔。按，後二句所寫皆為時事。

端午帖子

皇帝閣[一]

五言三首端午

解慍甦民瘼[二]，清心卻暑威[三]。君王肖仁祖，寶扇不須揮[四]。

【校記】

此題本無，前總題為"春端帖子"，此依例補。

【注釋】

[一] 皇帝：指宋理宗趙昀（1205—1264）。見洪咨夔《端平二年

端午帖子詞·皇帝閣》其一"更化開皇極"注〔二〕。按，依詩意與劉氏直院的時間，當為景定三年（1262）年端午帖子。組詩包括《皇帝閣》與《皇太子宮閣》兩類。作者時為權工部尚書兼直學士院。

〔二〕解愠：消除怨怒。見宋庠《皇帝閣端午帖子詞》其二"寶輅流薰唱"注〔一〕。甦：緩解，解除。民瘼：民眾的疾苦。

〔三〕清心：心地恬靜，無思無慮。見蘇軾《春帖子詞·太皇太后閣六首》其六"不獨清心能省事"注〔一〕。

〔四〕"君王"二句：寫理宗似仁宗，夏日暑熱不用扇。仁祖：指宋仁宗趙禎。陳師道《後山談叢》卷三："仁宗四時衣夾，冬不御爐，夏不御扇。"參見夏竦《壽春郡王閣春帖子》其一"穆穆韶華生紫禁"注〔一〕。

收了黃梅雨[一]，龍舟且要晴。御園看綠暗，樂府奏朱明[二]。

【注釋】

〔一〕黃梅雨：即梅雨。江南農曆四、五月梅子黃熟時，常陰雨連綿，故稱黃梅雨。《初學記》卷二引南朝梁元帝《纂要》："梅熟而雨曰梅雨。"注："江東呼為黃梅雨。"又，卷三引晉周處《風土記》曰："梅熟時雨謂之梅雨。"

〔二〕朱明：夏天郊祀歌名。《史記·樂書》："常有流星經於祠壇上，使僮男僮女七十人俱歌。春歌《青陽》，夏歌《朱明》。"

花柳忽蜩鳴[一]，池荷亦蟈聲[二]。何須捕蠍虎[三]，微物各貪生。

【注釋】

〔一〕蜩：蟬。

〔二〕蟈：即蟈蟈，俗稱哥哥。一種像蝗蟲的昆蟲，綠色或褐色，雄蟈借前翅基部摩擦可發聲。

〔三〕蠍虎：即蜥蜴。古代宮中端午捕捉蜥蜴做守宮之用。《説郛》卷一〇九下引吳僧贊寧《感應類從志》曰："五月五日取蠍虎虫以刺血，用硃砂和牛羊脂食之，令其腹赤，乃取為末少許，塗人臂，即有文章，揩拭不去，男女合歸即滅。此東方朔法，漢武帝以驗宫人，故曰守宫也。"《山堂肆考》卷一一亦載："漢武時，端午日取蜥蜴置之器，飼以丹砂，至明年端午擣之萬杵，以塗宫人臂，有所犯則消没，不則臂上如赤痣，終身不滅，故蜥蜴得守宫之名。……按，蜥蜴，《説文》作蜥易，日十二時變色，故曰易。一曰蛇醫，一曰蝘蜓，一曰蠑螈，今俗謂之蠍虎。"

七言三首

邇英常有侍經儒^[一]，永巷元無望幸姝^[二]。艾道陵堪訶綺户^[三]，竹夫人可衛紗幮^[四]。

【注釋】

[一] 邇英：即邇英閣，北宋仁宗所建，為侍臣講讀之所。南宋稱邇英殿。見衛涇《皇帝閣端午帖子》其三"日轂過亭午"注[三]。侍經儒：侍讀官和侍講官。漢代以來帝王為研讀經史而特設的御前講席。北宋稱經筵。每年春二月至端午日，秋八月至冬至日，逢單日由講官輪流入侍講讀。講官以翰林學士或其他官員充任或兼任。

[二] 永巷：宫中妃嬪住所，即後宫。《南史·后妃傳下·論》："永巷貧空，有同素室。"望幸：希望皇帝親臨。姝：美女。

[三] 艾道陵：即天師艾，艾人。道陵：即張陵，道教徒尊稱其為張道陵、張天師、正一真人、祖天師等。端午本有門懸艾草以辟邪之俗，宋時有天師艾。見蘇轍《學士院端午帖子·皇太妃閣五首》其三"九夏清齋奉至尊"注[三]。訶：禁衛，保護。綺户：雕飾有花紋的門。

[四] 竹夫人：古代消暑用具。即竹几；又稱青奴、竹奴。宋時稱竹夫人。編青竹為長籠，或取整段竹中間通空，四周開洞以通風，暑時置床席間。宋蘇軾《送竹几與謝秀才》詩："留我同行木上坐，贈君無語竹夫人。"王文誥輯注引查慎行曰："蓋俗謂竹几為竹夫人也。"清趙翼《陔餘叢考·竹夫人湯婆子》："編竹為筒，空其中而竅其外，暑時置牀席間，可以憩手足，取其輕涼也，俗謂之竹夫人。按陸龜蒙有《竹夾膝》詩，《天禄識餘》以為即此器也，然曰夾膝，則尚未有夫人之

稱，其名蓋起於宋時。"衛：保護，防護。紗嶹：即紗帳。

殿閣涼生玉帝居[一]，薰風被袗鼓琴初[二]。日常濃墨揮宸翰[三]，夜或留燈覽諫書[四]。

【注釋】

[一] 玉帝居：玉皇大帝所居；此指皇宮。

[二] "薰風"句：指皇帝夏日著單衣彈琴。見宋庠《皇帝閣端午帖子詞》其二"寶輅流薰唱"注[一]。被袗（zhěn）：著單衣。《孟子·盡心下》："舜之飯糗茹草也，若將終身焉。及其為天子也，被袗衣鼓琴。"

[三] 宸翰：帝王的書跡。理宗善書法，其題寫匾額多見諸記載。《武林舊事》卷五"湖山勝概·上清宮"注："葛仙煉丹舊址，道士胡瑩微祖築菴，鄭丞相清之曾此讀書。淳祐中重建，賜今額。理宗御書'清净道場'。"

[四] 諫書：臣下向帝王進諫的奏章。

榆塞煙收麥隴豐[一]，至尊為樂與人同[二]。御前酌罷菖蒲酒[三]，囬賜堯樽徧六宮[四]。

【注釋】

[一] 榆塞：指邊塞、邊關。見洪咨夔《端平三年春帖子詞·皇帝閣》其四"東風送喜上天顏"注[三]。麥隴：即"麥壟"；麥田。

[二] "至尊"句：寫理宗能與民同樂。至尊：指理宗趙昀。見歐陽修《端午帖子詞·皇后閣五首》其三"覆檻午陰黃鳥囀"注[三]。

[三] 菖蒲酒：古時端午有以菖蒲浸酒而飲的習俗。見宋庠《夫人閣端午帖子詞》其一"令月辰標午"注[四]。

[四] 堯樽：帝王的酒杯。此指御酒。徧：同"遍"。六宮：指后妃。見夏竦《內閣春帖子》其六"緹室葭灰飛候管"注[三]。

皇太子宮[一]

五言二首 端午

巧粽姑存俗[二]，薰琴已召和[三]。入朝寢門早[四]，出對講堂多[五]。

【注釋】

[一] 皇太子：指趙禥，即宋度宗。見前景定二年《春帖子詞·皇太子宮》其一"朝野俱相慶"注[一]。按，此亦為景定三年（1262）端帖，作者時為權工部尚書兼直學士院。

[二] 巧粽：指造型奇巧的粽子。《西湖老人繁勝錄》："角黍，天下惟有是都城將粽揍成樓閣、亭子、車兒諸般巧樣。開鋪貨賣，多作勸酒，各為巧粽。"

[三] 薰琴：指五弦琴。見宋庠《皇帝閣端午帖子詞》其二"寶軫流薰唱"注[一]。

[四] 寢門：古禮天子五門，最內之門曰寢門，即路門。此指皇宮內室之門。

[五] 講堂：講解經學的廳堂；此指太子讀書之資善堂。

詹庶與賓師，儲宮動必咨[一]。政須人作鑒，焉用以銅為[二]。

【注釋】

[一] "詹庶"二句：寫太子有事必諮詢東宮官員。詹庶、賓師：指太子詹事、左右庶子、太子賓客、太子少師等東宮官員。據《宋史·理宗本紀五》，景定二年六月，任楊棟、葉夢鼎並為太子詹事；七月以賈似道兼太子少師，朱熠、皮龍榮、沈炎並兼賓客。儲宮：太子所居宮室。借指太子。

[二] "政須"二句：反用唐時端午揚州江心鑄鏡進貢事。見晏殊《端午詞·東宮閣》其一"揚子江心鑄鑑成"注[二]。

七言三首

旗鼓雙雙競渡船[一]，湖堤楊柳綠如烟。春宮不省追歡事[二]，至樂惟應在夏弦[三]。

【注釋】

[一] 競渡：划船比賽。見晏殊《端午詞·御閣》其四"仙家既有

靈符術"注〔二〕。

〔二〕春宮：東宮，太子所居之宮；此借指太子趙諶。

〔三〕至樂（yuè）：最高妙的音樂。《莊子·天運》："夫至樂者，先應之以人事，順之以天理，行之以五德，應之以自然，然後調理四時，太和萬物。"《大戴禮記·王言》："至樂無聲，而天下之民和。"夏弦：即薰弦。指五弦琴。見宋庠《皇帝閣端午帖子詞》其二"寶軫流薰唱"注〔一〕。

消長常從抄忽萌[一]，由來陽極一陰生[二]。遥知參決繁機際[三]，於此尤宜體察精。

【注釋】

〔一〕消長：陽消陰長。抄忽：微小。抄、忽：古代度量單位。《孫子算經》卷上："度之所起，起於忽，欲知其忽，蠶所吐絲為忽。十忽為一絲，十絲為一毫，十毫便為一釐，十釐為一分，十分為一寸，十寸為一尺，十尺為一丈，十丈為一引，……量之所起，起于粟，六粟為一圭，十圭為一撮，十撮為一抄，十抄為一勺，十勺為一合，十合為一升，十升為一斗，十斗為一斛。"

〔二〕陽極一陰生：古人認為四月純陽，五月或夏至一陰生。按，前二句微含諷諫，喻興盛中暗伏危機之意。

〔三〕遥知：謂在遠處知曉情況。唐王維《九月九日憶山東兄弟》："遥知兄弟登高處，遍插茱萸少一人。"參決：參與決策。繁機：繁雜的事務。

帝為儲闈取友端[一]，朋來黃綺偉衣冠[二]。賜羹漢殿恩尤異[三]，不比唐家苜蓿杆[四]。

【注釋】

〔一〕儲闈：即儲宮，太子所居宮室；借指皇太子。取友：選取朋友。《禮記·學記》："古之教者……一年視離經辨志，三年視敬業樂羣，五年視博習親師，七年視論學取友，謂之小成。九年知類通達，強立而不反，謂之大成。"此指為太子挑選的東宮官員。端：直，正。

〔二〕"朋來"句：寫太子交往者皆為高雅之士。黃綺：漢初商山四皓中夏黃公、綺里季的合稱；此喻指太子賓朋。偉衣冠：指士大夫之流。

〔三〕"賜羹"句：用漢時宮廷端午以梟肉製羹湯賜百官之俗。見夏竦《御閣端午帖子》其七"賜羹佳事傳青簡"注〔一〕。此當指賜羹。

〔四〕"不比"句：用唐代薛令之故事，頌美宋廷之優厚東宮官。《唐摭言》卷一五："薛令之，閩中長溪人。神龍二年及第，累遷左庶子。時開元東宮官僚清淡，令之以詩自悼，復紀於公署，曰：'朝旭上團團，照見先生盤，盤中何所有，苜蓿長闌干。飣澀匙難綰，羹稀箸易寬。無以謀朝夕，何由保歲寒。'上因幸東宮，覽之，索筆判之曰："啄木嘴距長，鳳凰羽毛短。若嫌松桂寒，任逐桑榆暖。'令之因此謝病東歸。"杆：同"秆"。

羅 公 升

羅公升（生卒年不詳），字時翁，永豐（今屬江西）人。宋末以軍功授本縣尉。大父開禮從文天祥勤王，兵敗被執，不食死。宋亡，傾資北遊燕、趙，與宋室趙孟榮等圖恢復，不果。回鄉隱居以終。有《無名集》、《還山稿》、《癡業集》、《北行卷》等，後人合為《滄洲集》五卷。《宋史》無傳。事見本集附錄劉辰翁《宋貞士羅滄洲先生詩敘》，清同治《永豐縣志》卷二四有傳。

羅公升帖子今存六首，春帖子詞四首，端午帖子兩首，載於《宋貞士羅滄洲先生集》卷二。《全宋詩》卷三六九四收錄。

春日皇帝閣[一]

蓬萊宮闕五雲端[二]，太液冰澌不敢寒[三]。須信帝家春事早[四]，勾芒昨夜引春班[五]。

【校記】

羅公升帖子詞輯自清鈔本《宋貞士羅滄洲先生集》卷二，校以影印文淵閣《四庫全書》本曹廷棟編《宋百家詩存》卷四〇所錄《滄洲集》。

【注釋】

[一] 皇帝：所指不詳。按，羅公升不具備寫作帖子的條件。《四庫全書總目提要》卷一七四《羅滄洲集提要》言："第二卷之首有《皇帝閣春帖子》二首，《端午帖子》一首，《皇后閣春帖子》一首，《夫人閣春帖子》一首，《端午帖子》一首。考帖子詞為翰林學士之職，公升一縣尉，何由得有此作。且其祖既於宋末殉節，則其孫必不及南宋承平之盛，而其詞乃皆治世之音，殊為可疑。"所言極是。

〔二〕"蓬萊"句：寫宮殿之高。蓬萊：即蓬萊殿，漢、唐宮殿名。此指宋代宮城。五雲：青、黃、赤、白、黑五色瑞雲。

〔三〕太液：即漢代太液池。此指宮中大池。見夏竦《御閣春帖子》其二"冰消太液生春水"注〔一〕。澌：解凍時流動的水。

〔四〕春事：農事，春季耕種之事。

〔五〕"勾芒"句：寫立春來到。勾芒：即句芒，木神。因木盛在春，故又為春神。《禮記·月令》"孟春之月"："其帝大皞，其神句芒。"春班：春天的班次。

太液池邊數樹紅[一]，年年先得占春風。那知萬物含仁義，都在君王一笑中。

【注釋】

〔一〕太液池：漢代池名。此指宮中大龍池。見夏竦《御閣春帖子》其二"冰消太液生春水"注〔一〕。

端午皇帝閣[一]

化日舒長萬國陶[二]，南風古韻入絃高[三]。天心廣大乾坤小[四]，添得神遊一兩遭[五]。

【注釋】

〔一〕皇帝：所指不詳。

〔二〕化日舒長：白晝時間長。見崔敦詩《淳熙六年端午貼子詞·皇帝閣六首》其五"仁風長養羣生遂"注〔二〕。

〔三〕"南風"句：用舜彈五弦琴歌《南風》事。見宋庠《皇帝閣端午帖子詞》其二"寶軫流薰唱"注〔一〕。

〔四〕天心：天帝之心意。此喻皇帝之心意。乾坤：天地。

〔五〕神遊：精神漫遊。《列子·黃帝》："晝寢而夢遊於華胥氏之國。華胥氏之國在弇州之西，台州之北，不知斯齊國幾千萬里，蓋非舟車足力之所及，神遊而已。"

春日皇后閣[一]

坤元布氣本無私，載物功深世不知[二]。天上春回椒殿暖[三]，春風纔入萬年枝[四]。

【注釋】

[一] 皇后：所指不詳。

[二] "坤元"二句：喻皇后之功德。見胡宿《皇后閣春帖子》其三"東陸韶光先四序"注[三]。布氣：散布陽和之氣。漢焦延壽《易林·坤之乾》："谷風布氣，萬物出生。萌庶長養，華葉茂成。"載物功深：厚載萬物而功勞大。《易·坤》："坤厚載物，德合无疆。"此指皇后之德。

[三] 椒殿：即椒房，漢皇后所居宮殿。此指皇后居處。見夏竦《皇后閣端午帖子》其三"千門朱索迎嘉祉"注[二]。

[四] 纔：同"才"。萬年枝：指宮中年代久遠的大樹。

春日夫人閣[一]

君王著意在經帷[二]，無復瓊林宴賞時[三]。從此六宮羞鬬草[四]，碧紗窗下讀毛詩[五]。

【注釋】

[一] 夫人：指宮中眾妃。見宋庠《夫人閣端午帖子詞》其一"令月辰標午"注[一]。具體所指不詳。

[二] 著意：集中注意力；用心。經帷：猶經筵。古代君主研讀經史之處。置儒臣侍讀侍講。宋曾鞏《代翰林侍讀學士錢藻遺表》："文辭講說制策之科，眾稱華選；儒館掖垣經帷之職，世謂清塗。"見許應龍《皇帝閣端午帖子》其六"殿閣涼生晝景長"注[三]。

[三] "無復"句：言皇帝不再宴飲遊賞。瓊林：指瓊林苑。宋代皇家苑名。乾德二年置，在汴京（今河南開封市）城西。宋葉夢得《石林燕語》卷一："瓊林苑、金明池、宜春院、玉津園，謂之四園。瓊林苑，乾德中置。太平興國中，復鑿金明池於苑北……今惟瓊林、金

明最盛。歲以二月開，命士庶縱觀，謂之'開池'；至上巳，車駕臨幸畢，即閉。歲賜二府從官燕，及進士聞喜燕，皆在其間。"宋政和二年前，曾於此賜宴新進士。《宋史·選舉志一》："〔太平興國九年〕進士始分三甲。自是錫宴就瓊林苑。"宴賞：設宴犒賞。南朝梁何遜《日夕望江山贈魚司馬》詩："城中多宴賞，絲竹常繁會。"

[四] 六宮：指后妃。見夏竦《內閣春帖子》其六"緹室葭灰飛候管"注 [三]。鬭草：古代一種流行於清明、端午之際的遊戲。見晏殊《端午詞·內廷》其一"百草鬭餘欣令月"注 [二]。

[五] 碧紗窗：裝有綠色薄紗的窗。毛詩：即《詩經》。《漢書·藝文志》著録有《毛詩》二十九卷、《毛詩故訓傳》三十卷，但稱毛公，不著其名。鄭玄《詩譜》始稱大毛公、小毛公。三國吳陸機《毛詩草木鳥獸蟲魚疏》謂大毛公為毛亨，漢魯國人；小毛公為毛萇，漢趙國人。今所傳《詩》，即《漢志》所録之《毛詩詁訓傳》，四庫提要定為毛亨撰。《毛詩》在西漢未立學官，屬經古文學派。東漢時著名學者鄭眾、賈逵、馬融、鄭玄等皆治《毛詩》。鄭玄作《毛詩傳箋》。魏晉以後，今文齊、魯、韓三家《詩》漸散亡或無傳者，唯《毛詩》獨盛。至唐孔穎達撰《五經正義》，於《詩》取毛傳與鄭箋，乃更為後世所宗尚。

端午夫人閣[一]

黃金角黍照盤明[二]，秋月弓彎鬭彩嬴[三]。應是君王方右武[四]，內家仙子亦知兵[五]。

【注釋】

[一] 夫人：指宮中眾妃。見宋庠《夫人閣端午帖子詞》其一"令月辰標午"注 [一]。具體所指不詳。按，此詩作時不詳。

[二] 角黍：粽子。見夏竦《御閣端午帖子》其六"太官角黍迎嘉節"注 [一]。

[三] "秋月"句：用唐宮中端午玩射粉團之戲事。見蘇軾《端午帖子詞·皇太后閣六首》其一"露簟琴書冷"注 [三]。秋月弓彎：指角弓。鬭彩：比賽。

〔四〕右武：崇尚武功。《史記·平津侯主父列傳》："守成尚文，遭遇右武。"

〔五〕內家仙子：指眾嬪妃。內家：指皇家。舊時皇宮稱大內，故稱。

引用書目

《周易》，（魏）王弼、韓康伯注，（唐）孔穎達等正義，中華書局影印《十三經注疏》本。

《尚書》，（漢）孔安國傳，（唐）孔穎達等正義，中華書局影印《十三經注疏》本。

《詩經》，（漢）毛公傳，（漢）鄭玄箋，（唐）孔穎達等正義，中華書局影印《十三經注疏》本。

《周禮》，（漢）鄭玄注，（唐）賈公彥疏，中華書局影印《十三經注疏》本。

《儀禮》，（漢）鄭玄注，（唐）賈公彥疏，中華書局影印《十三經注疏》本。

《大戴禮記》，（漢）戴德，影印文淵閣《四庫全書》本。

《禮記》，（漢）鄭玄注，（唐）孔穎達等正義，中華書局影印《十三經注疏》本。

《左傳》，（晉）杜預注，（唐）孔穎達等正義，中華書局影印《十三經注疏》本。

《公羊傳》，（漢）何休注，（唐）徐彥疏，中華書局影印《十三經注疏》本。

《穀梁傳》，（晉）范甯注，（唐）楊士勛疏，中華書局影印《十三經注疏》本。

《論語》，（魏）何晏注，（宋）邢昺疏，中華書局影印《十三經注疏》本。

《爾雅》，（晉）郭璞注，（宋）邢昺疏，中華書局影印《十三經注疏》本。

《孟子》，（戰國）孟軻撰，（漢）趙岐注，（宋）孫奭疏，中華書局影印《十三經注疏》本。

《孝經》，（唐）唐玄宗注，（宋）邢昺疏，中華書局影印《十三經註疏》本。

《尚書大傳》，（漢）伏勝撰，（漢）鄭玄注，（清）陳壽祺輯，四部叢刊本。

《韓詩外傳》，（漢）韓嬰撰，中華書局一九八〇年許維遹《韓詩外傳校釋》本。

《周易乾鑿度》，（漢）鄭康成注，影印文淵閣《四庫全書》本。

《春秋繁露》，（漢）董仲舒撰，中華書局一九九二年新編諸子集成蘇輿《春秋繁露義證》本。

《方言》，（漢）揚雄撰，中華書局一九九一年清錢繹《方言箋疏》本。
《毛詩草木鳥獸蟲魚疏》，（吳）陸璣撰，影印文淵閣《四庫全書》本。
《樂書》，（宋）陳暘撰，影印文淵閣《四庫全書》本。
《詩集傳》，（宋）朱熹集註，中華書局一九五八年排印本。
《爾雅翼》，（宋）羅願撰，叢書集成初編本。
《周易大傳今注》，（清）高亨著，清華大學出版社二〇〇四校點本。
《毛詩傳箋通釋》，（清）馬瑞辰撰，中華書局一九八九年十三經清人注疏本。
《詩毛氏傳疏》，（清）陳奐撰，商務印書館一九三三年排印本。
《春秋左傳注》，楊伯峻編著，中華書局一九九〇年版。
《孟子正義》，（清）焦循撰，中華書局一九八七年沈文倬點校本。
《禮記集解》，（清）孫希旦撰，中華書局一九八九年十三經清人注疏本。
《說文解字注》，（漢）許慎撰，（清）段玉裁注，浙江古籍出版社一九九八年影經韻樓刻本。
《經義述聞》，（清）王引之撰，續修《四庫全書》本。
《國語》，闕名撰，（三國）韋昭注，上海古籍出版社一九八八年校點本。
《史記》，（漢）司馬遷撰，（宋）裴駰集解，（唐）司馬貞索隱，張守節正義，中華書局一九七五年校點本。
《漢書》，（漢）班固撰，（唐）顏師古注，中華書局一九六二年校點本。
《後漢書》，（漢）范曄撰，（唐）李賢等注，中華書局一九六五年校點本。
《東觀漢記》，（漢）班固等撰，叢書集成初編本。
《兩漢刊誤補遺》，（宋）吳仁傑撰，影印文淵閣《四庫全書》本。
《列女傳》，（漢）劉向撰，影印文淵閣《四庫全書》本。
《後漢紀》，（晉）袁宏撰，中華書局二〇〇二年張烈點校本。
《越絕書》，（漢）袁康撰，影印文淵閣《四庫全書》本。
《三國志》，（晉）陳壽撰，（宋）裴松之注，中華書局一九五九年校點本。
《逸周書》，（晉）孔晁注，影印文淵閣《四庫全書》本。
《鄴中記》，（晉）陸翽撰，叢書集成初編本。
《宋書》，（梁）沈約撰，中華書局一九七四年校點本。
《魏書》，（北齊）魏收撰，中華書局一九七四年校點本。
《梁書》，（唐）姚思廉撰，中華書局一九七三年校點本。
《晉書》，（唐）房玄齡等撰，中華書局一九七四年校點本。
《隋書》，（唐）魏徵等撰，中華書局一九七三年校點本。
《南史》，（唐）李延壽撰，中華書局一九七五年校點本。
《舊唐書》，（五代）劉昫等撰，中華書局一九七五年校點本。

《新唐書》，（宋）歐陽修、宋祁等撰，中華書局一九七五年校點本。
《宋史》，（元）脫脫等撰，中華書局一九七七年校點本。
《資治通鑑》，（宋）司馬光撰，（元）胡三省注，中華書局一九五六年校點本。
《續資治通鑑長編》，（宋）李燾撰，中華書局一九八五——一九九三年版。
《續宋編年資治通鑑》，（宋）劉時舉撰，叢書集成初編本。
《建炎以來繫年要錄》，（宋）李心傳撰，中華書局一九五六年排印本。
《建炎以來朝野雜記》，（宋）李心傳撰，中華書局二〇〇〇年徐軌點校本。
《三朝北盟會編》，（宋）徐夢莘撰，上海古籍出版社一九八七年影清許刻本。
《宋史紀事本末》，（明）陳邦瞻撰，中華書局一九七七年校點本。
《東都事略》，（宋）王稱撰，齊魯書社二〇〇〇年孫言誠、崔國光點校本。
《九朝編年備要》，（宋）陳均撰，影印文淵閣《四庫全書》本。
《宋史全文》，（元）佚名編撰，黑龍江人民出版社二〇〇四年李文亮校點本。
《中興小紀》，（宋）熊克撰，叢書集成初編本。
《宋名臣言行錄》，（宋）朱熹編，影印文淵閣《四庫全書》本。
《名臣碑傳琬琰集》，（宋）杜大珪編，影印文淵閣《四庫全書》本。
《伊洛淵源錄》（宋）朱熹撰，中華書局一九八五年排印本。
《通鑑續編》，（元）陳桱撰，影印文淵閣《四庫全書》本。
《續資治通鑑長編拾補》，（清）黃以周等輯注，中華書局二〇〇四年顧吉辰點校本。
《資治通鑑後編》，（清）徐乾學撰，影印文淵閣《四庫全書》本。
《三輔黃圖》，（漢）闕名，中華書局二〇〇五年何清谷《三輔黃圖校釋》本。
《水經注》，（北魏）酈道元撰，中華書局二〇〇七年陳橋驛《水經注校證》本。
《洛陽伽藍記》，（北魏）楊衒之撰，上海書店出版社二〇〇〇年周祖謨《洛陽伽藍記校釋》本。
《荊楚歲時記》，（梁）宗懍撰，山西人民出版社一九八七年宋金龍校注本。
《歲華紀麗》，（唐）韓鄂，叢書集成初編本。
《輦下歲時記》，（唐）闕名撰，《說郛》宛委山堂本。
《北戶錄》，（唐）段公路撰，影印文淵閣《四庫全書》本。
《長安志》，（宋）宋敏求撰，影印文淵閣《四庫全書》本。
《輿地紀勝》，（宋）王象之撰，續修《四庫全書》本。
《雍錄》，（宋）程大昌撰，中華書局二〇〇二年黃永年點校本。
《東京夢華錄》，（宋）孟元老撰，中華書局二〇〇六年伊永文《東京夢華錄箋注》本。

《夢粱錄》，（宋）吳自牧撰，古典文學出版社一九五七年版。
《方輿勝覽》，（宋）祝穆編，（宋）祝洙補訂，上海古籍出版社一九九一年影宋本。
《咸淳臨安志》，（宋）潛說友撰，影印文淵閣《四庫全書》本。
《嘉泰會稽志》，（宋）施宿撰，影印文淵閣《四庫全書》本。
《武林舊事》，（宋）四水潛夫撰，浙江人民出版社一九八四標點本。
《西湖老人繁勝錄》，（宋）佚名，中國商業出版社一九八二標點本。
《都城紀勝》，（宋）灌圃耐得翁撰，中國商業出版社一九八二標點本。
《歲時廣記》，（宋）陳元靚撰，叢書集成初編本。
《西湖遊覽志餘》，（明）田汝成輯撰，上海古籍出版社一九八〇年校點本。
《歷代宅京記》，（清）顧炎武撰，中華書局一九八四年點校本。
《湖廣通志》，（清）邁柱等撰，影印文淵閣《四庫全書》本。
《浙江通志》，（清）嵇曾筠等撰，影印文淵閣《四庫全書》本。
《漢官舊儀》，（漢）衛宏撰，叢書集成初編本。
《通典》，（唐）杜佑撰，中華書局一九八八年影印本。
《續通典》，（唐）杜佑撰，影印文淵閣《四庫全書》本。
《唐會要》，（宋）王溥撰，中華書局一九五五年排印本。
《通志》，（宋）鄭樵撰，中華書局一九八七年排印本。
《文獻通考》，（元）馬端臨撰，中華書局一九八六年影印本。
《宋會要輯稿》，（清）徐松輯，中華書局一九五七年影印本。
《營造法式》，（宋）李誡撰，影印文淵閣《四庫全書》本。
《翰苑群書》，（宋）洪遵撰，叢書集成初編本。
《宋中興學士院題名》，（宋）何異撰，續修《四庫全書》本。
《玉堂雜記》，（宋）周必大撰，影印文淵閣《四庫全書》本。
《宋宰輔編年錄》，（宋）徐自明撰，中華書局一九八六年王瑞來《宋宰輔編年錄校補》本。
《南宋館閣錄　續錄》，（宋）陳騤，佚名撰，中華書局一九九八年張富祥點校本。
《郡齋讀書志》，（宋）晁公武撰，上海古籍出版社一九九〇年孫猛《群齋讀書志校證》本。
《直齋書錄解題》，（宋）陳振孫撰，叢書集成初編本。
《蘭亭考》，（宋）桑世昌撰，知不足齋叢書本。
《金石文考略》，（清）李光暎撰，影印文淵閣《四庫全書》本。
《四庫全書總目》，（清）永瑢等撰，中華書局一九六五年影印本。

引用書目

《三千五百年曆日天象》，張培瑜撰，河南教育出版社一九九〇年版。
《藝文類聚》，（唐）歐陽詢等編，上海古籍出版社一九六五年排印本。
《北堂書鈔》，（唐）虞世南等編，影印文淵閣《四庫全書》本。
《初學記》，（唐）徐堅等編，中華書局一九六二年排印本。
《白孔六帖》，（唐）白居易編，（宋）孔傳注，影印文淵閣《四庫全書》本。
《太平御覽》，（宋）李昉等編，四部叢刊本。
《太平廣記》，（宋）李昉等編，中華書局一九六一校點本。
《玉海》，（宋）王應麟編，影印文淵閣《四庫全書》本。
《海錄碎事》，（宋）葉庭珪編，中華書局二〇〇二年李之亮校點本。
《事物紀原》，（宋）高承編，中華書局一九八九年校點本。
《古今事文類聚》，（宋）祝穆編，影印文淵閣《四庫全書》本。
《錦繡萬花谷》，（宋）佚名編，影印文淵閣《四庫全書》本。
《天中記》，（明）陳耀文編，影印文淵閣《四庫全書》本。
《山堂肆考》，（明）彭大翼編，影印文淵閣《四庫全書》本。
《駢志》，（明）陳禹謨編，影印文淵閣《四庫全書》本。
《萬姓統譜》，（明）凌迪知編，影印文淵閣《四庫全書》本。
《分類字錦》，（清）何焯等編，影印文淵閣《四庫全書》本。
《老子》，（春秋）老子撰，（魏）王弼注，中華書局二〇〇八年樓宇烈《老子校釋》本。
《孔子家語》，（戰國）闕名撰，（晉）王肅注，影印文淵閣《四庫全書》本。
《墨子》，（春秋）墨翟撰，上海古籍出版社諸子百家叢書本。
《管子》，（舊題）（春秋）管仲撰，（唐）房玄齡注，影印文淵閣《四庫全書》本。
《文子》，（春秋）文子撰，中華書局二〇〇〇年新編諸子集成王利器《文子疏議》本。
《荀子》，（戰國）荀況撰，中華書局一九八八年王先謙《荀子集解》本。
《莊子》，（戰國）莊周撰，上海書店出版社一九八六年排印王先謙《莊子集解》本。
《韓非子》，（戰國）韓非撰，中華書局一九九八年鍾哲點校王先慎《韓非子集解》本。
《鶡冠子》，（戰國）闕名，中華書局二〇〇四年黃懷信《鶡冠子彙校集注》本。
《尸子》，（戰國）尸佼著，上海古籍出版社諸子百家叢書本。
《列子》，（舊題）列禦寇撰，（晉）張湛注，上海古籍出版社諸子百家叢書本。

《山海經》，闕名撰，（晉）郭璞注，上海古籍出版社一九八〇年袁珂《山海經校注》本。

《穆天子傳》，闕名撰，（晉）郭璞注，上海古籍出版社諸子百家叢書本。

《呂氏春秋》，（戰國）呂不韋編著，（漢）高誘注，上海古籍出版社二〇〇二年陳奇猷《呂氏春秋新校釋》本。

《海內十洲記》，（漢）東方朔撰，影印文淵閣《四庫全書》本。

《神異經》，（舊題）（漢）東方朔撰，影印文淵閣《四庫全書》本。

《洞冥記》，（舊題）（漢）郭憲撰，影印文淵閣《四庫全書》本。

《淮南子》，（漢）劉安等撰，上海古籍出版社諸子百家叢書本。

《鹽鐵論》，（漢）桓寬撰，上海古籍出版社諸子百家叢書本。

《法言》，（漢）揚雄撰，（晉）李軌注，（宋）闕名音義，叢書集成初編本。

《說苑》，（漢）劉向撰，上海古籍出版社諸子百家叢書本。

《列仙傳》，（漢）劉向撰，中華書局二〇〇七年王叔岷《列仙傳校箋》本。

《論衡》，（漢）王充撰，上海古籍出版社諸子百家叢書本。

《風俗通義》，（漢）應劭撰，中華書局一九八一年王利器《風俗通義校註》本。

《白虎通義》，（漢）班固撰，叢書集成初編本。

《漢武帝內傳》，（舊題）（漢）班固撰，叢書集成新編本。

《急就篇》，（漢）史游撰，（唐）顏師古注，四部叢刊續編本。

《釋名》，（漢）劉熙撰，叢書集成初編畢沅《釋名疏證》本。

《獨斷》，（漢）蔡邕撰，叢書集成初編本。

《焦氏易林》，（漢）焦贛撰，影印文淵閣《四庫全書》本。

《申鑒》，（漢）荀悅撰，世界書局諸子集成本。

《博物志》，（晉）張華撰，中華書局一九八〇年范寧《博物志校證》本。

《西京雜記》，（晉）葛洪撰，江蘇廣陵古籍刻印社筆記小說大觀本。

《抱朴子》，（晉）葛洪撰，上海古籍出版社諸子百家叢書本。

《神仙傳》，（晉）葛洪撰，上海古籍出版社諸子百家叢書本。

《拾遺記》，（晉）王嘉撰，中華書局一九八一年齊治平校注本。

《古今注》，（晉）崔豹撰，叢書集成初編本。

《搜神記》，（晉）干寶撰，中華書局二〇〇九年校點本。

《齊民要術》，（後魏）賈思勰撰，農業出版社一九八二年繆啟愉《齊民要術校釋》本。

《長阿含經》，（後秦）佛陀耶舍譯，宗教文化出版社一九九九年點校本。

《世說新語》，（宋）劉義慶撰，（梁）劉孝標注，中華書局一九八三年余嘉錫

《世說新語箋疏》本。

　　《金樓子》，（梁）蕭繹撰，中華書局二〇一一年許逸民《金樓子校箋》本。

　　《述異記》，（舊題）（梁）任昉撰，影印文淵閣《四庫全書》本。

　　《續齊諧記》，（梁）吳均撰，影印文淵閣《四庫全書》本。

　　《弘明集》，（梁）釋僧祐撰，影印文淵閣《四庫全書》本。

　　《真誥》，（梁）陶弘景撰，叢書集成初編本。

　　《玉燭寶典》，（隋）杜臺卿撰，古逸叢書本。

　　《唐國史補》，（唐）李肇撰，上海古籍出版社一九五七年校點本。

　　《羯鼓錄》，（唐）南卓撰，古典文學出版社一九五七年校點本。

　　《酉陽雜俎》，（唐）段成式撰，影印文淵閣《四庫全書》本。

　　《資暇集》，（唐）李匡文撰，中華書局二〇一二年點校本。

　　《意林》，（唐）馬總撰，影印文淵閣《四庫全書》本。

　　《宣室志》，（唐）張讀撰，影印文淵閣《四庫全書》本。

　　《書斷》，（唐）張懷瓘撰，影印文淵閣《四庫全書》本。

　　《桂苑叢談》，（唐）馮翊撰，叢書集成初編本。

　　《大唐新語》，（唐）劉肅撰，中華書局一九八四年點校本。

　　《孫子算經》，（唐）闕名撰，影印文淵閣《四庫全書》本。

　　《法苑珠林》，（唐）釋道世撰，中華書局二〇〇三年周叔迦、蘇晉仁《法苑珠林校注》本。

　　《大毗盧遮那成佛經疏》，（唐）沙門一行阿闍梨記，台灣昆盧出版社二〇一一年排印本。

　　《黃檗山斷際禪師傳心法要》，（唐）裴休撰，台灣老古文化事業公司一九八三年校點本。

　　《廣弘明集》，（唐）釋道宣撰，四部叢刊本。

　　《唐開元占經》，（唐）瞿曇悉達撰，影印文淵閣《四庫全書》本。

　　《中華古今注》，（五代）馬縞撰，中華書局二〇一二年吳企明點校本。

　　《開元天寶遺事》，（五代）王仁裕撰，上海古籍出版社一九八五年《開元天寶遺事十種》本。

　　《唐摭言》，（五代）王定保撰，上海古典文學出版社一九五七年校點本。

　　《楊太真外傳》，（宋）樂史撰，上海古籍出版社一九八五年《開元天寶遺事十種》本。

　　《清異錄》，（宋）陶穀撰，影印文淵閣《四庫全書》本。

　　《武經總要》，（宋）曾公亮等撰，影印文淵閣《四庫全書》本。

　　《家範》，（宋）司馬光撰，影印文淵閣《四庫全書》本。

《黃氏日抄》，（宋）黃震撰，影印文淵閣《四庫全書》本。

《夢溪筆談》，（宋）沈括撰，上海古籍出版社一九八七年胡道靜《夢溪筆談校證》本。

《冷齋夜話》，（宋）釋惠洪撰，中華書局一九八八陳新點校本。

《曲洧舊聞》，（宋）朱弁撰，中華書局二〇〇二年孔凡禮點校本。

《萍洲可談》，（宋）朱彧撰，叢書集成初編本。

《後山談叢》，（宋）陳師道撰，上海古籍出版社一九八九年李偉國校點本。

《師友談記》，（宋）李廌撰，中華書局二〇〇二年孔凡禮點本。

《香譜》，（宋）洪芻撰，影印文淵閣《四庫全書》本。

《洛陽名園記》，（宋）李格非撰，叢書集成初編本。

《鐵圍山叢談》，（宋）蔡絛撰，中華書局一九八三年點校本。

《猗覺寮雜記》，（宋）朱翌撰，影印文淵閣《四庫全書》本。

《玉照新志》，（宋）王明清撰，叢書集成初編本。

《揮麈錄》，（宋）王明清著，上海書店出版社二〇〇一校點本。

《雞肋編》，（宋）莊綽撰，中華書局一九八三年校點本。

《墨莊漫錄》，（宋）張邦基撰，中華書局二〇〇二年孔凡禮點校本。

《類說》，（宋）曾慥撰，影印文淵閣《四庫全書》本。

《桯史》，（宋）岳珂撰，中華書局一九八一年吳企明點校本。

《野客叢書》，（宋）王楙撰，叢書集成初編本。

《碧雞漫志》，（宋）王灼撰，上海古典文學出版社一九五七年校點本。

《能改齋漫錄》，（宋）吳曾撰，上海古籍出版社一九六〇年校點本。

《楓窗小牘》，（宋）袁囗撰，叢書集成初編本。

《緯略》，（宋）高似孫撰，叢書集成初編本。

《容齋隨筆》，（宋）洪邁撰，上海古籍出版社一九九六年校點本。

《老學庵筆記》，（宋）陸遊撰，中華書局一九九七年李劍雄、劉德權點校本。

《石林燕語》，（宋）葉夢得撰，中華書局一九八四年侯忠義點校本。

《困學紀聞》，（宋）王應麟撰，上海古籍出版社二〇〇八年校點本。

《群書考索》，（宋）章如愚撰，影印文淵閣《四庫全書》本。

《雲麓漫鈔》，（宋）趙彥衛撰，中華書局一九九六年傅根清點校本。

《朝野類要》：（宋）趙升撰，中華書局二〇〇七年王瑞來點校本。

《宋朝事實類苑》，（宋）江少虞撰，上海古籍出版社一九八〇年點校本。

《清波雜志》，（宋）周煇撰，中華書局一九九四年劉永翔《清波雜志校注》本。

《醉翁談錄》，（宋）金盈之撰，古典文學出版社一九五七年點校本。

《齊東野語》，（宋）周密撰，中華書局一九八三年張茂鵬點校本。
《癸辛雜識》，（宋）周密撰，中華書局一九八八年吳企明點校本。
《浩然齋雅談》，（宋）周密撰，中華書局二〇一〇年孔凡禮點校本。
《續博物志》，（宋）李石撰，影印文淵閣《四庫全書》本。
《呂氏雜記》，（宋）呂希哲撰，影印文淵閣《四庫全書》本。
《侍講日記》，（宋）呂希哲撰，影印文淵閣《四庫全書》本。
《文昌雜錄》，（宋）龐元英撰，中華書局一九五八年排印本。
《演繁露》，（宋）程大昌撰，影印文淵閣《四庫全書》本。
《北苑別錄》，（宋）趙汝礪撰，影印文淵閣《四庫全書》本。
《東溪試茶錄》，（宋）宋子安撰，左氏百川學海本。
《太平惠民和劑局方》，（宋）陳師文等撰，人民衛生出版社一九八五年劉景源點校本。
《鼠璞》，（宋）戴埴撰，叢書集成初編本。
《雲笈七籤》，（宋）張君房撰，中華書局二〇〇三年李永晟點校本。
《說郛》，（元）陶宗儀編，上海古籍出版社《說郛三種》影宛委山堂本。
《南村輟耕錄》，（元）陶宗儀撰，中華書局一九八七年校點本。
《王氏農書》，（元）王禎撰，影印文淵閣《四庫全書》本。
《書史會要》，（元）陶宗儀撰，影印文淵閣《四庫全書》本。
《本草綱目》，（明）李時珍撰，中國書店影光緒刻本。
《三才圖會》，（明）王圻撰，上海古籍出版社一九八八年影明王思義校正本。
《畫禪室隨筆》，（明）董其昌撰，華東師範大學出版社二〇一二年印曉峰點校本。
《醒世恆言》，（明）馮夢龍撰，上海古籍出版社二〇一二年陽羨生校點本。
《天工開物》，（明）宋應星撰，上海古籍出版社一九八八年潘吉星譯注本。
《池北偶談》，（清）王士禎撰，中華書局一九八二年點校本。
《癸巳類稿》，（清）俞正燮撰，遼寧教育出版社二〇〇一年校點本。
《義門讀書記》，（清）何焯撰，中華書局一九八七年崔高維點校本。
《陔餘叢考》，（清）趙翼撰，商務印書館一九五七年排印本。
《清稗類鈔》，（清）徐珂編，中華書局一九八六年標點本。
《六藝之一錄》，（清）倪濤撰，影印文淵閣《四庫全書》本。
《蛾術編》，（清）王鳴盛撰，商務印書館一九五八年排印本。
《元明事類鈔》，（清）姚之駰撰，影印文淵閣《四庫全書》本。
《曹子建集》，（魏）曹植撰，四部叢刊本。
《江文通集》，（梁）江淹撰，影印文淵閣《四庫全書》本。

《庾子山集注》，（北周）庾信撰，（清）倪璠注，中華書局一九八〇年許逸民校點本。

《李北海集》，（唐）李邕撰，影印文淵閣《四庫全書》本。

《李太白全集》，（唐）李白撰，（清）王琦注，中華書局一九七七年排印本。

《王右丞集箋注》，（唐）王維撰，（清）趙殿成箋注，上海古籍出版社一九八四年排印本。

《杜詩詳註》，（唐）杜甫撰，（清）仇兆鰲注，中華書局一九七九年排印本。

《補注杜詩》，（唐）杜甫撰，（清）黃希、黃鶴注，影印文淵閣《四庫全書》本。

《韓昌黎文集校注》，（唐）韓愈撰，馬其昶校注，上海古籍出版社一九八六年版。

《柳宗元集》，（唐）柳宗元撰，中華書局一九七九年吳文治校點本。

《劉禹錫集》，（唐）劉禹錫撰，中華書局一九九〇年卞孝萱校訂本。

《白居易集箋校》，（唐）白居易撰，朱金城箋校，上海古籍出版社一九八八年第一版。

《張司業詩集》，（唐）張籍撰，四部叢刊本。

《李賀詩集》，（唐）李賀著，人民文學出版社一九五九年葉蔥奇編訂本。

《樊川文集》，（唐）杜牧著，上海古籍出版社一九七八年陳允吉校點本。

《玉谿生詩集箋注》（唐）李商隱著，（清）馮浩箋注，上海古籍出版社一九七九年蔣凡標點本。

《小畜集》，（宋）王禹偁撰，四部叢刊本。

《文莊集》，（宋）夏竦撰，影印文淵閣《四庫全書》本。

《景文集》，（宋）宋祁撰，影印文淵閣《四庫全書》本。

《歐陽修全集》，（宋）歐陽修撰，中華書局二〇〇一李逸安點校本。

《華陽集》，（宋）王珪撰，影印文淵閣《四庫全書》本。

《溫國文正司馬公文集》，（宋）司馬光撰，四部叢刊本。

《曾鞏集》，（宋）曾鞏撰，中華書局一九八四年陳杏珍、晁繼周點校本。

《蘇軾詩集》，（宋）蘇軾撰，（清）王文誥輯注，中華書局一九八二年孔凡禮點校本。

《欒城集》，（宋）蘇轍撰，上海古籍出版社一九八七年曾棗莊、馬德富校點本。

《山谷詩注》，（宋）黃庭堅撰，（宋）任淵注，叢書集成初編本。

《蘇魏公文集》，（宋）蘇頌撰，中華書局一九八八年王同策等點校本。

《攻媿集》，（宋）樓鑰撰，四部叢刊本。

《北海集》，（宋）綦崇禮撰，影印文淵閣《四庫全書》本。

《梁谿集》，（宋）李綱撰，影印文淵閣《四庫全書》本。

《渭南文集》，（宋）陸遊撰，影印文淵閣《四庫全書》本。

《梅溪集》，（宋）王十朋撰，影印文淵閣《四庫全書》本。

《止齋集》，（宋）陳傅良撰，影印文淵閣《四庫全書》本。

《後村先生大全集》，（宋）劉克莊撰，四部叢刊本。

《升庵集》，（明）楊慎撰，影印文淵閣《四庫全書》本。

《蠡海錄》，（明）王逵撰，影印文淵閣《四庫全書》本。

《梅村集》，（清）吳偉業撰，影印文淵閣《四庫全書》本。

《經韻樓集》，（清）段玉裁撰，續修《四庫全書》本。

《李清照集校註》，王仲聞撰，人民文學出版社一九七九年版。

《李清照集箋注》，徐培均撰，上海古籍出版社二〇〇二年版。

《楚辭補注》，（戰國）屈原等撰，（漢）王逸注，（宋）洪興祖補注，中華書局一九八三年標點本。

《六臣注文選》，（唐）李善、呂延濟等注，四部叢刊本。

《樂府詩集》，（宋）郭茂倩編，中華書局一九七九年校點本。

《漢魏六朝百三家集》，（明）張溥編，影印文淵閣《四庫全書》本。

《古今歲時雜詠》，（宋）蒲積中編，影印文淵閣《四庫全書》本。

《古今歲時雜詠》，（宋）蒲積中編，遼寧教育出版社一九九八年徐敏霞點校本。

《古詩紀》，（明）馮惟訥編，影印文淵閣《四庫全書》本。

《全唐文》，（清）董誥等編，上海古籍出版社影揚州官刻本。

《全唐詩》，（清）彭定求等編，中華書局一九六〇年校點本。

《西崑酬唱集》，（宋）楊億編，影印文淵閣《四庫全書》本。

《宋百家詩存》，（清）曹庭棟編，影印文淵閣《四庫全書》本。

《全宋詞》，唐圭璋編，中華書局一九六五年版。

《全宋詩》，北京大學古文獻研究所編，北京大學一九九一至一九九八年版。

《全宋詩訂補》，陳新等編，大象出版社二〇〇五年版。

《唐詩紀事》，（宋）計有功，上海古籍出版社一九八七年校點本。

《後山詩話》，（宋）陳師道撰，影印文淵閣《四庫全書》本。

《詩話總龜》，（宋）阮閱撰，人民文學出版社一九八七年校點本。

《韻語陽秋》，（宋）葛立方撰，中華書局排印《歷代詩話》本。

《艇齋詩話》，（宋）曾季貍撰，叢書集成初編本。

《後村詩話》，（宋）劉克莊撰，中華書局一九八三年校點本。

《苕溪漁隱叢話》，（宋）胡仔撰，人民文學出版社一九六二年校點本。

《詩林廣記》，（宋）蔡正孫撰，中華書局一九八二年校點本。

《荊溪林下偶談》，（宋）吳子良撰，影印文淵閣《四庫全書》本。
《詞源》，（宋）張炎撰，中華書局一九八六年唐圭璋編《詞話叢編》本。
《宋詩紀事》，（清）厲鶚輯，上海古籍出版社一九八三年校點本。
《欽定詞譜》，（清）陳廷敬等編，中國書店一九八三年影清刻本。